世界传世藏书　图文珍藏版

线装書局

世界十大名著

世界名著

马松源⊙主编

世界十大名著

飘

（美）米切尔◎著　湛本军◎译

线装書局

第三十二章

思嘉走上屋前的台阶时,她手里还抓着那团红泥。她小心地避免看见嬷嬷或任何别的人,她觉得再也不敢同别人见面或交谈了。她没有什么难为情、失望或痛苦的感觉,只觉得两腿发软,心里非常空虚。她用力捏紧那团泥土,同时一遍又一遍地说:“我还有这个呢。是的,我还有这个。”

她没有什么别的东西了;除了这块红土地,除了这块她几分钟前还想随手丢掉的土地,她什么也没有了。现在,这土地又显得可爱起来。她想如果此刻已经和艾希礼一起离开,义无反顾地丢下家庭和朋友,这些可爱的红色山冈和沟渠,以及黑黝黝的松林,都会令她时时牵挂。她的心思一定会如饥似渴地想回到它们身边来,直到她临终那一天为止。即使艾希礼也难于填补塔拉被挖走而留下的空白。艾希礼是多么聪明又多么清楚地了解她呀!他只要把一团湿土塞到她手里,她头脑就清醒了。

她正在穿堂里准备关门,这时她听到了马蹄声,便转过身去看马车道上的动静。

但是马车驶近时,她大为惊讶。那是一辆新马车,漆得锃亮,鞍辔也是新的,镶着闪闪发光的铜片。这无疑是生客。凡是她认识的人中没有一个能买得起这样显赫而簇新的马车。

这时马车在屋前停下,乔纳斯·威尔克森跳下车来。思嘉看见他们家这位前监工居然坐着这么亮丽的马车,穿着这么精致的大衣,不觉惊讶万分。威尔曾说过,自从他在“自由人局”谋到新的差使,他显得很阔绰,赚了许多钱。

威尔克森从那辆亮丽的马车上下来,然后又搀扶一个鲜艳的妇人下了车。思嘉一眼便觉得那衣服颜色亮得刺眼,庸俗到了极点,不过她还是很有兴趣地细细打量了一番。很久了,她没见过什么时髦的衣着。嗯!今年不怎么兴宽阔的裙箍了,她心里想,同时打量着那件红色花纹的长衣。多小巧的帽子!无边帽准是不时兴了。帽带呢?不是系在下巴底下,而是系在背后那束高耸的发卷下面。

那女人下了马车,一双眼睛立即朝房子望去。思嘉发现她扑满了白粉的兔儿脸很眼熟。

“呀,原来是埃米·斯莱特里!”她嚷道,因为非常惊异,不觉提高了嗓门。

“是的,是我!”埃米说,含一丝傲慢的微笑扬起头来,开始走上台阶。

埃米·斯莱特里!这个下流的娼妇,爱伦给她的婴儿施过洗礼,可她却把伤寒症传染给爱伦,送了她的命。这个浓妆艳抹、粗俗而肮脏的白人渣滓,如今却昂首阔步、得意扬扬地走上塔拉的台阶,似乎她是这儿的主人。思嘉想起爱伦来,一股暴怒震撼着她。

“滚下台阶,你这贱货!”她大声喝道。“从这里滚开!滚开!”

“不许你用这种态度对我妻子说话,”乔纳斯说。

“妻子?”思嘉轻蔑地笑起来,这大大刺伤了对方。“你早该讨她做老婆了。你害死我母亲以后,是谁替你后来的孩子们施洗礼的呢?”

埃米“啊”了一声便连忙转身下台阶,但乔纳斯一把拉住她的胳臂,不让她逃跑。

“我们是来拜访的——友好的拜访嘛,”他咆哮说,“想同老朋友谈一桩小事情——”

“朋友?”思嘉的声音厉害得像抽了一鞭子。“我们什么时候跟你们这种人交过朋友?斯莱特里家当初靠我们的施舍过活,后来却以害死我母亲当作回报——而你——你——我爸因为你跟埃米养了私生子才把你开除了，这一点你很清楚。什么朋友？滚开吧。”

这时乔纳斯也气得浑身发抖，他那张松弛的胖脸涨得发紫，活像一只愤怒的土耳其火鸡。

“你神气什么？可是，我对你一清二楚。你连双鞋也没有，打赤脚了。我知道你父亲已经成了白痴——”

“从这里给我滚开！”

“哼，你神气不了多久了。我知道，你已经完蛋了。你连税金也付不起，我到这儿来是想买你的这个地方——给你个公道的价钱。埃米希望住在这里。等你们因为交不起税金被赶走的时候，便会明白我是什么人了。到那个时候，我要买下这块地方，通通买下来——连家具带一切——那时我要舒舒服服住在里面。”

原来，一心想塔拉的人就是乔纳斯·威尔克森——乔纳斯和埃米，他们要报复。思嘉的全部神经充满仇恨，她巴不得此刻手里握着一支枪呢。

“不等你们的脚迈进门槛，我就要把这所房子全都拆掉，把它烧光，然后遍地撒上盐，”她高声喊道。“我叫你滚出去！给我滚开！”

她关起门来，将背靠在门上，感到害怕起来，甚至比谢尔曼的军队住进这所房子里的那天还怕得厉害。这些卑鄙的家伙将会向他们的狐朋狗党吹嘘，他们把骄傲的奥哈拉家赶出去了，说不定他们还会把黑人带进来吃饭睡觉。

一想到塔拉有可能遭受这样的侮辱，思嘉就几乎要透不过气来了。她竭力镇静下来，设想一条出路，愤怒与恐惧震撼着她。出路一定会有的，一定能借到钱。于是艾希礼开玩笑的话又回到她的耳边：

“只有一个人，瑞德·巴特勒……他有钱。”

瑞德·巴特勒。她匆匆走进客厅，随手把门关上。她现在需要时间来安静地想一想。

“我要从巴特勒那里弄到钱。我可以把钻石耳环卖给他，要不就向他借钱，用耳环作抵押，将来有了钱再还给他。”

一时间，她大大轻松了。她可以交纳税金，并在乔纳斯·威尔克森面前放声大笑。可是紧跟着，更严酷的事实使她忧愁起来。

“我不光是今年要交纳税金，还有明年和以后每一年呢。要是我这次交了，他们下次会将税额提得更高，直到我交不起为止。棉田来一次丰收，他们就会狠狠地抽它的税，到头来我一无所得，或者干脆将棉花没收，说它是联邦政府的。北方佬和那帮恶棍已经把我逼得没法活下去了。我得一辈子担惊受怕，拼命挣钱，直到累死。就说借三百美元来交税款，这也只是一时之策。我需要的是永远跳出这个圈套，好让我每晚安心睡觉，用不着一天天地担忧。

她想起瑞德，想起他那在黝黑皮肤衬托下闪光的雪白牙齿，以及那双一直在抚慰她的黑眼睛。她记起，他那只炙热的手曾握住她的胳臂，一面说：“我想要你超过任何一个女人——我等你比任何一个女人都等待得更久了。”

“我要跟他结婚，”她冷静地想道。“我就再也用不着为钱操心了。”

多么幸福啊，永远也不必再为钱操心，塔拉永远平安无事，并且全家不愁吃穿，她自己也无须再这样苦苦挣扎了！

她感到自己很老了。艰苦而恐惧的生活耗尽了她的全部感情。如果她的感觉能力还没有完全枯竭，那么她一定会反对头脑中的这个想法，因为这世界上没有第二个人像瑞德那样叫她憎恨的了。但是她已经没有考虑什么感情，她是十分实际的。

“那天夜里当他在路上把我们甩掉的时候，我对他说过些可怕的话，不过我可以让他忘掉，”她这样自信地想着，显然相信自己仍旧是迷人的。“我要让他觉得我曾经一直爱他，而那天晚上不过是心烦意乱又非常害怕而已。唔，男人总是自命不凡的，只要你奉承他，他总会相信……我决不能让巴特勒意识到我们已陷入困境，要先征服他再说。嗯，决不能让他知道！反正他也无法知道，因为连皮蒂姑妈也不了解真实情况呢。而等到我们结婚以后，他便不得不帮助我们了。他总不能让自己妻子家的人饿肚子呀。”

等到同他结了婚以后，一股凉飕飕的感觉，充满了她的全身。她又一次记起在皮蒂姑妈家的走廊上那个夜晚，他恶狠狠地笑起来说；“亲爱的，我是不准备结婚的呀！”

也许他是不准备结婚。也许，虽然她那样迷人和狡黠，他还是不会同她结婚。也许——啊，多可怕的想法！——也许他完全把她忘了，而且正在讨好别的女人。

“我想要你超过以前我想要的任何一个女人。……”

思嘉狠狠地握着拳头，几乎把指甲掐到手心肉里去了。就算他把我忘掉了，我也要叫他重新记起来。我要叫他再一次想要我。”

而且，如果他不愿意娶她而只是仍然想要她，那也有办法拿到钱的。毕竟，他曾经有一次要求她当他的情妇嘛。

她竭力要同那三条最能束缚她灵魂的绳子进行一次迅速地决战——那就是对爱伦的怀念、她的宗教信条，以及对艾希礼的爱。她知道自己的想法对位于她那位远在天国的母亲来说必然是丑恶的。

但所有这些都在她无情的冷酷和绝望的心情面前让步了。原先她还是个娇惯的、自私而不谙世故的少女，浑身的青春活力，满怀热忱，热爱生活。如今，走到了现在，那个少女时代已经一去无踪了。饥饿和劳累，恐惧和紧张，早已驱走了她的全部温暖、青春和柔情。

本来她一直希望战争结束后生活会渐渐好起来，她又一直希望艾希礼的归来会给生活带回某种意义。如今这两个希望都已成了破灭的泡影。而乔纳斯·威尔克森在塔拉的出现更使她明白了，战争远没有结束，最剧烈的战斗，最残酷的报复，还刚刚开始呢。

和平令她失望了，艾希礼令她失望了。她现在已经成为方丹老太太所不赞成的那种人，成为一个饱历艰险因而什么都不怕的女人。不论是生活或者母亲，或者爱情，或者社会舆论，一概不在乎了。只有饥饿和饥饿的梦魇才是她觉得可怕的。

她一经横下心来将那些束缚摆脱时，她便感到浑身轻松自在了。她已经做出决定，而且一点也不害怕了。

只要能够引诱瑞德跟她结婚，便一切都好了。可是万一——办不到呢——那也没有什么，她同样能拿到那笔钱。她有那么一会儿竟好奇地想起当情妇会是什么样的滋味。思嘉对于男人生活中的隐蔽一面毫无所知，也无法去了解会发生些什么。她还说不准要不要有个孩子呢。

"我现在不去想它，以后再去想吧，"今晚她就告诉家里人，她要到亚特兰大去借钱，他们只需知道这一点就行，等到以后他们发现真相时，那也没办法了。

一想到行动，她就昂起头挺起胸来。她清楚，这桩事不会是轻而易举的。上一次，那是瑞德在讨好她，而她自己是掌权人。可如今她成了乞丐，是个什么也没有的乞丐了。

"可是我决不像乞丐求他。我要像个施恩的王后那样到他那里去。他万万不会知道了。"

她走到那块高高的壁镜前，昂起头来端详自己。她好像看见了一个陌生人，似乎一年来她头一次看见自己。这个陌生人呀！瘦削，脸颊下陷。这就是思嘉吗？思嘉有着一个亮丽迷人的、容光焕发的脸蛋呀！可是这张脸一点不亮丽，也丝毫没有魅力了。这是张苍白憔悴的脸，那双曾经无限迷人的翠绿眼睛，在苍白皮肤的衬托下，给人以骇异的感觉。她脸上呈现出一种艰辛而窘迫的神态。她想："我的容貌已引不起他的兴趣了。"于是她又绝望了。

她低头看看自己的衣裙，把补过的衣褶摊在手里看着。瑞德喜欢女人穿着好，穿得时髦。她怀着渴望的心情想起那件带荷叶边的绿衣裳和他送的那顶有羽毛装饰的绿色帽子，这些赢得了他的连声赞赏。她还怀着羡慕甚至忌恨的心情想起埃米·斯莱特里那件俗气的红格衣服，但是又新又时髦，准能惹人注意。而现在，她多么需要惹人注意啊！尤其是瑞德·巴特勒的注意！要是他看见她穿着破旧的衣服，他便会明白了。可是万万不能让他明白呀。

她居然以为凭着她这细瘦的脖子，馋猫般的眼睛，破旧的衣裙，就可以到亚特兰大去拿住人家，这多么愚蠢啊！要是她在自己最美、穿着最亮丽的时候还没能赢得他的求爱，那么如今又丑又邋遢，她怎么还敢这样奢望呢？他是亚特兰大最有钱的人，肯定对那里所有的亮丽妇女，好的坏的都挑拣过了。好吧，她泄气地想，我只具有大多数亮丽女人所没有的东西，那就是义无反顾的决心。不过，要是我有一件亮丽衣服——

在塔拉可没有什么亮丽衣服，甚至连一件没有补过两次的衣服也没有。

"就这样吧，"她心里嘀咕着，遗憾地俯视着地板。整个那间愈来愈暗的房子都使她丧气，这时她走到窗前，关好窗户，把头倚在天鹅绒窗帘上，两眼远远向苍苍的柏树林望去。

那苔绿色的窗帘轻拂着她的脸，非常柔软，她欣慰地把脸贴在上面轻轻摩擦。忽然她像只猫似的瞪着眼睛呆呆地看着它。

一分钟后，她将那张沉重的大理石面桌子推到窗下，"哗啦"一下，她把窗帘扯了下来。

这时，客厅的门忽地开了，嬷嬷那张宽宽的黑脸出现在门口，流露出热切的好奇和深深的疑惑。

"你动爱伦小姐的窗帘干什么？"嬷嬷问。

思嘉盯着嬷嬷，这双眼睛使她想起从前幸福的年月，对于那些年月，嬷嬷如今只有惋叹了。

"嬷嬷，快到阁楼上去把那只装衣服样子的箱子取下来，"她嚷着，轻轻推了她一把。“我要做一件新衣裳。”

嬷嬷恐惧地感到有什么可疑的事要发生了。她连忙把几块窗帘一把抢过来,紧紧抱住,似乎那是神圣不可侵犯的。

“你不能用爱伦小姐的窗帘来做新衣服,你居然打这个主意。只要俺还有一口气,你就休想。”

一时间,思嘉恼怒的脸色又变为微笑。嬷嬷明白思嘉姑娘只不过用微笑争取她,而这件事她是决不会让步的。

“嬷嬷,别小气了。我要到亚特兰大去借钱,总得有件新衣裳呀。”

“你用不着穿什么新衣裳。别的太太们也没有穿新衣裳。她们都穿旧的,并且很体面呢。爱伦小姐的孩子只要高兴也可以穿破衣裳,这没有什么,并且人家会尊敬她,就像她穿了绫罗绸缎一样。”

“告诉你吧,嬷嬷,皮蒂姑妈写信来,说范妮·埃尔辛小姐星期六结婚,我得去参加婚礼。因此我得有件新衣裳啊。”

“俺看你身上穿的这件衣裳和新娘子的结婚礼服一样亮丽了。皮蒂小姐不是来信说过,埃尔辛一家也穷得很嘛。”

“可是我也得有件新衣裳才行呀!嬷嬷,你还不清楚我们多么需要钱用。那笔税金——”

“是的,俺知道税金的事,不过——”

“你知道?”

“是呀,上帝也给了俺耳朵,不是吗?难道俺就听不见?尤其是威尔先生,他从来就不关门。”

“好吧,既然你听见了,我想你一定知道乔纳斯·威尔克森和埃米——”

“是的,”嬷嬷说,眼里流露着潜藏的怒火。

“那么,你就别固执了,嬷嬷。我必须到亚特兰大去弄钱来交税金,我得弄到一笔钱呀,我只好这样了。”她一只手握拳打另一只手的手心。“否则,到时候我们通通被赶走了,你还用得着为母亲的窗帘这种小事跟我争吵吗?”

嬷嬷用责备的眼光死死盯住思嘉:“你准备换上新衣裳去向他借钱,那个人究竟是谁呀?”

“那个嘛,”思嘉刚一开口又打住了,接着支支吾吾地说:“那是我自己的事。”

嬷嬷狠狠地盯着思嘉,就像被她看穿了那样。她似乎看透了思嘉的心思,这时思嘉无可奈何地垂着头,对自己的行为感到羞愧。

“原来你需要穿一件簇新的亮丽衣裳去借钱。可这种事俺觉得不对头。你又不直说究竟钱从哪儿来的。”

“我什么也不想说,”思嘉厌烦地说。“那是我自己的事。你到底给不给我那块帘子,帮我做件衣裳?”

“那好呀,”嬷嬷轻声说,“俺来帮你做。俺说可以把那帘子的缎子衬里做条裙子,上面的花边可以拆下来镶短裤边。”

她把那块天鹅绒窗帘递给思嘉,脸上掠过一丝狡猾的笑容。

“媚兰小姐同你一起去吗,思嘉姑娘?”

“不,”思嘉简捷地回答说,“我一个人去。”

“这是你自己的想法喽,”嬷嬷断然说,“不过俺要跟你一起去,还让你穿上那件新衣裳。是的,姑娘,一路上我会寸步不离的。”

思嘉又摆出笑脸拍了拍嬷嬷的肩膀。

“好嬷嬷,你那么好心要跟我一起去,一路上照顾我,可是这里没有你,他们怎么活呀?你知道你简直就是塔拉的管家了。”

“哼”嬷嬷说,“别给我迷魂汤喝了,思嘉姑娘。俺是知道你的。俺说过俺要跟你去,俺就去定了。要是你一个人到遍地都是北方佬和黑人的地方去,爱伦小姐在坟墓里也躺不住了。”

“我会住到皮蒂姑妈家去的,”思嘉拼命找借口为自己辩解。

“皮蒂帕特小姐是个好人,她自以为什么都懂,可实际什么也不懂,”嬷嬷说着,便转过身走出去,装出一副威严的样子。

晚餐后,收拾完餐具,思嘉和嬷嬷把衣服样子铺在饭厅桌子上,这时苏伦和卡琳忙着拆窗帘的缎子衬里,媚兰用干净刷子刷天鹅绒窗帘上的尘土。杰拉尔德、威尔和艾希礼在房间里一面抽烟,一面笑嘻嘻地看着妇女们在忙活。思嘉愉快的兴奋之情感染了大家。她脸上泛着红晕,眼睛闪耀着光辉,老是笑个不停。她的笑声使大家都笑起来了,因为他们已好几个月没听到她真正笑过了。女孩子们都兴奋得像在准备一次舞会,她们拆呀,剪呀,缝呀,似乎在给自己做一件晚礼服似的。

思嘉是要到亚特兰大去借钱。当有人问起谁能借给她这笔钱时,她说:“别管闲事。”这样狡猾的答复把大家都逗乐了,她们纷纷开玩笑,问她的那位百万富翁朋友究竟是谁呢。

“一定是瑞德·巴特勒船长,”媚兰略带揶揄的口气说,这个荒谬的设想又引起大家一阵嬉笑,因为他们知道思嘉最恨巴特勒,每回谈到他都骂他是“下流坯”。

但是思嘉对媚兰的揶揄并没有反驳。而同样在取笑的艾希礼一看到嬷嬷匆匆地对思嘉丢了个防范的眼色,便突然不笑了。

苏伦被这欢乐的气氛感动得慷慨起来,拿出她那件尽管旧了但还相当亮丽的爱尔兰花边护肩来,卡琳也坚持要思嘉穿她的便鞋,那可能是塔拉最好的一双鞋了。

思嘉瞧着那些飞针走线的手指,听着那些欢快的笑声,内心暗暗感到悲痛和耻辱。

“他们压根儿没有想到正在发生什么样的事情。他们还以为,他们谁也不会碰到真正可怕的事。多么愚蠢的人啊!他们永远也不会明白!他们还会这样想下去,生活下去,而且习惯这样的生活。媚兰可以穿得破破烂烂,可以摘棉花，甚至帮我杀人，但她不会改变，她还是那个羞怯而高尚的威尔克斯太太，那个十全十美的贵妇人！艾希礼能够面对死亡和战争，能够受伤，蹲监狱，然后回家过这种糟糕的生活，可他同战前那个文雅的绅士仍然一模一样。至于苏伦和卡琳——她们还以为这一切都是暂时的呢，以为这局面很快就会好转。他们是不想改变的，也许他们不能变。我才是唯一改变了的人。”

有好一会大家没说话，威尔嚼着烟草，那张和善的面孔显得十分安静。

“这番到亚特兰大去，”他终于慢吞吞地说，“我可不赞成。一点也不赞成。”

艾希礼迅速看了看威尔，然后将眼光移往别处。他什么也没说，不知道威尔是否也有他心中那种可怕的疑虑。周围空气中有某种艾希礼说不清楚的不祥之兆。可是他没有能力挽救思嘉，使她逃脱这一不祥的境地。那天夜里她没有正眼看过艾希礼一眼，她那种严厉而活泼的快乐神气简直吓人。他感到揪心，无法用言语形容。他没有权利问她什么。他紧握双拳。凡是有关她的事情，他都无权过问；当天下午他已经把这种权利彻底丧失了，永远丧失了。他不能帮助她。谁也无法帮助她。不过，他想起嬷嬷那种冷峻的表情，便稍稍感到欣慰了。嬷嬷会照顾思嘉的，不论思嘉愿意与否，她都会这样。

“这些都怪我，”他懊丧地想。“是我把她逼到了这个地步。”

他清楚地记起那天下午她是怎样挺起胸脯从他身边走开的，记得她倔强地昂起头来的模样。他知道，她在任何情况下都能勇敢地面对生活，用她坚韧的精神去克服任何困难，她勇往直前，即使发现失败已不可避免，也继续战斗下去。

他在阴暗的客厅里注视着威尔，心想他从没见过像思嘉·奥哈拉身上所拥有的这种勇敢，她要穿戴用她母亲的天鹅绒窗帘和公鸡尾毛做的衣帽，去征服世界了。

第三十三章

第二天早晨，思嘉和嬷嬷迎着呼啸的寒风在亚特兰大下了火车，火车站在全城大火中毁了。她环顾车站周围，想找到一位老朋友或旧相识的马车，好央求人家把她们带到皮蒂姑妈那儿去，可是谁也不认识。

车站上只有几辆溅满了泥污的四轮单座马车，其中一辆里面坐着一个穿着很讲究的妇人和一个军官。思嘉一见那身制服便狠狠地抽了一口气，这又使她想起残酷的战争。

车站周围一片空荡荡的景象使她想起那时她身穿丧服、抱着刚生下不久的小韦德、满怀厌倦地来到了亚特兰大。她记得这个地方当时拥挤不堪，到处是货车、客车和运送伤员的车辆，车夫们的咒骂声和叹息声，人们迎接朋友的招呼声汇成一片喧嚣。

思嘉和嬷嬷只好沿着狭窄的人行道朝桃树街走去，一路上思嘉觉得惊恐和悲伤，因为亚特兰大已经如此荒凉，同她记忆中的情景大不一样了。那高雅的亚特兰大饭店只剩下一个空壳和焦黑的断垣残壁了。那些存放军需品的库房还没有重建起来，它们长方形屋基在灰暗的天空下看来分外凄凉。由于两旁都没有了建筑物的遮挡，同时车库已经消失，所以火车道上的铁轨便赤裸裸地露出来了。

她们拐了个弯走进桃树街时，她朝五点镇望去，不禁高声惊叫起来。城镇已被大火夷为平地，它显得如此陌生，似乎她从没见过似的。曾经那么熟悉的城镇,如今竟是这样陌生,她伤心得要哭了。

周围是大片大片的空地,荒榛枯草中是一堆堆烧焦的断砖碎瓦。她也偶尔高兴地看见一两家熟悉的店铺,那是在炮火中幸存下来并修复了的。当然,街道两旁新建筑物也正在修建起来,不能不令人鼓舞。这些建筑物也是成百上千的,有些还是三层楼房呢!到处都在兴建新房子。她在大街上朝前望去,想要让自己的脑子适应这新的亚特兰大。她耳边是一片欢快的锯子声和榔头声,眼前是一个又一个高耸的脚手架,人们扛着砖头在梯子上攀登。她朝前望去,望着这条自己那么喜爱的大街,眼睛不觉有点湿润了。

她心想:"他们把你放火烧了,他们把你夷为平地,可是他们无法把你打垮。他们打不垮你。你重新生长起来,变得像你过去那样巨大,那样豪壮!"

她沿着桃树街往前走,后面跟着蹒跚的嬷嬷。一路上人仍像战争紧张时期那么拥挤,这复苏的城镇仍然是一片仓皇喧扰的气氛,街上到处是游手好闲的黑人,有的斜倚着墙壁,有的坐在路边石上,天真好奇地观看着过往的车辆。大街上一片乌黑。

"尽是些刚放出来的自由黑鬼!"嬷嬷打鼻子里哼了一声。"他们一辈子都没个体面样儿。还有那一脸的流氓相。"

思嘉也这样想,因为他们总是无礼地盯着她。不过她一看到那些穿蓝军服的大兵,便吓得把这些黑人忘记了。城里到处是北方佬士兵,有的骑着马,有的步行,有的坐在军车里,晃晃悠悠的,从酒吧间出出进进。

一辆轿式马车迎面驶来,思嘉急切地站到路边看是否认识车上的人。马车来到身边,这时思嘉正准备抛出一个微笑,可是当轿车窗口探出一个女人的头——一个戴着高贵的毛皮帽的红得耀眼的头时,她几乎失声喊叫起来。双方都认出来了,脸上都露出惊异的神情,思嘉更不由得后退了一步。是贝尔·沃特琳!真奇怪,在亚特兰大她首先看到的那张熟悉面孔偏偏是贝尔的!

"那是谁呀?"嬷嬷猜疑地问。"她认识你却不向你鞠躬。俺可一辈子也没见过这样颜色的头发。那似乎——嗯,我看是染过的!"

"是染过,"思嘉不屑地回答了一声,加快了脚步。

"你认识一个染了发的女人?俺问你,她到底是谁?"

"她是城里的坏女人,"思嘉简单回答说。"我向你保证,我不认识她,你别问了。"

"我的天哪,"嬷嬷轻轻叹了一口气,用满怀好奇的眼光望着那辆驶去的马车,惊讶地连下颚都快掉下来了。自从二十年前她同爱伦离开萨凡纳以来,还不曾见过妓女,所以她很遗憾刚才没有仔细地看看。

"她穿得这么亮丽,还有这么好的一辆马车和一个车夫,"她喃喃地自言自语。"俺不懂上帝安的什么心,让那些坏女人享福,而俺们好人倒要饿肚子,打赤脚。"

"上帝早就不管咱们了,"思嘉粗鲁地说。"可是你也不用对我说,母亲听了我这话会在坟墓里翻来覆去睡不着。"

她本该觉得自己高于贝尔,但是做不到。如果她的计划能顺利进行,她就会和贝尔处于同样的地位并受到同一个男人的资助了。她虽然对自己的决定一点也不后悔,但这件事实质上还是使她感到困窘的。

她们经过米德大夫的住宅,可是住宅只剩下两个石级和一条走道,上面什么也没有了。埃尔辛家的砖房仍兀立在那里,并且新盖了二层楼和一个新的屋顶。邦内尔家修补得很难看,上面用粗木板当瓦片盖了个屋顶,一副破烂相。

皮蒂姑妈家的新石板屋顶和红色砖墙,终于在前面出现了,这时思嘉的心也怦怦地跳起来。上帝多么仁慈啊,竟没有让这所房子全被毁掉!彼得大叔正从前院走出来,胳臂上挎着一只篮子,他看见思嘉和嬷嬷一路艰难地走来,黝黑的脸庞上漾开了一丝爽朗又不敢轻信似的微笑。

思嘉暗想,"我要狠狠地吻这个老黑傻瓜,我多么高兴看到他呀!"她随即愉快地喊道:"彼得,真的是我呀!"

那天晚上，皮蒂姑妈家的晚餐桌上摆着玉米粥和干豌豆，思嘉一面吃一面暗暗发誓，一旦她又有了钱，便决不让这两样东西再次出现在她的餐桌上。而且，不论付出什么样的代价，她也要多捞些钱，比交纳塔拉的税金还要多的钱。总之，有一天她会得到许多钱，即使犯杀人罪也在所不惜。

在饭厅的淡黄灯光下，思嘉问皮蒂的经济状况怎样，她希望事情能出乎她的意料，查尔斯家能够借给她所需要的那笔钱。皮蒂立即伤心地谈起自己所有的苦处来了。她连自己的农场、城里的财产和钱到哪里去了也不知道，只发现一切都没了。除了她现在住的这所房子外，一切都已化为乌有。亨利兄弟每月给她一点点钱作生活费，而且，虽然要他的钱是非常寒碜的，她也只好这样做了。

“亨利兄弟说他肩上的负担重，租税又高，他真不知怎样维持下去。不过，当然喽，他也许是在撒谎，而手头还有一大笔钱，只是不想多给我一点罢了。”

思嘉知道亨利叔叔说的不是谎话。

“当然，他没有什么钱了，”思嘉冷峻地心想。“好吧，除了瑞德，再没有别的人了。我只好这么办。我必须这么办。不过，我现在用不着想它……我得让她自己谈起瑞德，然后我再乘机提出叫她邀请他明天到这里来。”

她满脸笑容地紧紧握住皮蒂姑妈那双胖乎乎的手。

“好姑妈，”她说，“我们别再谈那些烦恼事了。让我们把这些事抛到脑后，谈些开心的话题吧。你告诉我老朋友们的新闻吧。梅里韦瑟太太怎么样了？还有梅贝尔呢？我听说梅贝尔的小克留尔安然回家了。可是埃尔辛家和米德大夫夫妇呢？”

皮蒂帕特一转换话题就高兴了，她那张娃娃脸已不再在泪痕下伤心抽搐。她一桩桩地报道老邻居的近况，他们在干什么、吃什么、穿什么、想什么。

米德大夫夫妇的家是在北方佬放火烧城时毁掉的，后来费尔和达西相继牺牲,他们便没有心思再重建了。米德太太说她再也不想建立家庭,因为没有孙儿住在一起还算个什么家呢。他们感到非常孤单,只得去和埃尔辛一家住在一起,后者总算把自己房子的毁坏部分修复了。惠廷夫妇也在那里占有一个房间。

"可是,他们这么多人怎么挤得下呀?"思嘉大声问。"有埃尔辛太太,有范妮,还有休——"

"埃尔辛太太和范妮睡在客厅里,休睡在阁楼上,"皮蒂解释说,她是了解所有朋友们的家务安排的。"亲爱的,我本不想告诉你这些事,可是,可是,"皮蒂压低声音,"埃尔辛太太就是在开旅店嘛!你说可怕不可怕?"

"我想这没什么。"思嘉冷冷地说。"我倒宁愿去年在塔拉有这样一批房客,而不是免费寄宿。要是这样,我们现在也不会这样穷了。"

"思嘉,你怎么说出这种话来了?你母亲在坟墓里想起要向住在塔拉的亲友们收费,会辗转不安的!当然,埃尔辛太太这样做也是迫不得已的,因为单靠她揽点缝纫活,范妮画画瓷器,休叫卖柴火,是活不下去的。想想吧,小小的休竟卖起柴火来了!他一心要当个出色的律师呢。眼看着我们的孩子竟落到这个地步,我真想哭呢。"

思嘉想起烈日下那一行行的棉花,她弓着身子那种腰酸背痛的感觉。她记起自己用一双毫无经验的、满是血泡的手扶着犁把时的滋味。于是她觉得休·埃尔辛也并不是特别值得同情的。皮蒂是个多么天真的老傻瓜呀,而且,虽然周围是一片废墟,她还住得真不错呢!

"要是他不高兴卖柴火,干吗不当律师呢?难道在亚特兰大就没有律师的事了?"

"啊,亲爱的,那倒不是!律师的事还多着呢。这些日子,每个人都在控告别人。由于什么都烧光了,界线也消失了,谁也说不清自己的地界在哪里。不过打官司也打不起,因为大家都没有钱了。所以休只好一心一意卖自己的柴火……啊，我差点忘了！范妮·埃尔辛明天晚上要结婚了。当然，你应当去。我真希望你除了这身穿着还另外有件衣服。并不是说这一件不好看，亲爱的，可是——嗯，它显得有点旧了。啊，你有件亮丽的长袍？我真高兴，这将是亚特兰大沦陷以来头一次举行的真正的婚礼呢。婚礼上将有蛋糕，有酒，然后是跳舞会，虽然我不明白埃尔辛家哪来的钱，因为他们本来是够穷的。"

"范妮嫁给谁呀？我想达拉斯·麦克卢尔在葛底斯堡牺牲之后——"

"乖乖，你可不能批评范妮。不是每个人都像你对查尔斯那样忠于死者呀。让我想想……他姓珀金斯，珀金斯？珀金森！对了。斯巴达人。门第很好，可还是一样——嗯，我知道不该说的，可不明白范妮怎么会让自己去嫁给他的！"

"他喝酒？还是——"

"不，亲爱的。他的品性完美无缺，不过你瞧，他下身受了伤，被一颗开花弹打的，打坏了两腿——把它们——把它们，唉，我不愿意说，总之是使他只能叉开两腿走路了。这叫他行走起来十分难看——嗯，可真不体面呢。我不明白她为什么要嫁给他。"

"姑娘们总得嫁人嘛！"

"说真的，这倒不一定，"皮蒂皱皱眉头，表示异议。"我就从没想过。"

"你看，亲爱的，我不是说你呀！谁都知道你多么惹人爱慕，并且至今还是这样。要不，老法官卡尔顿还经常向你飞媚眼呢，以致我——"

皮蒂格格地笑着，情绪渐渐好起来。"不论怎么说，范妮挺讨人喜欢，她本该嫁一个更好的人，并且我不信她对于达拉斯·麦克卢尔的牺牲会不再伤心了。不过她跟你不一样，亲爱的。你对心爱的查理忠贞不渝，如果你想再嫁，可能嫁过多次了。媚兰和我时常谈起你为查理守节多么坚贞，尽管别人在背地里说你简直是个没心肝的风流女子。"

思嘉对于这些话漠然置之，只一心要诱导皮蒂从一个朋友谈到另一个朋友，并且始终迫不及待地将谈话绕到瑞德身上。

皮蒂姑妈很高兴喋喋不休地说下去，她说在亚特兰大，最糟糕的是共和党向穷人头脑里灌输选举思想。

“亲爱的,他们要让黑人投票选举呢！你说世界上还有比这更荒唐的事吗？当然喽,像彼得大叔这样有教养的人是决不会参加选举的。可是,光这种想法本身就把黑人搞得昏昏沉沉了。何况他们中间有些人是那么粗野无礼。天黑以后走在大街上是有生命危险的,甚至大白天他们也会把姑娘们推搡到路边的泥泞里去。而且,如果有位绅士胆敢表示抗议,他们就逮捕他,以致——亲爱的,我告诉过你没有？巴特勒船长已经进监狱了。”

“瑞德·巴特勒？”

“是的,千真万确!”皮蒂已激动得两颊发红,腰也挺得笔直了。“他就是因为杀了一个黑人立即被抓起来的。说不定要判处绞刑呢！想想吧,巴特勒船长判处绞刑!”

思嘉顿时像个泄了气的皮球,喘不上气来了,只是呆呆地望着这位胖老太太。

“他们还没有找到充分的证据,不过的确有人杀了这个侮辱白人妇女的黑鬼。北方佬感到非常恼火,因为最近有许多气势汹汹的黑人被杀了。现在他们在巴特勒船长身上找不到证据,可是正如米德大夫说的,他们总得搞出一个样板。巴特勒船长上星期还到过这里,给我带来了一只怪可爱的鹌鹑呢。他还问起你,说他担心围城时期得罪过你,你大概永远也不会原谅他的。”

“他得在监狱里待多久？”

“谁知道呢。也许一直要关到执行绞刑那天吧。不过,也可能他们最终落实不了他的杀人罪。”皮蒂悄悄地说,“不过休·埃尔辛告诉我,他认为他们不至于绞死巴特勒船长,因为北方佬觉得他知道那笔钱的下落,他们正在想办法让他说出来。”

“那笔钱？”

“你不知道呀？亲爱的,你是给埋在塔拉了,不是吗？巴特勒船长回来时城里都轰动了,他驾着亮丽的马车,口袋里装满了钞票,可我们大家正愁着没东西吃呢！这真叫每个人都气炸了，一个老投机商竟有这么多的钱，而我们大家却穷得要命。每个人都急于要知道他是怎样弄到这么多钱的，可是谁也没勇气去问他——就我敢问，但他只笑着说：'不是老老实实挣的，你放心好了。'你看要从他嘴里掏点正经的东西多不容易呀！"

"不过，当然了，他的钱是跑封锁线捞到的——"

"当然，可是每个人，包括北方佬在内，都相信他得到了藏在某个地方，属于联盟政府所有的成百万的金元。"

"成百万的——金元？"

"是啊，北方佬以杀害黑人的罪名逮捕巴特勒船长，肯定是想迫使他将钱的下落告诉他们。你看，我们联盟政府的全部资金现在都归北方佬所有了。可是巴特勒船长声称他什么也不知道……亲爱的，你怎么了，怎么这副样子！你有点头晕？我谈这些叫你厌烦了吗？我知道他曾经是你的一位求爱者，可是我以为你早已把他撇到一边了呢。就人品而论，我从没喜欢过他，这么个无赖汉——"

"他算不上是我的朋友，"思嘉加重语气说。"围城期间，你到梅肯去了以后，我跟他大吵了一番。可现在——现在他在什么地方？"

"就在那边公共广场附近的消防站呢！"

"在消防站？"

皮蒂姑妈咯咯一笑。

"是啊，他在消防站。现在北方佬把那里当成一间监狱了。我说，思嘉，昨天我听到有关巴特勒船长的一桩最有意思的事。你清楚他这个人一直那么爱臭美——一个十足的纨绔子弟——而他们把他关在消防站里，禁止他洗澡，可他坚持每天一定要洗一次澡，最后他们唯有把他放出来，广场上有个长长的饮马槽，一个团都在同一盆水里洗澡呢。他们说他可以在那里洗，他说，绝不，说他宁可留着自己南方人的污垢，而决不沾上北方佬的污垢——"

思嘉见她兴致盎然，不住的絮叨，但她一句话也没听进去。她心里只有两个念头:瑞德拥有比她想象的还要多的家产,她几乎没有想到瑞德要被判处绞刑,她实在太需要钱了,太紧急,甚至没功夫去考虑他的命运了。当然要是在他蹲监狱时能想办法跟他结婚,而他紧跟着被处决,那么,那成百万的金元就全是她的,归她一人所有。要是没办法结婚呢,那么,或者她只要答应在他获释后嫁给他,或者答应——啊,怎么样都行!——她便能从他那里拿到一笔贷款。再说,假使他们把他绞死,她就永远不用偿还了。

一想到在北方佬政府的好意干预下她要成为寡妇,她的想象力马上燃烧起来。成百万的金元呢!她可以把塔拉修复好,雇用很多工人种棉花。她可以买许多亮丽衣服和她想吃的所有东西,还有苏伦和卡琳也是一样。韦德会有足够的营养品把他那瘦弱的身子吃得胖胖的,衣服穿得暖暖的,还要请家庭教师,以后上大学……再不会衣不蔽体长大成人,成为一个如同山区穷汉那样的笨蛋。那时也能雇一个医生照顾爸爸了。至于艾希礼——她可以替他做任何事

皮蒂姑妈此刻猛然用探询的口气说:"是这样吗,思嘉?"思嘉突然从梦想中醒过来,看见嬷嬷站在门道里,两手藏在围裙底下,眼里流露着机警逼人的神色。她不知嬷嬷站在那里多长时间了,从她那双老眼里的神色看上去,好像一切都明白了呢。

"思嘉姑娘好像是累了。俺说她最好去睡吧。"

"我是累了,"思嘉说,一边站起身来,"恐怕我还着了点凉呢。皮蒂姑妈,一旦我明天要躲着休息一天,不随你去看望邻居,你不会在乎吧?"

思嘉昂扬的思绪猛然低落下去,她脸色发白,身子微颤。

"你的两手冰凉,老天。你赶紧躺下,我给你熬点热茶,好叫你发点汗。"

嬷嬷催促思嘉爬上黑暗的楼梯,一边喃喃地抱怨手凉啦,鞋太单薄啦,等等,这时思嘉倒显得温和和心满意足了。要是她可以平息嬷嬷的猜忌并让她明天不待在家里,那就太好了。那时她就能到北方佬监狱里去看望瑞德了。

第三十四章

翌日清晨,太阳凄凄惨惨地,狂风大作,刮得玻璃窗发出吱吱嘎嘎的响声,在房屋四周隐隐地呼啸着。思嘉念了一句不长的祈祷,感谢昨天晚上的雨已经停了,不然她的天鹅绒衣服和新帽子就全完了。现在她可以不时看见太阳在短暂地露脸了,她的兴致激昂起来。她在床上差不多躺不住了,一心等待皮蒂姑妈、嬷嬷和彼得大叔出门到邦内尔太太家去。最终,大门砰的一声关了,只留下她一人在家里。此刻她从床上一跃而起,连忙把新衣裳取下来。

经过一夜休息,她再次感觉头脑空明、精气神十足了,于是她开始从内心深处吸取勇气。她还得和一个男人在智力上进行一场无情的搏斗,这叫她精神倍受鼓舞。长期以来经历过的数不尽挫折和斗争,她明白自己终于遇到了一个沉着冷静、难以打翻的敌手,想到此处她充满了激情和自信。

她戴上那顶装有美丽羽饰的帽子,穿好新裙子,跑到皮蒂姑妈房里,在穿衣镜前修饰装饰起来。她显得漂亮极了！那几支公鸡毛让她显得活泼,而暗绿色天鹅绒帽子更让她的眼睛格外增辉,差不多成了翡翠色了。衣裳也相当出色,显得如此富丽、大方,而又十分脱俗！可以再次穿上一件满意的衣裳,简直太好了！清楚自己显得风姿绰约,这叫人十分激动。她打开皮蒂姑妈的衣橱,取下一件宽幅绒布的外套,那是皮蒂姑妈只在礼拜日才穿的薄薄的秋大衣,把它穿在身上。她把从塔拉带来的那副钻石耳环伶俐地戴在耳朵上,耳环发出快活的叮当声,叫人听着相当满意,以致她想同瑞德在一起时一定要记得不时摇头才好。跳跃着的耳环总是能吸引男人并给予一个姑娘天真活泼的神气的。

太难堪了,她没有手套！女人不戴手套就很难叫人觉得是位上流社会的太太,可是思嘉自从离开亚特兰大以来就再没有戴过。在塔拉艰苦的日子里,她的手被磨得非常粗糙了。好吧,这已无法补救。她想用皮蒂姑妈那个海豹皮手筒,好将自己的手藏在里面。思嘉觉得如此一来她那身漂亮的打扮就算毫无瑕疵了。现在任何人见了她也不会怀疑她正在贫穷中挣扎呢。

最重要的是不要让瑞德产生怀疑。决不能叫他想起她这次来访别有所图,而非出于对他的好感。

她踮着脚尖走下楼梯,走出房子,沿着贝克街匆忙前行。

她终于到了广场,可以看见市政大厅的圆屋顶了。她仔细看看四周,发现没有人留意她,便使劲捏了捏两颊,让面颊泛起健康的红晕,又紧咬嘴唇,直到嘴唇痛得涨红了。她整了整头上的帽子,把头发往后抿整齐,然后打量广场。那幢两层楼的红砖市政厅是城镇被毁坏时幸存下来的,它在灰沉沉的天宇下显得荒凉而又凌乱。它的四周遍布着一排排肮脏的军营棚屋。北方佬士兵在四处溜达,思嘉举棋不定地瞧着他们,开始的勇气有点动摇了,她怎能在这座敌人军营中找到瑞德呢?

她朝大街前边的消防站看去，有两个哨兵分别在房子的两旁来来回回。瑞德就在那里面。可是她该对那些北方佬如何说呢？她两肩向后一靠，挺起胸来。既然她有胆量杀死一个北方佬，她就不应该连对另一个北方佬说话也感到害怕啊！

她小心翼翼走过去，一个哨兵把她拦住。

"怎么回事，太太？"他带有中西部口音，但还是客气和文明的。

"我要到里面去看一个人——他是个犯人。"

"这个嘛，我不清楚，"哨兵说，一边抓抓脑袋。"这里的规定很严格呢，并且——"他说到这里停住了，一面注视着思嘉。"怎么，太太，你别哭呀！你到那边总部去问问那些当官的。我敢保证他们会让你去看他的。"

思嘉本来不准备哭，这时便朝他笑了。他回过头来对另一个正在缓缓踱步的哨兵喊道："喂，比尔，你来一下。"

后一个哨兵是个大块头，穿着一件蓝上衣，露出一脸讨厌的黑络腮胡。

"你带这位太太到总部去。"

思嘉向他道谢，然后跟着哨兵走了。

"请当心，别在这些垫脚石上扭伤了脚，"哨兵说着，搀住她的臂膀。"你最好把衣裳撩起一点，免得溅上泥污。"

从络腮胡中发出的声音同样带有浓重的鼻音，但也是温和愉快的。他搀扶着她的手既坚定又有礼貌。怎么，北方佬并不全是坏人嘛！

"这么大冷天，一位太太出门可不容易呀，"身边这位士兵温情地说，"你走了很远一程路吧？"

"唔，是的，从城镇对面一直走过来的呢！"她答道，由于哨兵说话和气使她感觉暖和起来。

"这天气可不是让太太们外出的呀，"哨兵好像带点责备地说，"很容易生病啊。喏，这就是哨兵指挥部，太太——你有什么事？"

“这房子——是你们的总部?”思嘉抬头望着这所可爱的面对广场的老住宅,几乎要哭了。她曾参加过在这里举行的多少晚会啊。它本来是个那么愉快亮丽的地方,可如今——屋顶上飘扬着一面合众国的旗帜。

她走上台阶,一路抚摩着那些损坏了的白栏杆,然后推开前门。大厅黑暗而凄冷,像个坟墓似的。一个冻得瑟瑟发抖的哨兵倚在门上。

“我要见队长,”她说。

他把门拉开,让她进去,这时她的心脏紧张地跳着,她的脸颊涨得通红。她看见一张铺满了文件的长桌和一群穿铜纽扣蓝制服的军官。

她咽了一口气,觉得自己能说出话来了。她可不能让这些北方佬小瞧她呀。她一定要在他们面前显露出她最亮丽最大方的样子。

“谁是队长?”

“我就是,”一个敞开紧身上衣的胖子回答说。

“我要看一个犯人,他叫瑞德·巴特勒船长。”

“又是巴特勒!这人可真是交际广阔,”队长笑着说,从嘴上摘下一支咬碎了的雪茄。“你是亲属,太太?”

“是的——是——他的妹妹。”

他又笑起来。

“他的姐妹可真多呀,昨天还刚来过一个呢!”

思嘉脸红了。同瑞德·巴特勒厮混的一个贱货,很可能就是那个沃特琳。而这些北方佬把她当作又一个那样的人了,这是无法容忍的。即使是为了塔拉的命运,她也决不能蒙受这样的侮辱。她转身向门口走去,愤怒地去抓门把手,这时另一个军官很快走到她身旁。他是个刚刮过脸、眼神显得愉快而和气的青年人。

“等等,太太。你想在火炉边暖和的地方坐坐吗?我可以去给你想点办法。你叫什么名字?昨天来的那位——女士,他可是拒绝会见她呢。”

她在挪过来的椅子上坐下，瞪着眼睛看着那位很尴尬的胖队长，报了自己的名字。伶俐的青年军官匆匆穿上外套出去了，她乐得把双脚伸到火炉边取暖，这时才发现脚已冻得多么厉害，如果事先在那只便鞋里塞进一块硬纸片，那该多好呀。过了一会，门外传来一阵低声细语，她听见瑞德的笑声。门一打开，瑞德出现了，他没戴帽子，只随便披上了一个披肩。他显得很脏，没有刮脸，也没系领结，但看来情绪还挺不错，一见思嘉便眨着那双黑眼睛乐开了。

"思嘉！"

他拉起她的双手，并像往常那样热烈、充满活力和激动地紧紧握住不放。在她还没明白过来，他已经低下头吻她的两颊。他觉得她的身子在惊惶地回避他，但他紧紧抱住她的双肩说："我乖乖的小妹妹！"接着便咧开大嘴笑嘻嘻地瞧着她，好像在欣赏她无法抗拒他的爱抚时的窘相。真是十足的流氓！监狱也没能改变他一丝一毫。

胖队长边吸雪茄边对那个快活的军官咕哝什么。

"这不合乎规定了。他应当在消防站里会面。你是知道规定的。"

"唔，算了吧，亨利！在那里这位太太会冻僵的。"

"唔，好了，好了，那是你的责任。"

"我向你们保证，先生们，"瑞德朝他们转过身去，但仍然紧紧抱住思嘉的双肩，"我妹妹并没有带锯子和锉刀来帮助我逃跑！"

他们全都笑了，就在这时思嘉迅速地向周围看了看。天哪，难道她得当着六个北方佬军官的面同瑞德说话吗？那个好心的军官看见她焦灼的眼神，便将一扇门推开，几个人一同出去了，并随手把门带上。

"要是你们愿意，就坐在这间整整齐齐的屋里谈吧，"年轻的队长说。"可是别想逃出去！哨兵就在外面。"

"思嘉，你看我就是这么个危险人物，"瑞德说。"谢谢你，队长。你这样做真是太开恩了。"

他随随便便鞠了一躬,拉着思嘉的胳臂让她站起来,把她推进那个昏暗而整齐的房间。

巴特勒把门关上,急忙向她走来,俯身瞧着她。她懂得他的意图,便连忙把头扭开。

"难道现在还不能真正吻你?"

"吻前额,像个好哥哥那样,"她故作正经回答说。

"不,谢谢你。"他的眼光搜索着她的嘴唇,并在她的嘴唇上停留了片刻。"不过你能来看我,这就太好了,思嘉! 自从我入狱以后,你还是头一个来看我的正经人,狱中生活是很叫人珍重朋友的。你什么时候到城里来的?"

"昨天下午。"

"于是今天你一早就跑出来了? 哎哟哟,亲爱的,你真太好了。"他微笑着俯视她,这一真诚愉快的表情是她以前从没见过的。思嘉内心激动地微笑着,低下头来,好像觉得不好意思。

"当然了,我立即就来了,皮蒂姑妈昨晚跟我说起你的情况,我就——我简直一夜都睡不着。瑞德,我心里难过极了!"

"思嘉!"

他的声调很温柔,但有点震颤。她仰起头来直视着他黝黑的脸,没有看到她所熟悉的那种嘲弄的神色。在他咄咄逼人的目光下,她的眼光又一次垂下来,看来事情进行得比她希望的还要好。

"能再一次看见你并听到你说这样的话,这监狱也就不算白蹲了。他们通报你的名字时,我还真不敢相信自己的耳朵呢。你瞧,那天晚上我得罪了你,从那以后,我从没想到你还会宽恕我。不过,我可以把你这次来看我当作你对我的原谅吗?"

她感到怒火在迅速上升。即使是现在,她一想起那天晚上就气极了。不过她还得将怒火压下去,把头一扬,那双耳环也丁丁地跳跃起来。

“不，我没有宽恕你，”她撅着小嘴说。

“又一个希望也破灭了。在我把自己奉献给国家，光着脚在富兰克林雪地里战斗，而且所以而得了一场严重的痢疾之后，又一个希望破灭了！”

“我不要听你的那些——劳苦，”她说，仍旧撅着小嘴，但从她那对向上翘的眼角给了他一个微笑。“我还是觉得那天晚上你太狠心了，我不宽恕你。在一种什么意外事故都可能碰到的情况下，你竟把我孤零零的抛下不管！”

“可是你并没遇到什么意外呀！因此，你看，我对你的信心已经证明是正确的了。我料定你准能平平安安回到家里，也料定你一路上决不会碰到北方佬的！”

“瑞德，你怎么居然做出这种事来——居然在最后一分钟入伍，那时你明明知道我们就要完蛋了？并且你说过只有白痴才会自己站出来当枪靶子的呀！”

“思嘉，饶恕我吧！我每回想到这一点我就羞愧得无地自容呢。”

“好，你已经因为你对待我的那种方式而感到羞愧，我很高兴。”

“你错了。我遗憾地告诉你，我的良心并没有因为丢下你而感到内疚。至于入伍的事——那时我想的是穿上高统靴和白麻布军装以及佩带两支决斗用的手枪参加军队。等到靴子穿破了，也没有外套和任何东西可以吃的时候，在雪地里行军挨冻……我不知道自己为什么竟没有逃走。那是一种最单纯的疯狂行动，但这是一个人的血气使然。南方人永远也忍受不了一桩事业的失败。不过请不要问我什么理由了。只要得到了宽恕就够了。”

“你没有得到宽恕。我觉得你是只猎犬。”不过她说最后这个字眼时带有爱抚的口气，听起来像是在说“宝贝儿”了。

“别撒谎，你已经宽恕我了。一般年轻的太太们，如果仅仅出于慈善心肠，是不敢闯过北方佬岗哨来看一个犯人的，何况还整整齐齐地穿着天鹅绒长袍，戴着羽饰软帽和海豹皮手筒呢。思嘉，你多亮丽呀！感谢上帝，你总算没穿着破衣烂衫或者丧服到这里来！看来你日子过得不错啊。转过身去，亲爱的，让我好好瞧瞧。”

他果然注意到她的衣裳了。他理应看重这些东西，否则就不是瑞德了。她不禁兴奋地笑起来，连连旋转起来，同时两臂张开，裙箍高高飘起，露出带饰带的裤腿。他那双黑眼睛贪婪地从头到脚品味着她，这眼光毫不遗漏地遍身搜索着，这一贯厚颜无耻的赤裸裸的目光使她浑身起鸡皮疙瘩，难受极了。

“你十分精神，非常非常整洁。简直叫人馋涎欲滴呢！要不是因为外面有北方佬——不过亲爱的，你非常安全。坐下吧。我不想趁机占你的便宜了，像上次见到你时那样。”他露出假装悔恨的表情拍拍自己的脸颊。“老实说，思嘉，你不觉得那天晚上你有点自私吗？想想我为你做的一切，冒着生命危险——偷来一匹马——并且是那么好的一匹马呀！然后奋不顾身地上前线去保卫我们光荣的事业！可是所有这些劳苦给我换来什么呢？是一些恶言恶语和十分凶狠的一记耳光。”

“难道你的劳苦一定要得到报酬吗？”

“噢，那当然喽！你要知道，我就是个自私自利的坏家伙。我每付出一点代价，总是希望得到报酬的。”

这话使她感到恐惧，不过她还是振作起精神，又一次将耳环摇得丁丁地响起来。

“唔，你也的确并不太坏，瑞德。你只是喜欢夸耀罢了。”

“嘿，你倒真的变了！”他笑着说。“你怎么变成基督徒了？我通过皮蒂帕特小姐追踪你，可是她没有告诉我你变得更富有女性的温柔了。说说你自己吧，思嘉。我们分手以后你都干了些什么？”

可是旧恨宿怨此刻还在她心中翻腾，所以她很想说些刻薄话。不过她还是装出满脸笑容，一副逗人怜爱的模样。他拉了把椅子过来紧靠她身旁坐下，她也就凑过去，漫不经心地把一只手轻轻地搁在他的臂膀上。

“唔，谢谢你，我过得还蛮不错，如今塔拉渐渐好起来了。当然，也过了一段艰苦日子，不过他们毕竟没有把房子烧毁，而黑人们把牲口赶到沼泽地，大部分保全下来了。就在今年秋天我们收了二十包棉花。不错，这跟塔拉原先的收获比起来实在算不了什么，但我们下地的人手不多呀。爸说，当然，来年会干得更好些。不过，瑞德，如今在乡下可真没意思呢！你想想，没有舞会，也没有野宴，人们谈论的唯一话题就是日子艰难！天哪，我厌烦死了！最后，到上个星期，我实在受不了了，爸劝我应当做一次旅行，好好享受一番。因此我就到这里来了，想做几件衣裳，然后再到查尔斯顿去看看姨妈。要能再参加舞会，那才带劲呢。”

瞧，思嘉得意地想，我就这样轻巧而有分寸地把事情交代过去了！既不说得太富裕也一点不寒酸。

“你穿上跳舞服就是美，亲爱的，这一点可惜你自己也很明白。我想你去舞会的真正理由是你厌倦了那些乡下情人，现在想到远处找个新鲜的吧。”

思嘉感到值得庆幸的是，瑞德在国外待了好几个月，最近才回到亚特兰大。否则他便决不会说出这么可笑的话来。她略略想了想那些乡下情人们，不是在战争中死去了，就是在大田里干苦力活呢！但是她立刻故意咯咯地笑起来，似乎表示他的确猜对了似的。

“唔，瞧你说的，”她略带辩驳地笑道。

“你是个没心肝的家伙，思嘉，不过这也许正是你的魅力所在呢。”他照例微笑着，可是她知道他是在恭维她。“因为，当然喽，你明白自己有着比天赋条件更多的魅力。我时常纳闷你究竟有什么特点，竟叫我这样永远记得你。因为我认识那么多女人，她们比你还要亮丽，还要机灵，并且恐怕品性上更正直，更和善。可是，不知为什么，我却老记着你。尽管很久没听到你的消息，并且周围有许多亮丽太太，可是我照样时刻想你，惦记着你。”

他果然没有忘记她呀！这样一来事情就好办多了。如今她只要把话题引到他自己身上，她就可以向他暗示她也从没有忘记他，然后——

她轻轻捏了捏他的胳臂,同时又露出笑靥来。

"唔,瑞德,看你说的,简直是在戏弄我这个乡下姑娘了!我心里非常清楚,自从你丢开我以后,你压根儿就没再想起过我。你周围有的是亮丽的法国和英国姑娘,你哪能经常想念我了。不过我不是专门跑来听你谈这些废话的。我来——我来——是因为——"

"因为什么?"

"唔,瑞德,我真是为你发愁!为你担惊受怕?他们什么时候才让你离开这个鬼地方呀?"

他马上按住她的手,紧紧握住,压在他的胳臂上。

"我很感激你为我担忧。至于我什么时候才能出去,这就很难说了。大概他们要把绳索放得更长一点吧。"

"他们不会真的绞死你吧?"

"他们会的,如果能再得到一点证据。"

"啊,瑞德!"她把手放在胸口喊了一声。

"你会伤心吗?如果你伤心极了,我就会在遗嘱里提到你。"

他那双黑眼睛在无情地嘲笑她,同时他捏紧了她的手。

他的遗嘱啊!她生怕泄漏了自己的心事,连忙将眼睛向下看,可是来不及了,他的眼神已经闪出了好奇的光辉。

"按照北方佬的意思,我应当好好地立个遗嘱。现在人们对我的钱很有兴趣。好像外面在流传这样的谣言,说我携带联盟政府那批神秘的黄金出逃了。"

"那么——是这样吗?"

"这完全是瞎扯嘛!你跟我一样很清楚,联盟政府只有一台印刷机而没有制造货币的工厂。"

"那么你的钱都是从哪儿来的呢?做投机生意吗?皮蒂姑妈说——"

"你倒真会盘问啊!"

该死的家伙！他当然是有那笔钱的。她十分激动，要想把话说得温和些已经很难了。

“瑞德，我对你目前的处境非常不安。难道你觉得没有获释的机会吗？”

“我的箴言是‘绝望也没有用’。”

“这是什么意思？”

“意思是‘也许有’，我的迷人的小傻瓜。”

她扬起浓密的睫毛向他看了一眼，随即又垂下来。

“啊，像你这么个机灵人是不会被绞死的！我相信你会想出个聪明的办法来击败他们，获得释放的！等到那时候——”

“到那时候怎么样？”他亲切地问，向她靠得更近些。

“那么，我——”她装出一副娇羞的神态，好像说不下去了。她脸上的红晕不难做到，因为她已经喘不过气来，心也像打鼓似的怦怦地跳。“瑞德，我很抱歉，我对你——我那天晚上对你说的——你知道——在拉夫雷迪。那时我——啊，我多么害怕和着急，”她眼睛向下，看见他那只褐色的手把她的手腕抓得更紧了。“因此——那时我想我永远永远也不饶恕你！可是等到昨天皮蒂姑妈告诉我说，说他们可能会绞死你——这把我突然吓倒了，因此我——我——”她抬起头来，用迫切祈求的目光注视着他，她的目光中含着揪心的痛苦。“啊，瑞德，要是他们把你绞死了，我也不要活了！我受不了！你瞧，我——”这时，她再也经受不住他眼中那炽热的光辉，她的眼睑才又扇动着落下来。

再过一会我就要哭了，她怀着又惊愕又激动的惶惑心情暗自想到。我应当让自己哭出来吗？那会不会显得更加自然些？

他急忙说：“哎哟，思嘉，你可不能那样想——”说着便狠狠地将她的手捏了一把，她痛得似乎骨头都要碎了。

她紧闭双眼，想挤出几滴眼泪来，但又把脸微微仰起来好叫他便于亲吻。此刻，他的嘴唇眼看就要贴到她的嘴唇上来了。可是他并没吻她。失望之情在她心头油然而生,于是她把眼睛微微睁开,偷偷看了他一眼。他那黑茸茸的头正向她的双手凑过来,只见他拿起一只手,轻轻吻了一下,然后举起另一只手,放到他的脸颊上贴了一会。她本来准备承受一番狂暴劲儿的,现在这一温柔亲昵的举动反而使她不知所措了。

她赶快垂下眼睛,免得他忽然抬起头来看见她的表情。她知道她浑身洋溢的那股胜利之情肯定会表现在她的眼睛里。他立刻就要向她求婚了——或者至少会说他爱她,然后……正当她偷偷观察他时,他把她的手翻过来,手心朝上,正准备要吻它,可是他突然紧张地吸了一口气。她也低下头去看自己的手心,似乎一年中头一次看它似的,这时她吓得浑身都凉了。这是一个陌生人的手心,绝不是思嘉·奥哈拉那柔软、白皙、带有小涡和柔弱无力的纤手。这只手由于劳动和日晒粗糙发黑了,而且布满了斑点。指甲已经损坏和变形,手心里结了厚厚的茧子,拇指上的血泡还没有完全好呢。上个月因溅上烫油而留下的那个微红的伤疤是多么丑陋刺眼啊!她怀着恐怖的心情看着它,随即不加思索地把手握紧了。

这时他仍然没有抬起头来。她仍然看不见他的脸。他毫不留情地把她的拳头掰开,凝视着它,然后把她的另一只手也拿起来,把双手合在一起,默默地捧着,俯视着。

"看着我,"他最后抬起头来说,但声音非常冷静。"放下那副假装正经的样子吧。"

她别别扭扭地看着他的眼睛,满脸反抗和烦乱的神色。他的黑眉毛扬起来,眼里闪着奕奕的光辉。

"你就这样在塔拉过得很好是吗?种棉花赚了那么多钱,能够旅行了。你用自己的双手在干什么——耕地?"

她试着把手挣脱出来,可是他拉住不放,一面用拇指抚摩着那些茧子。

"这可不是一位太太的手呀!"他说罢就把她的双手放到她的膝上。

“啊,住嘴!”她高声喊道,觉得顿时得到解脱,可以发泄自己的愤怒了。“我用自己的双手在干什么,谁管得着!”

“瞧我多么傻呀,”她恼火地想。“我应当把皮蒂姑妈的手套借来或者偷到手呀!可是我没有注意自己的手那么难看。当然,他是会注意的。看来一切都完了。啊,怎么恰好在这节骨眼上偏偏发生这种事呀!”

“你的手我当然管不着,”瑞德冷冷地说,一面将身子挪回来,懒懒的靠到椅背上,他的脸上好像毫无表情。

看来他要变得不好对付了。

“我看你也太鲁莽了,竟那样说我的这双手。只不过上星期我没戴手套骑马,把手弄——”

“骑马,见鬼去吧!”他平板地说。“你明明是用这双手在劳动,像个黑鬼一样在劳动。不是吗?为什么要骗我说在塔拉一切都好呢?”

“现在,瑞德——”

“我看还是打开天窗说亮话吧。你这次来究竟要干什么?我几乎被你虚情假意的媚态迷住了,还以为你真的关心我,替我着急呢。”

“啊,我就是为你着急呀!真的!”

"不,你没有。我怎么样,你是不会在乎的。这明明写在你的脸上,就像艰苦的劳动写在你手上一样。你是对我有所求,并且十分急迫,才不得不装出这副样子。你干吗不坦率地说呢?那样你会有更多的机会得到满足,因为,如果说女人有什么品性让我赞赏的话,那就是坦率了。可是你,却像个妓女晃荡着丁丁响的耳坠子,噘着嘴,嬉笑着讨好一位嫖客似的。"

他讲最后几句话时仍然那样平板,可是这些话对于思嘉俨然像鞭子一样噼啪作响,这使她伤心地看到她的引诱失败了。要是他大发脾气,斥责她,像别的男人那样,她还能够对付。然而他可怕的平静声调却把她吓蒙了,使她根本不知道该怎么办。

"我看我的记忆力出毛病了。我本来应当记得你这个人跟我一样,做任何事情都有一个隐秘的动机。现在让我猜猜,你究竟打的什么主意,汉密尔顿太太?你不会糊涂到认为我会向你求婚吧?"

她的脸顿时涨得通红,可是她没有回答。

"那你不该忘记我常常讲的那句话,就是说,我是不准备结婚的。"

她还是一言不发,这时他忽然粗暴地问:

"你没有忘记吧?回答我。"

"没有忘记,"她无可奈何地答道。

"思嘉,你可真是个赌徒!"他讥讪地说。"你想碰碰运气,以为我蹲在监狱里,不能同女人亲近了,便会急不可耐地把你一手抓过来啦。"

"可你正是这样做的呀,"思嘉愤愤地想道,"要不是因为我的这两只手——"

"好,现在我们谈清楚了。就看你敢不敢老实对我说究竟为什么要引诱我?"他的声音里有一种温和的、甚至是挑逗人的语调,这又给了她勇气。也许并没有全完蛋呢?当然,她已经把结婚的希望给毁了,不过,那也没什么,如果能机灵些并利用他的同情心和记忆,她也许还能借到一笔钱。于是她装出一副稚气的想要和解的样子来。

“唔，瑞德，你能给我很大的帮助——只要你为人温和一点就好了。”

“为人温和——这是我最乐意不过的了。”

“瑞德，讲点老交情，我要你帮个忙。”

“看来这位手心粗硬的太太终于要谈谈自己的使命了。你到底要什么呢，钱吗？”

他问得这么直截了当，使她原先设想用委婉动情的迂回手法一笔勾销了。

“别那么小气吧，瑞德，”她娇声娇气说。“我的确需要一笔钱。我要你借给我三百美元。”

“到底说真话了。讲的是爱情，要的是金钱。多么地地道道的女性呀！这钱要得很急吗？”

“唔，是——嗯，也不那么急，不过我要用。”

“三百美元。这是一大笔钱呢。你拿它干什么？”

“交塔拉的税金。”

“你原来是要借钱。好吧，既然你跟我讲生意经，我也就跟你讲生意经了。你给我什么作抵押呢？”

“什么——什么？”

“抵押。作为担保。我当然不想把这笔钱白白丢掉。”他的口气很圆滑，甚至有讨好的意思，可是她没在意。也许到头来一切都蛮不错呢。

“拿我的耳环。”

“我不喜欢耳环。”

“我愿意用塔拉作抵押。”

“我要个农场干什么？”

“喏，你可以——你可以——那是个上好的种植园呢。你决不会吃亏的。我一定拿明年的棉花来偿还你。”

“我倒觉得不怎么可靠。”他往椅背上一靠,把两只手插进衣袋里。“棉花价格一天天下跌。时世那么艰难,钱又那么紧。”

“啊,瑞德,你这不是逗我玩吗!你明明有几百万的家当嘛。”

他打量着她,眼里流露出一丝温暖而捉摸不定的恶意。

“看来一切都顺利,你并不非常需要那笔钱喽。那好,我心里也很高兴。我总是盼望老朋友们万事如意。”

“啊,瑞德,看在上帝的面上……”她开始着急起来,勇气和自制都忘了。

“请你把声音放低些。我想你不至于要让北方佬听到你的话吧。”

“瑞德,别这么说!我愿意把一切都告诉你。这笔钱我的确要得很急。我——我说一切顺利,这是在撒谎。一切都糟得不能再糟了。我爸已经——精神恍惚了。从我妈死后,他就变得古怪起来,什么都做不了,他完全像个孩子了。并且我们没有一个会干田间活的人去种棉花,可需要养活的人却很多,一共十三个。何况税金——高得很呢。瑞德,我把什么都告诉你。过去一年多,我们差点儿饿死呢。啊,你不知道!你也不可能知道呀!我们一直不够吃,白天黑夜的挨饿,太可怕啦!并且我们没有衣裳,孩子们常常挨冻,生病,还有——”

“那你这身亮丽衣着又是从哪里弄到的?”

“这是用母亲的窗帘改做的,”她答道,因为心里着急,也顾不上体面了。“挨饿受冻我能忍受得住,可如今税金提高了,并且必须立即交钱。但是除了一个五美元的金币,我什么也没有。要是我交不出,我就会——我们就会失掉塔拉,而我们是万万不能失掉它的!我决不放走它!”

“你干吗不一开始就说清楚,却来折磨我这颗敏感的心——经常一碰到亮丽女人就要发软的心呢?不,思嘉,不要哭。你除了这一着外什么手段都采用过了,可这一着我恐怕经受不住呢。当我发现你所需要的是我的钱而不是我这个有魅力的人时,失望和痛苦便把我的感情撕碎了。”

她想起来，每当他嘲讽别人时，总是说一些有关自己的大实话，于是她便赶快抬起头来看着他。难道他的感情真正被伤害了？他真的爱她吗？当他看她的手时，他是准备求婚的要求了吗？要是他真的有意于她，或许她还能使他温驯下来。然而他的黑眼睛紧盯她时不是用一种爱人般的神态，而是在轻轻地嬉笑呢。

“我不稀罕你的抵押品。我不是什么种植园主。你还有什么别的东西吗？”

好，他终于谈到正题上来了。该摊牌了！她深深地吸了一口气，勇敢地面对着他的目光。

“我——我还有我自己。”

“是吗？”

“你还记得围城时在皮蒂姑妈家走廊上的那个夜晚，你说过——那时你说过你是要我的。”

他在椅子上漫不经心地向后一靠，注视着她那张紧张的脸，同时露出一种莫测高深的表情。似乎有什么在他眼睛后面闪烁，可是他一声不响。

“你说过——你说你从来没有像想要我这样想要过任何一个女人。如果你还想要我，你就能得到我了。瑞德，干什么我都行，你说好了。不过看在上帝面上，你得给我开张支票！我说话算数。我发誓决不食言。如果你愿意，我可以立个字据。”

他古怪地看着她，仍然难以捉摸，她巴不得他能说点什么，不论说什么都好啊！她觉得自己脸上发烧了。

“我得马上要这笔钱呢，瑞德。他们会把我们赶走的，而且——”

“别急嘛。你怎么会认为我还要你呢？你怎么会认为你值三百美元呢？大部分女人都不会要价那么高呀。”

她的脸顿时通红，心里感到莫大的侮辱。

“你为什么要这样？为什么不放弃那个农场，住到皮蒂帕特小姐家去呢？那幢房子你有一半嘛。”

“天哪！”她叫道。“难道你是傻瓜？我不能放弃塔拉，它是我们的家嘛。我决不放弃。只要我还有一口气就决不！”

“爱尔兰人真是不好对付，”他说着，一面向后靠在椅子上躺平，把两只手从衣袋里抽出来。“他们对许多没什么意思的东西，譬如，土地，看得那么重。其实这块地和那块地没什么不一样嘛。现在，思嘉，让我把这件事说个明白吧。你是到这里来做交易的了。我愿意给你三百美元，你呢，做我的情妇。”

“好。”

“不过，我以前厚着脸皮向你提出同样的要求时，你却把我拒之门外。并且还用许多非常恶毒的话骂我，并捎带声明你不愿意养‘一窝小崽子’。不，亲爱的，我不是在揭疮疤。我只是想知道你的古怪心理。你不愿意为自己享乐做这种事，但为了不饿肚子却愿意做了。这就证明了我的一向观点，即一切所谓的品德都只不过是个代价问题罢了。”

“唔，瑞德，你说吧！要是你想侮辱我，你就继续说下去吧，不过得把钱给我。”

现在她平静了一些。出于本性，瑞德自然要尽可能折磨她，侮辱她，对她以往的轻视进行报复。好吧，她能够忍受，什么都能忍受。为了塔拉，这一切都是值得的。有一会儿，她想象着在仲夏天气，午后的天空碧蓝的，她昏昏欲睡地躺在塔拉草地上浓密的苜蓿里，仰望飘浮的朵朵白云，吸着白色花丛中飘来的缕缕清香，静听着蜜蜂愉快而忙碌地在耳旁嗡嗡不已。这一切完全值得你付出代价，还不止值得呢！

她抬起头来。

“你准备把钱给我吗？”

他那模样似乎正自得其乐似的，但语气中却带着残忍的意味。

“不，我不准备给。”

这句话出人意料，一时间她的心情又被搅乱了。

“我不能把钱给你，即使我想给也办不到。我身上一分钱也没有，在亚特兰大一个美元也没有。是的，我有些钱，但不在这里。我也不准备告诉你钱有多少，在什么地方。”

她的脸色很难看，都发青了，那张扭歪的嘴和杰拉尔德激怒得要杀人时一模一样。她忽地站起来，怪叫了一声，这使得隔壁房间里的嗡嗡声都突然停止了。瑞德也迅猛得像头豹子，一下跳到她身边，用一只手狠狠捂住她的嘴，另一只紧抱住她的腰。她拼命想咬他的手，踢他的脚，尖叫着发泄她的愤怒、绝望和那被伤害了的自尊心。她的心就要爆炸了。他那么紧、那么粗暴地将她抱住，使她疼痛不堪，而那只捂在她嘴上的手已残忍地卡进了她的两颚之间。他的眼光严峻而炙热，他把她完全举了起来，将她高高地紧压在他的胸脯上，抱着她在椅子上坐下，任凭她挣扎。

“乖乖，看在上帝面上，别嚷嚷了！再嚷，他们马上就会进来。难道你要北方佬看见你这副模样吗？”

她已什么都不顾了，只是火烧火燎，一心要杀死他，不过这时她浑身感到一阵晕眩。他把她的嘴捂住，她都不能呼吸了。随后他的声音渐渐减弱了，模糊了，眼前一片迷雾愈来愈浓，直到她再也看不见他——也看不见任何别的东西了。

当她轻轻扭动身子，渐渐恢复知觉时，她感到浑身彻骨地疲倦、虚弱和迷惑不解。瑞德正轻轻拍打她的手腕，一双黑亮的眼睛焦急地察看着她的脸色。那个好心的年轻队长正动手将一杯白兰地灌进她嘴里。

“我想——我准是晕过去了，”她说完觉得自己的声音似乎是从很远的地方传来的，便不由得害怕了。

“把这杯酒喝下去吧，”瑞德说，端过酒杯送到她嘴边。这时她想起来了，但只能无力地瞪着他,她已疲乏得连发火的力气也没有了。

“请看在我的面上,喝吧。”

她喝了一口便呛得咳嗽起来。

“我看她已经好些了,先生们,非常感谢你们,”瑞德说。“她一听说我将要被处决,就受不了啦。”

穿蓝制服的军官们在地上跺着脚,显得很尴尬。他们干咳了几声,清了清嗓子,便出去了。只有那个年轻队长还待在门口。

“还有什么事需要我做吗?”

“没有了,谢谢你。”

他走出去,随手把门关上。

“再喝一点,”瑞德说。

“不了。”

“喝了吧。”

她又喝了一大口,热流开始向全身灌注,力气也缓缓地回到身上。她推开酒杯,想站起来,可是他又把她按了回去。

“放开我,我要走了。”

“现在还不行。再过一会儿。你还会晕倒的。”

“我宁愿晕倒在路上也不要跟你待在这里。”

“反正都一样,我总不能让你晕倒在路上呀。”

“让我走。我恨你。”

听她这么一说,他脸上又露出一丝笑意。

“这话才像你说的。你一定感觉好些了。”

她轻松地躺了一会。她太疲乏了,已经疲乏得不想去恨谁,以致对一切都不怎么在乎了。失败像铅块一般沉沉地压着她。她孤注一掷,结果输个精光!连自尊心也没有了。这是她最后一线希望的破灭。这就是塔拉的下场。她靠在椅背上躺了好一会，闭着眼睛，静听着身边瑞德沉重的呼吸。

“现在你好些了。”

“当然，我完全好了。瑞德·巴特勒，你太可恨，如果说我见过流氓的话，你就是个最大的流氓，我一开口你就明明知道我要说什么，同时也打定主意不给我钱。可是你还让我一直说下去。你本来可以不要我说了——”

“不要你说，白白放弃机会不听你说故事吗？不大可能。我在这里太缺少可供消遣的玩意了。我还真的从没听过这么令人满意的故事呢！”他忽然又像往常那样嘲讽地大笑起来。她一听这笑声便跳起来，抓起她的帽子。

他猛地抓住她的肩膀。

“再等会儿。你觉得完全好了可以谈正经话了吗？”

“让我走！”

“我看你是完全好了。那么，请你告诉我，我是你火中唯一的一块铁吗？”他的眼光犀利而警觉，审视着她脸上的每一丝表情变化。

“你这是什么意思？”

“我是不是你玩弄这把戏的唯一对象？”

“这有什么关系呢？”

“比你所意识到的关系要大得多。你的钓丝上还有没有别的男人？告诉我！”

“没有。”

“我不信。我不能想象你就没有五六个后备对象保留在那里。一定有人会站出来和你达成协议的。我对这一点有把握，所以要给你一个小小的忠告。”

“我不需要你的忠告。”

“可我还是要给你。目前也只有我能给你忠告了。听着，因为这是个好的忠告。当你想从一个男人身上取得什么的时候，可千万不要像对我这样直统统地说出来。要巧妙一些，更带诱惑性一些，那样效果才会好。你自己是很懂得这一点的，并且很精通，可就在刚才，当你把你的——你借钱的——抵——押——品提供给我时，你却显得像铁钉一样生硬，真令人不舒服。它激不起男人胸中的热情。这玩意不能用来操纵男人，亲爱的。看来你快要把早年受的恋爱训练忘得一干二净了。"

"我的行为用不着你来教训，"她说，一面疲惫地戴上帽子。她不明白他怎能在自己脖子上套着绞索和面对她的可怜处境时还这么开心地说笑。她没有注意到他的两手捏着拳头插在衣袋里，好像对自己的无能为力在竭力挣扎。

"振作起来吧，"他说，一面看着她把帽带系好。"你可以来观看我的绞刑，这会使你舒服的。那样一来，我们之间的旧账——包括这一次在内，就一笔勾销了。我还准备在遗嘱里提到你呢。"

"谢谢你，不过他们也许迟迟不给你行刑，到时候再交纳税金也就晚了，"她说这话时突然发出一声与他针锋相对的狞笑。

第三十五章

她从消防站走出来时正在下雨,天空是阴沉沉的一片浅灰色。

她一路艰难地走着,白兰地的热劲渐渐消退了。寒风吹得她瑟瑟发抖。冰冷的雨点迎面向她打来。雨水很快淋湿了皮蒂姑妈那件薄薄的外套,黏糊糊地贴着她的身子。她知道那件鹅绒新衣也快完了,至于帽子上的羽毛已水淋淋地耷拉下来。人行道上的砖块多已损坏,并且大段大段的路面上已完全没有砖了。这些地方泥泞不堪,她的便鞋陷在里面就被粘住,有时一拔脚鞋就掉了。而她弯下腰去用手提鞋时,衣服的前襟便落在泥里。后来,她甚至懒得绕过泥坑,而随意踏到里面,撩着沉重的衣裙径直走过去。她能感觉到那湿透了的裙子和裤腿冰冷地纠缠在脚踝上,可是她已不再去关心这套衣裳的命运了,虽然在它身上她曾经押了那么大一笔赌注。她只觉得凄冷、沮丧和绝望。

她怎么好在说过那些大话之后就这样回去见大伙呢?她怎能告诉他们,说他们都得流浪他乡呢?她怎能丢下那一切,丢下那些红色的田地、高大的松树、寂静的坟地呢?那坟地上的柏林深处还躺着她的母亲爱伦呀!

她在溜滑的道路上吃力地走着,心中又燃起了对瑞德的仇恨之火。这个无赖!她巴不得他们把他绞死。其实要是他愿意,他是完全可以替她弄到那笔钱的。啊,绞刑还太便宜了他呢!感谢上帝,他现在已经看不见她,看不见她浑身湿透、披头散发、牙关打战的模样!她一定非常难看,而他见了准会哈哈大笑的!

她一路上遇到的一些黑人都对她露齿而笑,他们还相互嬉笑着看她在泥泞中的狼狈相。他们竟敢笑话她,这些黑猴儿!他们竟敢对她这位塔拉农场的思嘉·奥哈拉小姐龇牙咧嘴!她恨不得把他们全都痛打一顿,打得他们的脊背鲜血淋漓。

她听到背后马蹄蹚水的声音,一辆四轮马车缓缓地驶过来,她回过头去观看,要是赶车的是个白人便决定求他带上一程。当马车来到近旁时,她在雨雾中尽管看得不太清楚,但看得见驾车的人从高高的防雨布后面探出头来,露出一张熟悉的脸。那人不好意思地轻轻咳了一声,随即用一种熟悉的声音惊喜地喊道:"啊,那不会是思嘉小姐吧?"

"啊,肯尼迪先生!"她喊着,蹚过街道,俯身靠在泥泞的车轮上,也不顾那件外套了。"我遇见谁也没像现在这样高兴呢!"

他一听她说得这么亲热就高兴得脸都红了。随即轻快地跳下来,热情地同她握了握手,掀起那块防雨布,扶她爬上车去。

"思嘉小姐,你一个人跑到这里干什么来了?你不知道这里很危险吗?并且你浑身湿透了,赶快拿这条毯子把脚裹起来。"

当他像只咯咯叫的母鸡忙着照料她时，她一动不动，乐得享受他的殷勤好意。有这么一个男人，就算是弗兰克·肯尼迪这么个婆婆妈妈的男人也好，在身边忙个不停，疼爱地责怪她，那有多美呀！在刚刚受过瑞德的冷遇之后，便尤其感到舒服了。而且，在她远离家乡时看到一张同乡人的面孔，更是多么可喜的事呀！她注意到他穿得很好，马车也是新的。那匹马年轻膘壮，可是弗兰克似乎更老了。他很瘦，脸色憔悴，一双发黄多泪的眼睛深陷在面部松弛的皱褶里。他那把枯黄色的胡子显得比以前少了，上面沾着烟叶汁，并且有点蓬乱。

"看到你很高兴，"弗兰克热情地说。"我不知道你到城里来了。上星期我还见到皮蒂帕特小姐，可她没有说起你要到这里来。有没有——嗯——有没有别人从塔拉跟你一道来？"

他在想苏伦呢，这可笑的老傻瓜！

"没有，"她说，一面用那条暖和的旧毛毯把身子裹好，并试着将它拉上来围住脖子。"我一个人来的，事先也没有通知皮蒂姑妈。"

他对马吆喝了一声，车轮便开始转动，慢慢地在街道上行驶起来。

"塔拉的人都好吧？"

"唔，是的，都还可以。"

她得想出点事情说说才好，可是还真不容易。她的心情沮丧得像铅一般沉重，所以她只想裹着暖和的毯子。

"肯尼迪先生，我真没想到会遇见你呢！我太不应该了，没有同老朋友们保持联系，不过我并不知道你到了亚特兰大。有人跟我说过你是在马里塔嘛。"

"我在马里塔做买卖，做过不少买卖呢，"他说。"苏伦小姐没有告诉你我已经在亚特兰大落脚了吗？她没有对你说起过我开店的事？"

她模糊地记得苏伦唠叨过这事，可是她向来就不注意苏伦口里的话。她只要知道弗兰克还活着和他总有一天会把苏伦领走就足够了。

"不，她一句也没说，"她撒了个谎。"你开了个铺子？看你多能干呀！"

思嘉的一句恭维话使他高兴了。

“是的,我开了个铺子,而且我觉还蛮不错。人们说我是个天生的买卖人呢。”他开心地笑着,他那好像忍不住的格格笑声,思嘉一听就讨厌。

她心想:看这个自命不凡的老傻瓜!

“唔,你不论干什么都会成功的,肯尼迪先生。不过你怎么居然会开起店来了呢?记得前年圣诞节你说过你手里一分钱也没有嘛。”

他刺耳地假咳了几声,又搔了搔胡子,流露出一丝羞涩不安的微笑。

“唔,说来话长,思嘉小姐。”

真是谢天谢地!她心想。就让他不停地唠叨下去,不到家不罢休。于是她高声嚷道:“你就说吧!”

“你记得我们上次到塔拉搜集军需品的时候吧?对了,我后来就投身于真正的战争了,因为我没有别的差使好干。于是我便跟着骑兵打了一阵子,直到肩膀上挨了一颗小小的子弹。”

他显得很骄傲,这时思嘉说:“多可怕呀!”

“唔,那没有什么,只不过皮肉受了点伤罢了,”他好像不大赞成思嘉这么大惊小怪。“后来我被送进南边一家医院,等到我快要好起来时,不料北方佬的突击队冲过来了。于是我们只好尽快地撤出去。乖乖,乖乖,多么悲惨的一幅景象呀!堆置在铁路旁边长达半英里的物资全都被烧掉了。我们空着手逃出来了。”

“多可怕呀!”

“是的,就是这样。可怕呀!那时我们的人已回到亚特兰大来了。因为那是战争结束前不久的事,所以——好了,有许多的瓷器、帆布床、床垫、毯子等等没有人来认领。我可以肯定都是北方佬的东西。”

“唔,”思嘉心不在焉地应着。她现在已渐渐暖和过来,有点瞌睡了。

“我至今也不明白我到底做得对不对,”他带点发牢骚的口气说。“据我看来,这批物资对北方佬毫无用处。我觉得它应当属于联盟政府或属于联盟政府的人。你明白我的意思吗?"

"唔。"

"我很高兴你也这样想,思嘉小姐。不知怎的,我良心上总有点过意不去。只要我做了点什么亏心事,我就抬不起头来。你认为我做得对吗?"

"当然对,"她说,但不明白究竟这个老傻瓜刚才都说了些什么。良心上有点不自在?一个人到了弗兰克这个年纪,应当早就学会不去介意那些小事了。

"听你这么一说我就高兴了。宣布投降以后,我有大约十块银圆,其他就什么都没有了。我用这十块钱在五点镇旁边一家旧铺子上盖了个屋顶,然后将那些医院设备搬进去做起买卖来。谁都需要床、瓷器和床垫的,我便把它们卖便宜一点,因为这些东西本来也可能属于别人的嘛。不过我用卖得的钱又买来更多的东西。这样一来,生意就好起来了。我想只要继续兴旺下去,我是会从中赚到许多钱的。"

一谈到"钱"这个字,她的心思就一清二楚地回到他身上来了。

"你说你赚了钱是吗?"

他发现她有兴趣,显然来劲了。除苏伦之外,还很少有女人向他表示过超乎敷衍的殷勤呢。如今得到像思嘉这样一位他曾经倾慕过的美人来倾听他的话,真是莫大的荣幸了。

"我还不是百万富翁呢,思嘉小姐;不过我今年赚了一千美元。当然,其中的五百美元已用在进新货、修理店铺和交纳税金上。我只是净挣了五百美元,明年我应当能净赚两千美元。这笔钱我也完全用得着的,因为,思嘉小姐,我手头还有一桩活儿准备干呢。"

思嘉一谈起钱就兴致勃勃了。她垂下那两扇浓密的睫毛微微地觑着他,同时挪动身子向他靠近了一点。

"你这话是什么意思,肯尼迪先生?"

他笑笑,抖了抖手中的缰绳。

“我想,尽谈这些生意经会叫你厌烦的,思嘉小姐。像你这样一位美人儿,是用不着懂生意上的事的。”

看这老傻瓜。

“唔,我知道我对做生意一窍不通,可是我挺感兴趣呀!请你只管讲下去吧,我不懂的地方你可以解释嘛!”

“好吧,告诉你,我另一桩要办的事是个锯木厂。”

“什么?”

“一个锯木料和刨木板的厂子。我还没有把它买到手,可是正准备买。一个名叫约翰逊的人有这么个厂子,他急于要卖掉它。他眼下需要一笔钱,因此想卖给我,同时他可以留下来替我经营,工资按周支付。这一带只剩下很少几家锯木厂,其余的都叫北方佬给毁了。现在谁要是有这么一家,谁就等于有了一个金矿,因为近来卖木材随自己要价,要多少算多少呢。北方佬在这里烧掉了那么多的房子,如今人们没地方住,发疯似的一个劲儿盖房。他们弄不到木料。人们还在大量拥进亚特兰大,他们全是从乡下来的,因为没有了黑人,已无法从事农业;还有就是那些北方佬和提包党人,他们也会涌进来。我告诉你,亚特兰大很快就会成为一个大城市。人们需要木料盖房子,因此我想尽快买下这家锯木厂——尽快。到明年这时候,我手头便会松多了。我——我想你是知道我为什么这样辛苦着挣钱的,难道不是吗?”

他脸红了,又呵呵地笑起来。他在想苏伦呢,思嘉只觉得讨厌。

她考虑了一会,想问他借三百美元,但又觉得不行,便打消了这个念头。因为他会支支吾吾,会找到借口,总之是不会借给她的。他辛辛苦苦挣了这点钱,到春天便可以同苏伦结婚了,可是如果钱被借走了,他就不得不再推迟婚期。并且即使他答应借笔钱给她,她知道苏伦也决不会允许的。苏伦愈来愈明白她已成了个老姑娘,她不论如何也不会容许任何人再来推迟她的婚期了。

这个成天愁眉苦脸的姑娘,她怎么会使得这个老傻瓜急于要与她结婚呢?苏伦不配有这么个心爱的丈夫,也不配做一个商店和一家锯木厂的老板娘。一旦她有了点钱,她就会摆起令人作呕的架子而决不会为塔拉拿出一分钱来的。苏伦决不会的!她只会拿那笔钱图自己的舒服。

思嘉想起苏伦安乐的未来和自己与塔拉悲惨的命运,不禁怒火中烧,觉得人生太不公平了。她想她快要丧失所有的一切了,而苏伦呢——突然之间,她心里萌发了一个念头。

苏伦不配得到弗兰克,以及他的商店和锯木厂!

苏伦不配享有它们。思嘉要把它们据为己有。她想起塔拉,也想起乔纳斯·威尔克森,他恶毒得像条毒蛇,站在屋前台阶上,这时她就像溺水的人抓住了最后一根稻草。瑞德叫她失望了,但上帝给她送来了弗兰克。

"可是,我能得到他吗?"她紧握十指,茫然地向雨中凝望。"我能够让他忘掉苏伦向我求婚吗?既然我能够让瑞德也几乎向我求婚了,我想我是能得到弗兰克的!"她侧过脸来,朝他浑身上下打量了一眼。"他的确不怎么亮丽,牙齿难看,呼吸中有股臭味,并且老得可以当我父亲了——"她这样冷冷地思忖着。"此外,他还有些神经质,胆小懦弱,婆婆妈妈,这些我看来是一个男人的最糟糕的品性了。不过他至少是个上等人,我想我可以凑合着同他生活,比同瑞德过得还好些。他会由我操纵。不管怎样,一个穷得像乞丐的人是没有权利挑选的。"

他是苏伦的未婚夫,这一点并没有使她良心不安。要知道,正是道德上的彻底破产促使她到亚特兰大来找瑞德的,事到如今,把她妹妹的情人据为已有也不过是小事一桩,不值得伤神多想了。

既然有了新的希望,她又直直地坐好了,也忘记双脚又湿又冷的难受劲儿了。她眯着眼睛坚定地望着弗兰克,以致他感到有点儿惊恐,她也赶紧把眼光移开,因为记得瑞德刚说过:"这样的眼睛是不会激起男人胸中的热情的。"

“怎么了,思嘉小姐？你觉得冷吗?”

“是的,”她无力地答道。“你不会介意——”她胆怯地支吾着。“要是我把手放进你的外套口袋里,你不会介意吧？天这么冷,我的皮手筒又湿透了。”

“唔——唔——当然不会了！怎么你连手套也没有戴！真是,真是,看我这老糊涂,一路上只顾自己高兴地闲聊,聊得都昏头昏脑了！也没想到你在挨冻,需要马上烤烤火呢！快,萨利！顺便说说,思嘉小姐,我老是忙着谈自己的事,也没问问你在这鬼天气跑到这里来干什么?”

“我刚才到北方佬总部去了,”她不加思索地答道。他听了大吃一惊,两道灰黄的眉毛直竖起来。

“可是,思嘉小姐！那些大兵——唔——”

“圣母马利亚,让我想出个好的谎言来吧,”她急忙暗暗地祈祷。对于弗兰克来说,是万万不能让他怀疑她见过瑞德了。弗兰克认为瑞德是个最卑劣的无赖,一个规矩女人连跟他说话也是很不正经的。

“我去那儿——我去那儿看看是不是——是不是有什么军官要买我的针线活儿。我的绣花手艺蛮不错呀。”

他惊慌得往座位上沉重地一靠,厌恶之情与惶惑的感觉在他脑子里翻腾起来。

“你到北方佬那里去——可是思嘉小姐！你不应当去的。你看——你看……肯定你父亲不知道！一定的,皮蒂帕特小姐——”

“啊,要是你告诉皮蒂姑妈我就完了!”她焦急地哭起来了。要哭是容易的,因为她身上又冷,心里又难受,可是哭的效果却惊人的好。弗兰克感到很难为情又毫无办法,他不断发出啧啧的声音,叨念着“天哪,天哪!”,同时做出无可奈何的手势。他心里忽然冒出个大胆的念头,想把她的头搂过来,抚慰她,拍拍她,可是他从来没有对任何一个女人这样做过,也不懂该怎样做。思嘉·奥哈拉,一位那么亮丽的年轻太太,正想把自己的针线活儿兜售给北方佬呢。他的心燃烧起来了。

她继续啜泣着，间或说一两句话，这便让弗兰克起想塔拉的景况一定很不妙了。奥哈拉先生仍处于“精神严重失常”的状态，家中又没有足够的粮食吃。因此她才跑到亚特兰大来想挣点钱维持自己和孩子的生活。弗兰克嗫嚅了一会儿，突然发觉她的头已经靠在他肩上了。他也不大明白它是什么时候靠过来的。思嘉无力地靠在他的胸脯上嘤嘤地哭泣着，这对他来说可是一种又兴奋又新奇的感觉。他小心翼翼地拍着她的肩膀，起初还是怯生生的，后来越来越胆大起来，拍得也更起劲了。这是个多么可怜、可爱而又温柔的小家伙呀。她居然凭自己的针线活儿挣钱，又显得多么勇敢而幼稚可笑！不过，同北方佬打交道就不太好了。

“我不会告诉皮蒂帕特小姐，可是你得答应我，思嘉小姐，你再也不做这种事了。只要想想你是你父亲的女儿——”

她那翠绿的眼睛无可奈何地望着他。

“可是，肯尼迪先生，我没有别的办法。我得照顾我那可怜的孩子，可现在谁也不来管我们了。”

“你是一个勇敢可爱的女人，”他毫不含糊地说。“不过，我不想让你做这种事。要不你的家庭会羞死的！”

“那么我做什么好呢？”她那双泪盈盈的眼睛仰望着他。

“唔，眼下我也不知道。不过我会想些办法的。”

“啊，我就知道你会的！你真能干——弗兰克。”

她以前从没称呼过他的名字，第一次这么叫他，他听得又高兴又惊讶。这可怜的姑娘大概是糊涂了，连自己说漏了嘴也没有发觉。他对她感到非常亲切和满怀爱护。要是他能替苏伦的姐姐做点事情，他一定会乐意的。他掏出一条红色大手帕递给她，她接过来擦了擦眼睛，然后对他嫣然一笑。

“你看我这个可笑的小傻瓜，”她用抱歉的口吻说，“请不要见怪才好。”

“你才不是小傻瓜呢。你是个非常勇敢可爱的女人，把一副沉重的担子挑在自己肩上。我想皮蒂帕特小姐对你不会有多少帮助，我听说她的大部分财产已经丧失，而亨利·汉密尔顿先生自己的景况也很差。我但愿自己有个家可以接待你。思嘉小姐，等到苏伦小姐和我结了婚，我们家永远欢迎你，韦德也可以带来。”

她听了这话装成一副吃惊和难为情的样子，张开嘴像马上要说话似的，可是又闭上了。

“到春天我就要当你妹夫了，别假装你还不知道似的，”他用一种神经质的快乐口吻说。接着，发现她眼里满是泪水，惊恐地问：“怎么了，苏伦小姐没有生病吧，难道她病了？”

“啊，没有！没有！”

“一定出什么事了。快说吧。”

“啊，我不能！我不知道！我还以为她已经告诉你了呢——啊，真丢人！”

“思嘉小姐，怎么回事呀！”

“唔，弗兰克，我这话本来不想说的，不过我以为，当然喽，你知道——我以为她写了信给你——”

“写信给我说什么？”他急得哆嗦起来。

“啊，对一个你这样的好人竟做出这种事！”

“她做了什么呀？”

“她真的没告诉你？唔，我猜想她是太不好意思了。她应该感到羞耻嘛！啊，我偏偏有这么一个丢人的妹妹！”

现在，弗兰克连提问的勇气也没有了。他坐在那里呆呆地望着她，脸色发灰。

“她下个月就要同托尼·方丹结婚了。唔，我真抱歉呀，弗兰克。这件事要由我来告诉你，真不是滋味。她实在等得难受了，生怕自己会当老姑娘呢。”

弗兰克搀扶思嘉下车时，嬷嬷正站在屋前走廊上，她那张皱巴巴的黑脸上流露着气恼和忧虑的神色。她匆匆地瞥了弗兰克一眼，等到发现是谁时才愉快起来，同时掺杂着一丝歉疚的意思。她蹒跚着向弗兰克走来欢迎他，但当他要同她握手时，她却咧开嘴大笑着行起鞠躬礼来了。

"能在这里看到家里人真不错啊，"她说。"你好呀，弗兰克先生？我的天，你阔起来啦！要是俺知道思嘉姑娘是跟你出去了，俺也不会担心了。俺知道她得有人照顾着。俺回来一发现她出门了，俺就慌了神。心想她在这城里一个人乱跑，可大街上到处是刚放出来的下流黑鬼呢。怎么，宝贝儿，你也不告诉我一声就出去了？并且你还在感冒呀！"

思嘉狡黠地向弗兰克眨了眨眼睛。虽然刚刚听到的那个消息正使他苦恼不堪，他还是微微一笑，知道应该保持沉默。

"你快去给我找几件干衣服来，嬷嬷，"她说。"还弄点热茶。"

"天哪，你的新衣裳完了，"嬷嬷嘟哝着。"俺得花时间把它烘干刷净，还得参加今天晚上的婚礼呢。"

她进屋去了，这时思嘉紧挨着弗兰克悄悄说："今天晚上来吃饭吧，我们太孤单了，然后我们一起去参加婚礼。你当我们的护送人吧！还有，请不要在皮蒂姑妈面前说起——说起苏伦的事。她会难过的，而且，要是她知道我妹妹——，我也受不了呀。"

"唔，我不会！我不会！"弗兰克急忙说，他一想起来就胆战心惊呢。

"今天你对我太好了，帮了我那么大的忙。现在我又勇敢起来了。"分手时她用力捏了捏他的手，同时用那热烈的眼睛牢牢地盯住他。

这时，正好在门口等候着的嬷嬷难以捉摸地看了她一眼，跟着她呼哧呼哧地到楼上卧室里去。她一声不响地替思嘉脱下湿衣服，然后俯身瞧着她，用一种抱歉的口气说："乖乖，你怎么不告诉自己的嬷嬷你究竟在干什么呢？要不，俺就不会这么大老远跟着你到这亚特兰大来了。俺年纪也大了,身子也胖,没法儿这样到处跑了呀。"

"你这话是什么意思?"

"宝贝,你骗不了俺。俺了解你。俺刚才看见了弗兰克先生的脸色,也看了你的脸色,俺对你的心思就一清二楚了。俺还听见你对他讲的悄悄话,关于苏伦小姐的。俺要是早知道你是来找弗兰克先生,俺就不跟着你来了。"

"好吧,"思嘉简单地说,便在毯子底下蜷缩起来,"你以为我是来找谁呀?"

"孩子,俺不知道,俺只记得皮蒂帕特小姐写信给媚兰小姐说过,那个流氓巴特勒有许多钱,并且俺也忘不了俺听到的那些话。不过弗兰克先生嘛,他是个上等人,尽管长相并不怎么好。"

思嘉严厉地瞥了她一眼,嬷嬷也毫不示弱地回瞪了她一眼,似乎是说一切我都知道。

"那么,你打算怎么样呢,告诉苏伦吗?"

"俺要想一切办法帮助你,使得弗兰克先生更加高兴,"嬷嬷说。

趁嬷嬷在房间里忙着收拾时,思嘉静静地躺了一会,她觉得现在满可以放心了,她们之间已用不着再躲躲藏藏。嬷嬷已经明白,一声不响了。思嘉发现嬷嬷是个比她更不妥协的现实主义者。那双机警的老眼睛看人看事既深刻又清楚,有着如同原始人和孩子般的直率,凡她心爱的事物情况危急时,便能挺身而出,决不为良心所阻挠。思嘉是她的宝贝孩子,凡是这个宝贝孩子所想要的,即使是别人的,她也一定要帮助她去得到。至于苏伦和弗兰克·肯尼迪,她根本就不放在心上,最多只暗中冷冷地笑笑罢了。

思嘉感觉到了无言的支持,她力气恢复了,在一种难以控制的激情之下她不禁想大笑起来。还没有被击倒呢,她愉快地想。

"把镜子给我,嬷嬷,"她说。

思嘉瞧着自己。

“我苍白得像个鬼了，”她说，“头发乱得像马尾巴。”

“你的确不那么精神了。”

“唔……外面雨下得很大吗？”

“可不，在下瓢泼大雨呢。”

“不管怎么样，你得给我上街跑一趟。”

“有什么等不及的事要办呀？”

“我要一瓶科隆香水，”思嘉说，一面仔细打量着镜子里的自己，“你给我洗洗头发，用科隆水漂清。还得给我买一缸橘子籽汁，好用来把头发抿得服帖些。”

“你不必往头上洒什么香水，像个妖妇那样。只要我还有一口气，你就休想。”

“啊，不，我就是要嘛。快从我的钱包里拿出那五美元的金币来。到街上去。还有——对了，嬷嬷，你顺便给我买盒胭脂带回来。”

“买盒什么？”嬷嬷怀疑地问她。

思嘉对嬷嬷的那双怀疑的眼睛故意不加理睬。

“你不用管。只说要买擦脸的胭脂就是了。”

“胭脂！”嬷嬷一字一顿地说。“擦脸的！好吧，别看你长这么大了，俺不能揍你！俺可从没丢过这种脸呢。你发昏了！爱伦小姐这会儿正在坟墓里为你难过呢！把你的脸擦得像个——”

“天哪！”思嘉忍不住嚷起来，她急了，用力把毯子掀掉。“你给我马上滚回塔拉去！”

“除非俺自己愿意走，否则你休想叫俺回塔拉去。俺是自由的，”嬷嬷也怒气冲冲地说。“可是我的天！你多像你爸呀！上床躺下——俺可不去给你买什么颜料呀！那不羞死人了吗？思嘉小姐，你那么可爱，长得那么亮丽，用不着擦什么了。宝贝，除了坏女人，谁也不擦那种东西的。”

“可是你看她们擦了不是显得更亮丽吗?”

“我的天,你听她说的!宝贝,别说这种丢人的话了。把湿袜子脱下来。快上床去躺下。我就走。说不定能找到一家没人认识俺的铺子呢。”

那天晚上在埃尔辛太太家,范妮举行了婚礼。思嘉兴致勃勃地观看欢快的场面,又一次亲临舞会,可真叫人兴奋啊。她挽着弗兰克的臂膀进屋时,在场的每一个人都拥上前来惊喜地叫着欢迎她,吻她,同她握手,说他们多么想念她,而且叫她再不要回塔拉去了。甚至连梅里韦瑟太太、惠廷太太、米德太太,以及别的在战争后期曾对她异常厌恶的寡妇们,也似乎忘记了她的轻率行为和她们对她的反感,而只记得她们共同受到的磨难,以及她是皮蒂的侄媳和查尔斯的遗孀。她们吻她,含着眼泪谈到她母亲的去世,并详细询问家里的情况。每个人都问到媚兰和艾希礼,请她说说究竟为什么他们没有回到亚特兰大来。

思嘉虽然见大家都欢迎她而高兴,但内心总有些惴惴不安,因为她那天鹅绒衣裳从膝部以下仍旧是湿的,并且边上还有泥污。思嘉生怕有人注意到她这副邋遢相,那就知道她原来只有这一件亮丽衣裳。她稍感欣慰的是,在场许多客人的衣裳比她的这件还差得多,那都是些旧衣裳,并且是补过的。她的衣裳虽然湿了,但至少是簇新的——除了范妮那件白缎子结婚礼服,她这件可以说是晚会上唯一的一件新衣裳了。

思嘉记得皮蒂姑妈告诉她的埃尔辛家的经济状况,不知道他们哪里来的这许多钱,竟买得起缎子衣服,而且举行一个这么阔气的晚会,也许是借了债,才举行了范妮的这个奢华的婚礼,太奢侈了。

不过她很快就把反感摆脱掉了。再说这又不是花她的钱,何必破坏自己今晚的兴致呀!

她发现新郎原来是个熟人,是从斯巴达来的托米·韦尔伯恩,她在医院护理过他。那时他是个六英尺多高的英俊小伙子,如今看上去像个小老头了,由于臂部受伤成了驼背。他走起路来很吃力,如皮蒂姑妈所形容的,叉开两腿一瘸一拐的,样子很难看。他现在当起承包商来了,手下有一支爱尔兰劳工队伍,他们正在建造一个新的饭店。思嘉心想像他这副模样怎么能干如此繁重的行当,不过她没有问,只又一次辛酸地意识到:一旦为生活所迫,什么事都是做得到的。

休·埃尔辛还有那个小猴儿似的雷内·皮卡德也来了。休没有什么改变,仍是那个瘦弱和神经过敏的孩子。可是雷内从上次休假回来同梅贝尔·梅里韦瑟结婚以后,模样已变了不少。虽然他有时开怀大笑,他脸上仍然隐约地流露出某种严峻的表情。

“真美啊!”他说着,一面亲吻思嘉的手并赞赏他脸上的胭脂。“还是那样亮丽呀。你还记得吗?我永远也忘不了义卖会时你那只结婚戒指丢到我篮子里的情形。嘿!那才叫勇敢呢!不过我可真没想到你会等了那么久才得到另一只戒指呀!”

他狡黠地眨着眼睛,用胳臂肘碰了碰休的肋部。

“我也没想到你会卖起馅饼来了,雷内·皮卡德,”她反唇相讥。雷内倒并不因为有人当面揭他这不光彩的职业而感到羞耻,反而显得高兴,而且拍着休的肩膀放声大笑起来。

“说着对!”他大声喊道。“不过,这是岳母梅里韦瑟太太叫我干的。我雷内·皮卡德本来是要拉小提琴,养赛马过一辈子的呀!可是如今我推着馅饼车也高兴着呢!岳母大人能让你干任何事情。”

好吧!思嘉心想。虽然他的家族曾经拥有广袤的土地,在新奥尔良还有一幢大厦,现在他竟高兴推着车子卖馅饼!

“给我们时间吧!”雷内喊道。“到时候我会成为南部的馅饼大王哩!我的宝贝休将成为火柴大王,而你,我的托米,你会拥有爱尔兰奴隶而不是黑奴了。多大的变化——多大的玩笑啊!还有,思嘉小姐和媚兰小姐,你们怎么样呢?

难道你们还挤牛奶,摘棉花?"

"真是,不!"思嘉冷静地说,她不能理解雷内这种逆来顺受的态度。"我们让黑人干这种活儿。"

乐队奏完开场曲以后立即转入《老丹·塔克》的乐曲,这时托米请她跳舞。

"你想跳吗,思嘉?我不敢请你,不过休或者雷内——"

"不,谢谢。我还在为母亲守孝呢,"思嘉婉谢道,"我要坐在这里,一次也不跳。"

她从人群中找到了弗兰克·肯尼迪,并招呼他走过来。

"我想到那边坐坐,如果你给拿点吃的来,我们可以在那里好好聊聊。"她对弗兰克这样说。

他连忙去给她拿一杯葡萄酒和一片薄饼来,这时思嘉在客厅尽头坐下,仔细摆弄着她的裙子,将那些最显眼的脏点遮掩起来。看到这么多人又听到了音乐,她感到激动,就把早晨她在瑞德那里发生的丢人的事,忘得一干二净了。今晚她感到浑身是劲,满怀希望,两眼熠熠生辉。

她观看着那些跳舞的人,回想她在战时头一次到亚特兰大来时这间客厅多么华丽。那时候这些硬木地板像玻璃似的发亮,头顶上空枝形吊灯的千百个小巧的彩色棱镜，散出无数道光辉。墙上挂的那些古老画像庄严优雅。红木沙发柔软舒适。

如今头顶上的枝形吊灯不亮了，它歪歪斜斜地垂挂在那里。客厅里只点着一盏油灯和几支蜡烛，全仗着那个宽大火炉里的火苗照明，火光映照出灰暗的旧地板已经磨损和破裂了。墙上那个大的裂口则使人记起这所房子上落过一发炮弹，把房顶和二层楼的一些部分炸毁了。那张摆着糕点和酒瓶的沉重的老红木餐桌，好些地方已被划破了，损坏的桌腿也说明是粗陋地修理过的。

她从前非常喜爱的那张沙发所在的地方，如今摆的是一张硬硬的木条凳。她坐在条凳上，尽量装得优雅些。能重新跳舞是多么惬意呀！不过，她同弗兰克坐在这里，会比紧张的旋舞有更大的收获。她可以着迷地倾听他谈话，而且逗引他进入更加想入非非的境地。

可是音乐的确很动人。

在塔拉农场过了那一段阴沉而劳累的生活以后，能再一次听到音乐和舞步声，看到熟悉亲切的面孔在一起欢笑，互相戏谑，说俏皮话，挑逗，挖苦，调情，的确是幸福的事。这使人觉得像是死而复生，又似乎是从前的好日子重新回到了自己身边。要是她能够闭住眼睛，看不见那些翻改过的旧衣服、补过的马靴和修补过的便鞋，她便几乎会觉得一切如旧，什么变化也不曾发生了。可是她瞧着，突然又凄凉而惊恐地发觉一切都完全变了，似乎这些熟悉的人影也都是鬼魂似的。

他们看起来还和过去一样，但实际上完全不同了。这是怎么回事呢？仅仅是五年时光的流逝吗？不！有些东西已经从他们身上、从他们的生活中消失。五年前，有一种安全感在身边，它是那么轻柔，以致他们一点也不觉得。如今它一去不复返了，连同它一起消失的还有往日洋溢在每个人心里的那种兴奋之情，那种欢乐和激动的感觉，也就是他们的生活方式的传统魅力。

他们的面貌没有多大变化，态度则根本没有变。这种历久不衰的庄严，这种不随时间消亡的慷慨,仍然牢牢地附在他们身上,并且将终生不渝。虽然他们会怀着无尽的痛苦,一种深重得难以形容的痛苦,走向坟墓。他们是些说话温柔、强悍而疲倦的人,即使失败了也永不服输,被损害了也仍然屹立不屈。他们默默注视着自己心爱的国土,眼看着它遭到践踏。

他们所处的世界变了,可旧的习俗还在继续流行,也必须继续流行,因为习俗是唯一留下来的东西了。他们牢牢抓着他们最熟悉、最喜爱的东西,那种悠闲自在的风度、礼节。男人们忠于自己从小受到的教养,讲礼貌,谦和。

现在不论他们眼见了什么样的情景,要做多么卑下的事情,他们依然是高贵的太太和绅士,在流离失所——悲惨、凄凉、无聊时保持忠诚,相互关注,像钻石一般坚贞。往昔的岁月已经一去不返,但这些人仍会走自己的路,他们还是那么可爱、悠闲、坚定,决不会像北方佬那样为蝇头小利而奔走钻营,决不会放弃所有的昔日风尚。

思嘉很清楚,她自己也大大地变了,否则她就不会做出现在所做的一切事情。不过她的坚强与他们的有所区别,至于究竟是什么样的区别,她还说不清楚。也许就在于她能无所不为,而这些人却有许多事情是宁死也不做的。也许就在于他们尽管绝望,却仍然笑对生活,温顺地过日子,而思嘉却做不到这一点。

她无法漠视生活,她必须活下去。可是生活太残酷、太冷漠了,使得她想要微笑是不行的。对于那些朋友们的勇气以及不屈不挠的尊严,思嘉一点也看不到,她只看到一种对事物微笑观望不肯正视的愚蠢的倔强精神。

她凝望着跳得满脸兴奋的舞伴们,心想如果他们也像她那样在痛切地经受着残酷的折磨,那他们怎么能保持这种欢乐的神态和轻快的心情呢?说真的,他们为什么要装假呢?他们真叫她难以理解和心烦了。她可不能像他们那样。她不能用满不在乎的态度来观察这苦难的世界。

她突然恨起他们来了,因为他们能够以一种她无法做到的态度来对待他们所丧失的一切。她恨他们，恨这些面带笑容、脚步轻快的人。这些骄傲的傻瓜，他们从丧失的事物中打捞可怜的自尊心，似乎正因为丧失了才更显出那一份自豪似的。妇女们把自己装扮得像太太，尽管她们每天做着卑下的活儿，为衣食奔忙。全是些太太呢！可是她并不觉得自己是个太太，虽然她有天鹅绒衣裳和喷了香水的头发，可自从她同塔拉农场的红土地辛酸地打上交道之后，她那优美的风度就全被剥夺了。她觉得自己不再像一位太太，除非她的餐桌上摆满了银质的和水晶玻璃的餐具以及热腾腾的美味佳肴，她的马厩里有了自己的骏马和马车，她的农场里由黑人而不是白人摘棉花。

“啊，这就是区别！”她长叹一声愤怒地想道。“他们虽然穷，但仍然觉得自己是太太。这些笨蛋像不明白，没有钱还算什么太太呀！”

然而她也隐约地认识到他们尽管愚蠢，可他们的态度还是对的。爱伦如果还活着也会这样想，这使她非常不安。她知道她应当像这些人一样，可是她不行。

人们对北方佬嗤之以鼻，因为北方佬的高雅是以财富而不是以教养为基础的。然而就在此刻，她仍不能不认为北方佬在这件事上是对的。要做太太就得有钱。她知道，要是爱伦从女儿嘴里听到这样的话，她准会昏过去的。贫困，不会被爱伦看作羞耻。可是思嘉感到羞耻，她因为穷了，沦落到了不择手段、吝啬和干黑人干的活儿，因此觉得羞耻呀！

她恼怒地耸了耸肩膀。这些自大的傻瓜并不像她那样努力地向前看，不会冒着丧名受辱的危险去夺回失掉的东西。去肆无忌惮地捞取金钱，对于他们来说是有点太降格了。时世艰难，你如果想征服它，就得进行艰苦无情的斗争。但思嘉知道这些人的家庭传统会阻止他们这样去做斗争。

但是她不会一辈子穷下去的。她不会坐下来等待什么奇迹出现。她要闯进生活中去，从那里攫取她所能取得的东西。她父亲本是个穷苦的移民小伙子，终于挣到了塔拉那片广大的土地。凡是他所做的，他的女儿也能做到。他们那些人是从过去汲取勇气,可她则是从未来汲取勇气啊。如今,弗兰克·肯尼迪就是她的未来。至少,他拥有一个店铺,还有现金。只要能同他结婚,弄到那笔钱,她就可以使塔拉再支撑一年了。一年以后——弗兰克肯定会买下那个锯木厂,在如今,在很少有人竞争的时候,谁能办起一家木材厂谁就会有一个金矿呢。

这时,从思嘉内心深处冒出了瑞德说过的那些话。

在一种文明崩溃的时候也像在它兴起时一样,有大量的金钱好捞的。

"这就是他预见到的崩溃,"她想,"并且他是对的。现在还有许多许多的钱让每一个吃苦耐劳的人去赚——或者去攫取呢。"

她看见弗兰克向她走过来,手里端着一杯黑莓酒和一碟糕饼,她这才勉强露出一副笑脸。她可从没想过是否值得为了塔拉同弗兰克结婚。她知道这是值得的,因此主意一定便没有再去想它了。

她朝他微笑着,知道自己脸上的红晕比任何酒瓶里的东西都更加迷人。她把裙子挪动了一下,让他坐在身旁。然后懒懒地挥动手帕,让他能闻到香水淡淡的芳香。她为自己喷洒了这种香水而感到骄傲,因为其他女人谁也没有,并且弗兰克已经注意到了。出于一时冲动,他还在她耳边悄悄说过她红润、芬芳得像朵玫瑰花呢。

要是他不这么胆小就好了!他就像一只怯懦的棕色老野兔。实际上,他对女人还不了解,不会去猜想她打算干什么勾当。这是她的幸运,但这并没有使她更尊敬他。

第三十六章

两个星期之后，经过一场旋风式的求婚，思嘉与弗兰克·肯尼迪结婚了。她红着脸告诉对方，他那种求婚方式使她没有一点喘息的机会来拒绝他的热情。

其实，在这两个星期里思嘉一直因为他反应迟钝而急得咬牙切齿，整夜在房里辗转不得安眠，又担心苏伦那边会寄什么不合时宜的信。她感谢老天爷，幸亏妹妹是个最不爱写信的懒人，只高兴收到别人的信，而不喜欢给别人写信。她最近收到过一封威尔的短信，说乔纳斯·威尔克森又到塔拉去过一次。交纳额外税金的期限愈来愈近了。看到一天天就这样溜过去，她简直急得走投无路。

但是她将自己的感情掩饰得如此周密，将自己的角色扮演得如此出色，以致弗兰克丝毫未起疑心，他只看见了一位亮丽而孤弱无助的年轻寡妇。每天晚上她在皮蒂帕特小姐的客厅里接待他，带着钦佩之情认真听他谈论将来的经营计划。她对他表示深切的同情和浓厚的兴趣，这就足以医治苏伦给他带去的创伤了。他对苏伦的行为感到痛心和惶惑，而他的虚荣心，更是极大地受到了伤害。他不能写信给苏伦，责备她不忠实，他不愿意，也感到害怕。

小巧玲珑的汉密尔顿太太就是这样一位双颊红润的亮丽女子，她神色忧愁，但他一逗她，他又马上发出小银铃般欢快的甜蜜笑声了。她身上那件干干净净的绿色长袍，衬托着她苗条的身段，更显得纤腰楚楚，而且，她身上飘出的淡淡清香多么迷人啊！这样一个娇小亮丽的女子竟会如此孤苦伶仃，这简直是人世间的耻辱。目前既没有丈夫、兄弟，也没有父亲来保护她。弗兰克觉得这一切对于她来说实在太残酷了，思嘉也默默地完全同意他的看法。

他每天晚上都来看她，因为皮蒂家的气氛令人愉快和宽慰。嬷嬷总是对他微笑，而这种微笑是只给有身份的人的。皮蒂拿咖啡加白兰地招待他，还不断奉承他，思嘉则全神贯注地倾听他的每一句话。有时下午他外出做生意，便赶着马车带思嘉同去。这样的旅行特别愉快，因为她提出那么多愚蠢的问题——"真是个女人家，"他得意地自言自语道。他想到思嘉对生意经如此一窍不通，便忍不住大笑起来，她也笑着说："当然喽，你不能指望我这样一个傻女人会懂得你们男人的事呀！"

思嘉让他在他那枯寂的生活中第一次感到自己成了个堂堂男子，可以保护那些孤弱无助的蠢女人。

终于，他们站在一起举行婚礼了，这时弗兰克拉着她那表示信任的小手，思嘉的眼睫毛轻轻垂下。可是他仍然不明白这一切究竟是怎么发生的，他只知道这是他有生以来第一遭完成了一件罗曼蒂克和令人兴奋的大事。他弗兰克·肯尼迪居然使这个美人儿倾倒，投入他有力的怀抱里了。

他们的婚礼没有请一个亲友参加。证婚人是从大街上叫来的陌生人。思嘉坚持这样做，他也就让步了，虽然有点勉强，因为他原来希望他在琼斯博罗的妹妹和妹夫能来参加。要是能在皮蒂小姐的客厅里举行个小小的招待会，请一些朋友来喝喝酒祝贺新娘，那就再好不过了。但思嘉甚至连皮蒂小姐参加也不同意。

"只要我们两个人，弗兰克，就像私奔那样，"她紧紧抓住他的臂膀央求道。"我一直就想跟人逃到外面去结婚，亲爱的。为了我，你就这样做吧！"

正是这种讨人喜欢的话，以及她那浅绿眼睛里的晶莹泪珠，终于把他征服了。毕竟，男人总得对他的新娘做出某种让步吧，尤其是关于结婚仪式。

这样，在他还没来得及弄清是怎么回事之前，他便结婚了。

弗兰克给了她那三百美元，起初还有点不太情愿，因为这意味着他购买锯木厂的希望落空了。不过，他总不能眼看着她的一家人被撵出去呀，并且一看到她兴高采烈的模样，他的失望情绪就一下子烟消云散了。过去还从来没有一个女人对弗兰克表示过感激，所以他觉得这笔钱毕竟是花得很值的。

思嘉打发嬷嬷立即去塔拉，叫她完成三个使命：一是将钱交给威尔，二是宣布她的婚事，三是将韦德带回亚特兰大。两天以后她接到威尔的一个便条，威尔在便条最后祝她幸福，这是一种简单的礼节性祝贺，不带丝毫个人的情感。她知道威尔理解她所做的一切，他既不会责怪也不会对她加以赞许。但是艾希礼会怎么想呢？她狂热地猜想着。不久以前就在塔拉果园里我还和他说过那样的话，可如今，他会怎样看我啊？

她还收到一封苏伦的来信，措辞激烈，公然辱骂，信上还有泪痕，总之是一封恶毒而且对她的品质作了真实写照的信，这封信使她终生难忘，并且永远也不会原谅写这封信的人。不过塔拉已平安无事了，这给她带来的快乐是连苏伦的那些话也无法冲淡的。

但她要认识到如今她的家是在亚特兰大而不是在塔拉，还是很不容易的。在她拼命为那笔税金奔走时，除了塔拉的命运之外，她没有想过什么别的。甚至在结婚的那一刻，她也没有想到过她所付出的代价竟是使自己永远离开家了。现在木已成舟，她才明白过来，感到心中的思家之痛。但事已至此，她已达成了这笔交易，并且她对弗兰克挽救了塔拉如此感激，不免对他也产生了感情，同时下定决心不让他对娶她为妻感到懊悔。

亚特兰大那些爱管闲事的女人全都知道弗兰克·肯尼迪同苏伦之间有一种“默契”已经好几年了。事实上，他曾经羞答答地说过他准备明年春天结婚。所以他和思嘉结婚的事一经宣布，便引得大家纷纷议论、猜测和深表怀疑。梅里韦瑟太太从来就爱刨根问底，她竟直截了当地质问弗兰克，究竟为什么跟一位姑娘订了婚却娶了她的姐姐。可是对于思嘉，梅里韦瑟太太这个精明能干的人竟也不敢当面去问。这些天来，思嘉倒是显得够娴静和温顺的，但她眼里含着一种自鸣得意的神情，叫人看了恼火。不过她天性好斗，谁又犯得上去惹她呢！

她知道亚特兰大人都在背后议论她，但她并不在乎。毕竟，嫁男人是没有什么不道德的，反正塔拉已经平安无事，谁爱议论就议论好了。她可还有许多别的事情要动脑子呢。最要紧的是得让弗兰克明白他必须赚更多的钱。此外，她心里还老挂念着那个锯木厂。现在木材如此昂贵，谁有了锯木厂谁就可以发财。她暗暗发愁，因为弗兰克的钱付了塔拉的税金就没法买那个锯木厂了。她下定决心要让弗兰克的那爿小店尽量多赚钱，快赚钱，这样他便可以在别人还没来得及抢走那个锯木厂之前将它买下来。她看准了这是一笔好买卖。

如果她是男人，她一定要把店抵押出去，用这笔钱来买锯木厂。但是婚后第二天她轻描淡写地暗示这一想法时，他只微微一笑，叫她那可爱的小脑袋瓜不必操心。她居然还知道什么叫抵押呢，这叫他有点惊讶。起初他还觉得很有趣，但是就在新婚后不久，这种乐趣便很快消失了，随之而来的是某种震惊。有一次他无意中告诉她“有些人”欠了他的钱，但目前还不出来，而他当然不会去逼这些老朋友和绅士们。但从那以后思嘉一次又一次问起这件事，弗兰克才后悔当初不该对她说了。她还做出一副迷人的孩子气，说只是出于好奇，想知道究竟哪些人欠了他的钱，一共欠了多少。弗兰克对这件事总是躲躲闪闪，再也不想多谈。

弗兰克逐渐明白过来，这可爱的小脑袋瓜比他的算计功夫要精得多，这令他焦虑不安。他发现她能用心算的方法很快将一长串数字加起来，而他对三位以上的数字都得用笔才算得出来。还不只此，连分数的算法对她来说也毫不困难，这着实让他大吃一惊，在他看来，一个女人懂得分数和生意这类事情是有失体面的。现在他不再跟她谈生意上的事情了，而在婚前他是很高兴这样做的，因为那个时候他以为她什么都不懂，向她解释是一种愉快。现在看到她对这一切了如指掌，这种表里不一便激起了他作为男子汉的那种义愤。再加上他发现这个女人如此有头脑，就觉得自己的幻想破灭了。

弗兰克究竟在婚后什么时候才明白思嘉嫁给他而采取的欺骗手段，这一点谁也不清楚。他一想到苏伦将永远不明真相，永远以为他无情无义地抛弃了她，就深感不安，并且他也处于一种十分尴尬的处境了。但他又无法洗刷自己，因为一个男人总不好说自己被一个女人搞昏了头吧，再说一个有身份的男人总不能到处宣传自己的妻子用谎话让他上了圈套吧。

思嘉已经是他的妻子了，妻子有权利要求自己的丈夫忠诚。再说，他也不能让自己相信她是随随便便嫁给他的，对他没有感情。他那男性的虚荣心不允许他这样想。他宁愿相信思嘉是突然爱上了他，结果便撒了个谎把他骗到手。但这一切都是令人费解的。他知道，对于一个年轻、亮丽、精明的女人来说，他没有什么吸引力，不过弗兰克毕竟是个有身份的人，他只好将这些疑团放在心里。思嘉已经是他的妻子了，他总不能向她提出这些可笑的问题去侮辱她，何况那也无济于事啊！

弗兰克并不是特别想挽回什么，因为他的婚姻也可算美满的了。思嘉那么美那么动人，他认为她完美无缺——除了她太任性。他很快发现只要依着她，生活便可以过得很快乐，只要依着她，她就像孩子那样高兴，老是笑呀，说些傻气的笑话呀，坐在他膝头上，捋他的胡须，直到他觉得自己年轻了二十岁。她还会表现得出人意料地温柔和细致，晚上他回家时，她已经把他的拖鞋烘在火炉边，还大惊小怪地抱怨他脚湿了，担心他又要感冒。她总是记得他喜欢吃鸡胗，咖啡里要放三匙糖。是的，同思嘉在一起，生活是非常甜蜜和舒适的——只不过凡事都得依着她。

婚后两个星期，弗兰克传染上流行性感冒，米德大夫让他卧床休息。

可是病拖着不见好，弗兰克眼看日子一天天过去，愈来愈担心起他那爿店来。现在店由一个站柜台的店员在管理，每天晚上到家里来向他汇报，但弗兰克还是不放心。他很烦躁，而思嘉却一直在等待这样一个机会，这时便把冰凉的手放在他额头上试探着说："现在，亲爱的，你老这样烦躁，我可也受不了啦。还是让我去城里看看怎样了吧。"

她终于去了，临走前把他劝好了。他有气无力地提出反对时，她还微笑。在她新婚的这三个星期里，她一直急切地想看看他的账本，好查明他的财产状况。他病倒了，真是幸运！

那爿店就在五点镇附近，新修的屋顶在那些熏黑的旧砖墙的衬托下，显得分外耀眼。从人行道直到街边搭着个板篷，板篷挡住了大部分冬天的阳光，店里又脏又暗，只是从两侧的小窗透进一丝亮光。地板上撒满了沾着烂泥的木屑，并且到处是尘土和脏物。店里的前头一部分整齐些，阴暗处立着一些很高的货架，堆满了色彩鲜艳的布匹、瓷器、烹饪器皿和零碎日用品等。但是隔板后面，便都是乱七八糟的了。

隔板后面没有地板，杂乱地堆放着各种东西。在半明半暗中，她看到有成箱成袋的货物，以及犁头、马具和廉价的松木棺材。黑暗处还摆着些旧家具，从廉价的桉木到桃花心木和红木的旧家具。还有一些破旧但名贵的织锦椅垫和马鬃椅垫。地上还乱扔着一些瓷便壶、碗碟和高尔夫球棒；四壁周围还有几个很深的贮藏箱，里面很暗，她点起蜡烛才看清楚里面装着一些种子、铁钉、螺钉和木工用具。

"我原以为弗兰克这样婆婆妈妈的人，一定会把事情搞得更有条理，"她想，一面用手帕擦擦她那双弄脏了的手。"这地方简直是个猪圈。你看他是怎么开店的呀！只要把这些东西上的灰尘掸掉，把它们摆到前面去让人们看得见，不就可以卖得快多了吗？"

既然他的货物是这个样子,他的账目肯定更不用说了!

她想现在就得去看看他的账本,于是端起灯到店铺的前面去了。站柜台的店员很不乐意地把厚厚的账本递给她。显然他虽然年轻,却同弗兰克一样,认为女人是不该参与生意的。但思嘉用尖刻的话镇住他,打发他出去吃午饭。这时她感到舒坦多了,她坐在靠近炉子的一张破椅子上,盘起一条腿,将账本摊开。

她慢慢地翻着账本,仔细审视弗兰克写得歪歪扭扭的人名和数字。正如她所预料的那样,她看到了弗兰克缺乏头脑的证据,因而皱起了眉头。人家欠他的债款至少有五百美元,有些已经拖欠了好几个月,而那些欠债人的名字她都很熟悉,其中有梅里韦瑟家和埃尔辛家的。她一直还以为这笔欠账为数不多。想不到竟是这么大一笔啊!

"要是他们真还不出钱来,为什么还照样买东西呢?"她恼怒地想道。"要是他知道他们还不起钱,又为什么还给他们东西呢?只要他叫他们还钱,其中许多人是还得起的。埃尔辛家既然有钱给范妮买新缎子礼服,办得起奢侈的婚礼,肯定也还得起钱。弗兰克就是心太软了,人们利用了他这一点。嗨,只要他将这笔钱的一半收回来,便可以买下那家锯木厂。"

她又想:"弗兰克居然还想去经营锯木厂呢!真是见鬼了。要是他把这个店都开得像个慈善机构,他还有什么希望在锯木厂上赚钱呀?嗨,要是让我来经营这爿店,准会比他强多了。由我来经营一个锯木厂,也一定能胜过他。虽然我对木材生意还一窍不通呢!"

她静静地坐在那里,膝头上摊着那本厚厚的账簿,惊异得微微张着嘴,心想在塔拉那艰苦的日子里,她干过一个男人干的活儿,并且干得很出色呢。她一直受到教育,认为一个女人是不能单独干成事的,可是在威尔到来之前,她没有任何男人的帮助,不也把农场管起来了吗?那么,那么,她心里嘟哝着,我就相信女人没有男人帮忙也能够做成世上所有的事情——除了怀孩子,并且天晓得，任何神志正常的女人，只要可能，谁会愿意怀孩子呀。

一想到自己和男人同样能干，她便突然感到洋洋得意，并且迫切想证实这一点，想象男人一样来为自己挣钱。挣来的钱将是她自己的，用不着再去向任何男人乞求。

“但愿我有足够的钱，自己来买下那家锯木厂，”她大声说着，叹了一口气。“我一定要使厂子兴旺起来。连一块木片也不赊给人家。”

接着她又叹起气来，她没有什么地方可以去弄钱，所以这个主意是办不到的。而弗兰克只要把人家欠的钱收回来便可以买下锯木厂。

她从账本后面撕下一页，开始抄那些欠债人的名单。她一回家就得向弗兰克提出这件事，要他处理。她要让他明白，即使是老朋友，即使逼他们还账确实有点不好意思，但不论如何也得还了。这也许会让弗兰克为难，因为他胆子小，并且他的面皮嫩，竟宁可不要钱也不愿去讨债呢。

她想象得出当她把这个想法向弗兰克摊牌时，他会怎样悲叹。是呀，她耸了耸肩膀，随他去悲叹好了。我得告诉他，他可以为了友谊而甘愿继续受穷，可我不愿意。要是弗兰克没有这点勇气，他将永远一事无成！他必须赚钱。

她正强打精神、咬紧牙关赶忙抄写时，店堂的前门忽然推开了，一阵冷风随着刮进来。一位高个子男人迈着轻快脚步走进阴暗的店里，她抬头一看，原来是瑞德·巴特勒。

他穿着亮丽的新衣服和大衣，一件时髦的披肩在他那厚实的肩膀上往后飘着。他摘下那顶高帽子，将手放在胸前有皱褶的洁白衬衫上，深深鞠了一躬。他那一口雪白的牙齿在那张褐色的面孔衬托下显得分外触目，他那双大胆的眼睛又在她身上肆无忌惮地搜索着。

“我亲爱的肯尼迪太太，”他边说边朝她走去，“我最亲爱的肯尼迪太太！”接着便欢快地放声大笑起来。

起先她像是看见鬼似的吓一大跳，随后急忙放下那只盘着的腿，挺起腰来，冷冷地白了他一眼。

“你来干什么?”

“我去看过皮蒂帕特小姐,听说你结婚了,因此我匆匆赶来向你道喜。”

回想起那次在他那儿受到的侮辱,她顿时羞得满脸通红。

“我真没想到你居然狗胆包天还敢来见我!”她喊道。

“正好相反!你怎么还敢见我呢?”

“哎哟,你真是最最——”

“让我们吹休战号好不好?”他向她咧嘴一笑,这种一闪即逝的微笑显得那么轻率,并没有对他自己的行为感到羞愧,或对她的行为表示谴责。她也不禁报之一笑,但那是很不自在的苦笑。

“他们没绞死你,真令人遗憾!”

“恐怕很多人都这么想。来,思嘉,放轻松些吧。我想你一定已经有充分的时间忘掉我那个——嗯——我开的那个小小的玩笑了吧。”

“玩笑?哼!我是决不会忘掉的!”

“唔,会的,你会忘掉的。你只是装出一副气势汹汹的样子罢了,因为我觉得只有这样才是正当体面的。我可以坐下来吗?”

“不行。”

他在她身边的一把椅子上坐下来,又咧嘴一笑。

“我听说你连两星期也不肯等我呢,”他讥讽地叹了口气。“女人真是反复无常啊!”

他见她不回答,又继续说下去。

“告诉我,思嘉,作为朋友——最熟悉和最知心的朋友,请你告诉我,你如果等到我出狱,是不是更明智一些?难道跟弗兰克·肯尼迪这老头儿结婚,比跟我发生不正当的关系,更有诱惑力吗?”

“别胡说八道了。”

“你能否满足我的好奇心，回答一个我想了许久的问题？你嫁给一个你根本不爱、甚至连一点感情也没有的男人，难道就没有一点女性的厌恶感，没有内心深处的顾虑吗？”

“瑞德！”

“我有我自己的答案。虽然小时候人们向我灌输过许多美好的想法，说女人都是脆弱、温柔而敏感的，但我总觉得女人具有一种男人无法相比的韧性和耐心。”

“你说什么呢？”她冷冷地说。为了急于改变话题，她问道：“你是怎么出狱的呢？”

“唔，这个嘛，”他摆出一副逍遥自在的神气回答说。“没多大麻烦，他们是今天早晨让我出来的。我对一个在华盛顿联邦政府机构中担任高级职务的朋友搞了一点巧妙的讹诈。他是个杰出人物——一位坚强的联邦爱国人士，以前我经常从他那里为南部联盟购买军械和有裙箍的女裙。当我那令人苦恼的困境通过正当途径让他注意到时，他立即利用他的权势，这样我便被放了出来。权势就是一切，权能解决一切问题，至于有罪无罪，那只不过是个理论上的问题罢了。”

“我敢发誓，你绝不是无罪的。”

“对，反正现在我已经逃出罗网，可以坦率地向你承认我有罪了。我确实杀了那个黑鬼。他对一位贵妇人傲慢无礼，我身为一个南方上等人，除了杀掉他还能干什么？既然我在向你坦白，我还得承认在某家酒吧间里我还和一位北方佬骑兵斗了几句嘴，并把他毙了。这事已经过去很久了，还没有人指控我。”

他对自己的杀人勾当如此津津乐道，吓得思嘉毛骨悚然。她想谴责他，但是突然想起埋在塔拉农场葡萄藤下面的那个北方佬。这个北方佬犹如被她踩死的一只蚂蚁，她早已不放在心上了。不过，既然如此，她又怎能说他呢。

“而且，既然我已经对你说了那么多，我还得再告诉你一件绝密的事，我确实有那笔钱，安全地存在利物浦的一家银行里。”

“那笔钱？”

“是的，就是北方佬最想打听的那笔钱。思嘉，你上次向我借钱时，我没有给你，那可不是小气呀。因为如果我开了张支票给你，他们就会追查它的来源，那时恐怕你连一个子儿也拿不到的。我只能不动声色，我知道那笔钱是相当安全的。因为即使他们找到了这笔钱，而且从我手里拿走了，那么我就会把战争期间卖给我枪弹器械的北方佬爱国人士一个个都点出名来。那时丑事便会声张出去，但他们中间有些人已在华盛顿身居要职了。事实上，正是我威胁要透露他们的秘密，这才让我出了狱呢。我——”

“你的意思是你——你真的有南部联盟的金子？”

“不是全部。天哪，不是！我只捞到了将近五十万。思嘉，你想想，五十万美元，只要当时你克制住你那火暴性子，不匆匆忙忙再结婚的话！”

五十万美元。一想到那么多的钱，她就觉得心上一阵剧痛。她根本没有理解他嘲笑她的话，甚至连听都没有听见。很难相信这苦难和贫穷的世界上会有这么多钱。这么多的钱，但是为别人所占有，别人轻而易举地拿到了却并不需要它。而她，她却只有一个又老又病的丈夫和这爿肮脏而微不足道的小店。像瑞德·巴特勒这样一个流氓居然那么富有，她却几乎两手空空，这真是不公平呀。她恨他，恨他穿着像个花花公子坐在这里奚落她。

“我想你自以为保留这笔南部联盟的钱是正当的吧。得了，这明明白白就是偷，并且你自己也很清楚。凭良心说，我是决不会要的。”

“哎哟，今天的葡萄可真酸呀！”他皱起眉头喊道。“不过，我究竟是从谁手里偷来的呢？”

她没作声。说到底，他所干的也无非是弗兰克干的那一套，不过后者的规模小一点罢了。

“这笔钱的一半是我靠正当手段赚来的，”他接着说，“是靠诚实的联邦爱国人士的帮助正当赚来的。现在已不存在什么南部联盟了——尽管你从不了解，只是听别人谈起而已。那么，这笔钱我又该给谁呢？难道拿去给北方佬政府吗？让人们把我当贼看待，我真气死了。”

他从口袋里拿出一个皮夹子，抽出一根长长的雪茄，津津有味地闻了闻，装出一副焦急的模样瞧着她，好像等待她回答。

“该死的，他总是抢先我一步，”她想。“他的主张我听起来总是不对，可我却总也指不出到底错在哪里。”

“你可以把这笔钱分发给那些真正需要钱的人嘛，”她一本正经地说，“南部联盟是没有了，但还有许多联盟的人和他们的家属正在挨饿呢。”

他把头朝后一仰，粗鲁地放声大笑起来。

“你装出这副伪善样子，真是再迷人而又可笑不过了，”他坦然地高兴地嚷道。“思嘉，你总得说老实话。不能撒谎。来吧，还是坦率些吧。你对于已经不复存在的南部联盟从来也不在乎，更不会去关心那些挨饿的联盟人。要是我把所有的钱都给他们，你准会尖叫起来抗议的，除非我首先把最大的一份给你。”

“我可不要你的钱！”她尽量装出一副冷漠严肃的样子说。

“哎哟，你真的不要吗？我看你现在急得手都痒了。只要我拿出一个二角五分的银币来给你看，你就会扑过来抢的。”

“如果你到这里来就是为了侮辱我和取笑我穷的话，那你就请便吧，”她一边抗议，一边挪开膝头上那本厚厚的账簿，以便站起来使她更有力些。但他抢先站起来，凑到她跟前，笑着将她推回椅子上去。

“你一听到实话便发火，这个坏脾气什么时候才能改呀？你讲人家的大实话可一点也不客气，为什么人家讲一点有关你的，你就不许了呢？我不是在侮辱你。我认为贪得无厌是一种十分好的品德。”

她非常不明白“贪得无厌”是什么意思。

“我到这里来，不是想嘲笑你穷，而只是想来祝贺你婚姻幸福和长寿。顺便问一下,苏伦对你的偷窃行为又怎么想呢?"

"我的什么?"

"你公然偷走了她的弗兰克。"

"我并没有——"

"好吧,我们不必躲躲闪闪了。她到底怎么说的?"

"她没说什么,"思嘉说。他一听便眉飞色舞起来,指出她在撒谎。

"她可真是宽宏大量呀。现在让我来听听你诉穷吧。当然我有权了解,因为不久前你还到监狱来找过我。弗兰克有没有你想要的那么多钱呀?"

他丝毫不掩饰自己的放肆。他说的话是带刺的,但都是些带刺的大实话。他了解她所做的一切,以及她为什么要这样做,但并不所以而看不起她。而且,尽管他提出的问题一针见血,很讨厌,但似乎还是出于一片友好的关心。他是她唯一可以彼此讲老实话的人。这对她是一种宽慰,因为她很久不向别人倾吐自己的心事了。因为要是她把心里说出来,恐怕谁听了都会大惊失色的。而跟瑞德谈心,就好比穿了一双太紧的舞鞋之后换上一双旧拖鞋那样,让人感到又轻松又舒坦。

"你弄到交税的钱了没有?可别告诉我在塔拉还有挨饿的危险。"说这话时,他的声调有点不一样了。

她抬起头来看他那双黑眼睛,看见他脸上的一种表情,它使她先是感到吃惊和惶惑,接着便微微一笑,这种甜蜜而迷人的微笑是近来她脸上难得出现的。他可真是个任性的坏蛋,但有时又显得多么好啊。她明白了,他之因此来看她的真实原因并不是要嘲弄她,而是想弄清楚她是否弄到了她急需的那笔钱。她现在才明白他为什么一出监便急急忙忙赶来找她,尽管装出一副从容不迫的样子。实际上,只要她仍然需要钱,他便会借给她的。不过,虽然如此,他还是会折磨她,侮辱她,不承认他自己的好心肠。他真是个叫人捉摸不透的家伙。难道他真对她有意,比他自己所乐于承认的还要有意些?或者他怀有某种别的意图？谁知道呢？有时他尽做些这样的怪事。

“不，”她说。“我们已经不会有挨饿的危险了。我——我弄到钱了。”

“但绝不是没有经过一番斗争就弄到手的，我敢保证。你是千方百计地克制自己直到戴上了结婚戒指为止吧？”

她拼命忍着才没有笑出来，因为她的行为竟被他这样一语道破了，但她还是按捺不住露出了一点酒窝。他又坐下来，称心如意地伸开那两只长腿。

“好了，谈谈你的困境吧。弗兰克这个畜生是不是用他的美好前景方面让你上当了？这样欺骗一个孤弱女子，真该结结实实揍他一顿。来，思嘉，把一切都告诉我吧。你对我是不应该保守秘密的。说真的，连你最糟糕的秘密我都知道呢。”

“唔，瑞德，你真是个最坏的——唔，我不知该怎么说才好！不，他倒不完全是欺骗我，不过——”她突然变得很乐意表白自己了。“瑞德，只要弗兰克能把人家欠他的钱收回来，我就什么也不用担心了。不过，瑞德，你知道有五十来个人欠他的钱呢，可他却不肯去催账，他就这样脸皮薄，他总说上等人不能对别的上等人干这种事。因此我们也许还得等好几个月，也许永远拿不到这些钱了。”

“唔，你要这些钱干什么用呀？难道你非得收回这些钱才够吃用吗？”

“那倒不是，不过，唉，事实上我目前就需要这点钱呢。”一想起那个锯木厂，她的两眼就发亮了。也许——

“要钱干什么？还要付更多的税？”

“这事跟你有什么关系？”

“有关系。因为你正要笼络我借给你钱呀。唔，我了解你这套迂回战术，并且我会借给你的，也不需要你不久前提供的那迷人的抵押品，我亲爱的肯尼迪太太。当然，你要是坚持提供，那也未尝不可。”

“你真是个最粗鄙的——”

“根本不是。我只是想让你放心。我知道你会在这一点上担心的，当然也不担心得厉害。但是有一点,我是愿意借给你钱的。不过我得了解你打算怎么花这笔钱,我想我是有这个权利的。要是拿去给你自己买件亮丽的大衣或买辆马车,那我同意。不过,要是给艾希礼·威尔克斯买两条长裤,那我恐怕就得拒绝了。”

她突然大发雷霆,结结巴巴地说不出话来。

“艾希礼·威尔克斯从来没有向我要过一个子儿,即使他快饿死了,我也没法让他接受我的一个子儿呢!你根本不了解他,他有多自重,多骄傲!当然你不可能了解他,像你这样一个——”

“让我们别骂人吧。我也可以拿出一些骂人的话来回敬你,与你不相上下。你忘了我一直在通过皮蒂帕特小姐了解你的情况,这位好心的老小姐只要遇到一个同情者是无话不谈的。我知道艾希礼从罗克艾兰回家之后一直住在塔拉,我也知道你甚至还容忍他的妻子守在他身边。这对你一定是个严峻的考验吧。”

“艾希礼是——”

“唔,是的,”他毫不在意地摆摆手说。“艾希礼实在是太崇高了,像我这种人又哪能理解他呢。但是,他为什么不带着家眷自己出外去找工作,不再住在塔拉呢?当然,这只不过是我突然想到的,不过,要是你让塔拉还帮着养活他,那我是一个子儿也不借给你的。在男人当中,那些让女人来养活的人是最不光彩的。”

“你怎么敢说出这样的话来?他一直像个干农活的苦力一样在劳动呢!”她虽然十分生气,但一想起艾希礼辛苦劈栅栏时的情景,便不由得一阵心酸。

“我敢说,他所值的黄金和他的体重一样多。在制造肥料方面,肯定是把好手,并且——”

“他是——”

“唔,是的,我知道,他确实尽了自己最大的努力,不过我不能想象他会给你

多大帮助。你休想让一个威尔克斯家的人成为干农活的能手——或者别的有用人才。他们这样的家族纯粹是摆设。现在,消消气吧,别介意我对那位骄傲而尊贵的艾希礼说了这些粗鲁话。我真奇怪你这样一个精明实际的女人居然也会抱着这些幻想不放。你到底要多少钱,打算干什么用呢?”

她不回答,于是他又重复说。

“你到底打算干什么用?看看你能不能做到跟我讲实话。讲实话和撒谎是会同样有效的。往往,比撒谎好。因为如果你对我撒谎,肯定有一天我会发现,想想那该有多难为情。思嘉,你要牢牢记住这一点,除了撒谎以外,我可以忍受你的一切——你对我的厌恶、你的脾气、你的泼妇作风,就是不许撒谎。好,你到底要钱干什么呢?”

瑞德对艾希礼的攻击使思嘉非常恼火,她不惜付出任何代价去啐他一口。她几乎就要这样做了,可是那只理智而冷静的手赶快拉住了她。她勉强压住火气,设法装出一副文雅庄重的表情。他往后仰靠在椅背上,将两条腿伸到炉边。

“要是世界上有一桩事情比任何别的事情都会使我更快活的话,”他说,“那就莫过于看到你的思想斗争了。我指的是道德和金钱之类的实际东西之间的斗争。当然,我知道你天性中实际的那一面总是赢的。不过我也要守在你身边,看看你那更好的一面是否有一天也会取胜。要是这一天果然来到,那我就得卷起铺盖永远离开亚特兰大了。好,我们还是言归正传吧。你到底要多少,干什么用?”

“我也不大清楚到底需要多少,”她绷着脸说。“不过我想买一家锯木厂——并且我想我能挺便宜地买下来。另外,我还需要两辆货车和两头骡子。骡子要好的,还要一匹马和一辆马车给我自己用。”

“一家锯木厂?”

“是的,要是你肯借钱给我,我可以把一半的盈利给你。”

“我要个锯木厂有什么用呀?”

“赚钱呀!我们可以赚多多的钱。或者我可以给你的借款付利息——让我们看看,合适的利息是多少?”

“百分之五十算是相当好的了。”

“五十——啊,你是在开玩笑吧!不许笑,你这个鬼家伙。我可是一本正经的。”

“我正是在笑你的一本正经。我怀疑除了我还会有谁能明白,你那张骗人的可爱面孔背后那个脑袋瓜里,究竟在转些什么念头?”

“得了!谁管这个?听着,瑞德,你看看这是不是一笔好买卖。弗兰克告诉我有家锯木厂在桃树街要卖掉。他急着要现金,因此愿意廉价出售。现在这一带没有多少锯木厂,而人们盖房子的那股劲儿——嗨,我们就可以高价卖木材了。要是有钱,弗兰克自己就把它买下了。我猜想他原来是打算用那笔给我付税金的钱买这家厂子的。”

“可怜的弗兰克!一旦你告诉他正是你从他鼻子底下抢着把这个厂子买下来他会怎么说呢?你又如何向他解释你借的钱呢?”

思嘉没有考虑过这一点,她一心想的是这个木材厂可以赚多少钱。

“嗯,我不告诉他就是了。”

"他总该知道你的钱不是在地上捡到的吧。"

"那我就告诉他吧——嗨,真是,我就告诉他,我把我的钻石耳环卖给你了。并且我也的确准备给你呢。这就算是我的抵——抵什么品吧。"

"我可不要你的耳环作抵押。"

"我也不要,我不喜欢这副耳环。其实,它们也并不真是我的。"

"那是谁的呢?"

"这是一个死人给我留下的,现在完全可以算我的了。拿去吧,我并不需要。我宁可把耳环换成现钱。"

"天哪!"他不耐烦地嚷道。"你除了钱还想过别的没有?"

"没想过,"她坦白地回答说,一面用她那双尖利的绿眼睛盯着他。"要是你也经历过我那一段,你也就不会再想别的了。我发现钱是世界上最重要的东西。并且上帝可以替我作证,我决不打算再受穷了。"

她记起那火辣辣的太阳,她又饿又累晕倒在"十二橡树"村的土地上,那时在她心里不断重复一句话:"我决不再挨饿了,我决不再挨饿了。"

"总有一天我会有钱的,会有许许多多钱,我想吃什么就吃什么。到那时,我的餐桌上不会再有玉米粥和干豌豆了。我会有亮丽的衣服,全都是绸子的——"

"全都是?"

"全都是,"她简单地回答,对他的挖苦之意甚至不屑脸红。"我要有许许多多钱,北方佬永远休想将塔拉从我手中抢走。我还要给塔拉盖新房子和一个新仓库,还要买些耕地和好骡子,种上无边无际的棉花。还有我的全部家人,他们也决不会再挨饿了。我说到做到,每句话都算数。你是无法理解的,因为你是这样自私自利,你也从来不曾挨过冻,穿过破衣裳,为了免于挨饿而不得不折断自己的脊梁骨!"

他温和地说:"不过,我可在联盟军部队里待过八个月的呀。我不知道还有什么地方比在那里更能体会挨饿的滋味了。”

“部队！呸！你从来也没摘过棉花，除过谷草。你从来——不许你笑我！”

她嗓门一粗，他的手便又放到了她的手上。

“我不是在笑你。我只是笑你的外表和内心有多么不同。我在回忆我第一次在威尔克斯家的野宴上遇见你的情景。那时你穿着一件绿衣裳，一双小小的绿便鞋，身边围着一大群男人，多么快乐、得意呀。我敢担保当时你连一块美元合多少美分也不知道。当时你的脑袋瓜里一门心思想的就是去诱惑艾希礼——

她把手猛地从他手底下抽开。

“瑞德，要是我们还想相处下去的话，请你一定不要再谈论艾希礼·威尔克斯了。我们总是为他争论不休，因为你压根儿不理解他。”

“我想你对他是深深了解的吧，”瑞德不怀好意地说。“不过，思嘉，要是我借给你钱，我得保留谈论艾希礼的权利，我爱怎么说他，便怎么说。我可以放弃利息，但决不放弃刚才那种权利。还有不少关于他的事情我想知道呢。”

“我没有必要同你讨论他，”她简单地答道。

“唔，可是你必须这样做！你看，我掌握着钱口袋的绳子呢。等到你有了钱的时候，你也可以同样去对待别人嘛……显然你对他还是有意的——”

“我没有，”

“唔，从你这样急于维护他的模样来看，事情就更明显了。你——”

“我不能容忍让我的朋友受人讥讽。”

“那好，咱们暂时先不谈这个吧。他现在对你还有意吗？或者他已经把你忘了？或者他已经懂得欣赏自己那个非常珍贵的妻子了？”

一提到媚兰，思嘉的呼吸便开始急促起来，几乎忍不住要吐露全部真情，告诉他艾希礼只是为了保全面子才同媚兰在一起的。但话到嘴边又憋回去了。

“唔，那么说，他还没有充分感受到威尔克斯太太的好处了？甚至监狱里的艰苦生活也没有消磨他对你的热情?"

"我看没有必要谈论这个。"

"我要谈,"瑞德说。他说话的声音里有种低调,思嘉没有理解,但也不想听了。"而且,老实说,我就是要谈,而且等着你回答。那么,他还爱着你了?"

"唔,就算是又怎么样?"思嘉生气地嚷道。"我不愿意跟你谈论他,因为你根本不了解他,也不理解他的那种爱。你所知道的爱只是那种——嗯,就像你跟沃特琳一类女人搞的那一种嘛。"

"唔,"瑞德的口气显得温和了。"那么说,我就只能有淫欲了?"

"唔,你自己明白就是这么回事。"

"我倒是对这种纯洁的爱情很有兴趣——"

"瑞德,别这样讨厌了。要是你以为我们之间有过什么不正当的关系,就……"

"唔,这我倒从来没有想过,真的。正是因为这样,我才对这一切感兴趣呢。但是为什么你们之间就不曾有过一点不正当的关系呢?"

"要是你以为艾希礼会——"

"啊,照此说来,那是艾希礼而不是你在为这种纯洁的爱情而斗争了。说真的,思嘉,你不该这样轻易地出卖自己。"

思嘉惶惑而又气愤地窥视着他平静而不可捉摸的面孔。

"我们不要再谈这件事了,好吗?我也不要你的钱,你给我滚吧!"

"唔,不,你是要我的钱的。而且,既然已经谈到这里,怎么又不谈了呢?讨论一首圣洁的情诗肯定不会有什么害处。这样说,艾希礼爱的是你的心,你的灵魂,你那高尚的品德喽?"

思嘉听了他这番话痛苦极了。当然,艾希礼所爱的正是她的这些东西。正因为此,她才觉得生活还能忍受下去。她了解艾希礼很欣赏那些深藏在她心底、唯独他看得见的美好东西,但是他只能对她保持着一种遥远的爱。

“这使我想起了童年的理想,以为这种纯洁的爱在这猥亵的世界里是可以存在的,”他继续说。“这样说来,他对你的爱就没有一点点肉体的因素了?要是你长得丑,没有这雪白的皮肤,他也会爱你吗?要是你没有那么一双让男人神魂颠倒的绿色眼睛,他也会爱你吗?还有你那屁股一扭一扭,对任何九十岁以下的男人都带诱惑性的浪劲呢?还有你那两片嘴唇——唔,我可决不能让自己的淫欲去冒犯呀!难道艾希礼对于这一切都看不见?还是说他看见了,但居然无动于衷呢?”

思嘉不由得又想起那天在果园里的情景:艾希礼两臂哆嗦着将她紧紧搂在怀里,狂热地吻着她,好像永远不离开了。想到这里她不禁一阵脸红,而脸红是逃不过瑞德的眼睛的。

“这样,我就明白了,”他说,带着一点近似愤怒的激动。“原来他爱你,仅仅是因为你的心呢。”

他怎敢用他那龌龊的手指来搜刮秘密,使她生活中唯一美好而神圣的东西也显得卑贱了。如今他正在冷静而坚决地突破她的最后一道防线,眼看就要得到他想知道的东西了。

“是的,他就是!”她大喊。

“我亲爱的,他恐怕连你有没有心都不知道呢。要是吸引他的果真是你的心,他就不必对你严加防范。总而言之,他尽可以心安理得地不去管它,因为一个男人不妨爱慕一个女人的心灵,与此同时保持上等人的身份,而且仍然忠实于自己的妻子。不过,对于艾希礼来说,他既要保全威尔克斯家的名誉,又对你的肉体那样垂涎欲滴,那一定是很困难的。”

“你总是这样卑鄙地来想别人!”

“唔,我从来不曾否认过我是贪图你的肉体的,我对名誉这类东西倒是毫不在乎。凡是我想要的东西,只要能到手我就拿,我用不着跟魔鬼或天使去搏斗。看你给艾希礼建造了一个多么快乐的地狱啊!我简直要可怜他了。”

“我替他建造了一个地狱?”

“是的,就是你!你的存在对于他是一种难以抗拒的诱惑,但是他跟他家族里的大多数人一样,为了保全名誉,不论多深的爱情都可以抛弃。照我看来,现在这个可怜虫既没有爱情也没有名誉来宽慰他自己了!”

“他是有爱情的!……我的意思是,他爱着我!”

“他真的爱你吗?请你回答我这个问题,然后我们今天的讨论也就结束了,你可以拿到钱,哪怕你扔到阴沟里我也不管了。”

瑞德站起身来,将他抽了一半的雪茄扔进痰盂里,他的动作放肆,而又有点阴险而可怕。“要是他真爱你,他怎么会让你跑到亚特兰大来弄这笔税金呢?如果我让一个我所爱的人来干这种事,我便——”

“他不知道呀!他没想到我——”

“难道你没想到过他应该知道吗?”他的声音里分明带有好不容易才压住的火气。“要像你说的那样,他真爱你,他就应该知道你在绝望的时候会干出什么事来。他哪怕把你杀了也不该让你跑到这里来找——不找别人偏偏来找我,真是天晓得!”

“不过,他真的不知道呀!”

“要是没人告诉他他就猜不出来,那就说明他对你和你那可贵的心根本不了解。”

他多么不公平啊!似乎艾希礼应该会猜别人的心思似的,似乎艾希礼如果知道了便能阻止她似的。但是她突然觉得艾希礼真是能够阻止她的,只要他在果园里给她一丁点儿暗示,说总有一天情况会好转,她便决不会想来找瑞德了。在她临上火车的时候,他只消说一句温存的话,哪怕只表示一点惜别的爱抚之意,也会使她回心转意的。可是他只谈到了名誉。难道艾希礼真的不知道她的心思吗!她赶快甩掉这个不忠的想法。当然,他没有怀疑她。艾希礼决不会怀疑她居然会做这种不道德的事情。艾希礼那么高尚,决不会这样来想别人。瑞德只不过想尽力破坏她的爱情罢了。他正在想方设法要毁掉她最珍重的东西。总有一天，她恶狠狠地想道，她的店站住了脚，厂子经营得令人满意，她手里有了钱，那时她就得让瑞德·巴特勒为他曾经给她的苦恼和屈辱付出代价。

瑞德站在她跟前有点逗乐地俯视着她。

“这一切到底与你有什么相干呢？”她问。“这是我的事，是艾希礼的事可不是你的事。”

他耸了耸肩膀。

“不过，思嘉，我对你的忍耐力抱有深深的赞赏，并且我真不愿意看到你被过多的重担压得粉碎。就说塔拉吧，它本身就是一副需要由男子汉来挑的重担。你那位有病的父亲，他永远不会帮你什么忙了。还有那些姑娘和黑人。现在你又有了个丈夫，或许还要加上皮蒂帕特小姐。即使艾希礼和他的一家不要你照管，你的担子已经够重的了。”

“他不用我照管。他帮忙——”

“啊，天哪，”他不耐烦地说，“我们别再谈这个了。他帮不了你什么。他现在靠你，将来还得靠你，或者靠别人，直到他死。我已经很腻烦，不想把他当作一个话题来谈了……你到底要多少钱？”

她真想把他狠狠地骂一顿，他给了她种种的侮辱，迫使她将心中最珍贵的东西和盘托出，并放肆地践踏它们。经过这一切之后，他居然以为她还会要他的钱呢！

但是她还是克制住自己没有骂出来。要是能够傲然拒绝他的钱，让他滚出去，那该有多好呀！但是，只有真正富有的人才能这样痛痛快快地想干什么就干什么呢。只要她还穷，她就还得忍受这样的场面。不过，等到她有了钱，她决不忍受自己不高兴的任何事情，也决不做她不愿意做的任何事情。

想到这里，她高兴得那双绿眼闪出了光芒，嘴上也浮现出一丝丝笑影。瑞德也微微一笑。

"你真可爱，思嘉，"他说。"尤其在你动什么坏脑筋的时候。只要能看看你那个酒窝，我就愿意给你买十三头骡子，如果你要的话。"

前门打开了，站柜台的店员走了进来，一边用牙签剔牙。思嘉站起身来，披上围巾，戴好帽子。她已经打定主意了。

"你今天下午忙吗？能不能现在就跟我去一趟？"她问。

"到哪里去？"

"我要你赶车带我到那家锯木厂去。我答应过弗兰克，不单独赶车出城。"

"冒雨去锯木厂？"

"是的，我现在就要把锯木厂买下来，省得你变卦。"

他突然哈哈大笑，笑得那么响，把站在柜台后面的店员吓了一跳，好奇地看着他。

"你难道忘了你又结婚了吗？叫大家看见肯尼迪太太同流氓巴特勒一起赶车出城，那可够你受了。要知道我是上等人家不接待的人呀。你难道不顾自己的名声了？"

"名声，胡说八道！我得赶在你变卦之前，而且趁弗兰克还没有发现我打算买，就把这个厂子给买下来。别慢慢吞吞了，瑞德，一点小雨有什么关系呢？让我们快走吧。"

那个锯木厂！弗兰克每一想起它便要叹息一番，怨自己当初不该向她提起。她将自己的耳环卖给了巴特勒船长(不卖别人偏偏卖给他!)并且不跟自己的丈夫商量便把厂子买了下来,这已经很不对了,更何况她还不把厂子交给丈夫去经营。这真不妙,她根本就不信任丈夫的判断力。

弗兰克同他所认识的所有男人一样,认为一个妻子总应该尊重丈夫,应该全面接受丈夫的意见,而不自作主张。他本来可以容许女人自行其是。女人就是这样一些有趣的小家伙嘛,对她的小爱好迁就一点不会有什么坏处。弗兰克生来温和文雅,对妻子不会过分苛求。他会欣然满足一个娇小人儿的傻念头,最多只怜惜地责怪她愚蠢和奢侈。可是现在思嘉决心要干的那些事情,他却觉得太不可思议了。

譬如说,那家锯木厂吧。当她带着甜蜜的微笑说她自己准备经营这个厂子时,他确实吓坏了。“我自己做木材生意。”她自己去做生意!这简直难以想象。在亚特兰大,没有一个女人做生意的。事实上,弗兰克从来也没听说过女人做生意的事。如果在艰难时期女人不幸要被迫赚点钱来贴补家用,她们也总是悄悄地干点女人干的事情——如梅里韦瑟太太烤馅饼卖,埃尔辛太太和范妮画瓷器,做针线活或者像米德太太到学校教书,邦内尔太太教音乐。这些太太们在挣钱,但她们都像女人留在家里干活。可是,身为一个女人,冒险跑进粗野的男人世界,同他们在生意上竞争,同他们厮混在一起,受人侮辱和议论……尤其是当她有一个能够养活她的丈夫,无须被迫这样做的时候!

弗兰克原先以为她只是逗逗他,或者跟他开个玩笑,一个不太得体的玩笑,但很快他便发现她真的在这样做,她果然将锯木厂经营起来了。她比他起得还早,赶车去桃树街,常常要到他锁上店门吃完晚饭后很久才回家来。赶车到锯木厂去要跑很远一段路,只有彼得大叔在护送她。弗兰克没法陪她去,因为那爿店占去了他全部的时间,但他说出自己的反对意见时,她只简单地说:“要是我不对约翰逊那个狡猾的家伙保持警惕,他就会偷卖我的木料,然后把钱装进自己的腰包。什么时候我能找到一个好人来替我经营这个厂,我就不必常常跑来跑去了。到时候，我可以把时间花在城里卖木料了。”

在城里卖木料！那可是最糟糕的了。她确实时常从厂里腾出一天时间来兜售木料，每逢那时，弗兰克就只好躲在店堂后面的黑屋里，生怕碰见什么熟人。他的妻子居然在卖木料呀！

人们对思嘉纷纷议论起来。说不定也在议论他呢，说他居然允许自己的妻子干这种行当。弗兰克在柜台上遇到一些顾客，听他们说“我刚才看到肯尼迪太太在……”，这时他真害臊啊！大家都在说她干了些什么。大家都在谈论建造新旅馆的地方所发生的事情。原来当托米·韦尔伯恩正在从另一个人手里买木料时，思嘉恰好赶车经过那里。她立即从车上跳下来，当着那些正干粗活的爱尔兰工人的面直截了当地告诉托米他上当了。她说她的木料质量更好又便宜，为了证实这一点，她列出一连串数字，当即给他作了估算。她让自己插足于一群陌生的干粗活的工人中间，这就够丢脸的了，更糟的是一个女人居然敢在大庭广众中显示她那样善于算计。当托米接受了她的估算并给了她订单以后，思嘉仍不赶快离开，却继续到处闲逛，同爱尔兰工头、一个名声很坏、凶狠的矮个子男人约翰尼·加勒格尔说话。仅这件事就在城里被议论了好几个星期呢。

最重要的是，她果然赚了钱，而任何男人都不会因自己的老婆在这样丢脸的事情中取得成功而感到高兴。她也从来没有拿出钱来交给丈夫。大部分的钱都寄到塔拉去了，并且她没完没了地给威尔·本廷写信，告诉他该如何花这些钱。她还告诉弗兰克，等塔拉的修缮工作完成之后，她准备将钱作为有抵押的贷款放出去生利了。

“唉！唉！”弗兰克每当想起这一点便感叹不已。女人根本就不应该懂得什么叫抵押嘛。

这些天来思嘉满脑子都是计划，但对于弗兰克来说，越来越糟了。她甚至提出要建造一家酒馆。弗兰克强烈反对这个主意。因为当酒馆的房东是一种不名誉的买卖，几乎跟出租房子开妓院一样不名誉。至于究竟为什么，他也说不出个道理来，所以思嘉说他胡说八道。

“酒馆很容易就能租出去，亨利叔叔这样说过，”她告诉他。“租酒馆的人总是按时交租金，并且弗兰克，你听我说，我们可以用卖不出去的劣质木料建一家造价低廉的酒馆，取得可观的租金，靠这些租金和厂里赚来的钱，再加上从抵押贷款中挣得的钱，我便可以再买几个锯木厂。”

“宝贝儿，你可不需要那么多的锯木厂！”弗兰克吓得大喊起来。“你该做的是卖掉你已经有的那个厂。它已经把你累得要死。”

思嘉全然不理会他所暗示的她该卖掉厂子的话。

弗兰克不仅对他妻子的观点和计划感到吃惊，同时对他们婚后几个月来她的巨大变化也大为诧异。她已经不再是当初那个温柔甜蜜而富于女性的人了。在向她求婚的短短一段时间里，他曾经认为她的羞怯和娇弱，比任何一个女人都更富有女性魅力。现在她却男性化了。尽管她仍有粉红色的双颊、酒窝和迷人的微笑，但她说起话来，做起事来活像个男人。她说话的声音尖刻果断，她遇事果断，没有一点点女孩子犹豫不决的样儿。她一旦知道自己需要什么，就像个男人似地似的直截了当地去追求，而不像女人那样躲躲闪闪。

弗兰克并不是没见过这种泼辣的女人。亚特兰大像所有南部城市一样，也有一些有钱的贵妇人，她们是谁也碰不得的。矮胖的梅里韦瑟太太的威风，埃尔辛太太的专横傲慢，都凶悍可怕呢。不过，不论这些太太们为了实现自己的心愿采取了什么样的手段，她们的手段毕竟还是女人的手段。她们始终对男人的意见毕恭毕敬，且不管是否真正听他们的。她们讲究这种礼貌，显得听男人的话，这才是要紧的。可是思嘉只听她自己的；至于别人的话根本不听。她办起事来跟男人一模一样，这就难怪全城的人都在议论她了。

“而且，”弗兰克苦恼地想，“或许还在议论我，居然容忍她这么不守女人的本分。”

此外,还有巴特勒那个男人。他常常到皮蒂姑妈家来,这是最最丢脸的事。弗兰克一直讨厌瑞德,他瞧不起瑞德,是由于瑞德在战争时期做投机生意捞钱,并且没有参军。弗兰克最最瞧不起他的是他抓住南部联盟的金子不放。但是,不管弗兰克愿不愿意,瑞德仍是皮蒂姑妈家的一位常客。

表面上他是来看望皮蒂姑妈,而皮蒂小姐觉察不出什么,相信这是真的,因而洋洋自得。不过弗兰克感到很不舒服,认为吸引他来的并不是皮蒂小姐。小韦德尽管对大多数人都害怕,偏偏十分喜欢他,甚至叫他"瑞德伯伯,"这使弗兰克非常恼火。弗兰克不由得回忆起战争年代瑞德在思嘉身边献过殷勤,那时人们对他们便有过议论,现在人们的议论可能更厉害了。邀请他和思嘉吃饭或参加宴会的事情渐渐少了,来拜访他们的人也愈来愈少了。思嘉对她的邻居们大多不喜欢,就是她所喜欢的那几个人也没时间去看望,所以对很少有客人来访一事她并没有在意。但弗兰克却敏锐地感觉到了。

弗兰克一辈子受着一句话的支配:"邻居们会怎么说呢?"如今他的妻子因无视礼节而引起了议论纷纷,他对此却毫无办法。他觉得人人都在非难思嘉,也都瞧不起他。可是如果他不允许她做,跟她争论,那么一阵暴风雨就会劈头盖脸泼来了。

"唉,唉,"他无可奈何地想,"她比我见过的任何女人都容易发疯,并且疯得持久!"

即使有时一切都很顺当,可令人吃惊的是,这位在屋里哼着歌儿、充满深情又显得很调皮的妻子,会突然摇身一变成为一个狂怒的人。只要他说一声:"宝贝儿,如果我是你的话,我就不会——"暴风雨便马上降临了。

只要她那双黑眉突如其来地皱起来,弗兰克便哆嗦起来。思嘉具有鞑靼人的脾气和野猫的凶劲儿,一发作起来她就什么都不顾了。在这种情况下,家里总是笼罩着阴云。弗兰克很早去店里,而且待到很晚才回家。皮蒂就像兔子找地洞躲起来似地钻进自己的卧室。只有嬷嬷能沉住气,忍受思嘉的脾气,因为嬷嬷同杰拉尔德·奥哈拉和他的火暴性子打交道多年,已经锻炼出来了。

思嘉也并非存心暴躁,其实她也很想成为弗兰克的好妻子,因为她喜欢他,并且对他为挽救塔拉非常感激。但是看到他那副样子,她实在忍无可忍。

她绝不可能尊重一个受她欺压的男人,可他在不论什么时候,总是表现得那么胆怯迟疑,这种态度她是无法容忍的。她本来也可以不理会这个,甚至高高兴兴过日子,可是还有许多事说明弗兰克既不善于做生意又不愿意让她成为一个好生意人,这就又要常常使她生气了。

正如她所预料到的,弗兰克一直拖着不肯去收别人赊欠的账,直到思嘉催了又催,他才带着歉意马马虎虎地去问了问。这最后向她证明,肯尼迪家永远只能维持一种勉勉强强的生活,除非她决定亲自去挣钱。她现在才明白弗兰克只要能在他那爿肮脏的小店里混混,就心满意足了。他好像还没有意识到,他们的根基还如此单薄,生活还得不到保障。

弗兰克在战前那些太平日子里或许能做一个好商人,至于现在,她觉得他古板得令人讨厌,他顽固地想按老办法行事,而这些老办法早已跟旧时代同时消失了。残酷无情的新时代所需要的是侵略性,而这正是他根本不具备的。思嘉自己倒具有这种侵略性,也想施展它,不管弗兰克是否喜欢。他们需要钱,她正在挣钱,但这是一项艰苦的工作。

由于她缺乏经验,经营一个新厂可不是容易的事。现在的竞争比原先激烈了,所以她每天夜里回家总是筋疲力尽,心事重重,并且烦恼不堪。在这种情况下,每当弗兰克带着歉意地干咳一声说:“宝贝儿,我可不会干这种事”,或者“宝贝儿,我要是你,就决不会干那件事”,这时思嘉只能按捺住自己的火气,不过她常常是按捺不住的。要是他自己没有勇气闯出去挣钱回来,他为什么还要找她的碴儿呢?并且他又那么可笑!在这样的年头,即使她干得不像个女人,又有什么关系?何况这个女人不是正成功地赚了钱吗?并且这些钱又是他们——她自己、这个家和塔拉,还有弗兰克——所十分需要的!

弗兰克需要休息和安静。他所虔诚服役的那场战争损坏了他的健康，断送了他的财产，使他成了一个老头儿。对于所有这些，他全不后悔。经过这四年战争之后，他对生活只求平安无事，和和气气。但不久他便发现在家里要得到安宁是需要付出代价的，那就是要让思嘉随心所欲。有时他在寒冷的黄昏从外面回来，思嘉微笑着替他开门，在他的耳朵、鼻子或其他什么地方吻一下，或者晚上在暖和的被窝里感觉到她的头偎在他肩膀上，那时他认为这个代价还是很值得的。只要思嘉能随心所欲，生活便可以过得满愉快。不过他所得到的安宁是空的，徒有其表而已，因为他付出的代价是放弃了婚后生活中他认为理当享受的一切。

"一个女人总得更多地关心自己的家和家里人，不该像个男人那样在外面闲荡，"他想道。"现在要是她有一个孩子——"

一想到孩子他就微笑了，并且他常常在想孩子呢。可思嘉却直截了当地宣称她不要孩子。弗兰克知道许多女人说不要孩子，只不过是一时愚蠢和害怕罢了。要是思嘉有了孩子，她一定会爱他的，一定会像其他女人一样心甘情愿在家里抱娃娃了。到那个时候她便只好卖掉那锯木厂，他的问题也就全解决了。所有的女人都要有了孩子以后才觉得愉快，而弗兰克知道思嘉现在是不愉快的。尽管他对女人一无所知，但思嘉有时觉得不愉快这一点，他还不至于看不见。

有时他半夜醒来，听到身边有蒙着枕头的轻轻啜泣声。他头一次醒来感觉到她抽泣时，曾惊恐地问过她："宝贝儿，怎么回事呀，"可是她生气的一声斥责："唔，别管我！"他就这样给顶了回去，从此再也不吭声了。

不错，有了孩子能使她愉快起来，并且会使她的脑子摆脱那些乱七八糟的傻事。有时弗兰克独自叹息，觉得自己抓到了一只热带鸟，它一身光焰，色彩斑斓，但对于他来说，只要有只鹪鹩也就行了。实际上那会更好一些。

第三十七章

四月一个夜晚，外面下着暴雨，托尼·方丹从琼斯博罗骑着一匹汗水淋漓、累得半死的马重重地敲门，将弗兰克和思嘉从睡梦中惊醒，吓得心惊肉跳。思嘉再一次敏锐地感觉到重建时期的全部含义是什么，并且更全面地理解了威尔说"我们的麻烦还刚刚开始"的意思，同时也懂得了艾希礼说的那些凄凉的话是多么正确——他当时说："面对我们大家的是比战争还要坏、比监狱还要坏——比死亡还要坏的局面呢。"

托尼在黑夜里冒着大雨跑来，几分钟之后又重新消失在黑夜里。但就在这短短的时间里，他拉开了一场新恐怖剧的帷幕，而思嘉绝望地感到这帷幕永远也不会再落下来了。

在那个狂风暴雨的夜晚，来人把门敲打得如此紧急，思嘉披着围巾站在平台上往下一看，瞥见了托尼那张黝黑阴郁的面孔，但托尼立即上前把弗兰克手里的蜡烛吹灭了。她赶快摸黑下楼，紧握着他那双冰冷潮湿的手，听他轻轻地说："他们在追我——我要到得克萨斯去——我的马快死了——我也快饿死了。艾希礼说你们会——别点蜡烛呀！不要把黑人弄醒了……我希望不给你们带来什么麻烦。"

直到厨房里的百叶窗被放下来，所有的帘子也全都拉到了底之后，托尼这才允许点上一支蜡烛，向弗兰克急急忙忙叙说事情的经过，思嘉则在一旁奔忙着为他张罗吃的。

他没有穿大衣,浑身都湿透了,帽子也没戴。不过,当他一口吞下思嘉端来的威士忌之后,那双飞舞的小眼睛又流露出方丹家小伙子们的欢快劲儿。

"该死的杂种,不中用的家伙,"托尼咒骂着,一面伸出杯子想再喝一杯。"我已经筋疲力尽了,不过要是我不赶快离开这里,我就完了,不过这也值得。老天爷作证,真是如此！我现在得赶紧到得克萨斯去,在那里藏身。艾希礼在琼斯博罗跟我在一起,是他叫我来找你们的。弗兰克,我得另外找一匹马,还要一点钱。我这马快要死了,并且身上一个子儿也没带。不过家里也真没有多少钱了。"

说着说着他笑起来,贪馋地吃着涂了厚厚一层冻黄油的凉玉米面包和凉萝卜叶子。

"你可以把我的马骑去,"弗兰克平静地说。"我手头只有十块钱,不过,要是你能等到明天早晨——"

"啊,地狱着了火,我等不及了!"托尼加重语气但仍很高兴地说。"或许他们就在我后面。我是急急忙忙动身的。要不是艾希礼把我拉出来,让我赶快上马,我会像个傻瓜似的还待在那里,说不定现在已经被绞死了。艾希礼可真是个好人。"

这么说,艾希礼也卷进了这个可怕的莫名其妙的事件中去了。思嘉浑身发冷,心快蹦到喉咙里了。北方佬现在抓到了艾希礼没有？为什么弗兰克不问个究竟？为什么他如此平淡,好像是理所当然的呢？她忍不住开口提问了。

"是什么事情——是谁——"

"是你父亲过去的监工——那个该死的乔纳斯·威尔克森。"

"是你把——他死了吗?"

"天哪,思嘉·奥哈拉!"托尼生气地说。"要是我打算宰了谁,你不会以为我只拿刀子刮他一下就满意了吧？不,天哪,我将他碎尸万段了。"

"好,"弗兰克漫不经心地说。"我向来就讨厌那个家伙。"

思嘉朝他看了看。这可不像她所了解的那个温顺的弗兰克,那个可以随便欺侮、只会胆小地捋胡子的人。他此刻显得那么干脆、冷静,在紧急情况面前一句废话也不说了。他成了一个男子汉,托尼也是个男子汉,而这种暴乱场合正是他们男子汉显身手的时候,可没有女人的份儿呢。

“不过艾希礼——他有没有——”

“没有。他想杀那个家伙,但我说这是我的权利,因为萨莉是我的弟媳。最后他明白了这个道理。他同我一起去琼斯博罗,怕万一威尔克森先伤了我。不过我并不认为艾希礼会受到牵连的。但愿如此。给我在这玉米面上涂点果酱好吗?能不能再给我包点东西留在路上吃?”

“要是你不把一切情况都告诉我,我可要大声嚷嚷了。”

“等我走了以后,你想嚷嚷就请便吧。趁弗兰克给我备马的这会儿功夫,我把事情讲给你听吧。那个该死的——威尔克森早就惹了不少麻烦。你知道,他在你的税金问题上做了些手脚。这只不过是他卑鄙无耻的一个方面罢了。最可恶的是他不断煽动那些黑人。现在北方佬又在谈论要让黑人参加选举,可他们却不让我们选举。该死的,这是我们的国家呀!不是北方佬的!天哪,思嘉,这实在无法忍受,也不能忍受了!我们得起来干,即使这意味着另一场战争也在所不惜。不久我们便会有黑人法官,黑人议员——全是些从树林里蹦出来的黑猴子——”

“请你——快点告诉我吧!你到底干了什么?”

“让我再吃口玉米面包吧。是这样,威尔克森成天同那些傻黑鬼搞鬼,他竟胆敢——”托尼急急地说,“说黑人有权跟——白种女人——”

“唔,托尼,不会吧!”

“天哪,就是这样!你似乎很难过,这我并不奇怪。不过,地狱着了火,思嘉,这对你来说,不会是新闻了。他们在亚特兰大这里也正在对黑鬼这样说呢。”

“这我——我可不知道。”

“唔，肯定是弗兰克不让你知道。不管怎样，在这之后我们大家认为得在夜里私下去拜访拜访威尔克森先生，教训他一顿，可是还没等我们去——你记得那个叫尤斯蒂斯的黑鬼吗，就是过去一直在我们家当工头的那个人？”

“记得。”

“就是那个尤斯蒂斯，今天萨莉正在厨房做饭的时候，他跑到厨房门口——我不知道他说了些什么，反正他说了些话，接着我听见萨莉尖叫起来，我跑到厨房里去，只见他站在那里，喝得烂醉像个浪荡子。”

“说下去吧。”

“我用枪把他打死了，母亲急忙赶来照顾萨莉，我便骑上马动身到琼斯博罗去找威尔克森。要不是他，那该死的傻黑鬼是绝不敢这样的。经过塔拉时，我遇见了艾希礼，当然他便跟我一起去了。他说让他来干掉威尔克森，因为他早想对他进行报复了。不过我说不行，因为萨莉是我弟媳，因此这是我的事。他还一路上跟我争论不休。等我们到了城里，天哪，思嘉你看，我竟没带手枪！我把它丢在马房里了。把我给气疯了——”

他停下来，咬了一口硬面包，这时思嘉在哆嗦。方丹家族中那种狂暴性格在本县历史上早就闻名了。

“因此我不得不用刀子来对付他，我在酒吧间找到了他，把他抓到一个角落里，艾希礼把别的人挡住。我首先向他说明来意，然后才将刀子猛戳过去，还没等我明白过来事情便完了，”托尼一边想着，一边说。“然后艾希礼让我上马，叫我到你们这里来。艾希礼在紧要关头是个好样的。他一直保持着清醒的头脑。”

弗兰克拿着自己的大衣进来了，随手把大衣递给了托尼。这是他唯一的一件厚大衣，但思嘉没有表示异议。

“不过，托尼，家里需要你呢。的确，要是你回去解释一下——”思嘉说。

“弗兰克，你真是娶了个傻老婆呀，”托尼一面挣扎着把大衣穿上，一面咧着嘴笑笑。“思嘉，亲我一下吧。弗兰克，你可别在意，我也许和你从此永别了。得克萨斯离这里远着呢。我又不敢写信，因此请告诉我家里人，到目前为止，我还平安无事。”

思嘉让他亲了一下，两个男人便一齐走出去，进入倾盆大雨之中。接着，思嘉突然听到一阵马蹄溅水的声音，托尼走了。

现在她明白重建运动究竟意味着什么了。许多最近她很少想到的事情现在一下子涌上心头，便形成一幅令人害怕的景象了。

黑人爬到了上层，他们背后有北方佬的刺刀保护着。思嘉可能被人杀死，被人强奸，对于这种事谁也没有办法。要是有人替她报仇，这个人便会被北方佬绞死，也无须经过法官和陪审团的审判。那些对法律一窍不通的北方佬军官们，只需草草审判一下，便可以把绞索套到南方人的脖子上了。

“我们怎么办呢?”她绞着双手，处在一种恐惧无依的极端痛苦之中。“那些魔鬼会绞死像托尼这样好的小伙子，就因为他为了保护自己的家人而杀死了一个黑醉鬼和一个恶棍无赖，对这些魔鬼我们有什么办法呀?”

“实在无法忍受!”托尼曾经大声呐喊过，他是对的。实在是无法忍受。不过不忍受又怎么办呢？她开始浑身哆嗦，而且有生以来第一次清楚地看到孤弱无助的思嘉·奥哈拉并不是世界上唯一要紧的事了。成千上万像她一样的女人遍布南方，她们都吓怕了，都是些孤弱无助的人。还有成千上万的男人，他们本来已放下了武器，现在又将武器拿起来，准备随时冒生命危险去保护这些女人。

托尼脸上有着某种在弗兰克脸上也有的表情，一种她最近在亚特兰大许多男人脸上也看见了的表情。这种表情同投降后从战场上回来的男人脸上那种厌倦而无可奈何的表情完全不一样。当时那些只想回家，别的什么也不管。可现在他们又在关心某些事情了，麻木的神经恢复了知觉，原来的锐气又在燃烧。

他们正怀着一种冷酷无情的痛苦在重新关心国家和同胞。像托尼一样，他们也在思索："实在无法忍受！"

她见过多少南方的男人，他们说话温和，但勇敢而坚韧不屈。就在短短的片刻之前，从那两个男人的面孔中，她看到了某种使她受到鼓舞而又害怕的东西——那是难以形容的愤怒，无法阻挡的决心。

她第一次感到自己同周围的人密切相连，感到他们的忧虑、痛苦和决心已融为一体了。的确，实在无法忍受！南方是如此美好的一个地方，决不容许轻易放弃；南方是如此可爱，决不容许那些北方佬来加以践踏；南方是如此珍贵的家乡，决不容许将它交给那些沉醉在威士忌和自由之中的野蛮黑人。

当弗兰克淋得浑身湿透，咳嗽着进来时，她才猛地一跃而起。

"唔，弗兰克，像这种日子，到底还要熬多久呀？"

"只要北方佬还恨我们，我们就得过下去，宝贝儿。"

"难道就一点办法也没有了吗？"

弗兰克用疲倦的手捋了捋湿胡子。"我们正在想办法呢。"

"什么办法？"

"干吗不等干出点样子再谈呢？也许得花好多年的时间。或许——或许南方将永远是这个样子了。"

"唔，不会的。"

"宝贝儿，去睡吧。你一定着凉了。你在发抖。"

"这一切什么时候才能结束呀？"

弗兰克耐心地向她解释，她怎么能听得懂呢。她非常感激地想起乔纳斯·威尔克森永远不会再去威胁塔拉了。她还在想托尼。

"啊，可怜的方丹这一家！"她大声喊道。"托尼干吗不理智一点——等到半夜再干，那样就没人知道是谁干的了。春耕的时候他要能帮上忙，比在得克萨斯要强得多了。"

弗兰克伸出臂膀搂住她。通常他总是战战兢兢地搂她，似乎害怕会被她不耐烦地推开，不过今夜他的眼睛好像在遥望着远处，竟无所畏惧地把她的腰紧紧搂住了。

“现在有比耕种更重要的事情要做呀，宝贝儿。教训这些黑鬼，给那些无赖狠狠痛击一下，这就是我们要做的事情之一。只要像托尼这样的好青年还在，我想我们就不用过多地为南方担忧。让我们去睡吧。”

“不过，弗兰克——”

“我们只要团结在一起，对北方佬寸步不让，我们总有一天会胜利的。别让你那可爱的小脑袋瓜为这事烦恼了，宝贝儿。让男人们去操心吧。或许那一天不会在我们这一代实现，但肯定总有一天会来到的。当北方佬看到我们难以压服的力量，他们会感到腻烦，不再纠缠我们。到那时候，我们便可以在一个世界里生活，养育我们的子女了。”

她想起韦德，还有好几天来悄悄藏在她心头的那个秘密。不，她可不愿意让她的孩子们在仇恨和不安、暴力和痛苦、贫穷、苦难和一片混乱之中成长。她决不希望她的孩子知道这一切。她需要一个安定的、井井有条的世界，可以让她朝前看，深信孩子们面前有一个平平安安的未来。她需要一个让她的孩子们只知道宽厚、温暖和丰衣足食的世界。

她突然告诉弗兰克，她快要有孩子了。

托尼逃走以后的几个星期里，皮蒂姑妈家屡遭北方佬大兵的搜查。他们随时闯进屋里来，在各个房间穿来穿去，见人便盘问，翻箱倒柜，甚至连床底下也要看看。军方当局听说有人曾劝托尼到皮蒂小姐家去，所以他们肯定他还藏在那里或附近。

思嘉正在怀孕初期，感到很不舒服，心情也很不好，一方面十分憎恨那些穿蓝军服的大兵闯入她的私室，顺手牵羊拿走一些小玩意儿，一方面也非常害怕托尼的事会最终毁了他们大家。监狱里关满了人，他们几乎是无缘无故便被抓进去的。她知道哪怕一丁点的真相被查出来，不仅她和弗兰克，就连无辜的皮蒂也得去坐牢。

现在亚特兰大还盛传一种谣言，说凡是触犯军法者都要没收财产，思嘉听了更是吓得发抖，生怕她和弗兰克不仅会失去自由，还会失去房子、店铺和锯木厂。

她埋怨托尼给他们带来了麻烦。托尼怎能对自己的朋友做出这样的事来？艾希礼又怎么会叫托尼到他们这里来呢？她再也不愿帮助谁了，如果将会使北方佬一窝蜂似的拥来向她勒索的话。是的，她会将需要她帮助的人都拒之门外，当然艾希礼除外。托尼来过之后的几个星期里，只要外面路上有一点动静，她便会惊醒，生怕是艾希礼由于帮了托尼的忙也在设法逃跑，到得克萨斯去。她不知道艾希礼目前的情况如何，因为他们不敢往塔拉写信谈论托尼半夜来访的事。他们的信可能会被北方佬截取，给农场带来麻烦。但是几个星期过去了。他们没有听到什么坏消息，艾希礼没有被牵连上。最后，北方佬也不再来打扰他们了。

但是，即使如此，思嘉也没有从托尼带来的恐惧中摆脱出来。这种恐惧比围城时的炮弹所引起的震惊更为厉害。好像托尼在那个暴风雨之夜的出现一下子把她眼前的屏障搬走了，迫使她看到了自己的生活的不牢靠。

1866 年早春，思嘉环顾周围，明白了自己和整个南方面临着什么样的前途。她可以精心筹划和设计未来，也可以比奴隶更加卖力地干活，她可以克服种种艰难困苦。然而，不论她做出多大的努力和牺牲，也不论她有多大的能耐，她那付出了巨大代价才创立的一个小小开端却可能随时被毁灭或夺走。

佐治亚州到处有重兵驻守，各个城市北方佬部队的指挥官们有着绝对的权力，对于当地居民甚至操有生杀之权。他们可以凭一点点理由或者无缘无故地将市民送进监狱，夺走他们的财产，将他们绞死。

报界的言论自由完全被剥夺了。民事法庭勉强还存在，但完全由军方左右，军方可以并且确实在干预裁决，因此那些不幸被捕的市民实际上全凭军事当局摆布了。

黑人尽管现在还没有获得选举权，但北方已决定他们应该有选举权，同时决定他们的选票必须倾向于北方。

过去的奴隶如今都作威作福起来，加上北方佬的帮忙，那些最低贱无知的黑人都爬到了上层。有些好心的黑人藐视自由，他们也同自己的白人主子一起在吃大苦。许许多多管家的高等黑人，现在还留在白人主子家，干过去下等黑人干的体力活。许多干田间活的忠心奴隶也拒绝接受这种新的自由。

黑人们被北方佬的鬼话搞得头昏眼花，自由成了一顿永远吃不完的野餐，一场游荡、盗窃和傲慢无礼的狂欢。农村里的黑人拥进了城市，使得农业地区没有劳动力种庄稼了。亚特兰大挤满了农村来的黑人，并且还在大批大批地继续拥来。他们都是些又懒又危险的分子，拥挤在肮脏的小木屋里，相互传染着天花、伤寒和肺病。

没人管的黑人孩子们像丧家之犬在城里四处乱跑，直到好心肠的白人将他们领回自己厨房去养活为止。被儿女抛弃了的老黑人，在这喧闹的城市里感到惊慌失措，坐在路边哭着喊道："天哪，这种自由我可受够了！"

这是一幅令人触目惊心的景象：半个民族正企图用刺刀强迫另外半个民族接受黑人的统治，而这些黑人中许多从非洲丛林中跑出来还不到一代人的时间呢。必须给黑人以选举权，而他们原先的主人却大多得不到这种权利。南方必须被压服；剥夺南方白人的选举权正是压服南方的一种办法。

在这些令人不安的日子里，思嘉日日日夜夜被恐惧折磨着。目无法纪的黑人和北方佬大兵的威胁，无时无刻不在惊吓着她的心。财产被没收的危险常常存在，甚至在睡梦中也所以而惊醒，她还担心会有更可怕的事情发生呢。她经常为自己和朋友们以及整个南方的无能为力感到沮丧，因此这些天来她总是在想托尼·方丹说过的那些话，托尼当时非常激动地说："天哪，思嘉，这实在无法忍受，也不能忍受了！”

尽管经历过战争、大火和重建运动，亚特兰大现在又成了一个繁华的城市。在许多方面，这个地方很像南部联盟初期那个热闹的年轻都会。唯一使人不舒服的是拥挤在大街上的士兵穿上了一种讨厌的制服，钱掌握在一些不该有钱的人手里，黑人在享着清福，而他们原先的主人却在挣扎，在挨饿。

在这表面现象背后是苦难和恐惧，但从一切外观来看仍是一个正在废墟中破土而出的繁荣城市，一个喧闹扰攘的城市。亚特兰大好像不管世界变得如何，总是匆匆忙忙的。不过，在当前这个时期，亚特兰大比过去或将来任何时候都更缺乏教养和更北方佬化。各种各样的人从四面八方蜂拥而来，大街上从早到晚都熙熙攘攘。

战争确立了亚特兰大在南方事务中的重要地位，这个不太引人注目的城市现在已经变得远近闻名了。亚特兰大又成了一个广阔地区的活动中心。

这座城市一片喧嚷，大大开放，一点也不掩饰其缺陷和罪恶。酒馆兴旺起来，有时一个街区便有两三家。入夜之后，大街上到处都是醉汉，有黑人也有白人，在人行道上左跌右撞。暴徒、小偷和娼妓鬼鬼祟祟地躲在阴暗的大街上。赌场是最兴旺的地方，几乎没有一夜不发生开枪、动刀子或打架的事。正派的市民极为愤慨地发现在亚特兰大有着一个很大并且繁荣的红灯区。通宵达旦地传出刺耳的钢琴声，以及粗鲁的歌声和笑声，还不时被尖叫声和枪声所打断。娼妓越来越胆大，竟敢厚着脸皮招徕过往的行人。每到星期日下午，红灯区鸨母们的亮丽马车在大街上招摇过市，里面全是些打扮得十分时髦的姑娘，她们会探出头来呼吸新鲜空气。

在这些鸨母中，贝尔·沃特琳是最臭名昭著的一个。她开了一家自己的妓院，那幢亮丽的两层大楼特别醒目。她的这家妓院楼下有个长长的酒吧间，墙上雅致地挂着油画，传说楼上配备着最上等的豪华家具，沉甸甸的花边窗帘和进口的金框镜子。这家妓院所养的十二个年轻姑娘都十分标致，并且举止文静。至少警察很少光顾贝尔的妓院。

大家都知道贝尔这类女人不可能有那么多钱来盖这样豪华的房子，她一定有后台，一个有钱的后台老板。瑞德·巴特勒从来没有考虑到体面而隐瞒他和贝尔的关系，所以显然这个后台不是别人就是他。

同那些弹痕累累、用旧木片和熏黑的砖瓦片修补的房屋相对照的是提包党人和发战争财的人新建的亮丽住宅，有阁楼、三角墙和塔楼，还有宽广的草坪。那些新建的住宅里，夜夜灯火辉煌，音乐声和舞步声从窗帘后阵阵飘出。穿着昂贵的妇女们在长长的阳台上散步，由一些穿晚礼服的男子殷勤地在一边伺候着。香槟酒的瓶塞噼噼啪啪地纷纷打开。深红色的火腿、蒸鸭、肥鹅肝酱，各种罕见的水果，满满地摆了一桌子。

而在那些破旧的老房子里，人们过着饥寒交迫的生活——越是出身高贵而勇敢的人，日子过得越苦；他们做出对物质需求毫不在乎的傲态，但内心无比紧张。

豪门大宅里有的是华灯、美酒、小提琴、舞蹈、锦缎、呢绒，而就在它周围的那些破屋里，人们却在饥寒交迫中慢慢地死亡。征服者尽情地专横傲慢和狂欢，可留给被征服者的便只有痛苦和仇恨了。

第三十八章

思嘉亲眼看见这种种情形,心中无比忧虑。她知道随时都可能大难临头。不过现在,她可承受不起前功尽弃的损失——现在一个婴儿即将出世,锯木厂开始赚钱,塔拉还得维持,直到秋天收了棉花为止。啊,要是她失去一切怎么办!她有时实在担心得不耐烦了,觉得如果真完了还不如自杀算了。

在1866年春天那一片破坏和混乱之中,思嘉将全部精力放在锯木厂上,一心一意要让它赚钱。在亚特兰大,钱有的是。盖新房的浪潮正在给她以所需的机会,她知道只要她不蹲监狱。

总得平安地到六月呀!思嘉知道到了六月她就得在皮蒂姑妈家待着休息,直到孩子生下来为止。没有哪个女人怀了孕还在公开场合出现的。弗兰克和皮蒂早就求她不要再露面,不要给她自己以及他们丢丑,而她也答应他们到六月就不再工作了。

总得要到六月呀!在六月以前,她必须使锯木厂稳稳地站住脚跟,这才能够放心离开一段。她希望一天能有更多的小时,而且争分夺秒地拼命弄钱,弄更多的钱。

由于她不断唠唠叨叨责骂胆小的弗兰克,她爿店总算渐渐有了点起色,连一些老账他也收了。不过思嘉还是将希望寄托在那家锯木厂上。当今的亚特兰大迅猛地生长着,对建筑材料的需求已经远远超过了可以供应的数量。木材、砖瓦和石头的价格在猛涨,思嘉经营的那家锯木厂从早忙到晚,不得停歇。

每天她花费一部分时间在锯木厂里，但大部分时间她坐着车在城里转悠，同那些建筑师、承包商和木匠周旋，诱骗他们答应买她的木材，并且只买她的木材。

她坐在一辆轻便马车里，旁边是一位神情严肃、但不以为然的老黑人车夫。她把那条膝毯拉得高高的围着她的肚皮，那双戴手套的小手紧紧抱住膝盖。她总是穿一身体面的服装出去做生意，并在双颊上抹上淡淡一点胭脂，再轻轻洒一点科隆香水，这就使她显得非常迷人，只要不从车里下来显出自己的体形就行了。实际上也很少需要她下车。因为她一微笑打个招呼，人们就会迅速跑过来，并且常常光着脑袋冒雨站在车旁同她谈生意。

她当然并不是唯一做木材生意的人，但是她并不害怕竞争。她对自己的精明颇为自豪，深信跟别人不相上下，她是杰拉尔德的亲生女儿，父亲遗传给她的那种狡猾的经商本能现在已磨炼得更精了。

最初，其他生意人都嘲笑她，不过现在他们不再嘲笑了。实际上正由于她是女流之辈，事情往往好办，因为她做出一副毫无办法和恳求的样子，人们一看心便软了。不论在什么情况下，她可以毫不费力地就能给人一种印象，觉得她是个勇敢而又怯懦的上等女人，只是环境所迫才落到了如此令人可怜的地步；这样一个孤弱娇小的女子，要是顾客不买她的木材，她说不定会饿死呢。不过，一旦她那贵妇人式的风度无法奏效时，她便会变成一个冷酷无情的生意人，为了招徕一个新顾客而不惜亏本，用比竞争者更低的价格出售木材。只要她认定不会被人发觉，她会将次等木料按上等的价格出卖。并且她会做出一副不太情愿揭露事实真相的样子，叹着气告诉一位可能与她成交的顾客，说她的竞争者们的木材价格太高，而且都是些烂木头，到处是节孔。

思嘉头一次这样撒谎时还觉得有点难为情，事后也有些内疚——难为情是因为谎言居然可以如此轻松地脱口而出，内疚是由于她突然想起了母亲。

爱伦对于一个撒谎和损人利己的女儿会怎样训诫，那是很明显的。思嘉一想象母亲脸上的神情,便禁不住畏缩起来。但是很快这个形象便模糊不清,被一种冷酷无情、不讲道德和贪婪的冲动所遮掩,这种冲动萌发于塔拉那些贫困的日子,如今在不稳定的生活中又大大加强了。她叹息自己已经不是爱伦所希望她成为的那种人了,同时耸了耸肩。

从此,做生意时她就再也没有想起过爱伦,也再没有对自己不光彩的手段后悔过了。她知道用谎言去损害人家,对她自己来说是绝对安全的。这是南方的骑士制度保护了她。南方的上等女人可以用谎言去损害一位绅士,而南方的绅士却无法用谎言来损害一个上等女人,也不能说这个上等女人是撒谎者。其他做木材生意的人只能在心里窝火,在家时激动地声称,但愿上帝保佑能让肯尼迪太太变成男人,哪怕五分钟也好。

还有一位开木厂的穷白人,他公开说她是个专爱说谎的人和诈骗犯。但这丝毫没有用,反而害了他自己,因为大家都感到吃惊,怎么一个穷白人居然能对一个出身名门的上等女人说这种话呢。思嘉听到那个穷白人的指责时,先是默默忍着,后来便渐渐将注意力转向这个人和他的顾客了。她无情地以比他更低的售价来抢对方的生意,并且暗暗心疼地抛出一批优质木材来证明自己的诚实,结果那个人很快就破产了。于是她便出价将对方的木厂高高兴兴地买了过来,使得弗兰克也惊恐不已。

一旦木厂到了手,便碰到一个伤脑筋的问题——到哪里去找一个可以信赖的人来经管呢?不过找个合适的人还是容易的。现在大家都穷得要命,街上到处都是没有工作的人,他们中间有些人曾经很富裕,可现在失业了。

一天下午,思嘉的马车追上了雷内·皮卡德的馅饼车,看见瘸子托米·韦尔伯恩也坐在雷内的车上,于是她就跟他俩打招呼。

"雷内,你看,你愿意来我这里干活吗?经营一家木厂可比赶一辆馅饼车要体面多了。我想你大概觉得不太好意思吧?"

"我吗,我看倒没有什么不好意思的,"雷内咧嘴笑笑说。"什么算体面呢?

我倒一向是体面的，直到这场战争将我像黑人一样解放了。我再也不用像过去那么高贵和空虚无聊了。我自由得像只小鸟了。我喜欢我的馅饼车。我喜欢我的骡子。我喜欢亲爱的北方佬，他们好心地买我岳母的馅饼。不，我的思嘉，我一定会成为馅饼大王的。这是我命中注定了的！就像拿破仑一样，我听天由命。”他兴奋地挥舞起他的鞭子。

“但是你父母把你养大，不是让你来卖馅饼的，就像把托米养大不是来管那帮粗野的爱尔兰泥瓦匠一样。而我那里的工作可要——”

“那我想你的父母准是把你养大好经营木厂的吧，”托米插嘴说，嘴角抽搐了一下。“是的，我看见那个小小的思嘉坐在母亲膝头上，咬着舌头在背课文：‘要是劣质木料能卖好价钱，可千万别卖好木料呀。’”

雷内一听大笑起来，他那双小眯缝眼高兴地飞舞起来，他用力捶了一下托米的驼背。

“不要乱扯，”思嘉冷冷地说，她听不出托米的话里有多少幽默。“当然我父母养大了我，可不是叫我来开木厂的。”

“我并没有放肆的意思。不过你是在开木厂呀，不管你父母养你时是不是就想让你干这一行，并且你也确实干得很好。得了，依你看，我们中间谁都不是在干原先理想中的那一行，不过我想我们照样都还干得不错呢。如果生活不能完全如意便坐下来哭鼻子，那才是可怜虫，才是一个可怜的民族，思嘉，你为什么不去找个精明能干的提包党人来替你干活呀？树林里有的是！”

“我可不要提包党人。提包党人不管什么东西，都会给你偷走。我要找的是一个好人，一个好人家出身的人，又精明能干又忠厚老实，还要——”

“你的要求倒还不算太高。不过按你出的工钱，你是找不到这样好的人的。你说的那种人，除非是手脚动不了。现在全都找到了工作。他们也许并不想干目前的活，不过他们毕竟全都在干着呢。他们情愿干些自己的事情，也不愿意去替女人干活呢。”

"只要你了解底细,便会发现男人并没有多少头脑,难道不是吗?"

"也许这样,不过他们还是很有自尊心的,"托米冷静地说。

"自尊心!我看自尊心的味道好得很,尤其在外皮剥落时放点蛋白糖霜,味道就更好了,"思嘉刻薄地说。

两个男人有点勉强地大笑起来,但思嘉好像觉得他们是作为男性在联合起来反对她。她想想托米的话是对的,男人们全都很忙,忙着干事情,干得很辛苦。也许他们干的并不是自己愿意干的事,可是他们毕竟是在干了。对于男人来说,这个世道太艰难,不能有更多的选择。他们正在打一场新的战争,一场更加艰苦的战争。他们现在又关心起生活来了。

"思嘉,"托米尴尬地说,"我刚才对你无礼了,实在不愿意再求你帮忙,不过我还是得求你,也许这对你也有好处。我的内弟,休·埃尔辛在卖柴火,干得不太顺利,因为除了北方佬,现在谁都自己出来捡柴火了。埃尔辛一家的日子过得十分艰难,我尽管尽力帮忙,但你知道我还得养范妮,还有母亲和两个寡姐在斯巴达要我照顾。休这个人很好,你要的正是一个好人,并且你知道的,他又是好人家出身,人很忠厚老实。"

"不过——嗯,休没有什么魄力,要不然他的柴火生意是会成功的。"

托米耸了耸肩膀。

"你的眼光可真够厉害的,思嘉,"他说。"不过,你可以再考虑一下,我想,他的忠厚老实和吃苦耐劳会弥补他的魄力不足,并且绰绰有余呢。"

思嘉在全城寻觅了很久没有成功,最后她终于决定,让休·埃尔辛来干。休在战争时期是位干劲很大、足智多谋的军官,但是打了四年仗之后,他的智谋似乎已经彻底干涸,如今面对和平时期的现实,像孩子般糊涂起来了。近来他挑着柴火到处叫卖时,眼睛里流露出一种灰心丧气的神色,看来他不是思嘉所希望雇到的那种人。

"他很笨,"思嘉心想。"他对做生意,一窍不通,我敢打赌他连二加二等于多少都不会。并且我怀疑他也学不会了。不过，他至少是个老实人，不会欺骗我。”

这些日子思嘉自己并不怎么老实，不过她越是不看重自己的老实，便越发看重别人的老实了。

“可惜的是约翰尼·加勒格尔正同托米·韦尔伯恩合伙在盖房子，”她想。“他才是我所需要的那种人，硬得像钉子，滑得像条蛇，要是给他的报酬合适，他也会老老实实的。或许等那家旅馆盖好之后，我便可以把他弄过来了。在这之前，我只好让休和约翰逊先生凑合对付着。要是我让休负责新厂，让约翰逊先生留在老厂里，我自己待在城里管推销，锯木和运输的事由他们去办。查尔斯留给我的那块地可以分一半盖个木料堆置场。然后用另一半地建一个酒馆。不管弗兰克怎样激动，只要拿到了足够的钱，我马上就要建酒馆的。要是弗兰克的面皮不那么嫩就好了。啊，天哪，偏偏我在这个时候要生孩子，很快我的肚子就要大得不能出门了。哦，天哪，我怎么就要生孩子了呢？”

现在弗兰克渐渐赚得更多了，不过弗兰克总爱感冒生病，常常一连几天无法起床，说不定他会成为一个废人。她不能过多地指望弗兰克。除了她自己，谁也不能指望。

她每月挣的钱，一半寄到塔拉交给了威尔，一部分还瑞德的债，其余的便自己存起来。没有哪个守财奴比她数钱数得更勤，也没有哪个守财奴比她更害怕失去这些钱。她不肯把钱存到银行里去，因为怕银行可能要倒闭，或者被北方佬没收。因此她把钱尽量带在自己身边，塞在自己的紧身衣内，将一小叠一小叠的钞票藏在屋子周围，放在壁炉的砖缝里，放在废物袋内，夹在《圣经》的书页中。随着时间的流逝，她的脾气越来越暴躁，因为每省下一块钱，到了灾难临头时，就可能会多丢掉一块钱啊。

弗兰克、皮蒂和仆人们对于她那种随时随地都可能爆发的怒火都极为体贴地容忍着，将她的坏脾气归咎于怀孕，而从没意识到真正的原因。弗兰克知道对于怀孕的妇女得迁就，因此他抑制着自尊心，任凭她经管木厂，任凭她在这时候继续在城里到处乱跑，绝口不说什么。她的行为不断使他感到很难以为情，不过他梦想再忍耐一段时间就到头了。只要孩子一下地，思嘉又会成为当年他追求过的那个富于女性美的可爱姑娘了。但是不管他如何姑息迁就，她还是没完没了地大发脾气，所以他觉得她像是鬼迷心窍了。

究竟什么东西迷住了她的心窍，什么东西使她变得像个疯子，谁也不明白。实际上，她要在自己不得不闭门静养之前赶快将她的事情安排好，赶快尽可能多攒些钱以防万一，赶快打下一个坚实的金钱基础来防御北方佬日益高涨的仇恨。正是金钱迷住了她的心窍。要说有时她也想到孩子："死亡，纳税，生孩子！这三件事，哪一件也不容你自己挑选！"

当思嘉作为一个女人开始经营木厂时，亚特兰大人普遍感到震惊，大家断定她这个人是什么事都做得出来的。她做生意使用的酷辣手段令人骇异，而且，她怀了孕还照样在大街上到处奔跑。不论哪个正派的白人或黑人妇女，只要一有了身孕，便几乎不再出家门，所以梅里韦瑟太太愤慨地说，从思嘉的所作所为来看，她大概是想把孩子生在大街上了！

最令人气愤的是思嘉不仅同北方佬做买卖，并且处处显得她是真正喜欢这样做呢！

梅里韦瑟太太和许多别的南方人也在同北方佬做生意，但不同的是他们并不喜欢，并且明白地表示不喜欢。可思嘉却的确喜欢。她在北方佬军官家里同他们的妻子喝过茶呢！事实上她什么事都干过，只差没邀请他们到自己家里来了，并且全城的人都在猜想，要是没有皮蒂姑妈和弗兰克，她准会请他们去的。

思嘉知道全城人都在议论她，但她并不在乎，也顾不上去计较。她对北方佬的恨还是那样厉害，不过她能够把这种仇恨掩饰起来。她很清楚，如果想赚钱，便只能从北方佬那里去赚，并且她也明白，用微笑和好言好语去巴结他们，准能把他们的生意拉到她的木厂来。

等到有一天，她有钱了，并且把她的钱藏到了北方佬无法找到的地方，到那时她便可以说出她对他们的真实看法，告诉他们她恨他们，厌恶他们，瞧不起他们。那多好！但是在那之前，她还得同他们融洽相处。

她发现，同北方佬军官做朋友十分容易。他们在亚特兰大就像一个寂寞的流亡者，他们渴望与女性有礼貌地交往，因为在这个城市里，正派女人对他们毫不理睬，只有妓女和黑人妇女才跟他们说话和气。但是思嘉显然是个上等女人，一个门第高贵的上等女人，只要她嫣然一笑，那双碧绿的眼睛滴溜一转，他们就浑身激动了。

往往，思嘉坐在车里对他们说话，向他们露出两个酒窝，实际上对他们厌恶极了，恨不得劈脸骂他们一顿。不过她还是克制住自己，并且发现将北方佬随意玩弄玩弄，一点也不比跟南方男子逗乐要难。她所扮演的角色是一位在患难中的文雅温柔的南方贵妇人。她具有庄重而娴雅的风度，可以使她的受骗者与她保持适当的距离，不过她那和蔼的态度仍叫北方佬军官一想起她便心里暖洋洋的。

这种暖意是十分有利的——也正是思嘉想要得到的。许多驻防的军官由于不知道自己在亚特兰大要待多久，于是把妻子和家眷都接来了，他们便要自己盖房子，而且很高兴从这位和气的肯尼迪太太那里买木料，因为她温柔又有礼貌。

因此，正因为她长得又亮丽又迷人，而有时又显得可怜无助，他们便都乐意光顾她的木材厂以及弗兰克的店铺，觉得他们应该帮助这位勇敢但显然丈夫无能的小妇人。思嘉注视着她事业的进展，觉得不仅目前她在赚北方佬的钱，并且将来还得靠这帮人庇护呢。

同北方佬军官的关系保持在适中的水平上，这比她预料的要容易些，因为他们全都很怕南方的上等女人。不过思嘉很快便发现这些军官的妻子引起了一个她没有料到的问题。这些军官的妻子一心想见她，她们对南方和南方妇女怀有一种强烈的好奇心。往往,思嘉在一家北方佬门前同这家的男人谈论木料和屋顶板时,这个男人的妻子便会跑出来搭讪,并坚持要她进屋喝杯茶。思嘉虽然心里不愿意,但很少拒绝,因为她总希望有个机会建议她们去光顾弗兰克的店铺。在那儿她的自我克制能力多次受到严重考验,因为她们常常提出涉及私人的问题,并且对南方的一切都表现出一种沾沾自喜和好意屈就的态度。

北方佬妇女问起南方人家养的用来追逐逃跑奴隶的那种猎狗。她们还想看看农场主用来在奴隶脸上打烙印的烙铁和用来打死奴隶的凶狠的鞭子。她们对于纳奴隶为妾的问题也有着极大的兴趣,实在十分庸俗和没有教养。

听到这类带有偏见的无知言论,亚特兰大不论哪一个女人都会气得要命。但思嘉却默默忍着,她因此忍得住,是因为她们在她内心引起的鄙视多于愤怒。她们毕竟是北方佬。干不出什么好事也说不出什么好话来。所以,她们轻慢的话语只不过从她心上轻轻擦过,引起一种轻蔑和讥笑,直到后来发生了一件叫她怒不可遏的事情为止。

有一天下午,她同彼得大叔赶车回家,经过一所住着三家北方佬军官的房子,这些军官正在用思嘉的木料盖自己的住宅。她的车经过时,他们的妻子正好都站在门口,她们向她挥手,请她把车停下来。她们出来,跑到她的马车旁边同她打招呼。那又一次使她觉得,对于北方佬,除了他们不同的声调之外,几乎什么都可以原谅了。

"我正想见你呢,肯尼迪太太,"一个来自缅因州的瘦高个女人说。"我想从你那里了解一点关于这个愚昧城市的情况。"

思嘉怀着鄙视吞下了这种对亚特兰大的侮辱,勉强装出一副笑容。

"要我告诉你些什么呢?"

"我的保姆布里奇特回北方去了。她说她在这里一天也待不下去了。请告诉我,怎样才能再找到一个保姆。我不知道到哪里去找呀。"

"这并不难,"思嘉说着,笑起来。"如果你能找到一个刚从农村来的还没有被“自由人局”宠坏的黑人,你就会有一个最好的仆人了。你就站在你家门口,询问每一个经过这里的黑女人,我保证——”

那三个女人气得大声嚷嚷起来。

“你以为我会放心将我的孩子交给一个黑鬼吗?”缅因州的女人喊道。“我要一个爱尔兰的好姑娘。”

“我怕你在亚特兰大是找不到爱尔兰仆人了,”思嘉冷冷地回答说。“我从未见过一个白种仆人,我家也不想要,而且,”她忍不住略带讥讽地说,“我可以向你保证,黑人并不会吃人,倒是很值得信赖的。”

“天哪,这可不行!我家里可不能用黑人。怎么能用黑人呀!”

“我连看都不要看,怎么还能信任他们呢,至于让他们带我的孩子……”

思嘉想起嬷嬷那双亲切而粗糙的手,那双伺候爱伦、她自己和韦德的手。这帮陌生人对于黑人的手能知道什么,他们哪能体会黑人的手的可贵,那么令人鼓舞,那么聪敏地懂得怎样去抚慰人、体贴人和逗爱人,她想到这里轻轻地笑了笑。

“真奇怪,你们会这样想。不正是你们大家把他们解放了吗?”

“天哪,可不是我呀,亲爱的,”缅因州女人笑着说。“上个月我来南方之前,还从没见过一个黑人呢,并且也不想再见了。他们让我浑身起鸡皮疙瘩。我可不能信任他们中间的任何一个人……”

思嘉早就感觉到彼得大叔在急促地喘气了,他坐得笔直,两眼牢牢盯着马耳朵。这时那个女人偏偏故意大笑起来,指着彼得大叔给她的同伴看。

“瞧那个老黑鬼,像只癞蛤蟆似的,气得鼓鼓的,”她格格地笑着。“我敢断定他就是你家的一个老宝贝吧,是吗?你们南方人根本不懂得怎样对待黑鬼。你们把他们都宠坏了。”

彼得倒抽了一口气,眉头皱得更紧了,但两眼仍直勾勾地朝前看。他这一生还从没有被一个白人叫过‘黑鬼’。至于被看作‘难以信任’和称为‘老宝贝’，对于他这个汉密尔顿家多年来的庄严柱石更是莫大的侮辱。

思嘉虽然没有看见但却感觉得到，由于自尊心受到强烈伤害的那个黑下巴开始在颤动，她不禁浑身震怒。这些女人贬低过南方的军队，漫骂过戴维斯总统，而且诬陷南方人虐待和残杀奴隶，这些思嘉都带着默默的轻蔑忍下来了。只要有利可图，她还能忍受对她个人品德和诚实的种种侮辱。但是听到他们用愚蠢的话语伤害这个忠实的老黑奴，她就像一包火药被点着了似的。她朝彼得腰带上挂着的那支大马枪盯了一会，两只手痒痒地想去摸它。杀了她们，这些傲慢无知、气焰嚣张的征服者。但是她咬紧牙关，直到两颊的肌肉都鼓出来了。是的，总有一天。天哪，一定！不过现在还没到时候呢。

“彼得大叔是我们自己家里人，”她的声音颤抖了。“再见。咱们走吧，彼得。”

彼得突然朝马背上抽了一鞭，把马吓得往前一跳，马车便颠簸着离开了。思嘉听见那个缅因州女人困惑不解地说：“她家里人？不见得是她的亲戚吧？他黑得很厉害呢。”

该死的家伙！她们应当从地球上被清除出去。等到我有钱了，我一定要往她们脸上啐唾沫。我一定要——

她朝彼得瞅了一眼，有颗泪珠正从他鼻梁上淌下来，这使她的眼睛也酸痛了，就似乎看见有人毫无理智地虐待了一个孩子一样。这些女人伤害了彼得大叔——这个同老汉密尔顿上校一起参加过墨西哥战争的彼得，他曾经将临死的主人抱在自己怀里，后来又将媚兰和查尔斯抚养成人，接着又伺候不中用而愚蠢的皮蒂帕特小姐，逃难时保护她，投降之后又弄了一匹马，将她从梅肯带回家来——就是这样一位彼得呀！而她们居然说她们决不信赖黑鬼！

“彼得，”她把手放在他那瘦削的肩膀上，声音在发颤。“你要哭，我可替你难为情了。你理她们干什么呢？她们只不过是些该死的北方佬罢了！”

“她们当着俺的面说这种话，似乎俺是头骡子，不懂她们的话——似乎俺是个非洲人，听不懂她们说些什么，”彼得说着，用鼻子响亮地哼了一声。“她们还叫我黑鬼，可从来也没有哪个白人这样叫过我。她们说我是老宝贝，说黑鬼不能信赖！我不能信赖吗？老上校临死的时候跟我说，‘你，彼得，请你照看我的孩子吧。好好照顾你那年轻的皮蒂帕特小姐，’他说，‘因为她像个蚂蚱一样没头脑。’这些年来俺就一直好好照顾她——”

“除了天使，谁也不能比你更会安慰体贴人了，”思嘉安慰他说。“没有你，我们就无法活呢。”

“是的，姑娘，谢谢你的好意。这些事情我知道，你知道，但他们这些北方佬可不知道。他们为什么跑来管我们的事呢，思嘉小姐？他们根本就不了解咱们这些支持南部联盟的人。”

思嘉没有说话，那股没有发泄出来的怒火仍然在心里燃烧。两人默默地赶车回家。

思嘉想：北方佬是些怎样该死的人啊！这些女人好像觉得彼得是黑人，他就没有耳朵能听。她们不懂得对待这些黑人应该亲切一些，把他们当作孩子，教导他们，夸奖他们，疼爱他们，责骂他们。她们根本不了解这些黑人和他们主人之间的亲密关系。但是他们居然发动一场战争来解放他们，既然解放了他们，他们又不愿和黑人打交道，只一味利用他们来恐吓南方人。他们并不喜欢黑人，不信任他们，也不理解他们，然而他们却不断地在大喊大叫，说南方人不知道如何同黑人相处。

不信任黑人！思嘉信任他们远远超过大多数白人。黑人身上有忠诚、耐劳和仁爱的品德，这些是任何严峻的形势也无法使之破裂，金钱也无法买到的。她想起北方佬入侵时仍然留在塔拉的那几个忠心耿耿的黑人。他们可以逃走，或者参加军队去过闲荡的生活，可是他们却留下来了。她想起迪尔茜在棉花地里努力干苦活，想起波克冒着生命危险去偷鸡给全家吃，想起嬷嬷陪伴她到亚特兰大来，不让她做错事。她还想起一些邻居家的仆人，他们保护那些男人不在家的女主人,护送她们逃过战争的恐怖,看护受伤的人,掩埋死者,安慰生者。并且即使现在,“自由人局”向他们许了各种各样迷人的诺言,可他们还是牢牢跟着他们的白人主子,并且比过去更加辛苦。但是,所有这些事情北方佬都不理解,并且永远也不会理解。

“不过,是他们解放了你们呢,”思嘉大声对彼得说。

“不,小姐!他们没有解放俺。俺也不要让这帮废物来解放,”彼得生气地说。“我还是属于皮蒂小姐。要是俺死了,她也得把俺埋在汉密尔顿家的坟地里,因为俺是属于这里的呀……俺要是告诉皮蒂小姐,你怎样让北方佬女人侮辱了我,她准会十分生气的。”

“我可没有这样干呀!”思嘉吃惊地喊道。

“你就是干了嘛,思嘉小姐,”彼得说着,你和俺都不应该去跟北方佬打交道,让他们可以侮辱俺。要是你不跟她们说话,她们就不会有机会侮辱俺了。而且,你也没替俺责备她们呀。”

“我还是责备她们了呀!”思嘉说,显然被彼得的批评刺痛了。“我不是告诉她们你是我们家自己人吗?”

“这不算责备,只是事实罢了,”彼得说。“思嘉小姐,你不应该跟这些北方佬打交道,没有哪家的小姐像你这样。”

彼得的批评,使思嘉觉得伤心,她感到恼火,恨不得使劲摇晃这个老黑奴。彼得说的倒是真话,不过她恨这些话出自一个黑人,并且是自家黑奴之口,连自家仆人都不尊敬你,这对于一个南方人来说简直是奇耻大辱。

“一个老宝贝呢!”彼得嘟囔着说。“皮蒂小姐听了这种话就决不会再让俺给你赶车了,肯定不会,小姐!”

“皮蒂姑妈还会让你照样给我赶车,”她厉声道。“因此,别再提这事了。”

“俺想俺的背快出毛病了,”彼得阴郁地说。“俺的背现在就痛得要命,都直不起来了。只要俺的背一痛,小姐就不会让俺再赶车了……思嘉小姐,要是咱自家人都不同意你的做法，就算那些北方佬和白人混蛋喜欢你，那也不会有什么好处呢。”

这句话把思嘉当前的处境概括得好极了，她听了一下子陷入一种无比愤怒的沉默中。是的，征服者们确实都对她表示赞许，但她的家人和邻居却反对她。全城的人都在纷纷议论她。而现在连彼得也对她那样反感，甚至不愿跟她一起出现在大庭广众之中了。这真是一个致命的打击啊。

在这之前，她对人家的议论是不在乎的，不但不在乎，并且瞧不起。但彼得的话在她心中点起了愤恨的怒火，使她突然对邻居如同对北方佬一样厌恶起来。

“他们管我干什么呢？”她想道。“他们以为我喜欢跟北方佬交往，喜欢像干农活的黑奴一样卖苦力吧。他们这样做，只不过使我处境更艰难罢了。但是，不论他们怎样想，我都不管，我才不让自己去管呢。不过有一天——有一天——”

啊，总会有一天的！等到她的生活又有了保障的那一天。她会像贵妇人那样娇弱，躲在家里，那样一来，人人都会夸奖她了。啊，如果她又有了钱，她会多么了不起啊！到那个时候，她会让自己变得像爱伦那样和蔼可亲，处处为别人着想，处处都娴雅有礼了。她不会再成天担惊受怕，因为生活平静而悠闲呢。她将有时间跟她的孩子们一起玩耍，听他们念课文。那些上等女人会来拜访她，她会叫仆人给她们送上茶水和可口的三明治，以及蛋糕，等等，同她们悠闲地聊天，愉快地消磨时光。对于那些遭遇不幸的人，她会和蔼可亲地对待他们，她会给穷人送去一篮篮的食物，给病人送去羹汤和果冻。她会像她母亲那样成为一个真正南方式的上等女人。那时候，大家都会像爱爱伦那样爱她。会赞扬她温柔无私，会称她为慷慨的夫人。

她对未来的种种想象感到很有乐趣，虽然她心里明白自己并没有真正想要变得慷慨无私或和蔼可亲，但不会有什么问题的，她所希图的只是具有这些品德的好名声。

有一天！但不是现在。现在不行，不管人家怎么说她。现在还不是成为一个伟大女性的时候。

彼得说对了，皮蒂姑妈真的激动起来。而彼得的背也一夜之间痛到确实无法再赶车了。从此思嘉只好自己一个人赶车，她手心上的茧子又重新磨起来了。

就这样，春天的几个月过去了，温润芳菲的五月天气随之而来。这几个星期思嘉一直被繁重的工作和忧虑所包围。肚子愈来愈大，行动愈来愈不方便。家里人则愈来愈体贴，而且替她焦急，也不明白究竟是什么在驱使她这样干。在这些焦虑不安和奋力挣扎的日子里，只有一个人是可以让她依靠而且够理解她的，那就是瑞德·巴特勒。说也奇怪，偏偏是他，他这个人飘忽不定，而且像一个刚从地狱出来的魔鬼一样邪恶倔强呢。但是他同情她，而这一点是她从哪儿都得不到并且也从不指望的。

瑞德常常出城，神秘地去新奥尔良，可从来不说去干什么。思嘉总带点醋意，觉得肯定同某个女人——或者一些女人有关。但自从彼得大叔拒绝替她赶车之后，瑞德留在亚特兰大的时间便愈来愈长了。

在城里，他大部分时间是在一家名叫“时代少女”的酒馆楼上赌博，或者在贝尔·沃特琳的酒吧间里跟那帮有钱的北方佬和提包党人亲切交谈赚钱的计划，这使城里人对他比对他那班密友更加厌恶。他现在已不去皮蒂家拜访了，这也许是为了尊重弗兰克和皮蒂的感情。因为思嘉现在的处境很微妙，男人的拜访会使弗兰克和皮蒂受不了。不过她几乎每天都会偶然遇见他，他总是勒住缰绳跟她谈一会儿话，有时将马拴在她的马车背后，替她赶着车。这些天来，她虽然不承认但实际上是比过去更容易疲劳了，所以很乐意他这样做，心里还暗暗感激他。尽管他每次都在他们回城之前便离开她，可是城里人还是知道了他们在暗中相会。

她有时猜想，他们的这些相遇难道完全是偶然的吗？几个星期过去了，随着城里黑人闹事的紧张气氛不断加剧，他们相遇的次数也愈来愈多了。不过为什么他偏偏在目前她模样最难看的时候来找她呢？如果说从前他曾有过不良企图的话，那么现在他肯定没有，并且连以前究竟有没有，她现在也开始怀疑了。他已经好几个月没有嘲讽地提到他们在北方佬监狱中那令人尴尬的场面了，他也再没有提起艾希礼以及她爱他的事，更没有再说什么没有教养的粗话。最后她认定，瑞德是因为除了赌博没有什么别的可干，并且在亚特兰大又没有知己，所以找她无非就是为了找个伴而已。

且不管瑞德的理由是什么，反正思嘉发现自己还是很欢迎他的。他总是全神贯注地听她发牢骚。他听说她赚钱了，便鼓掌喝彩，而弗兰克听了只会溺爱地微微一笑，皮蒂更是茫然，“哎呀”一声就完事。她很清楚瑞德一定常常在帮她揽生意，因为他很熟悉或认识所有阔绰的北方佬和提包党人。但是，他却始终否认自己帮了忙。她了解他的为人，并且从来也不信任他，不过只要看见他骑着那匹大黑马过来，她便会高兴得打起精神，有点情不自禁。等到他跳进她的马车，从她手里接过缰绳，对她说几句俏皮话，她更觉得自己既年轻又快活，而且娇柔动人，虽然满怀忧虑，肚子一天天大起来，也全不在意了。她对他几乎可以什么都说，不用顾虑或隐瞒。并且她也从来没有哪次觉得无话可说，像跟弗兰克在一起的时候那样——或者，坦白地说，甚至像跟艾希礼在一起似的。总之，有一个像瑞德这样的朋友，很使她感到欣慰，何况目前他又对她规规矩矩。这十分令人宽慰，因为近来她的朋友实在太少了。

“瑞德，为什么这个城里的人都这样卑鄙下流地议论我呢？”她暴躁地这样问他。“其实我只不过管我自己的事，从没干过什么坏事，并且——”

“要说你没干过什么坏事，那只是因为你还没有机会罢了，也许他们模模糊糊地也意识到了这一点。”

“唔，请你严肃一点吧！他们都把我气疯了。我不过是想弄点钱嘛，并且——”

“就因为你所干的跟所有其他的女人所干的不一样，并且你又取得一点小小的成就。正像我以前告诉过你的，这就是在任何一个社会都不能宽恕的罪恶。只要你跟别人不一样，你就该死！思嘉，就因为你的木厂办得成功，这对于每一个没有成功的男人来说，便是一种耻辱。你要记住，一个有教养的女性应该待在家里，应该对这个复杂而残酷的世界一无所知才好。”

“但如果我一直待在自己家里，我根本就没有地方可待了。”

“总的说来，就是你应该高雅而自豪地去饿肚子。”

“嘿，胡说八道！你就看看梅里韦瑟太太吧。她卖馅饼给北方佬，这可比开木厂更糟呢。埃尔辛太太在给人家缝缝补补，招些房客。至于范妮，她是在瓷器上画些谁也不要看的难看东西，可是为了帮助她谁都去买，并且——”

“不过你没有看到问题的点子上，我的宝贝儿。她们的事业都干得不好，因此没有触犯那些南方男人强烈的自尊心。这些男人还会说：‘可怜而又可爱的傻娘们，她们干得多苦呀！不过那也好，就让她们去觉得自己有用吧。’再说，你提到的那些太太可并不觉得干活是一种享受。她们总让大家知道，一旦有男人来解放她们，让她们摆脱这种不适合女人的劳动，她们就不会再干了。所以大家都为她们感到难过。可是你呢，你显然是喜欢干这些，并且显然不想让任何男人来管你的事，因此也就没人会为你感到难过了。就为这一点，亚特兰大人也决不会原谅你。因为替别人难过是非常令人高兴的呀。”

“有时我真希望你能严肃一点。”

“有一句东方的格言：‘虽然狗在狂吠，大篷车继续前进。’让他们叫去吧，思嘉。我想不论什么东西也无法阻挡你这辆大篷车的。”

“我只是想赚点钱，他们凭什么要管呢？”

“思嘉，你可不能什么都想要呀！你要么不守妇道只管赚钱，到处受人家的冷笑，要么就自命清高，受穷挨饿，赢得许多朋友。不过你已经做出自己的选择了。”

“我可不愿受穷，”她马上说。“不过，这是正确的选择吧，你说呢？”

“如果你最需要的是钱。”

“是的，我爱钱胜过世界上任何别的东西。”

“那么你就只有这个唯一的选择了。不过这一选择，理所当然地附带着一种惩罚，那就是寂寞。”

这话使她沉默了片刻。那倒是真的。确实是有点寂寞——因为缺乏女性朋友而感到寂寞。在战争年代，她情绪低落时可以去找爱伦。自从爱伦去世之后，一直总还有媚兰做伴，尽管她和媚兰除了在塔拉一起干苦活以外没有什么共同之处。可现在一个同伴也没有了。而皮蒂姑妈除了闲聊以外，对人生是没有什么想法的。

“我想——我想，”她开始犹豫地说，“就跟女人的关系而言，我始终是寂寞的。但亚特兰大的女人之因此讨厌我，也不仅仅因为我在努力工作，反正她们就是不喜欢我。除了我母亲，没有哪个女人真正喜欢过我，就连我那些妹妹也一样。我真不知道为什么，不过即使在战前，甚至在我跟查理结婚之前，女人们对我所做的一切好像都不赞成——"

"你忘了威尔克斯太太了吧,"瑞德的眼睛恶意地闪了一下。"她总是完全赞成你嘛。我敢说,除了杀人,你不论干什么她都会赞成的。"

思嘉冷酷地想道:"她甚至也赞成杀人呢,"接着便轻蔑地笑起来。

"啊,媚兰!她忽然想起,但紧接着就悲叹道:"只有媚兰是唯一赞成我的女人,不过那也不是我的什么光荣,因为她根本没有见识。要是她真有点见识——"她有点发窘,没有说下去了。

"要是她真有点见识,就会看到有些事情她是无法赞同的,"瑞德替她把话说完。"好了,你当然比我更清楚。"

"啊,你这臭德行!"

"对于你这种不公平的粗鲁劲儿,我理应不予理睬,不过就算了吧,让我还是言归正传。我看你得自己打定主意,要是你与众不同,你就得与世隔绝,不仅与你的同龄人,并且还得与你的父辈那一代,以及你下一代,全都隔绝。他们不会理解你,不论你干什么,他们都会表示愤慨。不过你的祖父母或许会为你感到骄傲,或许会说:'这个女儿跟她父亲一模一样呢,'同时你的孙子辈也会羡慕地叹息:'我们的老祖母准是个非常泼辣的人物呢!'他们都想学你。"

思嘉给逗得大笑起来。

"有时候你的悟性还真不错!我的外祖母罗毕拉德就是这样的。外祖母像冰一样冷酷,但是她嫁了三次人,引起那些情敌为她决斗过无数次,她抹胭脂,穿领口低得吓人的衣服,并且——嗯——不怎么喜欢穿内衣。"

"因此你十分佩服她,虽然你有时还尽量想学你的母亲!我有个祖父,是巴特勒家族的,他是个海盗。"

"真的吗!是让俘虏蒙着眼走船板的那种海盗?"

"我敢说如果那样能弄到钱,他是会让人蒙着眼走船板的。总之,他搞到好多钱,后来留给我父亲一大笔遗产。不过家里人总是小心地称他为'船长'。

在我出生之前很久,他在一家酒馆跟人吵架时被打死了。不用说,他的死对于后辈倒是一大解脱,因为他一天到晚喝得醉醺醺的,酒一落肚便忘记自己的身份,一味诉说过去的经历,把他的儿女们都吓坏了。不过我很钦佩他,并且竭力想更多地模仿他而不是我自己的父亲,我父亲是位和蔼可亲的绅士,有许多体面的习惯和虔诚的格言。我保证你的孩子们不会赞成你,思嘉,就像梅里韦瑟太太和埃尔辛太太现在不赞成你这样。你的孩子们或许会是些吃不了苦,缺乏男子汉气质的人,因为一般吃过苦的人的子女往往是这样。并且更糟的是,你跟所有的母亲一样,大概已下定决心不让他们去经历苦难了。这可全错了。吃苦要么使人成材,要么把人毁掉。因此你就得等待你的孙子辈来赞同你了。"

"我不知道我们的孙子辈会是什么样子呢!"

"你这个'我们'是不是暗示我和你会有共同的孙子辈呀?去你的吧,肯尼迪太太!"

思嘉立刻意识到自己说漏了嘴,脸涨得通红。叫她难为情还因为她突然想到了自己这愈来愈粗的腰身。他俩从没提到她怀孕的事,因为她跟瑞德在一起时总是把膝毯一直盖到腋窝底下,即使天气很暖和也是这样;她安慰自己,觉得这样一盖人家就看不出来。现在发现他已经知道,便突然恼羞成怒,受不了了。

"你替我滚下车去,你这个下流坯,"她声音颤抖地说。

"我才不会做这种事情,"他心平气和地回答。"等你还没到家天就要黑了,附近又来了一帮新的黑人,就住在泉水附近的帐篷和棚屋里,听说都是些下流的黑鬼。"

"你滚吧!"她喊叫着,使劲去夺他手里的缰绳,可突然觉得一阵恶心。瑞德立刻勒住马,递给她两条干净的手帕,又相当熟练地把她的脑袋托起来。当这阵发晕呕吐过去之后,她便双手捧住头,羞愧地哭起来。她不仅在一个男人面前呕吐——这件事尴尬得可怕,足以把一个女人吓坏了——并且这样一来,她怀孕这一丢脸的事也就明明白白了。她觉得自己再也没有勇气正面看他了。

并且这件事偏偏发生在他跟前,在这个从来不尊重妇女的瑞德跟前呀！她一边哭,一边准备听他说出一些粗鲁打趣的话来。

“别傻了,”他平静地说。“你要是觉得难为情而哭,那才傻呢。来吧,思嘉,别耍小孩脾气了。你该知道,我又不是瞎子,早已看出你怀孕了。”

她万分惊恐地“啊”了一声,然后用两手紧紧捂住绯红的面孔。“怀孕”这个字把她吓坏了。弗兰克每次提到她怀孕时总是难为情地用“你那状况”来表示。她父亲杰拉尔德在不得不提起这类事情时也往往微妙地用“坐房”这样的字眼来代替,而女人则体面地把怀孕说成“在困境中”。

“你要是以为我不知道,你可真是个小孩子了,虽然你总用膝毯把自己捂得严严的,当然,我早就知道了。要不然你想我为什么老是———”

他突然打住不说了,于是两人都沉默着。他提起缰绳,朝马吆喝了一声,然后继续心平气和地说下去。随着他那慢条斯理的声调,她面孔上的红晕也逐渐消退了。

“我没想到你这样容易激动,思嘉。我原以为你是个有理智的人,我失望了。难道你心中还有羞怯之感？我恐怕向你提起这件事情我就不能算是上等人了,其实,我也知道我不是上等人,就凭我在孕妇面前竟不觉得困窘这一点来看,也可以说明我觉得完全可以把她们当作正常人看待。为什么,就不能看她们的腰围,但却偷偷向那里瞥一两眼——我以为这才是最不礼貌的呢！我干吗要来这一套呀？这很正常嘛。欧洲人就比我们文明多了,他们是要给那些快做母亲的道喜的。虽然我不想建议我们也那样做,不过那比我们这种回避的态度毕竟要明智些。这是一种正常情况,女人应该为此感到骄傲,而不需要躲在屋里不出门似乎犯了罪似的。”

“骄傲！”思嘉压低嗓门喊道。“骄傲——呸！”

“难道你不觉得有个孩子值得骄傲吗？”

“啊,天啊,决不！——我恨孩子！”

“你指——恨弗兰克的孩子?”

“不——不管谁的孩子都恨。”

她对自己的再次漏嘴感到懊丧,但他还是轻松地继续谈着,似乎根本没有注意到似的。

“那么我们就不一样了,我喜欢孩子。”

“你喜欢?”她抬起头来喊道,对他的话感到吃惊,竟忘了自己刚才的难堪,“你多会撒谎呀!”

“我喜欢小婴儿,也喜欢小孩子,要等到他们开始长大,变得像大人那样想问题和撒谎骗人之后,才不喜欢了。这你不应该奇怪,因为你知道我很喜欢韦德,尽管他还不是个很理想的孩子。”

思嘉想这倒是真的,并突然感到惊异起来。他确实似乎很愿意跟韦德玩儿,而且常常送他礼物呢。

“既然我们已经把这个可怕的话题说出来了,那么我现在就把几个星期以来我一直想跟你说的话说出来吧。有两件事情。第一,你单独赶车是很危险的。你知道这一点,并且大家肯定也不停地对你说。即使你个人并不在乎,你也得考虑考虑后果呀。由于你的固执,你会给自己惹出事来,因为那时本城一些豪侠的男人便不得不去杀死几个黑人替你报仇。这就会招致北方佬的凶暴惩罚,有些人也许会被绞死。我这样说是有依据的,因为我一直跟北方佬关系很好。说起来很不好意思,他们待我就像自己人一样。”

“瑞德,你真的——难道真的是为了保护我,你才——”

“是的,我亲爱的,是我那大肆宣扬的骑士精神在促使我保护你。”他那双黑眼睛里的讥讽神色开始闪烁,脸上那副一本正经的表情消失了。“还为什么呢? 因为我深深地爱着你,肯尼迪太太。是的,我一直在默默地如饥似渴地想占有你,站得远远地崇拜你;不过我同艾希礼先生一样,是个高尚的人,我把这一切向你隐瞒了下来。因为,唉,你是弗兰克的妻子,为了名誉,我不能把这些说出来。不过,就连威尔克斯先生那爱名誉的人,有时也免不了要露馅儿,因此现在我也在露馅,把自己的心底的情感向你透露,还有我那———”

“啊,看在上帝面上,闭嘴吧!”思嘉打断他说,因为每当他故意把她弄得像个自高自大的傻瓜时,她总是非常气恼,并且也不愿意把艾希礼和他的名誉挂在嘴边谈下去了。于是她说:“你还要告诉我什么呀?”

“怎么,当我正在袒露一颗热爱着、但却悲伤的心时,你却不想听了?好吧,另一件事是这样的。”他眼里的嘲讽神气又消失了,脸变得阴郁而平静。

“这匹马你得小心。这匹马脾气太倔,它的嘴像铁一样硬了,你赶起来一定很累吧,是吗?嗨,要是它想脱缰逃跑,你根本无法制止它。并且如果你被翻到阴沟里,那可能使你和孩子都活不成了。你得给它戴上一副最重的马嚼子,要不然就让我给你换一匹口比较嫩、比较驯服的马来。”

她抬起头来朝他那张没有表情但温和的面孔看了看,突然之间火气全消了。他这么好心,连对她的马都想得如此周到,这不免引起她一阵感激之情,心想为什么他不能总是这样呢?

“这匹马的确很难赶,”她温柔地表示同意说。“由于得使劲拉它,我的胳臂整夜疼得不行。你说怎样对付它好,就照你的办吧,瑞德。”

他的两眼恶作剧地闪烁着。

“这话听起来倒满甜,很有点像女人呢,肯尼迪太太。这完全不像你平时那种专横的腔调了。是的,只要对付得好,是可以使你成为一个乖乖地依靠男人的妇女的。”

她的脸一沉,又发起脾气来了。

“这次你非给我滚不行,要不我可用马鞭抽你了。我真不知道为什么我就能容忍你——为什么总对你那么好。你一点礼貌也没有,不讲道德,简直就是个——算了,你滚吧。我就是这个意思。”

他爬下车来,从车背后解开他那匹马,然后站在黄昏的马路上向她挑逗地一笑，这时思嘉也不由得朝他咧咧嘴，才赶着马走了。

是的，他很粗鲁，又很狡猾，他不是一个你能完全放心打交道的人。你永远也说不准你放在他手里的那把钝刀子，什么时候你稍不注意就会变成最锋利的武器。但是，虽然如此，他毕竟很有刺激性，就像——是的，就像偷偷地喝上一杯白兰地！

这几个月以来，思嘉已经懂得了白兰地的好处了。每天傍晚回家，被雨水淋得湿透了，并且由于在车上颠簸，浑身觉得酸痛，这时除了那个瓶子之外，便没有任何东西能使她舒服的了。

思嘉发现晚餐之前喝一杯纯白兰地大有好处，为什么人们竟那样可笑，不许妇女喝酒，而男人却可以随心所欲地喝个酩酊大醉呢？有时弗兰克直打呼噜，她又睡不着觉，翻来覆去地担心受穷、害怕北方佬、怀念塔拉和惦记艾希礼，要不是那个白兰地酒瓶，她恐怕早已发疯了。只要那股愉快而熟悉的暖流悄悄流进她的血管，无数烦恼便开始消失。

但是有几个夜晚，甚至连白兰地也镇不住她心头的疼痛，这种疼痛甚至比害怕失去木厂还强烈，那是因渴望见到塔拉而引起的。她是爱亚特兰大的，但是——啊，它又怎比得上塔拉那种亲切的安宁和幽静的田园，那些红土地，以及那片苍苍的松林啊！哦，回到塔拉去，哪怕生活再艰苦也好！回到艾希礼身边，只要看得见他，听得到他说话，知道他还爱自己，这就足够了。媚兰每次来信都说他们很好，威尔寄来的每一封短笺都汇报棉花种植和生长情况，这使她越来越思念塔拉。

我六月份要回家去。六月以后我在这里什么也干不成了。我可以回家住上两个月。她想着想着情绪便好起来了。果然，她六月回到了家里，但不是如她想象的那样，而是六月初威尔来信说她父亲杰拉尔德去世了。

第三十九章

火车很晚才到达琼斯博罗。思嘉走下车来，六月的黄昏显得格外长，深蓝的暮色已经笼罩着大地。

车站在战争中烧毁了，还没重建。现在这里只有一个木棚，其他什么也没有，思嘉在棚子下面走了一会儿，在一只空木桶上坐下。她顺着马路张望，看威尔·本廷来了没有。威尔应该到这里来接她。他应该知道：收到他那封简短的信，得知父亲杰拉尔德去世的消息，她必然会乘最早的一班火车赶回来的。

她走得非常仓促，小旅行包里只有一件睡衣，一把牙刷，连换洗的内衣也没有带。她没有时间去买丧服，向米德太太借了一件黑色连衣裙，但是太瘦，她穿着很不舒服。她尽管为父亲去世感到难过，但也没有忘记自己的模样，她低头看了看自己的身子，觉得很不好看。身段已经全然没有了，脸和脚腕子也都肿了。在此以前，对于自己的样子，她并不非常在意，可是现在，她马上就要见到艾希礼了，就在意起来了。她尽管处于悲痛之中，然而一想到和他见面，而她怀的又是另外一个男人的孩子，就感到无限伤心。她是爱他的，他也爱她，此时此刻她意识到这个不受欢迎的孩子成了不忠于爱情的罪证。她那苗条的腰身和轻盈的脚步都已消失，不论她多么不希望他看到这一点，她现在也完全无法回避了。

她焦躁不安地跺起脚来，威尔怎么不来接她呀。

她的喉咙感到一阵哽咽，自从噩耗传来，她不时地有这种感觉，但是哭没有任何用处，只会弄得她心烦意乱，并且还消耗体力。唉，威尔、媚兰，还有那些姑娘们，为什么就不写信告诉她父亲病了呢？她会马上回塔拉来照顾他的，必要的话，还可以从亚特兰大请个医生来嘛。这些傻瓜们，他们都是傻瓜。难道他们离开了她就什么事也不会办了吗？她不可能同时待在两个地方呀，并且她在亚特兰大也为他们尽心尽力了。

思嘉坐在木桶上东张西望，还不见威尔来接她，感到坐立不安。这时她突然听见身后有脚步声，转身一看，只见亚历克斯·方丹扛着一口袋燕麦，越过铁路，朝一辆马车走去。

“天哪！这不是思嘉吗？”他喊道：“随即撂下口袋，跑过来，握住思嘉的手，他那痛苦的小脸露出愉快的神情“看到你，我真高兴。我看见威尔在钉马掌呢。火车晚点了，他以为能来得及。我跑去叫他吧！”

“好吧，亚历克斯，”她说，她尽管很难过，却也微微露出笑容。见到一个老乡，她觉得好受多了。

“唉——唉——思嘉”他仍然握着她的手，吞吞吐吐地继续说，“我为你父亲感到十分难过。”

“谢谢，”她答道，但她并不希望有人提起这件事，因为他这么一说，父亲的音容笑貌就历历如在眼前。

“如果我能使你得到安慰，我可以告诉你，思嘉，我们这儿的人都为他而感到自豪，”亚历克斯一面说，一面松开了手。“他——嗯，我们知道他死得像个战士，是在战斗中死去的。”

他这话是什么意思，思嘉感到莫名其妙。一谈到父亲，她就想哭，而她是不能在这里哭的。要哭，也要等到坐上车，和威尔上了路，没有生人看见的时候再哭。威尔看见没有关系，因为他就像自己的哥哥一样。

“亚历克斯，我不想谈这件事，”她一句话把人家顶了回去。

“思嘉，这没关系，”亚历克斯说，这时他一股怒气涌上心，涨得满脸通红。

"她要是我的姐妹,我就——哎,思嘉,对任何一个女人,我都没有说过一句粗鲁的话,可是,老实说,我真是觉得应当拿皮鞭教训教训苏伦。"

他在胡扯什么呀?思嘉一点也不明白。苏伦怎么了?

"可惜呀,人人对她都是这样看。只有威尔不责怪她,当然还有媚兰小姐,她是个大好人,在她眼里谁都是好人。"

"我刚才说了,我不想谈这件事,"思嘉冷冰冰地说,可是亚历克斯不知趣,以为知道她为什么这样不客气,这就使得思嘉更为恼火。她不愿意从一个外人那里听到自己家里的事,不希望这个外人看出她对自己家中的事毫不知情。威尔怎么不把所有的细节都写信告诉她呢?

思嘉希望亚历克斯不要那样盯着看她。她感到亚历克斯觉察到她已经怀孕了,这使她很难为情。亚历克斯则在昏暗的暮色中一面看着她一面想,她似乎是怀孕了。不过,她现在气色好多了,至少看上去好像一天能吃上三顿像样的饭了。过去那恐惧不安的目光,现在坚定了。她现在有一种威严、自信、果敢的神气,弗兰克这个老家伙一定和她生活得很愉快。不过她脸上那温柔甜美的表情没有了,她仰着头讨好男人的神态,过去他比谁都熟悉,现在也完全消失了。

"你和弗兰克帮了托尼的忙,我还没谢谢你呢?"亚历克斯说。"是你帮了忙吧?你可太好了,我有了托尼的消息,他在得克萨斯平平安安的。我没敢写信问你,不过你和弗兰克是不是借给他钱了?我愿意归还——"

"唔,亚历克斯,快别说了。不谈这个,"思嘉说。钱对她说来竟然无关紧要了。

亚历克斯停顿了片刻,接着说:"我去把威尔找来。明天我们都来参加葬礼。"

亚历克斯扛起那口袋燕麦,转身要走。就在这当儿,一辆马车吱嘎吱嘎朝他们驶来。威尔大喊道:"对不起,思嘉,我来晚了。"

威尔笨手笨脚地下了车，迈着沉重的步子走到思嘉面前，鞠了个躬，吻了吻她。他从未吻过她，每次喊她，也总要加上“小姐”二字。所以，威尔这样欢迎她，尽管意外，却使她感到温暖，感到十分高兴。上了车，她低头一看，发现这还是她逃离亚特兰大时的那辆快要散架的旧车。这么长时间，居然没有散架呢？一定是威尔十分注意维修。现在看到这辆车，她感到不舒服，并且不由地又回想起那天晚上逃离亚特兰大的情景。她想，就是不吃不穿，也得买辆新车，把这辆旧的烧掉。

他们离开村子，走上通往塔拉的红土路。乡间的夜幕悄悄地降临，笼罩着周围的一切。那湿润的红土那么好闻，那么熟悉，让人感到亲切。突然有一群燕子扑打着翅膀，从他们头顶上轻盈地掠过，还不时地有受惊的兔子穿过大路，白色的尾巴摇动着，像是一个鸭绒的粉扑。从耕种的土地中间穿过，她高兴地看到田里的棉花长势良好，还有那绿色的灌木在红土里茁壮成长。这一切多么美呀！

“思嘉，等一会我再告诉你关于奥哈拉先生的情况，在回到家以前，我要把所有的情况都告诉你。不过，有一件事我想先问问你，你现在大概是一家之主了吧。”

“什么事，威尔？”

他扭过头来，温和而冷静地盯着她看了一会儿。

“我要求你同意我和苏伦结婚。”

思嘉紧紧地抓住坐垫，异常吃惊，几乎向后倒下。和苏伦结婚！自从她把弗兰克·肯尼迪抢走以后，就从来没有想到有谁会愿意和苏伦结婚。有谁会要苏伦呢？

“哎哟，威尔！”

“这么说，你不介意喽？”

“介意？不，我不介意，可是——威尔，你真叫我奇怪！你和苏伦结婚，威尔,我一直以为你喜欢卡琳呢。"

威尔两眼盯着马,抖了抖缰绳,思嘉觉得他轻轻地叹了一口气。

"也许是的,"他说。

"怎么,她不愿意你吗?"

"我从来没有问过她。"

"哎呀,威尔,你真傻。你就问问她嘛。她比两个苏伦都要强!"

"思嘉,在塔拉发生的多少事情你都不知道。近几个月来,你哪里有心思来关心我们呀。"

"我不关心,是吧?"思嘉发起火来。"你以为我在亚特兰大干什么呢?到处参加舞会吗?我不是每个月给你们寄钱吗?我不是交了税,修了屋顶,买了新犁耙,还买了骡子吗?我不是——"

"你先别发火,使你的性子,"他心平气和地打断她的话。"要说你做的事情,我比谁都清楚,够两个男人干的。"

她的情绪稍微平静一点之后,她问道,"那你是什么意思?"

"这个,你让我们有安身之处,让我们有饭吃,这我不否认。"可是大家在想些什么,你就不大关心。我不责怪你,思嘉,你一向是这样。人们心里的事,你从来不怎么感兴趣。我想告诉你,我压根儿就没问过卡琳,她就似乎是我的一个小妹妹,我估计她有什么事都会对我说,不对别人说。可是她始终忘不了那个死了的情人,永远也忘不了。我也不妨告诉你,她正想上查尔斯顿,去做修女呢。"

"你开玩笑吧?"

"这个,我料到你会大吃一惊的,思嘉,我只想求你不要说她,不要笑她,也不要阻拦她。让她去吧。她就这么一点要求,她的心碎了。"

"我的天哪!心碎的人多了,也没见谁去当修女。就拿我来说吧,我送掉了一个丈夫。"

“可是你的心没有碎，”威尔心平气和地一面说，一面从脚下捡起一根草棍，放到嘴里，慢慢咀嚼起来。这句话使她泄了气。她一向是这样，如果别人说的话是真的，不论多么难以接受，她也会老老实实地承认。她沉默了一会儿，心里盘算着，要是卡琳当了修女，会怎么样呢？

“你答应我，不要说她了。”

“那好吧，”思嘉说罢，看了看威尔，觉得对他有了进一步的了解，同时也感到惊讶。威尔爱过卡琳，现在还很爱她，可是他竟然要和苏伦结婚。

“可是这苏伦是怎么回事？你不是不喜欢她吗？”

“唔，我也不是完全不喜欢她，”他一面说，一面把草棍从嘴里拿出来盯着，“苏伦并不像你想的那么坏，思嘉。我想我们俩会好好过日子的。苏伦差就差在她需要一个丈夫，生上一帮孩子，女人都是这样。”

马车摇摇晃晃地向前驶去。有几分钟，两人坐在那里不吭声，思嘉的心里不停地琢磨。问题肯定没有这样简单，一定还有更深一层、更重要的原因，否则温和亲切的威尔是不会想和苏伦这样一个爱唠叨的女人结婚的。

“威尔，你没有把真正的原因告诉我。你要是觉得我是一家之主，我就有权问清楚。”

“你说得对”，威尔说，“我想你会理解的。我不能离开塔拉，这里就是我的家，思嘉，是我唯一的真正的家。我爱这里的一草一木，我为它出过力，深深地爱上了它。你要是在某件东西上出过力，你就会对它有感情。你明白我的意思吗？”

思嘉明白他的意思。

“我是这么想的。你爸爸去世了，卡琳再当了修女，这里就只剩下我和苏伦了。我要是不和她结婚，就不能在这里住下去的。人们会说闲话呀。”

“不过——不过，威尔，那里还有媚兰和艾希礼呀——”

一提起艾希礼这个名字，威尔就转过脸来深沉地看着思嘉，她又一次感到威尔对她和艾希礼的事很清楚,很理解。

“他们很快就要走了。”

“走?上哪儿去?塔拉是你的家,也是他们的家。”

“不,这里不是他们的家。艾希礼正是所以而烦恼。他不觉得这里是他的家,也不觉得自己是在挣钱养活自己。他农活干得不好,他自己也知道。他很努力,可是他天生不是干农活的料,这你我都是很清楚的。你要是叫他劈柴火,他会把自己的脚丫子劈掉。你要是叫他下地扶犁,他还不如小博扶得直。这倒不是他的过错,他天生就不是干这个的。可他觉得自己是个男子汉,住在塔拉,靠一个女人施舍过日子,又无法报答,因此很烦恼。”

“施舍?他真的说过——”

“没有,他从来没有说过。你是了解艾希礼的。但是我看得出来。昨天晚上,我对他说我向苏伦求婚,苏伦同意了。艾希礼说,这样他就松一口气了。因为他说他住在塔拉,总觉得像条狗似的。现在既然我要和苏伦结婚,他说他就准备离开塔拉,到别处找工作去了。”

“找工作?什么工作?到哪里去找工作?”

“我也不知道他究竟要干什么,不过他说要到北方去。他在纽约有个朋友,是个北方佬,给他写信,让他到那里一家银行去工作。”

“啊,不行!”思嘉出自肺腑地喊了一声。威尔一听,又扭过头来看了她一眼。

“也许他还是到北方去的好。”

“不,不!不会的。”

思嘉思绪万千。她想,不论如何也不能让艾希礼到北方去。艾希礼要是走了,就真的可能永远见不着他了。尽管过去几个月没有见到他,但是她没有一天不想念他,一想到他能在塔拉好好地住着,就感到高兴。她每次给威尔寄钱,都意识到这可以使艾希礼生活宽裕些,所以觉得愉快。他当然不是个好庄稼汉。她认为他生来就是干大事的,为他感到自豪。他生来就高人一等,就该住大房子,骑好马,念诗,使唤黑奴。艾希礼生来就不是种地劈柴的。难怪他要离开塔拉了。

但是她不能让他离开佐治亚。甚至,她可以逼着弗兰克在店里给他安排个工作,辞退那个站柜台的伙计。可是,不能这样,因为艾希礼怎么能做买卖呢?啊,绝对不行!一定会有个合适的工作——对呀,当然可以把他安插在她的木材厂里!她想到这里,如释重负,不禁露出了笑容。但是艾希礼会不会接受她的好意呢?他会不会认为这也是一种施舍呢?她一定要想个办法,使艾希礼觉得是他在帮她的忙。她可以辞掉约翰逊,让艾希礼去管老厂,让休管新厂。她要向艾希礼解释,就说弗兰克身体不好,店里的活儿也太重,帮不了她的忙,她还可以以怀孕为理由,非请他帮忙不可。

思嘉不论如何也得让艾希礼明白,眼下非帮她一把不可。他要是肯把木材厂接过去,她宁愿将利润分一半给他。只要能把他留在身边,只要能看见他愉快的笑容,只要有机会看到他眼神里无意中流露出的爱慕之情,她是什么都在所不惜的。

"我能在亚特兰大给他找个事做,"她说。

"那就是你们俩的事了,"威尔说,随即又把草棍放到嘴里去了。"驾!我还得求你一件事,然后才能说你爸爸的事。那就是请你不要责怪苏伦。祸,她已经闯下了,你就是把她的头发全揪光,也不能让奥哈拉先生复活了。"

"我刚才就想问你。这苏伦到底是怎么回事?亚历克斯说得含含糊糊,说应该用鞭子抽她一顿。她到底做了什么?"

"是啊,大家都对她很气愤。今天下午在琼斯博罗,谁见了我都说要宰了她。现在你得答应我,不去责怪她。奥哈拉先生的遗体还在客厅里,今天晚上我不希望发生争吵。"

"他不希望发生争吵!"思嘉心里想,感到有些生气。"听他的口气,似乎塔拉是他的了。”

接着她又想到父亲杰拉尔德还停在客厅里，于是突然哭起来，抽抽搭搭地，好伤心啊。威尔伸出一只胳臂把她搂过来，使她感到舒服一些，什么也没说。

他们慢慢地颠簸前行，路也越来越黑。思嘉把头靠在威尔的肩膀上。她忘记了近两年来父亲的情况：“一位糊涂的老人呆呆地看着门口，等待一个永远不会再来的女人。他曾经是一位精力充沛的老人，留着鬈曲的白色长发，声音洪亮，性格开朗，对人总是慷慨大方。小时候，她觉得父亲是世界上最好的人。这位爽朗的父亲带她骑马，让她坐在前面，骑着马跳篱笆。她淘气的时候，就把她按住，打她的屁股。可她要是一哭，父亲也跟着哭，然后给她两毛五分钱一个的硬币，她就不哭了。她记得父亲从查尔斯顿和亚特兰大回家来，带回许多礼物，可从来没有一件合适的。唉，现在他去和母亲做伴去了。

“你怎么不写信告诉我他病了呢？我很快就能赶回来——”

“他没有生病，连一分钟也没病过。来，亲爱的，给你手绢，我详细地给你说一说。”

她用他的大手帕擤鼻涕，然后又偎在威尔的怀里。威尔真好！遇上什么事都不着急。

“思嘉，你听着，是这么回事。你一直给我们寄钱来，我们交了税，买了那头骡子、种子什么的，还买了几头猪，一群鸡。媚兰小姐养鸡养得不错，确实养得好。媚兰小姐，她可真是个好人。这么说吧，我们买了这些东西之后，就剩不下多少钱买衣服了，不过大家都没有抱怨，只是苏伦不同。

“媚兰小姐和卡琳小姐待在家里，都穿自己的旧衣服，也觉得很好。可是苏伦，没有新衣服，她是受不了的。她每次不得不穿着旧衣服跟我去琼斯博罗，或者更远一点，都觉得难受得要命。特别是有些北方来的冒险家太太，打扮得花枝招展，到处扭来扭去。可我们本地的妇女就不同，她们穿着破旧的衣服进城，表示不在乎，并且引以为荣。苏伦可不是这样。她还说要一辆大马车呢，她说你就有一辆。”

“那也不是大马车，而是一辆旧的敞篷车，”思嘉气愤地说。

“唉，不管是什么车吧。我还要告诉你，苏伦对于你和弗兰克·肯尼迪结婚始终耿耿于怀，我也觉得这不能怪她。你知道，这是一种卑鄙的伎俩，姐妹之间可不该这样。”

思嘉从他肩膀上抬起来，气得像一条响尾蛇，准备咬人。

“卑鄙的伎俩，是吧？你说得真文雅。可他喜欢我，不喜欢她，叫我有什么办法？”

“你是个聪明的女子，思嘉，我想你有办法让他喜欢你的，女孩子都会干这个。不过我觉得你恐怕是花言巧语把他骗到手的。在你认为必要的时候，你会是很迷人的。可是不管怎么说，他是苏伦的情人呀。就在你去亚特兰大之前一个星期，她收到过他一封信，说等他再赚一点钱就结婚。她给我看过这封信，因此我知道。”

思嘉默不作声，因为她知道他说的是事实，她想不出有什么可以反驳。别人说说也就罢了，可是威尔这样说，她是万万没有料到的。她用谎言欺骗了弗兰克，从来没有觉得良心上不安。她觉得一个女孩子要是连自己的情人都保不住，那只能怪她自己。

“威尔，说句公道话，”她说。“要是苏伦和他结了婚，你觉得她会为塔拉，或者为我们哪一个人，花一分钱吗？”

“我刚才说了，你认为必要的时候，你会是十分迷人的，”威尔一面说，一面转过脸来朝她微微一笑。“是啊，那可能就不能指望从弗兰克这个老家伙那里得到一分钱了。不过你的确使了卑鄙的伎俩，这是事实。但是不管怎么说，从那以后，苏伦就像一只大黄蜂，我认为她倒也不见得就多么爱弗兰克那个老家伙，只是她的虚荣心受到了伤害。她老说你穿亮丽衣服，坐大马车，住在亚特兰大，而她却埋没在塔拉这个地方了。你知道，她的确爱出去会客，参加宴会，还爱穿亮丽衣服。这我不恨她。女人就是这样。"

"大约一个月以前,我带她到琼斯博罗去,让她去看朋友,我办我的事,回来的时候,她乖得像只小耗子,可我看得出来,她心里十分激动,简直要炸开了。我也没有怎么注意。大约有一个星期,她在家里跑来跑去,就那么激动,但不怎么说话。她去看过凯瑟琳·卡尔弗特小姐,那可怜的孩子还不如死了好,嫁给了那个叫希尔顿的北方佬,他是个窝囊废。你知道,他把房子抵押出去却弄不回来了,现在非离开这里不可。"

"我根本不知道,也不想知道。我只想了解爸爸的情况。"

"我这就告诉你,"威尔耐心地说。"她回来以后就对我们说,我们误解了希尔顿,她还管他叫希尔顿先生,还说他是个很能干的人。后来她就老在下午带着你爸爸出去散步。好多次,我看见他们俩坐在墓地周围的矮墙上,她一个劲地跟他说话还做着各种手势。老先生呆呆地看着她,显出莫名其妙的样子,并且不断地摇头。你是知道的,思嘉。他的脑子越来越不清醒,连他自己在哪儿,我们是什么人,他也弄不大清楚了。有一次,我见她指了指你母亲的坟,老先生就哭起来了。她回到家里,又高兴,又激动,我就狠狠地训了她一顿,还满凶呢。我说:'苏伦小姐,你干吗要折磨你那可怜的老爸爸,让他又想起你妈呢?平时他不大记得起你妈已经死了,你这不是故意刺激他吗?'她倒好,把头一扬,笑了笑,说:'你别多管闲事。到时候你们就都高兴了。'媚兰小姐昨天晚上对我说,苏伦曾把她的计划告诉她了,但是她当时以为苏伦只是说着玩的。她没有告诉我们任何人,是因为那个想法使她感到十分不安。"

"什么想法?你能不能直截了当地说?回家的路都走了一半了,我关心的是我爸爸。"

"我正在说呢,"威尔说。"既然快到家了,咱们就在这里停一会儿,说完了再走吧。"

他一拉缰绳,马就停住了。这是麦金托什家的地界,隐隐约约可以看出几根阴森森的大烟囱还在寂静的废墟上矗立着。她心里责怪威尔，怎么把车停在这样一个地方。

“简而言之，她的想法就是让北方佬赔偿，赔他们烧掉的棉花，赔他们赶走的牲口，赔他们拆毁的篱笆和马厩。”

“让北方佬来赔？”

“你没听说吗？同情联邦的南方人，财产受到破坏的，只要提出申请，北方政府一律赔偿。”

“我当然听说过，”思嘉说。“但这和我们有什么关系？”

“依苏伦看来，关系大着呢。那一天，我带她去琼斯博罗，她碰上了麦金托什太太。她们闲聊的时候，苏伦自然注意到麦金托什太太穿得讲究，并且自然要问一问。麦金托什太太就很神气地对她说，她丈夫如何向联邦政府提出申请，要求赔偿一位联邦同情者的财产损失，他这位忠诚的联邦同情者从来没有给南部联盟任何形式的帮助和支持。”

“他们从来不给任何人帮助和支持，”思嘉厉声说，“这帮混蛋”。

“不管怎么样，政府给了他们——唔，我不记得是几万几千块钱了。反正是相当大的一笔钱。这给了苏伦很大的启发，她琢磨了一个星期，没有对我们说，因为她知道我们会反对她。可是她又非得找个人说说不可。因此她就去找凯瑟琳小姐，而那个混蛋希尔顿就给她出了一些主意。他说你爸爸不是在这个国家出生的，也没参加打仗，也没有儿子参加打仗，他又没有在南部联盟任职。他说，如果把这些情况加以引申，就完全可以说奥哈拉先生是联邦的一个忠诚的同情者。他出了一大堆这样的馊主意，她回来以后就开始对奥哈拉先生做工作。思嘉，我敢保证你爸爸有一半时间不知道她在说些什么。她也正是想利用这一点，让他去立下誓言，而他根本不知道这是怎么回事。”

“让爸爸去立下誓言！”思嘉嚷道。

“近几个月以来，他的神智越来越不清楚，她也正要利用这种情况。你要知道,我们谁也没有怀疑会有这样的事。我们光知道她在搞什么名堂,但是没想到她竟然会利用你那死去的妈妈来责备你爸爸,说他明明可以从北方佬那里弄到十五万块钱,而非要让自己的女儿们吃苦。”

“十五万块钱,”思嘉自言自语,她刚才听说要立誓言而产生的恐惧消失了。

这可是一大笔钱呢!并且要得到这笔钱只需轻轻松松签署一份效忠于美国政府的誓词,说明自己一向支持政府,从未帮助或支持过南部联盟。十五万块钱!撒这么一个小谎就得这么一大笔钱!唉,她怎能责怪苏伦呢!天哪!难道这就是为什么亚历克斯说要用皮鞭抽她吗?这就是为什么当地人说要宰了她吗?傻瓜,这些傻瓜。她要是有这么些钱,干什么不行呢!任何人有了这笔钱,干什么不行呢!撒这么个小谎有什么关系吗?不管怎么说,从北方佬那里拿多少钱都是合理的,怎么拿都行。

“昨天中午前后,苏伦就用这辆车送你爸进城去了,也没跟任何人说。媚兰小姐了解一点情况,但是她却希望苏伦能够由于某种原因而改变主意,因此也没对我们说。她根本想不出苏伦怎么能做这样的事。”

“今天我才了解清楚。希尔顿在城里同那些投靠北方的人和共和党人挺熟,苏伦和他们商量好了,如果他们马虎了事,承认奥哈拉先生是忠于联邦的人,再说明一下他是爱尔兰人,没有参军打仗等等,最后在推荐书上签个字,就把得到的钱分给他们一些。你爸爸只需要宣个誓,在宣誓书上签个字,宣誓书就寄到华盛顿去了。

他们稀里呼噜很快就把誓词念完了,你爸爸也没说什么,一切进行得很顺利,接着苏伦就让他签字。可就在这时候,他似乎突然醒悟了,便摇了摇头。我想他也不见得知道这是怎么回事,但他就是不愿意干。这样一来,苏伦可就急了,她的劲儿都白费了。于是他就领他出了办事处,上了马车,在街上来回地跑,一边对他说你妈在九泉之下哭着指责他,指责他明明可以让孩子们过得好好的，却让她们受苦了。听人家说，你爸爸坐在车上，像个孩子似的号啕大哭，他一听到你母亲的名字就这样。这情景城里的人都看见了，亚历克斯·方丹凑上去问怎么了，被苏伦抢白了一顿，差点儿把人家气疯了。

“不知她哪儿来的鬼点子，下午弄了瓶白兰地，又陪奥哈拉先生来到办事处，然后就拿酒灌他，思嘉，一年来我们在塔拉就没有烈性酒，奥哈拉先生受不了，真喝醉了。苏伦连哄带骗，过了两三个钟头，他终于屈服了。他说，好吧，让他签什么，就签什么。他们把誓词又拿出来了，他刚拿起笔来要写，苏伦犯了个大错。她说：‘这样一来，斯莱特里家和麦金托什家就没法对我们神气了！’你知道，思嘉，斯莱特里因为北方佬烧了他家一所小破房子，要求赔偿一大笔钱，埃米的丈夫已经给他办通了。

“听说苏伦一提这两个人的名字，你爸爸直起腰来，抖一抖肩膀，用敏锐的眼光盯着她。他突然不糊涂了，他说：‘斯莱特里和麦金托什，他们也签过这东西吗？’苏伦顿时紧张了。结结巴巴地一会儿说签了，一会儿又说没签。他就扯着嗓子喊：‘你得说清楚，那个该死的坏分子，那个该死的白人穷小子，他们也签过这种东西吗？’希尔顿那家伙顺口说：‘是的，先生，他们都签了，得到了一大笔钱，您也能得到一大笔钱。’

“老先生听了就大发雷霆。亚历克斯·方丹说，他在离办事处老远的一家酒馆里就听见他嚷了。他带着很重的爱尔兰口音说：‘你以为塔拉的奥哈拉家的人能和那该死的混蛋，和那该死的白人穷小子，干一样的坏事吗？’他说完把那誓词一下撕成两半，朝苏伦脸上扔去。还嚷了一声：‘你不是我的女儿！’就一溜烟儿跑掉了。

“亚历克斯说看见他像头牛一样冲到街上。他说，自从你妈死后，老先生这是头一次恢复了原先的模样。他说，他醉得摇摇晃晃，还扯着嗓子骂。亚历克斯的马就在街上，你爸爸爬上去，也不问一声谁的马，就骑着跑了，扬起的尘土能把你给呛死。他一边跑，一边还在骂呢。

“快到天黑的时候,我和艾希礼坐在门前的台阶上,望着那条大路,心里十分着急。媚兰小姐趴在床上大哭,什么也不说。突然我们听见路那头有马蹄声,还有人大喊大叫。艾希礼说:‘真怪呀!听着像奥哈拉先生,原先他骑马来看我们的时候就是这样的。’

“接着我们就看见他在草场的那头,顺着山坡拼命往上跑,同时高声唱起歌来,歌声嘹亮,远远地我们就听见了。我还从不知道你爸爸有这么一副好嗓子。他唱的是《矮背马车上的佩格》,一边唱,一边用帽子打那匹马,那马就疯了似的猛跑。等他跑到草场的这一头,他应该勒住缰绳,可是他没有勒,看来他是要跳过篱笆。我们一看,都吓坏了,连忙跳起来。接着就听见他喊:‘来,爱伦,看我跳这个篱笆!’可是那马跑到篱笆前,屁股一抬就站住了,它不肯跳,可是你爸爸就从马头上面折了过去。他一点罪也没受。等我们跑到那里,他已经死了,大概是把颈脖子摔断了。”

威尔等了一会儿,以为她会说点什么,可是她默不出声。于是他又抓起了缰绳。“驾!快跑。”

第四十章

这一夜，思嘉睡得很少。天亮以后，太阳刚从东边小山上后面升起，她就从破床上起身，坐在窗口一张凳子上，往窗外看去，看见了打谷场，果园，还有棉花地。一切都是那样清新、湿润、宁静、碧绿。每当她看见那棉花地，她那颗痛苦的心就感到一定的安慰。尽管塔拉的主人已经故去，但看得出这里是有人爱护的，是有人精心照料的。园子里种着一行行的玉米、又黄又亮的南瓜、豆子、萝卜，没有一点杂草，四周是橡树枝条的篱笆，整整齐齐。果园里一行行果树下面雏菊茂盛地生长。绿叶遮掩下的苹果和粉红桃子，在闪烁的阳光下看得格外清楚，再往远处，弯曲成行的棉花在清晨金色的天空下呈现出一片绿色，纹丝不动。成群的鸡鸭正悠闲地漫步向田里走去。

思嘉知道这一切都要归功于威尔，心里充满了热切的感激之情，她尽管对艾希礼是一片忠心，也不认为艾希礼能为这兴旺景象作了多少贡献。眼下农场只有两匹马，远没有昔日那样气派。当年草场上到处是高大的骡子和骏马，棉花地和玉米地一望无际。不过现有的这些人也还是不错的，并且会越来越好呢。

思嘉想到塔拉差一点就变成一片荒野，心里不由一阵后怕。幸亏她和威尔两个人干得不错。他们顶住了北方佬的侵犯，也顶住了大自然的掠夺。最使她感到宽慰的是威尔已经告诉她，等到秋天棉花收进来以后，她就不必再寄钱了。她知道，要是没有她的帮助，威尔会过得很艰难的，但她佩服并且敬重他那种独立的精神。过去他只是一个雇工,思嘉给的钱他都是接受的,可是现在他就要当思嘉的妹夫了,要成为一家之主了,他就想靠自己努力了。的确可以说,威尔是上帝为她安排的。

头一天晚上,波克就把墓穴挖好了,紧挨着爱伦的墓。思嘉站在他的身后,躲在一棵矮小的雪松下面一小片树荫里,六月的清晨,灼热的阳光晒在她身上,呈现出无数的斑点。她两眼望着别处,尽量不去看面前那红土墓穴。吉姆·塔尔顿、小休·芒罗、亚历克斯·方丹和麦克雷老头儿最小的孙子,他们四个人用块橡木板抬着杰拉尔德的棺木从房子里出来,沿着小路歪歪斜斜地慢慢走来。后面跟着一大群邻居和朋友,穿着破旧的衣服,默默地往前走。当他们来到花园里的小路上时,波克伤心地哭起来。思嘉看到波克的头发,几个月前她去亚特兰大时还是乌黑发亮的,现在却已花白了,心里不禁感到惊讶。

思嘉感到有些疲倦。昨天晚上她把眼泪都哭干了,因此现在她能平静地站在那里。苏伦在她身后掉眼泪,哭声使她难以忍受,要不是拼命忍住,真会转身在那发肿的脸上给她一记耳光。无论是有意还是无意,父亲的死是苏伦造成的。那天早晨,没有一个人和苏伦说话,也没有人同情她,大家都默默地与思嘉亲吻,与她握手,悄悄地对卡琳甚至对波克说些安慰的话,看见苏伦,却像没这么个人似的。

他们认为,苏伦的过错还不仅仅是杀害了自己的父亲,她还曾设法使父亲背叛南方。在当地那种严厉封闭的社会里,这样做就等于背叛他们大家的荣誉。她试图向北方政府要钱,这就和北方佬,以及投靠北方的南方人站到一起去了,而这样的人比北方军的大兵还要可恨。她出身于一个历史悠久的坚决支持联盟的家庭,出身于一个农场主的家庭,却投靠了敌人,从而给各家各户都带来了耻辱。

送葬的人一方面因为气愤而激动,一方面因为悲伤而沉闷,有三个人尤其激愤。一个是麦克雷老头儿，许多年来，他同杰拉尔德就是最要好的朋友。另一个是方丹老太太，她喜欢杰拉尔德，因为他是爱伦的丈夫。还有一个是塔尔顿太太，她对杰拉尔德格外亲近些，她经常说，当地只有杰拉尔德一人能分得出公马和阉马。

这三个人怒容满面，艾希礼和威尔一看这情况，感到有些紧张，就来到爱伦生前的小书房里商量对策。

"他们要责骂苏伦，"威尔果断地说，一面说，一面把一根稻草咬成两段。"他们自以为有理由责骂她，也许他们是有道理的。不过这一点，我管不着。可是，艾希礼，不论他们该说不该说，我们都不能赞成，因为我们是家中管事的男人。可这样一来，就会出麻烦。能不能想个法子，别让麦克雷老头讲话，他聋得像个木头桩子，他要是开了口，谁也别想阻拦他。你知道，方丹老太太要是唠叨起来，那肯定会没个完的。至于塔尔顿太太，你没看见吗，她每次见到苏伦，红眼珠子不停地转。她现在什么都听不进去，到了急不可耐的地步。他们要是敢说些什么，我们就非得顶他们不可，现在我们这里的麻烦事已够多的了。"

艾希礼叹了口气，他十分担心，对于邻居们的脾气，他比威尔更了解。并且他知道，战前邻居之间的争吵，甚至互相开枪，多半是因为送葬者要对着死者的灵柩讲几句话这种习俗而引起的。送葬者一般都是赞美死者，但有时说话者的本意是要表示极大的尊敬，而死者的亲属过于敏感，却产生了误会，所以棺材刚埋好，马上就出现了麻烦。

"真没办法，威尔，"艾希礼一面抓着头发，一面说。"既不能把方丹老太太和麦克雷老头儿打倒在地，也不能捂住塔尔顿太太的嘴不让她说话。他们起码也会说苏伦是个杀人犯，是奸细。这种对着死者说话的习俗真是要命，太野蛮了。"

"你听我说，艾希礼，"威尔慢条斯理地说。"我今天决不让任何人责骂苏伦，不管他怎样想。你等着看我的吧。你念完了经书，做完了祈祷，说'谁想讲几句话吗’,这时你就看我的吧,我会头一个出来讲话。”

思嘉呢,她看着那几个人抬着棺材进了小门,来到墓地,心情十分沉重,觉得父亲这一入土,意味着她与往昔无忧无虑的幸福生活之间的纽带又少了一条。

艾希礼、媚兰和威尔依次来到墓地,站在奥哈拉家三姐妹的身后,比较亲近的邻居挤了进来,其他人站在砖墙外面。思嘉见这么多人来送葬有些惊讶,也很感动,在很不便利的情况下,来的人就算很多了,总共大约有五六十人,有些人是远道而来的。

左邻右舍是全体出动了。方丹老太太面容憔悴,脸色发黄,像是一只掉了毛的老鸟,倚着手杖在那里站着。在她身后是萨利·芒罗·方丹和年轻的方丹小姐。她们恳求老太太,甚至拽她的裙子,想让她坐在矮墙上,可老太太就是不肯坐,凯瑟琳·卡尔弗特·希尔顿独自一人站在那里,这倒也合适,因为眼前这场悲剧,她丈夫是有责任的。她戴着一顶褪了色的遮阳帽,低着头。思嘉看见凯瑟琳的细纱长裙上斑斑油渍,手上长了黑斑,也不干净,指甲盖底下满是泥,这使思嘉感到惊讶。现在的凯瑟琳已经失去了上流社会的风度,她穷了。不仅如此,她肯定在贫困潦倒、无精打采、邋邋遢遢、无可奈何地混日子。

“她不定哪一天就会嚼烟末了,说不定她已经嚼上了。”思嘉想到这里,感到很不安,“我的天哪!真是今非昔比啊!”

“我就是能干,”思嘉这样想。她又想到南方投降以后,她和凯瑟琳是在同样的条件下干起来的,都是一个脑袋两只手,心里不禁一阵欣慰。

“我干得不错,”她一面想,一面仰起脸来,露出了微笑。

她这微笑只笑了一半便收起来了,因为她注意到塔尔顿太太正瞪着大眼盯住她,塔尔顿太太眼圈都哭红了,她用责备的目光瞪了思嘉一眼以后,又把目光转到苏伦身上,她那极度愤怒的眼神说明苏伦要倒霉了。

过了一会儿,艾希礼站出来,开始读祈祷文,所有的人都低着头听他用深沉而洪亮的声音缓慢地读那简短而庄重的经文。

艾希礼念完以后，睁大他那双悲哀的灰色的眼睛，环顾四周，然后他与威尔交换个眼色，就说："有谁想讲几句话吗?"

塔尔顿太太的嘴唇动了动，显得很紧张，可是没等她来得及开口，威尔就吃力地迈步向前，站在棺材前面讲起话来。

"朋友们，"他用平静的语调说，"我头一个出来讲话，也许你们会觉得我太狂妄了，因为我是大约一年前才认识奥哈拉先生的，而你们认识他已经二十年，或者二十多年了。但是我也有一条理由：他要是能多活上个把月，我就可以叫他爸爸了。"

人群里一阵惊讶。这些人都是很有教养的人，不会悄悄地说话。但他们的脚不停地挪动，眼睛转向卡琳。卡琳低着头站在那里。谁都知道威尔在默默地爱着卡琳。威尔看到大家都往卡琳那边看，便若无其事地继续说下去。

"因为我即将与苏伦小姐结婚，只等牧师从亚特兰大前来主持婚礼，因此我想我是有权第一个讲话的。"

威尔的话还未说完，人群里就出现了一阵轻微的骚动，发出了清晰但是愤怒的声音。这声音里既包含着愤怒，也包含着失望。大家都喜欢威尔，都尊敬他，因为他为塔拉出了大力。大家也都知道他爱卡琳，所以当他们听到他要和最受人鄙视的苏伦结婚的消息时，感到难以接受。善良的威尔怎么会和那个卑鄙可恶的小人苏伦·奥哈拉结婚呢?

气氛非常紧张。塔尔顿太太两眼射出了愤怒的目光，嘴唇动了动，似乎要说什么，却没有说出声来。在一片寂静之中，只听见麦克雷老头高声恳求孙子告诉他刚才威尔说了什么。威尔面对众人，脸色依然温和，但他那双浅蓝色的坚定的眼睛却似乎在说，谁也无权对他未来的妻子说三道四。霎时间人们难以决定，他们既疼爱威尔，又鄙视苏伦。后来还是威尔胜利了。他继续讲下去。

"奥哈拉先生风华正茂的时候你们就认识他了，而我不认识他。我只知道他是位善良的老先生，不过有点糊涂，我从你们那里了解到他过去的所作所为。我想说的是：奥哈拉先生是一位爱尔兰战士，是南方的一位高尚的人，是最忠于联盟的一个人。这三种品质集中在一个人身上，是难能可贵的，以后恐怕不会有很多像他这样的人了，因为产生像他这样的人的时代已经过去了。他是在国外出生的，但是他比我们所有送葬的人更具有佐治亚人的特质。他和我们过同样的生活，热爱这一片土地，说真的，他和那些战死的士兵一样，是为我们的事业而死的，他是我们当中的一员，他有我们的优点，也有我们的缺点，有我们的长处，也有我们的短处。他的一个优点就是一旦他下定决心，那就什么也无法阻拦他，什么人也吓不倒他。任何来自外界的东西都不能把他怎么样。”

“当时英国政府要绞死他，他并不害怕。他离开家，逃亡到这里。他刚来美国的时候很穷，可是他毫不畏惧，他找到了工作，挣到了钱。这个地方本是一片荒野，可是他毫不畏惧，他在荒野之中开出了一个大农场。战争爆发以后，他的钱越来越少了，可是他不怕再过穷日子。北方佬来到塔拉以后，有可能烧他的房子，或把他杀死，可是他依然毫无惧色，他就直挺挺地站在那里，寸步不让。因此我说他具有我们的优点。任何来自外界的力量也不能把我们怎么样。”

“不过他也有我们的缺点。他是可以从内部攻破的。我的意思是说，尽管整个世界都不能把他打倒，他的心却能做到这一点。奥哈拉太太去世了，他的心也死了，他被攻破了。后来我们看到的奥哈拉先生已经不是原来的奥哈拉先生了。”

威尔说到这里停顿下来，扫视了一下周围的人们。他们站在烈日之下，似乎入了神，固定在地上了。无论他们对苏伦多么愤恨，这时也都忘得一干二净。威尔的目光在思嘉身上停了片刻，眼角微微眨了眨，以给她一些安慰。思嘉一直在努力抑制自己的泪水，这时的确感到了安慰。威尔的话句句在理。而思嘉听到在理的话，总感到增加了力量，得到了安慰。

“我希望大家不要因为最后的事而对死者有所轻视。你们大家，还有我，也都和他一样。我们也有同样的短处，同样的弱点。任何人都不能把他怎么样，也不能把我们怎么样。不论是北方佬，还是从北方来的冒险家；不论是艰苦的生活，还是严重的饥荒，都不能把我们怎么样。但是我们心中的弱点却能在瞬间把我们毁掉。不一定要失去亲人才触动我们的感情，像奥哈拉先生那样。人好比一部机器，都有一个发条，而这发条又各人不同，我想，如果谁身上的发条断了，他就如同死去。在当今的世界上已没有他的位置，他还是死了更快活……因此我说你们大家现在不必为奥哈拉先生感到悲伤。现在他的躯体去与他的心会合了，我们没有理由为他感到悲伤了，如果还感到悲伤，就太自私了。我爱他就像爱自己的父亲，因此才这样说……如果大家不介意，咱们就讲到这里。亲属都十分难过，别再增加他们的痛苦了。”

威尔说完这话，转向塔尔顿太太，放低了声音说：“夫人，能不能请您扶着思嘉回屋里去？让她在太阳底下站这么长时间不合适。方丹老太太看上去精神也不大好。”

话题突然从颂扬死者转到思嘉身上，使她感到十分惊讶。大家都把目光向她投来，她很难为情，脸立时就红了。她难为情而又气愤地瞪了威尔一眼，威尔不动声色地看着她，她只好屈服了。

威尔的眼神似乎在说：“请吧！我是有意这样做的。”

他已经成了这个家的主人了。思嘉不想大闹一番，就无可奈何地朝塔尔顿太太走去。由于威尔故意把塔尔顿太太的注意力从苏伦身上引开，引到生育问题上来，而这又正是她一向最感兴趣的问题，所以她就挽起了思嘉的胳臂。

“到屋里去吧，我的宝贝儿。”

她一面说，一面露出十分关心的样子，思嘉也就由她搀着走，人们给她让出一条通路来。大家低声向她表示同情，有人还伸出手来拍拍她，表示慰问。她走到方丹老太太跟前时，老太太也伸出一只干瘦的手，说：“孩子，我扶着你进去吧。”

她们慢慢穿过人群,她们沿着树荫下面的小路向房子走去。塔尔顿太太过于热心,使劲托着思嘉的胳膊肘,几乎使思嘉的脚不着地了。

等她们走远了,别人听不见了,思嘉激动地说:“威尔为什么这样说?这简直等于说:‘你们看哪!她要生孩子了!’”

“怎么,难道你不真是要生孩子吗?”塔尔顿太太说。“威尔那样做是对的。你现在不该在大太阳底下站着。你要是晒得晕倒了,就会流产的。”

“威尔并不是担心她流产,”方丹老太太一面吃力地穿过前院朝房前的台阶走去,一面气喘吁吁地说。老太太心眼多,对刚才的情况看得明白,所以脸上带着笑容。“威尔干得真不错。你要知道,他既不希望你也不希望我再待下去了。他不愿意我们说些什么,就把我们打发走……还不仅仅如此,他还不愿意让思嘉听见土块落在棺材上的声音。他这样做是对的。思嘉,你要记住,你只要没听见往棺材上盖土的声音,死去的人对你说来就还没有死。可是你一旦听见那声音………那可是世界上最可怕的一种声音,因为它意味着终结。威尔知道你是你父亲的宠儿,你已经够伤心的了,他不想让你受更多的罪。”

“是的”,思嘉答道。她一面搀着老太太上台阶,一面暗自惊讶,老太太一大把年纪了,说得还真有点道理。

“威尔说得对,你用不着难过。你爸爸离开你妈爱伦就没法生活,现在他去了,他也就幸福了。我也一样,等我去跟我那老头子作伴的时候就好了。”

她讲得轻松,自然,似乎老伴依然活着,一会儿就可以见面似的。老太太的确很老了,经历的事也太多了,因此她是不会怕死的。

“不过,您也可以独立生活呀,”思嘉说。

老太太愉快地看了她一眼,说:

“是呀,不过有时候心里很不舒服呢。”

“哎,老太太,”塔尔顿太太插话说,“你别对思嘉说这些了,她已经够难过的了。她从外地赶回来，心里这么难过，天气又这么热，会让她流产的，你还在这里说什么痛苦啊，悲伤啊。”

“活见鬼！”思嘉厌烦地说。“我才不难过呢。我也不是那种动不动就会流产的笨蛋。”

“那可难说，”塔尔顿太太神气十足地说。“我的头胎就流产了，就因为我看见一只公牛的犄角刺进一个黑奴的身体。你还记得我那匹枣红马吧？它叫乃利，那么健壮的马，可是它容易紧张。”

“快别说了，比阿特里斯，”老太太说。“思嘉不会流产的。咱们在过道里坐一会儿吧，这里凉快，有风。比阿特里斯，你上厨房去看看有没有牛奶，要不就看看有没有酒，我现在可以喝上一杯了。咱们就坐在这儿，等他们来告别以后再走。”

塔尔顿太太打量了思嘉一番，用十分肯定的语气说，“思嘉该上床去歇着了。”似乎她十分在行，连预产期是几点几分都能计算出来。

思嘉往后靠在椅背上，过道的屋顶很高，又很阴凉，思嘉在太阳底下晒了一阵之后，感觉特别凉爽。思嘉顺着过道看去就能看到客厅，壁炉上方悬挂的祖母罗毕拉德的肖像。这幅肖像尽管有刺刀破坏的痕迹，但那高挽的头发，那半袒的胸脯和那冷漠高傲的神态，依然不变，使她感到精神振奋。

方丹老太太问：“威尔说要娶苏伦，这是真的吗？”

“是真的，”思嘉两眼盯着老太太说。她记得过去最怕这位老太太。可现在她长大了，老太太要是再来瞎掺和，她就会立刻对老太太说见鬼去吧。

“他完全可以找一个更好的嘛，”老太太坦率地说。

“是吗？”思嘉顶了她一句。

“别神气了，小姐，”老太太尖刻地说。“我也不想说你那宝贝妹妹的坏话，我刚才要不是从坟地里走开，肯定是会说些什么的。现在这里男人少，威尔满可以从一大堆女孩子里随便挑。”

“他准备娶苏伦,就这么定了。”

“苏伦能捞到他,真是走运。”

“塔拉能捞到他,才叫是走运呢。”

“你很喜欢这个地方,是不是?”

“是的。”

“那你就只图有个男人来照看塔拉,竟不考虑等级而让苏伦下嫁吗?”

“等级?”思嘉说,她对老太太的想法感到惊讶。“什么等级? 现在还讲什么等级,女孩子只要能找到一个丈夫来照顾她就行了。”

“这个问题得好好说说呢,”老太太说。“有人会说你有道理。有人会说你这是模糊了界限,而这界限是丝毫模糊不得的。威尔不论如何也不能算是上等人,而你们家却是上等人啊。”

老太太敏锐的目光落到思嘉的祖母罗毕拉德的肖像上去了。

这时思嘉想到威尔,他身材瘦削,相貌一般,性情温和,总在嚼一根草棍儿,看上去无精打采,南方的穷苦人大都这样。他没有有钱有势血统高贵的祖先。威尔也没上过大学。实际上他最多不过念过四年书。不过他诚实可靠,踏实肯干,虽然他的确不是上等人。

“看来你是同意让威尔到你们家来了?”

“是的,”思嘉正颜厉色地答道。老太太要是再敢说什么,她就会扑过去。

没想到老太太却说:“你吻我一下吧。”她一面说,一面微笑,“我从来没有像现在这样喜欢你,思嘉。你从小就固执,硬得像个山核桃。我一向不喜欢固执的女人,不过我的确喜欢你处事的方法,对于你无法改变的事,即使你不赞成,也不大吵大闹。你好比一个好猎手,做起事来干净利落。”

思嘉笑了笑,感到莫名其妙。但既然老太太把布满皱纹的脸凑了过来,她便顺从地轻轻吻了一下。

“你让苏伦嫁给一个穷光蛋,尽管这里人人喜欢威尔,可还是会有许多人要议论的。他们会异口同声说威尔是个好人,同时又说奥哈拉家的小姐屈尊下嫁不应该。不过这些话你也不必介意。”

“我对于别人说些什么,从来不介意。”

“这我倒也有所耳闻”,老太太有点尖酸刻薄地说,“无论人们说些什么,你别介意就是了。这门亲事说不定是很美满的。当然喽,威尔以后仍然是一副穷光蛋的样子,结婚以后,他的语法也不会有什么进步。他即使赚上许多钱,也不可能像你父亲那样,为塔拉增添光彩。穷光蛋是没有多少光彩的。不过威尔是个正直的人,他知道应该怎么办。世上没有什么东西能拿我们怎么样,可是我们要是老想恢复失去的东西,老想着过去,就会毁了我们的现在和未来。对苏伦来说,对塔拉来说,威尔的确是不错的。”

“这么说来,您是赞成我让他娶苏伦了?”

“不,”老太太用疲倦而痛苦的声音说,但语气仍然坚定。“赞成穷光蛋和名门世家通婚?不可能!我怎么能赞成让下等人和上等人结婚呢?说起来,尽管穷光蛋也是善良的,可靠的,诚实的,不过——”

“可是您刚才还说这门婚事也许是很美满的呀!”思嘉惊愕地说。

“唔,我认为苏伦嫁给威尔也挺不错,其实她嫁给任何人都挺好,因为她十分需要有一个丈夫。上哪儿去找呢?你又上哪儿找这样一个好管家,来照料塔拉呢?不过这不等于说我喜欢这样,你不也一样吗?”

“可我是喜欢眼下这种状况的,”思嘉一面想,一面琢磨老太太的意思。“威尔娶苏伦,我很高兴。她为什么认为我会不愿意呢?她凭想象就忖度别人的心思,她总是这样。”

老太太扇着大扇子,兴致勃勃地接着说:“我和你一样,也不赞成这桩婚事,不过我是讲究实际的,你也一样。碰上不愉快的事,喊叫哭闹是无济于事的。这样来对付生活中的挫折是不行的。我有一句格言,那就是:‘不要哭叫只要笑,时机自然会来到。’许多难关,我们都是这样渡过的,一面笑,一面等待时机,我们渡过了无数难关。"

说到这里,老太太把头一摇,思嘉觉得她就像一只老鹦鹉。

我们对无法回避的事总是低头的。遇到困难,我们向无法回避的事情低头,从不大吵大闹,我们干活,而且微笑着,这样来等待时机。"

老太太说罢,咯咯地笑起来。可是思嘉似乎还大理解她这番话,不知说什么好。

"你没看见,"老太太继续说,"我们的人倒了还会爬起来,可还有许多人就不是这样了。就拿凯瑟琳·卡尔弗特来说吧。你看她成了什么样子。再来看看麦克雷一家,穷困潦倒,不知道干什么好,什么也不会干,一天到晚就知道唉声叹气,惋惜过去的好日子。再来看看——哎,除了我们家的亚历克斯和萨莉,除了你和吉姆·塔尔顿,还有另外几个人,别的人都倒下了,他们身上缺乏重新站起来的勇气。"

"你忘了威尔克斯一家了。"

"不,我没有忘记,不过为了礼貌起见,就不提他们了,因为艾希礼是你们家的客人呀。不过,那个英迪亚,听说她完全成了一个干瘪的老太婆。因为斯图尔特·塔尔顿被打死了,她成天一副寡妇的神气,既不想把他忘掉,也不想再嫁人。那可怜的霍妮想找个男人都快想疯了,呆头呆脑像只老母鸡。至于艾希礼,瞧他那副样子!"

"艾希礼可是个好人。"思嘉顶了她一句。

"我可没说他不是好人,可他好比四脚朝天的乌龟,一点办法也没有。要是威尔克斯一家人能顺利渡过眼前这难关,他们靠的是媚兰,而不是艾希礼。"

"媚兰!我的天!老太太,您在说什么?我了解媚兰,她弱不禁风,胆小怕事,连对鹅吆喝一声都不敢。"

"为什么要对鹅吆喝呢?我总觉得那是浪费时间。媚兰也许不敢对鹅吆喝,可是不论什么东西只要威胁到她可爱的艾希礼,她的儿子,或者她对文明行为的信仰,哪怕是整个世界,哪怕是北方佬的政府,她都敢冲着它大声吆喝。她和你不同,也和我不同,思嘉。你母亲要是还活着,她也会这样的。媚兰使我想起你母亲年轻的时候……她也许能使威尔克斯一家顺利地渡过难关。”

“唔,媚兰是个好心的小傻瓜。可是你对艾希礼太不公平了。他——”

“哎哟!艾希礼就会看书,别的什么都不会干。碰上眼前这种难关,他是没有力量摆脱的。我听说,他在本地农活干得最差。你只要把他和我们家的亚历克斯比一比就行了。没打仗的时候,亚历克斯是个闲得发慌的花花公子,一心就想弄条新领带,要不就喝得烂醉,或者朝人乱开枪。可他现在怎么样了呢?他学会了种地,他种棉花是这一带最棒的。小姐,的确是这样,比塔拉的棉花好多了。养猪,养鸡,他也都很在行。别看他脾气不好,他可是个好小伙子啊。他知道怎么样等待时机,随机应变。等这艰苦的时期一过,你就等着瞧吧,我那亚历克斯马上就会阔起来,和他父亲和祖父一样有钱。而艾希礼呢——”

思嘉听她这样瞧不起艾希礼,感到很难过。

“我觉得这都是些胡扯,”她冷淡地说。

“怕不见得吧,”老太太一面说,一面两眼使劲盯着她。“别看我们待在乡下,你干了些什么,我们都听到了。时代变了,你也跟着变了。你讨好北方佬,讨好穷白人,还讨好从北方来的冒险家,从他们身上赚钱。我听说你还装得一本正经,就这么干下去吧。把他们的钱都刮出来,一个子儿也别剩。等你刮够了,就把他们一脚踢开,因为他们没什么用处了。”

思嘉两眼看着她,紧皱着双眉,揣摩她这番话的意思,而且对老太太把艾希礼说成四脚朝天的乌龟仍然余怒未消。

“我觉得您这样说艾希礼是不对的,”她突如其来说。

“思嘉,你好糊涂啊。”

“那是您个人的看法,”思嘉粗鲁地说,恨不得上去给她一记耳光。

“要是说起算计钱,你是够精明的,不过那是男人的精明。而你作为女人却一点也不精明。和人打交道,你可不能算精明。”

思嘉一听这话,顿时怒气冲冲,两只手不停地攥拳头。

“我把你惹火了,是不是?”老太太笑着问。“我是故意的。”

“啊,是吗?请问为什么呢?”

“理由很多呀。”

老太太往后一仰,靠在椅背上。这时思嘉突然意识到老太太很累,并且已经十分衰老。两只鸡爪般的手交叉着搭在扇子上,黄得像蜡,和死人的手一样。思嘉一转念,怒气全消。她往前凑了凑,双手抓起老太太的一只手。

“你可真会装蒜,”思嘉说。“你唠叨个没完,其实没有一句真话。你不停地说,是不让我想我爸爸,是不是?”

这时,塔尔顿太太顺着过道走来,手里端着两杯牛奶。她笨手笨脚的,两杯奶都洒出来了。

“我一直跑到冷藏室才弄到这两杯奶,”她说。“快喝了吧,他们马上就从坟地到这儿来。思嘉,你真要让苏伦嫁给威尔吗?我倒不是说她们不般配,可你要知道,他可是个穷光蛋呀,并且——”

思嘉和老太太互相递了个眼色。老太太的眼神里有讥讽的意思,思嘉的眼神里也同样。

第四十一章

最后一个送葬者告别了。思嘉走进母亲爱伦过去的书房,从发黄的故纸堆里取出一件发亮的东西,这是她前一天晚上藏在这里的。她听见波克在饭厅里一面摆桌子,一面抽抽搭搭地哭,就叫他过来。

“波克,”她正颜厉色地说,“你可不能再哭了。”

“是,小姐。俺不哭了,每次俺都忍不住,一想起杰拉尔德老爷——”

“那你就别想。你一哭,我就受不了。你看,”说到这里,她停顿了一下,口气温和了,“你还不明白吗? 我受不了你哭。是因为我知道你一向爱护老爷。去擤擤鼻子,波克。我要送你一件礼物。”

波克一面大声擤鼻子,一面流露出有些感兴趣的目光。

“那天晚上,你去偷人家的鸡,让人家开枪打伤了,你还记得吗?”

“哎呀,思嘉小姐! 俺从来没有——”

“好了,别撒谎了。我说过我要给你一只表,奖励你的忠诚,你还记得吗?”

“是,小姐,俺还记得。不过俺想您已经忘了。”

“没有,我没忘,现在就给你。”

思嘉伸出手来给他看一只沉甸甸的金表,上面刻着很多花纹,一根链子垂下来,链子上也有一些装饰品。

“哎呀,思嘉小姐!”波克说。“这是杰拉尔德老爷的表! 俺看见老爷看这只表,不知看了多少次。”

"不错,是爸爸的表,波克,现在我把它送给你了,拿去吧。"

"唔,俺不要,小姐,"波克往后退缩,显出战战兢兢的样子。"这是白人老爷们用的表,是杰拉尔德老爷的。思嘉小姐,您怎么能把它送给俺呢?这只表应该属于小少爷韦德·汉普顿。"

"现在这只表属于你了。韦德·汉普顿为我爸爸干过什么?爸爸生病的时候,他照顾过他吗?给他洗过澡,换过衣裳,刮过脸吗?北方佬来的时候,陪他在一起吗?为他偷过东西吗?你别这么傻,波克。要是说谁配得到一只表,那就只有你了。我知道,爸爸要是在世,也会同意的。拿去吧。"

说罢,她抓起波克一只手,把表放在了他的手心里。波克怀着崇敬的心情看着这只表,脸上慢慢愉快起来。

"给俺了,真的,思嘉小姐?"

"是的,真给你了!"

"那么——谢谢您,小姐。"

"愿不愿让我拿到亚特兰大去刻上几个字呀?"

"刻字?"波克用怀疑的语气问。

"就是在后面用刀刻几个字,比如——比如'勤劳忠实的好仆人波克——奥哈拉全家赠'这类的话。"

"不用了,谢谢您,小姐。不用刻字了。"波克后退了一步,手里紧紧握着那只表。

思嘉的嘴角露出一丝微笑。

"你怎么了,波克?你不相信我还会把它给你吗?"

"小姐,俺相信您——不过,唔,也许您会改变主意的。"

"不会的。"

"那您也许会把它卖了。俺估计它值好多钱呢。"

"你以为我会把我爸的表卖掉吗?"

“是呀，小姐，如果您需要钱的话。”

“你居然说出这样的话，应该揍你一顿。波克。我都想把表收回来了。”

“不，小姐，您不会的！”悲伤了一整天的波克这时终于笑了笑。“俺了解您——不过，思嘉小姐——”

“说下去，波克。”

“你对待黑人这么多好心，只要拿一半去对待白人，俺想人们对您也会好一些的。”

“人们对我已够好的了，”思嘉说。“你去找一下艾希礼先生，让他马上到这里来。”

艾希礼坐在爱伦书桌前的小椅子上。思嘉跟他谈起木材厂的事，利钱对半分。他却对思嘉看也不看，一声不吭，坐在那里，低着头看自己的两只手。这双手尽管干重话，却依然纤细，对一个庄稼汉来说，这双手是保护得够好的。

他低头不语，思嘉感到有些焦虑，于是就竭力说明这个木材厂的前景多么诱人，她甚至把她迷人的微笑和眼神的媚力都使出来了，可惜这也是白费力，因为他连眼皮也不抬，他要是看她一眼就好了！艾希礼一直坐着不说话，她渐渐也没话好说了。他那瘦削的肩膀给人以坚定正直的感觉，思嘉不禁为之一惊。他一定不会拒绝吧！他有什么理由拒绝呢？

“艾希礼，”她刚一开口又停下来。她本来不想把怀孕当作一条理由说出来，怕被艾希礼看见她肚子鼓鼓的丑样子，可是她见其他理由都没有用，就决定把这件事说出来。

“你一定要到亚特兰大来。我需要你帮忙，因为我管不了厂里的事了。可能要等好几个月呢，因为——你看——唔，因为……”

“快别说了，看在老天爷分上！”他粗鲁地说。

他站起来，向窗口走去，背对着思嘉。

“难道——难道这就是你不肯看我的原因吗？”思嘉无可奈何地问。“我知道我的样子——”

艾希礼猛地转过身来,他那灰色的眼睛喷射出强烈的感情,使思嘉紧张得情不自禁地把两手提到了嗓子眼儿。

“快别说你的模样了,”他异常激动地说。“你知道,我一向觉得你很亮丽。”

思嘉听到这话,感到无限的喜悦,顿时眼睛里充满了泪水。

“你真好,肯说这样的话。让你看到我这副样子,实在难为情。”

“你难为情?你有什么难为情的?应该是我难为情。当初要不是我那么蠢,你现在也不会这样为难了,你也决不会嫁给弗兰克了。去年冬天,我不该让你离开塔拉的,我怎么这么蠢啊!我应该了解你——知道你当时是走投无路,实在是走投无路,因此你——我应该——我应该——”他脸上现出异常痛苦的神色。

思嘉的心跳得十分猛烈。艾希礼当时没有和她一起出逃,现在后悔了。

“我当时起码也可以抢劫甚至杀人,替你弄到税款,因为你像收留乞丐一样收留了我们。唉,都是我把事情全给弄糟了。”

思嘉十分失望,她的心一阵紧缩,喜悦的心情也平静了一些,因为她并不想听艾希礼说这样的话。

“我当时反正是要走的,”她有些疲倦。“再说,我也不会让你去做那样的事。现在这一切已经过去了。”

“是的,已经过去了,”他痛苦地慢慢地说。“你不会让我去做任何不光彩的事,可是你却嫁给了一个你并不爱的男人——还要为他生孩子,为的是让我们一家不至于饿死。我无能,你照应了我,你太好了。”

他心灵上尚未愈合的创伤还在发痛。他的话使思嘉眼里流露出愧色。艾希礼很快就意识到这一点,脸色变得温和了。

“你大概以为我是在责怪你吧?天晓得,思嘉,我可没有责怪你呀。你是最勇敢的一个女人。我只是在责怪自己呢。”

他又转身去看窗外。思嘉默默地等了半天，希望艾希礼的情绪能变好一些，希望他再说一些她喜欢听的话。她已很久没见他了，她一直沉浸在美好的回忆之中。他还在爱她，这是很明显的，他的一举一动，他的痛苦自责的话，他由于她为弗兰克生孩子而产生的不满，都可以说明这一点。她很想听他亲口倾诉他的爱，很想鼓励鼓励他，但是她又不敢。她记得去年冬天的情景，她尽管很难过，但是她知道，要想能把艾希礼留在身边，她必须遵守她说过的那些话。她只要说一句表示情欲的话，那就一切全完了。艾希礼就一定会去纽约的，那就完了。

“唔，艾希礼，你别责怪自己了！怎么会是你的错呢？还是到亚特兰来帮帮我吧，好吗？”

“不行。”

“可是，艾希礼，”由于痛苦和失望，她的声音都变了。“可是我一直都在指望着你呢。我十分需要你，弗兰克帮不了我。他忙着照应商店，你要是不帮我，我真不知上哪儿去找人！在亚特兰大，有本事的人都在忙着干自己的事，没事的人呢，又都没能耐，还有——”

“说也无用，思嘉。”

“你宁可到纽约去和北方佬在一起，也不到亚特兰大来，是不是？”

“谁告诉你的？”他转过身来看着思嘉，很不高兴，额头皱了起来。

“威尔。”

“是的，我已经决定了。有个老朋友，战前和我十分友好，在他父亲的银行里给我找了个差使。这样比较好，思嘉，我对你没什么用，我不懂木材业务。”

“可是银行业务你更不懂，更难学！并且我可以原谅你没有经验，北方佬可不会轻易原谅你的。”

艾希礼一愣，思嘉马上意识到这话说得不好。艾希礼转身又往窗外看了。

"我不需要谁来原谅我。我要凭本事养活自己和家人。到现在为止,我这一辈子都干了些什么呢?我得做些事,要不就完了,不过那也是我自己的过错。我在你的牢笼里待的时间太长了。"

"木材厂赚的钱,我愿意和你对半分,艾希礼!你是在自己劳动呀,因为——因为那是你自己的买卖呢。"

"那也一样。对半分,也不是我挣来的,而是你送给我的。你送我的东西已经太多了,思嘉——我自己,媚兰,还有我们的孩子,我们吃的,住的,甚至身上的衣服,都是你送的。可是我还没报答过你呢。"

"哎,你是给过的。威尔就不可能——"

"我现在劈柴已经劈得不错了。"

"艾希礼!"她绝望地喊道。艾希礼那讥讽的语气使她两眼充满了泪水。"我离开的这一段时间,你怎么了?你现在说话这样严肃,这样辛酸!过去你并不是这样啊!"

"出了什么事?一件很重要的事,思嘉。投降以后,我一直住在这里,处于一种假死的状态之中,只要有东西吃,有床睡,就行了。但是你去亚特兰大,是肩负着一个男人的重任去的,我觉得自己不仅比男人差得远,甚至比女人也差得远。我有这样的想法无法摆脱,我要努力摆脱这种想法。有些人在战争结束的时候,情况还不如我,可是他们现在已渐渐好转了。因此我要上纽约去。"

"可是,我不明白!你要是想找工作,亚特兰大和纽约不是一样吗?并且我的木材厂——"

"不,思嘉。这是我最后一次机会了。我要到北方去。我要是去亚特兰大给你干活,那我就彻底完了。"

"完了——完了——完了"这个字眼儿就像丧钟一样在她心中回荡,使她惊恐。她立刻朝他望去,看见他明亮的灰眼睛睁得大大的正在看着她,而且透过她看到了一种命运,而这是她既看不到,也无法理解的。

“我的意思是，我要是到亚特兰大去继续接受你的帮助，我就把自立的希望永远葬送了。”

“噢，”她马上松了一口气，“原来是这个原因！”

“是啊，就为了这个，”他又笑笑，“就为了我作为一个男人的骄傲，为了我的自尊心，还有一点，为我的永不泯灭的灵魂。”

“不过，”她又开始了一个新的劝说回合，“你可以逐渐把木材厂从我这里买过去，它以后就是属于你的了，然后——”

“思嘉，”他用严厉的口气打断他，“我告诉你，不行！我还有别的原因呢。”

“什么原因？”

“你自己清楚。”

“噢！没关系的，”她连忙解释好让他放心。“你知道，去年冬天，我答应过你的，我会履行我的诺言，并且——”

“这么说，你有更强的控制力，但我可不一定。我本不该提这件事，不过我得让你明白。思嘉，这件事我不想再谈了，已经了结了。威尔和苏伦结婚以后，我就到纽约去了。”

他两眼睁得大大的，发出强烈的光芒，望了思嘉一眼，就匆匆地朝门口走去。思嘉痛苦地望着他的身影，这次谈话结束了，她失败了。经过这一天的劳累和悲伤，加上无比的失望，她突然感到软弱无力，一下子垮了，她大叫一声：“哎，艾希礼！”接着就倒在破旧的沙发上，号啕大哭起来。

她听见了他犹豫不定的脚步声，听见他无可奈何地一遍一遍唤她的名字。接着她又听见一阵急促的脚步声从厨房传过来，媚兰来到屋里，她睁着两只大眼睛，显出十分吃惊的样子。

“思嘉……不是孩子……？”

思嘉趴在软垫上，又大喊起来。

“艾希礼——他真坏！坏透了——真可恨！”

“唉,艾希礼,你怎么了?”媚兰蹲在沙发旁边,把思嘉搂在怀里。“你对她说什么了?你怎么回事呢?这会使她早产的。来,亲爱的,把头靠在我的肩膀上。出了什么事呀?”

“艾希礼——他真——真顽固,真可恨!”

“艾希礼,你怎么了!害得她这样伤心,也不看看她那情况,并且奥哈拉先生又是刚刚下葬。”

“你别朝他发火!”思嘉自相矛盾地喊。她突然把头从媚兰肩上抬起来。满脸都是眼泪。“他爱怎么干就可以怎么干!”

“媚兰,让我解释一下,”艾希礼说,他的脸色煞白。“思嘉好心要在亚特兰大给我安排一个工作,在她的一家木材厂里当经理——”

“当经理!”思嘉气愤地说。“我说赚的钱和他对半分,他——”

“可是,我已经安排好了,我们要到北方去,她——”

“哎呀,”思嘉一边说,一边又哭起来。“我一直求他,我多么需要他——我找不到人来管理这个木材厂——我又要生孩子了——可他就是不肯!因此现在——现在我只好卖掉这个木材厂,肯定卖不上好价钱,这样我就要赔钱,我估计我们还得挨饿,可他毫不关心。他坏透了!”

她说完了,就把头搭在媚兰瘦小的肩上,这时她又有了一线希望,她意识到媚兰会助她一臂之力。她感到媚兰十分气愤,因为任何人,哪怕是自己亲爱的丈夫,只要把思嘉惹哭了,都会使她气愤的。媚兰立刻责怪起艾希礼来,这可是她平生第一次。

“艾希礼,你怎么能不听思嘉的呢?她为了我们多么辛苦啊!这样我们显得多么忘恩负义呀!她现在怀着孩子,有什么办法——你怎么这样不懂事。咱们需要帮助的时候,人家帮了咱们,现在人家需要帮助,你却不理睬了!”

思嘉偷眼看了看艾希礼,见他脸上带着惊异和犹豫不决的神情,同时,思嘉也为媚兰激烈的言辞感到惊讶。

“媚兰……”他刚想说话，又两手一摊，无可奈何地停下来。

“艾希礼，你犹豫什么？想一想她为我们——为我，做过多少事吧！我生小博的时候，要不是她，我早就死在亚特兰大了。并且她——是的，她还杀了一个北方佬，为了保护我们。这件事你知道吗？为了我们，她杀过一个人。你和威尔还没回来的时候，她像黑奴一样，干呀，干呀，就为了我们这两张嘴。每当我想起她犁地、摘棉花的情景，我就——啊，亲爱的！”说到这里，她又飞奔到思嘉身旁，怀着无限忠诚的心情，吻起思嘉散乱的头发来。“现在她头一回要求我们为她做点事——”

“这些你就不必说了。”

“艾希礼，除此之外，你还该想到，在亚特兰大和自己人生活在一起，而不必和北方佬生活在一起，在那儿有皮蒂姑妈和亨利叔叔，还有我们那么多朋友，小博可以和许多小朋友玩，还可以去上学。要是到北方去，我们就不能让他去学校，和北方佬的孩子混在一起，和小黑鬼同班上课，那我们就得请家庭教师，可我们又怎么负担得起呢——”

“媚兰，”艾希礼极其平静地问，“你真的这么想去亚特兰大吗？可我们商量的时候，你可没说什么呀。你从来没表示——”

“噢，咱们商量去纽约的时候，我觉得你在亚特兰大找不到事做，并且我也不便多嘴。丈夫到哪里，做妻子的跟去就是了。现在既然思嘉这么需要我们，那咱就回家吧！回家！”她紧紧地搂着思嘉，用兴奋的语调说。“这样我就又可以看到五点镇和桃树街了，我多么怀念这些地方啊！也许我们还能够有一个自己的小家庭。尽管小，尽管简陋，都没关系，那可是我们自己的家呀！”

她眼睛里射出了兴奋、喜悦的光芒，而那两个人则目不转睛地看着她，艾希礼显得不知所措，思嘉则又惊讶又羞愧。她从来没想到媚兰这样留恋亚特兰大，盼着回去，盼着有一个自己的家。媚兰在塔拉显得心满意足，她说她想家，的确使思嘉感到吃惊。

“思嘉,你为我们考虑得这么周到,你真太好了。你知道我多么想家呀。”

媚兰总是称赞别人良好的动机,其实别人未必有此动机,思嘉遇到这种情况总极为惭愧和不快,她感到无法正眼看艾希礼和媚兰了。

“我们可以有自己的一所小房子。你看我们结婚已经五年了,却还没有一个自己的家。”

“我们可以一起住在皮蒂姑妈家里。那里也是你们的家,”思嘉含含糊糊地说。她两眼往下看,以免流露出获得初步胜利的心情,因为她意识到情况在好转。

“谢谢你,亲爱的,不必了。那样会太拥挤的,我们还是自己弄一所房子吧——喂,艾希礼,你说呢!”

“思嘉,”艾希礼用十分平淡的语气说,“看着我。”

思嘉吃了一惊,抬起头来,看见那双灰眼睛充满了痛苦与无可奈何的神情。

“思嘉,我去亚特兰大……我对付不了你们俩。”

他说完以后,转身出去了。思嘉心中的喜悦被一种恐惧心理抵消了,艾希礼刚才说话的神情,和先前他说要是去亚特兰大就彻底完了的神情一模一样。

苏伦和威尔结了婚,卡琳到查尔斯顿进了修道院,随后艾希礼和媚兰就带着小博来到亚特兰大。迪尔西也跟他们来了,给他们做饭,看孩子。普里茜和波克暂时留在塔拉,等将来威尔另外找到黑人帮他干农活儿的时候,他们也要到城里来的。

艾希礼在艾维街找到一所破旧的小砖房,就在这里安了家。这所房子就在皮蒂姑妈的房子后面,两家的院子只隔一道水蜡树篱笆。回到亚特兰大的头一天早晨,媚兰就忽笑忽哭,搂着思嘉和皮蒂姑妈不放。她说,离开亲人的时间太长了,住得再近也不嫌近。

房子原来是两层的,围城时上面一层被毁坏了。房主回来后也无钱修复,只好给残存的这一层加了个平顶。这样一来,这所房子就又矮又宽,很不成比例。不过这所房子下面还有一个很大的地窖,这地方看上去简陋残破,但有两棵秀丽的大橡树为它遮阴,台阶旁还有一棵挺拔的玉兰,开满了白色的花朵。草地上,有一簇簇的玫瑰,又发出了不少新枝。还有粉色、白色的紫薇争芳斗艳,似乎它们头顶上不曾发生战乱,北方佬的战马也不曾恣意啃过它们。

在思嘉看来,没有比这再难看的房子了,可是媚兰觉得就连“十二橡树”村那样庄严的建筑也不及这所房子好看。这是他们的家,她和艾希礼和小博总算在自己的家里团聚了。

英迪亚·威尔克斯从1864年就和霍妮一起住在梅肯,现在也搬到她哥哥这里来住了,房子不大,因此有些拥挤,但是艾希礼和媚兰还是欢迎她的。时代变了,钱也不多,可是什么也改变不了南方的老规矩:对于亲属中生活困难或未婚的女子,家家都是热烈欢迎的。

霍妮嫁人了,并且据英迪亚说,嫁了个不怎么样的人。他红脸膛儿,大嗓门,一天到晚傻乐。英迪亚不赞成这门婚事,所以她们在一起就不愉快。当她一听说艾希礼有了自己的家,她就搬了出来,免得别扭。

其实霍妮的丈夫倒也是个正经人,还颇有些财产,不过英迪亚觉得他是个野蛮的粗人,她搬出来,感到高兴,说不定霍妮的丈夫也同样感到高兴,因为近来英迪亚很难伺候。

英迪亚已经完全是一副老处女的样子了,她二十五岁,所以也就不再追求美貌了。她那暗淡无光的眼睛傲视世上的一切事物,她那薄薄的嘴唇总是闭得紧紧的,显得很傲慢。人们差不多都拿她当寡妇看待,大家都知道,斯图尔特·塔尔顿要不是战死了,准会和她结婚,所以都把她看作虽未结婚却是有主的女人,对她非常尊重。

艾维街上这幢小屋共有六间房,很快就布置起来,但十分简陋,用的是弗兰克店里最便宜的松木和橡木家具,因为艾希礼身无分文,只好赊账,除了最便宜的必需品以外,一概不要。这使弗兰克感到尴尬,因为他很喜欢艾希礼,同样也使得思嘉颇为难受。思嘉和弗兰克本来愿意免费把店里最精致的红木家具和雕花黄檀木家具给他们用,但威尔克斯夫妇坚持不肯收。所以他们家难看得要命,并且没有家具的。思嘉见他们既无地毯,又无窗帘,很过意不去。但艾希礼对周围的情况好像毫不在意。媚兰呢,这是他们结婚以后头一次有了自己的家,十分高兴,甚至感到很骄傲。

媚兰表面上很幸福,身体却很不好。生小博就把她的身体搞垮了,后来在塔拉又过于劳累,使得她更加虚弱。她十分瘦,身上的小骨头似乎要扎透她那白皙的皮肤似的。她的脸又瘦又苍白,两道柔软的眉毛,弯弯的,细细的,在没有血色的皮肤上显得特别黑。在她那张小脸上,两只眼睛太大,谈不上亮丽,不过那眼神还和少女一样无忧无虑,没有改变。战乱和无休止的痛苦与劳累都没有影响她那恬静的眼神。这是一个乐观女人的眼睛,任何狂风暴雨都不能打乱她内心的平静。

思嘉不知道她这双眼睛是怎样保养的,她一看见,就感到羡慕。思嘉知道自己的眼睛有时就像饿猫一样。

这座小小的住宅总是宾客盈门。媚兰从小就讨人喜欢,大家听说她回来了,都来看望她。每个人都给她带来了礼物。有装饰品,画片,一两把银汤匙,麻布枕套,餐巾,碎呢地毯等。这些小东西都是他们设法保存下来没有被北方佬抢走的,因此十分珍贵,不过他们说这些东西自己不大用得着,因此一定请她收下。

有些老年人来看她,这些人曾和她父亲一起在墨西哥打过仗。她母亲的老朋友也聚集到她这里来。因为她一向对长辈十分尊敬,而眼下年轻人又都忘了规矩,为所欲为,因此长辈们可以从她这里得到安慰。她的同辈人,那些年轻的妻子、母亲和寡妇也非常喜欢她,因为她们都吃过苦,受过罪。年轻人也上她这里来,因为在她家里可以痛快地玩儿,可以见到老朋友,因此当然要来。

媚兰待人和蔼,又不爱出风头,在她周围很快就聚集了一伙人,有年轻的,有年老的，他们是残存的战前亚特兰大的社会精华，他们的钱袋空空的，但他们为自己的家族感到自豪，维护旧制度最坚决。亚特兰大经过战乱已经四分五裂，整个社会对当前的变化不知所措，这样一个社会似乎看到媚兰是一个坚强的核心，亚特兰大可以由此而得到重生。

媚兰尽管年轻，但她具有一切美好的品质：贫穷并所以而感到自豪，有勇气，不抱怨，开朗，热情，慈爱，还有最重要的一条，遵守旧的传统。媚兰不肯改变，甚至不肯承认有必要改变。在她家里，昔日的光景似乎又重新出现，大家都兴致勃勃，以鄙视的眼光看着那些北方来的冒险家过骄奢淫逸的生活。

人们从媚兰那年轻的脸上可以看出，她对过去的一切是忠贞不渝的。这时人们会暂时忘掉那些使人愤怒、使人害怕、使人心碎的败类。他们有些人，由于贫穷，走投无路，投靠了敌人，加入了共和党，接受了胜利者给他们的工作。有些年轻人当过兵，而现在却没有勇气面对现实，他们学着瑞德·巴特勒的样子，和北方来的冒险家勾结起来，以极不光彩的手段赚钱。

败类之中最坏的要算亚特兰大有些名门大户的女儿们了。这些女孩子是在投降以后长大的，对于那次战争只有一些微弱的印象，而没有长辈感受的痛苦。她们既没有失去丈夫，也没有失去情人，她们已不记得过去那种富裕豪华的生活。而许多北方来的军官又那么英俊，衣着那么讲究，性情那么随和。他们举办盛大的舞会，他们的马也亮丽，并且他们对南方的姑娘们简直是崇拜得很呢！他们把南方的姑娘们当作女王来看待，小心翼翼地避免伤害她们的自尊心，这就使得姑娘们心里暗暗想，为什么不能和他们来往呢？

他们比城里那帮年轻人可帅多了，城里的年轻人穿得破破烂烂，态度又严肃又认真。所以发生过好多起和北方军军官私奔的事，那些家庭感到非常痛心。有些兄弟和姐妹互不理睬，有些父母也不肯再提起女儿的名字。那些以“不屈服”为座右铭的人想起这些事情就痛心疾首，但他们一看到媚兰温柔而又刚毅的面孔，就心下释然。老人们都说，她为城里的姑娘们树立了榜样，她是她们的楷模。

媚兰没有想到自己竟逐渐成了社会的重要人物。她只觉得大家对她很好，到家里来看她，让她参加她们的缝纫组、舞蹈俱乐部、音乐社团等。亚特兰大一向热爱音乐，现在日子越来越艰苦，气氛越来越紧张，人们反倒对音乐的兴趣越来越大，因为一听音乐，他们就忘掉了街上那些趾高气扬的黑人，忘掉了那些穿蓝军装的驻军。

媚兰成了新成立的周末乐团的负责人，这使她感到很不好意思，连她自己也不知道自己是怎么当上这个负责人的，可能就是因为她会弹钢琴，能伴奏。

实际情况是这样的：媚兰巧妙地把妇女竖琴乐队、男声合唱团、女青年曼陀林与吉他乐队都合并到周末乐团里，这样一来，亚特兰大就能听到很像样的音乐了。于是梅里韦瑟太太就对米德太太和惠廷太太说一定要让媚兰负责乐团。

媚兰还当上了阵亡将士公墓装修协会的秘书和联盟赈济孤寡缝纫会的秘书。这两个组织开了一次会，会上争论的问题是要不要为联盟战士墓旁的联邦战士墓清除杂草。缝纫组赞成清除杂草，美化协会的女士们却坚决反对。

米德太太代表后一种意见。她说："为北方佬的坟拔草？我会把所有的北方佬都挖出来，扔到垃圾堆上去。"

一听这话，双方都激动地站了起来，各抒己见，谁也不听谁的。

不知怎的，媚兰站到了这伙人的中心，并且还以她那素来温柔的声音压住了那一片争吵声。她壮着胆向这群愤怒的人说话，心里十分害怕，心都提到嗓子眼儿了，声音也发颤，但是她不停地喊："女士们，请听我说！"后来人们渐渐安静下来。

"我想说的是——我的意思是——我已经想了很久——我们不但应该把杂草除掉，还应该把鲜花种在——我——我不管你们是怎么想的，反正我每次往亲爱的查理墓上放鲜花的时候，总要在附近一个北方佬的墓上也放一些。否则那看上去太凄凉了！"

人们一听这话，立刻骚动起来，比刚才嚷得更厉害了，不过这次两个组织的意见是一致的。

“往北方佬的墓上放鲜花！媚兰，你这是干什么！”“他们杀死了查理！”“他们还差一点把你也杀了！”“那些北方佬连刚出生的小博也不肯放过。他们甚至想把塔拉的房子烧掉，让你无家可归呢！”

媚兰靠在椅背上，勉强支撑着，她从来没受过这么多严厉的指责，这压力几乎要把她压垮了。

“啊，朋友们！”她用乞求的语气说。“听我把话说完！我知道我没有资格谈论这个问题，因为我的亲人之中就死了查理，并且我还知道他埋在那里。但是今天在座的有许多人，他们的儿子、丈夫、兄弟埋在什么地方都不知道，并且——”

她激动得讲不下去，屋里一片沉寂。

米德太太愤怒的目光忧郁了。她曾想把达西的尸体运回来，但是谁也不知道达西埋在哪里了，只知道是在敌人的地区里，埋在一条匆匆忙忙挖的沟里了。阿伦太太的嘴唇也颤抖了。她的丈夫和兄弟在北方的骑兵冲过来时，就在河边倒下了，埋在何处，她不知道。还有一些人从伤亡名单上看到这样的字样：“失踪——据信已阵亡”，从此就再也没有消息了。

在一片寂静之中，媚兰的声音慢慢坚定起来。

“他们的坟墓在北方，正如有些北方人的坟墓在我们这里，要是有个北方妇女说要把坟挖开，那有多么可怕——”

米德太太轻轻地惊叫了一声。

“可是如果一个善良的北方妇女——我觉得总有些北方妇女是善良的。要是她们为我们的人清除墓上的杂草，摆上鲜花，尽管是敌人，也这样做，那该有多好呀。如果查理死在北方，我会得到安慰，要是——我不管你们各位对我怎么看，”说到这里，她的声音又颤抖起来。“我要退出你们这两个俱乐部，我要——北方人的坟墓，凡是我能找到的，我就要把杂草清除干净，还要种上花。谁也不能阻拦我！”

媚兰怀着毫无畏惧的神情说完这番话以后，就哭起来了，踉踉跄跄地朝门口走去。

大家听了媚兰的话，都哭起来，和她拥抱，就这样，媚兰当上了这两个组织的秘书。

媚兰还是孤儿院管理委员会的委员，她还征集图书，赠给刚成立的青年读书会。塞斯庇安一家每月利用业余时间演出一场话剧，他们也要媚兰帮忙。媚兰胆小，不敢站到台前去讲话，但是她会做衣服，她能用粗布制作演戏的服装。

夏末的夜晚，她那灯光昏暗的小屋总是坐满了人，还有些人坐在门前的台阶上，或靠在栏杆上，要不他们就坐在纸箱子上或下面的草坪上。有时客人们坐在草地上品茶，媚兰也只能够用茶水招待他们，思嘉看到这种情况，心里不禁纳闷，媚兰让人家看这副穷相，也不嫌寒碜。思嘉要是不把房子布置得和战前一样亮丽，并且不能给客人喝好酒、冷饮，吃火腿、野味，她就不愿意招待客人，更不会招待媚兰请的那样有名气的客人。

佐治亚州的著名英雄戈登将军常常带家里人一起到这里来。瑞安神父是联盟的著名诗人，他每次路过亚特兰大，也一定要到这里来。前南部联盟副总统亚历克斯·斯蒂芬斯，每次到亚特兰大也要来。人们一听说他在媚兰家里，就纷纷赶来，把屋子挤得满满的，一坐就是几个小时，倾听这位体弱的人洪亮的声音。每一位要人来到亚特兰大，都要到威尔克斯家做客，并且经常在这里过夜。这就使这所简陋的小屋显得愈加拥挤，结果英迪亚不得不在小博的小屋里打地铺，迪尔茜跑到皮蒂姑妈那里去借鸡蛋来准备早点。尽管如此，媚兰还是热心款待客人，像大公馆一样。

媚兰根本没意识到，人们聚集在她周围，似乎聚集在受人拥护的军旗周围。所以，有一天，米德大夫的举动使她又惊讶，又羞愧。那天，米德大夫在媚兰家度过了一个愉快的夜晚，他说：

"亲爱的媚兰小姐，到你家来做客，我总感到特别荣幸和愉快，因为你——还有和你一样的许多妇女——是一个核心，维系着我们大家，维系着我们现在的一切。他们夺去了我们男子的精华，也夺去了我们年轻女子的笑声。他们损害了我们的健康，毁灭了我们的生活；他们破坏了我们的繁荣，使我们倒退了五十年；他们给我们造成了沉重的负担，使我们的娃娃们不能上学，使我们的老人们不能安度晚年。然而我们要重建家园，因为我们有你们这样的核心做基础。只要我们有你们这样的核心，什么都没关系。"

后来思嘉的身子越来越重，不过在这之前，她和弗兰克常常到媚兰的门廊上参加聚会。思嘉总是坐在光线暗的地方，躲在阴影里，可以尽情地欣赏艾希礼的面庞而不被人发觉。

实际上是艾希礼把她吸引来的，因为人们谈话的内容使她厌烦，使她难过。老是那一套——首先，妇女们抱怨艰苦的生活。谈完了艰苦的生活，妇女们就要谈黑人越来越放肆无礼，北方来的冒险家令人气愤，北方士兵更令人无法忍受。

“他们怎么不谈点别的呢?”思嘉暗自寻思。“除了内战,什么都不会谈了。大概一直到死,他们也不会谈别的了。”

她环顾四周,看见小孩子躺在父亲的怀里,睁着大眼睛,听大人讲战争期间的故事。

“这些孩子将来长大了恐怕也只会谈论内战,不会谈别的。他们会认为打北方佬很了不起,很光荣,哪怕是瞎着回来,瘸着回来,甚至根本回不来。他们都愿意记住这场战争,谈论这场战争。我可不愿意。我连想都不愿意想。要是能忘,我就要把它忘得一干二净——啊,要是能把它忘得一干二净有多好啊!”

媚兰说起在塔拉发生的事情,把思嘉描绘成一个英雄,说她勇敢地对付侵略者,怎样保住了查理的战刀,怎样勇敢地扑灭了大火。思嘉一面听,一面起鸡皮疙瘩。对于这些事,她既不感兴趣,也不感到骄傲。她根本不愿意再提了。

“唉,他们为什么不能忘掉这些事呢?为什么非得往后看,而不往前看呢?我们打那场战争是不明智的。还是赶快把它忘掉的好。”

现在思嘉常常见到艾希礼,但从没有机会单独见他。他每天从木材厂下班回家,总是先到思嘉这里来报告一天的工作情况,但往往弗兰克和皮蒂在场,有时更糟糕,连媚兰和英迪亚也在场。她只能问问和生意有关的问题,出几个主意,然后就说:“谢谢你来一趟。明儿见。”

思嘉心里想,要是没有怀孩子就好了,有这天赐良机,她就可以每天早上和他一起到木材厂去,路上经过那清静的小树林,他们可以想象战前那悠闲的日子了。

不过她决不会要他再表白爱情,决不再提爱情的事。但是,如果有机会他们俩单独在一起,说不定他会摘下他那个假面具。自从来到亚特兰大,他一直是那副一本正经的样子。说不定他还能回到老样子,成为他们彼此表露爱情之前的艾希礼。即使他们不能成为情人,也可以重新做朋友,借他的友谊之光来温暖自己冷漠的心。

"我要是赶快把孩子生下来就好了，"她焦急地盘算着，"到那时候，我们就可以天天一起赶着车去上班，可以一路上聊天——"

她恨不得赶快把孩子生下来，还不仅仅因为她强烈地希望和他在一起，并且木材厂也需要她照料。她不直接管事，交给休和艾希礼来经营，从那时起，两个厂子一直是亏损。

休尽管很努力，却不称职。他不会做生意，更不会对付工人，谁都能狠狠地压他的价。要是有个精明的顾客坚持说木材质量不高，休就会觉得，作为一个正人君子，只能表示歉意，低价出售。休卖了一千英尺的地板料，思嘉知道售价后，气得大哭了一场。此外，他也不善于对付工人。黑人要求每天开工钱，领了工钱就去喝酒，经常喝得酩酊大醉，第二天早上就不来上工。遇到这种情况，休就不得不另外找人，造成误工。因为这些困难，休一连数日未能进城去推销木材。

钱就这样从休的手上流走了。他这么笨，思嘉自己又无能为力，所以急得不得了。她打算等她生完孩子，一上班，就把休辞掉，另找一个人，谁都会比他强。她也不用自由的黑人了，自由的黑人说走就走，靠他们怎么能干活呢？

因为有工人没来上工，休前来报告，思嘉大骂了他一通，随后对丈夫说："弗兰克，我想好了，我要雇几个囚犯来干活。不久以前，我和约翰尼·加勒格尔谈了谈，他说，可以从别人手里转雇几个，用不了多少钱，供他们吃饭也很便宜。他还说，对他们爱怎么使唤就怎么使唤。约翰尼·加勒格尔和托米的合同一到期，我就把他雇来经营休管的那个厂。"

用囚犯干活！弗兰克惊异得瞠目结舌。这是思嘉提出的异想天开的计划中最坏的一个，甚至比开一个酒馆的想法还要糟糕。

思嘉竟然想雇犯人干活！弗兰克知道，如果思嘉这样做，他就永远抬不起头来了。这比她拥有木材厂而且亲自经营要坏得多，比她做过的任何事情都坏得多。过去他表示反对，还总要问这样一个问题："别人会怎么说呢?"不过这次——这次就不光是害怕别人的指责了，他觉得这是和贩卖人口、卖淫一样坏，如果他允许思嘉做这件事，将是他灵魂中的一项罪孽。

弗兰克鼓起了勇气制止思嘉，不让她干，言词之强烈使得思嘉吃了一惊，不吭声了。最后，为了平息他的不同寻常的怒气，思嘉赔着笑脸说她并不想真干。只是说的气话。可是她暗中仍在盘算这件事，并且想干。雇用犯人干活，这能解决她最大的一个难题，不过弗兰克如此强烈地反对——

她叹了一口气。哪怕两个木材厂有一个在赚钱，她也能顶得住。可是艾希礼并不比休高明。

起初，艾希礼没有很快把厂子管好，没有比思嘉经营多赚一倍的钱，使得思嘉感到惊讶，又失望。他很精明，又读过很多书，完全能经营好，赚到很多钱。但是他并不比休经营得好。他没有经验，处理不当，完全没有商业头脑，不肯进行激烈的讨价还价，在这些方面，他和休是一样的。

爱情使得思嘉很快原谅了艾希礼，她认为这两个人是不同的。休就是笨，没有办法，而艾希礼则只是业务生疏。不过她还是觉得艾希礼不能像她那样迅速做出判断，出一个合适的价。有时她甚至怀疑他什么时候才能学会辨认地板和窗台板。并且他自己是个正人君子，他就觉得和他打交道的那些无耻之徒也都是可以信赖的。有好几次，若不是思嘉巧妙地进行干预，就得赔钱了。此外，他要是喜欢某一个人——并且他喜欢的人还真不少——他就把木材赊给他们，从来也想不起要查一查，看这些人有没有能力还钱。在这一方面，他和弗兰克一样不灵。

但是思嘉觉得，他总能做得很好的。在他学的过程中，思嘉以母亲般的慈爱原谅他，而且耐心等待他加以改正。每天晚上他无精打采地到思嘉这里来，她总是孜孜不倦地给他出主意，既不伤他的自尊心，又对他有帮助。尽管她这样鼓励他，安慰他，但他眼睛里总有一种莫名其妙的呆滞的眼神。她感到不可理解，并且害怕。他变了，和以前大不一样了。要是她能单独见一见他，说不定就能找出其中的奥秘。

这种情况使她睡不好觉。她为艾希礼担心，一方面是因为她知道艾希礼不愉快，另一方面因为她知道他这种不愉快的心情无助于他成为一个好商人。让休和艾希礼这样两个没有商业头脑的人来经营她的木材厂，简直是受罪。为了度过这最艰难的几个月，她曾下了那么大的力气，制订了周密的计划。可现在眼看着竞争的对手把最好的顾客都抢走了，实在感到痛心。唉，她要是能马上开始工作就好了！由她亲自来照顾艾希礼，他就肯定能干好。约翰尼·加勒格尔管另外那个木材厂，她来主持销售，这样情况就好了。至于休，就让他赶车送货。他也就能干点这个。

当然，加勒格尔尽管很能干，却非常狡猾，可是——不用他，又用谁呢？为什么找不到既能干又诚实的人呢？现在如果有这么一个人能为她承担休的工作，她就用不着这么操心了，但是——

托米·韦尔伯恩尽管腰部有伤，却成了城里生意最好的包工头，人们说他赚钱像造钱一样。梅里韦瑟太太和雷内也干得不错，在繁华地段开了个面包房。西蒙斯家的几个男孩子也忙得很，他们经营那个砖窑，工人一天三班倒。

所有思嘉认识的能干的年轻人，包括大夫、律师、店主，都一样，原先那种垂头丧气的样子一扫而光，大家都忙着赚钱，谁也顾不上帮她。清闲的只有像休这样的人，像艾希礼这样的人。

又要做生意，又要生孩子，真是乱作一团了。

"我决不再要孩子了，"她下定了决心。"我可不能像别的女人那样，一年生一个。天哪！一生孩子，一年就有半年不能去木材厂。现在我看明白了，木材厂我一天不去都不行。我要直截了当告诉弗兰克，我不再要孩子了。"

弗兰克是希望多要孩子的，但是思嘉有办法对付他。她下定决心，这是最后一个孩子了。木材厂重要得多。

第四十二章

思嘉生了一个女儿,小家伙不大,头上光秃秃的,她长得像弗兰克,真是可笑。父亲特别疼爱她,只有他才觉得女儿挺好看。不过邻居们出自好心,都说小的时候丑,长大了就亮丽了,小孩子都是这样。女儿取名爱拉·洛雷纳,爱拉是为了纪念爱伦,洛雷纳是当时女孩子最流行的名字。

这孩子出生的时候亚特兰大气氛紧张,人心惶惶,觉得大难临头。一个黑人夸耀说他强奸了一个白种女人,于是就被抓起来了。但是还没来得及开庭审判,三K党就冲进监狱,悄悄把他绞死了。三K党这样做,是为了使这个尚未暴露姓名的不幸的女人不必到公开的法庭上去。这个女人的父兄就是把她杀了,也不会让她去宣扬自己的耻辱。军事当局为这件事大发雷霆。

军队到处抓人,声言不惜把亚特兰大所有的白人男子全都关进监狱,也要把三K党消灭干净。黑人也很不满,抱怨说要放火烧白人的房子进行报复。谣言满天飞,老百姓关门闭户,待在家中,男人们也不敢出门,怕妻子儿女留在家里无人保护。

思嘉身体虚弱,卧床休养,默默地感谢上帝,艾希礼头脑清楚,没有参加三K党,弗兰克年纪太大,并且没有精神,肯定也没有参加。否则老担心北方佬会把他们抓起来,那有多么可怕呀!现在的情况就够糟的了。

气氛非常紧张,在这种气氛下,思嘉很快恢复了体力。她那充沛的精力曾帮她在塔拉渡过难关,现在又帮助了她。生下女儿不到两周,她就能坐起来,还责怪女儿不爱动。又过了一个星期她就下地了，她还说非要去照料厂子不可。厂子没有人管，因为休和艾希礼都不敢整天去上班了。

然而她遭到了沉重的打击。

弗兰克刚刚做父亲，十分得意，鼓足了勇气禁止思嘉外出，因为外面情况很危险。他把她的马和车放在车房里，并且发了话，除了他本人以外，谁也不准动用。更糟糕的是在思嘉卧床的时候，弗兰克和嬷嬷在家里耐心搜寻，把她藏的钱都找出来了，并且在银行里存在了他的名下，所以思嘉现在连车也没法雇了。

思嘉对弗兰克和嬷嬷大发雷霆，接着又软下来，苦苦哀求，最后她像一个发狂的孩子，整整哭了一上午。却只听见人家说："哎呀，宝贝儿！别耍小孩子脾气呀！"或者说："思嘉小姐呀，你要是再哭啊，你的奶就要就酸了，孩子吃了是要肚子疼的哟！"

思嘉气呼呼地跑出去，穿过后院，跑到媚兰家里，扯着嗓子诉说委屈，声言就是走着也要到木材厂去。她要告诉亚特兰大所有的人，她嫁给了一个坏蛋，她可不能像个小孩子，让人家耍着玩儿。她要带上一支手枪，谁威胁她，就打死谁。反正已经打死过一个人了，她想——的确很想——再打死一个。她要——

媚兰本来连自家大门口都不敢出，听她要这样干，简直吓坏了。

"哎呀，你可不能去冒这个险呀！你要是有个三长两短，我也就活不成了。你千万——"

"我偏去！我偏去！我走着——"

媚兰看着她，发现她不是在撒泼。思嘉脸上那种天不怕地不怕、决心要干的表情，和她父亲杰拉尔德·奥哈拉拿定主意时的表情一模一样。媚兰对这种表情是很熟悉的。她伸出胳臂搂住思嘉的腰，搂得紧紧的。

"都是我不好，没有你那么勇敢，这几天艾希礼该到厂里去，我也没让他去。唉，亲爱的，我真糊涂！亲爱的，我会告诉艾希礼，我一点也不害怕，我可以过来和你和皮蒂姑妈做伴，让他去上班——"

思嘉自己也知道，艾希礼是无法独自应付局面的，因此她就大声说："不！他要是老惦记着你，去上班又有什么用？真可恨！就连彼得大叔都不肯和我一起出去。可是我不在乎！我要一步一步走着去，总能找几个黑鬼干活儿——"

"不行，不行！你可不能这样。你会出事的。听说现在黑鬼到处作恶。让我想一想——亲爱的，答应我你今天什么事情也不做，让我想个法子。回家去躺会儿吧，你的脸色很不好。你要答应我。"

思嘉由于生气，这时已经没有什么力气，也就只有也这样了。她无精打采地表示同意，然后就回家去了。家里人想与她和好，都被她顶了回去。

那天下午，一个陌生人穿过媚兰家的矮树篱笆，一拐一拐地走进皮蒂姑妈的后院。显然他就是嬷嬷和迪尔茜所说的那种"无业游民"，媚兰小姐在街上碰见就把他们接到家里，让他们住在地窖里。

媚兰这所房子有三间地下室，现在迪尔茜住着一间，另外两间住的是破衣烂衫的过路人。除了媚兰，谁也不知道他们从哪儿来，到哪儿去，她的确是在街上碰见他们的。不过既然那些重要人物和不那么重要的人物能到她这里来，不幸的人们也就可以来，吃点东西，睡一觉，带上点吃的，再赶路。到这里住宿的，一般都是过去南部联盟的兵，他们粗鲁，没有文化，无家可归。他们也没有亲人，到处流浪，寻求工作。

在这里过夜的还经常有些可怜的农村妇女，带着一大群默不作声的孩子。这些妇女在战争中失去了丈夫，丢掉了农场，正在到处寻找失散的亲人。令人吃惊的是附近有时也有外国人，他们不会讲或者只能讲一点英语，他们以为南方的钱好挣，跑到这里来了。

那陌生人走进后院时，思嘉正坐在侧面的回廊上，怀里抱着小女儿晒太阳。思嘉一看见他就想："是的，他一定是媚兰的那帮瘸腿狗。他还真是个瘸子呢！"

这个人装着一条假腿，走起路来一拐一拐的。他是一个又高又瘦的老人，头发已经脱落，头皮红得发亮，看上去很脏，灰白胡子长得可以塞进腰带。他满脸皱纹，面无表情，看上去六十开外，但身体还不显得衰老。此人其貌不扬，尽管装了假腿，走起路来却很快。

他上了台阶，朝思嘉走来，思嘉发现他鼻音很重，因而断定他是在山里长大的。他尽管衣服又脏又破，却有一种沉静高傲的神气，决不容许别人冒犯。他的鼻子又窄又高，两道眉毛又粗又弯，耳朵上长了很多毛。一道眉毛下边是一个空洞，脸上有一条很长的伤疤，另一只眼睛很小，冷淡而无光。在他的腰带上挂着一支沉甸甸的手枪，很显眼，破靴子的口上还露着一把单刃猎刀的刀柄。

他冷冰冰地回敬了思嘉一眼，这才开始说话。他那只独眼中有一种鄙视的眼光，但不是鄙视思嘉个人，而是针对整个女性。

"威尔克斯小姐让我来给你干活，"他简短地说。他说起话来断断续续，很费劲。"我叫阿尔奇。"

"对不起，我没有活儿给你干，阿尔奇先生！"

"我看是有活干的。威尔克斯小姐听说你要像个傻瓜似的到处乱跑，十分担心，因此派我来给你赶车。"

"是吗？"思嘉说。这人如此无礼，媚兰多管闲事，都使她很生气。

他那只独眼怀着敌意与思嘉的眼光相遇，但这敌意并不是因为她。"是啊，男人要保护自家女人，女人就不该找麻烦。你要是非出去不可，我就给你赶车。我恨那些黑鬼，也恨北方佬。"

"不是我愿意给女人赶车。可是威尔克斯小姐待我好哇。她让我住在她的地窖里。是她让我来给你赶车的。"

"不过——"思嘉无可奈何地说，但她刚开口又停住了，对这个人端详起来。过了一会儿，她脸上露出了笑容。这个老家伙她并不喜欢，不过有了他，事情就好办了。有他赶车，思嘉就可以进城去，到木材厂去，或者去找顾客。并且有他做保镖，就不用担心安全问题了。一看他那副模样，谁也不会说什么闲话。

"就这样吧,"她说。"不过我得同我丈夫商量一下"。

弗兰克和阿尔奇谈了谈,也就勉强同意了。他原来希望思嘉做了母亲以后能有所改变,现在他失望了,并且有些伤心。但一转念,又觉得阿尔奇来得很巧。

对于这样一种安排,起初整个亚特兰大都感到吃惊。阿尔奇和思嘉在一起很不相称。一个是面貌凶恶的脏老头子,拖着一条假腿。一个是衣着整洁的亮丽少妇,双眉紧蹙,若有所思。他们二人不停地在城里城外到处奔波,彼此很少说话,显然是互相嫌弃。他们在一起,是出于各自的需要,他需要钱,而她需要有人保护。城里的女人都说,至少这比她在光天化日之下和那个巴特勒驾着车到处跑要强得多。她们都在纳闷,不知道瑞德·巴特勒这些日子到哪里去了。三个月以前,他突然消失了。就连思嘉也不知道他到哪里去了。

阿尔奇是个沉默寡言的人。每天早上从媚兰的地窖里出来,就坐在皮蒂姑妈房前的台阶上,一面嚼烟叶,啐唾沫,一面等候思嘉。思嘉一出来,彼得便把她的马车赶出来,彼得大叔很怕阿尔奇。就连嬷嬷也怕他,不敢在他面前出声。他恨黑人,那些黑人也知道,并且怕他。除了原来的手枪和猎刀以外,他又增加了一把手枪。

有一次,思嘉出于好奇心,问他为什么仇恨黑人。平时不管问他什么问题,他总是回答说,"这不干你的事。"

可这一次,他这样回答:"我恨他们,我们山里人都恨他们。我们从来就不喜欢他们。这场战争就是他们闹出来的。就冲这个,我也恨他们。"

"可是你也参加打仗了。"

"那是一个男人应该干的。我恨那些北方佬比恨黑人更厉害。不过我最恨的是好说话的女人。"

阿尔奇露骨地说这样无礼的话,使得思嘉在一旁生闷气,恨不得把他甩掉。但是离开他又怎么行呢?

过了不久，人们对于思嘉和她的保镖也就看惯了，看惯了以后，妇女们就开始羡慕她行动自由。自从三K党绞死人以后，妇女们出不了门了，即便是进城买东西，也必得六七个人结伴而行。但是这些女人生来爱交往，这样一来，她们成天坐立不安，所以就把面子撂在一旁，来找思嘉，求她把阿尔奇借给她们用用。思嘉倒也大方，只要自己不用，总是让他去为女友效力。

阿尔奇很快就成了亚特兰大专营保镖行业的人，妇女们都来雇用他。几乎每天早上吃早饭的时候都有条子送来，上面写道："今天下午如果您不用阿尔奇，请让我用一下，我要到公墓去献花。"或者说："我得去买一顶帽子。"还有的说："我需要到彼得斯大街去一趟，因爷爷身体不好，不能陪我去。能不能让阿尔奇——"

姑娘，太太，寡妇，他都去给她们赶车，对她们都表现出明显的鄙视态度。很明显，除了媚兰之外，他不喜欢女人，和对黑人和北方佬的态度一样。妇女们一开始对他的无礼感到吃惊，不过到后来也就习惯了，再加上他沉默寡言，大家甚至把他和他赶的马同样看待，忘记了他是一个人。

思嘉渐渐发觉，自从阿尔奇来了之后，弗兰克经常晚上出去。他说店里的账目需要结，现在生意好，上班时间顾不上结账。有时他说朋友生病了，需要去照料一下。另外还有一个民主党人的组织，每星期三晚上聚会，弗兰克从未缺席，显然他是很喜欢参加这些聚会的，因为他总是待到最后，待到很晚。

艾希礼有时也出去照料病人，他也参加民主党人的集会，并且往往是和弗兰克同一天晚上出去。每逢这种时候，阿尔奇就护送皮蒂、思嘉、韦德和小爱拉到媚兰家去，两家在一起度过这个夜晚。几个女人做针线活儿，阿尔奇就直挺挺地躺在客厅里的沙发上打呼噜。她们尽管心疼那精致的沙发，可是她们谁也没有勇气说他。有一次，他说幸亏他一躺下就睡着，否则一帮女人像一群母鸡似的唠叨，会使他发疯的。大家一听，更不敢说他了。

有时思嘉也纳闷，阿尔奇究竟是什么人。她只知道，听他的口音，他是北方的山里人，当过兵，受过伤，丢了一只眼睛、一条腿。有一天，她大骂休·埃尔辛，使得阿尔奇和盘托出了自己的经历。

有一天早上，这个老头儿送思嘉到休经管的木材厂去。思嘉发现厂子没开工，黑人都不在，休垂头丧气地在树底下坐着。一看这情形，思嘉非常恼火，便毫不客气地向休发作起来，因为她刚弄到一份购买大宗木材的订单，并且要得很急。这份订单是她费了好大的力气，还搭上自己的姿色，争了半天才弄到手的，而木材厂现在却不开工。

"送我到那个厂子去，"她向阿尔奇吩咐道。"我要让威尔克斯先生把手上的活儿停下来，先把这批木材赶出来。我从来没见过休·埃尔辛这样的蠢货！等约翰尼·加勒格尔把商店盖好，我就把他赶走。我要把加勒格尔找来，再雇上几个犯人，他会让他们干活儿的，他——"

阿尔奇一听这话，回过头来充满敌意地看着她，接着他用沙哑的声音带着冷酷的怒气说：

"你什么时候雇犯人，我什么时候走。"

思嘉吃了一惊，说："哎呀！为什么？"

"我知道雇犯人是怎么回事。其实就是谋杀犯人。买人像买骡子一样，他们的待遇连骡子都不如，挨打，挨饿，还要遭杀害。有谁过问呢？政府不管。政府已经把钱拿到手了。雇犯人的，他们也不管。他们只想花最少的钱管他们饭，让他们干最重的活儿。见鬼去吧，太太。我历来看不起女人，现在就更看不起女人了。"

"这和你有什么关系？"

"有，"他的答话非常简单。他停顿了一下又接着说，"我当犯人当了将近四十年。"

思嘉倒抽了一口冷气。他之因此不肯谈自己的经历，原因就在这里。他说话不流畅，对世界冷酷、仇恨，原因也在这里。四十年啊！他入狱的时候一定还年轻。四十年啊！他一定是判的无期徒刑，而判无期徒刑的人——

“是不是因为——杀人？”

“是的，”他直截了当地答道，同时抖了抖缰绳。“杀了老婆。”

思嘉吓得直哆嗦。

胡子遮盖着的嘴唇似乎动了动，似乎他在讥笑思嘉的害怕。“你要是怕我杀你，感到害怕，那你可以放心，太太，我是不会杀你的。我没有理由杀死任何一个女人。”

“你杀了你的老婆？”

“她和我兄弟乱搞，他跑了，我就把她杀了。放荡的女人就该杀。”

“可是——你是怎么出来的呢？跑出来的吗？还是赦免了？”

“也可以说是赦免，”他紧紧地皱了皱那两道灰色的浓眉。

“1864 年，谢尔曼打到这里时，我在米莱吉维尔监狱，四十年来我一直关在那里。狱长把我们这些犯人都召集起来，对我们说，北方佬来了，他们杀人，放火。”

“那是为什么？你曾经——你是不是认识几个北方佬？”

“不是，太太。不过我听别人谈起他们，他们放走我们的黑奴，烧了我们的房子，杀了我们的牲畜。狱长说，军队急着招兵，我们要是去打仗，打完仗就可以释放——要是还能活着的话。”

他停下来，呼哧呼哧地喘了喘气。

“说起来，真有意思。他们把我关起来，是因为我杀了人。现在他们把我放了。是因为让我去杀更多的人。重新得到自由，手里还拿着枪，可真美呀！我们出来以后打得不错，杀了不少人，我们自己也死了一些。但没听说有一个人开小差。投降以后，就把我们都放了。我丢了一条腿，丢了一只眼，不过我不后悔。”

“噢，”思嘉有气无力地说。

一时间思嘉觉得这个老头儿傻得可怜。政府夺去了他四十年的光阴,他却还为它而战。佐治亚州剥夺了他的青春和中年,而他却把一条腿和一只眼奉献给了佐治亚州。这使她想起瑞德,她记得他说他在这个社会里受排挤,决不会为它而战。但是到了最后的紧急关头,他还是为这个社会而战了。这和阿尔奇的情况是一样的。在思嘉看来,所有南方人,不论地位高下,都是重感情的傻瓜,他们重视毫无意义的言论,却不关心自己的皮肉。

思嘉看了看阿尔奇那双粗糙的老手,那两支手枪和短刀,不禁又产生了一阵恐惧之感。

"我——我很高兴,你能对我说这些,阿尔奇。我——我不会告诉别人的。威尔克斯太太和其他一些妇女要是知道了,会感到十分惊讶的。"

"威尔克斯太太是知道的。她让我在地窖里住下的第一个晚上,我就告诉她了。你难道认为像她这样好的女人,我能不告诉她,就让她收容我吗?"

"神明保佑我们!"思嘉十分惊讶地说。

媚兰明明知道这是个杀人犯,并且杀过女人,却没有把他撵走。她还把自己的儿子托付给他,把自己的姑妈、嫂子和朋友也托付给他。她是一个最胆小的女人,可单独和这样一个人待在家里,竟然不觉得害怕。

"威尔克斯太太是一个很有头脑的女人。她对我很放心。她觉得骗子总要骗人,小偷总要偷东西,但是谁要是杀了人,他一辈子也不会再杀人了。她还认为不管谁为联盟打过仗,就把过去干的坏事抵消了。威尔克斯太太的确是一个有头脑的女人……我对你明说了吧,你哪一天去雇犯人,我就哪一天离开你。"

思嘉没有立刻回答,但她心想:

"对我说来,你快滚吧,你这个杀人犯!"

媚兰怎么能这么——这么——。她不该收留这个无赖,又不告诉朋友们实话。这么说,在军队里服役就能抵消过去的罪孽了!思嘉暗地里咒骂那些北方佬,要不是他们,怎么会出现这种情况,闹得一个女人不得不让一个杀人犯来当她的保镖。

傍晚回家的路上,思嘉突然发现时代少女酒馆门前聚着一伙人。艾希礼骑在马上,脸上的神情严肃而紧张。西蒙斯家兄弟几个也在。休·埃尔辛在那里招手。梅里韦瑟爷爷卖馅饼的货车停在这群人的中间,思嘉来到近处,看到托米·韦尔伯恩和亨利·汉密尔顿叔叔也挤在梅里韦瑟爷爷的座位上。

思嘉来到这伙人跟前,尽管她不怎么敏感,心里也觉得一阵害怕和紧张。

大家回过头看着她,微笑着向她致意,但是他们的眼睛都闪烁着非常兴奋的目光。

“是好事,也是坏事,”亨利叔叔大声说,“全在你怎么看了。依我看,州议会肯定会这样做。”

一听是州议会,思嘉松了一口气。她对州议会没有多少兴趣,觉得与她无关。

“怎么了?”

“他们坚决拒绝批准修正案,”梅里韦瑟爷爷说,满怀骄傲的样子。“那些北方佬,这一下子够他们瞧的。”

“啊!修正案?”思嘉问,尽量显得挺明白的样子,其实她一窍不通。

“就是让黑人参加选举的修正案呀,”艾希礼解释道。“修正案提交州议会,他们拒绝批准。”

“我为州议会感到骄傲,为他们的勇敢感到骄傲!”亨利叔叔喊道。“只要我们顶住,北方佬是没有办法逼我们就范的。”

“他们能这样做,也一定会这样做的。”艾希礼尽管语气镇定,但却不无忧虑。“不过,我们今后的日子就要困难得多了。”

“不,艾希礼,肯定不会!日子再难也不会比现在更难了!”

“会的,情况会更糟,会比现在更糟。假如我们有一个黑人州议会怎么办?

假如我们有一个黑人州长怎么办?”

思嘉逐渐开了窍,害怕得要命,眼睛越睁越大。

“我一直在想,怎么样才对佐治亚最有利,”艾希礼一本正经地分析道。“最明智的做法究竟是像州议会这样对着干,使北方佬他们把全部军队开过来,然后把黑人选举权强加在我们头上。还是忍气吞声,先顺从他们,轻易地把这件事对付过去。我们毫无办法,只能任凭人家摆布。说不定我们还是老老实实的好。”

他的话,思嘉没听明白多少。

“要当激进派,投共和党的票了吧,艾希礼?”梅里韦瑟爷爷毫不客气地讥讽说。

接着是一阵沉默,气氛紧张。

艾希礼强压着心中的怒火。但是还没等他说话,亨利叔叔就朝爷爷开了火。

“你——你胡说——对不起,你发昏了,怎么这样对艾希礼说话?”

“艾希礼用不着你来替他辩护,”爷爷冷漠地说。“他说话像个投靠了北方佬的南方人。屈服?见鬼去吧!对不起,思嘉。”

“我不相信退出联邦能解决问题,”艾希礼生气地说。“但是佐治亚退出的时候,我是支持它的。我不相信战争能解决问题,可是战争爆发后,我也参加了战斗。现在我不认为把北方佬搞得更加疯狂会有什么用处。但是,既然州议会决定这么干,我愿意支持州议会。我——”

“阿尔奇,”亨利叔叔突然说,“送思嘉小姐回家去吧。这不是女人的事。”

他们顺着桃树街走回去,思嘉的心吓得怦怦直跳。州议会干了这样的蠢事,会不会影响她的安全呢?会不会惹火了北方佬,没收她那两个木材厂呢?

思嘉雇来了十个犯人,一个木材厂各五个。阿尔奇说到做到,马上就不干了。媚兰出面说情，弗兰克答应给他涨工钱，也都没有用，他宁愿护送媚兰、皮蒂、英迪亚和她们的朋友到城里去，就是不护送思嘉。要是思嘉和太太小姐们一起坐车，他也不赶。真是令人尴尬呀，这个老无赖竟然如此评判她的所作所为。

弗兰克劝她不要这样。艾希礼起初坚持不用犯人，后来违心地接受了，因为思嘉流着泪苦苦哀求，并且答应情况好转以后就雇自由的黑人。邻居都公开表示反对，弄得弗兰克、皮蒂、媚兰都抬不起头来。就连彼得和嬷嬷都说，用犯人干活，不会有好结果的。

据她了解，好像只有加勒格尔赞成雇用犯人。他轻轻点了点了头，说十分高明，思嘉看了看这个小个子骑手，只见他两腿弯曲，身体健壮，一副厉害的面孔严肃而认真，心中想道："谁要是拿自己的马给他骑，那就是不疼自己的马。"

但是她把一伙犯人交给他，却一点也不心疼。

"这伙人，让我随意使唤吗？"他问。他的眼睛冷冰冰的，似乎两个灰色的玻璃球。

"当然。我只要求你把厂子管好，我什么时候要木材，什么时候有，我要多少，就有多少。"

"我跟你干，"约翰尼简捷地说。"我去通知韦伯恩先生，我不跟他干了。"

思嘉舒了一口气，精神振作起来。他办事干练，沉默寡言。弗兰克看不起他，指责他说"爱尔兰穷小子就知道赚钱"。然而正因为如此，思嘉器重他。她知道，假如一个爱尔兰人决心做出点成绩来，他就是一个比别人强的人才。

约翰尼接管了木材厂以后，第一个星期就使思嘉很满意，因为他让五个犯人干的活比休让十个自由黑人干的还要多。这且不说，他还使得思嘉更清闲了，一年来她还没这么清闲过，这是因为约翰尼不愿意让她到厂里去，并且是毫不客气地说的：

"你在那头管卖货，我在这头管生产，"他简捷地说。"犯人营不是女人待的地方。我的任务是发货，对不对？那就得了！我不喜欢像威尔克斯先生那样成天有人盯着。他需要有人盯着，我不需要。"

所以思嘉虽非常不情愿，却不常去了，怕去得太勤，他就不干了，那可就糟了。但他说艾希礼需要有人盯着，思嘉听了很不愉快，但确实有些道理，只是她不承认罢了。艾希礼使用犯人和使用自由劳力相比，变化不大，他似乎因为使用犯人而感到羞愧，近日来更没有什么话对她说了。

思嘉对于艾希礼身上的变化惴惴不安。他那光亮的头发里出现了灰发，由于劳累，身材不那么挺拔了，他也很少露出笑容。他不再是她一见钟情的英俊的艾希礼了。似乎有一种深重的痛苦在暗中折磨他，而他又总是沉默不语，思嘉不但迷惑不解，并且感到心疼，她恨不得一把把他拉过来，让他把头靠在自己的肩膀上，轻轻抚摸着他那花白的头发对他说："你有什么烦恼，告诉我，我来解决。我能帮你处理好的。"

然而他严肃、冷淡，始终和她离得远远的。

第四十三章

十二月里，难得有这么一天，太阳暖烘烘的。思嘉抱着孩子来到侧面的回廊上，坐在摇椅上晒太阳。她穿一件新的绿色薄长裙，镶着波浪式的黑色花边，戴一顶新的网眼便帽。这都是皮蒂姑妈给她做的。几个月以来一直那么难看，现在又亮丽来了，多开心呀！

她坐在摇椅上，一面摇着孩子，一面哼小曲儿，忽然听见后街上传来马蹄声，她好奇地向外望去，只见瑞德·巴特勒正骑着马朝她家走来。

他离开亚特兰大有好几个月了。他走的时候，杰拉尔德刚刚去世，爱拉·洛雷纳还没有出生。思嘉曾经想念过他，但是现在她真想躲开，不见他。实际上，她一看见他那黑脸膛，心里就内疚慌乱。有一件事涉及艾希礼，一直使她心里不安，并且她不愿意与瑞德讨论这件事，但是她知道，无论她多么不想说，瑞德是一定会说的。

他在大门外停下来，翻身轻轻地下了马。

“他就差一副大耳坠子和衔在嘴里的短刀了，”思嘉想。“唉，就像个海盗，只要我有办法，今天怎么也不能让他把我给杀了。”

他沿着小路走过来，思嘉向他露出一副甜蜜可爱的笑脸。她正好穿着一件新衣服，戴着一顶亮丽的帽子，显得那么美丽，真是幸运呢！他很快地打量了她一番，这时思嘉知道，他也认为她是很动人的。

“刚生的孩子！哎呀，思嘉，真没想到哇！”他一边说，一边笑了，同时弯腰掀开毯子,看了看爱拉·洛雷纳难看的小脸。

思嘉脸红了:"瑞德,你好吗?你离开很长时间了呢。"

"的确是这样。思嘉,让我抱抱他吧。唔,我知道怎么抱孩子,我有许多稀奇古怪的才能。他的确很像弗兰克,就是没有胡子,不过到时候会长的。"

"还是别长吧。这是个女孩儿。"

"是个女孩儿?那太好了。男孩子都讨人嫌,你可别再生男孩儿了,思嘉。"

思嘉本来想回敬他一句,说不论男女都不想再生了,可是话到嘴边,她又收住了。她笑了笑,在脑子里到处搜寻合适的话题。

"这次出去,一切都好吗,瑞德?你这次到哪里?"

"唔,到了古巴——新奥尔良——还有一些别的地方。哎呀,思嘉,快把孩子接过去吧。"

思嘉把孩子接过来,放在腿上,瑞德懒洋洋地坐在栏杆上,从一个银盒子里取出一根雪茄。

"你老上新奥尔良去,"她说。她噘了噘嘴又接着说:"你去那儿干什么?"

"我这个人工作勤奋呢,思嘉,我可能是为了公事而去的吧。"

"工作勤奋!"她不客气地笑起来。"你一辈子都没工作过,你太懒了。你就会贿赂北方来的冒险家,让他们偷盗,好处和你对半分。"

他把头往后一仰,大笑起来。

"你也多么想那么干呀!"

"你这个想法——"思嘉开始有些恼火。

"也许有朝一日你赚足了钱以后,就能拼命行贿。说不定你靠那些雇来的犯人能发大财呢。"

"啊!"思嘉说,感到心烦意乱。"你怎么这么快就知道了?"

"我昨天晚上就到了这里,在时代少女酒馆过的夜。那里什么消息都有。

大家都说你雇了一伙犯人,让那个小恶棍加勒格尔看管着,要把他们累死。"

"这不是真的,"她气愤地说。"他不会把他们累死的。我可以保证。"

"你能保证吗?"

"当然能。你怎么会提出这样的问题?"

"唔,请原谅,肯尼迪太太!对于你的动机我一向没法说什么。然而约翰尼·加勒格尔是个冷酷的无赖,我没见过第二个像他这样的人。最好盯着他点。"

"你走你的阳关道,我过我的独木桥,"思嘉气愤地说。"犯人的事,我不想多谈了。人人都反对,可雇用犯人是我自己的事——你还没告诉我你去新奥尔良干什么呢,你老往那里跑,大家都说——"说到这里,她住了口。

"大家都说什么?"

"说——说你在那里有个情人。说你要结婚了。是吗,瑞德?"

她很久以来就心存疑问,因此现在她按捺不住,就直截了当地问了。她一想到瑞德要结婚,就有一种莫名其妙的妒忌。

他平静的眼神顿时警觉起来,他迎着思嘉的视线,盯着她看,看得她脸红起来了。

"这对你有什么关系吗?"

"怎么说呢,我不愿意失去你的友情啊,"思嘉一本正经地说。

他突然大笑一声,接着说:"思嘉,你看着我。"

她勉强抬起头来。脸更红了。

"如果我结婚,那是因为我没有别的办法把那个女人弄到手。迄今为止,我还没发现一个女人我非娶她不可。"

他这样一说,她倒真糊涂了,并且有些难为情。瑞德注视着她的眼神,脸上渐渐显出了一副奸笑。

"不过你这么坦率地问我,我还是满足你的好奇心吧。我到新奥尔良去,不是为了什么情人,而是为了一个孩子,一个小男孩儿。"

“一个小男孩儿!”这奇怪的消息使她吃了一惊,她倒明白了。

“是的,我是他的监护人。要对他负责。他在新奥尔良上学。我常去看他。”

“给他带礼物吗?”她问。这时她才意识到为什么他总知道韦德喜欢什么礼物。

“是的,”他有些不耐烦,简单回答说。

“他长得好看吗?”

“太好看了,不过这对他并没有什么好处。”

“他乖吗?”

“不乖。可淘气了。我真希望从来就没这么个孩子。男孩子都讨人嫌。你还有什么要问的吗?”

他显出生气的样子,脸色不快,似乎后悔不该说似的。

“你要是不想说,我也就不问了,”她高傲地说,其实她很想再问一问。“不过我实在看不出你怎么能当监护人,”说完了,大笑起来,想借此来刺他一下。

“你当然看不出。你的视野很有限嘛。”

他没有说下去,抽着烟沉默了。

“这件事你如果不对别人说,我会很感激你的,”他最后说。“不过我觉得要求一个女人保守秘密不太容易。”

“我是能保守秘密的,”她说,感到自尊心受到了伤害。

“你能吗?了解到朋友的真实情况当然是很好的。思嘉,对不起,我刚才失礼了,不过你非要刨根问底,也只好怪你自己了。对我笑一笑,咱们愉快地待一会儿吧,下面我就要提出一个令人不快的话题了。”

“哎呀!”她心想,“现在他要谈艾希礼和木材厂的事了。”于是她赶快做出一副笑脸,露出酒窝,想借以惹他高兴。“瑞德,你还去过什么地方?总不会一直待在新奥尔良吧,是不是?”

“对。最近这一个月,我在查尔斯顿。我父亲去世了。”

“唔,真遗憾。”

“不必遗憾。对于他的死,我敢说,他不遗憾,我也不遗憾。”

“瑞德,你怎么这样说话,太可怕了!”

“我要是明明不遗憾,却要硬装作遗憾的样子,岂不更可怕吗?我们两个人一向互无好感。我不记得老头子什么时候赞成过我。我太像我爷爷了,而他对我爷爷也是从不赞成。我长大以后,他由不赞成渐渐变成了不折不扣的厌恶,我承认,我也无法改变他对我的态度。最后他把我赶出家门,我身上没有一分钱。我没有饿死,充分发挥了打扑克的本事,靠赌博,日子过得很不错。但我父亲认为这是对他的莫大侮辱。巴特勒家出了赌徒,他无法忍受,因此我第一次回家,他不许我母亲见我。战争期间,我在查尔斯顿外面跑封锁线的时候,母亲撒了个谎,才溜出来看了看我。这自然不会增加我对他的好感。”

“唔,我不知道这些。’

“我父亲,人们说他是一位善良的老先生,很老派的,也就是说,他既无知,又顽固,并且容不得人。他把我抛弃,说我死了。大家都佩服他。‘假如你的右眼使你犯罪,把他挖出来。’我就是他的右眼,他的长子,他把我挖掉了。”

说到这里,他微微一笑,在回忆这段往事时,他两眼一动不动。

“唉,这一切我都可以原谅,但是一想到战后他是怎样对待我母亲和我妹妹的,我就不能宽恕他。她们生活没有着落,农场的房子烧掉了。她们住的两间房是连黑人都不住的。我给母亲寄钱去,可父亲又把钱退回来。有几次我回到查尔斯顿,偷偷把钱塞给我妹妹。可是父亲总能发现,对她大发雷霆,闹得她活不下去,真可怜啊!钱还是退回来了。我不知道她们是怎么生活的。我弟弟尽力帮助,但又没有多少钱,另外就是靠朋友接济。你姨妈尤拉莉一直对她们很好。你知道,她和我母亲最要好。我的天哪!我母亲到了靠人周济的地步!”

思嘉很少见他这样真诚,他脸上露出对父亲的痛恨,和对母亲的怜恤。

"尤拉莉姨妈！可是天知道，瑞德，除了我给她的钱以外，她还有什么呢？"

"噢，原来是这样！你可太没教养了，我的宝贝儿，竟然当着我的面吹嘘这件事来寒碜我。我非把钱还给你不可！"

"那好极了，"思嘉说。她突然一撇嘴笑了，瑞德也朝她笑了。

"唔，思嘉，怎么一提到钱，你就眉开眼笑？"

"真讨厌！我刚才并不是有意谈起尤拉莉姨妈，使你感到难堪。不过说实话，她以为我钱多，因此老写信来要钱。天晓得，就算不接济她，我的开销也已经够多了。你父亲是怎么死的？"

"慢慢饿死的，我想是这样——我也希望是这样。他罪有应得。他想让母亲与罗斯玛丽和他一起饿死。现在他死了，我就可以帮助她们了。我给她们买了一所房子，还有用人伺候她们。当然她们不能说钱是我给的。"

"那是为什么？"

"亲爱的，你难道不了解查尔斯顿吗！要是让人家知道这是用了我这个赌徒投机商的钱，她们的社会地位就无法维持了。她们对外都说是父亲留下了一大笔人寿保险金。这样一来，他的名声可就更大了……事实上，他成了为家庭殉难的人。他要是在九泉之下知道母亲和罗斯玛丽都过上了好日子，他生前的劲儿都白费了。因而不能安眠，那就好了……他是想死的，很愿意死，因此我对他的死，可以说，感到遗憾。"

"为什么？"

"唔，实际上他那种人永远也不可能适应新的时代，没完没了地念叨过去的好日子。"

"瑞德，老年人都是这样吗？"她想到自己的父亲杰拉尔德。

"天哪！不是的。有的老人感到自己又年轻了，这是因为他们又有用了，并且感到时代需要他们。新的时代给老年人提供了机会，他们喜欢这个新时代。但是许多人，许多年轻人与我父亲和你父亲一样，他们无法适应，也不想适应。

既然说到这里,我就要和你讨论一个不愉快的问题了,思嘉。"

瑞德突然转移话题,使得思嘉慌乱起来,她结结巴巴地说:"什么——什么——"

"我了解你的为人,因此并不指望你说实话。不过我当时信任你,真是太傻了。"

"我不明白你的意思。"

"我想你是明白的。不论如何,你看上去心里有鬼。我刚才来的时候,有人跟我打招呼,原来是艾希礼·威尔克斯太太。我停下来,和她聊了一会儿。"

"真的吗?"

"真的。我们谈得很愉快。她说她一直想告诉我,她认为我在最后时刻为了联盟去作战,是多么勇敢的行为啊。"

"全是胡扯!媚兰是个糊涂虫。由于你的勇敢行为,那天晚上她差一点死了。"

"如果死了,我想她会认为自己是为了高尚的事业而牺牲的。我问她在亚特兰大干什么,她说他们现在搬到这里来住了,还说你待他们很好,让威尔克斯先生与你合伙经营木材厂了。"

“那又怎么了?”思嘉简捷地问。

“我借钱给你时,做过一条规定,你也是同意了的,那就是不能用这家木材厂来养活艾希礼·威尔克斯。”

“你真可恶,你的钱我已经还了,现在这个厂归我所有,我要怎么办就可以怎么办。”

“你能不能告诉我,你还账的钱是怎么来的?”

“当然是卖木材赚的。”

“你是利用我借给你创业的钱赚来的。你拿我的钱用来养活艾希礼了。你这个女人完全不讲信用,如果你现在还不起债,我就会来逼债,你要是还不起,我就把你拿去拍卖,那才有意思呢。”

他的话尽管不重,眼里却冒着怒火。

“你为什么这么恨艾希礼?你准是妒忌他吧。”

她这话一说就后悔了,因为瑞德仰天大笑,弄得她满脸通红。

“你不但不讲信用,并且还自负得可笑,”他说。“你以为你这大美人儿可以没完没了的美下去,是不是?你老觉得自己是最亮丽的小姑娘,男人见了没有不爱的。”

“不对!”她又气又急地说。“可我就是不明白你为什么恨艾希礼。我只能想到这个原因。”

“你再想想吧,小妖精,你错了。至于我对艾希礼,我既不喜欢他,也不恨他。实际上,我对他和他这一类的人只感到怜悯。”

“怜悯?”

是的,还有一点鄙视。你现在尽可以叫唤。说像我这样的流氓,一千个也顶不上他一个,怎么敢如此狂妄,竟然对他表示怜悯或鄙视呢。等你发完了火,我再向你说清楚,如果你有兴趣的话。”

“唔,我没有兴趣。”

“我还是告诉你吧，因为我不忍心让你继续你的美梦，以为我是在妒忌他。我怜悯他，是因为他早就应该死去了，但他还活在这个世界上；我鄙视他，是因为他的世界已经完了，但他无所适从。”

“照你那样说，南方所有的正经人就都该死了！”

“我想艾希礼之类的人是宁可死了的。死了就可以在坟头上竖一块方方正正的碑，上面写着：‘联盟战士为南国而战死长眠于此’。”

“为什么！”

“我是说，一了百了，他们死了就不会有那些烦恼了，那些烦恼是无法解决的。此外，他们的家庭会世世代代为他们自豪。我听说死人都是很幸福的。你觉得艾希礼·威尔克斯幸福吗？”

“那当然——”她没有说下去，她想起了最近看到的艾希礼的眼神。

“难道他，还有休·埃尔辛，还有米德大夫，他们幸福吗？他们比我父亲或你父亲幸福吗？”

“唉，也许他们不太幸福，因为他们都失去了自己的钱财。”

他笑了。

“不是因为失去了钱财，我的宝贝儿。是因为失去了他们自己的世界——他们从小就生活的那个世界。他们似乎鱼离开了水。思嘉呀，看你那副傻样子！你想，现在艾希礼的家没有了，农场被没收了。至于文雅的绅士，现在一分钱能买二十个。在这种情况下，艾希礼·威尔克斯可以做什么呢？他是能用脑子，还是能用手干活呢？我敢打赌，自从让他经管木材厂以来，你的钱是越赔越多了。”

“不对！”

“太好了！哪天有空，让我看看你的账本好吗？”

“你见鬼去吧，用不着你看什么账本。你可以走了，随你的便吧。”

“我的宝贝儿，当初你急需用钱，我借给你，可我们有一个协议，规定这笔钱怎么用，你违反了这个协议。请你记住，可爱的小骗子，有朝一日你还会向我借钱的。你会让我资助你,利息低得难以想象,这样你就可以再买几家木材厂,再买几头骡子,再开几家酒馆。到那时候,你就别想借到一个钱。"

"用钱的时候,我会到银行去借。谢谢你,"她冷淡地说,但已经气得不得了。

"是吗?那你就试试看吧。我在银行里有很多的股份。"

"还有别的银行嘛——"

"银行倒是不少。不过我只要想点办法,你就别想借到一分钱。你要是想用钱,去找北方来的放高利贷的吧。"

"我会很高兴去找他们的。"

"你可以很高兴地去找他们,但是一听他们要的利息,你就会不高兴的。我的小宝贝儿,你要知道,生意人之间,搞鬼是要受罚的。你应该规规矩矩地跟我打交道。"

"你不是个好心人吗?有钱有势,何必跟艾希礼和我这样有困难的人过不去呢?"

"不要把你和他扯在一起,你没有什么困难。什么也难不住你。但是他有困难,并且解脱不了,除非他一辈子都有一个强有力的人支持他,保护他。我决不希望有人拿我的钱来帮助这样一个人。"

"你就曾帮过我的忙,当时我有困难,并且——"

"你是个冒险家,亲爱的,是个很有意思的冒险家。因为你没有依赖家中的男人,没有为过去而天天流泪。你出来大干了一场,你的财产现在有了牢固的基础,不仅有从死者的钱包里偷来的钱,还有从联盟偷来的钱。你的成就包括杀人,抢别人的丈夫,说谎骗人,坑人的交易,还有各种阴谋诡计。真是令人佩服。这说明你是一个精力充沛、意志坚强的人,是一个很会赚钱的冒险家。能帮助那些精明肯干的人,是件很愉快的事。我宁愿借一万块钱给那位老妇人梅里韦瑟太太,甚至不用立字据。她是从一篮子馅饼起家的,现在呢?开了一家面包房,有五六个伙计,上了年纪的爷爷高高兴兴地送货。那个法国血统的懒懒的年轻人雷内，现在也干得很起劲，并且喜欢这份工作……还有那可怜的托米·韦尔伯恩，他的身体相当于半个人，却干着两个人的活儿，并且干得真不错——唉，我不说了，再说你就烦了。”

“我已经烦了，烦得要发疯了，”她冷冰冰地说了这么一句，故意让他生气，改变话题，不再谈这件与艾希礼有关的倒霉事。而他却只笑了笑，并不理会她。

“像他们这样的人是值得帮助的。而艾希礼·威尔克斯——呸！在我们这样一个动荡的世界里，他这种人是无用的，是没有价值的。每逢这个世界变化的时候，首先消失的就是他这样的人。他们没有资格继续生存下去，因为他们不斗争——也不知道怎样斗争。天翻地覆，这不是第一次，也不是最后一次。一旦发生天翻地覆的大事变，个人的一切转眼间全都失去，人人平等。然后白手起家，大家都重新开始。所谓白手起家，就是说除了脑子和手之外，什么也没有。但有些人，比如艾希礼，脑子既不好使，手也没有劲，或者说，尽管脑子好使手有劲，却顾虑重重，不会利用。就这样他们被淘汰了，他们也应该被淘汰。除掉这样的人，世界会更美好。但总有少数坚强的人能够挺过来，过些时候，人们就恢复到原来的状况。”

“你也过过穷日子！你刚才还说你父亲把你赶出家门的时候，你身无分文，”思嘉气愤地说。“你该理解并且同情艾希礼才对呀！”

“我是理解他的，”瑞德说，“但如果说我同情他，那就见鬼了。南方投降以后，艾希礼的财产比我被赶出家门的时候多得多。他至少有朋友肯收留他，而我是个被社会彻底唾弃的人。但是艾希礼又做了些什么呢？”

“你要是拿他和你相比，你这个高傲自负的家伙，他和你不一样，他不愿意像你那样把两手弄脏，和北方佬、冒险家和投靠北方的人一块儿去赚钱。他是一个高尚、正直的人。

“可是他并没有因为高尚、正直而拒绝一个女人给他的帮助，给他的钱。”

“他不这样又怎么办呢？”

“我怎么能说呢？我只知道我自己，我被赶出家门以后干了什么，现在干什么。我只知道另外有些男人干了什么。我们发现在旧文明的废墟上有许多机会，于是我们就充分利用这个机会，有的光明磊落，有的见不得人。艾希礼之流在这个世界上也有同样的机会，却不加以利用。他们就是不会想办法，思嘉，而只有会想办法的人才有活下去的资格。"

瑞德说了些什么，思嘉根本听不进去。她回想起那天冷风吹过塔拉的果园，艾希礼面对着她，两眼望着远处，他似乎谈到了世界的末日。当时她不理解他的意思，现在她明白了，感到十分吃惊，同时也感到疲倦。

"唉，艾希礼说过——"

"他说过什么？"

"在塔拉的时候，他有一天谈到——谈到诸神的末日，谈到世界的末日，以及诸如此类的傻话。噢，对了，他还说过强者通过，弱者被淘汰。"

"这么说，他是清楚的，这样他就更难以忍受了。他们大部分人不太清楚，他们一辈子都弄不明白，失去的幻影消失到哪里去了。但艾希礼和他们不同，他是清楚的，他知道自己被淘汰了。"

"不对，他没有被淘汰！只要我还有一口气，就不能让他被淘汰。"

瑞德静静地看着思嘉，他那棕色的脸膛是舒展的。

"思嘉，你是怎么使他到亚特兰大来为你经营这个木材厂的？他难道没有极力推辞？"

"当然没有，"她回答道，做出很生气的样子。"我说我需要他帮忙，因为当时经管木材厂的那个家伙，我信不过他。弗兰克自己又顾不上帮我，并且我也快要——快要生这个小爱拉了。他是很愿意来给我帮忙的。"

"拿做母亲当借口可真不错！原来你是这样说服他的，这个可怜虫，你用他的责任心把他拴住，和用链子把那些犯人拴住是一样的。我祝你们二人幸福。不过刚才我已说过了，今后不管你要什么见不得人的鬼把戏，也别想再从我这里得到一分钱。你这个两面三刀的女人。"

思嘉很生气，又十分失望，十分痛苦。她已经盘算了很久，想再向瑞德借钱在城里买一块地，再开一家木材厂。

“我用不着你的钱，”她说。“我靠约翰尼·加勒格尔那个厂赚钱，赚了很多钱。我还有作抵押的钱，并且我们的店做黑人生意，也很赚钱。”

“是啊，我听说了！你可真聪明，专门找那些生活艰难的人，孤儿寡妇，愚昧无知的人，从他们身上捞钱。你要是非捞不可，思嘉，为什么不去找那些有钱有势的人，而非找这些软弱的穷人呢？自从罗宾汉到现在，劫富济贫才是最高尚的行为！”

“因为穷人的钱好捞，捞起来也安全。”思嘉直截了当地说。

他悄悄地笑起来，笑得肩膀都抖动了。

“思嘉，你是一个很坦率的流氓！”

流氓！这话使她伤心。她激动地对自己说，我不是流氓，至少不想当流氓。她想当一个有地位的女人。她突然回想起多年前，母亲在走来走去，层层的裙子沙沙作响，随身的香囊散发着清香，两只小手不知疲倦地为别人操劳，赢得了人们的爱戴、尊敬和怀念。想到这里，她心里突然感到一阵难受。

“你要是存心想折磨我，那是白搭，”她说，脸上显得有些疲倦。“我知道我近来没有保持应有的谨慎。也没有做到宽厚、和气。可是，瑞德，我没有法子呀。不这样又怎么办呢？那个北方佬闯进塔拉的时候，我要是手软一点，会怎么样呢？我和韦德，整个塔拉，我们所有的人，会怎么样呢？还有乔纳斯·威尔克森来抢占塔拉的时候，我要是宽厚、谨慎会怎么样呢？也许我是个流氓，瑞德，但我不会永远当流氓的。可是这些年来，甚至现在，不这样又能怎样呢？我有什么别的出路呢？我生存已经不易，哪里还顾得上那些无关紧要的东西，比如仪态端庄，以及——以及诸如此类的东西。”

“自尊心、体面、真诚、纯洁、宽厚，”他和颜悦色地为她一一列举。“思嘉，你做得对呀！这些东西是不重要的。可是看一看你周围的朋友吧，或者宁愿仪容整齐的覆没。”

“他们是一群傻瓜，”她气冲冲地说。“等我有了很多钱，我也会像你说的那样好好做人。我会做一个老实人。到那时候我能做老实人了。”

“现在你也做得起——但是你不愿意做。恐怕等你有能力把你扔掉的体面、纯洁与宽厚打捞上来的时候，你会发现它们已经在海里发生了很大的变化，但我想它们不会变得更充实，更好……”

他突然站起来，拿起帽子。

“你要走吗？”

“是的。你不觉得轻松吗？你要是还有良心的话，我走以后，你就好好问问自己的良心吧。”

说到这里，他停下来，低头看了看孩子，伸出一个手指让孩子来抓。

“我想弗兰克一定高兴得很吧？”

“当然，当然。”

“我想他一定为孩子做了很多安排？”

“哎呀，他总是对孩子胡思乱想。”

“那就告诉他，”瑞德突然停下来，脸上有一种奇怪的表情，“告诉他如果他想实现他对孩子的那些安排，他就最好晚上多待在家里，而不要像现在这样。”

“你这是什么意思？”

“没有什么别的意思。告诉他待在家里。”

“你这个坏蛋！你怎么敢说可怜的弗兰克会——”

“哎呀，我的天哪！”瑞德放声大笑起来。“我不是说他去玩女人去了！弗兰克！啊，我的天哪！”

他一边笑，一边走下台阶。

第四十四章

三月里的一天下午，天气很冷，风刮得很大，思嘉正赶车沿着迪凯特街到约翰尼·加勒格尔的木材厂去。近来独自一人赶车外出是很危险的，这一点她也知道。现在比过去任何时候都危险，这是因为对黑人完全失去了控制。正如艾希礼预言的那样，自从州议会拒绝批准那修正案以来，更是倒了霉。州议会断然拒绝，似乎给了北方佬一记耳光。北方佬一怒之下把黑人选举权强加于佐治亚州，为了达到这个目的，他们宣布佐治亚州发生了叛乱，宣布在这里实行最严厉的戒严。佐治亚作为一个州已经消失了，和佛罗里达州和亚拉巴马州排在一起，编为第三军事区，受一位联邦将军管辖。

如果说在此以前生活不安全，人心惶惶，现在就更严重了。面对着黑人统治，前景暗淡，没有希望。至于黑人，他们明白新近又获得了重要地位，由于他们知道有北方佬撑腰，他们的暴行愈演愈烈，谁也奈何不了。

在这个混乱、恐怖的时期，思嘉感到害怕了，但虽然害怕，却很坚定，她仍旧独自一人赶着车来来往往，把弗兰克的手枪带在身上以备不时之需。

再往前走不远有一条小路，穿过一片光秃秃的小树林通到沟底，这里便是黑人聚集的棚户区。思嘉吆喝了一声，让马快点跑。这是亚特兰大城内城外名声最坏的一个地方，不仅有黑人，还有一些最下层的穷白人。后面的树林里有一个造酒的作坊，用玉米生产劣质威士忌。到了晚上，沟底的小屋里就传出醉鬼的嚎叫声和咒骂声。

就连北方佬也承认这是个危险、肮脏的地方，应当加以铲除，可是他们并不采取行动。这是个必经之地。男人路过这里时都把手枪套解开，正派女人即便丈夫保护下也不愿意。

过去只要有阿尔奇在思嘉身边，她就没有什么害怕。可是自从她不得不自己驾车以来，不知出了多少次令人不快或不安的事。她每次驾车从那里经过，有些浪荡女人就要出来捣乱。她没有办法，只好置之不理，自己生闷气。回家以后，她也不敢说，因为邻居们会得意地笑话她："啊，你还指望有什么好事吗？"而家里人就又要拼命劝说，让她不要再去。

谢天谢地，今天路边倒没有衣衫褴褛喝醉了的女人。她熟练地把缰绳在马背上一抖，马儿加快了速度，拐了一个小弯，继续向前跑去。

她刚想松一口气，突然一个身材高大的黑人悄悄地从一棵大橡树后面溜了出来。她尽管受了一惊，但还没有糊涂。霎时间，她把马停住，一把抓起弗兰克的手枪。

"你要干什么？"她尽了最大的努力，厉声喝道。那黑人又缩到大树后面，从他的声音可以听得出，他是很害怕的。

"哎呀，思嘉小姐，别开枪，俺是大个子萨姆呀！"

大个子萨姆！一时间她不明白他的话。萨姆本来在塔拉当工头，围城的日子里她还最后见过他一面。他怎么……

"出来让我看看你！"

那个人犹犹豫豫地从大树后面出来，是个邋里邋遢的大个子，光着脚，下身是斜纹布裤子，上身是蓝色的联邦制服，他穿着又短又瘦。思嘉认出来了，这的确是萨姆，就把手枪放回原处，脸上也露出了愉快的笑容。

"啊，萨姆！见到你，我真高兴！"

萨姆连忙冲到马车旁，两眼兴奋得乱转，洁白的牙齿闪闪发光，两只黑手像腿一样大，紧紧地攥住思嘉伸给他的手。他那红舌头不停地翻动着，他高兴得整个身子左右扭动。

“我的老天爷,能再见到家里的人,可真太好了!”他说,一面使劲攥着思嘉的手。“您怎么也这么坏,使起枪来了,思嘉小姐?”

“这年头儿,坏人太多啊,萨姆,我不得不使枪啊。你到底在这个鬼地方干什么,你是个体面的黑人呀?怎么不到城里去找我呢?”

“思嘉小姐,俺不住在这儿,只是在这里待一阵子。俺才不住在这个地方哩。一辈子没见过这么懒的黑人。俺不知道您就在亚特兰大,俺还以为您在塔拉呢。俺想一有机会就回塔拉去。”

“自从围城以后,你就一直待在亚特兰大吗?”

“没有,小姐!俺还到别处去过。”这时他松了手。“您还记得最后一次见到俺吗?”

思嘉回想起来,那是围城前的一天,天气很热,她和瑞德坐在马车里,萨姆带着一群人排着队穿过尘土飞扬的大街。

“唉,俺拼命挖壕沟,装沙袋,一直干到联盟军离开亚特兰大。带领俺们的队长被打死了,没人说怎么办,俺就躲到林子里去了。俺想回塔拉去,可又听说塔拉全烧光了。另外,俺想回也回不去,怕叫巡逻队抓去,咱没有通行证呀。后来北方佬来了,有个军官是个上校,他看中了俺,叫俺去给他喂马,擦靴子。

“是啊,小姐,俺那时候可神气了,成了跟班的,和波克一样。可俺本来是个庄稼汉呀。俺没告诉上校俺是个庄稼汉,您知道,思嘉小姐,北方佬糊涂得很,他们分不清楚!就这样,俺跟着上校到了萨凡纳。天哪,思嘉小姐,那一路上,真可怕,抢啊,烧啊——思嘉小姐,他们烧没烧塔拉?”

“他们是放了火,可我们把火扑灭了。”

“噢,那就好了。塔拉是俺的家,俺还想回去呢。仗打完了以后,上校对俺说‘萨姆,跟我回北方去吧。我多给你工钱。’当时俺和其他黑人一样,想尝一尝这自由的味道再回家,因此就跟着上校到了北方。俺们去了华盛顿,去了纽约，后来还到了波士顿，上校的家在那里。是啊，小姐，我这个黑人到的地方还不少呢！思嘉小姐，北方佬的大街上，车呀，马呀，多得很呢！俺老怕叫车压着哩！"

"你喜欢北方吗，萨姆？"

"也喜欢——也不喜欢。那个上校是个大好人，他了解黑人。他太太就不一样。他太太头一次见到俺，称俺'先生'。她老这么叫俺，俺很不舒服。后来上校让她叫俺'萨姆'，她才叫我'萨姆'。可是所有的北方人，头一次见到俺，都叫俺'奥哈拉先生'。他们还请俺和他们坐在一起，似乎俺和他们是一样的人。不过俺从来没和白人坐在一起过，现在太老了，也学不会了。他们待俺就像待他们自己人一样，思嘉小姐。可是他们心里并不喜欢俺——他们不喜欢黑人。他们怕俺，因为俺个儿大。他们还老问俺猎狗怎么追俺，俺怎么挨打。可是天知道，思嘉小姐，俺从没挨过打呀！您知道杰拉尔德老爷从来不让人打俺这样一个值钱的黑人。

俺把这些告诉他们，还对他们说太太对待黑人多么好。俺得肺炎的时候，她照料俺一个星期，可他们都不信。思嘉小姐，俺想念太太，想念塔拉。后来俺实在受不了，一天晚上就溜出来，上了一辆货车，一直坐到亚特兰大。您要是给俺买张票，俺马上就回塔拉去。俺愿意回去看看太太，看看老爷。俺愿意有个人让俺按时吃得饱饱的，告诉俺干什么，不干什么，生了病还照顾俺。俺要是再得了肺炎怎么办？那北方佬的太太会照料俺吗？她才不会呢。她可以称俺'奥哈拉先生'，但是她不会照顾俺的。可是太太，俺要是病了，她会照顾俺的——思嘉小姐，您怎么了？"

"爸爸和母亲都死了，萨姆。"

"死了？思嘉小姐，您瞎说吧。您可不该这样对待俺呀！"

"不是开玩笑，是真的。母亲是在谢尔曼的军队开到塔拉的时候死的。爸爸——他是去年六月去世的。唉，萨姆，别哭啊。不要哭了！你要再哭，我也要哭了！萨姆，别哭！我实在受不了。现在咱们不谈这个了，以后再详细给你说……苏伦小姐在塔拉，她嫁了一个好丈夫，威尔·本廷先生。卡琳小姐，她在一个——”思嘉没有说下去。她对这个哭哭啼啼的大汉，怎么能把修道院说清楚呢。“她现在住在查尔斯顿。不过波克和普里茜都还在塔拉……来，萨姆，擦擦鼻子。你真想回家去吗？”

“是的，可这个家不像俺想象的那样有太太在——”

“萨姆，留在亚特兰大，给我干活儿吧？我需要一个赶车的。现在到处坏人这么多，我十分需要这么一个人。”

“是啊。您需要。俺一直想对您说，您一个人赶着车到处跑可不行呀，思嘉小姐。您不知道现在有些黑人有多坏呀，您这样可不安全呢。俺在棚户区只待了两天，已经听见他们议论您了。昨天您经过这里，那些下贱的黑人女人冲着您大叫。当时俺就认出您来了，可您的车跑得太快，我没追上。不过俺让那些人掉了一层皮，真的。您没注意她们今天就没出来吗？”

“我注意到了，这真得谢谢你，萨姆。怎么样，给我赶车好吗？”

“思嘉小姐，谢谢您的好意。不过俺想俺还是回塔拉去吧。”

萨姆低下头，他那露着的大拇脚指头在地上划来划去，显得有些紧张。

“告诉我为什么。我多给你工钱。你一定要留在我这里。”

他那张黑黑的大脸膛傻乎乎的，和孩子的脸一样容易看出内心在想什么。他抬头看了看思嘉，脸上露出恐惧的神情。他走到近处，靠在马车边上，悄悄地说：“思嘉小姐，俺非离开亚特兰大不可。俺一定要到塔拉去，俺到了那里，他们就找不着俺了。俺——俺杀了一个人。”

“一个黑人？”

“不，是一个白人。是一个北方佬大兵。他们正在找俺。因此俺才待在棚户区。”

“怎么回事？”

"他喝醉了,朝俺说了些什么,俺受不了,就掐住他的脖子——俺并不想掐死他,思嘉小姐,可俺的手特别有劲,不一会儿,他就死了。俺吓坏了,因此就躲到这里来了。昨天看见您从这里经过,俺就说:'上帝保佑,这不是思嘉小姐吗!她照顾过俺,她不会让北方佬把俺抓走的。她一定会送俺回塔拉。'"

"你说他们在追你?他们知道是你干的吗?"

"是的,俺这么大个子,他们不会弄错的。俺想俺大概是亚特兰大最高的黑人了。昨天晚上他们已经到这里来找过俺了。有一个黑人姑娘,她把俺藏在树林里一个洞里了,他们才没找到。"思嘉皱着眉头坐了一会儿。她一点也没有因为萨姆杀了人而感到震惊,或者伤心,而是因为不能用他赶车感到失望。有萨姆这样身材高大的黑人当保镖多好啊。她总得想法把他平平安安地送到塔拉去,这个黑人很有用,把他绞死可太可惜了。是呀,他是塔拉用过的最好的工头了!思嘉根本没想到他已经自由了。在她心目中,他仍然是属于她的,和波克、嬷嬷、彼得、厨娘、普里茜一样。他仍然是"我们这个家庭中的一员",所以必须受到保护。

"我今天晚上就送你回塔拉去,"她最后说。"萨姆,现在我还要往前面赶路,不过天黑以前我还要回到这里。你就在这里等我回来。你要去的地方,谁也别告诉。你要是有帽子,就拿来遮一遮脸。"

"俺没有帽子呀!"

"那就给你两毛五分钱,从这里的黑人那里买一顶,然后到这里来等我。"

"好吧,小姐。"现在又有人告诉他做什么了,他松了一口气,脸上也显得精神了。

思嘉一边赶路一边想。威尔肯定欢迎这样好的一个庄稼汉到塔拉来。波克干地里活儿一直干得不大好,将来也不会干得特别好。有了萨姆,波克就可以到亚特兰大来,和迪尔茜待在一起,这是父亲去世的时候她答应过的。

她赶到木材厂的时候,太阳已经快落了。约翰尼·加勒格尔站在一所破房子的门廊上，这房子就算是厨房吧。还有一所石头房子，是睡觉的地方，房前有一根大木头，上面坐着四个犯人，他们穿着囚服，浑身是汗，又脏又臭。他们拖着疲倦的脚步走动时，脚镣发出哗啦哗啦的响声。这几个人都带着一种消沉、绝望的神情。思嘉一眼就看出来他们十分瘦，健康状况很差。可是就在不久以前，她把他们雇来的时候，他们都挺结实的呀。思嘉下了车，这些人连眼皮也不抬，只有约翰尼转过脸来，向思嘉打了个招呼，他那棕色的小脸盘儿硬得像核桃一样。

“我不喜欢他们这样，”她直截了当说。“看上去，他们身体不好。还有一个在哪里？”

“他说他有病，”约翰尼待理不理地说。“在里边躺着呢。”

“他有什么病？”

“多半是懒病。”

“我去看看他。”

“你别去，说不定他光着身子哩。我会照顾他的。他明天就可以上班。”

思嘉犹豫了一下。她看见一个犯人无力地抬起头来瞪了约翰尼一眼，一脸痛恨的神情，接着又低下头，两眼看地了。

“你用鞭子抽他们吗？”

“对不起，肯尼迪太太，现在谁在管这个厂子？是我。你说过，我可以随意使唤。你没有什么好指责我的，对不对？我比埃尔辛先生出的木材多一倍，难道不是吗？”

“的确是这样，”思嘉说，但她打了一个寒噤。

她觉得这个地方和这些丑陋的房子有一种可怕的气氛，而过去休·埃尔辛经管的时候，这种气氛是没有的。她还觉得这里有一种孤独、与世隔绝的感觉，这也使她不寒而栗。这些犯人和外界离得那么远，任凭约翰尼·加勒格尔摆布。他要是抽打他们，或虐待他们，她是无从知道的。犯人不敢向她诉苦，怕她走了以后会受到更重的惩罚。

“这些人看上去都很瘦啊。你让他们吃饱了吗？天知道，我在伙食上花的钱足可以把他们喂得像猪一样肥。上个月，光是面粉和猪肉就花了我三十块钱。晚饭你给他们吃什么？”

思嘉走到厨房前面，往里看了看。有一个黑白混血的胖女人正在一只生了锈的旧炉子前做饭，一见思嘉，轻轻地行了个礼，就又接着搅她煮的黑眼豆。思嘉知道他们在同居，但她并不想理会。她看得出来，除了豆子和玉米饼子之外，没有什么别的可吃的东西。

“还有什么别的给他们吃呢？”

“没有”。

“豆子里没搁点腌肉吗？”

“没有”。

“也没搁点炖咸肉吗？黑眼豆不搁咸肉可不好吃，吃了不长劲儿呀。为什么不搁点咸肉？”

“约翰尼先生说用不着。”

“你给我往里搁。你们的东西都放在哪里？”

那女人很害怕。思嘉过去一下子把食品橱的门打开。只见一桶打开的玉米面、一小口袋面粉、一磅咖啡、一点白糖、一加仑高粱饴，还有两只火腿。其中一只火腿在架子上，是最近才做熟的，只切掉了一两片。思嘉气冲冲地回过头看约翰尼，约翰尼也是满脸怒气，正在冷冰冰地看着她。

“我上星期派人送来的五袋白面呢？那一口袋糖和咖啡呢？我还派人送过五只火腿，十磅腌肉，还有好多甘薯和爱尔兰土豆。这些东西都到哪里去了？

就算你一天给他们做五顿饭。也不至于一星期就都用光啊。你卖了！你准是卖了，你这个贼！把我送来的好东西卖了，把钱吞了，然后就给这些人吃干豆子、玉米饼子。他们怪不得这么瘦呢。你给我滚开！”

她怒气冲冲地从他身旁走过，来到门廊上。

“你，头上那个——对，就是你。给我过来！”

那人站起来，吃力地向她走来，脚镣哗啦哗啦地直响。她看了看他光着的脚脖子，磨得通红，甚至都磨破了。

“你最后一次吃火腿是什么时候？”

那人低着头。

“说话呀！”

那人还是站在那里不吭声，垂头丧气的样子。后来他终于抬起头来看了思嘉一眼，似乎在恳求她，接着又把头低下去了。

“不敢说，是不是？那好吧，你到食品柜去把架子上的火腿拿来。丽贝卡，把刀给他。拿过去你们都吃了。丽贝卡，给这几个人准备饼干和咖啡，多给他们点高粱饴，马上动手，我要亲眼看着你拿给他们。”

“那是约翰尼先生自己的面粉和咖啡，”丽贝卡低声说，害怕得不得了。

“约翰尼先生自己的，真可笑！叫你怎么办，你就怎么办。动手吧。约翰尼·加勒格尔，跟我来一下。”

她大步穿过那到处是垃圾的院子。她看见那些人一面撕火腿，一面拼命往嘴里塞，似乎害怕随时会有人抢走似的。

“你这个无耻的大流氓！”她怒不可遏地对约翰尼喊道。这时约翰尼站在车轮旁，耷拉着眼皮，帽子戴在后脑勺上。“我送来的东西，你如数还我钱吧。以后，吃的东西天天送，不按月送了。那你就没法跟我捣鬼了。”

“以后我就不在这里了，”约翰尼·加勒格尔说。

“你是说要走吗？”

这时思嘉很想说:“滚就滚吧!”话都到了嘴边,冷静一想,还是得慎重。约翰尼要是一走,她可怎么办呢,她比休出木材多一倍呀。况且她手上还正有一项大宗订货,数量之大,从未有过,并且还要得很急。一定要把这批木材送到亚特兰大。约翰尼要是走了,谁来接着管这个厂呢?

“是的,我是要走。你是让我在这里负责的,你还说只要求我尽量多出木材。当时你没有说应该怎么样管这个厂,现在更不必多此一举。你不能责怪我不守信用。我为你赚了钱,挣了我那份薪水。有外快可捞,我也捞一些。可是你突然跑来插一杠子,问这,问那,当着众人的面让我威信扫地。这叫我以后怎么管理呢?这些人,打他们一顿有什么关系?这些懒骨头,打他们一顿还算便宜他们呢。他们吃不饱,又有什么关系?他们也不配有更好的待遇。咱们要么互不干涉,要么我今天晚上就走。”

他板着的面孔看上去比石头还要硬,思嘉进退两难了。他要是今天晚上就走,可怎么办呢?她不能整夜待在这里看着这些犯人啊。

思嘉这种进退两难的心情在她的眼神里流露出来,所以约翰尼的脸不像刚才绷得那么紧了,说话的语气也婉转一些了。

“天不早了,肯尼迪太太,您最好回家去吧。我们总不至于为了这点小事就闹翻了呀?这么办吧,您下个月扣我十块钱工资,这件事就算了结了。”

思嘉的眼睛不由得转向那帮可怜的人,他们还在那里狼吞虎咽地啃火腿,她还想到那个在破房子里躺着的病人。她得把约翰尼·加勒格尔弄走,他是个贼,是个惨无人道的人。谁知道她不在的时候他是怎样对待犯人的。可是另一方面,他又很能干,她需要一个能干的人。现在可不能让他走啊。他能替她赚钱呀。今后她一定要想办法让犯人吃上他们该吃的东西。

“我要扣你二十块钱。”她直截了当说。“明天早上我还要来跟你谈这件事。”

她随手抓起缰绳,但她知道这件事不会再谈了。她知道这件事就算了结了，并且她知道约翰尼对这一点也是清楚的。

思嘉赶着马车住家奔去。这时她的良心和她赚钱的欲望展开了激烈的搏斗。她知道自己不该把活人的性命交给那个铁石心肠的小个子，任凭他折磨，她明明知道此人惨无人道，却还让他管他们。可是，——可是话又说回来了，他们也不该犯罪呀。他们犯了法，受到不好的待遇是活该的。想到这里，她也就有点安心了，可是等她上了大路以后，犯人们那一张张无精打采的面孔又不断浮现在她的面前。

“唉，以后再想吧。”

思嘉来到棚户区前面大路拐弯的地方，这时太阳已经完全下去了，附近的树林黑黝黝的，冷风吹过黑暗的树林，枯枝断裂，发出咔嚓的声音。她一个人还从来没这么晚待在外面，所以，她感到很紧张。

大个子萨姆连影子也没有，思嘉停下来等他，不禁为他担起心来，他会不会被北方佬抓去了。过了一会儿，她听见有脚步声传来，松了一口气。

但是从大路拐弯的地方过来的不是萨姆。

来的是一个衣衫褴褛的大个子白人，和一个小个子黑人。她赶紧抖动缰绳，顺手抄起手枪。这马刚刚起步，因那白人伸手一拦，便又突然愣住了。

“太太，”那白人说，“给我一个两毛五的硬币吧。我饿坏了！”

“闪开，闪开！”她回答说，一面尽量保持镇定。“我没带钱。驾！驾！快跑！”

那人手疾眼快，一把抓住马笼头。

“抓住她！”他对那黑人喊道。“她的钱大概在胸口那儿！”

那黑人朝着马车跑来，脸上挂着淫荡的微笑，她对他开了枪。不过紧接着她的手被人紧紧抓住，几乎把手腕子折断，她的枪也被抢走了。那黑人突然出现在她身旁，因为靠得近，连那臭味儿都闻见了。那黑人想把她拉下车去，她用那只还能活动的手拼命挣扎,抓那人的脸,后来她觉得那人的大手摸到了她的喉咙,只听哧的一声,她的紧身衣从领口到腰全给撕开了。接着那双黑手就在她胸口乱摸。她从来没有这么害怕、这么厌恶过,就疯了似的大喊大叫起来。

"堵住她的嘴!把她拉下来!"那白人喊道,于是那黑人便在思嘉脸上乱摸,摸到了她的嘴。她死命咬了那人的手,接着又喊叫起来。这时萨姆朝这个黑人冲过来,他才松开堵住她嘴的那只手,跳了下去。

"快跑哇,思嘉小姐!"萨姆喊道,一面还在与那个黑人交手。思嘉颤抖着,喊叫着,抓起缰绳和鞭子。那马一抽就跑起来,她感到轮子底下压着了一件柔软的有弹性的东西。原来是那白人,萨姆把他打倒以后,他就躺在那里了。

思嘉吓坏了,不停地抽那匹马,马跑得飞快。惊吓之中,思嘉觉得后面有飞快的脚步声。

这时一个声音从后面传来:"思嘉小姐,停下!"

她战战兢兢地回头一看,是萨姆跟在后面,两条腿跑得飞快。思嘉停住车,萨姆赶到跟前,纵身跳到车上。他脸上,汗水和血往下淌,上气不接下气地问:

"您伤着了没有?他们伤着您了没有?"

思嘉一时说不出话来,只见萨姆的视线很快移动了一下,朝别处看去,这时她才意识到自己的紧身衣已被撕到了腰,光光的胸脯和内衣都露在外面。她吓得哆哆嗦嗦地把衣服拉拢在一起,低下头,抽抽搭搭地哭起来。

"把缰绳给我,"萨姆说着,就把缰绳从她手里抢了过去。"好马,快跑啊!"

鞭子一响,那马一惊,接着就狂奔起来。

"但愿我把那个黑鬼弄死了,不过我没来得及看清楚,"他气喘吁吁地说。"他要是伤害了您,思嘉小姐,我就非回去把他弄死不可。"

"不要——不要——快走吧,"她呜咽着说。

第四十五章

那天晚上，弗兰克把思嘉、皮蒂姑妈和孩子们安顿在媚兰家以后，就和艾希礼一起骑马出去了。思嘉几乎要大发雷霆了。在这样的一天晚上，他还出去参加政治集会，政治集会！就在这天晚上，她在外面受了欺侮，并且当时说不定还会出什么事，他怎么这样呢？可真没心肝，自私自利。还不止于此，当萨姆把哭着的她抱进屋来，他一直很平静，他这种平静简直能把人气疯了。她一面哭，一面诉说事情的经过，但他都始终很平静。只慢条斯理地问："宝贝儿，你是伤着了——还是光是受了惊？"

她又气又恼，说不出话来，萨姆就主动替她回答是受了点惊。

"他们没来得及再撕她的衣服，我就赶到了。"

"萨姆，你是个好孩子，我不会忘记你的好处。要是我能帮你做点什么——"

"是的，先生，您送我回塔拉去吧，越快越好！北方佬正在抓我呢。"

弗兰克听他这么说，也是很平静，并且也没多问，表情很像他在托尼来敲门的那天晚上，似乎这完全是男人的事，处理起来越少说话，越不动感情越好。

"你去上车吧。我叫彼得今天晚上送你，把你送到拉甫雷迪，你在树林子里躲一夜，明天一早坐火车去琼斯博罗。这样比较稳妥……啊，宝贝儿，别哭了。事情已经过去了，并且没有伤着你。皮蒂姑妈，请把溴盐拿来好吗？嬷嬷，去给思嘉小姐倒杯酒来。"

这时思嘉又大哭起来，这一次是生气而哭的。她需要得到他的安慰，需要他表示愤怒，说要为她报仇。她甚至希望他对她发火，但是别这样显得无所谓的样子，认为没什么。他心不在焉的，似乎在想什么事。原来这件重要的事就是去参加一次小小的政治集会。

思嘉听弗兰克说让她换衣服，要送她到媚兰家去待一晚上，她真不敢相信自己的耳朵。他应该知道她今天有多么痛苦，她受了刺激，极需躺在床上，盖上毯子，暖暖和和地休息休息，来一杯热甜酒压压惊。弗兰克要是真爱她，在这样一天的晚上，不论怎么样也不能离开她呀。他应该待在家里，握住她的手，一遍又一遍地对她说，她要是出了什么事，他也就活不成了。

每逢弗兰克和艾希礼一道外出，女眷们聚集在媚兰的小客厅里做针线活儿，气氛总是很宁静的。屋里炉火烧得很旺，使人感到温暖而愉快。四个女人就着灯光埋头做针线。育儿室的门开着，从里面传出韦德、爱拉和小博的轻微的呼吸声。阿尔奇坐在壁炉前的一张凳子上，背对着炉火，满嘴的烟叶把腮帮子撑得鼓鼓的，他在那里认真地削一块木头。

媚兰用略带气愤的口气没完没了地述说最近妇女竖琴乐队发火的事。

思嘉的心情依然很不平静，听媚兰这样滔滔不绝地讲，几乎要大喊："去他妈的妇女竖琴乐队！"她想谈谈她自己的可怕经历。她十分想详细说一说，让大家分担一下她的惊吓。她想告诉她们自己当时是多么勇敢。可是她每次提起这个话题，媚兰就巧妙地扯到别的无聊的事情上去。这就使得思嘉很不高兴，几乎到了难以容忍的地步。这些人怎么都和弗兰克一样坏呢！

她刚遭遇那么可怕的危险，这些人怎么居然这样坦然，这样无动于衷？

阿尔奇突然转身往火上吐了一大口嚼烟叶的唾沫，声音之大，使得英迪亚、媚兰和皮蒂都跳了起来，似乎方才响了一颗炸弹。

"至于这么大声吗？"英迪亚说。她因为吓了一跳，很不高兴，声音都有些嘶哑了。

阿尔奇愤怒地盯着她，不甘示弱。

“我看就得这样，”他顶了一句，又吐了一口。媚兰朝着英迪亚皱了皱眉。

“我就喜欢爸爸从来不嚼烟叶，”皮蒂姑妈也开口说话了。媚兰眉头皱得更厉害了，她回过头来说皮蒂。

“唔，别说了，姑妈。你真不会说话。”

“哎哟！”皮蒂把针线活儿往腿上一撂，嘴撅了起来。“我不知道你们这些人今天晚上犯了什么病。你和英迪亚还不如两根木头棍子好说话呢。”

谁也没理她。

“你的针脚太大了，”皮蒂得意地说。“全得拆下来重做。你是怎么了？”

媚兰仍然一声不吭。

她们出了什么事吗？思嘉感到纳闷。似乎气氛与往常不同。思嘉偷偷地看另外几个人，碰巧英迪亚也在看她。她感到心里很不舒服，因为英迪亚长时间地盯着她，冷酷的眼神里不仅仅是痛恨与鄙视，还有更强烈的感情。

“看样子她以为我是罪魁祸首了，”思嘉愤怒地这样想。

媚兰没有再说什么，屋里鸦雀无声。在这一片沉寂中，思嘉听见外面起风了。她突然觉得这是一个很不愉快的夜晚，感到气氛紧张。阿尔奇带着一种警惕、等待的神色，竖着两只毛茸茸的耳朵，像只老山猫一样。媚兰和英迪亚也似乎是强忍着心中的不安，一听见路上有马蹄声，就要放下手中的活儿，抬起头来静听。

肯定是出事了，但她不知道究竟怎么了。在寂静之中，她几乎可以感觉得出英迪亚和媚兰思绪翻滚，焦虑不安。尽管她们装得若无其事，可她们忧心忡忡，好像料到要发生什么事。她们这种内心的不安也传给了思嘉，使得她也更加紧张起来。她手底下一乱，就把针扎到拇指上了，她又疼又烦躁，不由得轻轻叫了一声，把大家吓了一跳。她挤了挤，挤出了鲜红的一滴血。

“我太紧张，缝不下去了，”她大声说，随即把要补的衣服扔在地上。“我太紧张了，简直要喊叫。我要回家睡觉去。弗兰克真不该出去，他说啊，说啊，老说保护妇女，对付黑鬼和北方来的冒险家。可现在需要他保护了，他到哪儿去了呢？在家里照顾我吗？不是，他跟着一帮人不知跑到哪儿去了，这帮人也是光会说——”

思嘉怒气冲冲地看了看英迪亚，她停下，不说了。英迪亚呼吸急促，她那灰色眼睛正恶狠狠地盯着她，向她投来冷酷的目光。

“要是不太难为你，英迪亚，”思嘉讥讽地说，“你能告诉我为什么今天晚上老盯着我吗？难道我的脸发绿了，还是怎么了？”

“谈不上难为我，我很乐意说。”英迪亚说，眼里也闪出了光亮。“我不愿意听你贬低肯尼迪先生这样一个好人。你要知道——”

“英迪亚！”媚兰提醒她不要说下去，手攥得紧紧的。

“我想我对自己的丈夫比你更了解，”思嘉说。她从来没跟英迪亚吵过架，现在她就来劲儿了，恨不得大吵一番。媚兰和英迪亚互相看了看，英迪亚勉强把嘴闭上了。可是接着又说起来。

“你真让我恶心，思嘉·奥哈拉，你还要受到什么保护！有没有保护，你根本无所谓！否则这几个月你就不会那样东奔西走，招摇过市，惹得那些陌生的男人迷上你。今天下午的事也是你自作自受，要是有公理的话，这就算便宜你了。”

“英迪亚，别说了！”媚兰说。

“让她说下去，”思嘉说。“我很高兴听听。我早就知道她恨我，可是她虚伪，不肯承认。要是她觉得有人会迷上她，她可以一天到晚光着屁股在街上坐着。”

英迪亚一下子站起来，她受不了这样的侮辱，那瘦削的身子不停地发抖。

“我就是恨你，”她用颤抖而清楚的声音说。“过去我不说，并不是因为我虚伪。你一不懂礼貌，二缺乏教养。你——你——你处处破坏正派人的威信，弄得一个好丈夫抬不起头来，让北方佬和那些无赖笑话我们，污蔑我们，说我们没有教养。北方佬不知道你压根儿就和我们不是一类人。他们愚蠢，也没意识到你这个人没有教养。你到树林子里去乱蹿，惹得那些黑人和下流白人对你下了手，他们也就会对城里所有的正派女人下手的。你还给我们那些男人带来了生命危险，因为他们不得不——”

“英迪亚！我的上帝！”媚兰说。思嘉尽管生气，可对媚兰这样随便呼唤上帝还是吃惊。“你千万别说！她不知道啊，并且她——你千万别说！你答应过——”

“孩子们，别吵了！”皮蒂姑妈嘴唇颤抖着在一旁恳求。

“我不知道什么？”思嘉也站了起来，她气极了，直直地望着怒不可遏的英迪亚和在一旁苦苦哀求的媚兰。

“你们这帮蠢货！”阿尔奇突然用轻蔑的语气说，只见他把披着灰发的头一扬，猛地站了起来。“外面有人来了。不是威尔克斯先生。你们都别嚷嚷了！”

还是男人说话有人听，那几个女人站在那里，突然不吭声了，看着他向门口蹒跚走去。

“谁呀？”没等外边的人敲门，他就问。

“巴特勒船长。快开门。”

媚兰飞快地向门口扑去，阿尔奇的手还没摸到门把手，她就一下子把门打开了。瑞德·巴特勒站在门廊上，黑呢帽低低的压着眼睛，狂风把他的披肩吹得飞舞起来。这时候，他也顾不上客气了，既没摘帽子，也不和别人打招呼。只盯着媚兰一个人，直截了当地说起话来。

“他们在哪儿？快告诉我。这是生死攸关的事。”

思嘉和皮蒂姑妈都惊呆了，她俩面面相觑，不知道发生了什么事。英迪亚像一只老瘦猫，一下子蹿到了媚兰身边。

“别理他，”她急忙说。“他是奸细，他投靠了北方佬！”

瑞德连看都不屑于看她一眼。

“快说吧,威尔克斯太太！也许还来得及。”

媚兰似乎吓傻了,两眼直直地看着他的脸。

“这究竟是——”思嘉刚要说话,就被阿尔奇打断了。

“住嘴,”他厉声喝道。“媚兰小姐,你也闭嘴。你他妈的滚,你这个该死的投敌分子。”

“不要这样,阿尔奇,不要这样!”媚兰喊道。她一面说,一面把一只颤抖的手搭在瑞德的胳臂上,似乎是要保护他,怕阿尔奇动手。“出了什么事?你是——你是怎么知道的?”

瑞德黑黑的脸上显得很不耐烦。

“我的天哪,威尔克斯太太,他们从一开始就都受到怀疑了,只是他们干得巧妙,才拖到今天。我是怎么知道的?今天晚上我和两个喝醉酒的北方船长打扑克,是他们说出来的。北方佬知道今天晚上要出事,他们早就做了准备。那些傻瓜上了人家的圈套了。”

一时间,媚兰似乎被什么东西重重地打了一下,站立不稳,瑞德伸手搂住了她的腰,她才没有摔倒。

“别告诉他！不要上当!”英迪亚喊道,一面恶狠狠地看着瑞德。“你没听见他说吗,他刚才是和北方军官在一起呢。”

瑞德还是看也不看她。他的眼睛死死地盯着媚兰苍白的脸。

“告诉我,他们上哪里去了?”

思嘉看得一清二楚,瑞德板着脸,丝毫没有表情。但媚兰显然感到可以信赖他。于是她摆脱瑞德的胳臂,直了直她那瘦小的身子,用颤抖的声音轻轻地说:

“在迪凯特街旁边棚户区附近。他们在原先沙利文农场的地窖里碰头——就是烧得很厉害的那个农场。”

“谢谢。我马上赶去。北方佬要是来了,就说你们什么也不知道。”

他飞奔出去,消失在黑夜之中。

“北方佬要到这里来?”皮蒂姑妈惊慌地喊道,两脚一软瘫倒在沙发上,吓得连哭都不敢哭了。

“这究竟是怎么回事?快告诉我!你们要是不告诉我,我就要发疯了!”思嘉一把抓住媚兰拼命地摇,似乎使劲摇就能从她嘴里摇出答案来。

“什么意思?意思就是艾希礼和肯尼迪先生大概就要死在你手里了!”英迪亚尽管因为担心而痛苦万分,说话的声音里却带着讽刺的声调。“别摇媚兰了。她快晕过去了。”

“不会,我不会晕的,”媚兰小声说,一面伸手抓住椅子靠背。

“我的天哪!我真不明白!怎么会杀了艾希礼呢?请你们快告诉我吧——”

阿尔奇的声音像生锈的门轴发出的吱吱声,打断了思嘉的话。

“坐下,”他命令道。“拿起你们的针线活儿,就像什么事也没发生一样。说不定北方佬一直在监视这所房子呢。我叫你们都坐下,做活儿。”

她们都战战兢兢地照着做了,就连皮蒂姑妈也抓起一只袜子,哆里哆嗦地拿在手里,睁着大眼看周围的人,希望有人告诉她怎么了。

“艾希礼在哪里?他出什么事了,媚兰?”思嘉喊道。

“你丈夫呢?你就不关心他吗?”英迪亚的灰色眼睛喷射着疯狂的毒焰,使劲揉搓着正在缝补的那条旧毛巾。

“英迪亚,别说了!”媚兰恢复了讲话的声音,但从她那煞白的脸和痛苦的眼神中可以看出她是勉强支撑着。“思嘉,也许我们早就该告诉你,可是——可是你今天下午遭了那么大的罪,因此我们——因此弗兰克就说先别——况且你又一向是公开反对三K党——”

“三K党——”

她几乎尖声喊叫起来：

“三K党！艾希礼可不是三K党！弗兰克也不可能！哦，他答应过我呀！”

“肯尼迪先生当然是三K党，艾希礼也是，我们认识的男人，他们都是，”英迪亚大声说。“他们都是勇敢的男子汉，是白人，南方人，难道不是吗？你应当为他感到自豪，而不该让他偷偷地退出来。”

“你们一直都知道，而我却——”

“我们怕惹你烦恼，”媚兰伤心地说。

“这么说来，他们说去参加政治集会，而实际上是去干这个去了，是不是？唉，他可是答应过我呀！现在北方佬要来了，他们会没收我的木材厂，没收商店，还会把他关进监狱——唔，瑞德·巴特勒究竟是什么意思啊？”

英迪亚和媚兰呆呆地相互望着，两人都很害怕。思嘉站起来，把手里的活计扔到地上。

“你们要是不说，我就进城去问。我见人就问，非问个——”

“坐下”阿尔奇说，眼睛盯着思嘉。“我来告诉你。你今天下午出去乱跑，遇上麻烦。就因为这个，威尔克斯先生和肯尼迪先生还有另外那些男人今天晚上就都出去了，要宰了那两个混蛋。要是那个投敌分子说的是实话，那就是北方佬早已得到了消息，作了埋伏，我们的人就上了圈套。要是巴特勒说的不是实话，他就是个奸细，他要是真的告发了，我就把他弄死，即便我死也要杀了他。他们要是没出什么事，就都得赶快离开这里，到得克萨斯去，在那里销声匿迹，也许永远不能再回来。这都是你的过错，你的手上沾满了血啊。”

从媚兰的脸上可以看出，她现在已不再害怕，而是生起气来。她注意到思嘉脸上慢慢显出了恐怖的神色，就站起来，把手搭在思嘉肩膀上，正颜厉色地说：

“阿尔奇，你再说这样的话就给我出去。这不是她的过错。她只是做了——做了她认为应当做的事。我们的先生们也做了他们认为该做的事。我们的想法不同，做法不同，所以不能——不能拿我们自己的标准来衡量别人。你和英迪亚怎么能说出这么难听的话呢？说不定她丈夫和我丈夫都——都——”

“听！”阿尔奇轻轻打断了她的话。“都坐下。有马的声音。”

媚兰坐在一把椅子上，拿起艾希礼的一件衬衫，把头一低，无意识地把褶边撕成了碎条。

马越来越近，蹄声也越来越大。她们四个人心里很怕，却都低着头，一本正经地做针线。思嘉在心里狂吼：“是我害了艾希礼！是我害了他！”在这疯狂的时刻，她连想也没想到她可能还害了弗兰克呢。她顾不上想别的，只有艾希礼的形象，他躺在北方佬骑兵的脚下，亮丽的头发沾满了血。

门口传来一阵粗暴急促的敲门声，思嘉看了看媚兰，发现她那紧张的小脸上有着平静的表情，和她刚才看到的瑞德·巴特勒脸上的无动于衷的表情完全一样。

“阿尔奇，开门去，”她平静地说。

阿尔奇把短刀往靴筒里一插，把腰带上的手枪解开了扣儿，一拐一拐地走到门口，把门开开。皮蒂姑妈一看门廊里挤着一个北方佬军队的队长和几个穿着蓝军装的士兵，就惊叫了一声，但其他人都没有说话。思嘉发现她认识这个军官，于是微微松了一口气。他是汤姆·贾弗里队长，是瑞德的朋友。她曾经把木材卖给他盖房子，知道他是个正派人。他也一下子认出了思嘉，于是摘下帽子，鞠了一个躬，感到有些不好意思。

“晚上好，肯尼迪太太。你们哪一位是威尔克斯太太呀？”

“我是，”媚兰答道，说着便站了起来，她尽管身材矮小，却十分庄重。“有什么事需要你们闯到我家里来？”

队长的眼睛很快地看了看屋里的人，在每个人的脸上都停了一下，接着又把屋里每个角落都扫视了一遍，似乎要看看屋里有没有男人的痕迹。

"如果可以的话,我想和威尔克斯先生和肯尼迪先生谈一谈。"

"他们不在,"媚兰说,声音不大。

"你能肯定吗?"

"威尔克斯太太的话,你就不必怀疑了,"阿尔奇说,他的胡子也翘了起来。

"对不起,威尔克斯太太。我不是不尊重您。如果您能做出保证,我就不搜查了。"

"我可以保证。不过你要是想查就请吧。他们进城到肯尼迪先生的店里开会去了。"

"他们没在店里。今天晚上没有会,"队长板着脸说。"我们要等在外面,直到他们回来。"

他微微鞠了一个躬就走了出去,随手把门也关上了。屋里的人听见外面有人以严厉的语气在下命令:"包围这所房子。每个门窗站一个人。"接着是杂乱的脚步声。思嘉模模糊糊看见一张张凶狠的面孔在窗外望着她们,心里十分害怕。媚兰坐下来,顺手从桌上拿起一本书,书名是《悲惨世界》,过去联盟的战士最喜欢。

思嘉现在也不只想到艾希礼,也开始想到弗兰克了。他今天晚上显得特别镇静,是这个原因啊!他答应过她,说不和三K党发生任何关系。当时她就是怕会这样,断送她一年来取得的成果。她奋斗,她担忧,风里来雨里去,现在全都白费了。谁会想到弗兰克这个无精打采的老家伙会去参与三K党的莽撞行动呢?此时此刻,说不定他已经死了,或者被北方佬抓住了。还有艾希礼,也是一样。

艾希礼有被绞死的危险,说不定都已经死了,媚兰怎么还能平心静气地读书呢?

她回想起托尼·方丹那天晚上突然来到的情景。有人追赶他,他已经筋疲力尽,又没有钱。要是他没有及时来到他们家,拿到钱,换上一匹马,早就被绞死了。弗兰克和艾希礼要是现在还没死，他们的处境比托尼更糟。房子被军队包围了，他们要是回来拿钱，拿衣服，就肯定会被抓住。说不定这条街上所有的房子都有北方佬军队监视，那他们也就无法找朋友帮忙了。可是也说不定他们正连夜向得克萨斯飞跑呢。

但是瑞德——也许瑞德及时赶到，瑞德总是随身带着很多钱。他可以给他们一些钱，让他们渡过难关。不过这就怪了。瑞德为什么要自找麻烦，关心艾希礼的安全呢？他肯定是不喜欢他的，说过他鄙视他。那为什么？她又为艾希礼和弗兰克的安全而担起心来。

“哎，都是我不好！”她痛心地责备自己，“英迪亚和阿尔奇说的是对的。都是我不好。可他们怎么会糊涂到这种地步，去加入三K党呀！并且我从来也没想到我真会出什么事。我得维持那两个木材厂。我还得赚钱！现在看来，可能都保不住了。唉，还是我自己不好！”

外面有马蹄声，有歌声，模模糊糊听出来是人们最讨厌的一支歌，是歌颂谢尔曼的队伍的《横扫佐治亚》，而那唱歌的不是别人，而是瑞德·巴特勒。

瑞德刚刚唱完头一句，就有另外两个人的声音，也是醉汉的声音，跟着他嚷嚷起来。那两个人胡言乱语，说起话来结结巴巴，含糊不清。屋里的几个女人吓得面面相觑，因为她们听出来了，和瑞德吵吵嚷嚷的那两个醉汉就是艾希礼和休·埃尔辛。

前院小路上的喧闹声更大了。贾弗里队长在盘问他们，还有休的尖叫声搀杂着傻笑声。瑞德的声音深沉而急躁，艾希礼的声音很怪，很不自然，不断地喊：“见鬼了！见鬼了！”

“这不可能是艾希礼！”思嘉暗自想道，她感到奇怪。“他是从来不喝醉的。还有瑞德——他是怎么回事？他要是醉了，就越来越安静，从不这样喊叫。”

媚兰站了起来，阿尔奇也跟着站了起来。他们听见队长喊道：“这两个人被捕了。”阿尔奇马上抓住了枪把子。

“安静点，”媚兰坚定地低声说。“让我来。”

这时媚兰脸上的表情，和那天她手里无力地握着沉甸甸的战刀，站在高高的台阶上，看着下面那具北方佬尸体时的表情是一样的。一个温和、胆小的人会变得那样警觉，那样凶猛。她一把开开了前门。

“扶他进来吧，巴特勒船长，”她大声说道，并且十分不满，“你们又把他给灌醉了。扶他进来吧。”

在院子里，北方佬军队的队长在风中喊道：“对不起，威尔克斯太太，你丈夫和埃尔辛先生被捕了。”

“被捕？为了什么？就因为他喝醉了酒？要是喝醉了都得被捕，整个北方驻军就得永远待在监狱里了。还是扶他进来吧，巴特勒船长——如果你自己还能走得了路的话。”

思嘉的脑子转得不够快，不明白眼前发生的一切。她知道瑞德和艾希礼并没有醉，她也知道媚兰也知道他们并没有醉。可是这个平时温和、文静的媚兰，现在为什么当着北方佬的面像泼妇一样大喊大叫，非说他们两个人醉得走不了路呢？

外面传来一阵争论声，夹杂着咒骂声，接着就是有人摇摇晃晃上台阶的声音。艾希礼出现了，他脸色苍白，耷拉着脑袋，头发乱蓬蓬的。休·埃尔辛和瑞德两个人自己也站不稳，却还在两边架着他，很明显，要是没有他们架着，他会瘫在地上的。北方佬军队的队长跟在他们后面，又怀疑又觉得有趣。

思嘉十分害怕，又迷惑不解，看了一眼媚兰，又回过头来看着那站不稳的艾希礼，她有点明白了。她刚要说：“可他是不会喝醉的，”又把话咽下去了。她意识到自己是在看一场戏，一场性命攸关的戏。她只看懂了一部分，但她很识相，没有吭声。

“把他放在椅子上，”媚兰气愤地喊道。“你，巴特勒船长，给我马上离开这里！你今天又把他灌成这个样子，怎么还有脸到这里来！”

那两个人轻轻地把艾希礼放在一把椅子里，瑞德摇摇晃晃地顺手抓住了椅子背才勉强站稳，用痛苦的音调对那位队长说：

“就这样报答我呢，是不是？谁让我帮他躲过警察，还把他送回家来呢？一路上他还大嚷大叫，用手抓我的脸哩！”

“还有你，休·埃尔辛，我真替你难为情！你那可怜的母亲会怎么说呢？喝醉了，并且是和巴特勒船长一起喝的，而他是一个——一个喜欢北方佬的投敌分子啊！哎哟，威尔克斯先生，你都干了些什么呀？”

“媚兰，我没怎么醉，”艾希礼含含糊糊地说，说完了就往前一扑，抱着头趴在桌子上。

“阿尔奇，送他到他屋里，让他睡觉吧，往常不也是这样吗？”媚兰说。“皮蒂姑妈，请您赶快去给他铺床。啊——啊，”她突然大哭起来。“啊，他怎么能这样呢？他答应过我呀！”

队长出来拦住了他们。

“不要碰他。他被逮捕了！”

瑞德显然还站不太稳，他把一只手搭在队长胳臂上，费了好大的劲才把眼神集中起来。

“汤姆，怎么了？他没怎么醉。”

“见鬼去吧，”队长说。“他就是醉得躺在污水沟里，我也管不着。可是他和埃尔辛先生参与了三K党的行动，今天晚上袭击了棚户区，我要逮捕他们。他们杀了一个黑人，一个白人，罪魁祸首就是艾希礼先生。”

“今天晚上？”瑞德大笑起来。他笑得站不住就顺势坐在沙发上，两手抱着头。过了一会他能说得出话来了，就接着说：“不会是今天晚上吧，汤姆。今天晚上我们在一起呀。他们没有开会，从八点钟起就跟我在一起。”

“跟你在一起，瑞德？可是——”那位队长皱起眉头，看看艾希礼在打呼噜，他的妻子在那里哭，一时不明白，就接着问：“可是——你们在哪里呀？”

“我不想说，”瑞德一面说，一面醉醺醺地瞅了媚兰一眼。

“你还是说吧。”

“咱们到外面过道上去，我就告诉你。”

“你现在就得说。”

“当着太太们的面，我不好说。要不请太太们先出去一下——”

“我不，”媚兰嚷道，一面气得用手绢抹眼泪。“我有权知道，今天晚上我丈夫究竟在哪里。”

“在贝尔·沃特琳赌场，”瑞德说，脸上显出不太好意思的样子。“他在那里，还有休，还有弗兰克·肯尼迪，还有米德大夫——一大帮人呢。在那里开了个宴会，是个很大的宴会，有香槟，有姑娘——”

“在——在贝尔·沃特琳那里？”

媚兰痛苦地喊道，声音大得嘶哑了。大家吃了一惊，转过脸来看她。只见她用手捂着胸口，晕了过去。接着就是一阵忙乱，阿尔奇把她从地上抱起来，英迪亚到厨房去拿水，皮蒂姑妈和思嘉一面给她扇风，一面拍打她的手腕，休·埃尔辛则不停地喊：“你全给抖搂出来了！你这个混蛋！”

“马上全城就都知道了，”瑞德恶狠狠地说。“你该满意了吧，汤姆。明天亚特兰大就没有谁家的太太会跟她丈夫说话了。”

“瑞德，我不明白——”尽管开着门，冷风一个劲往这位队长身上吹，他还是满头大汗。“这样吧！你起誓担保他们今晚是在——唔——在贝尔那里，可以吗？”

“妈的，可以，”瑞德不满地说。“你要是不信，就去问问贝尔。现在我来把威尔克斯太太送到她屋里去吧。阿尔奇，你把她给我，我能抱得动。皮蒂小姐，您拿着灯，带路。”

瑞德毫不费力地把媚兰纤弱的身子从阿尔奇怀里接过来。

“阿尔奇，你把威尔克斯先生也抱到床上去吧。”

皮蒂姑妈举着灯的手直哆嗦，不过她还算拿住了，朝着卧室一步步走去。阿尔奇嘟囔着用胳臂把艾希礼架了起来。

“可是——我得逮捕这两个人。”

瑞德在昏暗的过道里转过身来说：

“那就明天早上再来吧。他们这个样子，跑不了——我从来还不知道在赌场喝醉了酒就犯了法。汤姆，你听我说，有五十个见证人能证明他们是在贝尔那里的。”

“一个南方人要找五十个人证明他在某个地方，是找得着的，而他可能根本不在那里，”那位队长沮丧地说。“埃尔辛先生，你跟我走一趟。威尔克斯先生可以假释，如果有人——”

“我是威尔克斯先生的妹妹。我保证让他随传随到，”英迪亚冷冷地说。“请你们快走吧！折腾了一夜，够受的了。”

“我十分抱歉，”队长说着，“我只希望他们能证明的确是在沃特琳，唔——小姐——太太那里。请你转告你哥哥，他明天早上必须到宪兵司令那里听候审问。”

英迪亚冷冷地点了点头，把手放在门把上。队长退了出去，休·埃尔辛跟在后面，英迪亚砰的一声就把门关上了。思嘉两腿还在发抖，抓住艾希礼刚才坐过的椅子才勉强站住。低头一看，靠垫上红红地湿了一片。

“英迪亚，”她悄悄地说，“英迪亚，艾希礼——他受伤了。”

“笨蛋！你真以为他喝醉了吗？”

英迪亚拉下最后一个窗帘，就飞快地朝卧室跑去，思嘉紧跟在后面，心都提到了嗓子眼儿。只见艾希礼面色苍白，静静地躺在床上。媚兰刚才晕过，现在却异常敏捷地用绣花剪刀剪开他那沾满了血的衬衫。

“他死了吗？”门口那两个女人同声说。

“没有死。只是失血过多，晕过去了。是从肩膀上打进去的，”瑞德说。

“你为什么把他送回家来,你这个傻瓜?”英迪亚喊道。“让我进去！让我过去！你为什么把他送回家来让他们逮捕他?”

“他走不动了。也没有别的地方可去呀,威尔克斯小姐。再说——你愿意让他像托尼·方丹那样流落他乡吗？你愿意让他化名到得克萨斯去,一辈子不再回来吗？我们也许有可能让他们逃脱,只要贝尔——”

“让我过去!”

“不行,威尔克斯小姐。有件事你得赶紧去办。你得去请个大夫——不要米德大夫,他与此事有牵连。另外找个大夫。夜里一个人出去,你害怕吗?”

“不怕,”英迪亚回答说,她那灰色的眼睛闪闪发光。“我不害怕。”她说着就从走廊里的衣钩上取下媚兰的连帽披肩。“我去找迪安老大夫。”她压抑着心中的激动,尽量装得心里很平静的样子。“对不起,我刚才叫你奸细,叫你傻瓜。我不了解真相。你这样帮助艾希礼,我十分感激你——不过我还是看不起你。”

“我喜欢坦率——谢谢你的坦率。”瑞德向她鞠了一躬,嘴角往下一撇,露出愉快的微笑。“你赶快走吧,要走后门。回来的时候,如果发现周围有军队的迹象,就别进来了。”

英迪亚又痛苦地看了艾希礼一眼,披上披肩,轻轻地跑过走廊,到了后门,悄悄地消失在黑夜之中。

思嘉看见艾希礼睁开了眼,她的心怦怦地跳起来。媚兰从脸盆架上揪下一条叠好的毛巾,捂在他那流血的肩膀上,他虚弱地朝她笑了笑,让她放心。思嘉感到瑞德锐利的目光在拼命盯着她,也知道自己的心思都表现在脸上了,但她顾不上那么多了。艾希礼在流血,说不定还会死,并且是她这么热爱的人,身上打了个洞。她恨不得冲过去,跪在床边,把他搂在怀里。她捂着嘴看见媚兰又把一条毛巾放在他的肩上,使劲按,似乎能把流出来的血按回去,但是这条毛巾很快又红了。

“你放心，”瑞德说，声音里略带一点讥讽的语调。“他死不了。现在你去把灯接过来，给威尔克斯太太照着，我得让阿尔奇办事去。”

阿尔奇隔着灯看了瑞德一眼。

“我才不听你指使呢，”他顶了一句。

“你要听他吩咐，”媚兰严厉地喝道，“并且要立刻照办。巴特勒船长让你干什么，就干什么。思嘉，把灯接过来。”

思嘉走上前去，把灯接过来。艾希礼的眼睛又无力地闭上了，他的胸膛露在外面，起伏得很激烈。媚兰慌张的小手止也止不住，血还是不断从她手指缝里往外流。思嘉似乎听见阿尔奇咚咚地走到瑞德跟前，还听见瑞德很快地小声对他说了一些话，她的心思全都放在艾希礼身上了，只听见瑞德小声说：“骑上我的马……在外面拴着……赶快去。”

阿尔奇含含糊糊地问了一个问题，瑞德回答说：“原来的沙利文农场。袍子都塞到最大的那根烟囱里了。你找到以后，就烧掉。”

“嗯。”阿尔奇应了一声。

“还有两个——人在地窖里。你要尽量想办法把他们捆到马背上，送到贝尔家后面的空地上，就是她家和铁路之间那块空地。你可千万小心，要是让人看见，咱就都得一块儿被绞死。把他们放在空地上以后，还要把手枪放在他们身边——还是放在他们手里吧。来——把我的枪拿去。”

思嘉远远望去，只见瑞德把手伸到后襟底下，抽出两支左轮手枪。阿尔奇接过来，就别在了腰里。

“每支枪都要放一枪。让大家认为这是一场决斗，你明白吗？”

阿尔奇点点头，似乎他全明白了。一种敬佩的眼神不由得从他那冷漠的眼睛里流露出来。但思嘉还是不明白，过去这半个钟头就像一场噩梦，使她觉得今后什么事也弄不清楚了。然而看到瑞德在这可怕的局面中好像应付自如，她又放心了。

阿尔奇转身要走,又回过头来用他那只独眼询问地盯着瑞德的脸。

"他?"

"是的。"

阿尔奇嘟囔了一阵,又往地上啐了一口唾沫。

"糟了,"他说着就顺着过厅朝后门走去。

这段小声的对话使得思嘉又产生了新的恐惧和疑虑,似乎胸中出现了一个冰冷的水泡。

"弗兰克在哪里?"她喊道。

瑞德轻手轻脚走到床前,他这个大个子走起路来倒像猫一样轻巧。

"等会儿再说,"他说着,笑了笑。"把灯拿稳,思嘉。你不想把威尔克斯先生烧死吧。媚兰小姐——"

媚兰抬头看了看他,似乎一个听话的士兵在等待命令。

"对不起,我是想说,威尔克斯太太……"

"唔,巴特勒船长,不用说对不起。如果你去掉小姐二字,光叫我媚兰,我会感到很荣幸。我觉得你就像是我的——我的哥哥,或者——或者是我的表哥。你又宽厚,又能干。我怎么才能感谢你呢?"

"谢谢,"瑞德说,他感到一阵不好意思。"我不该这么冒昧,不过,媚兰小姐,"他用一种包含歉意的语调说,"很抱歉,我刚才不得不说威尔克斯先生在贝尔·沃特琳赌场。对不起。我只能这样说,因为我知道,我的话他们是会相信的,因为我在北方佬军队的军官中有那么多朋友呀。使我受宠若惊的是他们几乎拿我当自己人看待,因为他们知道我在本地人当中臭名昭著。你看,我今天晚上一开始就在贝尔的酒吧里打扑克。有十几个北方佬军队的军官能证实这一点。贝尔和她那些姑娘们更是可以扯谎,说威尔克斯先生和另外几个人整个晚上在她们楼上的。她们的话,北方佬是相信的,他们想不到这个行业里的女人也会极为忠诚,或者说有强烈的爱国心。我想,有了我这个投敌分子和十几个花花姑娘所做的保证，也许有希望能让他们几个人逃脱。”

瑞德说到最后几句话时，露出了一丝冷笑，但是他一看媚兰那充满感激之情的脸，他那冷笑的面孔也就消失了。

“巴特勒船长，你真能干！只要能救他们的命，即便你说他们今天晚上在地狱里待着，我也很高兴。因为我知道，其他一些重要的人也知道，我丈夫从来不到这种地方去！”

“不过——”瑞德感到不大好说，“事实上，他今天晚上的确去过贝尔那里。”

媚兰冷漠地望着他。

“我永远也不相信你这种谎话！”

“媚兰小姐，请听我解释。今天晚上我赶到沙利文旧址以后，发现威尔克斯先生受了伤，和他在一起的有休·埃尔辛、米德大夫，还有梅里韦瑟老人——”

“怎么还有这位老先生？”思嘉喊道。

“人老了也不见得就不傻。还有你那亨利叔叔——”

“哎哟，我的天哪！”皮蒂姑妈大喊一声。

“和军队一交锋，他们就四散奔逃，没走的就来到沙利文旧址，把袍子藏到烟囱里，也来看一看威尔克斯先生的伤势如何。要不是他受了伤，他们就都逃到得克萨斯去了。可是他不能骑马走长路。这就必须证明他们当时不在现场，而是在别的地方。所以我就带他们走后门来到贝尔·沃特琳那里。”

“噢，我明白了。我刚才说话冒失，请你原谅，巴特勒船长。现在我明白是有必要带他们到那里去的，不过——巴特勒船长，有人看见你们进去吧！”

“没人看见。我们是从后门进去的。这后门对着铁路，总是黑黑的，并且是锁着的。”

“那你们是怎么——”

“我有钥匙，”瑞德直截了当说。

等媚兰充分意识到这句话的含义时，她觉得很不好意思。

“我并不是有意追问什么，”她含含糊糊地说，那张苍白的脸也红起来。

“我不得不对一位太太说这样一件事，我感到遗憾。”

“看来这是真的喽！”思嘉心里这样想，同时感到一阵说不出的痛苦。“原来他的确是住在沃特琳那里！那所房子还是他的呢！”

“我见到贝尔，跟她说明了情况。我给了她一张名单，今晚出去活动的人都列在上面了，要求她和她那些姑娘们证明这些人今天晚上都在她们那里。后来我们出来的时候，为了引起人们注意，她把在那里维持秩序的两个打手找来，把我们拖下楼去，我们还在厮打，他们拖着我们穿过酒吧间，把我们推到大街上，说我们酒后胡闹，扰乱了秩序。”

瑞德回想起当时的情景，笑了笑，又接着说：“米德大夫装醉装得不像。到那种地方，他觉得太有失体面。但是亨利叔叔和梅里韦瑟爷爷装得像极了。要是没有他俩，这出戏就要大为逊色。梅里韦瑟先生演得最认真，恐怕把亨利叔叔的眼睛打青了。他——”

后门突然开了，英迪亚走了进来，后面跟着迪安老大夫。他那长长的白发乱蓬蓬的，旧皮包在披肩底下翘着。他微微点了点头，但没有跟在场的人说话，马上揭开了盖在伤口上的毛巾。

“稍高一点，没有伤着肺，”他说。“要是没有打断锁骨，问题就不大。多拿几条毛巾来，太太们，要是有棉花，也拿一点来，还要点白兰地。”

瑞德从思嘉手里把灯拿过来，放在桌上。媚兰和英迪亚跑来跑去，拿大夫要的东西。

“这里你插不上手，到客厅里去烤烤火吧。”瑞德说着，拉起思嘉的胳臂，把她拽走了。不论是他的动作，还是他的声音，都十分温和。“你这一天可真够呛，是不是？”

思嘉听凭瑞德拉着她来到客厅，她尽管就站在火很旺的炉前，却还是不住地发抖。她心中的疑团越来越大了。不仅是怀疑，几乎已经肯定了，多么可怕呀！她看了看面无表情的瑞德，问道：

“弗兰克在——贝尔·沃特琳那里吗？”

“不在。”

他的声音是呆板的。

“阿尔奇正在把他搬到贝尔家附近的空地去。他死了。一枪打在头上了。”

第四十六章

那天晚上,城北头没有几户人家睡了觉,因为三K党受打击和瑞德设计营救的消息很快就悄悄地传开了。

从外面看,每所房子都是黑的,静悄悄的,人们已经入睡。但在房子里面,人们正激动地小声交谈,一直谈到天亮。三K党的每一个成员都准备出逃,各家各户的马都备好了鞍,等在黑暗的马厩里,手枪都挂在腰带上,食品装在口袋里,放到了马背上。之因此没有出发,就是因为英迪亚悄悄地传来了消息:"巴特勒船长说不要往外跑。路上有人监视。他已经和沃特琳那家伙安排好了——"在屋子里,人们窃窃私语:"我为什么要相信那个该死的投靠北方佬的巴特勒呢?这可能是个圈套呀!"可又能听见女人恳求的声音:"还是不要走吧!要是他救了艾希礼和休,他就能救我们每一个人。要是英迪亚和媚兰信任他——"于是他们半信半疑地留了下来,因为没有别的出路可供他们选择。

在这之前,军队曾到十几户人家去敲门查问,谁要是说不出当天晚上在什么地方,就把谁抓走。雷内·皮卡德和梅里韦瑟太太的一个侄子、西蒙斯家的哥儿几个、安迪·邦内尔,还有另外一些人,都在监狱里蹲了一夜。他们参加了这次倒霉的袭击,但是一开火,他们就和大家分开了,他们在往回跑的时候就被抓住了,所以他们不知道瑞德的计划。梅里韦瑟爷爷和亨利·汉密尔顿叔叔都直言不讳地说他们一晚上都在贝尔·沃特琳的赌场里。贾弗里队长听了很不高兴,说他们干这样的事年纪太大了,气得他们要揍他。

贝尔·沃特琳亲自回答了贾弗里队长的询问。队长还没来得及说明来意，她就嚷嚷起来。她说今天晚上已经关门了。刚才来了一帮打架斗殴的酒鬼，在这里打起来了，把这里弄得一塌糊涂，把她的几面极为精致的镜子也打碎了。姑娘们吓得要死，只好今晚暂停营业。不过假如贾弗里队长想喝点什么，酒吧间还开着——

贾弗里队长知道他手下的人都在一旁看笑话，便声色俱厉地说他既不要年轻姑娘，也不要喝什么酒，只问贝尔知不知道那些人的名字。贝尔说当然知道，他们都是她的常客。他们每星期三晚上都来，自称是周三民主派。至于他们的名字，贝尔一口气说出了十二个人，都是怀疑对象。贾弗里队长听了之后露出一脸的苦笑。

"这些该死的叛逆分子比我们的秘密警察组织得都好，"他说。"明天早晨你和你那些姑娘们到宪兵司令那里等候问话。"

"宪兵司令会不会让他们赔我的镜子呀？"

"他妈的镜子！去找瑞德·巴特勒，让他陪。这个地方不是他的吗？"

天还没有亮，城里过去参加过南部联盟的各家各户就什么都知道了，比如，弗兰克·肯尼迪和瘸子托米·韦尔伯恩被打死了，艾希礼把弗兰克尸体弄走的时候受了伤，等等。

因为思嘉与这次悲惨事件有关，城里的妇女知道她丈夫已经死了，大家也就不像原先那么恨她了。天亮以后，尸体被人发现，当局通知了她，但在此之前，她必须假装什么也不知道。弗兰克和托米，冰凉的手攥着手枪，躺在空地上的枯草丛里，身体慢慢僵硬了。北方佬会说他们是为了争夺贝尔的一个姑娘，酒后斗殴，互相射击而死的，这种事是很常见的。大家对托米的妻子范妮深表同情，她刚生完孩子。

天还没有亮，消息就传开了，说军事法庭当天就要进行调查。城里的人都一夜没睡，又等得心焦。他们知道，那些人的安全寄托在以下三件事上——第一，艾希礼·威尔克斯要能在法庭上站出来，似乎只感到酒后头痛，并没有什么更严重的痛苦。第二，贝尔·沃特琳保证这些人整个晚上都是待在她那里。第三，瑞德·巴特勒保证他一直和他们在一起。

对于最后这两点，大家都惴惴不安。贝尔·沃特琳！怎么能把自己男人的性命寄托在她这样一个女人身上呢？真让人受不了！过去有些太太们在街上看见她走过来，就赶紧神气活现地躲开她，也不知道她是否还记得这样的事，要是她还记得，可真叫人担心。男人们对于把自己的性命寄托在贝尔身上，倒不像太太们那样感到难为情，因为许多人认为贝尔这个人并不坏。使他们感到难受的是不得不把自己的性命和自由寄托在瑞德·巴特勒身上，他是一个投机商，又是一个投靠北方佬的人啊。一个贝尔，她是有名的浪荡女人，一个瑞德，他是全城最遭恨的人。怎么大家竟然要靠这样两个人来得到生命和自由呢？

还有一件事使得他们生气。他们知道北方佬和北方来的冒险家一定会耻笑他们。全城十二位最有名的公民都是贝尔·沃特琳赌场的常客！其中二人因为争夺一个下贱女子而开枪打死了。有的人也因为醉得一塌糊涂，连贝尔都忍受不了，把他们轰出来了。有几个人被逮捕了，因为大家明明都知道他们是在那里的，他们却不承认。

米德大夫因为瑞德硬把他和其他人推入这样的处境，冒犯了他的尊严，感到非常恼火。他对米德太太说，要不是怕牵连别人，他宁愿去自首，被绞死，也不愿意说他当时在贝尔那里。

“这是对你的侮辱啊，米德太太。”他气呼呼地说。

“反正大家都知道你并不在那里，因为——因为——”

“北方佬就不知道。我们要想保住性命，就得让他们相信这是真的。他们会笑话我们，我一想到有人会信以为真，并且还要笑，我就要气疯了。这对你是侮辱啊，因为——亲爱的，我对你一向是忠诚的。”

“这我知道，”米德太太在黑暗中微微一笑，把一只干瘦的手伸到大夫的手里。“但我宁愿这是真的,也不愿意让他们动你一根头发丝儿。”

“米德太太,你知道你在胡说些什么吗?”米德大夫喊道,他对于妻子这样讲究实际,感到惊讶。

“我当然知道。我失去了达西,我也失去了费尔,你是我唯一的亲人了。只要不失去你,你永远住在那里都行。”

“你疯了!你胡说些什么!”

“你这个老傻瓜,”米德太太温柔地说,同时把头靠在他的袖子上。

米德大夫气呼呼地沉默了一会儿,摸了摸太太的脸,接着又发作了。“让我接受巴特勒那个人的恩惠!那还不如被绞死。尽管他救了我的命,我对他也不能以礼相待。他傲慢,投机倒把,是个无耻之徒,想起来我就有气。让我去感谢他救命之恩吗,他又没有打过仗——”

“媚兰说,亚特兰大失陷以后,他也参加了军队。”

“骗人。不论哪个花言巧语的流氓的话,媚兰小姐都会相信。我不明白他为什么要这么做。我不想这么说,不过——唉,人们一直在议论他和肯尼迪太太。我看见他们一起赶着马车回来,这一年来,次数可就太多了。他一定是为了她才这么做的。”

“如果是为了思嘉,他就根本不会帮忙了。把弗兰克·肯尼迪绞死,他会很乐意。我想他是为了媚兰——”

“米德太太,你可不会是说她们两个人之间还有什么名堂吧!”

“你别瞎扯!不过自从他帮忙把艾希礼交换回来,她就莫名其妙地喜欢他。我也得为他说句公道话,他和媚兰在一起的时候,总是尽量显得和蔼、体贴,完全是另外一个人。从他对待媚兰的态度可以看出,他要是想做一个规矩人,他是能做到的。”

“哼!”

“大夫,”米德太太迟疑了一下,接着说:“那里头什么样子?”

“你在说什么呀，米德太太？”

“贝尔那个地方，里边什么样子？有雕花玻璃吊灯吗？有长毛绒窗帘和镀金的大镜子吗？那些姑娘们——她们都不穿衣裳吗？”

大夫一听这话，吃惊不小，大喊一声，“我的天哪！”因为他从来没有想到一个贞洁的女人对那些女人会有这么强烈的好奇心。“你怎么好意思问这样的问题？你疯了吧！我得给你来一副镇静剂。”

“我不要镇静剂。我想知道。唉，亲爱的，我只有这么一个机会了解一下那里是个什么样子，你真可恶，不告诉我！”

“我什么也没看见。你听我说，我当时觉得实在难为情，根本顾不上看四周。”大夫郑重其事地说，他感到不安。“如果你允许的话，我要去睡一会儿了。”

“那你就去睡吧。”她回答说。她的语气里很失望。过一会儿，她又在黑暗中用愉快的声调说：“我想多丽一定从梅里韦瑟爷爷那里都问出来了，她会告诉我的。”

“天哪！米德太太，你是说正经女人之间也谈这种事？——”

“睡你的觉去吧。”米德太太说。

第二天，雨雪交加。黄昏时分，雨雪停了，刮起了大风。媚兰裹着斗篷，莫名其妙地跟着一个陌生的黑人走到一辆马车前，车门开了，里面坐着一个女人。

“请你上来陪我坐一会儿吧，威尔克斯太太，”马车里传出了一种羞愧的声音。

“唔，这不是沃特琳——小姐——太太吗？”媚兰说。“我也正想见您呢！快进屋里去吧。”

“不行啊，威尔克斯太太，”贝尔·沃特琳说。“还是您上来陪我坐一会儿吧。”

于是媚兰上了车,车夫随即把门关上。她在贝尔身旁坐下,就伸手去拉贝尔的手。

“为了今天的事,我都不知道怎样谢你才好!我们大家都得好好地谢谢您啊!”

“威尔克斯太太,您今天早上不该派人去给我送那封信。我倒不是不愿意收到您的信,是怕它落到北方佬手里。至于说您想登门去谢我——威尔克斯太太,您糊涂了?天一黑我就赶紧来告诉您,您可千万别这么干。”

“一位好心的女人救了我丈夫的命,我去登门道谢是应该的。”

“得了,威尔克斯太太!您还不明白吗!”

媚兰沉默了一会儿,她领会了这句话的含义,觉得有些不好意思。这个衣着朴实的亮丽女人,论仪表,论谈吐,都不大像她想象的坏女人,妓院鸨母的样子。

“今天您在宪兵司令那里表现得可真好,沃特琳太太。您,还有您的那些年轻姑娘们,是你们救了我们各家男人的命。”

“威尔克斯先生才真是表现得好呢。我不知道他怎么能站得住,并且平心静气地说话。昨天晚上我看见他那血哗哗地流。他没事吧,威尔克斯太太?”

“问题不大,谢谢您。大夫说只伤了点皮肉,不过血流得太多。今天早上,他是靠白兰地撑着呢,要不他也挺不了那么大工夫。”

“谢谢您,太太。不过我——我觉得巴特勒船长表现得也十分出色。”贝尔说,声音里流露出一丝得意。

“啊,他好极了!”媚兰热情地说。“北方佬没法不相信他的话。整个事情他都安排得那么好。我真不知道怎么感谢他,怎么感谢您才好!你们可真是善良厚道的人啊!”

“你太客气了,威尔克斯太太。这没什么。我——我希望我当时说威尔克斯先生常常到我这里来,没有使你难堪吧。您知道,他从来没有——”

“这我知道。你这样说,没有使我感到难堪。我一心感激您呢。”

“我敢说其他几位太太可不感激我,”贝尔突然恶狠狠地说。“我敢说,她们也不感激巴特勒船长。我敢说,她们现在反倒更恨他了。我敢说您会是唯一感谢我的人。就算她们的丈夫全都被绞死,我也不管。可是威尔克斯先生,我不能不管。您知道,我没有忘记战争期间你们对我是多么好啊,替我拿钱给了医院。全城没有谁家的太太像您对我这样好。人家对我好,我可不会忘记。我想到如果威尔克斯先生被绞死,您就成了寡妇,还带着一个孩子——您那孩子可是个好孩子,威尔克斯太太。我自己也有一个孩子,因此我——”

“是吗?他住在——唔——”

“不,他不在亚特兰大。他没到这里来过。他在上学。从他很小的时候起,我就再没见过他。”

“啊!”媚兰说。

贝尔又接着说:“哎呀,威尔克斯太太,干我们这一行的,什么都知道。肯尼迪太太可不是个好人,其实是她杀了自己的丈夫,还杀了韦尔伯恩那个好小伙子,都是她惹出来的。她一个人在亚特兰大到处乱跑,勾引那些黑人和无赖。”

“她是我的嫂子,你可不能说她的坏话。”媚兰正颜厉色说。

“请您别对我这么冷淡,威尔克斯太太,我受不了啊,您刚才还对我那么和蔼可亲呢。我说了那样的话,感到很抱歉。可怜的肯尼迪先生死了,我也很难过。他是个好人。我去他那里买东西时,他对我很客气。不过肯尼迪太太——唉,她和您可不一样,威尔克斯太太。她是一个冷酷的女人,我没法不这样想……”

“您那样说肯尼迪太太可不对。现在她伤心极了。”

“也许是吧,”贝尔说,她显然是不相信。“哎呀,我该走了。要是有人认出我的车,就不好了。还有,威尔克斯太太,您要是在街上碰见我,您——您不必跟我说话。”

“跟您说话,我会觉得很光荣呀。得到您的帮助也是很光荣的。我希望——我希望我们以后有机会在一起再说说话。”

“不,”贝尔说。“那样不合适。再见。”

第四十七章

思嘉坐在卧室里。她随便吃了一点晚饭，只听见风不停地吹。屋里静得可怕。几个小时以前，弗兰克的尸体还停在客厅里。现在比那时更加寂静了。

现在屋里一片沉寂。自从弗兰克的尸体运回家来，韦德和小女儿就一直待在媚兰家里。现在她很想听到韦德跑来跑去的声音，很想听到爱拉格格的笑声了。

谁也没有来打搅她，以为她由于伤心，想独自待一会儿，但其实恰恰相反。如果只是感到伤心，那么她过去经历过许多伤心的事，这次也能够承受住。弗兰克的死使她感到强烈的空虚，她还感到恐惧、内疚，不安。她生平第一次为自己的所作所为感到悔恨，悔恨之中还有一些恐惧。

弗兰克是她杀死的，弗兰克肯定是她杀死的，就像她亲手扣了扳机一样。他曾经求过她，求她不要一个人到处乱跑，可是她不听，现在他死了，就是因为她太固执。上帝会因为这件事而惩罚她的。但是还有一件事使她不安，这件事对她是一种更大的压力，更为可怕。她看见那张宁静的脸上，有一种无可奈何的忧伤神情，这神情似乎在对她进行控诉。弗兰克明明是爱苏伦的，但却娶了她，上帝也会因为这件事而惩罚她。

也许思嘉可以申辩，说她是迫不得已才骗他的，因为那么多人的生活需要靠她来维持，但是现在说这些话也都晚了。事实明明白白地摆在那里，让她不敢正视。她是怀着一颗冷酷的心骗了他，利用了他。半年来，她本来是可以使他感到十分幸福的，然而却时常使他感到痛苦。上帝会惩罚她，因为她没有好好地对待他，上帝会惩罚她，因为她欺负他，气他，朝他发火，挖苦他，还由于她办工厂，开酒馆，雇犯人而使他没脸见人。

她使他感到很不愉快，这她自己也是知道的，但他忍受了一切而毫无怨言。她所做的唯一的一件使他真正高兴的事，就是给他生了小爱拉。可她自己也清楚，当时只要有办法，她是不会生这个爱拉的。

她哆哆嗦嗦，希望弗兰克还活着，她愿意好好地对待他，十分好地对待他，弥补这一切。

要是媚兰和她在一起，媚兰就会耐心温柔地安慰她，她也就不会那么害怕了，可是媚兰在家里照顾艾希礼呢。思嘉也曾想把皮蒂姑妈找来，但是她又犹豫了。皮蒂姑妈要是来了，也许会更糟，因为她对弗兰克的死悲痛不已。皮蒂姑妈觉得家里需要有个男人，弗兰克是再合适不过了。他在晚上为她认真地读报，说明当天发生的事情，而她呢，就为他补袜子。他每次得了感冒，她都特别尽心照顾，专门为他准备爱吃的东西。她是十分怀念他的，一边擦着红肿的眼睛，一边反复地说："他要是没有跟着三 K 党出去就好了！"

思嘉真希望有个人来安慰安慰她，使她镇静下来，别再害怕，别再心神不定。要是艾希礼——她不敢想下去。她不但杀了弗兰克，并且差点儿杀了艾希礼。要是艾希礼一旦知道她是怎样把弗兰克骗到手，然后对他又是多么不好，艾希礼就永远不会再爱她了。艾希礼这个人十分正直，真诚，并且厚道。如果他了解事情的全部真相，他会谅解她吗？哦，他一定会的，但是他决不会再爱她了。因此她决不能让他知道这一切。因为她需要继续得到他的爱。有了他的爱，她就有了力量的秘密源泉，如果失去了他的爱，她可怎么活呢？不过要是能把头靠在他的肩膀上，向他哭诉心中的烦恼，该是多么的舒心啊！

家中一片寂静，悲伤的气氛依然浓厚，这就使她愈加感到孤独，难以忍受。她悄悄站起来，把门关上一半，拉开衣橱最下面的抽屉，拿出来一瓶白兰地，这是她偷偷藏在那里的。她对着灯光一照,发现差不多已经喝了半瓶,从昨天晚上开始,怎么喝了这么多?她又倒出来不少,咕嘟咕嘟一口气喝了下去。天亮以前,她得把这个瓶子添满了水,放回酒柜里去。

白兰地一下肚,火辣辣的,真舒服。需要喝上一口的时候,白兰地比那些没滋没味的酒好多了。为什么女人就只能喝温和的酒,而不能喝烈性酒呢?

她又斟了一杯。今天晚上即使喝得有点醉也无妨,反正一会儿就该睡觉了。她真想就像父亲那样喝得酩酊大醉。喝醉了,就可以忘掉弗兰克那张消瘦忧伤的脸,否则老觉得他在谴责她毁了他的一生,最后还杀死了他。

她又喝了一杯,热辣辣的白兰地顺着嗓子灌下去,使得她浑身颤抖。现在她觉得身上很暖和,弗兰克仍在眼前晃动。都说喝了烈性酒可以忘却烦恼,真是一派胡言!除非醉得不省人事,否则她还是会看到弗兰克那张脸,脸上是他最后一次恳求她不要独自驾车外出时的表情:胆怯、责怪、抱歉。

这时有沉重的敲门声,这声音在寂静的房子里回荡。准是哪位邻居来安慰她们,或者是送来了牛奶冻。皮蒂姑妈是很欢迎的,她很愿意接待前来吊唁的人,和他们认真地沉痛地交谈。

忽然思嘉听见一个男人的声音压过了皮蒂姑妈那低沉的讲话声。这男人的声音洪亮,不紧不慢,她一下子就听出来了。这使她十分高兴,也松了一口气,不是别人,而是瑞德。这时在她的内心深处,她感到今晚只有他能够解除她的苦闷。

"我想她会见我的,"瑞德的声音传到楼上来。

"可是她已经睡下了,巴特勒船长,谁也不想见了。那可怜的孩子,她难过极了。她——"

"我想她是会见我的。请你告诉她,我明天就要走了,并且要离开一段时间。"

"可是——"皮蒂姑妈不知道说什么才好。

思嘉跑到过厅里。

“我马上就下来，瑞德，”她喊道。

她看到皮蒂姑妈仰头往上看，胖胖的脸上那两只眼睛瞪得圆圆的，流露出惊讶又生气的神情。“如果在丈夫出殡的这一天我行为不检点，就会闹得满城风雨，”思嘉一边这样想，一边跑回房去，理了理头发。她把黑色紧身衣的扣子一直扣到脖子底下，又把皮蒂姑妈给她的别针别在领口上。“我并不怎么好看，”她一面照镜子，一面想，“太苍白了，也过于惊慌。”她伸手想拿出胭脂，后来还是决定不拿了。她要是浓妆艳抹地走下楼去，那可怜的皮蒂姑妈可真是要生气了。她拿起香水瓶，往嘴里倒了一大口，漱了半天。

她赶紧下了楼，朝他们二人走去，这时他们还站着，因为皮蒂姑妈正为思嘉的举动而生气，没顾上请瑞德坐下。瑞德郑重其事地穿着一身黑衣服，衬衫上镶着褶边，并且是浆过的，一切举止都符合向失去亲人的人表示慰问的样子。一切都是那么周到，甚至有些可笑，但皮蒂姑妈并没有察觉。他这么晚前来打搅，一本正经地向思嘉表示了歉意。他还说因为急于在临走之前做许多重要事，以致未能前来参加葬礼，表示遗憾。

“他来干什么？”思嘉琢磨不透。“他这些话全是言不由衷的。”

“我并不愿意这么晚还来打扰，我有件生意上的事情需要和你商量，不能耽误。是我和肯尼迪先生正在筹划之中的一件事——”

“我不知道你们还有生意上的来往。”皮蒂姑妈说，弗兰克竟然有些事情瞒着她，简直让她生气。

“肯尼迪先生的兴趣广得很呢。”瑞德恭恭敬敬地说。“咱们上客厅里去好吗？”

“不！”思嘉大声说，她觉得那棺材还停在客厅里。她希望永远不再到那客厅里去。这次皮蒂姑妈还真识相，她说：

“到书房去好了。我得——我得上楼去拿针线活。哎呀，这个星期我都把这件事给忘了。我说——”

她一面说,一面上楼去,还回过头来瞪了他们一眼,不过思嘉和瑞德都没有看见。瑞德往旁边一闪,让思嘉先走,他也跟着进了书房。

“你和弗兰克筹划过什么事?”她直截了当地问。

他凑近了一点,小声说:“什么也没有。我只是想让皮蒂小姐走开。”他停了一下,又低头看着她说:“这可不好啊,思嘉。”

“什么不好?”

“香水呀!”

“我不明白你的意思。”

“你不会不明白。酒,你可喝得不少啊!”

“喝得不少又怎么样?你管得着吗?”

“就算是心情不好,说话也得客气点呀。不要一个人喝闷酒,思嘉。别人会发觉的,会毁了你的名声。再说,一个人喝闷酒也不是件好事。你怎么了,亲爱的?”

“我把门关上好吗?”

她知道,如果嬷嬷发现门关着的,她就会十分反感,然后没完没了地责备她。可是如果嬷嬷听见他们在谈论喝酒的事,那就更糟。于是她点了点头,瑞德就把折叠门拉上了。他回来坐在她身旁,一双黑眼睛机敏地看着她的脸,仔细端详。他全身的活力驱散了她脸上的哀愁,使她觉得这书房变得又可爱又舒适了,灯光也显得柔和而温暖。

“你怎么了,亲爱的?”

这种亲昵的称呼,谁也没有瑞德说得动听,即便是他在开玩笑,也是如此,不过现在看来,他并不是在开玩笑。她抬起她那双痛苦的眼睛看着他,好像从他那张坚毅的脸上得到了安慰。她不知道为什么会有这种感觉,因为他是一个捉摸不定没有感情的人。他常说,他们两个人极其相像,也许就是因为这个吧。

有时候她会突然觉得所有熟悉的人都是陌生人,只有瑞德例外。

“不能告诉我吗?”他异常温柔地握住了她的手。“不只是因为弗兰克吧?你需要用钱吗?”

“钱? 唔,不需要! 啊,瑞德,我觉得十分害怕。”

“快别瞎说了,思嘉,你一辈子都没害怕过。”

“啊,瑞德,我的确是害怕!”

思嘉脱口而出。她是可以告诉他的,她什么事都可以告诉瑞德。他自己那么坏,是不可能指责她什么的。

“我是怕我会死,要进地狱。”

如果他大笑起来,她马上就会死。但是他没有笑。

“你很好嘛——并且说不定根本就没有什么地狱。”

“啊,有的,瑞德! 你知道是有地狱的!”

“我知道,是有地狱,不过就在这个地球上,而不是在死后。死了以后,就什么都没有了,思嘉。你现在就在地狱里啊。”

“啊,瑞德,说这话是亵渎神灵的呀!”

“但是怪得很,可以使人得到安慰。告诉我,你为什么要进地狱?”

现在他是在戏弄她,她从他的眼神里就看得出,但是她不介意。他的手温暖而粗壮,抓在手里,可以得到安慰。

“瑞德,我不该嫁给弗兰克。我做错了,他是苏伦的情人,他爱苏伦而不爱我。可是我对他撒了谎,我说苏伦要嫁给托尼·方丹。唉,我怎么干出了这样的事呢?”

“啊,原来是这样! 我还一直纳闷呢?”

“后来我又使得他很痛苦。我逼着他做他不愿意做的事,比如,让他逼人还债。我经营木材厂,开酒馆,雇犯人,也都使他十分伤心,弄得他抬不起头来。还有,瑞德,他是我杀死的。是我杀的。我不知道他加入了三K党。我做梦也没想到他有那么大的胆量。不过我应该想到这一点。是我杀死了他。”

“说下去吧。”

“说下去？就这些。还不够吗？我嫁给了他，我使他伤心，我杀死了他。啊，我的上帝！我怎么会干出这样的事。我对他扯了谎，嫁给了他。当时我觉得这样做，很有道理，可现在我明白了，我错了。瑞德，我对他很卑鄙，可我并不是一个卑鄙的人啊。我小的时候，母亲也不是这样教育我的。我母亲——”她说不下去，这一整天她都不愿意想起自己的母亲爱伦，现在她无法回避了。

“我经常想，不知你母亲是个什么样子。你好像很像你父亲。”

“我母亲——唔，瑞德，我这是第一次为母亲的死而感到高兴。她死了，看不见我了。她从来没有教育我做一个卑鄙的人。她对每一个人都是那么宽厚，那么善良。她一定宁愿让我饿死，也不让我做这么卑鄙的事。我多么想象母亲那样，可是我一点也不像她。不过我的确是希望像母亲那样，我不愿意像父亲那样。我爱父亲，可是他——太——太不为别人着想。瑞德，有时候我也想尽量对人好，好好地对待弗兰克，但我马上就又想起那场噩梦，吓得不得了。于是我就想跑出去，见钱就抢，不问这钱是不是应该属于我。”

眼泪哗哗地往下流，她使劲地握着他的手，指甲都掐到他的肉里去了。

“什么噩梦？”他的声音平静而温柔。

“唔——我忘了告诉你了。是这样的，我每次想好好待人，每次提醒自己不要只看见钱，到了睡觉的时候，就梦见又回到了塔拉，回到母亲刚去世，北方佬刚来过的情景。瑞德，你想象不出，我一想起来就浑身发抖。我又看见一切都被烧光了的情景，周围一片寂静，什么吃的也没有。瑞德，我在梦里又觉得饿了。”

“说下去。”

“我很饿，我爸爸，我妹妹，还有家里那些黑人也都很饿，他们老说：‘饿。’我自己也饿得难受，可怕极了。我不断对自己说：‘我要跑出去，就永远不会再挨饿了。’然后我看见白茫茫的一片雾。我就没命地跑起来，在雾里跑呀，跑呀，心都快跳出来了，后面还有什么东西在追我，我跑得喘不上气，心里还在想，只要跑到那里，就没事了。可是究竟往哪里跑，我自己也不知道。然后就醒了，吓得浑身发冷，生怕以后还得挨饿，就觉得即使把世界上的钱都给我，我也不会不怕再挨饿。这时候，如果弗兰克再来对我说些什么，我一急，就朝他发火。我想他不会明白怎么回事，我也没有办法使他明白。我一直在想，有朝一日我们有了钱，不用再担心挨饿了，我再补偿他吧。现在他死了，太晚了。唉，当时我觉得我是对的，其实是十分不对的。要是时间能倒流，我会采取完全不同的做法。”

“算了，”瑞德说，接着就挣脱她紧握着的手，从口袋里掏出一块干净手绢来。“擦擦脸吧。何苦这样把自己毁掉呢？”

她接过手绢，擦了擦脸上的泪，心中觉得轻松了许多，似乎把自己的一部分负担转移到了他那宽阔的肩上。他看上去是那样能干，沉着，就连他轻轻地一撇嘴，也可以给她安慰，似乎可以证明她的痛苦和困惑是不必要的。

“觉得好一点吗？咱们索性彻底谈一谈吧。你刚才说，要是时光倒流，你会采取完全不同的做法。可是你会吗？现在你想一想。你真会吗？”

“唔——”

“不会的。你还是要那样做的。你当时有别的办法吗？”

“没有。”

“那你悔恨什么呢？”

“我对他那么不好，可现在他死了。”

“他要是现在没死，你也不会对他更好的。你并不悔恨嫁给弗兰克，欺负他，并且使他早早死去，你悔恨，只是因为你怕进地狱。是吗？”

“唔——这倒把我说糊涂了。”

“你的道德观念是一笔糊涂账。你现在就像一个小偷，让人家当场抓住了。他悔恨，并不是因为他偷窃，他非常非常悔恨，因为他要蹲班房。”

“一个小偷——”

“哎呀，你不必抠字眼。换句话说，你要不是胡思乱想，觉得会进地狱，你就会觉得弗兰克死了更好。”

“啊，瑞德！”

“唔，我看你既然坦白，就索性都说出来吧。你为了三百块钱，就可以放弃了那颗比命还宝贵的宝石，你的——唔——你的良心就没觉得不安吗？”

那白兰地使得她头晕目眩，她有些沉不住气了。对他撒谎有什么用呢？他总是能够看透她。

“我当时并没怎么想上帝，也没有想地狱。后来我也想过，只觉得上帝是会谅解的。”

“可是你嫁给弗兰克，就不能指望上帝谅解吗？”

“瑞德，你明明不相信有上帝，为什么这样一个劲儿地说上帝呢？”

“可你是相信的，你相信上帝会生气。上帝为什么不谅解呢？现在塔拉还是属于你，那里没有住着北方来的冒险家，你觉得懊恼吗？你现在不挨饿，不穿破衣烂衫，你觉得懊恼吗？”

“唔，不觉得。”

“那好，当时你除了嫁给弗兰克，还有什么别的办法吗？”

“没有。”

“他并不一定非娶你不可，对不对？他很自由啊。他也不一定非得去做你逼他去做的事吧？”

“唔——”

“思嘉，你为什么要烦恼呢？过去的事如果能再来一遍，你还是会这样，他也还得和你结婚。你还是会碰上危险，他也非得替你报仇。当时他要是娶了你妹妹苏伦，她大概不至于使他送了命，不过她也许会使他感到更痛苦。情况不会更好些。”

“可是我能对他好一点呀！”

“也许是的——不过那得换一个人。你生来就是能欺负谁就欺负谁。强者总是欺负人，弱者总是受欺负。弗兰克没有用鞭子抽你，那是他的过错……思嘉，你真使我惊讶，到了你这年纪，良心也还会增长。像你这样的机会主义者是不应当这样的。”

“你刚才怎么说的？”

“我说的是见机会就利用的人。”

“不对吗？”

“人们都认为这不光彩，尤其是那些有机会而不加以利用的人。”

“唔，瑞德，你在开玩笑呢。我还以为你会待我好呢！”

“我是待你好啊。思嘉，亲爱的，你醉了，你的问题就出在这里。”

“你敢——”

“是的，我敢。不过我想换一个话题，省得你哭个没完。我有些有趣的消息告诉你，让你高高兴兴。其实，我今天晚上到这里来，就是为了把这消息告诉你，然后再走。”

“你要到哪里去？”

“到英国去，可能要去几个月。思嘉，把你的良心放在一边吧。我不想再讨论你的灵魂。你不想听我说点什么吗？”

“可是——”她有气无力地说，那白兰地逐渐缓解了悔恨的痛楚，瑞德的话虽有讥讽的口吻，却使人感到安慰。

“你有什么消息？”她吃力地问。把散乱的头发往后拢了拢。

“我的消息，”他笑着对她说，“就是：在我见过的女人当中，我最想要的还是你。现在弗兰克已经不在了，我想你也许愿意知道我的想法。”

思嘉猛地把手从他手里抽回来，接着站了起来。

“我——你这个最没有教养的人，非得在这个时候来胡说八道——我早就该知道你这个人本性难移。弗兰克还尸骨未寒呢。你要是个正经人——请你给我出——”

“轻点，要不皮蒂小姐马上就会下楼来。”他说。他没有站起来，只是伸出两只手，抓住了思嘉的拳头。“你恐怕误解了我的意思。”

“误解？我什么都没有误解。”她又把手抽回来，不让他握着。“你放开我，快滚吧。从来没见过你这样恶劣的人。我——”

“嘘，”他说。“我是向你求婚呀。我要是跪下，是不是你就相信了？”

她上气不接下气地“啊”了一声，便一屁股坐到了沙发上。

她张着嘴，两眼盯着他，心里想是不是那白兰地在作怪，她准是醉了，要不就是他疯了。不过看样子他没有疯。他很平静，似乎是在议论天气一样。

“我一直想得到你，思嘉，自从我第一次在‘十二橡树’村看见你又摔花瓶，又咒骂，我觉得你不是个上等女人，我就想得到你。我想无论用什么办法我也要把你弄到手。但是因为你和弗兰克积攒了一点钱，我就知道你不会再被迫向我借钱了,因此我只好娶你了。”

“瑞德·巴特勒,你又在跟我开一个恶毒的玩笑吧?”

“我对你以诚相见,你反倒起了疑心。我不是开玩笑,思嘉,我说的是真心话。我承认这个时候来找你不合适,但是我有一个很好的理由。明天我就走了,并且要离开很长时间,我怕等我回来的时候,你又嫁给另外一个有钱的人了。因此我想你为什么不嫁给我呢,我也有钱呀。真的,思嘉,我不能一辈子老等着你,我希望在你更换丈夫的时候得到你。”

他说的倒是实话,这是肯定的。她琢磨他这番话的含义,感到唇干舌燥,一面咽唾沫,一面盯着他的眼睛,想从中看出一些什么。他眼中充满了笑意,但在深处也还蕴藏着一点别的东西,一种难以捉摸的东西。他坐在那里,若无其事的样子,可是她觉得他正机警地盯着她。

他真是在向她求婚呢,这真是不可思议。她曾经想过,如果他求婚的话,该怎样折磨他。她也曾想过,如果他提出这种要求,就羞辱他一番,让他知道她的厉害,她会从中感到快乐。现在他提出要求了,可她却把原来那些打算忘得一干二净,因为她和过去一样,从没能把他控制在手心里。实际上,他们的关系完全在他的控制之下,而她就像初次有人求婚的少女一样激动,脸也红了,话也说不出来了。

“我——我不再结婚了。”

“不。你生来就是要结婚的。那为什么不能和我结婚呢?”

“可是,瑞德,我——我并不爱你。”

“这没什么。我记得你头两次结婚也没有多少爱情呀。”

“唔,你怎么能这么说?你知道我是喜欢弗兰克的。”

他什么也没说。

“我喜欢他!我喜欢他!”

“我们就不要争了。我走了以后,你考虑考虑吧。”

"瑞德，我不喜欢老拖着。我现在就答复你吧。我不久就要回塔拉去，英迪亚·威尔克斯留在这里陪着皮蒂姑妈。我回去要住很长时间，并且——我——我也不想再结婚了。"

"别胡说了。为什么呢？"

"唉，你就别问了。我就是不愿意结婚。"

"可是，傻孩子，你从来就没有真正结过婚。你怎么会知道结婚的乐趣呢？我认为你运气不好——一次是赌气，一次是为了钱。你想没想过为了寻求乐趣而结婚呢？"

"乐趣！净说傻话。结婚没有什么乐趣可言。"

"没有？为什么没有？"

她渐渐恢复了平静。

"结婚只对男人有乐趣。而对于一个女人来说，无非是有口饭吃，有一大堆活儿要干，还要忍受男人的胡闹——还得每年生个孩子。"

瑞德一听这话大笑起来，在寂静的黑夜里，回声特别大，思嘉听见厨房有人开门的声音。

"嘘！嬷嬷的耳朵和山猫一样尖，况且，现在这么大笑，也不像话呀。快别笑了，真是这样，什么乐趣！全是胡扯！"

"我说你是运气不好，你的话也证明这一点。你先嫁了一个孩子，又嫁了一个老头儿。为什么不嫁一个名声不好而又善于对付女人的亮丽的年轻男人呢？那是很有乐趣的。"

"你这个人又粗野，又自负。我觉得我们扯得太远了。真是——真是粗俗得很。"

"也很有趣，是不是？我敢说，你从来没跟一个男人谈论过婚姻关系，甚至和查尔斯和弗兰克也没谈论过。"

她朝他皱了皱眉，瑞德知道的事太多了。他对女人了解得这么透彻，他是怎么知道的,思嘉感到纳闷。真是不正经。

“你别皱眉。说个日子吧,思嘉。考虑到你的名声,我并不要求马上结婚。我们可以等上一段像样的时间。顺便问一下,一段‘像样的时间’是多长时间?”

“我还没答应嫁给你呢。在这个时候议论这件事是很不像话的。”

“我已经告诉你我为什么现在来找你谈这件事。我明天就要走,而我又是那么热烈地爱着你,我再也无法控制自己的感情了。”

突然间,瑞德从沙发上往下一溜,跪在了地上,一只手轻轻地放在胸口上,滔滔不绝地说起来:

“对不起,因为我感情奔放,使您受惊了,亲爱的思嘉——我的意思是亲爱的肯尼迪太太。您不会没注意到,许久以来,我心中对您的友情已经发展成更深的感情,更加美丽,更加纯洁,更加神圣。我能告诉您那是一种什么感情吗?啊!是爱情,是它给了我勇气。”

“快起来,”她央求说。“看你那样儿。要是嬷嬷进来看见你这个样子怎么办?”

“她头一次看见我这样文雅,会吃惊,甚至不敢相信呢。”瑞德一面说,一面轻巧地站起来。“我说,思嘉,你不是小孩子、小学生了,不要用正经不正经之类无聊的话来搪塞我了。答应我,等我回来的时候就和我结婚,你要是不答应,我就对天起誓,不走了。我要每天晚上在你窗前弹着吉他,扯着嗓子唱,出你的洋相,到那个时候,你为了保全面子,就非跟我结婚不可了。”

“瑞德,我谁也不嫁。”

“谁也不嫁?你没有说出真正的原因。不会是因为像女孩子那样胆怯。那么究竟是什么原因呢?”

思嘉突然想起了艾希礼,似乎他就站在身旁,他那光亮的头发,忧伤的眼睛,庄重的神情,和瑞德迥然不同。她之因此不想再结婚,也许就是为了他,尽管她对瑞德并不反感,并且有时还的确也很喜欢他。但她觉得自己是属于艾希礼的,永远永远属于他。过去没有属于查尔斯,也没有属于弗兰克,今后也不会属于瑞德。她的全身心,她所做的一切,她所追求的一切,她所得到的一切,全是属于艾希礼的,因为她爱他。艾希礼和塔拉,她是属于他们的。在她的内心深处,她有一种欲望:把自己留给他,尽管她明明知道永远也不可能。

思嘉没有意识到自己脸上的表情。她刚才陷入沉思的时候,脸上异常温柔,这是瑞德从来没有见过的一种表情。他看看她那双绿眼睛睁得大大的,流露出迷茫的神情,再看看她那温柔的弯曲的嘴唇。他突然把嘴一撇,急不可耐地大声说:

"思嘉·奥哈拉,你可真傻!"

她还没有完全清醒过来,他的两只胳臂已经紧紧搂住了她,他在黑暗中搂她搂得那么紧。她又感到一阵无力,只有顺从,一股暖流上来,使她浑身发软。艾希礼·威尔克斯那沉静的面孔模糊了,逐渐消失了。他使她把头往后一仰,靠在他的胳臂上,便吻起她来。先是轻轻地吻,越来越热烈,使她紧紧地贴在他身上,似乎整个大地在摇晃,只有他是坚实可靠的。他顽强地用嘴分开了她那发抖的双唇,使她浑身猛烈地颤动,激发出一种她从未体会过的感觉。她感到头昏眼花,天旋地转的时候,她意识到自己已在用热吻向他回报了。

"行了,行了,我都头晕了!"她小声说,一面无力地挣扎着,想把头扭开。

"我就是要让你头晕。非让你头晕不可。这些年来,你早就该有这种感觉了。你碰上的那些傻瓜,谁也没有这样吻过你吧。是不是?你那宝贝查尔斯,弗兰克,还有那个笨蛋艾希礼——"

"快别说了——"

"我说你那个笨蛋艾希礼。这些正人君子——关于女人,他们了解什么?他们了解你吗?而我是了解你的。"

他的嘴唇又落在她的嘴唇上,她没有反抗就依从了他,她连扭头的力气也没有了，况且她无意回避，她的心跳得厉害，震动着全身。他是那么有力，使她感到害怕，而她自己是那么软弱无力。他要是再不停下来，她就要头晕了。他要是停下来就好了——他要是永远不停下来就好了。

“你就说声好吧！”他的嘴向下对着她的嘴，“说声好吧，他妈的，要不——”

她还没来得及思索，一个“好”字已轻轻地脱口而出。她似乎是不由自主地说出了这个字。可是这个字一经说出，她就突然平静下来，头也不晕了，白兰地带来的醉意也不那么浓了。她本来无意答应和他结婚，却答应了。她不知道这一切是怎么发生的，不过她并不懊悔。

他一听她说出这个“好”字，倒抽了一口气，低头似乎又要吻她，她闭着眼，等待他的亲吻。可是他突然收住了，这使她有些失望，因为她觉得他的亲吻有一种异样的感觉，使人兴奋。

他又开始说话了，语调十分平静。

“你说话算数吗？不会收回你的诺言吧？”

“不会。”

“是不是我的热情使得你——那话是怎么说的？——‘飘飘然’了？”

她无法回答，因为她不知说什么好，她也不敢看他的眼睛。他把一只手放在她下巴底下，托起她的脸。

“我对你说过，你对我怎么样都行，只要不说谎。现在我要你说实话。你究竟是为什么说‘好’的？”

她仍然不知说什么好，她两眼朝下看着，显得难为情的样子，同时抿着嘴笑了笑。

“你看着我。是不是为了我的钱？”

“啊，瑞德！你怎么这么说？”

“抬起头来，别给我来甜言蜜语。我不是查尔斯，也不是弗兰克，不是本地的傻小子，你只要眨眨眼就上当。究竟是不是为了我的钱？”

“唔——是,但不全是。”

“不全是?”

他并没有感到不快。

“是啊,”她无可奈何地说,“钱是有用的,你知道,瑞德,可惜弗兰克并没有留下多少钱。不过,瑞德,你知道,我们是能够相处的。在我见过的所有男人之中,只有你能够让女人说真话。你不把我当傻瓜,不让我说瞎话,有你这么个丈夫是幸福的——何况——何况我挺喜欢你的。”

“喜欢我?”

“嗯,”她焦躁不安地说,“我要是说爱你爱得发疯了,那是瞎说,再说,那也骗不了你。”

“有时候我觉得你也过于认真了,我的小乖乖。难道你不觉得即便是瞎说,你也应当说一声‘瑞德,我爱你’?言不由衷也没关系。”

他究竟是怎么回事?她想不透,觉得糊涂了。他的神气似乎很奇怪,很殷切,很伤心,又带有讽刺的意味。他把手从她身上抽回去,深深地插到裤子口袋里。

“即使丢了丈夫,我也要说真话,”她暗自下定了决心,她的情绪又激动起来了,只要瑞德一刺激她,她就会这样。

“瑞德,那是一句谎话呀,我们为什么也要那样呢?我刚才说了,我喜欢你,这你是知道的。有一次你对我说你并不爱我,可是我们有很多共同之处。我们都是流氓,这是你自己说的——”

“天哪!”他轻轻地自言自语,把脸转向一边。“真是自作自受!”

“你说什么?”

“没什么,”他看了看她,笑起来,但那笑声并不愉快。“说个日子吧,亲爱的,”说罢,他又笑起来,还弯腰吻了她的双手。看到他不再心烦,她松了一口气,也露出了笑容。

他抓着她的手，抚摩了一会儿，又朝她笑了笑。

“你在小说里有没有看到过这样的情节：妻子对丈夫没有感情，后来才爱上了自己的丈夫？”

“你知道我从来不看小说，”她说。为了迎合他那轻松愉快的心情，她接着说：“况且我记得有一次你说过夫妻相爱是最要不得的。”

“我他妈的对你说的话太多了，”他马上顶了她一句，就站起来了。

“你不要骂人呀。”

“这你可得适应一下，并且要学着骂。你得适应我所有的坏习惯。你说——你说喜欢我，并且还想用你那亮丽的小爪子抓我的钱，那就得付出代价，这只是代价的一部分。”

“你不必因为我没有撒谎，没让你神气，就朝我发火。你也并不爱我，对不对？我为什么一定要爱你呢？”

“是的，亲爱的，你不爱我，我也同样不爱你。就算我爱你，我也不会告诉你。愿上帝帮助那个真正爱你的人吧，你会使他伤心的，亲爱的，好比一只任性的小猫，到处乱抓。”

说到这里，他一把把她拉起来，又吻起来。他的嘴唇滑到她的脖子底下，最后贴在她的胸前，他是那么用力，又那么持久，她感到烫得慌。她用两手挣扎着把他推开，又气愤，又不好意思。

“你不能这样！你怎么敢这么放肆！”

“你的心突突直跳哩，”他讥讽地说。“我冒昧地说一句，我觉得如果只是喜欢的话，心也不至于跳得这么厉害吧。你也不必生气。你这羞羞答答的样子完全是装出来的。直说吧，要我从英国给你带点什么回来？戒指？要什么样的？”

作为一个女人，她想把装模作样地生气这场戏再拖长一点，同时她又对瑞德说的最后这句产生了很大兴趣，她犹豫了一下，说：

“唔——钻石戒指——瑞德，一定要买个特大的。”

“这样你就可以在穷朋友面前炫耀说：‘看，这是什么！’是不是？好吧，我一定给你买个特大的，让你那些不怎么富裕的朋友只能互相安慰，悄悄地说：看她戴那么大的钻石戒指，真俗气。”

他突然站起来朝门口走去，她跟在后面，不知所措。

“怎么了？你上哪里去？”

“回去收拾行李。”

“唔，可是——”

“可是什么？”

“没有什么。祝你旅途愉快。”

“谢谢。”

他打开房门，来到过厅里。思嘉跟在后面，不知怎么办才好，感到有些失望，没想到就这样草草收场。他顺手穿上大衣，拿起了手套和帽子。

“我会给你写信的。你要是改变主意，就来信告诉我。”

“你就不——”

“怎么？”他急着要走，好像有些不耐烦了。

“你就不亲亲我，表示告别吗？”她小声说，怕别人听见。

“一个晚上，亲了你那么多次，还不够吗？”他反问道，并低头朝她笑了笑。“想一想你这样一个懂事的有教养的年轻女子——我刚才说了，是有乐趣的，你看，是不是？”

“啊，你真坏！”她大声嚷嚷起来，也顾不上怕嬷嬷听见了。“你永远不回来，我也不在乎。”

她转身朝楼梯走去，想他肯定会伸出温暖的手，拉住她的胳臂，不让她走。但是他却打开前门，进来一股冷风。

“可是我一定要回来，”他说完就走了出去。

瑞德从英国带回来的戒指的确很大,大得都过分了。她是喜欢华丽贵重的首饰,不过她似乎觉得大家都说这只戒指很俗气,也确实俗气,因此她有些不安。当中是一颗大钻石,周围有一圈绿宝石。这戒指盖住了整整一节手指,似乎重重地压在手上。思嘉怀疑瑞德是费了很大力气定做了这只戒指,并且不怀好意,故意做得这么扎眼。

瑞德回到亚特兰大并把戒指戴在思嘉手上之前,思嘉没有把这件事告诉任何人,连家里人也没告诉。她把订婚的消息一宣布,顿时引起了轩然大波,人们议论纷纷。三K党事件之后,瑞德和思嘉就成了全城最不受欢迎的人。

他们订婚的消息就像炸弹一样炸开来,来得突然,并且威力无比,全城为之震动,就连最宽容的女人也直言不讳,谈起来十分激动。弗兰克死了刚刚一年,她就又嫁人了,弗兰克还是她杀死的呢!她嫁的这个名叫巴特勒的男人开着一家妓院,还勾结北方佬和北方来的冒险家合伙干各种见不得人的勾当。他们俩,要是单独说来,大家还勉强可以忍受,但是这样肆无忌惮地结合在一起,实在让人受不了。

思嘉知道全城都对她不满,但是她不知道人们的气愤到了什么程度。后来梅里韦瑟太太在大家的催促下自告奋勇出来对她进行规劝。

"因为你母亲去世了,皮蒂小姐又没结过婚,不好跟你谈这件事,因此我觉得有责任提醒你。思嘉,巴特勒船长这个人,良家妇女就不应该嫁给他,他是个——"

"他救了梅里韦瑟爷爷的命,还救了你的侄儿呢。"

梅里韦瑟太太一听这话,就气得说不出话来。

"他只是在我们身上耍了一个鬼花招呀,思嘉,让我们在北方佬面前出丑,"梅里韦瑟太太接着说。"他是个大流氓,这咱们都是知道的。他一向是个流氓,现在大家恨死他了。正经人决计不会接待他的。"

“不接待他？那我就要奇怪了，梅里韦瑟太太。战争期间，他也是你家常客呀。他还送给梅贝尔一件白缎子结婚礼服，对不对？要不就是我记错了。”

“那时候情况不同，那都是为了事业，是完全正当的。你千万不要嫁给这样一个人，他不但自己没有参军打仗，还挖苦讽刺那些参军的人，你说是不是？”

“他也是参过军的。他在军队里待了八个月。参加过最后一次战役，在富兰克林打过仗，是跟着约翰斯顿将军投降的。”

“我可没听说过，”梅里韦瑟太太说，看样子她不相信有这样的事。“可是他没受过伤。”她得意地补了这么一句。

“很多人都没有受伤呀。”

“像个样子的人都受伤了，我没听说过谁没受伤。”

这句话可把思嘉惹火了。

“你认识的那些人都是傻瓜，下雨不避，子弹不躲。现在请你听着，梅里韦瑟太太，你也可以转告所有那些爱管闲事的朋友。我要跟巴特勒船长结婚，就算他为北方佬打过仗，我也要跟他结婚。”

这位尊贵的妇人气呼呼地走了出去，帽子一翘一翘的。这时思嘉意识到这个人已经不再是一个对她不满的朋友，而成了她的敌人。但她毫不介意。不论梅里韦瑟太太说什么，或做什么事，对她说来都无所谓。谁说什么，她都不在乎——只是嬷嬷的话例外。

皮蒂姑妈一听说他们要结婚就晕倒了，思嘉熬了过来。艾希礼听到消息，似乎一下子老了许多，向她祝贺的时候，连看都不正眼看她，她也挺住了。波琳姨妈和尤拉莉姨妈从查尔斯顿来信，使她哭笑不得，她们全都吓坏了，连忙阻止这门婚事，说这不但有损于她自己的社会地位，还会危及她们的声望。媚兰忧愁然而诚心诚意地对她说：“巴特勒船长当然要比许多人想象的好得多。他又厚道，又能干，这才救出了艾希礼。他也为联盟战斗过。不过，思嘉，最好不要这么仓促，你说是不是？”思嘉对媚兰这番话一笑置之。

任何人的话她都不在乎，但是嬷嬷的话不同，因为嬷嬷的话使她十分生气，十分伤心。

嬷嬷说："你做的很多事，爱伦小姐要是知道，会伤心的。我也很难过。不过这件事你做得最不像话。嫁给一个下流坯！我就叫他下流坯！你不必说他什么出身名门，那也没有用。上等人家出来的下流坯，也还是下流坯。思嘉小姐，我看着你从霍妮小姐手里把查尔斯先生抢过来，可是你并不爱他。我还看着你从亲妹妹手里把弗兰克先生抢过来。你干了很多事，我尽管不赞成，但都没吭声，比方说，把坏木头当好木头卖，说同行的坏话，一个人赶着车到处乱跑，招惹那些黑人，让弗兰克先生送了命，你还虐待犯人，差点把他们饿死。这些事我都没吭声，就连爱伦小姐在九泉之下也会责怪我说：'嬷嬷，嬷嬷！你怎么不好好照看我的孩子呀！'好吧，那些事都算了，可这件事，我不赞成，思嘉小姐。你不能嫁给一个下流坯。只要我还有一口气，就不能让你这样干。"

"我爱嫁谁就嫁谁。"思嘉无动于衷说。"我看你是忘了自己是谁吧，嬷嬷！"

"是啊，我早该对你说了。我要是不对你说这些话，谁会对你说这些话呢？"

"我一直在考虑，嬷嬷，我觉得你最好回塔拉去吧。我给你一点钱，还有——"

嬷嬷摆出一副很神气的样子。

"我有我的自由，思嘉小姐。我要是不想去，你不论让我上哪儿，我也不去。让我回塔拉，你得跟我一块儿去。我不能丢下爱伦小姐的孩子不管，说什么我也不走。我也不能丢下爱伦小姐的外孙，让那个下流坯做继父，来抚养他们。我反正待在这里，不走。"

"我不能让你留在这里满口胡话地侮辱巴特勒船长。我已经决定嫁给他，没有什么可说了。"

"要说的很多。"嬷嬷慢条斯理地顶了她一句。

"我从来不想对爱伦小姐家的人说这样的话。可是,思嘉小姐,你听着。你完全是一头骡子,尽管配了一套马笼头,驾到一辆亮丽的马车上,可是骡子还是骡子,骗不了人。你穿着绸子衣裳,开着木材厂,开着商店,又有钱,还摆出一副小姐模样,很像一匹好马,可你终究是头骡子。那个巴特勒,家庭出身好,打扮得像赛马一样亮丽,可他和你一样,也是一头套着马笼头的骡子。"

嬷嬷目不转睛地盯着女主人。思嘉听到这样恶意的辱骂,气得浑身发抖,说不出话来。

"你要是非嫁给他,你就嫁吧,可是,你别忘了,思嘉小姐,我是不会走的。我要在这里待下去,看个究竟。"

嬷嬷没等思嘉答话,一转身就走了。

后来他们在新奥尔良度蜜月的时候,思嘉把嬷嬷的话告诉了瑞德。瑞德一听嬷嬷说的骡子套着马笼头,便大笑起来,弄得思嘉又惊讶,又气愤。

"我从来没听见有人用如此简洁的语言说明如此深刻的道理,"他说。"嬷嬷是个很有头脑的老人,这样的人不多,我希望能得到她的尊敬和谅解。不过我既然是头骡子,恐怕永远也得不到她的尊敬和谅解了。婚礼之后,我兴致勃勃地给她一个十块钱的金币,可是她不要,很少见到有人在金钱面前不发软的。她瞪了我一眼,谢了谢我,说她不需要我的钱。"

"她干吗要那么激动呢?他们为什么要像一群老母鸡似地朝我咯咯乱叫呢?我和谁结婚,结几次婚,完全是我自己的事。我从来不爱管闲事,可有些人为什么老爱管别人的闲事呢?"

"我的小乖乖,世人什么都可以原谅,就是不能原谅特立独行的人。你常说不论人家怎么议论你,你都不在乎。可是你在小事上都经常受人指责,在这件大事上,你怎么能指望躲过人们的非议呢?你早就知道,嫁给我这样的坏人,是要招人议论的。如果我出身卑贱,一文不名,别人可能没什么好说。可是我这个坏人又有钱,又干得红火——这当然就不可饶恕了。"

"我希望你能认真一点。"

"我现在就很认真。好人要是看见坏人像芝麻开花一样兴旺发达,心里就不舒服,历来如此。你也不必烦恼,思嘉,我记得有一次你对我说,你之因此要很多钱,主要是为了能对任何人说见鬼去吧。现在你的机会来了。"

"可我那时主要是想对你说见鬼去吧,"思嘉一面说,一面笑了。

"你现在不想对我说吗?"

"不像以前那么想说了。"

"你什么时候想说,就说吧,只要能让你高兴就行。"

"我并不感到特别高兴。"思嘉说,低头随便亲了他一下。他那黑色的眼睛朝她脸上闪了一闪,笑了笑,说:

"忘掉亚特兰大吧!忘掉那些老猫吧!我带你来新奥尔良,是为了让你高兴的,我一定要使你感到高兴。"

第四十八章

思嘉在新奥尔良的确过得很愉快,从战前最后一个春天到现在,她从来没有这么愉快过。新奥尔良是一个奇异的热闹地方,思嘉就像一个囚犯突然获释一样,玩得痛快极了。瑞德带她去的地方,是她从未见过的繁华地区。她所见到的人,看上去都十分有钱。瑞德介绍她认识了十几位妇女,她们长相亮丽,穿着高贵,两手细嫩,遇见什么事都快乐地大笑,从来不谈无聊的正经事,也不谈艰难困苦的生活。她见到的男人——多么令人兴奋呀！他们与亚特兰大的男人真不同——都争着和她跳舞,不遗余力地向她献殷勤,似乎她是舞会上的年轻皇后一样。

这些男人和瑞德一样,脸上带着固执、鲁莽的神情。他们的眼睛始终很机警,似乎一直生活在危险之中,不敢疏忽大意。他们好像无所谓过去,也没有未来。思嘉有时想问问他们来新奥尔良之前是干什么的,或在什么地方,他们总是很有礼貌地把话题岔开。这很奇怪,因为在亚特兰大,任何一个新来的体面人都急于把自己的经历讲一讲,炫耀一下自己的家庭。

他们都是沉默寡言的人,说起话来字斟句酌,十分谨慎。有时瑞德单独和他们在一起,思嘉听见他们断断续续的谈话,但她听不明白,只能听出零零碎碎的几个字,什么古巴和纳索,什么淘金热,非法侵占他人的采矿权,走私军火,海盗等等。

不过他们都文质彬彬,衣着考究,并且显然对她非常殷勤。对她来说,重要的是他们都是瑞德的朋友,有宽敞的住房,华丽的马车。他们带着她和瑞德去兜风,请他们吃晚饭,为他们举行晚会。思嘉觉得十分开心。她把自己的这种心情告诉瑞德时,瑞德觉得很有意思。

“我想你肯定是会这样的。”他一面说,一面笑。

“为什么不这样呢?”她和往常一样,一听见他笑,就起疑心。

“他们都是二流人物,是流氓,是恶棍。他们都是冒险家,北方来的贵族老爷。”

“我才不信呢!你在开玩笑吧。他们都是最老实的人……”

“最老实的人都在挨饿呢。”瑞德说。“他们规规矩矩地住在茅草棚里,要是我去看他们,他们可能不会理睬我。亲爱的,你知道战争期间我在这里干过一些见不得人的勾当,这些人记性特别好,不会把我忘掉。思嘉,你时时刻刻使我感到高兴。你总是喜欢那些令人讨厌的人,不该喜欢的事。”

“可他们都是你的朋友啊!”

“唔,不过我喜欢流氓。我小时候就赌博,因此我对这样的人是了解的。可是,他们究竟是些什么人,我是看得很清楚的。然而你——”他又笑了起来,“你没有识别人的本能,下等人,上等人,你是分辨不清的。我觉得你接触过的上等人只有你母亲和媚兰小姐,可是她们似乎都没给你留下什么印象。”

“媚兰!哎,她难看得要命,穿的衣裳也那么俗气,并且也没有头脑。”

“太太,你还是不要妒忌吧。美貌不能使人高尚,衣着不能使人尊贵。”

“唔,真的吗?那你就等着瞧吧,瑞德·巴特勒,我要做个样子给你看看。现在我有了——我们有了钱,我要成为你从未见过的最尊贵的女性。”

“我十分乐意。”他说。

思嘉会见的这些人固然使她兴奋,瑞德给她买的衣服则更加使她兴奋。衣服的颜色、质料、款式都是他亲自挑选的。用圆箍撑起来的大裙子已经不时兴了,流行的式样十分新颖,裙子从前面向后在腰垫处收拢,腰垫上装饰着亮丽的花环,蝴蝶结,还有波浪形的花边。那可爱的小帽子简直就不像帽子,而是一个扁平的小玩意儿,斜着搭在一只眼上,上面别着花呀,果呀,走起路来羽毛就活泼地跳跃起来。还有修道院里做的精细的内衣,实在可爱,并且买了那么多套。还有一件件睡衣、睡袍、衬裙,都是用最细的亚麻布做的,上面绣着华丽的图案,纳着细碎的小褶。还有瑞德给她买的缎子拖鞋,后跟有三寸高,玻璃大鞋襻闪闪发光,长筒丝袜就有十几双,没有一双是棉统的。真阔气呀!

她毫无节制地花钱给家里人买礼物。给韦德买了一只圣比纳种的长毛小狗,因为他一直想要这样一条狗。给小博买了一只小波斯猫,给小爱拉买了一只珊瑚手镯。给皮蒂姑妈买的是一大串项链,上面挂着许多月长石坠子。给媚兰和艾希礼买的是一套《莎士比亚全集》。她给彼得大叔买了一套很像样的制服,包括一顶车夫戴的真丝高帽子,外带一把刷子。给迪尔茜和厨娘买的是衣料。她给住在塔拉的人也都买了昂贵的礼物。

"可是你给嬷嬷买了什么呢?"瑞德在旅馆里把小狗小猫都赶到梳妆室里,一面看着这一大堆礼物,一面问。

"什么也没买。她太可恨。她说咱们是骡子,干吗要给她礼物?"

"人家说的又没错,你何必怀恨在心呢,我的小宝贝儿?你一定得给嬷嬷一件礼物。你要是不给她礼物,就会伤她的心——像她那样的心是很可贵的,怎么能刺伤呢?"

"我什么也不给她买,她不配。"

"那我就给她买一件吧。我记得我的奶妈常说,她升天的时候想穿一条府绸裙子,上帝一看会以为是用天使的翅膀做的。我就给嬷嬷买块红府绸,让她做一条亮丽的裙子吧。"

"她不会接受你的礼物的。她宁可去死,也不会穿的。"

"尽管如此。不过我还是要做个姿态嘛。"

新奥尔良的商店里物品丰富,使人眼花缭乱,和瑞德一起买东西令人兴奋。

和他一起下馆子,也令人兴奋,甚至更加令人兴奋,因为他知道点什么菜,也知道菜应该怎么做。新奥尔良的葡萄酒、露酒和香槟,对她说来都那么好,喝下去感到心旷神怡。这且不说,还有瑞德点的那些菜呢,新奥尔良的菜肴最有名。思嘉想到在塔拉挨饿的苦日子,又想到不久以前拮据的生活,吃起这些丰盛的菜肴来,觉得老也吃不够。有法式烩虾仁、醉鸽、酥脆的牡蛎馅饼、蘑菇杂碎烩鸡肝、橙汁烤鱼,等等。她的胃口总是特别好,因为她只要一想到在塔拉没完没了地吃花生、豆子和白薯,就想尽量多吃一些法式的菜肴。

"你每次吃饭就像吃最后一顿饭似的,"瑞德说。"不要刮盘子呀,思嘉。厨房里肯定还有呢,只要叫侍者去拿就行了。并且你要是老这么大吃大嚼,你就会胖得跟古巴女人一样,到那时候,我可就要和你离婚了。"

她于是朝他吐了吐舌头,接着又要了一份点心。这点心上面是厚厚的一层巧克力,中间夹了一层糖。

想花多少钱,就花多少钱,根本不必算计,惦记着存钱纳税,或者买骡子,这可真痛快。朋友都是心情愉快的人,很阔气,不像亚特兰大的人那个穷酸样儿,真是痛快。穿着窸窸窣窣的锦缎衣裳,显出腰身,露着脖子胳臂,胸脯也露着不小的一块,并且还知道男人们垂涎欲滴,真是痛快。想吃什么,就吃什么,没有人指责你缺乏大家闺秀的风度,真是痛快。香槟酒,想喝多少喝多少,也真是痛快。她头一次喝醉的时候,坐着敞篷马车,穿过新奥尔良的大街小巷回旅馆去,一路上高唱《美丽的蓝旗》。第二天醒来以后,头疼得像要裂开一样,想起头一天晚上大出洋相,感到很不好意思。她以前连女人微醉也没见过。她只见过一个女人,就是那个沃特琳,在亚特兰大失陷的那一天喝得酩酊大醉。她喝醉了感到十分难为情,简直没有脸见瑞德,但他觉得这件事很有意思。不论她干什么事,他都觉得很有意思,似乎她是一只性情活泼的小猫。

和他一道出去,也是一件令人兴奋的事,因为他长得亮丽。过去她从来没有考虑过他的相貌。在亚特兰大,人们光看他的品德上的缺点,没有注意过他的相貌。可是在新奥尔良,她发现别的女人老拿眼睛盯着他,他弯腰吻她们的手,她们那么激动。她意识到她丈夫很有吸引力,这使她突然感到和他在一起非常光彩。

"唔,我们两口子都很亮丽。"思嘉想道,心里乐滋滋的。

是的,的确是像瑞德所说的那样,结婚是有很多的乐趣的。她觉得自己像个孩子,每天都会有新的发现。

首先,她发现和瑞德结婚,与先前那两次结婚,有很大的不同。他们都尊重她,怕她发脾气;他们都向她乞求恩惠。瑞德则并不怕他,并且她经常觉得瑞德也不怎么尊重她。他想干什么,就干什么。思嘉并不爱他,但和他生活在一起确实很有意思。

"我想这大概是因为他并不真爱我吧。"她心里想,但对这种情况也是满意的。"我还真不希望他完全放纵自己的感情。"

她和瑞德结合之后,了解到他许多新的情况,她原来还以为自己对他十分了解呢。她了解到他的声音可能一会儿温柔得像一块糖,一会儿又变成尖利的咒骂声。他可以一本正经地赞扬英雄的、光荣的事迹,可马上又说一些玩世不恭的下流故事。他可以是一个热诚的、温柔的恋人,一转眼又成了挖苦人的恶魔,把她那火药一般的脾气揭开盖子,点上火,引起爆炸,从中取乐。她了解到他的奉承话总有两层截然相反的含义,就连他表现出来的最温柔的感情也是值得怀疑的。实际上,她待在新奥尔良的两个星期里,她了解他各方面的情况,就是没有了解他究竟是个什么样的人。

有时他早上不用女佣人,亲自用托盘把早点给她送到房里,一点一点地喂她,似乎她是个孩子。可是,有时候他早上突然把她身上盖的东西全掀开,挠她的脚,粗暴地把她从酣睡中惊醒。有时候他很认真地倾听她述说生意中的事,称赞她有头脑。有时候他又把那些不是很正当的做法叫作捡便宜,叫作巧取豪夺。他带她去看戏,却悄悄地对她说也许上帝不赞成她到这种娱乐场所来,惹得她心烦意乱。他带她到教堂去，却又小声对她说有趣的下流话，然后又责怪她发笑。他鼓励她有什么说什么，不拘束。

他想让她玩儿，而她几乎已经忘了怎么玩了。生活一直是那么严峻，那么艰难。于是就带着她一起玩。但是他不是像小孩子那样玩了；他是一个成年人，他的一举一动，她都是不会忘记的。女人看到童心未泯的男人做出滑稽可笑的动作就不免要发笑，而思嘉是不能凭着女人的优越感看不起瑞德，朝他发笑的。

她一想到这种情况，就觉得不愉快。要是能比瑞德高出一筹就好了。她所认识的别的男人，她都可以用半带鄙视的口吻说："简直是个孩子！"比如她父亲，比如好开玩笑、喜欢恶作剧的塔尔顿孪生兄弟，方丹家爱耍小孩子脾气的年轻人，查尔斯，弗兰克，以及所有追求过她的人——，艾希礼除外。只有艾希礼和瑞德是她无法理解无法控制的人，因为他们是成年人，身上没有孩子气。

她并不了解瑞德，也不想多费心思。但他有时候确实使她迷惑不解。比如他有时偷偷看她，那眼神很怪。她突然一转身，经常发现他在看她，眼中流露出机警、殷切与等待的神情。

"你为什么这样盯着我？"有一次她不高兴地问。"似乎一只猫盯着耗子洞！"

但是他只要立刻换上一副模样，笑一笑，过一会儿，她就忘了。他这个人反复无常，不必为他多费心思，生活也过得挺愉快——可是一想到艾希礼就不同了。

瑞德弄得她很忙，顾不上想艾希礼。白天，她脑子里几乎就没有艾希礼，可是到了晚上，她就想起艾希礼来了。她迷迷糊糊地躺在瑞德怀里，月光洒落在床上，在这种情况下，她经常想，如果是艾希礼的胳臂这样紧紧地搂着她，该有多好呀！如果是艾希礼把她的黑发从自己脸上撩开，拢在下巴底下，该有多好呀！

有一次，她这样想着，轻轻叹了一口气，扭头朝窗口看去。过了一会儿，在寂静之中听见瑞德的声音："上帝该把你永远打入地狱，你这个小妖精！"

说罢，他就起来，穿上衣服，走了出去。思嘉十分吃惊，拦也拦不住，问他也不理。第二天早晨，她正在吃早饭，他又回来了。头发乱蓬蓬的，喝得醉醺醺的，不满的情绪依然很重，他既不道歉，也没有说明干什么去了。

思嘉什么也没问，对他非常冷淡。妻子受了委屈，这样做也是很自然的。她吃完饭之后，就出去买东西去了。等她回来时，他已经走了，到吃晚饭的时候才回来。

这顿饭吃得很沉闷，思嘉一直耐着性子，因为这是她在新奥尔良吃的最后一顿晚饭了，她想好好享受一下龙虾的美味。可是瑞德老盯着她，使她吃不痛快。不过她还是吃了一只大龙虾，还喝了好多香槟。也许是各种原因加在一起，当天晚上她又做起了过去常作的噩梦。她醒来，出了一身冷汗，抽抽搭搭地哭起来。她梦见自己又回到了塔拉，而塔拉一片荒凉。母亲去世了。世界上没有人可以依赖。一个可怕的东西在追她，她跑啊，跑啊，心都快炸开了，就这样在茫茫大雾之中一边跑，一边喊，模模糊糊地想在茫茫的雾里找到一个地方躲藏起来。

她醒来，发现瑞德正弯着腰看她。他什么话也没说，就把她抱起来搂在怀里，似乎搂着孩子一样，搂得紧紧的。

"唔，瑞德，我刚才又冷，又饿，又累。我在雾里跑啊，跑啊。"

“又是以前做过的梦吗?”

“嗯,是的!”

他轻轻地把她放在床上,在黑暗之中摸索着点上一支蜡烛。在烛光下,他的眼睛带着血丝,他的脸上纹路清晰,没有任何表情。他穿着衬衫,敞着怀,棕色的胸膛露在外面,思嘉还在发抖,心里想,这个胸膛可是真坚强。她悄悄地说:“抱抱我吧,瑞德。”

“亲爱的!”他马上一边说,一边把她抱起来,坐在一把大椅子上,把她紧紧搂在怀里。

“唔,瑞德,挨饿真可怕呀!”

“晚饭吃了七道菜,包括一只大龙虾,还要梦见挨饿,一定是十分可怕的。”他笑了笑。

“唔,瑞德,我使劲跑啊,跑啊,找我要找的什么东西,就是找不着。躲在雾里,看不见。我知道,我要是能找到它。我就永远也不会受冻挨饿了。”

“你是在找一个人,还是在找一样东西?”

“我也不知道。我没好好想过。瑞德,你认为我还会做这样的梦吗?”

“不会了,”他说着,捋了捋她的头发。“不会的。习惯了安定的生活,吃得饱,穿得暖,就不会再作那样的梦了。思嘉,我一定会让你过安定的生活。”

“瑞德,你真好。”

“感谢您的照顾,太太。思嘉,你每天早上起来的时候就对自己说:‘我永远不会再挨饿了,我永远不会再有麻烦了,只要瑞德和我在一起,只要美国政府能维持下去。’”

“美国政府?”她吃惊地问,随着就坐起来,脸上的泪珠还没有干。

“过去联盟的钱现在已经变成了贞洁的女人,我用一大部分买了公债了。”

“我的老天爷!”思嘉喊道,刚才的噩梦也全然忘记了。“你的意思是说你把钱借给了北方佬吗?”

"利息相当高啊。"

"百分之百的利息也不行。你一定要马上卖掉。让北方佬用你的钱,亏你想得出。"

"那我这钱该怎么花呢?"他笑着问,这时他发现她已经不像刚才那样吓得睁着大眼睛了。

"你可以到五点镇去买地皮呀。我敢说,你那些钱能把整个五点镇买下来。"

"谢谢你,可是我不想要五点镇。冒险家的政府真正控制了佐治亚,很难说会发生什么事。我愿意买公债,公债可以藏起来。"

"你认为——"她问,因为她想起自己的木材厂和商店,脸都白了。

"我不知道。你不必这么害怕,思嘉。新上任的亮丽州长是我的朋友。现在时局太不稳定,我不想把很多钱投放在房地产上。"

"既然谈到房地产,思嘉,"他说:"我打算盖一所房子。你可以强迫弗兰克住在皮蒂小姐的房子里,我可不干。一天听他嚷嚷三回,我的神经受不了。还有,彼得大叔就是把我杀了,也不会让我住进神圣的汉密尔顿家的房子。咱们回到亚特兰大以后,先住在民族饭店的新婚套间里,等咱们的房子盖好了就搬过去。咱们离开亚特兰大之前,我就在跟他们讨价还价,准备买下桃树街上那一大片空地,就是莱顿家旁边那块空地。你一定知道我说的地方。"

"啊,瑞德,太好了。我多么想有一所自己的房子呀。我要一所特大的。"

"咱们总算有了一致的看法。盖一所白灰墙、铁花栏杆的房子,和这里的法式建筑一样,好不好?"

"唔,不好,瑞德。不要新奥尔良这种老式的房子。我要最新式的,我看到过一个图样,在——让我想一想——在我看的一份《哈泼斯周报》上。"

"噢,"他一面说,一面捋了捋小胡子。

"十分好看。屋顶两头各有一个尖塔,是用彩色木瓦板盖的。尖塔上的窗户镶着红蓝玻璃。看上去可时髦了！”

“我想回廊上还有锯齿形的栏杆吧？”

“是啊。”

“回廊屋顶的边上还有木头做的云形花饰垂下来，是不是？”

“是的。你一定见过这样的房子。”

“我是见过。你真的要这样一所房子吗？”

“啊，是呀！”

“我原来希望你和我结婚之后，能提高你的格调。你为什么不喜欢法式房子？”

“实话对你说吧，看上去俗气的，过时的，我都不喜欢。里面我要用红纸糊墙。用红天鹅绒做门帘。啊，我要高级的胡桃木家具，还要华丽的厚地毯，还要——啊，瑞德，人人看了咱们的家，都会羡慕得脸色发青的。”

“有必要让大家都羡慕咱们吗？你要是高兴，当然可以让他们羡慕得脸色发青。不过，思嘉，你想过没有，现在大家都这么艰难，咱们布置房子这样摆阔气，能算是格调高吗？”

“我就要这样，”她固执地说。“过去他们对我那么刻薄，现在我也不愿意让他们心里舒服。我们要开豪华的宴会，让全城的人后悔当时不该说那样难听的话。”

“可是谁会来参加我们的宴会呢？”

“人人都会来的。”

“那可不一定。”

“唔，你这是说什么呀！只要有钱，大家就一定喜欢你。”

“南方人可不是这样。有钱的投机商要想进入上等人家的客厅，比骆驼穿针眼还要难。至于投靠北方的人——我是说我和你，我的宝贝儿——如果不受到唾弃，就算走运了。不过你要是想试一试，我可以支持你，亲爱的，我会为你所做的努力感到高兴。既然现在谈到钱,那就让我把话说清楚。家里过日子,买穿戴,你要多少钱,我就给你多少钱。你要是喜欢首饰,也可以买,但是要由我来挑选,你的格调太低,我的宝贝儿。给韦德,给爱拉,想买什么,你就买什么。要是威尔·本廷种棉花种得好,我也愿意资助。这可以说是很公平了吧?"

"当然,当然。你是很慷慨的。"

"不过请你仔细听明白。一分钱也不能花在你那商店上,一分钱也不能花在你那劈柴厂上。"

"唔,"思嘉说,脸也沉下来。蜜月期间,她一直在想着这个问题,要一千块钱,再买五十英尺地,扩大木材厂。

"我记得你老吹嘘,说自己是个开明的人。我做生意,别人有些什么议论,你全不在意,谁知你和所有的男人都一样,就怕人家说我当家。"

"咱们巴特勒家谁当家,那是任何人都不会有什么疑问的。"瑞德慢条斯理地说。"傻瓜们说些什么,我毫不介意。其实,我缺乏教养,现在有个能干的老婆,也是件值得骄傲的事。我当然让你继续经营你的商店和木材厂,给你的孩子们留着吧。等韦德长大以后,他会觉得不愿意让继父养活他,他就可以接过去,接着经营。但是不论是商店,还是木材厂,我一分钱都不给。"

"为什么?"

"因为我不想资助艾希礼·威尔克斯。"

"你又来了,是不是?"

"不是。是你要问,我就告诉你。还有,不要以为你可以在账目上耍花招,蒙骗我,说你买衣服花多少钱,家里的开销要多少钱,结果却把钱拿去替艾希礼买骡子,或者再买一个木材厂。我要监督审查你的各项开支,什么东西多少钱,我是十分清楚的。唔,不要以为我是在侮辱你。我非这样做不可,我对你是不会放松的。实际上,凡是涉及塔拉和艾希礼的地方,我都不会对你放松。尤其是艾希礼一定要划在界线以外。我正在缓缓地驾驭着你,我的宝贝儿。"

第四十九章

埃尔辛太太竖起耳朵听见媚兰的脚步声逐渐消失在厨房里,她就回过头来悄悄地对在场的几位太太说起话来。

"就我个人而言,我现在不想,永远也不想去拜访思嘉。"她说,脸上高傲的神气显得特别冷酷。

联盟赈济孤寡缝纫会的其他成员一听这话,都连忙放下手中的活计,凑得更近了。这几位太太早就想议论议论思嘉和瑞德,但是因为媚兰在场,不便开口。就在两天以前,这对夫妇从新奥尔良回来了,就住在民族饭店的新婚套间里。

"休说出于礼貌也应该去拜访一下,因为巴特勒船长救过他的命。"埃尔辛太太继续说。"可怜的范妮也同意,说她也要去拜访。我对她说;'范妮,要不是思嘉,托米现在也还活得好好的。你要是去拜访。岂不是对死者的侮辱吗?'范妮没有头脑,竟然说:'妈,我不是去拜访思嘉,而是去拜访巴特勒船长。他为救托米尽了力,没有救成,总不是他的过错呀。'"

"年轻人就是糊涂!"梅里韦瑟太太说。"还要去拜访,真是的!"她曾劝思嘉不要和瑞德结婚,思嘉对她态度粗暴,她每当想起这件事,就气得她那宽厚的胸脯一起一伏。"我们家的梅贝尔也一样地糊涂。她说要和雷内一块儿去拜访,因为多亏巴特勒船长出力,雷内才没有被绞死。我说要不是思嘉出去乱跑,雷内根本就没有危险。梅里韦瑟爷爷也要去拜访,他老糊涂了,竟然说即便我不感激，他也要感激那个大流氓。我敢说，自从梅里韦瑟爷爷到沃特琳这狗东西那里去了一趟之后，就干起丢人现眼的事来了。思嘉真是作孽，竟然嫁给这样一个人。”

邦内尔太太叹了一口气。她是个皮肤黝黑的胖女人，总是笑眯眯的。

“他们只去拜访一次，为了礼貌嘛，多丽。我不想责怪他们。听说那天晚上参加活动的人都想去，我觉得倒也是应该的。不过我总难以想象思嘉是她母亲的孩子。我在萨凡纳和她母亲爱伦·罗毕拉德是同学，没有比她更可爱的姑娘了，我跟她也很要好。她想嫁给堂兄菲利普·罗毕拉德，她父亲要是不反对就好了。可是后来爱伦就不得不和奥哈拉老头儿逃走，结了婚，生了思嘉这么一个女儿。看在爱伦的份上，我也得去拜访他们一次，真的。”

“婆婆妈妈的，全是胡扯！”梅里韦瑟太太气呼呼地说。“丈夫刚死一年就又嫁了人，这样的女人，你也要去拜访吗？这个女人——”

“肯尼迪先生实际上也是她杀害的。”英迪亚插言说。她的语调冷淡而尖刻。“肯尼迪先生还没死的时候，我就总觉得她和巴特勒关系不一般。”

几位太太一听这话，特别是听一位老处女说这样一件事，都感到十分惊讶。这时，媚兰在门口出现了。媚兰的脸色一变，她们不但惊愕，并且害怕了。她气得满脸通红，温柔的眼睛冒起火来，过去谁也没有见媚兰生过气，大家都认为她是一个最温柔最随和的女人。

“你怎么敢说这样的话，英迪亚？”她用颤抖的声音小声说。“你这样妒忌，真可耻！”

英迪亚的脸色变得煞白，头倒还抬得高高的。

“我说的话，决不收回。”她的话很简短，但心绪是极不平静的。

并且她怀疑思嘉已经设法使艾希礼落入了她的罗网。她想：“关于艾希礼和你那宝贝思嘉，我有许多话要对你说。”不过现在还不该说出来，时机还不成熟。她还没有真凭实据，只是怀疑而已。

“我说的话,决不收回,”她又重复说。

“那么,值得庆幸的是你不再和我们一起过日子了。”媚兰说,语气十分冷淡。

英迪亚一听这话,马上站起来,脸涨得通红。

“媚兰,你——你是我的嫂子——不会为了这件小事和我争吵吧——”

“思嘉还是我的嫂子呢。”媚兰说,她和英迪亚互相对视,似乎陌生人一样。“并且对我比亲姊妹还要亲。我从她那里得到的好处,我永远也忘不了。围城的时候,她一直陪着我,而她本来是可以回家去的,当时就连皮蒂姑妈都跑到梅肯去了。北方佬眼看就要进亚特兰大了,她还为我接生,并且不辞劳苦地把我和小博送到塔拉,她当时也不是不可以把我丢在医院里,让北方佬把我抓去。她照料我,给我喂饭,而她自己又累又饿。因为我身体不好,又有病,我睡的是塔拉最好的床垫。后来我能走路了,仅有的一双像样的鞋也给我穿了。她为我做的这一切,英迪亚,你忘得了,我可忘不了。后来艾希礼回来了,生着病,心灰意懒,无家可归,身上一个钱也没有,她收留了他。后来我们觉得非去北方不可,而又舍不得离开佐治亚,这时候又是思嘉让他经营木材厂,巴特勒船长还救过艾希礼的命,这也是他的一片好心,他又不欠艾希礼什么情分。因此我感激他们,既感激思嘉,又感激巴特勒船长。而你,英迪亚!你怎么能忘了思嘉对我和艾希礼的好处呢?你怎么能把你哥哥的生命看得无足轻重,反而恶言中伤救过他命的人呢?你就是在巴特勒船长和思嘉面前下跪,也不为过呀。”

“得了,媚兰,”梅里韦瑟太太用尖酸的语调说,这时她的心情已经平静下来。“别这样对英迪亚说话呀。”

“你说思嘉的那番话,我也听见了。”媚兰说,她转过身来对付这位胖老太太了。“还有你,埃尔辛太太。你们那些可爱的脑袋瓜里是怎么想的,我不管,因为那是你们的事。但是你们在我家里这样议论她,让我听见了,我就得管。可是你们怎么会有那样可怕的想法呢,并且还说出来?难道你们的丈夫就那么不值得爱护，对于救了他们的人，对于冒着生命危险救了他们的人，你们就一点也不心怀感激吗？他冒着自己的生命危险救了你们家里的人。他救了你公公，梅里韦瑟太太，还救了你女婿和两个侄儿。邦内尔太太，他救了你的兄弟。埃尔辛太太，他还救了你的儿子和女婿。你们这帮忘恩负义的人！我要求你们每一个人道歉。"

埃尔辛太太直直地站起来，嘴唇紧闭，显出坚决的样子。

"没想到你这么没有教养，媚兰——我决不道歉。英迪亚说得对，思嘉是个轻浮放荡的女人。我不会忘记她在战争期间的所作所为。也不会忘记她有了几个钱之后，做起事来有多么下贱——"

"可你真正不会忘记的是，"媚兰打断她的话，握起两只小拳头插在腰间，说，"她不让休管木材厂了，因为他太无能。"

"媚兰！"大家一起喊了出来。

埃尔辛太太转过身来说："媚兰，"她的语气变得温和了，"亲爱的，这件事真让我伤心呀。我是你母亲最要好的朋友，是我帮着米德大夫把你接到这个世界上来的。我把你当自己的孩子一样。要是为了什么要紧的事，你这样说倒也罢了。可是我们说的是思嘉·奥哈拉这样一个女人，她会坑害你，就像对待我们一样——"

等这位老妇人说完，媚兰的脸色反而显得坚定了。

"请各位注意，"她说，"如果谁不去拜访思嘉，谁就永远不要再来看我。"

大家一听这话，顿时嚷嚷起来。埃尔辛太太把针线筐子往地上一扔，大喊起来：

"这我不干！"她说。"这我不干。你发昏了，媚兰，不过我不责怪你。我们仍然是朋友，不能让这件事影响咱们的关系。"

她说着说着哭起来。不知怎的，媚兰也在她怀里哭起来了，不过她还抽抽搭搭地说她刚才的话是当真的。另外几位妇女也放声大哭，梅里韦瑟太太一边痛哭,一边把埃尔辛太太和媚兰都搂起来了。皮蒂姑妈原来只是呆呆地在一旁看着,这时晕在地上了。就在这一片混乱之中,只有一个人脸色沉静。英迪亚·威尔克斯趁着无人注意,溜走了。

瑞德早就说那些顽固派是不会认输的,他还真说对了。有些人来拜访他们,但是很明显,后来就很少来了。并且他们从来不邀请瑞德·巴特勒夫妇到他们家里去做客。

瑞德说,这些人要不是怕冒犯媚兰,是不会来看望他们的。他为什么会这么想,思嘉也不知道,只觉得这个想法很愚蠢,因为媚兰怎么可能影响埃尔辛太太和梅里韦瑟太太这样的人呢?他们来过一次就再也不来了,思嘉并不怎么在意。其实,他们房子里经常挤满了客人,长期住在亚特兰大的本地人管他们叫"外来户"。

这些"外来户",他们和瑞德和思嘉一样,也是因为自己的房子还没有盖好。他们很活跃,很有钱,衣服考究,花钱很阔气,至于钱的来历,就不清楚了。

瑞德告诉思嘉,他们所要干的和秃鹰对快死的动物所要干的没有区别。他们从远处闻到死亡的气味,就不约而同聚到这里来,准备饱餐一顿。

瑞德认识的投靠北方的人和北方来的冒险家,他们的太太们成群结队地来拜访。思嘉觉得和她们在一起很愉快,大家都穿着亮丽的衣服,从不谈论那次战争,也不谈论艰苦的生活,谈话内容限于时髦衣服,风流韵事,和怎样打惠斯特桥牌。思嘉从来没有打过牌,但没有多久她就打得很不错了。

只要她待在饭店里,总有一帮牌友聚集在她那里。不过近来她忙着盖新房,顾不上招待客人了。她想把社交活动推迟一段时间,等到房子盖好以后,她就成了亚特兰大最大的一所住宅的女主人,就可以主持最盛大的宴会了。

天气温暖,她一天天看着她那红石头灰木瓦板的住宅不断增高,十分壮观,比桃树街上任何其他住宅都要引人注目。她把商店和木材厂全忘了,成天盯着那座房子,一会儿跟木匠争吵,一会儿和石匠顶嘴,催促承包人尽快完工。

州长的官邸，栏杆和屋檐上都镶着锯齿状的花边，但是思嘉的住宅装饰着更复杂亮丽的云形花样，使州长的官邸大为逊色。实际上思嘉的住宅在各方面都超过了州长的官邸，超过全城任何一所房子。它圆顶多，塔楼多，尖塔多，阳台多，避雷针多，彩色玻璃窗更是多得多。

房子四周有回廊，四面各有一溜台阶，与地面相通。院子宽大，绿草如茵。还有几张铁凳，一座铁制凉亭。院子里还有两只铁兽，一只是牡鹿，一只是大狗。这个新家这样大，这样华丽，为了追求时髦，室内光线昏暗，韦德和爱拉搬进来之后不大适应，唯有院子里这两只铁兽使他们感到高兴。

房子里的陈设完全是按照思嘉的意思布置的。满屋里都铺着厚厚的红地毯，门上挂着红色天鹅绒门帘。黑色胡桃木家具闪闪发亮，样子也是最新式的，刻满了花纹。墙上到处挂着镶着镀金框子的大镜子小镜子，和贝尔·沃特琳那里的镜子一样多。墙上糊着华丽的深色壁纸，天花板很高，但屋里总是很暗，因为绛紫色的长毛绒窗帘，几乎把阳光全都遮住了。

总而言之，这所房子使人看了都惊叹不已。思嘉踏在柔软的地毯上，或躺在羽绒床上，就像掉进安乐窝里一样，想起塔拉，那冰凉的地板，那稻草铺的床铺，就心满意足得无以复加了。她觉得这是她见过的最亮丽、陈设最讲究的一所房子，但是瑞德却说像噩梦。不过只要她喜欢，就让她尽情地住在这里吧。

"一个陌生人，只要一看这所房子，就会知道它是用不义之财盖起来的，"瑞德说。"你知道，思嘉，常言说得好：斜路上来的钱，去路不正。这所房子说明了这个道理。只有投机商才会盖这样的房子。"

但是思嘉完全沉浸在骄傲和幸福之中，想象着在新居里怎样招待客人，听了瑞德的话，只是顽皮地拧了一下他的耳朵，说："别胡扯了！你还有什么好说的？"

蜜月期间，和住在民族饭店的大部分时间里，他们在一起很融洽。可是他们刚搬进新居，思嘉刚交了几个新朋友，他们就开始激烈的争吵了。每次争吵的时间都不长，因为瑞德对她的激烈言词总是采取冷漠的态度，冷不防，给她一下子。她吵啊，嚷啊，瑞德则不这样。他只用毫不含糊的言辞评论她和她的活动，以及她的房子，她的新朋友。他有些意见不同一般，她不能置之不理，也不能当作开玩笑。

比如他对待嬷嬷的态度，嬷嬷寸步不让，始终认为瑞德是披着马鞍的骡子。她对瑞德很客气，但很冷淡。她总是称他“巴特勒船长”，从来不称他“瑞德先生”。瑞德送给她红裙子，她毫不感谢，并且也不穿那条裙子。她尽量不让他看见爱拉和韦德，尽管韦德很喜欢瑞德叔叔，瑞德显然也很喜欢这孩子。可是瑞德不但没有辞退嬷嬷，反而对她极为尊重，比对思嘉新近结交的太太小姐们客气很多。实际上，比对思嘉本人还要客气。他总要得到嬷嬷的允许，才带着韦德去骑马，总要先征求她的意见，才给爱拉买娃娃。而嬷嬷对他却不怎么客气。

思嘉觉得瑞德应该给嬷嬷一些颜色看，这样才符合一家之主的身份，而瑞德只是笑一笑，说嬷嬷才是真正的一家之主。

还有一次，他把思嘉惹火了。因为他说：“我的钱没有给你带来什么好处，它肯定还没有把你变成一匹马，是不是，我可爱的小骡子？”

这句话引起了一场激烈的口角，他们吵了好几天。思嘉绷着脸，不说话，显然是希望瑞德向她赔礼道歉。这样过了四天之后，瑞德到新奥尔良去了，把韦德也带去了。他一直待到思嘉的怒气消了才回来，不过瑞德不肯屈服，依然使她很难受。

瑞德从新奥尔良回来时，心平气和，思嘉也就尽量强压着怒火。她现在只希望快活，因为她满脑子想的都是如何在新居里大宴宾客。那将是一次规模盛大的晚宴，要用棕榈树装点起来，还要请一支管弦乐队，四周的回廊全要用帆布遮起来，各种精美的点心使她想一想都要流口水。她在亚特兰大所有认识的人她都要请，包括所有的老朋友和新朋友。准备这次宴会，使她感到兴奋。她感到快活，在她考虑怎样举办这次宴会的时候，她感到几年来从未有过的快活。

啊,有钱可真好!开宴会可以不计算花销!买最贵的家具、衣服和食品,根本不用考虑钱!可以把数额相当大的支票寄给查尔斯顿的波琳姨妈和尤拉莉姨妈,寄给塔拉的威尔,多么开心呀!啊,那些妒忌人的糊涂虫竟然说钱无所谓!瑞德还说钱没给她带来什么好处,真叫人不可理解!

思嘉向所有的朋友发出了请帖,老朋友,新朋友,比较熟的,不太熟的、甚至她讨厌的人,都请到了。就连梅里韦瑟太太,她上民族饭店去拜访思嘉的时候简直可以说是粗暴无礼,还有埃尔辛太太,她的态度冷若冰霜,也都请了。她还邀请了米德太太和惠廷太太,尽管她明明知道她们不喜欢她,也明明知道她们参加这样体面的聚会,没有像样的衣服可穿,会感到尴尬。

到了那天晚上,大厅里和帆布遮起来的回廊上挤满了客人。他们喝着她用香槟配制的香甜饮料,吃着她的小馅饼和奶油牡蛎,随着乐队演奏的乐曲跳舞。乐队前面整整齐齐地摆着一排棕榈和橡皮树。但是那些老朋友,除了媚兰和艾希礼、皮蒂姑妈、亨利叔叔、米德大夫夫妇,梅里韦瑟爷爷之外,别人都没有来。

思嘉看到这个情况,既惊讶,又气愤,觉得这次豪华的宴会完全失败了。多么排场的"大聚会"呀!她精心安排了这么长的时间,想让大家看一看,可是老朋友只来了那么几个,老对头则一个也没来。天亮的时候,客人都走完了,她恨不得大哭大闹一番,可是又怕瑞德哈哈大笑,因为他尽管没有说,那双黑眼睛却流露出这样的意思:"我早就告诉你了嘛!"因此她只好强压住怒火,装作无所谓的样子。

第二天早上,她就对着媚兰大肆发作起来。

"你真让我下不来台,媚兰·威尔克斯,你还让艾希礼和那些人一块让我下不来台,唉,我看见你了!我正要把布洛克州长带过来,介绍给你们,你就像兔子一样跑掉了。"

"我想他不会——我想他不可能真来参加,"媚兰不高兴地回答说。"尽管大家都说——”

“大家？这么说来，大家都在背后议论我，是不是？”思嘉气愤地嚷道。“你是不是说，你要是事先知道州长要来，你也根本就不来参加了？”

“是的，”媚兰两眼看着地板，低声说。“亲爱的，在那种情况下，我是不能来的。”

“你可真行啊！原来你也让我下不来台呀！”

“唔，别这么说，”媚兰十分难过地说。“我不是有意伤你的心。你就是我的姐姐，亲爱的，是我的亲兄弟查理的妻子，我——”

她怯生生地把一只手搭在思嘉胳臂上。可是思嘉一下子把它甩开了，恨不得大发雷霆。但是媚兰并不示弱。她两眼盯着思嘉那双愤怒的绿眼睛，瘦削的肩膀挺了挺，顿时显出一副庄重的神气。

“对不起，让你伤心了，亲爱的。但是布洛克，或者任何一个共和党人，或者任何投靠北方的人，我都不能见。我在你家里不见他们，在别处也不见他们。

即使我不得不——我不得不——即使我不得不显得粗暴无理没有教养我也不见他。”

“你是在指责我的朋友们吗?”

“不,亲爱的。不过他们是你的朋友,不是我的朋友。”

“你是指责我不该把州长请到家里来吗?”

媚兰无法回避了,但她仍旧盯着思嘉的眼睛,毫不动摇。

“亲爱的,你做什么事情,都有你自己的道理。我喜欢你,信赖你,我是不会指责你的。谁要是指责你,让我听见,我就不答应。不过,思嘉呀!”突然间,媚兰激动起来,滔滔不绝,声音不大,却包含着无法消除的恨。“这些人是怎样对待我们的,难道你忘了吗?亲爱的查理死了,艾希礼的身子垮了,‘十二橡树’村烧了,难道你忘了吗?唔,思嘉,你打死的那个家伙,他手里就捧着你母亲的针线盒,你总不会忘记吧!谢尔曼的队伍开到塔拉,把咱们的内衣都偷走了,他们还想把房子烧掉,你也不会忘记吧!思嘉呀,这些人抢劫我们,折磨我们,还让我们挨饿受冻,你就是把这些人请来参加你的宴会了!就是这些人,他们使得那些黑鬼对我们为非作歹,他们抢走了我们的财物,不让我们参加选举。我忘不了,也不想忘掉这一切。我不会让我的小博忘记这一切,我还要教我的孙子痛恨这些人。思嘉,你怎么能忘记呢?”

媚兰说到这里,停下来喘一口气,媚兰感情强烈,声音颤抖,使她感到吃惊,把她的怒气也驱散了。

“你以为我是傻瓜吗?”她不耐烦地问。“我当然记得!可是这都是过去的事了,媚兰。我们要尽量利用现有的条件,现在我就是在这么干。布洛克州长,还有一些共和党人,如果我们善于跟他们打交道,是能够给我们很大帮助的。”

媚兰斩钉截铁地说:“我从不愿意让他们帮助。我也不想尽量利用现有的什么条件,如果这指的是北方佬。”

“我的天哪,媚兰,干吗要赌气呀?”

“啊!”媚兰说,显得有些过意不去的样子。“看我说了些什么!思嘉,我并不想使你伤心,也不想指责你。各人有各人的想法,人人都有权坚持自己的想法。你听我说,亲爱的,我是爱你的,并且你也知道我爱你。你是爱我的,是不是?我没有让你恨我吧?思嘉,咱们俩要是有什么矛盾,我可受不了——咱们毕竟是同舟共济,一起过来的呀!说声没关系吧。”

“快别胡说了,媚兰,你真是小题大做。”思嘉不满地说,但是媚兰轻轻地用手搂住了她的腰,她没有再甩掉。

首次宴会之后,一连几个星期,思嘉感到要对大家的看法装作根本无所谓的样子是很困难的,除了媚兰、皮蒂姑妈、亨利叔叔和艾希礼之外,谁都不来看她,也不邀请她去参加他们的聚会,这使她十分难过。

她当时还没有意识到,她和过去的生活,昔日的朋友之间的脆弱联系,她已经一下子切断了,永远切断了。即便媚兰在帮助她,也无济于事了。即使思嘉想再像以前那样生活,和老朋友打交道,现在已完全不可能了。全城都对她板起了面孔,和花岗石一样硬。人们对布洛克政权的恨,也转移到了她的身上,这是一种十分冷酷的恨。

思嘉痛苦了一阵子之后,便收起了她那假装无所谓的样子。她这个人从来不对他人的态度做过多的考虑,也不因一件事的失败而长期闷闷不乐。没有多久,其他人对她的看法,她就置之不顾了。至少媚兰带着艾希礼还会来看她,而艾希礼才是最重要的一个人。亚特兰大还有一些别的人是愿意来参加她的宴会的,他们心情愉快得多,衣服也亮丽得多。

现在和思嘉交往的有各式各样不同的人。盖勒特夫妇曾在十几个州里居住过,每次都是因为欺骗勾当被发觉而仓促离开的。康宁顿夫妇在离这里很远的某一个州里曾和“自由人局”有联系,从黑人身上赚了很多钱。迪尔夫妇曾把“硬纸板”鞋卖给联盟政府,战争的最后一年不得不到欧洲去躲了起来。卡拉汉夫妇靠开赌场起了家，现在正利用州政府的钱修建一条并不存在的铁路，来进行更大规模的赌博。巴特夫妇战争期间曾在北方某大城市开过一家最大的妓院，现在也在北方冒险家的社交界进进出出。

现在和思嘉来往密切的就是这样一些人，但也还有另外一些人，他们有文化，有修养，出生于很好的家庭，还颇有些资产，他们从北方来到亚特兰大，因为他们看到在这重建与发展的时期，在这里赚钱是源源不断的。北方有钱的人家把年轻的儿子送到南方，让他们在这里开拓。许多北方的军官退役之后就在他们浴血奋战攻下的这座城市里定居了。

在政治上，共和党人掌权，亚特兰大进入了一个浪费和讲排场的时期，表面的文雅遮掩不住下面的庸俗与罪恶。富人和穷人之间的差距，从来没有像现在这么明显和巨大，居高位者对那些可怜的人毫不关心。他们自己的一切都是最好的：最好的学校，最好的住宅，最好的衣服，最好的娱乐。至于新近陷于贫困的亚特兰大人，他们可以挨饿，或者一头栽倒在大街上，刚刚富起来的共和党人是无动于衷的。

在这庸俗的浪潮中，思嘉处于领先的地位，兴高采烈。她刚结了婚，打扮得花枝招展，又有瑞德的钱做坚强的后盾。当时的情况是最合乎她的口味的：人人都夸张地炫耀自己，妇女的衣着都过于华丽，家里的陈设都过于讲究，珠宝太多了，马匹太多了，食品太多了，威士忌太多了。思嘉有时也静下心来想一想，她知道如果用母亲爱伦的标准来衡量，那么她新近结交的这些女人都不是什么正经人。但是自从很久以前，她在塔拉站在客厅里，决心做瑞德的情妇以来，就已将那一套标准弃之不顾了，因此现在也就不怎么觉得良心上过不去了。

严格说来，这些新朋友也许根本算不上先生和女士，但是他们和瑞德在新奥尔良交的朋友一样，都很有意思。这些人比她原先那些性情压抑、常去教堂、喜欢读莎士比亚的朋友，有趣得多。她很久没有感到乐趣了，现在生活安定了，她想跳舞，想玩，想放荡，想大吃大喝，想穿绸缎，想睡在柔软的羽毛床上，或坐在舒适的沙发上。这一切,她都做到了。瑞德让她由着性子干,觉得很有趣。她现在也摆脱了束缚,于是她就要实行她过去经常抱有的一种奢望了,就是:想干什么,就干什么,谁不赞成,就叫他见鬼去。

思嘉完全陶醉了,她的心情与赌徒、骗子、彬彬有礼的女冒险家一样。她真是想说什么,就说什么,想干什么,就干什么,她那傲慢的态度几乎膨胀得无边无际了。

思嘉对北方驻军的军官及其家属极为粗暴、傲慢。流入亚特兰大的各式各样的人,唯有军人,她是既不接待,也不欢迎,她甚至故意显得对他们不礼貌。蓝军装意味着什么,永远意味着恐怖气氛,逃难的可怕经历,意味着掠夺,焚烧,意味着极度穷困的生活和在塔拉的艰辛劳动。

瑞德有一次漫不经心地对她说,现在在他们家聚会的男客,大部分人不久以前还穿着这身蓝军装呢。思嘉却反驳道,北方佬只要不穿军装,就不像是北方佬了。“你真固执得可爱,”瑞德耸了耸肩膀,显出无可奈何的样子。

思嘉讨厌驻军穿的笔挺的淡蓝军装,喜欢怠慢他们。她这种态度实在使驻军的家属感到惊愕。驻军军官的太太们看见活跃的巴特勒太太把红头发的丑陋的布里奇特·费莱厄蒂一类的女人都当作挚友,却故意怠慢她们,自然是感到迷惑不解的。

然而谁都不得不忍气吞声,并且心甘情愿。对她们来说,思嘉不仅代表着财富与风度,并且体现着旧的家庭,旧的传统。而她们正殷切地希望和这些旧的事物结合在一起。实际上她们所向往的那些旧家庭恨不得思嘉滚开,但是新兴的达官贵人的太太们对于这一点是全然不知的。旧的社会集团鄙视她们,而她们一心想打入那个高雅、古典的社会集团。

因为她们本人不是真正上流社会的女士,所以对于思嘉虚假的外表,看不清楚,思嘉自己也看不清楚。她们在思嘉面前忍气吞声。

她们没有根基,对自己也没有信心,所以特别希望显得文雅,不敢发火,也不敢顶嘴,生怕没有大家风度。不管付出什么代价,她们也要像个女士的样子。她们装出一副娇嫩谦恭与天真的模样。听听她们说的话,你会觉得她们与罪恶的下层社会既无联系,也不了解,红头发的布里奇特·弗莱厄莱皮肤白皙,娇嫩怕晒,操着柔和的爱尔兰口音,谁也想不到她曾盗走父亲暗中收藏的财物,来到美国,在纽约一家饭店里做女招待。看一看西尔维亚(原先叫萨迪·贝尔)·康宁顿和玛米·巴特那副多愁善感的样子,谁也不会想到前者在父亲的酒店楼上长大的,有时帮着照看酒吧,谁也不会想到后者据说本是她丈夫开的妓院里的一个姑娘。现在她们都成了娇滴滴的风雨不愁的宝贝儿了。

那些男人尽管会赚钱,却没有任何文雅的举止言谈。他们在思嘉的宴会上喝酒喝得很凶,实在太凶了,经常不得不临时留下来过夜。他们喝酒,和思嘉小时候那些人喝酒的样子可大不相同。他们满脸发胀,反应迟钝,丑态毕露,脏话连篇。

思嘉心里看不起这些人,可是她又喜欢和他们在一起。

思嘉让人难以忍受,瑞德就更甚了。因为瑞德把他们看透了。他甚至就在自己家里,也总揭他们的短,弄得他们无话可说。关于自己如何赚钱,他认为是没有什么见不得人的。所以他假装认为别人怎样发迹,也没有什么见不得人的,于是他只要有机会就要说。可是大家一致认为,为了面子,还是不说为好。

不定什么时候瑞德就会举着一杯香甜饮料和蔼地说:“拉尔夫,我要是不糊涂,就该像你那样,把金矿股票卖给寡妇和孤儿,你那个办法多保险。”或者说:“哎呀,比尔,你又买了两匹新马呀!是不是又卖了几千块钱的并不存在的铁路工程的债券?干得不错,伙计!”或者说:“祝贺你,阿莫斯,祝贺你和州政府签了合同,你贿赂了多少人,才把合同拿到手。”

总而言之,太太们觉得瑞德庸俗得让人无法忍受,对他非常讨厌。先生们在他背后管他叫猪猡,杂种。过去亚特兰大不喜欢他,他没有想办法讨好他们;现在亚特兰大依然不喜欢他,他也依然没有想办法讨好他们。他自行其是,感到很快乐。对思嘉来说,他依然是个谜,不过她已不再为解这个谜而伤脑筋了。她确信,他对什么都不满意,将来也不会满意;他对任何东西都无所谓。他讥笑她的一言一行,又鼓励她任意挥霍,待人傲慢,他讽刺她华而不实,虚装门面,但他为她付所有的账单。

第五十章

瑞德一向是举止圆滑稳重,就连他们最亲密的时候也是如此。但是思嘉始终不能消除那种由来已久的感觉,觉得他总是偷偷地观察她。如果她猛一回头,就能看见那种揣测、等待的神情,这神情表现出一种几乎难以忍受的耐性,而思嘉对这种耐性是无法理解的。

和他一起生活,有时是很愉快的,尽管他有个怪毛病,不许别人在他面前说谎、装模作样或夸夸其谈。他耐心地听她说各种琐事。他有充沛的精力来参加她喜欢举行的舞会和宴会。她发现,只要她老老实实地说,她要什么他都给,她问什么他都说。可是如果她拐弯抹角,耍女人爱耍的手腕,想得到什么东西,他就什么也不给。他能看透她的心思,并且粗鲁地笑她。

瑞德总是对她采取漠不关心的态度。思嘉想到这一点,往往觉得纳闷,不明白他为什么和她结婚。他肯定是不爱她的,他说她这所心爱的房子是一座可怕的建筑,还说宁愿住在饭店里,也不愿住在家里。他与查理和弗兰克也不一样,从来没有表示愿意要个孩子。有一次,她挑逗他,问他为什么和她结婚,他两眼流露出喜悦的目光,答道:“我和你结婚,是要把你当作一件心爱的东西留在身边,我的宝贝儿。”这话使得思嘉恼火极了。

他和思嘉结婚,完全是因为他想占有她。而靠别的办法,他是不可能得到她的。他向她求婚的那天晚上,他就已经如实地招认了。他想占有她,就像过去想占有贝尔·沃特琳一样。这种联系着实令人不快,也完全是一种侮辱。但是思嘉已经学会对任何不愉快的事耸耸肩,算了。不管怎么说,他们已经做成了交易,并且就她来说,她是心满意足的。

然而有一天下午,思嘉因为不舒服,去看米德大夫,了解到一件令人不快的事,这件事可不能耸耸肩膀就算了。黄昏时分,她气冲冲地来到卧室里,两眼真是冒着怒火,对瑞德说,她怀孕了。

瑞德身穿绸浴衣,正懒洋洋地坐着吸烟,一听这话,马上扭过头去聚精会神地看着她的脸,不过一言不发,只静静地望着她,等她说下去。但是她却说不出话来。

“我不想再要孩子了,这你也知道。我从来就不想要孩子。每当我高高兴兴的时候,就得生孩子。唉,别光坐在那儿笑哇!你也是不要孩子的呀!我的天哪!”

他稍稍地板起面孔,两眼显得有些茫然。

“唔,不能把他送给媚兰小姐吗?你不是说她还想再要一个孩子吗?”

“哦,我非把你宰了不可!这个孩子,我不要,告诉你说,我不要!”

“不要?你再说下去。”

“有办法。我知道,女人要是不想要孩子,就可以不生孩子。是有办法的——”

瑞德一下子站起来,抓住她的手腕子,脸上露出惊恐的神情。

“思嘉,你这个傻瓜,快说实话!你做了没有?”

“还没有,不过我要去的。我的腰身刚刚细了一点,我也正想享受一番,你想再一次把我的身材弄得那么难看吗?”

“你怎么会有这个想法?是谁告诉你的?”

“玛米·巴特——她——”

“你生一个孩子也罢,生二十个孩子也罢,我都不管,可是如果你要死,我就得管。”

“要死？我？”

“是的，会死的。一个女人做这样的事，要冒多大危险，玛米·巴特大概没有告诉你吧？”

“没有，”思嘉吞吞吐吐地说。“她光说这样就行了。”

“天哪！我非杀了她不可！”瑞德喊道，他的脸气得通红。他低头看了看思嘉泪流满面，气也就渐渐消了。他突然把她搂在怀里，紧紧地搂着她，似乎怕她跑掉似的。

“你听着，我的小乖乖，我不能让你拿性命当儿戏，你听见了吗？我也并不想要孩子，但是我能养活他们。我不想再听你胡言乱语了，你要是敢去试一试——思嘉，有一次，我亲眼看着一个女孩子这样死去了。她不过是个———唉，她可是个好人。这样死，是很痛苦的。我——”

“瑞德，”她喊道。瑞德的激动，使思嘉很惊讶，顿时忘了自己的痛苦。她从来没有见他这样激动过。“那是在什么地方？那个人是谁——”

“在新奥尔良——唉，那是很多年以前的事了。当时我很年轻，容易冲动。”他突然低下头，把嘴唇贴在她的头发上。“思嘉，即使今后九个月我不得不把你拴在我的手腕子上，你也得把这个孩子生下来。”

她在他腿上坐了起来，坦率地用好奇的眼光盯着他。在她的注视之下，瑞德的脸突然舒展了。平静了，似乎有一种魔力在起作用。

“我对于你有这么重要吗？”她一边问，一边把眼皮耷拉下来。

瑞德冷静地看了她一眼，似乎估量这个问题里面有多少卖弄风情的成分。弄清了她的真实用意之后，便随口答道：

“是呀！你看，我在你身上花了这么多钱，我可不能白花呀。”

思嘉生了一个女孩，媚兰从思嘉屋里出来时，尽管累极了，却高兴得流出了眼泪。瑞德在走廊站着，周围有好些雪茄烟的烟头，把那上好的地毯都烧出洞来了。

“现在你可以进去了,巴特勒船长。”媚兰说,她感到有些难为情。

瑞德连忙进到屋里,媚兰瞥见他弯腰去看嬷嬷怀里那个光着屁股的婴儿。

“啊!真好啊!”她想。“可怜的巴特勒船长操了多大的心啊!在这段时间里,他一滴酒都没喝。他多好啊!有多少男人,到孩子生下来的时候,都喝得酩酊大醉了。我想他现在一定很想喝杯酒。要不要提醒他一下?算了,那就显得太冒失了。”

她缩在椅子里,觉得舒服一些。近来她一直腰痛,这会儿痛得像要断了。看,思嘉多么幸运啊,生孩子的时候,巴特勒船长就在门外等着。她生小博的那个可怕的日子,要是艾希礼在身边,她就不会受那么大的罪了。屋里那个小女孩如果是她的,而不是思嘉的,那该多好啊!“唉,我怎么这么坏呢,”她又责怪起自己来。“思嘉一向待我这么好,我竟想要她的孩子。主啊,饶恕我吧!我并不是真的想要思嘉的孩子,而是——而是十分希望自己再生一个孩子呀!”

媚兰把一个小靠垫塞在腰下,盘算自己生一个女儿。可是米德大夫坚持说对于她太危险,尽管她本人很愿意冒生命的危险再生一个,艾希礼却是说什么也不干。生一个女儿,艾希礼多么希望有个女儿呀!

女儿!天哪!她慌忙坐起来。“我忘了告诉巴特勒船长,是个女儿呀!他当然盼望一个男孩,唉,多么可怕啊!”

媚兰知道,对女人来说,男孩女孩都一样喜欢,但是对男人来说,尤其是像巴特勒船长这样性格坚毅的人,生个女孩对他肯定是个打击,是对他那刚强性格的惩罚。媚兰只能生一个孩子,上帝竟然就让她生了个男孩,她是多么感激啊。她心里想,如果她是那可怕的巴特勒船长的妻子,她就宁可心满意足地在产床上死去,也不能头一胎给他生个女儿呀。

不过这时候嬷嬷趔趔趄趄地笑着从屋里走出来了。

“俺刚才给孩子洗澡的时候,”嬷嬷说,“俺向瑞德先生道歉了,因为不是个男孩。可是，媚兰呀，你猜他说什么，他说：‘快别说了，嬷嬷！谁要男孩呀？男孩没意思，男孩只会添麻烦，女孩才有意思哩。要是有人拿一打男孩来换我这个小宝贝，我也不换。’接着他就想把那光溜溜的女孩儿从俺手里抢过去，俺在他手腕儿上给了他一巴掌，说；‘老实点，瑞德先生！俺要等着瞧，等你什么时候得了儿子欢天喜地，看俺笑话你。’他笑着摇了摇头说：‘嬷嬷，你好糊涂呀！男孩一点用也没有。我不就是个例子吗？’是啊，媚兰小姐，在这件事情上，他还真像个上等人，”嬷嬷说完了，显出很满意的样子。媚兰注意到了，瑞德这个做法已经在很大程度上改变了嬷嬷对他的看法。“也许俺以前错怪了瑞德先生。今天对俺来说是个喜庆的日子，媚兰小姐。俺为罗毕拉德家照看了三代女孩儿了，今天可真是个喜庆的日子呀！”

“哦，是啊，的确是个喜庆的日子，嬷嬷。孩子出生的日子是最高兴的日子！”

然而并不是每一个人都感到高兴。韦德·汉普顿挨了骂之后，只好在饭厅里消磨时间，可怜极了。那一天清早，嬷嬷突然把他叫醒，急忙给他穿上衣服，把他和爱拉一起送到皮蒂姑妈家。他光听说是因为母亲病了，怕他吵得母亲不得安生。韦德心里开始感到害怕。母亲死了怎么办？他亲眼看见过灵车从小朋友家里开出来，还听见小朋友哭呢。母亲要是死了怎么办？韦德尽管很怕母亲，可是也很爱她。

到了中午，韦德趁没人注意，尽快往家赶，心里害怕，跑得特别快。他想瑞德伯伯，或者媚兰姑妈，或者嬷嬷一定会把真实情况告诉他。他听见了母亲的叫声，他便抽抽搭搭地哭起来。他知道母亲快死了。

最后嬷嬷从前面的楼梯上下来，一看见他，就斥责起来。嬷嬷一向是给他撑腰的，现在她一皱眉，韦德就吓得发抖了。

“没见过像你这么淘气的孩子，”她说。“俺不是把你送到皮蒂姑奶奶那儿去了吗？”

“母亲是不是要——她会死吗?”

“怎么这么讨厌!死?俺的老天爷,死不了。男孩子就是讨人嫌。走开吧,走开吧!”

可是韦德并没有走开,他在过道里躲在门帘后面。男孩子讨人嫌,这话很刺耳,因为他一贯是努力做好孩子的。又过了半个钟头,媚兰姑妈匆匆走下楼来,面色苍色,十分疲倦。她在帘子后面看见了韦德那张可怜的小脸,大吃一惊。平时媚兰姑妈对他总是十分耐心,

但是今天早上她说:“韦德,你可真淘气呀!怎么不待在皮蒂姑奶奶那儿?”

“我母亲是不是要死了?”

“哎呀,不会的,韦德。傻孩子。”接着又和蔼地说:“米德大夫刚才给你妈送来了一个亮丽的小娃娃,是个很好看的小妹妹,你可以哄着她玩。乖乖的,今天晚上就能看见她。现在出去玩吧,别嚷。”

韦德悄悄地走进安静的饭厅,今天的天气这么好,大人们的举动为什么这么怪?他在窗台上坐下来,看见阳光底下盒子里种着一棵秋海棠,就咬了一小口。谁知它那么辣,辣得他直流眼泪,哭起来。母亲快死了,谁也不关心他,所有的人都围一个新来的孩子转——并且还是个女孩。韦德对小孩不感兴趣,对女孩尤其不感兴趣。

过了好半天,米德大夫和瑞德伯伯才走下楼来。大夫走了以后,瑞德伯伯赶紧来到饭厅里,拿起酒瓶,倒了一大杯,这时他看见了韦德,笑了。韦德从来没见他这样笑过,没见他这样高兴过,于是他朝瑞德伯伯跑了过去。

“你有了一个小妹妹,”瑞德紧紧地握着他的手说。“你知道吗,你从来没见过这么亮丽的小妹妹。怎么,你干吗哭哇?”

“母亲——”

“你母亲正在吃东西,有鸡,有米饭,有肉汤,有咖啡。”过一会儿,我还要让

你看看小妹妹呢。”

“瑞德伯伯,”他说,“是不是大家都喜欢女孩儿,不喜欢男孩子儿?”

瑞德放下酒杯,认真地看了看韦德那张天真的小脸,马上就明白了。

“不对,不能这么说,”他严肃地回答说,似乎在认真地思考。“只不过女孩子比男孩子麻烦,大家总爱对麻烦事多的操心更多一些。”

“嬷嬷刚才就说男孩儿讨人嫌。”

“哦,嬷嬷刚才心情不好,他其实不是那个意思。”

“瑞德伯伯,你本来是不是很想要个男孩儿,不想要女孩儿呢?”韦德满怀希望地问。

“不是,”瑞德简洁地答。他看着韦德轻轻地低下头去,就接着说“你看,我已经有一个男孩了,还要男孩儿干什么?”

“有了?”韦德一听,张着大嘴惊讶问。”“在哪儿?”

“就在这里呀!”瑞德一面说,一面把韦德抱起来,放在膝上。“我有你这个男孩儿就够了,孩子。”

这时韦德知道还是有人要他的。心里踏实了,高兴得几乎想哭了。

“你就是我的男孩儿,是不是?”

“能做两个人的男孩儿吗?”韦德忧愁地问,他一方面忠于从未见过面的生身父亲,一方面又爱这个体贴地抱着他的人,两种感情在激烈地斗争着。

“是的,”瑞德斩钉截铁地说。“就好比你既是你母亲的孩子,也是媚兰姑妈的孩子。”

韦德琢磨了一下,觉得很有道理,就放心地笑了笑,不好意思在瑞德怀里扭动起来。

“你知道小孩儿的心思吗,瑞德伯伯?”

瑞德那黑黑的面孔顿时严肃起来,嘴唇绷得紧紧的。

“是的,”他用痛苦的声音说,“我知道小孩儿的心思。”

这时韦德又害怕起来，不光是害怕，并且还有些忌妒。瑞德伯伯心里想的不是他，而是另外一个人。

“你没有别的小男孩儿吧，有吗？”

瑞德把他推开，让他站在地上。

“我要喝杯酒，你也喝一杯，韦德，这是你第一次喝酒，咱们庆贺你这个新来的小妹妹。”

“你没有别的———”韦德说了一半，意识到要和成年人一起喝酒了，感到一阵兴奋，便没有再追问下去。

“哦，我不能喝，瑞德伯伯！我答应过媚兰姑妈，大学毕业以前不喝酒，她说如果我做到了，她到时候给我一只表。”

“我再给你配上一条链子——你要是喜欢，就把我现在用的这条给你。”瑞德说着，又笑了起来。“媚兰姑妈说得很对。不过她指的是烈性酒，不是果子酒。孩子，你要像有风度的人那样喝酒，眼前就是一个最好的学习机会。”

瑞德很熟练地用玻璃瓶里的白水把葡萄酒冲淡，冲得只微微有点红色的时候，才把杯子递给韦德。就在这个时候，嬷嬷走进来了。她换上了最好的衣服，围裙和头巾也是新换的，整整齐齐。她一扭一扭地蹒跚而行，裙子发出丝绸摩擦的窸窣声。她露着牙床，笑得很开心。

“你大喜了，瑞德先生！”她说。

“我看你是想喝罗姆酒，而不是红葡萄酒吧，”瑞德说着就伸手到酒柜里，拿出一个矮瓶子。“我的女儿很亮丽啊，是不是，嬷嬷？”

“当然，”嬷嬷答道，一面高兴地把酒接过来。

“你还见过比她亮丽的吗？”

“哦，思嘉小姐生下来和她差不多亮丽，不过还差一点呢。”

“再喝一杯，嬷嬷，还有，嬷嬷，”说到这里，他的语调变得严厉起来，可是他的眼睛一眨一眨的，“那窸窸窣窣的是什么声音？”

“天哪！瑞德先生，不是别的，是俺的红绸子衬裙呀！”嬷嬷一面格格地笑，一面扭来扭去。

“是你的衬裙！我不相信。让我看看。把裙子撩起来。”

“瑞德先生，你真坏！就是——哦，天哪！”

嬷嬷轻轻地叫了一声，往后退了退，小心翼翼地把裙子提起了一些，露出了红绸衬裙的褶边。

“放了这么长时间你才穿哪，”瑞德低声说，但他的黑眼睛却流露出活泼的笑意。

“是呀，放的时间太长了。”

瑞德随后说的话，韦德就听不明白了。

“不再说套着马笼头的骡子了吧？”

“瑞德先生，思嘉小姐真坏，怎么都告诉你了！你不会抓着这件事不放，来责怪俺这个黑老婆子吧？”

“不会，我不会的，我只想问问清楚。再来一杯吧，嬷嬷。把这瓶酒全喝了吧。喝呀，韦德。给我们祝酒吧。”

“为妹妹干杯。”韦德大声说，接着就一饮而尽。这杯酒呛得他又咳嗽，又打嗝儿，两个大人笑了一阵，连忙在他背上轻轻拍打起来。

瑞德有了这个女儿以后，谁见到他都觉得他的举止很怪。谁能想到他这样一个人居然会不知羞耻地当众炫耀做父亲的光彩，其实头胎生女儿，没有生儿子，本不是什么光彩的事。

他做父亲的新鲜感很长时间没有消退。这使得有些女人暗中羡慕，因为她们的丈夫认为生儿育女是理所当然的事，瑞德不论在街上遇见什么人，就没完没了地详细对人家说女儿的事，开头也不先说一句客气话：“我知道人人都觉得自己的孩子好，不过——”他认为自己的女儿出众，自非一般人的孩子可比，并且逢人便说。一个新来的女仆让孩子吃了一点肥肉,引起了一次剧烈的肚子疼,瑞德连忙请来了米德大夫,还请了另外两位大夫。人们费了很大的劲,才拦住他,没有用鞭子抽那个可怜的女仆。这个女仆被辞退了,随后又来了几个,最长也只待过一个礼拜。瑞德定下的苛刻条件,她们谁也满足不了。

来来去去的这些女仆,嬷嬷也都不喜欢,因为她忌妒任何新来的黑人,她认为没有理由说她不能照顾这个孩子,同时照顾韦德和爱拉。但是嬷嬷年纪大了,这是明摆着的事。瑞德只好对嬷嬷说,像他这种地位的人不能只雇一个女仆,不体面呀。他想再雇两个人干重活,让她当头儿。嬷嬷听了这话挺高兴,再来几个用人,不仅为瑞德增加光彩,也为她自己增加光彩。于是瑞德就派人到塔拉去接普里茜。此外,彼得大叔推荐他一个侄孙女,名叫卢儿。

思嘉发现瑞德过多地注意这个孩子,他当着客人的面炫耀自己的女儿,使思嘉感到不快,也觉得难为情。一个男人喜欢自己的孩子,本是件好事,但是她觉得瑞德毫不掩饰地表露这样的感情,缺乏男子汉的气概。他应该像别的男人那样,随便一点,自然一点。

"你在当众出丑啊,"她不满地说,"我不明白这是为什么?"

"不明白?哦,你是不会明白的。这道理就在于:她是第一个完全属于我的人。"

"她也是属于我的呀!"

"不,你还有两个孩子。她是属于我的。"

"好家伙!"思嘉说。"这孩子是我生的,不是吗?这且不说,亲爱的,我也是属于你的呀!"

瑞德从孩子那黑黑的头发上面看过去,看了她一眼,不自然地笑了。

"是吗,亲爱的?"

到了下午,瑞德给心爱的女儿取了个亮丽的名字:邦妮·布卢·巴特勒,意思是美丽、蔚蓝。

第五十一章

思嘉终于又能自由地出去活动了。她让卢儿帮她穿胸衣。然后用皮尺量了量腰身。二十英寸！她气恼地大声嚷嚷起来,她的腰身竟然和皮蒂姑妈一样粗,和嬷嬷一样粗了。

“再拉紧点,卢儿。看能不能紧到十八英寸半。”

“再拉,绳子就断了,”卢儿说。“你的腰粗了,思嘉小姐,一点办法也没有。”

“办法是有的，”她想，“我再也不生孩子了。”

当然，邦妮很亮丽，这使她很骄傲，瑞德也很喜欢这个孩子，可是她再也不想生孩子了。可是瑞德那么愚蠢，说不定明年又想要个儿子了，尽管他说过如果她生了儿子，就把他淹死。唉，她不想再给他生男孩儿，也不想再给他生女孩儿了。一个女人生过三个孩子，也就足够了。

思嘉要了马车，到木材厂去了。她走着走着，兴致来了，把腰身的事也就忘了，因为马上就能见到艾希礼，还能和他一起看账呢。要是运气好，也许能单独见他。邦妮出生以前，她就很久没有见艾希礼了。她怀孕时，肚子那么大，她不愿意让他看见。她一直很怀念过去每天和他见面，尽管当时总有人在场。当然，现在她不需要再干下去了，她可以把两个木材厂卖掉，把钱拿去投资，以备韦德和爱拉将来使用。不过那样一来，就意味着她将没有什么机会见到艾希礼了，除非在正式的社交场合，在周围有许多人的情况下见面。和艾希礼在一起工作，这是她最大的乐趣。

她赶着车来到木材厂，高兴地看到木材堆得多么高，顾客多么多，他们正站在一堆堆木材之间，和休·埃尔辛谈话呢。那里有六套骡子，六辆车，黑人车夫正在装车。“六套车呀，”她自豪地想。“这都是我自己一手搞起来的呀。”

艾希礼再次和她相见，感到很高兴，眼睛里流露出愉快的神情。他搀着她下了马车，进了办事房，拿她当女王一样看待。

但是她一看他的账目，和约翰尼·加勒格尔一比，她那愉快的心情就遮上了一层阴影。艾希礼勉强收支相抵，约翰尼却赚了一大笔钱。思嘉克制着自己，什么也没说，但她脸上的表情，艾希礼是看得清楚的。

“思嘉，我很抱歉。我没有什么可说的，只是不想再用犯人了，希望你能同意我雇自由黑人。这样干，我相信会更好一些。”

“雇黑人！给他们开工钱，我们就得破产。犯人多便宜呀！如果约翰尼使用犯人能赚这么多钱——”

艾希礼的眼睛远远地望去，他眼里看见的东西，思嘉是看不见的，他眼中愉快的光芒消失了。

“我不能像约翰尼·加勒格尔那样使唤犯人。我不能逼着人干活。”

“见鬼去吧！约翰尼干得可好了！艾希礼，你就是心肠太软。约翰尼对我说，每次有人装病不干活，你就给他一天假。上帝呀！艾希礼，这可不是赚钱的法子呀。不论生什么病，只要不是腿断了，抽上两鞭子，就治好了——”

“思嘉！思嘉！快别说了！听你这样说话，我受不了。”艾希礼喊道，打断了她的话。“难道你就没有想到他们是人——他们生病，吃不饱，很痛苦，并且——啊，亲爱的，我真不忍心看着他把你变成一个残暴的人，你过去是多么温柔啊——”

“你说谁把我怎么样了？”

“我应当说，尽管我没有权利说，但我非说不可。就是你那个——瑞德·巴特勒。他碰过的东西，都要中他的毒。你也中了他的毒，你过去是那么温柔，大方，和蔼，尽管有些急躁。他毒害了你，使你的心肠变硬了，使你变得残暴了。”

“唔，”思嘉喘着气说，她本来感到内疚，现在又产生了喜悦之情，因为艾希礼对她感情这么深，到现在还觉得她温柔。幸好他全然归罪于瑞德，其实这事和瑞德毫不相干，本来就是这样。不过在瑞德身上再添一个污点，也没什么。

“告诉你，我实在受不了，我不愿意看着你美好的一切被他糟蹋，我不愿意知道你的美貌和魅力要由这样一个人来支配——我一想到他和你接触，我——”

“他是想要吻我吧！”思嘉兴奋地想。“这就不怪我了！”她朝着他往前凑了凑。但是他突然往后退缩，似乎意识到自己说得太多了——有些话，他是不该说的。

“我十分真诚地向你道歉，思嘉。我——谁也没有权利对着一个人的妻子批评她丈夫。我没有借口，只是——只是——”他说不下去了，他的脸在抽搐。

思嘉屏住呼吸，等他说下去。

回家的路上，思嘉坐在马车上，思绪翻滚。他爱她！一想到她躺在瑞德怀里，他就怒火中烧，这是思嘉没有料到的。艾希礼还说瑞德拥抱她是糟蹋了她，把她变成了残暴的人！好吧，为了他，她完全可以不让瑞德拥抱她嘛。她心里想，如果他们两个人尽管都和别人结了婚，却能在肉体上互相保持忠诚，多么美好，多么风流啊。这个想法盘桓在她的脑子里久久不去，她也感到十分愉快。同时这也就意味着她不必再生孩子了。

回到家，她上楼去，打开育儿室的门一看，只见瑞德坐在邦妮的小床边，爱拉坐在他腿上，韦德正从口袋里掏东西给他看。瑞德这样喜欢他们，实在幸运，有些继父对前夫的孩子是十分讨厌的。

“我有话跟你说。”她说，接着就到他们自己的卧室里去了。最好还是趁现在她不想再要孩子的决心坚定，趁艾希礼对她的爱还在给她力量，把这件事了结了吧。

瑞德走进卧室，随手把门关上。思嘉突然对他说：“瑞德，我已经决定不再要孩子了。”

如果说他对思嘉突然说这样的话感到惊讶，可他丝毫没有表现出来，他慢慢走到一把椅子跟前坐下，往后仰着。

“我的宝贝儿，我记得对你说过，你生一个孩子，还是生二十个孩子，对我说来都无所谓。”

“我觉得三个已经够了。我不想一年生一个。”

“三个好像是够多了。”

“你很清楚——”她刚要讲，又觉得难为情，脸都红了。“你明白我的意思吗？”

“我明白。但你也应该知道，如果你不让我实行结婚赋予我的权利，我是可以和你离婚的”

"你这个人真不像话,怎么会想到这样的事?"谈话没有按照她预计的那样进行,她很恼火,嚷起来。"你要是有一点尊重女性的意思,你就会——你就会体贴人,就像——唔,就看看艾希礼·威尔克斯吧。媚兰是不能再生孩子了,他——"

"艾希礼,他可是个正人君子呀,"瑞德说,奇怪地看着她,"请你说下去。"

思嘉一下子憋住了,她要说的话已经说完了,也没有什么别的可说了。

"你今天下午到木材厂去了吧,是不是?"

"到那儿去,和这件事有什么关系?"

瑞德轻轻地站起来,走到她面前,把手放在她下巴颏下面,抬起她的脸。

"你真是个孩子!你已经和三个男人在一起生活过了,可是对男人的脾气却还是一无所知。"

他顽皮地在她脸上拧了一把,竖着一道浓眉,低着头冷冷地对她端详了老半天。

"思嘉,你要明白。如果你和你的床对我还有什么魅力的话,你不论是枷锁,还是恳求,都无法拦住我。我不论做什么事都不会难为情,因为我是和你订了契约的——我一直遵守这个契约,而你却想毁约了。得了,去保持你的贞节吧,亲爱的。"

"你的意思是不是,"思嘉气愤地喊道,"你不管——"

"你对我厌倦了,是不是?唉,男人比女人更容易厌倦。你就保持圣洁吧,思嘉。这不会给我造成任何困难。没有关系,"他耸了耸肩膀,笑了。"世界上到处都有床,并且大部分的床上都睡满了女人。"

"难道你真是要——"

"我的小天真儿!不过,那是当然的喽。我从来不认为贞节是一种美德。"

"我每天晚上都要把门锁上!"

"何必费事呢?我要是想得到你,什么锁也没有用。"

他转过身来，似乎觉得这个题目已经讨论完了，接着就出去。思嘉听见他又回到育儿室去了，还听见孩子们喊着欢迎他。她突然坐下来，她的目的达到了，这是她的愿望，也是艾希礼的愿望。但是她并不感到高兴，她的虚荣心受到了伤害，她本人也受到了侮辱，因为她觉得瑞德并不很看重这件事，也根本不需要她，并且把她和别处床上的女人同样看待了。

她希望想出一个巧妙的办法能够告诉艾希礼，她和瑞德实际上已经不再是夫妻了。但是现在是不可能的。现在好像是乱作一团了，她又有点后悔，觉得不该提起这件事。过去她和瑞德躺在床上说着有趣的话，他那雪茄烟的红光在黑暗中一闪一闪的。过去她梦见自己在寒冷的雾里奔跑，惊醒之后，瑞德把她搂在怀里，给她安慰。她怀念这一切，却又不可能再出现了。

她突然感到十分难过，把头靠在椅子扶手上，哭起来。

第五十二章

一个雨天的下午，邦妮刚刚过了她的周岁生日，韦德闷闷不乐地在起居室里走来走去。他身体不好，尽管八岁了，但个儿很小，文静得到了羞怯的地步，除非别人跟他说话，否则是从来不开口的。他一个人显然很无聊，又没什么好玩的事。爱拉正在一个角落里摆弄她的玩具娃娃，思嘉坐在写字台前算账，而瑞德则躺在地板上，用两个手指捏着表链逗邦妮。

韦德翻出几本书来，但每次拿起一本又立即啪地放下，还不时深深地叹气，他的唉声叹气惹得思嘉恼怒地转过身来。

"天哪，韦德！你到外面玩去吧。"

"外面在下雨呢。"

"那么，找点什么事做吧。你坐立不安的快把我烦死了。去告诉波克，让他套车送你到小博家玩去。"

"他不在家。"韦德叹气说，"他去参加拉乌尔·皮卡德的生日宴会去了。"

拉乌尔是梅贝尔和雷内·皮卡德生的小儿子。

"那么，你高兴去看谁就去看谁吧。快去告诉波克。"

"谁都不在家，"韦德回答。"人人都去参加那个宴会了。"

瑞德将身子坐起来，说："那你为什么没去参加宴会呢，儿子？"

韦德走近他，脚在地板上擦来擦去，显出伤心的样子来。

"我没接到邀请，先生。"

瑞德轻轻地站起身来。

“放下这些该死的数字吧，思嘉。为什么韦德没有被邀请去参加那个宴会呢？”

“看在老天面上，瑞德！别来打搅我了。艾希礼把这些账目搞得一团糟——唔，那个宴会？唔，我看人家不请韦德也没有什么，即使请了他，我还不让他去呢。”

瑞德若有所思地观察着韦德那张小脸，发现这孩子在畏缩地往后退。

“到这里来，儿子，”他边说，边把孩子拉过来。“你想去参加那个宴会吗？”

“不，先生，”韦德勇敢地说，但同时他的头低下去了。

“嗯。告诉我，韦德，你去参加小乔·惠廷或者弗兰克·邦内尔，或者——唔，别的小朋友的生日宴会吗？”

“不，先生，许多宴会我都没有接到邀请呢。”

“韦德，你撒谎！”思嘉转过身来喊道。“你上星期就参加了三次，巴特家孩子们的宴会，盖勒特家的宴会和亨登家的宴会。”

“你这是骡子身上配了一套马笼头，把什么都拉到一起来了。”瑞德激烈地说道，接着他的声音渐渐温和了，又问韦德：“你在那些宴会上感到高兴吗？你只管说。”

“不，先生。”

“为什么不呢？”

“我——我不知道，先生。嬷嬷——嬷嬷说他们是坏白人。”

“我要剥她的皮，这个嬷嬷！”思嘉跳起来大声喊道。“至于你嘛，韦德，你怎么这样说你母亲的朋友——”

“孩子说的是真话，嬷嬷也是这样。”瑞德说，“不过，当然喽，你从来都不会认识到真理的，即使你在大路上碰到了……别难过，儿子。你别再想宴会了。给。”他从口袋里掏出一张钞票给他，“去告诉波克，套上马车带你到街上去玩。

给你自己买些糖果——买多多的,不要怕吃得肚子痛了。"

韦德开心了,把钞票塞进口袋,然后焦急地望着母亲,希望得到她的同意。可是思嘉正皱着眉头在看瑞德,发现他眼睛里有一种近乎恐惧的神色——恐惧和自责的神色。

韦德从继父的慷慨中得到了鼓励,羞涩地走到他跟前。

"瑞德伯伯,我可以问你一件事吗?"

"当然。"瑞德的神情有点不安,但又似乎心不在焉似的。"什么事,韦德?"

"瑞德伯伯,你是不是——你在战争中打过仗吗?"

瑞德的眼睛机警地往后一缩,尽管还是那么犀利,不过声音有点随便了。

"你干吗问这个呀,儿子?"

"嗯,乔·惠廷说你没有打过,弗兰克·邦内尔也这样说。"

"哎,"瑞德说,"那你对他们怎么说的呢?"

韦德显得不高兴了。

"我——我说——我说我不知道。"接着赶忙补充,"不过我并不在乎,并且我揍了他们。你打过仗吗,瑞德伯伯?"

"打过,"瑞德说,突然显得厉害起来。"我参加过战争。我在军队里待了八个月,约翰斯顿投降时我还在他的部队里。"

韦德骄傲得扭摆起来,但是思嘉笑了。

"我还认为你会对自己的战争史感到羞耻呢,"她说。"你不是让我不要对别人说吗?"

"嘘!"他阻止她。"韦德,你现在满意了吧?"

"啊,是的,先生!我本来就知道你参加了战争。我知道你不是胆小鬼。不过——你为什么没有跟别的小朋友的父亲在一起呀?"

"因为别的孩子的父亲都是些傻瓜,他们给编到步兵队里去了。我是西点军校的学生,因此编在炮兵队里,是在正规的炮兵队,韦德,进炮兵队的人可不简单呢，韦德。”

“我说准是那样，”韦德说，高兴得脸发亮了。“你受过伤吗，瑞德伯伯？”

瑞德迟疑着。

“把你的痢疾讲给他听听吧，”思嘉挖苦道。

瑞德把他的衬衣和汗衫从裤腰带里拉出来。

“过来，韦德，我给你看我受伤的地方。”

韦德兴奋地走上前去，一道长长的隆起的伤疤一直伸到腹部底下。那是他在加利福尼亚金矿区跟别人打架动刀子留下来的纪念。但是韦德不知道，他呼吸紧张，心里非常高兴。

“我猜你大概跟我父亲一样勇敢，瑞德伯伯。”

“差不多，但也不全一样。”瑞德说，一面把衬衣塞进裤腰里。“好了，现在带着那一块钱出去玩吧，以后再有哪个孩子说我没打过仗，就给我狠狠揍他。”

韦德乐得蹦蹦跳跳地出去了，一路喊叫着波克，同时瑞德又把邦妮抱起来。

“你干吗撒这些谎呢，我的英勇的大兵少爷？”思嘉问。

“一个男孩子需要为他父亲——或者继父感到骄傲嘛。我不能让他在别的孩子面前觉得不光彩。孩子，真是些残酷的小家伙呀。”

“啊，胡说八道！”

瑞德慢悠悠地说：“我从没想过韦德会那样苦恼。不过将来邦妮不会碰到这种情况了。”

“什么情况？”

“你以为我会让邦妮为她父亲感到羞耻吗？会让她一个人待着不能去参加小朋友的聚会吗？你以为我会让她像韦德那样，不是由于自己的过错而是由于父母的过错，受到委屈吗？”

“唔，孩子们的宴会嘛！”

“年轻姑娘们最初的社交活动就是从小时候的宴会中培养出来的呀。我不会让我女儿完全置身于亚特兰大上流社会之外,关在家里成长。我不会因为她在这里不受欢迎,而送她到北方去的。我也不会因为没有哪个体面的南方家庭要她——因为她母亲是个傻瓜,她父亲是个无赖,而眼看着她被迫嫁给一个北方佬或一个外国人的。"

这时韦德已经回来,站在门口,在很感兴趣而又迷惑地听着。

"邦妮可以跟小博结婚嘛,瑞德伯伯。"

瑞德转过身去看这个小孩,脸上的怒气全消了,他看上去在严肃地考虑孩子的话,这是他对待孩子的一贯态度。

"真的,韦德,邦妮可以嫁给博·威尔克斯,可是你又跟谁结婚呢?"

"唔,我不跟谁。"韦德自信地说,他十分得意能同大人平等地谈话,瑞德从不责备他,反而常常鼓励他。"我将来要上哈佛大学,学当律师,像我父亲那样,做一个像他那样勇敢的军人。"

"我但愿媚兰闭住她那张嘴才好。"思嘉喊道。"韦德,你将来不要上哈佛大学,那是一家北方佬学校,我不希望你到北方佬学校去念书。你将来上佐治亚大学,毕业后给我经营那个店铺。至于说你父亲是个勇敢的军人嘛——"

"嘘,"瑞德不让她说下去,因为他注意到韦德说起他那位从未见过的父亲时,眼睛里闪烁出光辉。"韦德,你长大了要成为一个像你父亲那样勇敢的人,因为他是个英雄。我会高兴看到你去哈佛大学,学当律师。好,现在去叫波克,让他带你上街去吧。"

"谢谢你了,请让我来管教自己的孩子吧。"思嘉等韦德一出门便嚷嚷起来。

"让你去管教才完了呢!你已经把韦德和爱拉全给耽误完了,可是我决不让你那样对待邦妮!邦妮将来要成为一个小公主,世界上所有的人都喜欢她。我的上帝,你以为我会让她长大后跟现在家里这些来来往往的下流坯打交道吗?"

"对于你来说,他们已经够好的了——"

"对于你才他妈的太好了,我的小宝贝儿。可是对邦妮不行。你以为我会让她跟一个你整天厮混的那帮流浪汉结婚吗?损人利己的爱尔兰人,北方佬,坏白人,提包党暴发户。啊!我的出自巴特勒血统和罗毕拉德门第的邦妮——"

"还有奥哈拉家族——"

"奥哈拉家族曾经有可能成为爱尔兰的王室,可是你父亲最多不过是个精明的爱尔兰农人罢了,你也好不了多少——不过嘛,我也有错。我像一只从地狱里飞出来的蝙蝠似的混过了前半生,任意妄为,觉得一切都无所谓。可是邦妮不是这样。天哪,我以前多么愚蠢!邦妮在查尔斯顿不会受到欢迎,很明显,要是我们不赶快采取行动,她在这里也会站不住脚的。"

"唔,瑞德,你把问题看得那么严重,真好玩!我们有了这么多钱——"

"让这些钱见鬼去吧!用我们全部的钱也买不到我要给她的东西呀!我宁愿让邦妮被邀请到皮卡德的破房子里或埃尔辛太太家那破房子里去啃干面包,也不会让她去当共和党人舞会上的明星。思嘉,你也太傻了。你应当为孩子们在社会上准备一个位置,你甚至连自己原来有的位置也没有保住。可是事到如今,要你纠正自己的为人处世之道也实在太难了。你太热衷于赚钱,太喜欢欺负人了。"

"我觉得整个这件事就是小题大做。"思嘉冷冷地说,一面把手里的账本翻得哗哗响。

"只有威尔克斯太太才有可能帮助我们,可你偏偏疏远她,侮辱她。唔,求求你不要在我面前说她贫穷和褴褛了,其实只有她才是亚特兰大一切精华的灵魂和核心呢。感谢上帝把她给了我们。她会给我帮助的。"

"那你打算怎么办呢?"

"怎么办?我要向这个城市里每一位保守派的女头目做工作,尤其是梅里韦瑟太太、埃尔辛太太、惠廷太太和米德太太。哪怕我必须爬到那些恨我的胖老猫面前去,我也愿意。我愿意乖乖地忍受她们的冷落和嘲讽,忏悔我过去的恶行。我愿意给她们那些该死的慈善事业捐款,愿意到她们的鬼教堂里去做礼拜。而且,如果万不得已,我愿意加入他妈的那个三K党,并且我会毫不犹豫地提醒那些我曾经救过的人,叫他们记住还欠着我一笔债呢。至于你,太太,请你发发善心,不要在我背后拆台,对于那些我尽力讨好的人不要取消她们赎取抵押品的权利,不要卖烂木头给她们,或者在别的方面侮辱她们。还有,千万不要再让布洛克州长进我们的家门了。你听见了没有?你交往的那一帮亮丽的盗贼、流氓也不许再来了。你要是不顾我的要求仍邀请他们,那我就只好使你陷入尴尬的境地了。"

思嘉一直在忍痛听着他的话,这时挖苦地笑了。

"这么一来,那个赌棍和投机家马上就要成为正人君子了!我看,你要改邪归正的话,最好还是先把贝尔·沃特琳的房子卖掉吧。"

思嘉这句话只是瞎说的,因为她至今不敢肯定那所房子就是瑞德的。他突然大笑起来,似乎猜着思嘉的心思了。

"多谢你的建议了。"

要是瑞德事先已经尝试过的话,他就不会选择现在这样困难的时刻来改邪归正了。现在恰好是共和党人和参加共和党的南部白人名声最坏,提包党政权已经腐败到极点的时候。而自从投降以来,瑞德的名字已经跟北方佬、共和党人和参加共和党的南方白人难分难解地连在一起了。

共和党人和他们的同盟者依靠黑人的投票牢牢地确立了自己的统治,如今正在恣意蹂躏那个手中无权仍顽强反抗的少数党。

黑人坐在州议会,大部分时间都在吃花生或不停地把穿不惯的新鞋子穿了又脱,脱了又穿。他们中间没有几个识字,他们刚从棉花田和竹丛中出来,可是手中却掌握着投票表决有关税收、公债和其他许多事情的权力。

州议会所在地被一大群投机家、承包竞争者以及其各种无赖水泄不通地包围了，其中有许多正在无耻地成为阔佬。

债券成百万地发行，而其中大部分是非法的，骗人的，但照发不误。

在佐治亚州形成了一股巧取豪夺的风气，高级官员公开偷窃，而许多人对此采取冷漠的态度，这些令人想起来不寒而栗。但事实上不论你抗议也罢、抵制也罢，都是毫无用处的。

亚特兰大人诅咒布洛克以及那帮拥护他的南方白人和共和党人，他们痛恨那些同他们勾搭在一起的家伙，瑞德就是其中之一。可是如今，他突然转过身来要抵制那股他不久前还混在里面的潮流了，而且奋力拼搏，逆潮流而上。

他缓缓地巧妙地进行他的活动，不让人们觉得他一夜之间判若两人从而产生怀疑。他不再同北方佬官员和拥护他们的南方白人以及共和党人在一起公开出现了。他开始出席民主党的集会，而且故意张扬地投民主党人的票。他戒掉了高赌注的牌戏，喝酒也有节制了。即使他有时还到贝尔·沃特琳那里去，也是在晚上偷偷去的。

他带着韦德去做礼拜，但去得比较晚，当他踮着脚尖轻轻走进去时，几乎全场的人都惊讶得站起来了。思嘉已多年没进教堂的门了，因为宗教也像爱伦的其他许多教导一样，早已被她抛弃得一干二净。大家都觉得思嘉疏忽了对孩子的宗教教育，所以对于瑞德，由于他在设法纠正这一点，便比较有好感了。

瑞德只要注意不恶毒地讥讽人，而且不让他那双黑眼睛恶意地嘲弄别人，他就显得又严肃又可爱的。他已经多年不注意这样做，可是现在却注意起来，做出严肃可爱的模样，甚至连背心也只穿颜色朴实的了。对于那些受过他救命之恩的人来说，瑞德要同他们建立友好关系并不困难。要是瑞德的态度不是那么倨傲的话，他们早就向他表示谢意了。现在休·埃尔辛、雷内、西蒙斯兄弟、安迪·邦内尔和其他许多人都觉得他可亲而又谦虚，不愿意突出自己，并且当他们谈到他的恩惠时还显得很难为情呢。

“那不算什么。”他说，“要是你们处在我的地位上，你们也都会这样做的。”

他向圣公会教堂修复基金会慷慨捐献，而且给了“阵亡将士公墓装修协会”一笔颇大但又适当的捐款。他请出埃尔辛太太来经办这一捐赠，并不好意思地请求她保密，尽管他明明知道这只会促使她到处宣扬。

“我不懂，怎么你也来捐钱哪。”她刻薄地说。

瑞德以适当冷静的态度告诉她，他是回想起以前在军队里的人，那些比他更勇敢可是不如他幸运的人，他们至今还躺在默默无闻的坟墓里。埃尔辛太太听得把胖胖的下颚张开了。梅里韦瑟太太曾告诉过她，思嘉说过巴特勒船长参加过军队，可是她当然不相信，实际上谁也没有相信过嘛。

“你参加过军队吗？你是哪个连——哪个团的？”

瑞德回答了。

“唔，炮兵队！我认识的人要么在骑兵队，要么在步兵。“那么，这说明——”她突然打住了,不知怎么说好。

“我本来想参加步兵,”他说,“可是他们发现我是西点军校出身的——虽然我没有毕业,埃尔辛太太,他们便把我编在炮兵队,正规的炮兵队,不是民兵里的。在那最后的战役中他们十分需要有专门知识的人呢。你知道损失多重,死了多少炮兵队的人呀!在炮兵队是相当寂寞的。一个人也不认识。我想在我整个的服役期间我没见过一个亚特兰大人。”

“嗯!”埃尔辛太太心里有点迷乱了。如果他真的参加过军队,那么她就错了。她曾经讲过他许多坏话,说他是胆小鬼,现在想起来都感到很内疚。“嗯!那你怎么从不对别人说这些事呢?你似乎觉得进了军队很可耻似的。”

瑞德勇敢地直视着她的眼睛,脸上毫无表情。

“埃尔辛太太,”他诚恳地说,“请你相信我,我对自己为南部联盟服务而感到的骄傲,胜过对于我所做的一切呢。我觉得——我觉得——”

“好吧,可是你为什么要瞒着大家呀?”

“我不好意思说,想到——想到我过去的一些行为。”

埃尔辛太太把他的捐款和这次谈话详详细细地对梅里韦瑟太太说了。

“而且,多丽,我向你保证,他说到后来,眼泪都快流出来了呢!真的,眼泪!那时我自己也差一点哭了!”

“一派胡言!”梅里韦瑟太太根本不相信。“我既不相信他参加过军队,也不相信他会流眼泪。并且我很快就能查出来,如果他真参加过炮兵部队,因为当时指挥那个部队的卡尔顿上校是我姑婆的女婿,我可以写信去问他。”

她给卡尔顿上校去了信,结果叫她大为狼狈的是,回信中明确无误地称赞瑞德在那里服役的表现,说他是一个天生的炮兵,一个勇敢的军人,一位吃苦耐劳的上等人,他非常谦逊,连提供给他职位时也拒不接受。

“好啊!”梅里韦瑟太太说,一面把信交给埃尔辛太太看。“你就这样毫不费力地把我击倒了!不过,反正一样,他是个支持共和党的无赖,我就是不喜欢他!”

“不知为什么,”埃尔辛太太犹疑不定地说,“不知为什么,我觉得他没有那么坏。一个为南部联盟战斗过的人是不会坏到哪里去的。思嘉才坏呢,你知道吗?多丽,我真的相信,他——嗯,他为思嘉感到羞耻,不过作为一个上等人不太好意思说出口就是了。”

“羞耻!呸!他们两个完全是同样的货色。你怎么会有这种可笑的想法呢?”

“这并不可笑嘛,”埃尔辛太太生气地说,“昨天,在倾盆大雨中,他带着那三个孩子,连那个小婴儿也在内,坐着他那辆马车在桃树街上跑来跑去,还让我搭他的车回家了呢。我问他:‘巴特勒船长,大雨天带着这三个孩子出门,发疯了吗?你干吗不赶快带他们回家呀?’他一言不发,只是显得很难为情似的。不过嬷嬷倒说话了:‘家里挤满了下流白人了。孩子们在雨里比在家里能呼吸更好的空气呢!’”

“他怎么说?”

“他还能说什么呀?他只是对嬷嬷皱了皱眉头,就不再理会了。你知道思嘉昨天下午举办了一次桥牌会,所有那些下贱的女人全去了。我猜他是不愿意让她们吻他的孩子呢。”

“好吧!”梅里韦瑟太太有点动摇,可还是有一些坚持。不过到了下一个星期,她就终于投降了。

瑞德如今在银行里有一张办公桌了。他究竟在那里干些什么,银行里那些莫名其妙的职员也不清楚。但是不久,他们便忘记自己曾经对他的反感了,因为他又文静又和气,还真正懂得办银行和投资的事。不管怎样,他整天坐在办公桌前,一副很认真的模样,因为他希望同那些有工作并且勤奋工作的有声望的市民建立彼此平等的关系。

梅里韦瑟太太一心想扩充她的面包店,想以她的房子作担保向银行借贷两千美元，可是银行拒绝了，因为她的房子已经作了两处抵押。这位壮实的老太太气冲冲地走出银行，这时瑞德把她拦住，向她问明了情况，然后抱歉地说："这一定是发生了误会，梅里韦瑟太太，怎么连你也得找担保了。要不，我借钱给你，只要你一句话就行！任何一位太太，只要她开办了像你开创起来的事业，就是世界上最好的担保了。银行正是要借钱给你这样的人嘛。好，请就在我这椅子上稍坐，我立即给你去办。"

他回来时温和地微笑着，说事情已全都办好了，只请她签个字就行了。

梅里韦瑟太太心里又气恼又羞辱，想不到居然要从一个她厌恶和不信任的人手中接受恩惠！所以她虽然口头表示谢意，但心里没有什么好感。

不过瑞德并没有注意到这一点。他把她送到门口，然后谦恭地说："梅里韦瑟太太，我一向钦佩你知识丰富，但不知你能不能传授我一点？"

她点点头，那帽子上的羽毛在一个劲儿颤动。

"你家梅贝尔小时候吮她的大拇指时，你是怎么办的呢？"

"什么？"

"我家的邦妮吮大拇指，我怎么也制止不住她。"

"你应当制止她，"梅里韦瑟太太坚决地说。"否则会弄坏她嘴巴的模样的。"

"我知道！我知道！她的嘴长得很美。可是我不知道怎么办呀。"

"那，思嘉总该知道嘛，"梅里韦瑟太太直率地说。"她养过两个孩子呢。"

瑞德低下头来看着自己的鞋，长叹了一声。

"我已经试过，在她的指甲底下放点肥皂。"他说，没有理会她对思嘉的指责。

"肥皂！哼！肥皂根本没用。我从前给梅贝尔在大拇指上放奎宁，我说，巴特勒船长，她很快就不再吮大拇指了。"

"奎宁！我可真没想过呢！感谢你不尽了，梅里韦瑟太太。这件事真叫我伤脑筋呀。”

他对她微微一笑，显得那么高兴，那么感激，这使得梅里韦瑟太太一时有点糊涂了，不过她向他告别也笑了一笑。她不愿意承认自己看错了这个人，但她还是认为一个人只要是爱他的孩子便不会没有优点。思嘉居然对邦妮这样一个可爱的小家伙不感兴趣，这多叫人伤心啊！一个男人得设法亲自抚育一个小女孩，这也够可怜的了！瑞德很清楚地知道他做的这件事多么感人，至于是否会损坏思嘉的名声，他可不管了。

自从那孩子学会了走路以后，瑞德便常常将她带在身边到处走动，有时坐马车，有时骑马。每天下午他从银行回到家里，便带她去街上散步，牵着她的手，自己放慢脚步让她蹒跚行走，一路上耐心地回答她提出的无数问题。傍晚时候，人们经常能看到邦妮这样一个满头黑色鬈发和眼睛蓝得发亮的小姑娘，都觉得她亮丽可爱，忍不住要跟她说说话。瑞德从来不打搅这种谈话，只悄悄地站在一旁，流露出做父亲的骄傲和喜悦之情。

亚特兰大人的记性尤其好，他们对事物颇多疑忌，很不容易改变习惯和已形成的看法。可是邦妮身上综合了思嘉和瑞德两人各自最可爱的地方，所以瑞德就把她作为一个小小的楔子，用来打进亚特兰大人冷酷的墙壁中。

邦妮一天天迅速成长，她越发显出作为杰拉尔德·奥哈拉的外孙女的本色来了。她的两条腿又粗又短，一双大眼睛呈现出美丽的天蓝色，而那个小小的正方形下颚更说明了她的倔强。她像杰拉尔德那样很容易发脾气，发作起来便突然大叫大嚷，而一旦她的愿望得到满足就压根儿忘了。只要她父亲在身边，她的愿望总是很快就得到满足的，他姑息迁就她，因为她处处讨他喜欢。

她同韦德和爱拉一起睡在育儿室里，两周岁之前经常很快就能睡着。后来，也不知为什么，只要嬷嬷一拿着灯走出房间她就开始哭。接着就发展到深夜醒来，恐怖地尖声叫喊，这不但把别的两个孩子惊醒，并且闹得全家惶惶不安。有一次不得不把米德大夫请来,他诊断说是做噩梦,瑞德听了还很不满意。不论谁问她,得到的回答只有一个词儿:“黑。”

思嘉给这孩子闹得不耐烦了,便主张打她一顿。她不想迁就她,在育儿室通宵点灯,那会使得韦德和爱拉不能睡觉。瑞德也很苦恼,但仍然很耐心,希望从女儿嘴里得到更多的解释;他说如果要打一顿的话,那就由他来动手,并且是打思嘉。

这个问题的最终解决办法是将邦妮从育儿室搬到瑞德住的那间房里。她那张小床摆在瑞德的大床旁边,桌上有一盏带罩的灯,通宵点着。这件事一传出去,全城都窃窃私语起来,不管怎么样,一个女孩子睡在父亲房里,总有点不怎么合适嘛,哪怕这姑娘还只有两岁呢。这种闲言使思嘉压力很大。第一,它毋庸置疑地证实她跟丈夫分房睡的。第二,人人都认为如果孩子不敢一个人单独睡,那就得跟她母亲在一起。

“你是只要她不大声喊叫就从不醒来的,并且醒来后可能还打她呢。”瑞德不满地说。

思嘉对于瑞德那么关心邦妮的夜哭症感到很恼火,但是她觉得能让邦妮再搬回育儿室去。所有的孩子都是害怕黑暗的,决不能迁就。瑞德的处理办法让她这个当妈的显得很尴尬,这似乎是由于她把他关在门外而给她的报复呢。

自从那天晚上她说她不要再生孩子以来,他一直没有迈过她的门槛,甚至连门把手也没有扭过。从那以后,一直到他由于邦妮害怕而开始留在家里为止,很少在家吃晚饭。有时他整夜不归,使得思嘉睡不着,不知道他究竟到哪里去了。她记得他说过:“亲爱的,我还有别的床好去睡呢!”虽然她一想起这句话就心痛,可是也毫无办法。她不能说什么,因为一说就会突然引起争吵。是的,他让邦妮在房里——在他房里——点着灯睡觉,只不过是一种报复她罢了。

有一天,瑞德遇见一个老朋友,他们彼此有谈不完的话。所以下午他没有回来带邦妮出去散步,也没回来吃晚饭。邦妮整个下午都在窗口焦急地盼望着，渴望在父亲面前展览一大堆被弄死了的甲虫和蟑螂，到晚上最后不得不连哭带骂地被卢儿抱上床去睡觉了。

不知是卢儿忘记点灯呢，还是灯自己熄了，等到瑞德终于回来。他远远地便听见全家闹翻了天，邦妮的尖叫声特别刺耳。原来邦妮在黑暗中醒来，她叫父亲，可是他不在，于是她想象中所有那些可怕的妖魔鬼怪都一齐来抓她。不论思嘉怎样抚慰，不论仆人们端来多少灯，都无法让她安静，而瑞德三步并两步地奔上楼来时，也吓得像见了鬼。

最后瑞德总算把她抱到怀里，他问她怎么回事，她边喘，边抽泣着，从中只能听清楚"黑"这个词儿，于是他愤怒地回过头来厉声质问。

"是谁把灯吹灭了？谁把她单独留在黑屋子里？普里茜，我要剥掉你的皮，你——"

"啊，上帝，瑞德先生！那不是俺呀！是卢儿呢！"

"天知道，瑞德先生，俺——"

"住嘴！你明明知道我的命令。我要——给我滚！别再回来了。思嘉，给她点钱，打发她走，在我下楼之前就走。现在，你们都给我出去，都出去！"

几个黑人都溜了，那个倒霉的卢儿还一路用围裙捂着脸伤心地哭泣。但思嘉留在那里，看到自己心爱的孩子在瑞德怀里渐渐安静下来，而刚才她抱着时却哭得那么可怜，这滋味是不好受的。同样，看到那两条小小的胳臂抱着他的脖子，听到她哽咽地述说她是怎么受惊的，而她思嘉刚才从她嘴里却什么也没掏出来，这叫她多么尴尬呀！

"这么说，它是坐在你胸口上了，"瑞德温柔地说。"它是个很大的家伙吗？"

"啊，是的！大极了。还有爪子呢。"

"哎，还有爪子。现在好了。我整晚坐在这里，只要它回来就用枪打它。"瑞德的声音又温柔又亲切，邦妮听着听着就不抽泣了，开始用一种只有他懂得的语言详细描述那个大怪物。瑞德跟她讨论着,似乎是真的似的,这使思嘉又烦躁起来了。

"看在老天面上,瑞德——"

但是他摆摆手叫她别作声。后来邦妮终于睡着了,他把她放在床上,盖好被子。

"我要去活剥那个黑鬼的皮,"他低声说。"这也怪你。你干吗不上来看看是不是点了灯呢?"

"别傻了,瑞德,"她悄悄地说。"她养成了这个习惯,就是因为你迁就她。孩子都怕黑,可是他们慢慢就克服了。韦德本来也怕,但我没有姑息他。你只要让她哭一两个晚上——"

"让她哭!"顷刻间思嘉以为他要动手打她了。"你要么是个笨蛋,要么是个最没人性的女人。"

"我可不要她长大以后变得又神经质又胆小。"

"胆小?见鬼去吧!她身上连一点胆小的影子也没有。只不过你自己毫无想象力,所以才不能理解那些有想象力的人——尤其是一个孩子——的痛苦。要是一个有爪子有角的东西来坐在你胸口上,你会叫它滚开去吧,是吗?你会拼命叫呢!你好不好回想一下,太太,我曾经听见你像只烫坏的猫似的狂叫着醒来,仅仅因为你梦见在雾里奔跑而已。并且这种事不久以前还发生过呀!"

思嘉被堵回去了,因为她从来不喜欢去回想那个梦。

"你这样做是姑息她,并且——"

"并且我打算继续姑息下去。只要我这样做,她就会逐渐克服它,把它忘了。"

"那么,"思嘉刻薄地说,"你如果打算当保姆,你就得想办法改变一下习惯,晚上早点回家,也不要再喝酒了。"

"我一定早早回来,不过我高兴时还会喝得烂醉的。"

从那以后他的确回来得早了，经常在邦妮上床睡觉以前很久就到了家里。他坐在她身旁，拉着她的手，直到她瞌睡得渐渐松手为止。那时他才踮着脚尖悄悄下楼，让灯光明亮地点在那里，门也半开着，好让他听得见她的动静。

他每次回家都没有喝醉，不过这绝不是因为思嘉。几个月来他一直在大量饮酒，并且有一天晚上他呼吸中的威士忌酒气还特别强烈。他把邦妮抱起来，把她一下扛到肩上，然后问她："吻你亲爱的爸爸吗？"

她耸起她那个翘翘的鼻子，扭摆着要下地来。

"不，"她坦率地说。"脏"。

"我怎么了？"

"有股臭味。艾希礼叔叔没有臭味。"

"唔，那我该死。"他悔恨地说，一面把她放在地上。"我还从没想到家里居然会有个提倡戒酒的人呢！"

不过从那以后，他就限制自己晚饭后只喝一杯葡萄酒了。邦妮被允许喝他杯子里剩下的那一点，她一点也不觉得葡萄酒有什么臭味。

他看起来更加健康，也更加快活了，又像是战争早期激动过亚特兰大人的那个勇敢的年轻冒险家了。

每当他骑着马、鞍前带着小姑娘从旁边走过时，那些原先厌恶他的人现在都对他露出了微笑。那些以前一直提防他的妇女，如今也停下来跟他交谈，称赞邦妮几句。甚至有几位最古板的老太太都觉得，一个能像他这样细心地商讨孩子的问题的男人，是不可能坏到哪里去的。

第五十三章

那天是艾希礼的生日，媚兰在晚上举行了一个事先保密的招待会。其实也就对艾希礼一个人保密，别的人都是知道了的。亚特兰大所有优秀的人物都受到邀请，也都准备来。戈登将军和他一家亲切地表示接受，亚历山大·斯蒂芬斯也答应只要他那糟糕的健康状况允许便一定出席。甚至连鲍勃·图姆斯，这个给南部联盟到处惹事的人，也说要来的。

那天整个上午，思嘉、媚兰、英迪亚和皮蒂姑妈在那座小房子里忙个不停，挂上干净窗帘，擦拭银器，给地板打蜡，烧菜，以及调制和品尝点心，等等。思嘉从没见过媚兰这样兴奋和愉快。

"你瞧，亲爱的，艾希礼一直没有做过生日，自从——自从，你还记得在'十二橡树'村举办的那次大野宴吗？嗯，从那以后，他就没做过生日了。他工作那么辛苦，晚上回来时十分疲乏，一定不会想到今天是他的生日。那么，吃完晚饭后看见那么多人涌进门来，他不给吓坏才怪呢！"

阿尔奇整个上午都坐在那里观望大家忙着准备，感到很有兴趣。他从来不知道大城市里的人是怎样办宴会或招待会的，这一次算是长了见识。

"哎哟，灯笼！"媚兰喊道。"糟糕，糟糕！这怎么办呢？它们得挂在灌木林和树上，里面插上小蜡烛，等到客人快来了就点上。思嘉，你能不能在我们吃晚饭时打发波克下去办这件事？"

"威尔克斯太太，你是最精明的了，可是你容易一时糊涂。"阿尔奇说。"至于说到那个傻黑鬼波克,我看他还是不要去弄那些小玩意儿好。他会把它们一下子烧掉的。它们——可真亮丽呢,让我来替你挂吧,等你和威尔克斯先生吃饭的时候。”

“啊,阿尔奇,你真好!”媚兰那双天真的眼睛又感激又信赖地向他瞧着。“我真不知道要是没有你可怎么办。你看你能不能现在就去把蜡烛插在里面,免得临时来不及呢?”

“好吧,我看可以。”阿尔奇有点粗声粗气地说,接着便笨拙地向地下室走去了。

“对他最好就是给他说好听的,否则你怎么也不行呢。”媚兰看见那个满脸胡子的老头下了地下室的阶梯,才格格地笑着说。“我一直就在打算要让阿尔奇去挂那些灯笼,可是如果你要请他做事,他偏不去。”

“媚兰,我不愿意让这个老鬼待在我屋里。”思嘉气恼地说。她恨阿尔奇就像阿尔奇恨她一样,两个人不说话。除非是在媚兰家里,否则他一见思嘉就要跑开;而且,甚至在媚兰家里他也用猜疑和冷淡的眼光盯着她。“他会给你惹麻烦的,请记住我这句话吧。”

“唔,他其实也没有什么恶意,只要你奉承他,显得你是依靠他的,就行了。”媚兰说。“并且他那样忠于艾希礼和小博,因此有他在身边,就觉得安全了。”

“你的意思是他很忠于你了,媚兰。”英迪亚插嘴说,她那冷漠的面孔露出一丝丝温暖的微笑,同时深情地看着自己的嫂子。“我相信你是这老恶棍第一个喜爱的人,自从他老婆——噢——自从他老婆死了以后。我想他会巴不得有什么人来侮辱你,他会把他们杀了,显示他对你的尊敬呢。”

“哎哟,瞧你乱说什么,英迪亚!”媚兰说着,脸就红了。“他认为我笨得很,这你是知道的。”

“嗯,据我看,这个臭老头子究竟心里怎么想,也没有多大意思。”思嘉很不耐烦地说。“我现在得去吃中饭了,然后要到店里去一下,给伙计们发放工钱,再去看看木料场,付钱给车夫和休·埃尔辛。”

“唔,你要到木料场去?”媚兰问。“艾希礼傍晚时候要到场里去看休呢。你能不能把他留到五点钟再放他走?要不然他回来早了,一定会看见我们还在做蛋糕什么的,那样就根本谈不上叫他吃惊了。”

思嘉暗自一笑,情绪又好起来。

“好吧,我会的。”她说。

当她这样说时,她发现英迪亚那双大眼睛正犀利地盯着她。她想:每次我一说到艾希礼,她都这样古怪地看我。

“那好,你尽可能把他留到五点以后,”媚兰说。“然后英迪亚赶车去把他带上……思嘉,今晚你得早点来呀。你一分钟也不许耽误啊。”

那天下午思嘉动身到店里和木料场去之前,特别注意打扮了一下自己,穿了一件暗绿的可以闪闪变色的塔夫绸长衣,它在灯光下会变成淡紫色;还戴了一顶浅绿色的新帽子,周围装饰着深绿色羽毛。要是瑞德赞成她把头发剪成刘海式的,并在额前烫成鬈发,戴上这顶帽子还会更好看呢!可是他宣布,只要她把额发弄成刘海,他就要把她的头发全剃光。近来他态度那样蛮横,说不定真会干呢。

那天下午天气很好,阳光灿烂,但并不怎么热。温暖的微风沙沙地吹拂着路两旁的树木,使思嘉帽子上的羽毛也跳起舞来。她的心也在跳舞,就像每一次去见艾希礼时那样。要想单独会见艾希礼,可不是件容易的事。可是你想,媚兰居然请她把他留住呢!这太有意思了!

她赶到店里时心情非常愉快,立即给威利和别的几个店员付了钱,甚至没有问一下当天营业的情况。

到木料场去时,她沿途停了十来次车跟那些打扮得很讲究的提包党太太们说话,还有些男人也穿过大街上的红色尘土跑来,手里拿着帽子向她表示敬意。

这是个很可爱的下午，她很高兴，也显得很美。到达木料场时比原先打算的晚了一点，休和运输队的车夫已经坐在一堆木头上等候她了。

“艾希礼来了吗？”

“来了，他在办事房里。”休回答说，“他是想——我的意思是他在查看账本呢。”

“唔，今天他不用费心了。”她说，随即又放低声音接着说：“媚兰打发我来把他留住，等招待会准备好了才让他回去呢。”

休微笑起来，因为他也要去参加招待会，他喜欢参加宴会。她给运输队和休付了钱，然后匆匆离开他们向办事房走去，那态度分明显出她不愿意他们留在这里。艾希礼在门口碰到她，他站在午后的阳光下，头发闪闪发亮，嘴唇上流露出一丝几乎要露出牙齿来的微笑。

“怎么，思嘉，你这时候跑来干什么？你干吗没在我家里帮媚兰准备那个秘而不宣的招待会呢？”

“怎么了，艾希礼·威尔克斯？”思嘉惊讶地喊道。“本来是不想让你知道这件事的呀。要是你居然一点也不吃惊，媚兰会大失所望呢。”

“唔,我不会泄露的。我将是亚特兰大最感到惊讶的一个。”艾希礼眉开眼笑地说。

“那么,是谁这么缺德告诉你了呢?”

“实际上媚兰把所有的人都请上了。梅里韦瑟爷爷向我提出警告。他说有一次梅里韦瑟太太给他举行意外宴会,可结果最吃惊的人却是她自己,因为梅里韦瑟爷爷一直在暗暗地使用威士忌治他的风湿症,那天晚上喝得烂醉,根本起不来床了——就这样,凡是那些为他们举行过意外宴会的人都告诉我了。”

“这些人真缺德啊!”思嘉骂了一句,但又不得不笑起来。

他仍然是以前她在“十二橡树”村认识的那个艾希礼的模样,那时他也是这样笑的。今天空气是这么柔和,太阳这么温煦,艾希礼这么愉快,谈起话来又显得如此轻松,所以思嘉也有点欣喜若狂了。她突然觉得自己又变成了一个十六岁的姑娘,那么快活,并且紧张和激动。她简直想把帽子扯下来,把它抛到空中。接着她想象如果她真的这样做的活,艾希礼会多么吃惊,于是她放声大笑,笑得眼泪都快流出来了。艾希礼也跟着仰头而笑,似乎在欣赏她的笑声似的,他还以为思嘉是对那些泄密的人的诡谲手法感到有趣呢。

“进来吧,思嘉。我正在查账呢。”

她走进阳光炽热的小房间,坐在写字台前的椅子上。艾希礼跟着坐在一张粗木桌子的角上,两条长腿悬着随意摇摆。

“艾希礼,咱们今天下午别管什么账本了吧!我腻烦透了。我只要戴上一顶新帽子,就觉得我熟悉的那些数字全都从脑子里跑掉了。”

“既然帽子这样亮丽,数字跑掉也是应该的嘛。”他说。“思嘉,你越来越美了!”

他从桌子上滑下来,笑着拉住她的双手,把她的双臂展开,好打量她的衣裳。“你真亮丽!我想你是永远也不会老的!”

这一整个愉快的下午她都在渴望着他那双温暖的手和那双柔和的眼睛,以及他的一句情意深长的话。这是自从塔拉果园里那寒冷的一天以来,他们头一次完全单独在一起,头一次自由自在地拉着手。

真奇怪,怎么跟他拉着手她不觉得激动呀?以前,只要他一接近便会使她浑身哆嗦。可现在她只感到一种温暖的友谊和满足之情。他的手没有给她传来炽热的感觉,她只觉得心情愉快而宁静了,这使她莫名其妙,甚至有点惊惶不安。他仍旧是她的艾希礼,仍旧是她的亮丽英俊的心上人,她爱他胜过爱自己。那么为什么——

不过,她把这想法抛到了脑后。既然她能跟他在一起,就算没有什么激情,那也就足够了。当她想起他们之间所有那些心照不宣的感情时,便觉得这种情形实在不可思议。他那双清澈明亮的眼睛凝视着她,似乎洞察她的一切隐情,同时用她喜欢的那种神态微笑着,似乎他们之间只有欢愉。现在他们的两双眼睛之间已毫无隔阂,毫无疏远困惑的迹象了。于是她笑起来。

"唔,艾希礼,我很快就老了,要老掉牙了。"

"哎,这是非常明显的事嘛!不,思嘉,在我看来,你到六十岁也还是一样的。我会永远记住我们举办大野宴那天你的那副模样,那时你坐在一棵橡树底下,周围有十多个小伙子围着呢。我甚至还能说出你当时的打扮,穿着一件带小绿花的白衣裳,肩上披着白色的网织围巾。你脚上穿的是带黑色的饰边的小小的绿便鞋,头上戴一顶意大利麦辫大草帽,上面还有长长的绿色飘带。我心里还经常记得那身打扮,在俘虏营里境况极其困苦时,我经常把往事拿出来一桩桩温习着,一个细节都不放过——"

说到这里他突然停住,脸上那热切的光辉也消失了,他轻轻地放下她的手。

"从那天以后,我们已走了很长一段路程,我们两人都是这样,是吗,思嘉?我们跑了许多从没想到要跑的路。你跑得很快,很利落,而我呢,又慢又勉强。"

他重新坐在桌上,瞧着她,脸上又恢复了一丝笑容。但这不是那种愉快的微笑了,这是一丝凄凉的笑意。

“是的，你跑得很快，把我拴在你的车轮上拖着走。思嘉，我有时怀着一种客观的好奇心，设想假如没有你我会变成了什么样子呢。”

思嘉赶快过来为他辩护，不让他贬损自己，尤其因为她这时偏偏想起了瑞德在这同一个问题上说的那些话。

“可是艾希礼，我从没替你做过什么事。就是没有我，你也会完全一样的，总有一天你会成为富人，成为一个你应当成为的那种伟大人物。”

“不，思嘉，我身上根本没有那种伟大的种子。我想要不是由于你，我会早就无声无息了——就像可怜的凯瑟琳·卡尔弗特和其他许多曾经有过名气的人那样。”

“唔，艾希礼，不要这样说，你这样说太叫人伤心了。”

“不，我并不伤心。我再也不伤心了。以前——以前我伤心过。可如今我只是——”

“我不要听你说那样的话，艾希礼，”她愤愤地说。“你的话听起来就像是瑞德说的。”

艾希礼微微一笑。

“思嘉，你也曾想过瑞德和我是基本相同的一种人吗？”

“啊，没有！你这么文雅，这么正直，而瑞德——”她停下来，不知道怎么说好。

“但实际是那样。我们出身于同样的家庭，受到同样的教育，养成了同样的想法。不过在人生道路上某个地方我们分道扬镳了。但我们的想法仍然相同，只不过做出的反应不一样而已。举例说，我们谁都不主张战争，可是我参加了军队，打过仗，而他一直在嘲笑打仗的人。我们两人都知道这场战争是完全错误的，我们两人都知道这是一场必然要输的战争。可是我愿意去打这场必败的仗，而他却不是这样。有时我觉得他是对的，可是，又觉得——”

“唔，艾希礼，你什么时候才放弃从两个方面去看问题呢？”她问，但是她并没有不耐烦。"要是从两个方面去看,就得不出什么结果了。"

"这也对,不过——思嘉,你究竟要得到什么结果呀?我可是从来也不想得到什么结果的。我只要我自己自由自在地做人。"

"你只要自己自由自在地做人?"她笑着说,略略有点悲伤。"我最大的苦恼就是不能让自己自由自在地生活!至于说我要得到什么结果,那么我想我已经得到了。我要成为富人,要安全,还有——"

"但是,思嘉,你有没有想过我这个人是不考虑富不富的呢?"

没有,她从没想过有什么人是不要做富人的。

"那么,你要的是什么呢?"

"我现在不清楚,我曾经是知道的。最重要的是让我逍遥自在,那些我不喜欢的人不要来折磨我,不要强迫我去做我不想做的事。也许——我希望旧时代重新回来,可是它已经一去不复返了。我时常怀念它,也怀念那个正在我眼前崩溃的世界。"

思嘉紧紧地闭着嘴,一声不吭。他的声调唤起了她对往昔的记忆,使得她感到心痛,因为她是会怀念的。

"我更喜欢现在这样的日子。"她说"现在是令人兴奋的,一切都显得有了光彩。而旧时代是非常暗淡的。"

"我更喜欢现在这样的日子。"她的声音有点颤抖。

他从桌子上滑下来,轻轻地笑着,表示不怎么相信她的话。他一只手托着她的下巴,让她仰起脸来看着他。

"哎,思嘉,是的,现在生活显得有了光彩——某种光彩,可这正是它的毛病所在。旧时代没有光彩,可它有一种迷人之处,有一种美,一种缓缓进行的魅力。"

她的思绪在向两个方向牵引,她不觉低下头来。她说话的声音,他的手,都在轻轻地打开她那些永远锁上了的东西。那里面藏着旧时的美,而现在她心里正苦苦渴望着重新见到它。不过她也知道,不论是什么样的美都必须深藏起来,因为谁也不能肩负着痛苦的记忆向前走啊。

他的手从她下巴上放下来,然后他把她的一只手拉过来,轻轻地握在自己的两只手里。

“你还记不记得。”他说,他那声音的魅力使得周围一切忽然隐退,岁月也纷纷后退了,他们在一个过去已久的春天里,一起骑着马在村间缓缓而行。他说话时那只轻轻握住她的手便捏得紧了,同时声音中也带着一点悲凉味。她还能听见他们在山茱萸树下行进,听见她自己纵情的笑声,看见太阳照得他的头发金光闪闪,而且注意到他骑在马背上那高傲的英姿。他的声音里有音乐,有他们在那白房子里跳舞时小提琴和班卓琴的演奏声。老朋友们成群结队地回来了,似乎他们并没有死,仍然在笑着,闹着。还有喝了白兰地面孔红红的杰拉尔德。以及柔声细语一片芬芳的爱伦。所有这一切都笼罩着一种安全感。

他的声音停顿了,这时他们长久而安静地相互注视着,彼此之间有的是那个他们曾经共享过而后来丧失了的阳光灿烂的青春。

“现在我明白你不能高兴起来的原因了,”思嘉黯然地想道。“以前我一直不理解。”

她看看艾希礼,他已经不再那么年轻亮丽了。他正低着头心不在焉地看着他握着的那只手,思嘉看见他那本来光亮的头发已经成了苍老的灰色的,就像月亮照在死水上那样的银灰色。那种炫亮的美突然消失得无影无踪,同样也从她心里消失了,而那悲凉的回忆的美已苦得像胆汁一样了。

“我不该回顾过去啊!”她绝望地想着。“当我说我决不回顾时是完全对的,那太折磨人了,它撕扯你的心,使你除了回顾,别的什么也做不成。这就是艾希礼的毛病所在。他再也无法向前看。他看不见现在,他害怕未来,因此他才回顾过去呢。以前我一直不了解他。我以前一直不了解艾希礼。唔,艾希礼,我的心爱的人,你不该往回看啊!那有什么好处呢?当你回顾过去的幸福,就会这样痛苦、伤心、这样遗憾!”

她站起身来,但一只手还握在他的手里,她得走了。她不能待在这里回想过去,看他这张疲倦、悲伤和苍白的脸了。

“从那些日子以来,我们已走了很长一段路程呢,艾希礼。”她说,设法使自己的声音镇定些,不颤抖。“那时候我们有许多美好的理想,不是吗?”接着她冲口而出,“唔,艾希礼,可是没有哪件事情是像我们所期待的那样啊!”

他说:“生活并没有义务要给予我们期待的东西呢。我们应当随遇而安,只要不糟糕透顶就感激不尽了。”

思嘉想起自己所走过的漫长道路,感到心里一阵阵疼痛,觉得实在太疲倦了。她心中涌现出过去那思嘉·奥哈拉来,那是个爱捉弄情人、爱穿亮丽衣服的女孩子,打算到时机成熟时做一个像爱伦那样的伟大女性。

泪珠沿着两颊潸潸而下,她站在那里默默地看着他,像个惊慌失措的孩子似的。他也一言不发,只轻轻地把她搂在自己怀中,让她的头紧紧靠着他的肩膀,然后歪着头把脸贴在她的面颊上。她陶醉在他温暖的怀抱里,眼泪渐渐干了。啊。就让他这样拥抱着,没有激情,也不觉得紧张,像一个亲爱的朋友,那也很好啊。

她听见外面有脚步声,但没有在意,以为是运输队的人回家了。她一时还站在那里,静听着艾希礼的心缓缓搏动。接着,艾希礼突然挣扎着要摆脱她,她仰起头来惊慌地注视着他的脸,可是艾希礼正越过她的肩膀看着门口呢。

她回过头去,发现门口站着英迪亚,她脸色煞白,两只本来暗淡的眼睛像要迸出火花似的;还有阿尔奇像一只恶狠狠的独眼鹦鹉。他们后面还站着埃尔辛太太。

她究竟是怎样跑出去的,她自己再也记不起来了。

正当四月日落时分,家里静悄悄的,似乎一个人也没有。仆人们都外出参加一个葬礼去了,几个孩子在后院里玩。媚兰呢——

媚兰!思嘉上楼到自己房里时想起她,顿时浑身都凉了。媚兰一定会听到这件事。英迪亚准要兴高采烈地跟她说的,她既不考虑是否会伤害艾希礼或媚兰,只要这样做能够损害思嘉就行!埃尔辛太太也会谈论,虽然实际上她什么也没有瞧见。不过,她照样会谈的。这个消息到吃晚饭时便会传遍全城。而到明天一早,就会人人、甚至连黑人在内都知道了。在今晚的招待会上,女人们会三三两两聚在角落里,谨慎而又幸灾乐祸地低声谈论这件事。思嘉·巴特勒从她那有钱有势社会地位上一跤摔下来了!于是这故事会愈传愈奇,那是没有办法阻止的。它不会仅仅停留在事实的真相上,会被传得不堪入耳。可实际上那完全是清白无辜的、是友爱的举动!我只是作为朋友与他拥抱的呀!

然而,谁也不会相信这一点。她连一个替她辩护的朋友也没有,没有一个声音会出来说:“我不相信她会干这种事。”她把那班老朋友得罪得太久了,现在已找不出一个对她好的人来。都巴不得有机会来辱骂她呢。

唔,所有中伤、轻蔑、窃笑,以及全城的人可能说的一切,只要她必须忍受,她都忍受得住——可是媚兰不行啊!唔,媚兰不行!她不知道自己为什么那么怕媚兰知道。她一想到当英迪亚告诉媚兰,说她撞见了艾希礼在拥抱思嘉,媚兰眼睛里会出现什么样的神色时,她就忍不住落泪。媚兰得知以后会怎么样呢?离开艾希礼?还有,艾希礼又会怎么对待我呀?思嘉狂乱地想着,早已泪流满面,唔,艾希礼会羞死的,会恨我给他带来了这场大祸。这时她突然不流泪了,一种死一般地恐惧笼罩着她的心。要是瑞德知道了,他会怎么办?

也许他永远不会知道。有句嘲弄人的古话:“老婆都跑了,丈夫最后才知道。”也许不会有人向他透露这个消息吧。得有足够的胆量才敢去跟瑞德谈这种事呢,因为瑞德是有名的莽汉,他总是先开枪再问情由。她又记起了阿尔奇在木场办事房时的那副脸孔,那双冷酷、阴险、残忍的眼睛里充满着对她和一切妇女的仇恨。不论艾希礼怎样劝阻,他还是会去告诉瑞德。

思嘉脱了衣服，躺到床上，但愿她能够锁着门，永远永远躲在这个安全的角落里，再也不要见任何人了。她打算说她有点头痛，不想去参加招待会了。

天黑时她听见仆人们回来了。时间慢慢过去，最后她听见瑞德上楼来了。她紧张地支撑着自己，鼓足勇气来迎接他，可是他走进自己房里去了。她松了口气，他还没有听说呢。她必须竭力提起精神来告诉他，她身体实在不舒服，不能去参加那个招待会。她静静地躺在床上，在黑暗中浑身哆嗦。

过了很久，瑞德过来敲她的门，她尽力控制住自己的声音，说："进来。"

"难道我真的被邀请进入圣殿里了？"他边问边把门推开。房里是黑暗的，她看不出他的脸。他进来，把门关上。

"你已经准备好去参加宴会了吧？"

"我真遗憾，现在正头痛呢。"多奇怪，她的声音听起来竟那么自然！幸好这房间很暗。"我怕我去不成了。你去吧，瑞德，而且替我向媚兰表示歉意。"

经过相当久的一段沉默，他才慢吞吞地、尖利地说起话来。

"好一个懦弱卑怯的小娼妇！"

他知道了！她躺在那里发抖，说不出话来。他在黑暗中，划一根火柴，房里便猛地亮了，他向床边走过来，俯视着她。她发现他已穿上了晚礼服。

"起来，"他简单地说。"我们去参加招待会。你得赶快准备。"

"唔，瑞德，我不能去。你看——"

"我看得见的。起来。"

"瑞德，是不是阿尔奇竟敢——"

"阿尔奇敢。阿尔奇是个勇敢的人。"

"他撒谎，你得把他宰了——"

"我从来不杀说真话的人。起来。"

她坐起身来，紧紧抱住她的披肩不放。两只眼睛慌张地望着他。

"我不想去，瑞德。我不能去，在这——在这次误会澄清以前。"

“你要是今天晚上不露面,你这一辈子就休想在这个城市露面了。我可以忍受自己的老婆当娼妇,可不能忍受一个胆小鬼。你今晚一定得去,哪怕每个人都恶狠狠地刺你,哪怕威尔克斯太太叫我们从她家滚出去。”

“瑞德,请让我解释一下。”

“我不要听。没时间了。穿上你的衣服吧。”

“他们误会了——英迪亚和埃尔辛太太,还有阿尔奇。他们那样恨我,英迪亚恨我到这种程度,居然宁愿诬蔑她哥哥也要让我出丑。你只要让我解释一下——”

“不用解释,你一定得去,”他说。“哪怕我只能拽着你的脖子往前拖,或者一路上踢你那迷人的屁股。”

他眼里闪着冷峻的光芒,一手把她拽了起来,接着他拾起那件胸衣朝她扔过去。

“把它穿上。我来给你束腰。不,我让嬷嬷来给你帮忙,也不要你把门锁上。像个胆小鬼偷偷地待在这里。”

“我不是胆小鬼,”她大喊大叫,被刺痛得恐惧都忘了。“我——”

“唔,你是个胆小鬼。不为你自己,就为邦妮着想,你今天晚上也得去。你怎么能再糟蹋她的前途呢?把胸衣穿上,赶快。”

瑞德在她的壁橱里一件件打量那些衣服,他摸索着取出她那件新的淡绿色水绸衣裳,它的领口开得很低,衣襟分披着挂在背后一个很大的腰垫上面,腰垫饰着一束粉红色丝绒玫瑰花。

“穿这件,”他说着,便把衣服扔在床上,一边向她走来。“用不着那种庄重的主妇式的紫灰色和淡紫色。你的旗帜必须牢牢钉在桅杆上,否则显然你会把它扯下来的。多搽点胭脂,我相信法利赛人抓到的那个通奸的女人绝不会是灰溜溜的。转过身来。”

他抓住她胸衣上的带子使劲猛勒,痛得她大叫起来。

"痛吗？是不是？"他不在意地笑着说，可她看也不敢看他一眼。"只可惜这带子没有套在你脖子上。"

媚兰家的每个窗口都灯火辉煌，在街上远远便听得见那里的音乐声。走近前门时，里面笑语欢腾的声浪早已在耳边回荡了。屋里挤满了欢乐的来宾。他们有的拥到了走廊上，有的坐在挂着灯笼显得有点阴暗的院子里。

"我不能进去——我不能。"思嘉心里想，她坐在马车里简直透不过气了。"我不能。我不想进去。我要跳出去逃走，逃到什么地方，逃回塔拉去。瑞德干吗强迫我到这里来呀？人们会怎么样呢？媚兰会怎么样呢？哦，我不敢面对她。我要逃走。"

瑞德似乎看出了她的心思，他紧紧抓住她的胳臂，紧得胳臂都要发紫了，这只有一个放肆的陌生人才干得出来。

"瑞德，求求你了，让我回家，而且解释一下吧。"

"你有的是时间去解释，可只有一个晚上能在这竞技场上当牺牲品。下车吧，我的宝贝儿，让我看看那些狮子怎样吃你。下车。"

她不知怎的下了车。抓住她的那只胳臂像坚石一样硬而稳固，这给了她一些勇气。老天爷作证，她能够面对他们，她也愿意面对他们，他们不就是一群妒忌她的嚎叫乱抓的猫吗？她倒要让他们瞧瞧。至于他们心里怎么想，她才不在意呢。只是媚兰——只是媚兰。

他们到了走廊上，瑞德把帽子拿在手里，一路不断地向左右两边鞠躬问好，声音冷静而亲切。思嘉觉得人群像咆哮的海潮一般向她涌上来，会不会人人都来伤害她呢？嗯，见他妈的鬼。要来就来吧！她将下巴翘得高高的，眼睛微微眯起来，落落大方地微笑着。

她还没来得及向周围的人打招呼，便有个人挤出人群向她走来。这时周围突然是一片古怪的安静，它把思嘉的心一下子揪住了。接着就看见媚兰挪着细碎的步子匆匆走来，匆匆赶到门口来迎接思嘉。她那副窄窄的肩膀摆得平平正正，挺着胸脯，小小的腮帮子愤愤地咬得紧紧的，就似乎除了思嘉没有别的客人在场似的。她走到思嘉身边，伸出一条胳臂搂住她的腰。

“多亮丽的衣服呀，亲爱的。”她轻柔而清晰地说。“你愿意当我的帮手吗？英迪亚今晚不能来帮忙我呢。你跟我一起来招待客人吧？”

第五十四章

思嘉安全地回到家里以后，便扑通一声倒在床上，也不顾身上的丝绸衣裳了。她站在媚兰和艾希礼中间迎接客人。多可怕啊！她宁愿再一次面对谢尔曼的军队也不要重复这种场面了！过了一会，她从床上爬起来，一面脱衣服，一面在地板上神经质地走来走去。

紧张过后的反应渐渐出现，她开始发抖。

瑞德没等招待会结束便用马车把她单独送回来了，她很庆幸获得了暂时的解脱。今天晚上她没有勇气面对他，自己那么羞愧、害怕、发抖。可是他去哪里了呢？说不定到那个妖精住的地方去了。这是头一次，思嘉觉得这世界上幸好还有贝尔·沃特琳这样一个人。很高兴让自己的丈夫待在一个婊子家里，这是极不正当的，不过她没有办法啊。她几乎还愿意让他死了呢，如果那意味着她今天晚上可以不用再见到他的话。

明天——嗯，明天就是另一天了。明天她要想出一个理由。明天她就不会吓得浑身哆嗦了。明天她就不会时刻为艾希礼那受伤的自尊和他的耻辱所困扰了。现在他会由于她连累了他而恨她吗，她心爱的可敬的艾希礼？现在他肯定恨她了——虽然他们两人的事都由媚兰用她那副瘦小的肩膀愤然担当起来了。媚兰用她口气中所表现的爱和坦诚的信任挽救了他们两个人，当她在那光亮的地板上走来，面对那些好奇的、恶毒的、心怀敌意的众人，公然伸出胳臂挽住思嘉的时候，媚兰多么干净利落地制止了他们的诋毁。她在那可怕的晚会上始终站在思嘉身边呢！所以人们只表现得稍稍有点冷淡，有点惶惑不解，可还是很客气的。

唔，整个这件可耻的事都是躲在媚兰的裙裾后面，使那些恨她的人，想用唾沫把她淹死的人，都没有得逞！哦，是媚兰的盲目信任庇护了她——不是别人，偏偏就是媚兰呢！想到这里，思嘉打了一个寒噤。她必须喝点酒，镇静下来。她在睡衣外面围上一条披肩，匆匆出来走进黑暗的门厅里，她的拖鞋发出响亮的啪嗒啪嗒声。她忽然发现餐厅门底下露出一线亮光。她一时大为惊讶，心跳都停止了。难道是瑞德回来了？他可能是悄悄地从厨房的门进来的。如果是瑞德，她想还是蹑手蹑脚回到卧室里去，白兰地就算了。只有那样，她才用不着见他。

她正弯着腰脱拖鞋，好不声不响赶忙回到房里去，这时饭厅的门突然打开了，瑞德站在那里，他的侧影在半明半暗的烛光前映出来，在那里微微摇摆着。

“请下来陪陪我吧，巴特勒夫人，”他的声音稍稍有点重浊。

他喝醉了，并且在显示这一点，可是她以前从没见他醉过。她迟疑着，什么话也不说，于是他举起胳臂做一个命令的姿势。

“下来，你这该死的！”他厉声喝道。

“他一定是很醉了。”她心里更慌了，往常他是喝得越多举止越文雅。可能他更爱嘲弄人，言语更加犀利。

“我可决不能让他知道我怕见他呀。”她心里想，一面用披肩把脖子围得更紧，将鞋跟拖得啪啪直响，走下楼梯。

他让开路，从门里给她深深鞠躬，那嘲弄的神气真叫她害怕。她发现他没穿上外衣，衬衣敞开，露出胸脯上那片浓厚的黑毛。他的头发很乱，一双充血的眼睛细细地眯着。桌子点着一支蜡烛，烛光使房间布满了不少奇形怪状的黑影，使得那些笨重的柜子像是静静蹲伏着的野兽似的。

“坐下。”他冷冷地说，一面跟着她往里走。

这时她心里产生了一种新的恐惧,这种恐惧使得原先那种不敢面对他的害怕显得微不足道了。他的神态,说话的语调,一举一动,都似乎是个陌生人。多年来她一直认为,对瑞德来说,什么都是无所谓的,他把生活中的一切,包括她在内,都看作玩乐和取笑的对象。可是如今,她隔着桌子面对着他,才怀着沉重的心情认识到,终于有桩事情使他要认真对待,并且要十分认真地对待了。

"你没有理由不能在临睡前喝一杯。我这个人如此没有教养,因此你再随便些也没有关系,"他说。"要不要我给你倒一杯?"

"我不想喝酒,"她生硬地说。"我听到有声音,便来——"

"你什么也没听见。你要是知道我在家里,你就不会下来了。我一直坐在这里,听你在楼上不安地踱来踱去。你一定是十分想喝。喝吧。"

"我不——"

他哗哗地倒了一大杯。

"喝吧,"他把那杯酒塞到她手里。"你浑身都在哆嗦呢。唔,别装模作样了,我知道你经常在暗地里喝,我也知道你能喝多少。有时候真想告诉你不要东躲西藏了,要喝就公开喝吧。你以为如果你爱喝白兰地,我会管你吗?"

她端起酒杯,在心里暗暗诅咒他,他把她看着一清二楚,对她的心思了如指掌。

"我说,把它喝了吧。"

她举起酒杯,把酒猛地倒在嘴里,一口吞下去,随即手腕一转杯底朝天,也没考虑这动作显得多么熟练而不雅观。瑞德聚精会神地看着她的整个姿势,不禁咧嘴微微一笑。

"现在坐下,让我们在家里关起门来,愉快地谈谈我们刚才出席的那个招待会。"

"你喝醉了,"她冷冷地说,"我也要上床睡觉去了。"

"我的确很醉了,但是我想喝得更醉一些,一直喝到天亮。不过你不要去睡——暂时还不要去。坐下。”

他的声音仍然冷静而缓慢，但是她能感觉到尽力抑制着的那股凶暴劲儿，那股像抽鞭子一样残忍的劲儿。她正犹豫不定，但他站在身旁紧紧抓住她的胳臂，他将她的胳臂轻轻扭了一下，她痛得暗暗叫了一声，赶快坐下。现在她害怕了，似乎有生以来还不曾这样害怕过。他俯身瞧着她，她发现他的那张脸黑里透红，一双眼睛闪着吓人的光芒。眼睛深处更有一种她无法理解的东西，一种比愤怒更深沉、比痛苦更强烈的东西。他长久地俯视着她，然后猛地转过身来，在她对面的椅子上坐下，又给自己倒了一杯酒。

他慢慢地饮着，冷静地瞧着她，她感到神经很紧张，竭力控制自己不要发抖，有时候他脸上的表情没有任何变化，可突然笑了，不过眼睛一直紧紧盯住她不放，这时她可无法克制自己的哆嗦了。

“那真是一出有趣的喜剧，今天晚上，是不是？”

她不出声，竭力镇住浑身的哆嗦。

“一出愉快的喜剧，演员都表演得很精彩。全村的人都聚在一起向那个犯错误的女人投石子，可她那受辱的丈夫却像个正人君子似的支持他的老婆，同时那个受辱的妻子也以基督精神站出来，用自己纯洁无瑕的名誉遮住了整个丑闻，至于那个情夫嘛——”

“唔，请你——”

“我看不必了，今晚没有这个必要，因为太有趣了。我说那位情夫像个该死的笨蛋，他恨不得自己死了好。你觉得怎么样，我的亲爱的，一个你痛恨的女人居然这样友好地支持你，把你的罪过从头到尾给盖住了？坐下。”

她坐下。

“我想，你并不会所以就对她更好些的。你还在猜想她究竟知不知道你跟艾希礼的事——猜想如果她知道怎么还会这样呢——难道她仅仅是为了自己的面子？你还认为她这样做，使你逃避了惩罚，也未免太傻了，可是——”

“我不要听——”

“不对,你是要听的,我要告诉你这些,是让你别总一个人在那儿自寻烦恼。媚兰小姐是个傻瓜,但不是你因此为的那种傻瓜。事情很明显,已经有人告诉她了,不过她并不相信。并且即使她亲眼看见,她也不会信的。她这个人太高尚了,以致想象不出她所爱的人身上会有什么卑鄙之处。我不知道艾希礼对她说了什么样的谎话——不论多么笨拙的谎话都行,因为她既爱艾希礼也爱你。我实在看不出为什么她爱你,可她就是爱。让它成为你良心上的一个十字架吧!”

“如果你不是这样烂醉和肆意侮辱人,我愿意向你解释一切。”思嘉说,一面设法恢复一点尊严。“可是现在——”

“我对你的解释没有兴趣,我比你更了解事情的真相。你可当心点,只要你敢从椅子里再站起来一次——

“比起今晚的喜剧来,我觉得更有趣的倒是这样一个事实,即你一方面认为我太坏,贞洁地拒绝了我跟你同床的要求,另一方面却在心里热恋着艾希礼。‘在心里热恋。’这可是个绝妙的说法,是不是?

“我太粗俗,配不上你这样高雅的人,而你又不想再要孩子,因此我被撵出来了。这叫我多么难过呀,叫我多伤心呀,亲爱的!所以我便出外寻欢作乐去了,让你一个人去欣赏自己的高雅吧。于是你就去追踪长期忍受痛苦和折磨的威尔克斯先生。这个该死的家伙,也不知犯了什么毛病?他既不能在感情上对他的妻子专一,又不愿在肉体上对她不忠实。他干吗不实现自己的愿望呢?你又不会反对给他生孩子,你会——把他的孩子当作是我的吧?”

她大叫一声跳起来,他也从座位上霍地站起,一面温和地笑着,笑得她浑身发麻。他用那双褐色的大手把她按到椅子里,然后俯身看她。

“请当心我这双手,亲爱的。”他说,一面将两只手放在她眼前晃动着。“我能用它们毫不费力地把你撕成碎片,并且只要能把艾希礼从你心中挖出来,我就会那样干的，不过那办不到。因此，我要用我的两只手一边一个夹住你的脑袋，使劲一挤，将你的头盖骨像个西瓜一样轧碎，把艾希礼一笔勾销了。”

说着，他的两只手果然放到她的脑袋两旁，在披散的头发下，使劲抚摩着，把她的脸抬起来仰朝着他，她注视着那张陌生的脸，一个喝得醉醺醺的、凶狠的陌生人的脸。她是从来不缺乏那种本能的血气之勇的，面临危险使她挺直了脊梁，眯细眼睛，随时投入战斗。

“你这个愚蠢的醉鬼。”她说，“把手放下。”

叫她吃惊的是他果真把手放下了，然后坐到桌子边上，又给自己斟了一杯酒。

“我一向佩服你的勇气，亲爱的。特别是现在，当你被逼到悬崖的时候。”

她拉着披肩把身子裹紧一些，心想，要是现在能够回到卧室里，把门锁起来，一个人躲在里面，该多好啊。她不慌不忙地站起身来，虽然两个膝盖在哆嗦，又将披肩围着大腿裹紧，然后把头发拢到脑后。

“我并不觉得走投无路了，”她尖刻地说，“你永远也休想逼我就范，瑞德·巴特勒，或企图把我吓倒，你不过是只喝醉了的野兽，你跟坏女人鬼混得太久，便把谁都看成坏人，别的什么也不理解了。你既不了解艾希礼，也不了解我，你在污秽的地方待惯了，除了脏事什么也不懂，你是在妒忌那些你无法理解的东西。明天见。”

她从容地转过身，向门口走去，这时一阵大笑使她收住了脚步，她回头一看，只见他摇摇晃晃向她走过来。天哪，但愿他不要那样可怕地大笑啊！他一步步向她逼近，她一步步后退，最后发现背靠着墙壁了。

“别笑了。”

“我是为你难过呢。”

“难过——为我？”

“是的，老天爷作证，我为你难过，亲爱的，我的亮丽的小傻瓜。你受不了了。是不是？你既经不起笑也经不起怜悯，对吗？”

他止住笑声，将身子沉重地靠在她肩膀上，她感到肩都痛了。他的面容也发生了变化，并且凑得那么近。

“妒忌，我妒忌？”他说。“可怎么不呢？唔，是的，我妒忌艾希礼·威尔克斯。怎么不呢？唔，你不要说话，不用解释了。我知道你在肉体上是对我忠实的。你想说的就是这个吧？哦，你看，我了解艾希礼的为人和他的教养。他是正直的，是个上等人。我们不是上等人，不是吗？这就是我们能够像翠绿的月桂树一般茂盛的缘故呢。”

“让我走。我不许你这样肆意侮辱人。”

“我不是在侮辱你，我是在赞扬你肉体上的贞操。它一点也没有愚弄过我。思嘉，你以为男人都那么傻吗？你把对手的力量和智慧估计得太低是绝不会有好处的。而我并不是个傻瓜，难道你不认为我知道你是躺在我的怀里却把我当作艾希礼·威尔克斯吗？”

她耷拉着脸显然流露出恐惧和惊愕的神色。

“那是件愉快的事情。实际上不如说是精神上的愉快。似乎是三个人睡在一起。”他摇晃着她的肩膀，那么轻轻地，一面打着嗝儿，嘲弄地微笑着。

“唔，是的，你对我忠实，因为艾希礼不会要你。不过，该死的，我才不妒忌艾希礼占有你的肉体呢。我知道肉体没多大意思——尤其是女人的肉体。但是，对于他占有你的感情和你那可爱的、冷酷的、不知廉耻的、顽固的心，我倒确实有些妒忌。他并不要你的心，那傻瓜，可我也不要你的肉体。花不了多少钱就能买到女人。不过，我的确想要你的情感和心，可是我却永远得不到它们，就像你永远得不到艾希礼的心一样。这就是我为你难过的原因。”

虽然她觉得害怕和迷惑不解，但他的讥诮仍深深地刺痛了她。

“难过——为我？”

“是的，因为你真像个孩子，思嘉。一个孩子哭喊着要月亮。可是假如他果真有了月亮，又有什么用呢？同样，你拿艾希礼干什么用呢？是的，我为你难过——看到你用双手把幸福抛掉，同时又伸出手去追求那永远也不会使你快乐的东西。如果我死了，如果媚兰死了，你得到了你那个宝贵的体面的情人，你以为你跟他在一起就会快乐了吗？呸，不会的！你会永远不可能了解他，永远不了解他心里在想些什么，永远不懂得他的为人，就好比你不懂音乐、诗歌、书籍或除了金钱以外的任何东西一样。而我们呢，我亲爱的知心的妻子，我们却能在一起极其愉快，要是你给了我们半个机会的话，因为我们俩是非常相似的。我们俩都是无赖，想要什么就能得到什么。我们本来可以快快活活过日子，因为我爱你，也了解你，思嘉，彻头彻尾了解，这绝不是艾希礼所能做到的。而他呢，如果他真正了解你，就会瞧不起你了……可是不，你却偏要一辈子痴心梦想地追求一个你无法了解的男人。至于我，亲爱的，我会继续追求婊子，而且，我敢说，我们俩本可以结成世界上少有的一对幸福配偶呢。"

他突然把她放开，然后歪歪倒倒地退回到桌旁去拿酒瓶。思嘉呆呆地站了一会儿，种种纷乱的想法在她脑子里涌现，可是她一个也没有抓住，更来不及仔细考虑。瑞德说过他爱她。他真的爱她吗？或者只是醉后胡言？或者又是一个可怕的玩笑？而艾希礼——那个月亮——哭着要的那个月亮。她迅速跑进黑暗的门厅，似乎逃避恶魔似的，唔，但愿她能够回到自己房里！这时她的拖鞋都快掉了，她停下来想把拖鞋甩掉，瑞德已来到她身旁。他那灼热的呼吸对着她的脸袭来，他双手粗暴地伸进她的披肩底下，紧贴着赤裸的肌肤，把她抱住了。

"你把我撵走却跑去追求他。今天晚上不论如何不行了。我床上只许有两个人。"

他猛地将她抱起来，随即上楼。她的头被紧紧地压在他胸脯上，听得见他心脏的怦怦急跳。她被夹痛了。大声喊叫，可声音似乎给闷住了似的，显得非常惊恐。上楼梯时，周围一片漆黑，他一步步走上去，她吓得快要疯了。他成了

一个疯狂的陌生人。她发出尖叫,但声音被他的身子捂住了。这时他突然在楼梯顶停住脚,迅速将她翻过身来,然后低着头吻她,那么狂热、那么尽情地吻她,把她心上的一切都抹拭得干干净净,只剩下压在她嘴唇上的那两片嘴唇。他在不停地发抖,似乎站在狂风中似的,而他的嘴唇到处移动,从她的嘴上移到那披肩从她身上掉落下来的地方,在她柔润的肌肤上。他嘴里在喃喃自语,但她听不见,因为他的嘴唇正在唤起她以前从没有过的感情。她陷入了一片迷惘,他也是一片迷惘,而在这以前什么也没有,只有迷惘和他那紧贴着她的嘴唇。她想说话,可是他的嘴又压下来了。突然她感到一阵从没过的狂奋的刺激;这是喜悦和恐惧、疯狂和兴奋,是对强大的胳臂、粗暴的嘴唇以及来得过于迅速的命运的屈服。她有生以来头一次遇到了一个比她更强有力的人,一个她既不能给以威胁也不能压服的人,一个正在威胁她和压服她的人。她的两只胳臂已抱住他的脖子,她的嘴唇已在他的嘴唇下颤抖,他们又在向那片朦胧黑暗中上升,上升，那是一片柔软的、涡旋着的、包容一切的黑暗呢。

第二天早晨她醒来时，他已经走了，要不是她旁边那个揉皱的枕头，她还以为昨晚发生的一切只是个放荡而荒谬的梦呢。她回想起来不禁脸上热辣辣的。

这几年来她跟瑞德在一起生活，一起睡，一起吃，一起吵架，还为他生了个亮丽的女儿——可是，她并不了解他。昨晚那个把她在黑暗中抱上楼来的人完全是一个陌生人，她做梦也没想过有这样一个人存在。而现在，即使她想去恨他，想生他的气，她也做不到了。他在一个狂乱的夜晚征服了她，挫伤了她，虐待了她，而她对此却非常得意呢。

唔，她应当感到羞耻，一想起那个狂热的、漩涡般的销魂时刻就胆寒畏缩！一个上等女人，一个真正的上等女人，经历了这样一个狂欢夜晚以后再也抬不起头来了。可是，比羞耻心更强的是想起那种狂欢、那种令人销魂和为之屈服的陶醉的感觉。她有生以来头一次感到自己有了活力。

瑞德爱她！至少他说过他爱她，而现在她怎么还能怀疑这一点呢？他爱她，这个对她冷淡的野蛮的陌生人居然爱她。这显得多么古怪，多么难以理解和不可置信啊！对于这一发现，她压根儿不清楚自己是怎样想的，不过有个念头一出现她就突然放声大笑起来：他爱她，她终于占有他了。她本来已忘记了，她早先就曾渴望着引诱他来爱她，以便举起鞭子驯服这个傲慢的家伙。如今这个渴望又出现了，它给她带来了巨大的满足。昨晚他把她置于自己的支配之下，可这样一来她却找到了他身上的弱点。他的嘲弄长期以来折磨着她，可现在她掌握了他。

她想到还要在大白天与他相见，便陷入了一片神经紧张和局促不安之中，当然其中也有兴奋和喜悦的心情。

“我像个新娘一样紧张呢。”她想，想到这里她不由得愚蠢地笑了。

但是瑞德没有回家吃午饭，晚餐时也没有回来，一夜过去了，那是一个漫长的夜,她睁着眼睛直到天明。可是他没有来。第二天也过去了,他还是毫无消息,她又失望又担心,急得要发疯似的。她从银行经过,发现他也不在那里。

她不好意思去问朋友们。又不能到仆人们中间去打听。这两天嬷嬷显得不寻常地沉默,她偷偷地观察思嘉,但什么也不说。到第二天晚上过后,思嘉下决心去报警,也许他出了意外,也许他从马背上摔下来,躺在哪条沟里不能动弹了。也许——唔,多可怕的想法——也许他死了!

第二天早晨她吃完早点,正在自己房里戴帽子,她忽然听到楼梯上迅疾的脚步声。她松了一口气往床上一倒,瑞德就进来了。他新理了发,刮了脸,也没有喝醉,可他的眼睛是血红的,脸由于喝酒有一点浮肿。他神气十足地向她挥着手说:"唔,好啊。"

谁能一声不响地在外面过了两天之后,进门就这样"唔,好啊"呢?在他们度过的那么一个令人难忘的晚上之后,他怎么能这样若无其事呢?他不能这样,除非——除非那样一个夜晚对他来说是很寻常的!她一时说不出话来,她曾经打算在他面前表现的那些优美姿态和动人的微笑全都给忘了。他甚至没有走过来给她一个吻,只是站在那里望着她,咧着嘴微微一笑,手里拿着一支点燃的雪茄。

"哪儿——你到哪儿去了?"

"你难道不知道?我相信全城的人都知道了。也许他们全知道,只有你例外。你知道有句古老的格言:丈夫都跑了,老婆最后才知道嘛。"

"你这是什么意思?"

"贝尔,我还能到哪里去呢?我想你没有为我担心吧。"

"你离开我就去——"

"喂,喂,思嘉!别装糊涂说自己受骗了。你早就知道贝尔的事。"

"你一离开我,就到她那里去,并且在那以后——在那以后——"

"唔,在那以后。"他做了一个毫不在意的手势。"我会忘记我的那些做法,我对我的行为表示抱歉。那时我喝得烂醉,你也知道,同时又被你那迷人的魅力弄得神魂颠倒了——还要我一一细说吗?”

她明白了,想倒在床上痛哭一场,他没有变,一点也没有变,而她上当了,愚蠢得可笑的傻瓜,居然以为他真的爱她呢。只不过是他醉后开的一个可恶的玩笑。他醉了酒便拿她来发泄一下,就像他在贝尔那里拿任何一个女人来发泄一样。现在他又回来侮辱她,嘲弄她,叫她痛苦、伤心。她吞下眼泪,想重新振作起来,千万不能让他知道她这几天的想法啊!她赶快抬起头来望着他,只见他眼里又流露出以前那种令她困惑的警觉神色,那么犀利,那么热切,似乎在等待她的下一句话。难道他在希望她犯傻上当,大叫大嚷,再给他一些嘲笑的资料?她那两道翘翘的眉毛猛地紧锁起来,显出一副冷冰冰的生气模样。

“我自然怀疑过你们的关系了。”

“仅仅是怀疑?你干吗不问问我,好满足你的好奇心?我全都会告诉你的。自从你和艾希礼决定让我俩分房睡以来,我就一直跟她同居着呢。”

“你居然还有脸站在这里向你的妻子夸耀,说——”

“唔,请饶了我,别给我上什么道德课了。你只要我付清那些账单,就不论我做些什么都无所谓了。你也明白我近来不怎么规矩嘛。至于说你是我的妻子——那么,自从生下邦妮以后你就并不像个妻子了,你说对吗?思嘉,你已经变成一个可怜的投资对象了,贝尔还比你强呢。”

“投资对象?你的意思是你给她——”

“准确地说应该是‘在事业上扶植她’。贝尔是个精干的女人,我希望她长进,而她唯一需要的是钱,用来开一家自己的妓院。你应当知道,一个女人手里有了钱会出现什么奇迹。瞧瞧你自己吧。”

“你拿我去比———”

“好了,你们俩都是精明的女生意人,并且干得都不错。当然,贝尔还比你略胜一筹,因为她心地善良,品性也好——”

“你滚出去好吗?”

他懒洋洋地向门口挪动,一道横眉滑稽地竖了起来。他怎能这样侮辱她啊,她气愤而痛苦地想道。他是特意来伤害和贬损她的。

“赶快给我滚,永远也不要进来了。以前我就这样说过,可是你没有一点上等人的骨气。从今以后我要把这门锁上了。”

“不用操心了。”

“我就是要锁。经过那天晚上,——醉成那个模样,那么讨厌——”

“你看,亲爱的!并不那么讨厌嘛,真是!”

“滚出去!”

“别生气呀。我就走。我答应再也不来打扰你了。那是最后一次。并且我正想告诉你。要是我这种不名誉的行为实在使你忍受不了。我们就去办离婚吧。只是邦妮要给我,别的我不争。”

“我可不想办离婚来玷辱家门呢。”

“要是媚兰死了,你很快就会玷辱的,你说不会吗?我一想到那时候你会多么急于甩掉我,我的头就晕了。”

“你走不走?”

“好,我就走,我回来就是要告诉你这件事。我要到查尔斯顿和新奥尔良去,还有——唔,对,我要逛一大圈。我今天就走。”

“啊!”

并且我要把邦妮带在身边,让那个傻女孩普里茜把她的小衣服收拾一下。我想把普里茜也带去。”

“你永远也休想把我的孩子带走。”

“也是我的孩子嘛,巴特勒太太。我想你不会反对让我带她到查尔斯顿去看看她的祖母吧?”

“她的祖母,去你的!你以为我会让你把孩子从这里带走?你每晚都喝得烂醉，很可能还会带她到像贝尔那样的地方去——”

他把手里的雪茄狠狠往地上一掷，雪茄在地毯上嗤嗤冒起烟来，一股烧焦的羊毛味直冲鼻子。他不管这些，立刻走过来站到思嘉跟前，气得脸都发青了。

“你如果是个男人，我就先把你的脖子拧断再说。现在我只警告你闭上臭嘴。她是我的女儿！至于你，你把你做母亲假装虔诚的架势摆给你自己去看吧。不是吗？作为一个母亲，你还不如一只猫呢！你为孩子们做过些什么？韦德和爱拉看见你就吓得要死，要没有媚兰，他们连什么是爱和亲密都不知道呢。可是邦妮，我的邦妮！你以为我不能比你照料得好些吗？你以为我会让你去威胁她，损害她的心灵，像你对韦德和爱拉那样吗？见鬼去吧，我决不会的！快替她收拾好，让我一个小时后便能起身，否则我警告你，那后果会比前两天那个晚上要严重得多。我经常觉得，用马鞭子结结实实抽你一顿，对你会大有好处。”

他没等她说话便转过身去，迅速走出了她的房间。她听见他向孩子们的游艺室走去，那里传来一片热烈高兴的儿童尖叫声，她听出邦妮的声调比爱拉还要高。

“爹爹，你上哪儿去了？”

“去找张兔子皮来包我的小邦妮。给你亲爹爹一个最甜的吻吧，邦妮——还有你，爱拉。”

第五十五章

“亲爱的,我不要你做任何解释,也不想听你说什么。”媚兰坚决地说,用一只小手轻轻地捂住思嘉的嘴唇,叫她不要说了。“你要是认为在你我之间还需要什么解释,那便是对你自己以及艾希礼和我的侮辱了。不是吗,我们三人一起在这世界上共同战斗了这么多年,如果什么闲言碎语就能使我们之间发生隔阂,互不信任,想起来都不好意思呢。难道你觉得我会相信你和我的艾希礼,嗨!这怎么想得出来呀!难道你还不明白这世界上我比谁都更加了解你?你以为我竟会把你替我们所做的种种了不起的无私的事情忘在脑后吗?你以为我不记得你几乎光着脚、握着两只满是血泡的手,跟在北方佬的那匹马后面犁地,就为了让婴儿和我能吃上饭——的情景,现在我难道竟相信那些无耻谣言吗?我不要听你的任何解释,思嘉·奥哈拉。一句也不听!”

“可是——”思嘉想要说什么又打住了。

就在一个小时之前,瑞德带着邦妮和普里茜离开了这个城市,这样一来思嘉便不仅又羞又恼,并且感到寂寞了。再加上她的内疚以及媚兰给她的庇护,这个负担她实在承受不起了。要是媚兰听信了英迪亚和阿尔奇的话,在招待会上侮辱了她,或者只冷淡地招呼了她,那她就可以昂起头来,使用种种可能的武器给予回击。可如今,一想起媚兰挺身而出毅然保护她不受社会舆论的攻击,她就觉得自己只能老老实实地认罪了。是的,应当把所有的一切不加掩饰地大胆说出来。

她愿意承认,是的,承认一切,一言一行,以及那很少几次的爱抚。也许所以上帝就会减轻她的痛苦,给予她安宁。但是由于她的忏悔,媚兰脸上会出现十分可怕的神色,从钟爱和信任变为怀疑恐惧和厌恶。她极为痛苦地想到,那样媚兰就会了解到她身上所有的卑下、鄙陋、两面派、不忠实和虚伪的品质啊!

但是,她刚刚迫不及待地说出"媚兰,我一定要解释一下那天的事——"时,媚兰就厉声阻止了她。思嘉羞愧地注视着那双温柔而宽容的眼睛,心里一沉,明白自己已永远也得不到忏悔后的平静和安宁了。媚兰一句话就永远截断了她采取行动的途径。她以生平很少有过的一种成熟感情认识到,只有最彻底的自私自利才能解除内心痛苦的负担。她因媚兰的仗义庇护而欠了她一笔大债,如今这笔债只能用沉默来偿还了。如果勉强让媚兰知道她的丈夫对她不忠,她的心爱的朋友无耻地背叛了她,从而让她终生痛苦,那将是多么残忍的一种偿还啊!

"我不能告诉她,"她伤心地想,"决不能,哪怕我的良心把我折磨死。"

是的,它会成为她终生的十字架,让这种痛苦深埋在她心中,让她以后每看见媚兰亲切的眼色和手势都深感不安。

思嘉绝望地想:"我已经背上了许多沉重的负担,但看来这是最沉重最令人苦恼的一个了。"

"亲爱的,我听人家对你的批评都听腻了,"媚兰说,"而这一次是他们捞到的最后一根稻草。这完全是由于他们妒忌你,因为你那么精明能干。在许许多多男人都失败了的情况下,你却做出了这么好的成绩。我不是说你做过什么有违妇道或者妇女不该做的事,像许多人所说的那样。因为你并没有做,人们不了解你,他们容忍不了一个能干的女人。可是你的精明能干,你的成功,并没有给他们以那样的权力,任凭他们来说你和艾希礼——真是天知道啊!"

思嘉凝视着媚兰，被她这种从没有过的怒气吓住了。

“他们这些人——阿尔奇、英迪亚、埃尔辛太太居然拿他们捏造的那些下流谎话来对我说呢！他们怎么敢这样呀？当然，埃尔辛太太没有到这里来，她没有那个胆量。可是她也一贯恨你，亲爱的，因为你比范妮更有名气了。而且，她对于你不让休再管那个木厂也很不高兴呢。不过你把他撤了完全是对的，他游手好闲、什么事也不干、一点用处也没有！”“关于阿尔奇，这要怪我自己，我不该庇护这个老恶棍。人人都那样劝过我，可是我不听。他不喜欢你，亲爱的，是由于那些罪犯的缘故，可他是什么人，竟敢来批评你了？一个杀人犯，还是杀死过一名妇女的杀人犯！虽然我那样好好待他，他还是跑来告诉我——要是艾希礼把他毙了，我也不会怜悯他的。现在我可以告诉你，我把他大大奚落了一番之后，就打发他走了！他已经离开这个城市了。”

“至于英迪亚那个坏东西！亲爱的，我知道她妒忌你，恨你，因为你比她亮丽得多，又有那么多追求你的人。因此对于她这个行为，不可能有任何别的解释……我已经告诉她从今以后不要再跨进这个家的门槛，我而且表示只要我听到她再说那么一句废话，我就要——我就要当众骂她撒谎！”

媚兰没有继续说下去，但脸上的怒气突然消失，接着来的是满面愁容。媚兰有佐治亚人所特有的那种忠于家族的观念，一想起这可能引起家庭矛盾她就痛苦极了。她犹豫了一会儿，不过思嘉是最亲爱的，她心里首先考虑的是思嘉，于是她继续忠实地说下去：

“亲爱的，她一贯妒忌你，还因为我是最爱你的。以后她再也不会到这里来了，我也决不到任何一个接待她的人家去。艾希礼赞成我的想法，不过他还是很伤心的，怎么他的妹妹居然也说出这样一个——”

一提到艾希礼的名字，思嘉那过于紧张的神经再也控制不住，她立刻哭起来。难道她就只能永远让他伤心下去了？她只想使他快乐、安全，可不知为什么却似乎每一次都是伤害他似的。她破坏了他的生活,损伤了他的骄傲和自尊,打破了他内心的平静。现在她又离间了他和妹妹之间的关系。为了保全她思嘉的名誉和媚兰的幸福,英迪亚只能被牺牲,被迫承担撒谎的罪名,成为一个妒忌心很重的老处女。

思嘉知道艾希礼把名誉看得比生命还重,他现在一定觉得万分痛苦。他也和思嘉一样,被迫接受了媚兰的庇护。思嘉一方面懂得这样做的必要性,并且明白他落到这个地步主要应当归咎于她。不过她想如果艾希礼把阿尔奇毙了,而且向媚兰和公众承认这一切,她会更加敬佩他的。她记起瑞德说过的一些轻视和揶揄的话,便思忖艾希礼是不是真的在其中扮演了不够丈夫气的角色,这样一来,她一直仰望的那个完美辉煌的形象便开始不知不觉地蒙上了一层阴影。同时,笼罩在她身上的耻辱和罪过的阴影也在渐渐地向他扩展。她下决心要打退这种可怕的想法,可结果反而使她哭得更伤心了。

“别这样!别这样!”媚兰大声喊道,把思嘉的头移过来靠在她的肩上,“我本来根本不该谈这件事让你伤心的。我知道你一定会感到十分难过。今后我决不再提了。让它就这样了结,像根本没有发生过一样。”

媚兰说到做到。她再也没有向思嘉或艾希礼提过这件事,也决不跟任何人谈论,她保持一种冷漠无关的态度。瑞德神秘地离开这个城市了,整个城市处于一种疯狂议论、煽动的状态,她从不饶恕那些恶意诽谤思嘉的人,不论是她的老朋友还是亲属。

她那样坚决地站在思嘉一边。她让思嘉照样每天早晨到店里和木料场去,并且由她陪着去。赶车外出时她还坐在思嘉身旁。她还带思嘉下午出去进行正式的拜访,亲切地鼓励她进入那些已两年多没有去过的人家。

她们一家最可怜的就是皮蒂姑妈了。皮蒂没有过多的奢望,只希望舒舒服服地在亲人们相互友好的气氛中平平安安地过日子。

英迪亚本来跟皮蒂姑妈住在一起,如果英迪亚要走了,可怜的皮蒂怎么办呢?她不能一个人过活呀!那时她只能叫一个陌生人来跟她做伴,要不就得和思嘉一起住。可是皮蒂姑妈隐约感到,巴特勒船长不怎么喜欢她。那么,她就只好住到媚兰家里去,晚上和小博住在一起。

皮蒂不大喜欢英迪亚,英迪亚那个又冷淡又固执的模样以及她的偏激态度使她害怕。不过英迪亚仍容许皮蒂保持自己的舒适生活,而皮蒂又主要是从个人舒服而不是道德观点来考虑问题的,因此英迪亚仍跟她住在一起。

不过英迪亚既然住在那里,媚兰和思嘉就把这看成是皮蒂对英迪亚的庇护。思嘉断然拒绝继续在经济上支援皮蒂。艾希礼每星期都给英迪亚送钱去,但英迪亚每次都骄傲地、不声不响地把钱退回,皮蒂姑妈对此感到又惊讶又惋惜。她们要不是亨利叔叔的帮助,将愈来愈可悲了。可是接受亨利叔叔的资助,皮蒂觉得挺可耻呢。

皮蒂在这个世界上除了她自己以外是最爱媚兰的,可现在媚兰对她保持一种冷冷的客气态度,像对待陌生人一样了。她虽然就住在皮蒂家的后院里,以前每天要出出进进走十几次,可现在一次也不来了。皮蒂主动去看望她,向她哭诉自己怎样爱她和忠实于她,但媚兰始终拒绝谈具体的事情,也从来不回访。

皮蒂很清楚她得过思嘉多大的恩惠——几乎是依靠她活过来的。的确,在战后那个极端困难的时期,思嘉维持了她的家庭,给她吃的穿的。让她能够在亚特兰大抬起头来做人。思嘉结婚搬走以后,对她依旧非常慷慨。那个既令人害怕又逗人喜爱的巴特勒船长,每次跟思嘉一起来拜访过以后,皮蒂总会发现桌上有个塞满了钞票的簇新钱包,或者用绣花手绢包着一些金币偷偷地放在她的针线盒里。瑞德总是声称他什么都不知道,而且以一种不怎么高明的手法断言她一定有个秘密的爱慕者,通常认为就是那位满脸胡须的梅里韦瑟爷爷,在干这件事。

最后，有些人彻底相信了思嘉的清白无辜，但这不是由于她自己，而是由于媚兰始终坚信这一点。另一些人思想上有所保留，但因为他们爱媚兰，希望保持对她的爱，便对思嘉采取了较有礼貌的态度。思嘉心里明白，要不是媚兰的坚决保护和迅速行动，全城居民都会板着面孔反对她，她早已成为一个被社会遗弃的人了。

第五十六章

瑞德走了已经三个月了,一直杳无音信。她不知道他在什么地方,也不知要多久才能回来。其实,他究竟还回不回来,她也不知道。在这几个月里她照样做自己的生意,表面看上去还很神气,可心里却懊丧得很。她觉得身体不怎么舒服。但她每天都到店里去,似乎对两个厂子很感兴趣似的。实际上那家店铺已开始叫她生厌,虽然营业额比上年提高了两倍,利润源源而来,她却觉得没有多大意思,对伙计们的态度也越来越严厉和粗暴了。约翰尼·加勒格尔负责的木厂生意兴隆,但约翰尼的所作所为没有一点叫她高兴。

她从来不到艾希礼负责的那个厂里去,她知道他在回避她,也知道,由于媚兰执意邀请她常常到他家去,对他会是一种折磨。他们从不单独说话,可她却很想问问他。她想知道他现在是不是恨她,以及他究竟对媚兰说了些什么。但是他始终与她保持一定的距离,并恳求她不要说话。他那苍老憔悴和流露着悔恨之情的脸色更加重了她的精神负担,同时他的大厂每周都要亏本,这也成了她心中一个有苦难言的疙瘩。

他脸上那种无可奈何的神色,她看了觉得厌烦。她不知道他怎样才能改善这个局面,但认为他应当努力想些办法的。要是瑞德,他就会采取措施了。瑞德总是能想出办法来,哪怕是不正当的办法,在这一点上她虽然心中不乐意但其实是十分佩服的。

如今,既然她对瑞德的怒火已经消失,她便开始想念他,并且由于无音信,想念也越发深切了。如今,从瑞德留下的那一堆混合着狂喜、愤怒、伤心和屈辱的紊乱情绪中,愁苦已渐渐冒出头来。她想念他,很想再听听他讲的那些尖刻动人、叫她开怀大乐的故事,再看看他那咧嘴大笑的模样,乃至那些深深刺痛她的嘲弄。最叫她难受的是她不能在他面前絮叨了。

没有他和邦妮在身边,思嘉觉得非常寂寞。她以前没有想到,会这样惦记着小邦妮。现在她记起瑞德上次责备她对待韦德和爱拉的那些恶言恶语,便试着对这两个孩子好来填补内心的空虚。但没有用。瑞德的话和孩子们对她的态度使她不得不面对一个惊人而可怕的事实:她没有赢得他们的信任和感情。而现在,要不是太晚就是她缺乏耐心和本事,反正她已无法深入他们那幼小而隐秘的心灵了。

爱拉!思嘉发现她是个弱智儿童,并且的确是的,这就叫人犯愁了。她无法把注意力集中起来,就像小鸟不能停在一个枝头上似的。即使思嘉给她讲故事时,爱拉也常常胡思乱想,用一些与故事毫无关系的问题来打断,可是还没等思嘉开口去回答,她已经把问题完全忘了。至于韦德——也许他真的怕她,太奇怪了,并且伤了她的自尊心。自己的亲生儿子,她的唯一的男孩子,竟会这样怕她呢?有时她试着逗引他来谈话,他也只用查尔斯那样柔和的褐色眉眼盯着她,同时很难为情地挪动着两只小脚,显得非常难受。可是他跟媚兰在一起时,却滔滔不绝地说个不停,而且把口袋里的一切,从钓鱼用的虫子到破旧的钓线,都掏出来给她看了。

媚兰对小孩子很有办法,她自己的小博就是亚特兰大最有规矩最可爱的孩子。思嘉跟他相处得比跟自己的孩子还要好,因为小博对于大人们的关心没有什么神经过敏的地方,每次看见她都会乖乖地爬到她膝头上来。他长得多亮丽啊,跟艾希礼一模一样!要是韦德长得像小博就好了。当然,媚兰之因此能那样尽心照顾他,主要是因为她只有一个孩子,并且不用整天操心和工作。至少思嘉是这样为自己辩解的,不过她又不得不承认媚兰特别爱孩子,她巴不得生上一打呢。因此她那用不完的满怀钟爱也同样倾注在韦德和邻居家的孩子们身上了。

“至少邦妮还爱我,也愿意跟我玩呢。”她心里想。可是凭良心说,她还是得承认,邦妮爱瑞德比爱她不知深过多少倍。并且说不定她再也见不到邦妮了。

当米德大夫说她又怀孕了时,她吓得发呆了,并且立刻她就想起了那个狂乱的夜晚,而且立即满脸通红,很不好意思。原来就在那神魂颠倒的片刻——一个孩子给怀上了。这时她最先的感觉是高兴又要添一个孩子。要是个男孩可好呀!一个亮丽的男孩,而不是像韦德那样的小家伙。她会多么爱他啊!那时她既有工夫去专心照料一个婴儿,又有钱去安排他的锦绣前程,这才真正高兴呢!她心中产生了一个冲动,要写封信告诉瑞德,由他母亲从查尔斯顿转去。他现在必须回来了!要是到婴儿生下以后他才回家,那她永远也解释不清了!可是,如果她写信去,他就会以为她是想他了,就会暗暗笑起来。不,决不能让他觉得她在想他或者需要他啊!

她很高兴自己终于把这个冲动压下去了,这时恰巧查尔斯顿的波琳姨妈来信了,传来瑞德的消息,好像他正在那里看望他母亲。得知他至今还在这片国土上,思嘉放心了,信中充满了对邦妮的夸奖。

“多亮丽的一个小姑娘!将来长大了,准会成为人人爱慕的美人儿呢。不过我想你一定知道,谁要是向她求爱,就得同瑞德来一次搏斗,因为我从没见过这样钟爱女儿的父亲。嗯,亲爱的,我想跟你说几句心里话。在我没有见到巴特勒船长之前,我一直觉得你们的婚姻是极不匹配的。事实上,尤拉莉和我都对于是否应当接待他犹疑不决——不过,毕竟那个可爱的孩子是我们的姨外孙女嘛。这样,他就来了,我们一见便又惊又喜,十分的欣喜,而且发现听信那些流言蜚语实在是错误。你看他那么逗人喜欢,长得也很亮丽,又庄重又有礼貌。何况还那么爱你和孩子呢。”

他们事先没有一点儿消息就回来了。到家的第一个音信是行李卸在前厅地板上的声音和邦妮的高声喊叫:“妈妈!”

思嘉急忙从自己房里出来,走至楼梯顶,看见女儿正伸着两条短腿使劲要踏上梯级。胸前抱着一只驯顺的毛色带条纹的小猫。

“奶奶给我的。”她兴奋地叫道,一面抓住小猫的颈背把它提起来。

思嘉一面将她抱在怀里,忙不迭地吻她,同时庆幸有这孩子在场,就免得她跟瑞德单独见面感到尴尬了。他仰起头来看见了她,便像往常那样恭恭敬敬地摘下帽子,鞠了一躬。她一瞥见他那双黑眼睛,心就怦怦跳起来了。不管他是什么人,也不管他干了些什么,只要回家了她就高兴。

“嬷嬷在哪里?”邦妮问,一面扭着身子想挣脱思嘉的怀抱,她只得把她放下地来。

又要以正常的若无其事的态度招呼瑞德,又得向他透露怀孩子的事,这可比她预先设想的要困难得多。他上楼梯时她看着他那黝黑而冷漠的脸,那样难以捉摸和毫无表情。不,她得过些时候再告诉他,她不能现在就说出来。不过,这样的消息应该首先让丈夫知道,因为做丈夫的是最爱听这种消息的。可是她觉得他听了也未必高兴。

她站在楼梯顶上,靠着栏杆,不知他会不会吻她。他没有,只是说:“你的脸色有点苍白呢,巴特勒太太。是不是没胭脂了?”

一句想念她的话也不说,哪怕是虚情假意的也没有。至少在嬷嬷面前应当吻她一下嘛。他站在楼梯顶上她的身旁,用眼睛漫不经心地打量她。

“你这憔悴样儿是不是因为想念我呢?”他嘴上微笑着问她,但眼里并没有笑意。

看来这就是他的态度了,他还会像以前那样恨她的。她突然觉得她怀着的那个孩子已成为令人作呕的一个负担,而不再是令她高兴的血肉了。而这个漫不经心地拿着宽边巴拿马帽子的男人则是她的死对头，是她的一切麻烦的起因。她回答时眼睛里充满了怨恨，这种怨恨是显而易见也不会忽略的，同时他脸上的笑容也消失了。

“如果我脸色苍白，那是你的过错，但不是像你所幻想的那样是因为想念你。那是因为——”唔，她太性急了便冲口而出，也不顾仆人们会不会听见。“那是因我又要有个孩子了！”

他猛地吸了口气，两眼迅速地打量着她。接着他向前迈了一步，好像要把手放在她的胳臂上，但她把身子一扭，避开了，在她那怨恨的眼光下，他的脸又板了起来。

“真的！”他冷冷地说。“那么，谁有幸当这个父亲呢？是艾希礼吗？”

她狠狠抓住楼梯栏杆上的柱子，直到那个木雕狮子的耳朵把她的手心扎痛了。她万万没想到他居然会这样来侮辱她。当然，他这是在开玩笑，但玩笑怎么能开到如此难以容忍的程度！她真想用她那些尖尖的指甲掐进他的眼睛里，把那里面的古怪光芒抓出来。

“你这该死的家伙！”她的声音气恼得咻咻发抖，“你——你明明知道是你的。而我也和你一样根本不想要它。没有——没有哪个女人愿意跟你这下流坯生孩子。我但愿——啊，上帝，我但愿这是其他什么人的而不是你的孩子呢！”

她发现他那黝黑的面容突然变了，某种无法理解的情感，连同愤怒一起，使它一阵痉挛，像被狠狠地刺痛了似的。

“瞧！”她心里得意地想。“瞧！我到底把他刺痛了！”

可是那个不动声色的神情又回到了他脸上。

“高兴点吧，”他说，一面转过身去开始上楼，“当心你可能会流产呢。”

她顿时一阵头晕，想起怀孩子的滋味，没完没了的恶心的呕吐呀，痛苦的等待呀，大腹便便的丑态呀，长时间的阵痛呀，等等。这些都是男人永远也体会不到的。可他这么残忍地开玩笑，她想狠狠地抓他一把。只有看见他那张黑脸上有一道道的血痕，才能稍解这心头的怨气。她像猫似的偷偷跟着他追上去，但是他忽然轻轻一闪避到一旁。她站在新打过蜡的最高一级阶梯边上，当她俯身举起手时，觉得自己站不住了，便猛地去抓那根栏杆柱子，可是没有抓住。顿时一阵头晕眼花，便骨碌碌地滚下去，直跌到楼梯脚下。

这是思嘉有生以来头一次病倒，此外就是生过几次孩子，不过那似乎不算什么。那时她可没有像现在这样觉得又孤寂又害怕，又虚弱又痛苦，并且惶惑不安。她知道自己的病情比人们说的要严重，心想可能是要死了。她呼吸时，那根折断的肋骨便痛得像刀扎似的；她的脸也破了，头也摔痛了，似乎整个身子在被魔鬼用火热的钳子揪，用钝刀子割一般；有时偶尔疼痛停一下，便觉得浑身瘫软，自己也没了着落，直到疼痛又恢复为止。不，生孩子不是这样的。那时候，在韦德、爱拉和邦妮生下来之前两个小时，她还能开心地吃东西呢。可现在，只要一想起吃的，除了凉水以外，便恶心想吐。

怀一个孩子多么容易，可是没生下来就失掉了，多么令人痛苦啊！她这样疲乏，恐惧和死亡围绕着她。死亡就在身边，但她没有力量去面对它，并把它打回去，因此她十分害怕。她需要一个强有力的人站在她身边，拉着她的手，替她把死亡驱走。

在痛苦中，怒气已经消散了，如今她需要瑞德。可是他不在，而她又不能自己去请他啊！

她记得起来的是在那阴暗的过厅里，在楼梯脚下，瑞德怎样把她抱起来，他那张脸吓得煞白，除了极大的恐惧外什么表情也没有，他那粗重的声音在呼唤嬷嬷。接着，她模模糊糊地记得，她被抬上楼去。后来，她感到越来越疼，房子里满是低低的嘈杂声。后来，像一道炫目的光线在眼前一闪似的，她突然意识到了死亡和恐惧，这使她拼命喊叫，呼唤，可这喊叫也只是一声低语罢了。

然而,就是这声可怜的低语立即唤起了黑暗中床边的一个声音,那是她所呼唤的亲切的声音,她用轻柔的语调答道:"我在这里,亲爱的。我一直守在这里呢。"

当媚兰拿起她的手轻轻地贴在自己冰凉的面颊上时,死亡和恐惧便悄悄隐退了。她似乎看见媚兰正要生孩子,而北方佬就要来了。城里烧得满天通红,她必须赶快,赶快离开。可是媚兰要生孩子,她不能走呀,必须跟她一起留下,直到孩子生下来为止,并且她得非常坚强,因为媚兰需要她的力量来帮助呢。媚兰痛得那么厉害,有些火热的钳子在揪她,钝刀子在割她,一阵阵的疼痛又回来了。她必须抓住媚兰的手。

但是,毕竟有米德大夫在这里,他来了,虽然火车站那边的士兵很需要他,因为她听见他说:"她在说胡话呢。巴特勒船长哪里去了?"

那天夜里一片漆黑,接着又亮了。有时是她在生孩子,有时又是媚兰在大声呼唤。媚兰一直安静地守在身边,她的手冰凉。每次思嘉睁开眼睛,问一声"媚兰呢?"她都会听到媚兰的声音轻轻地响在耳边。她不时想低声说:"瑞德——我要瑞德。"同时像在梦中似的记起瑞德并不要她。她要瑞德,可是瑞德却不要她。

有一回她说:“媚兰呢?”答话的是嬷嬷:“是俺呢,孩子,”一面把一块冷毛巾放到她额头上。这时她烦躁地反复喊道:“媚兰——媚兰,”可媚兰很久也没有来。因为媚兰正坐在瑞德的床边,而瑞德喝醉了,在地板上斜躺着,把头伏在媚兰的膝上痛哭。

媚兰每次从思嘉房里出来,都看见瑞德坐在床上,房门开着,他房里显得很凌乱,到处是香烟头和没有碰过的一碟碟食品。床上也乱糟糟的,被子没有铺好,他就整天坐在上面。他没有刮脸,并且突然消瘦了,只是拼命抽烟,抽个不停。他看见她时从不问什么。她往往也只在门口站一会儿,告诉他:“很遗憾,她显得更坏了。”要不,她就安慰他两句。

她很可怜他,为他难过。人们怎么会说他那么卑鄙的一些坏话呢?——说他冷酷无情,狂暴,对思嘉不忠实,等等,可是她却眼看他在迅速地消瘦下去,脸上流露出极大的痛苦!她尽管疲惫不堪,还是在设法对他更亲切一些。他多么像一个在等待宣判的罪犯——多么像一个突然发现周围全是敌人的孩子。不过在媚兰眼里,谁都像个孩子。

但是,当她终于高兴地跑去告诉他思嘉好些了时,她看见瑞德床边的桌上放着半瓶威士忌酒,满屋子弥漫着刺鼻的烟酒味。他抬起头来,用呆滞的眼光望着她,虽然拼命咬紧牙关,脸仍在不断颤抖。

“她死了?”

“唔,不。她好多了。”

他说:“啊,我的上帝。”随即用双手紧紧抱着头。她怜悯地守着他,看见他那副宽阔的肩膀在抖动,似乎打寒战似的。接着,她的怜悯渐渐变为恐惧,因为他哭起来了。媚兰从没见男人哭过,尤其是瑞德这样的男人,他那么温和,那么喜爱嘲弄,又那么自信。

他喉咙里发出的那种可怕的哽咽声把媚兰吓住了。她觉得他是喝醉了。

不过当他抬起头来时，她看了一下他的眼睛，便轻轻把门关好，然后来到他跟前。她从没有看见男人哭过，但是她安抚过许多哭泣的孩子。她把一只温柔的手放在他肩上，这时他突然双手抱住了她的裙裾，他却坐在地板上，头枕在她膝上，双臂和双手发疯似的紧紧抓住她，使她痛得快受不了。

她轻轻抚摸着他那满头黑发的头，安慰地说："好了！好了！她慢慢就好起来了。"

他听了以后，抓得更紧了，同时急切而嘶哑地对媚兰说起话来。他似乎是有生以来头一次诉说真情，把自己无情地暴露在媚兰面前，而媚兰开始时对这些一点也不理解，纯粹是一副母亲对孩子的态度。他断断续续地说着，把头深深地埋在她的膝头上，一面狠狠拉扯着她的裙裾。他的话时而模糊时而清晰，尽是严苛而痛心的忏悔和自责，有一些她从没听到过的隐情，使她听了羞涩得脸上热烘烘的，同时又对他的谦卑之情深为感动。

她轻轻拍着他的头，就像哄小博似的，一面说："别说了！巴特勒船长！你不能跟我说这些事！别说了！"但是他仍在滔滔不绝地倾诉着，同时紧紧抓住她的衣裳，似乎那就是他生命的最后一点希望。

他坦白自己做了不少坏事，但媚兰一点不了解。他喃喃地说着贝尔·沃特琳的名字，接着狠狠地摇晃着媚兰大声喊道："我杀死了思嘉，我把她害死了。你不明白。她本来是不要这个孩子的，而且——"

"你给我住嘴！你疯了！不要孩子？每个女人都要——"

"不！不！你要孩子的。可她不要。不要我的孩子——"

"你别说了！"

"你不了解。她不要孩子，是我害她怀上的。这个——这个孩子——都是我的罪过呀。我们很久不同床了——"

"别说了，巴特勒船长！这样不好——"

"我喝醉了，头脑不清了，就存心想伤害她——因为她伤害了我。我要，可是她不要我，她从来都不要我。她从来没有，但我努力过——我尽了最大的努力——”

“啊，求求你了！”

“可是我并不知道这个孩子的事，直到前几天——她跌下来的时候。她一直不知道我在哪里，不能写信告诉我——不过她即使知道，也不会写信给我的。我告诉你——我告诉你，我本来会马上回家的——只要我知道了——也不管她愿不愿意要我回来……”

“啊，是的，我知道你会回来！”

“上帝，这几个星期我都疯了，又疯又醉！她告诉我的时候，就在那儿楼梯上——你知道我说了些什么？我笑着说：‘高兴点吧。当心你可能会流产呢。’而她——”

媚兰突然脸色苍白，两只眼睛瞪得大大的，惊慌慌地俯视着在她膝头上痛苦地扭动着的黑脑袋。

是不是因为他听说而且相信了关于思嘉和艾希礼的那个荒谬的谎言，从而产生了嫉妒心呢？的确，自从那个丑闻传出以后，他立刻就离开了这座城市。不过——不，那不可能。他不可能听信那些捕风捉影的闲言碎语，他为人理智。

不，绝不可能是那样的。肯定是因为他喝醉了酒，精神过于紧张，结果心理失控，像个精神错乱的人一样，便说出些狂言乱语来。也许他说的那些事情有的是真的，不过决不会全都真实。唔，至少那最后一件事不会是真的，一定的！没有哪个男人会对他所热爱的女人说这种话，而这个男人又是那样热爱思嘉的。媚兰从不知道什么叫邪恶和残忍，现在算是碰见了，才发现它们真是不可想象和难以置信的。

“好了！好了！”她细声细气地说。“现在别说了。我懂了。”

他陡地抬起头来，用那双布满血丝的眼睛绝望地仰望着她，一面狠狠地甩开她的手。

“不，你不可能了解我！因为你——因为你太善良了，无法了解。你不相信我，但这些全是真的，我就是一条狗。你知道我为什么那样做吗？我发疯了，妒忌得发疯。她一向不喜欢我，但我觉得我是能够使她喜欢的。但她就是不喜欢。她不爱我，她从没爱过。她爱——”

他那热烈的醉醺醺的眼光跟她的眼睛一接触，他便把话收住了，但嘴还张着，似乎刚刚明白过来他是在对谁说话似的。她紧张得脸色发白，但眼光依然镇定而温柔，充满怜悯和不敢置信的神色。那里面包含着明智和宁静，而那褐色瞳仁深处的天真仁爱之情更使他大为震动，把他脑子里的醉意一扫而光。他渐渐转入喃喃自语，眼睛开始回避着不再看她，他显然在艰难地慢慢清醒过来了。

“我是个坏蛋，”他嘟哝着，一面疲倦地把脑袋重新埋在她的膝头上。“不过我还没有坏到那么坏。如果我以前告诉过你些什么，你是不会相信的，是吗？你太好了，因此不会相信我这样的混蛋。”

“不，我不相信你的话。”媚兰安慰他，同时又轻轻抚摸他的头发。“她会慢慢好起来的。好了，巴特勒船长！别哭了！她会慢慢好起来的。”

第五十七章

一个月以后，瑞德把思嘉送上到琼斯博罗去的火车，那时她身体还没完全恢复，显得憔悴而又消瘦。韦德和爱拉跟她一起，他们默默地看着母亲安静而苍白的脸。他们紧挨着普里茜，因为连他们那幼小的心灵也感觉得到，母亲和继父之间的关系中有着某种可怕的东西。

思嘉虽然虚弱，但还是决定回塔拉去。她觉得在亚特兰大再待下去，哪怕一天也会闷死的，因为她的心被迫整天在种种无益思索中转来转去，实在累极了。她身上有病，精神疲惫不堪，像在梦魇中迷惘恍惚找不到方向的孩子。

正如她曾经在入侵的敌军面前逃离亚特兰大那样，她如今又在逃避它，而且又一次使用了自卫的办法："我现在不去想它，否则我会受不了的。明天到了塔拉再去想吧。明天就是另一天了。"似乎只要回到家乡那宁静的棉花地里，她的一切烦恼便会烟消云散。

瑞德望着火车驶出车站，直到看不见了为止。他脸上始终是一片苦苦思索的表情。他叹了口气，跨上马沿着艾维街向媚兰家跑去。

那是个温暖的早晨，媚兰坐在葡萄藤下缝补袜子。她看见瑞德来了，心里不由一阵惊慌，不知道怎么办好。自从他喝得烂醉那一天以来，她一直没有单独跟他见面。艾希礼曾经说过，男人往往记不起酒醉后说过的话和做过的事，因此媚兰衷心希望巴特勒船长把那天的事情通通忘掉。她觉得她宁死也不愿意知道他还记得他的那些倾诉。他沿着便道走过来时，她感到很胆怯，非常尴尬,脸上也泛起一片红晕。

她站起身来迎接他,像往常那样惊讶地发现,这么魁梧的男人走起路来竟如此轻捷。

“思嘉走了?”

“走了。塔拉对她会有好处的。”他微笑说。“她一接触大地母亲就会变得更加有力。让思嘉过久地离开她所爱的那片红土地,那是不行的。那些茂密的棉树比米德大夫的滋补药品对她更有效呢。”

“你要不要坐坐?”媚兰说,两只手在微微颤抖。他的身材那么高大魁伟,似乎在放射力量和旺盛的生机,使她感到自己更瘦小更软弱了。他显得那么黝黑而强大,她看着都有些胆怯。这样强壮而粗野的一个男人,居然曾经服服帖帖地伏在自己脚边,现在看来好像是永远不可能了。而且,她当时还把那个满头黑发的脑袋抱在膝上呢!

“唔,天哪!”她想起来很难过,不觉脸又红了。

“媚兰小姐,”他轻轻地说,“我在这里使你不安了吧?你是不是希望我走开?请坦白说吧。”

“唔,他还记得!”她心想。“并且他还知道我不好意思呢!”

她抬头望着他,似乎要恳求他似的,但突然她的尴尬和惶惑消失了,因为他的眼光是那么宁静、温和,显得那么通情达理,以致她惊讶自己怎么会愚蠢得慌张了。他的面容看来很疲倦,还有点悲伤的神色。她怎么居然以为他那么缺乏教养,会把两人都希望忘却的事情重提起来啊?

“可怜的人,他为思嘉伤心成这样了。”她暗暗想,一面装出笑脸对他说:“你请坐,巴特勒船长。”

他沉重地坐下来,看着她把缝补的东西重新拿起来。

“媚兰小姐,我是来请求你帮个大忙,”他撇着两只嘴角微微一笑,“而且在一个骗局里帮我个忙,这个骗局我知道你会有点害怕的。”

“一个——骗局?”

“是啊。说真的,我是来跟你谈一桩生意。”

“唔,天哪。那你就最好去找威尔克斯先生。我对生意一窍不通,可比不上思嘉那样精明呢。”

“我是怕思嘉太精明了,反而对她自己不利,”他说,“因此我才要跟你谈这件事。你知道她——她病得太厉害了。她从塔拉回来以后,又会拼命为那家店铺和几个厂子奔忙的,所以我恨不得让它们哪个晚上给炸掉才好。我实在担心她的健康啊,媚兰小姐。”

“是的,她干得也实在太费力气了。你一定得让她照顾自己的身体。”

他笑了。

“你知道她多么固执。我从没开口跟她说过这事呢。她就像个任性的孩子,她不愿意让我帮助她——不愿意任何人去帮助她。我曾经设法劝说她卖掉那几个厂子里的股份,但是她不同意。所以,媚兰小姐,我才跟你商量来了。我知道思嘉只愿意把那几个厂子里的股份卖给威尔克斯先生,别人她舍不得,因此我要威尔克斯先生去买过来。”

“唔,我的天!那倒是不错的,不过——”媚兰突然打住,咬着嘴唇不说了。不能对着瑞德谈家里的经济状况嘛。也不知怎么的,不论艾希礼从那家木厂挣了多少,他们似乎总是不够用。她不明白钱都用到哪去了。艾希礼给她的钱只足够日常花销,可是一旦遇到需要特殊开支时就紧张了。并且她的医药费花去不少,还有艾希礼从纽约订购的书籍和家具也是要付钱的。此外,还要给那些住宿在地下室里的流浪儿童提供吃穿。何况艾希礼这个人很讲义气,凡是曾经参加过联盟军的人只要向他借钱,他是从来不想拒绝的。并且——

“媚兰小姐,我可以把你们所需的那笔钱先借给你们。”瑞德说。

“你能那样就太好了,不过我们可能永远也还不起呢。”

“我不要你们还。别生我的气啊,媚兰小姐!请听我把话说完。只要我知道，思嘉用不着每天起早贪黑，赶车跑那么远的路到厂里去，那就是给我最大的报偿了。那家店铺会够她忙个没完的，也够她开心的了……难道你还不明白吗？”

“唔——明白——”媚兰犹豫不定说。

“你不是想给你孩子买匹小马吗？还要让他将来上大学，上哈佛去，参加大旅游到欧洲去？”

“唔，当然了！”媚兰喊道，一提起小博她就喜笑颜开了。“我要让他什么都有，不过——是呀，在眼下人人都这么艰难的时候——”

“总有一天威尔克斯先生会靠那几个厂子赚起一大笔钱的。”瑞德说。“我很希望看到小博得到他应有的那些优越条件呢。”

“唔，巴特勒船长，你这人真狡猾！”她微笑着大声说。“你是在利用一个母亲的自豪心理嘛！我都把你看得明明白白了。”

“我希望不是这样。”瑞德说，他眼睛里流露出快乐的光辉。“现在说，你究竟同不同意我借给你这笔钱？”

“可是，这个骗局怎么回事呢？”

“我们俩要合伙同谋，骗过思嘉和威尔克斯先生两个人。”

“啊，我的天！我可不能这样！”

“要是思嘉知道了我在背着她搞鬼，哪怕全是为她好——，那你是知道她的脾气的！我还担心威尔克斯先生会拒绝这笔钱。因此他们两人谁都不知道这笔钱是从哪里来的。”

“唔，我倒是相信威尔克斯先生不会拒绝，如果他明白事情的缘由的话。他是十分爱护思嘉的嘛。”

“是的，我也相信他很爱护她，”瑞德圆滑地说。“不过他还是会拒绝的。你知道他们家的人是何等的傲慢啊。”

“啊，我的天！”媚兰痛苦地喊道。“我但愿——说真的，巴特勒船长，我不能欺骗我自己的丈夫。”

“即使为了帮助思嘉也不行吗?”瑞德显得很伤心。“可她是十分爱你的呢!”

媚兰眼睛里闪烁着泪花。

“你知道,我为了她可以做世界上任何事情。我永远永远也报答不了她对我的帮助的一半。你知道。”

“是的,”他直率地说,“我知道她都为你做过些什么。那你能不能告诉威尔克斯先生,说这笔钱是某一位亲属在遗嘱中留给你的?”

“唔,巴特勒船长,我没有一位亲属留下过一个钱给我呢!”

“那么,要是我通过邮局把钱寄给威尔克斯先生而不让他知道谁寄的,你能不能关照用这笔钱去买那几个木厂,而不至——嗯,随便用在那些缺钱花的联盟军退伍军人身上呢?”

起初她对他最后两句话不太高兴,似乎那是在批评艾希礼,可是看见他真挚的笑容,也就回报他以微笑了。

“我当然能。”

“那就这样定了?让我们能严守秘密好吗?”

“可是我从没对我丈夫保守过什么秘密呀!”

“我完全相信这一点,媚兰小姐。”

她望着他,觉得她一向对他的看法有多么正确,而其他那么多人全错了。人们说过他残忍,爱嘲弄人,没有教养,甚至不诚实。虽然现在有不少公正的人承认他们以前错了。好啊!她可是从一开始就知道他是个好人呢。她并没有受到过他什么特别的待遇,只有和善的态度,周到的考虑,绝对的尊敬,以及多么深切的理解啊!而且,他那么热爱思嘉!他以这种迂回妥当的办法来减轻思嘉肩上的一个重负,这是多么可爱的行为啊!

在一时感情冲动之下,她说:“思嘉有一个对她这样体贴的好丈夫,真是幸运啊!”

“你这样想吗?我怕她不会同意呢。而且,我也要对你好,媚兰小姐。我现在给予你的比给予思嘉的还要多呢。”

“我?”她莫名其妙地问。“唔,你是说给小博的吧?”

他拿起帽子,站起来。他默默地站了一会,俯视着媚兰那张朴素的脸,一双黑眼睛显得非常认真。这样一张毫不庸俗的脸,说明她在世间是从不设防的。

“不,不是小博。我是想给你某种比小博更重要的东西,不知你能不能想象出来。”

“不,我想象不出。”她又一次深深困惑了。“对于我来说,这世界上再没有比小博更珍贵的东西了,除了艾——除了威尔克斯先生。”

瑞德一声不响地俯视着她,他那黝黑的脸孔显得很平静。

“你还想替我做事,这实在是太感谢了,巴特勒船长,不过说真的,我已经这么幸运。我拥有世界上任何女人所希望的一切呢。”

“那太好了,”瑞德说,脸色阴沉下来。“我很想看到你好好保住它们。”

思嘉从塔拉回来时,她脸上的病容已经消失,两颊丰满而红润,那双绿眼睛也重新活泼明亮起来。瑞德带着邦妮在火车站接她,还有韦德和爱拉,这时她响亮地笑着,似乎又恼火又开心,而这是几个星期以来的头一次呢。瑞德的帽檐上插着两根抖动的鸡毛,邦妮身上那件长袍已撕破了好几处,脸颊上画有两条青紫色的对角线,鬈发里插着一根有她身材一半长的孔雀翎儿。他们显然正在玩一场印第安人的游戏,恰好火车到了,便中途停止,所以瑞德脸上还带着一种古怪的无可奈何的表情,而嬷嬷则显得又沮丧又生气,深怪邦妮没有把装束改变一下,就这样来接自己的母亲了。

“好一个破烂的流浪儿!”思嘉连气带笑地说,一面亲吻孩子,随即又转过脸去让瑞德亲她。车站上人太多了,否则她决不让他来这一下呢。虽然她对邦妮的模样觉得怪难为情的,可还是注意到了,周围的人几乎在微笑着观赏着这父女俩的打扮,这种微笑毫无讥讽之意,而是出于真诚的乐趣和好感。人人都知道思嘉的这个最小的女儿已完全把她骄傲的父亲制服了,这一点正是亚特兰大最感兴趣和大为赞赏的。瑞德对孩子的溺爱远近闻名,这逐渐恢复了他在公众舆论中的地位。

在回家的路上,思嘉滔滔不绝地谈着县里的消息。天气又热又干,使得棉花飞快成长,几乎听得见它在拼命往上蹦似的。不过威尔说,今年秋天棉价会往下落。苏伦又要生孩子了——她对这一点详加解释,只要不要让孩子们听懂——爱拉把苏伦的大女儿咬了一口,表现了罕见的勇气。不过,思嘉指出,那也是小苏西自讨的,她跟她母亲一样惹人讨厌呢。可是苏伦发火了,和思嘉大吵了一架,就像过去那样。韦德打死了一条水蛇,全是他一个人打的。塔尔顿太太养了一匹母马和一只马驹,高兴得像个百万富翁似的。谁也不知道凯瑟琳和她那不中用的丈夫到哪里去了。而亚历克斯正准备跟他兄弟的寡妇萨莉结婚呢!

思嘉谈得眉飞色舞,不过还有许多事她瞒着没说,那是些令她伤心的事情。现在,一个接一个的农场荒废成为林地了,那些寂无人烟的废墟周围和原来种植棉花的肥沃的田地里悄悄长满了小小的橡树和松树以及大片大片的扫帚草。原有的地如今只有百分之一还在种植。他们的马车就像是穿行在荒野中似的。

"这个地区即使还有恢复的一天,那也得五十年以后了。"威尔曾经说过。

不,思嘉不愿意去回想那一片荒凉景象。在亚特兰大这繁荣热闹场面的对比下,想起来就更叫人伤心了。

"这里有什么事情吗?"她回到家里,便开始询问。她一路上连续不断地说着话,生怕现在要静默了。自她从楼梯上跌下去以后,她还没有跟瑞德单独说过话,并且现在也不怎么想同他单独在一起。她不知道他近来对她是怎么想的。在她养病的那段时期,他是极其温和的,不过那只是一种陌生人的温和而已。那时他总是周到地预先设想到她需要什么,使孩子们不去打扰,并替她照管店铺和木厂。可是他从没说过:"我很抱歉。"唔,也许他根本不感到歉疚呢,也许他仍然觉得那个没有出生的孩子不是他的呢。她怎么知道他那副温柔的黑面孔背后心里究竟在想什么呢?不过他毕竟表现了一种要谦恭有礼的意向,这在他们结婚以来还是头一次。思嘉怏怏不乐地想,就似乎他们之间根本没发生什么事似的。

"一切都好吧?"她重复问:"店铺要的新瓦运来了吗?骡子换了没有?看在老天爷面上,瑞德,把你帽子上的羽毛拿下来吧。你这样子多傻气,而且你要是忘记拿掉,你就很可能戴着它们上街了。"

"不,"邦妮说,一面把她父亲的帽子拿过来,她像要保护它似的。

"一切都很好,"瑞德回答说。"邦妮跟我过得很开心,不过自从你走了以后她的头发似乎一直没梳过呢。别去啃那些羽毛,宝贝儿,它们可能很脏呀。是的,瓦已经铺好了,骡子也换得很合算。至于新闻,可真的什么也没有。一切都沉闷得很。"

接着,似乎事后才想起似的,他又补充说:"昨天晚上那位可敬的艾希礼来了。他想知道我是不是认为你会把你的木厂和你在他那个厂子里占的股份卖给他。"

思嘉正在摇椅上前后摇晃,手里挥舞着一把火鸡毛扇子,她听了这话立即停住了。

"卖给他?艾希礼哪来的钱呀?你知道他们家从来是没有多余的钱的。他挣得多快媚兰就花得多快呢。"

瑞德耸了耸肩。"我一向还以为她很节俭呢,不过我并不如你那么了解威尔克斯家的底细呢。"

这是一句带刺儿的话,看来瑞德的老毛病还没有改掉,思嘉有点恼了。

"你走开吧,亲爱的,"她对邦妮说。"让妈跟爹谈谈。"

“不,”邦妮坚决地说,同时爬到瑞德的膝头上。

思嘉对孩子皱了皱眉头,邦妮也回敬她一个怒容,那神气与杰拉尔德·奥哈拉一模一样,使得思嘉忍不住笑了。

“让她留下吧,”瑞德惬意地说。“至于他从哪里弄来的这笔钱,那似乎是他在罗克艾兰护理过的一个病人寄来的。这使我恢复了对人性的信念,知恩图报的人还是有的。”

“那个人是谁?是我们认识的吗?”

“信上没有署名,是从华盛顿寄来的。艾希礼也想不出究竟是谁。不过艾希礼的无私品质已经举世闻名,他做了那么多的好事,我不能希望他全都记得呀。”

“他想把我的股份买过去?”

“对了。不过我告诉他你是不会卖的。”

“我倒希望你能让我自己来管自己的事情。”

“可是,你不会放弃那两个厂子。我对他说,他跟我一样清楚,你要是不对每个人的事都插一手是活不下去的。那么如果你把股份全卖给了他,你就不能再叫他去管好他自己的事了。”

“你竟敢在他面前这样说我吗?”

“这是真的嘛,是不是?我相信他也同意我的话,不过,当然,他这个人太有礼貌了,是不会直截了当这样说的。”

“你这是瞎说!我愿意卖给他。”思嘉愤愤地喊道。

直到这个时刻为止,她从来没有起过要卖掉那两个厂子的念头。她有好几个理由要保留它们,经济价值只是其中最小的一个。还因为这两个木厂是她的成就的具体证明,而她的成就是在无人帮助和困难重重的情况下取得的,因为她为它们和自己感到骄傲。不过最重要的是,由于它们是她与艾希礼联系的惟一途径,她决不能把它们卖掉。如果卖掉了它们,那就意味着她很难见到艾希礼,并且可能永远不能单独见到了。可是她必须单独见到他呀。她再也不能这样下去了,整天思忖着他对她的感情,琢磨着自从媚兰举行招待会以来,他的爱是不是在羞辱中消失了。而在经营那两家厂子时她能有许多好机会跟他交谈,也不致让人疑心。而且,只要有时间,她知道她能够重新点燃他心中的爱情。可是,她如果卖掉这两家厂子——

不,她不卖,但是,她一想到瑞德已经那么真实而坦率地把她暴露在艾希礼面前,便觉得得再考虑一下,于是立即下了决心。艾希礼应当得到那两个厂子,并且价钱应当相当低。让他明白她的慷慨。

"我愿意卖!"她愤愤地嚷道。"现在,你觉得怎样?"

瑞德眼睛里隐隐流露出得意的神色,一面弯腰给邦妮系鞋带。

"我想你会后悔的。"他说。

其实她已经在懊悔自己的任性、轻率了。如果不是对瑞德而是对别人说的,她还可以厚着脸皮不认账。她怎么就这样脱口而出呢?她满脸怒容地看看瑞德,只见他正用往常那种锐利的眼光望着。他看见她的怒容,便突然露出雪白的牙齿大笑起来。思嘉模糊地感到是瑞德把她引进圈套了。

"你跟这件事有什么关系吧?"她冷不及防地问他。

"我?"他竖起眉头假装吃惊地反问。"你应当对我更清楚嘛。我这个人只要能躲开是从来不到处做好事的。"

那天晚上她把两家木厂和她在里面所占的全部股份卖给了艾希礼。在这笔买卖中她没有损失什么,因为艾希礼拒绝了她的低价,而是以她曾经可以获得的最高价买下来。她在契据上签了字,于是这两家厂子便一去不复返了。接着,媚兰递给艾希礼和瑞德每人一小杯葡萄酒,祝贺他们。思嘉感到自己若有所失,就像卖掉了她的一个孩子似的。

那两家厂子是她心爱的宝贝,她的骄傲,她的辛勤果实。她是以一个小小的锯木厂惨淡经营起家的。那时亚特兰大刚刚挣扎着从废墟中站起来,她面临着穷困的威胁。在那么艰苦的条件下,她拼命奋斗,毫无惧色,苦心筹划,将两个厂子经营发展起来。而今,这已是两家很不错的木厂,还有两个木料厂,十多支骡队,还有一批罪犯劳工廉价供她役使。这时候向它们告别,就像是将她生活中的一个部分永远关闭,这个部分虽然又痛苦又严峻,但回想起来却叫她无限留恋,并从中得到最大的满足。

她苦心经营的事业,现在却把它卖掉了,而最使她不安的是恐怕没有她帮忙,艾希礼会丧失这一切——她好不容易才建立起来的一切。

"啊,该死的瑞德!"她心中暗暗咒骂,一面观察着他,越发相信他是幕后策划者了。至于他是为什么和怎样策划的,她可还不清楚。他此刻正在同艾希礼谈话,她一听立即警觉起来。

"我想你会马上把那些犯人打发回去吧?"他说。

把犯人打发回去?怎么会想起要把他们打发走呀?瑞德明明知道这两个木厂子的钱就是靠这些廉价的犯人挣来的。

"是的,他们将立即被送回去。"艾希礼回答说,他显然在回避思嘉惊惶失色的眼光。

"你是不是疯了?"她大声嚷道。"那你上哪儿去找什么样的劳力去?"

"我要用自由黑人。"艾希礼说。

"自由黑人!胡扯!你知道他们的工钱很高,并且北方佬常常盯着你,看你是不是每天给他们吃三顿鸡肉,是不是给他们盖鸭绒被子睡觉。并且如果你在一个懒黑鬼身上打两下,催他动作快一些,你就会听到北方佬大嚷大叫,闹翻了天,让你在监狱里蹲一辈子。要知道,只有犯人才是——"

媚兰低着头很不安。艾希礼显得很不高兴,但毫无让步的意思。他沉默了一会,然后跟瑞德交换了一个眼色,似乎从中得到了理解和鼓励,但同时也被思嘉看出来了。

"我不想用犯人,思嘉。"他平静地说。

"那好吧,先生!"她气冲冲地说。"可是为什么不呢?你害怕人家议论你吗?"

艾希礼抬起头来。

"只要我做得对,就从来不怕人家议论。可我从来不认为使用犯人劳力是正当的。"

"但是为什么——"

"我不能从别人的超负荷劳动和痛苦中赚钱啊。"

"但是你从前有过奴隶呢!"

"可他们并不痛苦。而且,如果不是战争已经把他们解放了,我原来也准备在父亲死后让他们自由的。可是这件事却不一样,思嘉。这种制度引起的弊病实在太多,也许你不了解,可我是了解的。我知道得很清楚,约翰尼·加勒格尔在他的工棚里至少杀过一个人。可能更多——多也罢,少也罢,谁关心一个犯人的死活呢?我还知道,他强迫那些病得很重的人去劳动。就说这是迷信吧,我还是相信从别人痛苦中赚来的钱,永远不能带来幸福的。"

"那么,你一定以为我的钱全是肮脏的了。"思嘉嚷着,她发火了。"因为我使用犯人,还有一家酒馆的产权,并且——"她忽然停顿下来。威尔克斯夫妇看上去很难为情,瑞德却咧嘴嘻嘻笑着。思嘉气得在心里大骂:这个人真该死!他见我又在插手别人的事了,可能艾希礼也这样想呢。我恨不得把他们两人的头放在一起轧碎!她于是抑制着满腔怒火,想作出一副若无其事的样子来,但是装不出来。

"当然,这不关我的事,"她说。

"思嘉,你可别以为我是在批评你!我不是这个意思。每个人对事物的看法都不一样,对你适用的东西不一定适合于我。"

她突然希望同他单独在一起,好让她能够大声喊出:"我愿意用你对事物的看法来看待事物！请你说说你的意思，让我心里明白，而且学你那样做呢？”

可是媚兰在场，好像对这个可怕的场面非常不安，而瑞德却在一旁懒洋洋地咧着嘴笑她。她只好以尽可能冷静和容忍的口气说：“当然，这是你自己的事业，艾希礼，所以用不着我来说什么。不过，我必须说，我对于你的这种态度和那番议论是很不理解的。”

唔，要是他们两人单独在一起，她就不会被迫说出这些冷冰冰的话了，这些话会使他很不高兴呢！

“我得罪了你，思嘉，可我并不想这样。你一定得理解我，原谅我。我说的那些话里没有什么值得猜测的地方。我仅仅是说，用某些手段弄到的钱是很少能带来幸福的。”

“但是你错了！”她喊道，再也克制不住自己。“你看我！你知道我的钱是怎么来的。你知道我挣到这些钱以前是怎样活下来的？你还记得那年冬天在塔拉，天气那么冷，我们只好剪下地毯来做毡鞋，我们饿得难受，并且时常担心小博和韦德的教育。你记得——”

“我记得，”艾希礼不耐烦地说，“不过我宁愿忘掉。”

“那你瞧瞧我们现在！你有了一个美满的家庭和一个美好的未来。而且，谁有比我更体面的住宅，更亮丽的衣服和更出色的马匹呢？谁也举行不起更豪华的招待会，同时我的孩子们也应有尽有。那么，我是怎么弄来这么多钱办这些事呢？从树上掉下来的吗？不，先生！犯人和酒馆租金和——”

“请不要忘了还杀死过一个北方佬，”瑞德轻轻地提醒道。“他的确给过你起家的本钱呢。”

思嘉陡地转向他，咒骂的话已到了嘴边。

“并且那笔钱还使你十分幸福，对吗，亲爱的？”他恶狠狠地装出甜蜜的口吻问她。

思嘉一时语塞，眼睛迅速转向其他三个人，似乎向他们求援。这时媚兰难过得快要哭了,艾希礼也变了脸色,准备打退堂鼓,只有瑞德仍然拈着雪茄,不动声色,很有兴趣地打量着她。她大声喊起来:“那当然喽,它是使我很快活!”

可是,不知怎的,她说不下去了。

第五十八章

自从思嘉生了那场病以后，她觉得瑞德的态度大幅度发生了变化，她也说不准自己是不是喜欢。他变得清醒了，安静了，有时还一副心神不定的神气。他现在时常回家吃晚饭，对仆人更和气，对韦德和爱拉也更亲热了。他绝口不提过去的事，不论是愉快的或不愉快的，而经常以沉默的态度让思嘉也不要提起。思嘉也乐得清静，相安无事总是愉快的，因此生活过得非常顺畅，至少表面上是如此。从她养病期间开始，瑞德就对她保持一种疏远的殷勤态度，现在还是这样。他不再用柔和而略带嘲弄的口气对她说话，也不用辛辣的讽刺折磨她了。她现在才明白，虽然他过去用恶言恶语激怒她，毕竟是由于关心她的所作所为。可如今他是否还关心她呢？他显得那么客气而淡漠。而她却很怀念他以前的那种样子，即使叫你感到别扭也好，她怀念过去那种吵吵嚷嚷的日子。

现在他很能使她高兴了，几乎像个彬彬有礼的客人似的。但是正如他过去整天盯着思嘉一刻也不放松那样，现在整天盯着邦妮了。有时思嘉辛酸地觉得，只要他把倾注在邦妮身上的心血和怜爱分一半给他，生活就会美好多了。有时听到人家说："巴特勒船长多么宠爱那个孩子呀！"她就万分感慨，连笑都笑不出来了。可是，她要是不笑，人们就会觉得奇怪，而思嘉甚至对自己也不敢承认她会妒忌自己的亲生女儿呢。思嘉一贯是要在周围每个人心目中占据第一位的，但现在很明显，瑞德和邦妮已经在彼此的心中互占第一位了。

瑞德有时一连几夜回来得很晚，但回来时并没有喝醉。她经常听见他轻轻地吹着口哨经过她那关着的房门。有时他在深夜带着几个人一道回来，然后坐在饭厅里饮酒谈笑。现在他邀请来家的人中已没有提包党人，没有拥护共和党的南部白人，也没有共和党分子了。思嘉经常蹑手蹑脚到楼道栏杆边去偷听他们谈话，而且时常惊异地听到雷内·皮卡德、休·埃尔辛、安迪·邦内尔以及西蒙斯兄弟的声音。梅里韦瑟爷爷和亨利叔叔也经常在内。有一次她还大为吃惊地听见米德大夫的声音。这些人本来是最痛恨瑞德呢！

这一群人在思嘉心目中永远跟弗兰克的死紧紧相连在一起。近来瑞德回家很晚，这叫她更加想起三K党作案和弗兰克丧命以前好几次的情景。她惊惶地记起，瑞德曾说过他甚至愿意参加该死的三K党来挤进上流社会呢，假使现在瑞德真的也像弗兰克那样——

有天夜里很晚了，他还没有回来，她紧张得实在受不了了。等到听见他在开房门的锁时，她披上围巾，在楼梯顶上碰见了他。他一见她站在那里，那茫然沉思的面容就变了。

"瑞德，我一定要知道！瑞德，我一定要知道，你是不是——是不是因为三K党——因此才这么晚回来？你是不是加入——"

在耀眼的汽灯下，他好奇地望着她，接着便忍不住笑了。

"你已经远远落在时代后面了，"他说。"现在亚特兰大已经没有三K党了。"

"没有三K党？你这是在说假话骗我吧？"

"亲爱的，我几时想骗过你？不，真的没有三K党了。我们认为它不但作用不大，反而带来祸害，因为那只能引起北方佬常常骚扰不休。

"瑞德，"她突然问，"你跟三K党的解散有没有关系呢？"

他看了她好一会，两只眼睛又机警地飞舞起来。

"亲爱的，有关系呢。艾希礼·威尔克斯和我负有主要责任。"

"艾希礼——和你？"

“是的，按照一般而确切的说法是这样，因为政治这东西是能够把完全不同的两个人紧密结合在一起的。艾希礼和我谁也不怎么喜欢彼此结为同伙，不过——艾希礼从来不相信三 K 党，因为他反对一切暴力。而我不相信它，则是觉得它的办法实在太愚蠢，达不到我们的目的。在艾希礼和我两人之间有一种默契，那就是说服那些狂热分子，只要我们耐心地观察，等待机会，我们就会取得比三 K 党更大的成绩。”

“你不是说那些小伙子们实际上接受了你的忠告，而你——”

“我如今是个颇有地位的民主党人，正在不惜流尽最后一滴血来拯救我们这个心爱的州，恢复它原有的地位呢！我的忠告又是个很好的忠告，他们接受了。我在别的政治问题上的忠告也同样是好的。”

“我想你大概还会参与选举的吧？”她用讽刺的口气问。

他用嘲弄的眼光盯着她，接着便没有什么表情了。“这次选举谁胜谁负，与我毫不相干，重要的是让人人都知道我参与其中，为它出过力气，花过钱。这一点被大家记住了，将来对邦妮是大有好处的。”

“我听见你那样虔诚地说成了民主党时，我差一点给吓住了，可现在我发现你对民主党人并不比对任何别的东西更有诚意呢。”

“这并不是什么改变心肠，仅仅是换一张皮罢了。你可以把豹子身上的斑点刮掉，可它仍然是豹子，跟原来完全一样。”

这时邦妮惊醒了，她睡意蒙眬而又急切地喊着：“爹爹！”于是瑞德绕过思嘉，赶忙跑过去了。

“瑞德，等一等。我想要告诉你，你以后去参加那些政治集会时，不要再带邦妮一起去啊。让一个小女孩到那种地方去，太不像样了！并且你自己也会叫人笑话的。”

他猛地朝她转过身来，面孔板得紧紧的。

“一个小女孩坐在父亲膝上，而父亲在跟朋友们谈话，你怎么会认为这不像样了呢?你可以觉得好笑,但实际上一点也不可笑。人们会永远记住,当我在帮助把共和党人赶出这个州时,邦妮就坐在我膝上呢。人们会记住——"他那板着的面孔放松了,两只眼睛又恶意地飞舞起来。"你知不知道,当人们问她最喜欢谁时,她回答说:'爹爹和民主党人',又问最恨谁呢,她说:'白人渣滓'。感谢上帝,人们就是能牢牢地记得这种事!"

思嘉气得厉声喊道:"我想你一定会告诉她我就是白人渣滓了!"

"爹爹,"邦妮又在呼唤,并且显得有点生气了。这时瑞德嬉笑着,他穿过门厅飞快向女儿走去。

那年十月布洛克州长宣告辞职,逃离了佐治亚。他滥用公款和贪污浪费达到了严重的程度,以致压得他终于垮台了。公众的愤怒如此强烈,连他自己的党也几乎分崩离析,民主党人在立法机构中占据了多数。

这个消息使亚特兰大全城为之欢腾。人们聚集在街头,男人们笑嘻嘻地相互握手道贺,妇女们彼此亲吻着,哭叫着。

差不多渡过难关了!重建时期眼看就要过去了!尽管代理州长仍是个共和党人,但是选举到十二月间就要举行。

那时又是一番欢喜和兴奋,并且是一种比较清醒的衷心喜悦。人们也会感到骄傲,觉得佐治亚又重新回到自己手中了。

1871年的圣诞节是佐治亚人近十年来最愉快的一个圣诞节,思嘉环顾周围,感到自己很孤寂。她不能不看到,本来在亚特兰大最令人厌恶的瑞德,由于及时地放弃了共和党的那套邪说,又付出了不少的时间、金钱和精力帮助佐治亚打回来,现在已成为最受欢迎的英雄人物了。他骑着马在大街上走过,一路上微笑着举帽致意,而浑身天蓝色的邦妮横坐在他胸前,这时人人都微笑答礼,热情问候,并钟爱地瞧着那个亮丽可爱的小姑娘。至于她,思嘉呢——

第五十九章

大家都感到，邦妮·巴特勒越来越野了，有必要严加管教，然而她又是人人喜爱的宠儿，谁都不忍心去严格约束她。她是在跟父亲一起旅行那几个月里开始放纵起来的。

一旦孩子在外任性了一段时间，再加上后来思嘉生病去了塔拉，更没有对她进行管教，似乎从此就再也管不住她了。等到邦妮长大了些，思嘉再试着去约束她，以免她太任性、太娇惯，可是效果很不好。瑞德经常护着她，不管她的要求多么荒唐，行为多么乖僻。他鼓励她随意说话，把她当大人看待，总是非常认真地倾听她的意见，而且装作听从似的。结果，邦妮常常随意干扰大人的事，动不动就驳斥父亲，使他下不了台。但是瑞德只不过笑笑而已，连思嘉要打她一下手心以示警诫，他也不允许。

“如果她不是这样一个可爱的宝贝儿，她也就吃不开了。”思嘉郁郁不乐地想，明白她的孩子和她自己一样倔强。“她崇拜瑞德，要是他愿意的话，是完全可以让她变好的。”

可是瑞德没有努力要教育孩子学好的意思。她做什么都是对的，她要月亮就给月亮，如果他能去摘下来的话。他对她的美貌，她的鬈发，她的酒窝，她的优美姿势，无不由衷感到骄傲。他爱她的淘气，爱她高兴的模样，以及她用以表示爱他的那种奇特而美妙的样子。虽然她有些娇惯和任性，但她毕竟是那么可爱，他怎么忍心去约束她呢！他是她心目中的上帝，是她那小小世界的中心,邦妮对他实在太宝贵了,他决不冒丧失这一地位的危险去训斥她。

她整天就像影子似的紧跟着他。早晨,他还不想起来时她就把他叫醒;吃饭时坐在他旁边,轮换地吃着他和她自己碟子里的东西;骑马出门时坐在他面前的鞍头上;晚上睡觉时只让瑞德给脱衣服,把她抱到他旁边的小床上去。

思嘉眼看女儿用一双小手牢牢地控制着父亲,心里又高兴又感动。谁能想到像瑞德这样一个男人,做起父亲来偏偏会如此严肃认真呢?不过,有时候思嘉还真是心怀妒忌,痛苦不堪,因为邦妮刚刚四岁,却比她更加了解瑞德,更能驾驭他了。

邦妮满四岁后,嬷嬷便开始唠叨,抱怨一个小姑娘不该骑着马,"横坐在她爸前面,衣裳被风撩得高高的"。瑞德对于这一批评颇为重视,因为嬷嬷提出的有关教育女孩子的意见,他一般都十分注意倾听,结果他为她买了一匹褐色的小马驹,它有光滑的长鬃和尾巴,连同一副小小的带有银饰的马鞍,这匹小马驹的名字就叫"巴特勒先生"。邦妮的占有欲得到了满足,唯一遗憾的是她还不会像她父亲那样跨骑在马鞍上。瑞德向她解释,说明侧骑在女鞍上比跨骑还要难得多,她便感到高兴并且很快就学会了。瑞德对她骑马的姿势和灵巧的手腕是十分得意的。

"等着瞧吧,到她可以打猎的时候,准保是世界上最好的猎手呢。"瑞德夸口说。"那时我要带她到弗吉尼亚去,那里才是真正打猎的地方。还有肯塔基,骑马就得到那里去。"

等到要给她做骑马服了,照例又得由她自己挑选颜色,并且她照例又挑上了天蓝色的。

"不过,宝贝儿!还是不要用这种蓝丝绒吧!蓝丝绒是我参加社交活动时穿的呢,"思嘉笑着说。"小姑娘最好穿黑府绸的。"这时她看见那两道小小的黑眉已经皱起来了,便赶紧说:"瑞德,看在上帝面上,你劝劝她,告诉她那种料子对她不合适，并且容易脏呀！”

“唔，就让她做蓝丝绒的吧。要是弄脏了，我们就给她再做一件。”瑞德轻松地说。

这样，邦妮便有了一件蓝丝绒骑马服，衣襟直垂到小马的肋部；还做了一顶黑色的帽子，上面插着根红羽毛。每当风和日丽，父女俩便骑马在桃树街上并辔而行，瑞德勒着缰绳让他那匹大黑马缓缓地配合那只小马慢慢溜达。有时他们一直跑到城郊的僻静道路上，把孩子们和鸡呀、狗呀吓得到处乱窜。邦妮用马鞭抽打着她的“巴特勒先生”，满头鬈发迎风飘舞，瑞德则紧紧地勒着他的马，让她觉得她的“巴特勒先生”赢得了这场赛跑。

后来瑞德确信她的坐势已很稳当，她的手腕已灵巧有力，并且她一点也不胆怯了，便决定让她学习跳栏，当然那高度只能是小马的腿长所能达到的。为此，他在后面场院里设置了一个栏架，并以每天二十五美分的工钱雇用彼得大叔的侄子沃什来教“巴特勒先生”跳栏。

直到瑞德最后认定小马已训练得很好，跳得不错了。可以让邦妮自己去试试，这孩子才兴奋起来。她第一次试跳即欣然成功，从此便觉得跟父亲一起骑马外出没有什么意思了。思嘉看着这父女俩那么兴高采烈，不禁觉得好笑。邦妮对这项游戏兴致极高，毫不厌倦。

过了一个星期，邦妮要求将栏杆升高些，升到离地一英尺半。

“那得等到你六岁的时候，”瑞德说。“那时你能跳得更高了，我还要给你买匹大一些的马，‘巴特勒先生’的腿不够长呢。”

“够长。我已经跳过媚兰姑姑家的玫瑰丛了，那高得很呢！”

“不，你得等等。”瑞德说，这回他挺坚定，可是这坚定经不住她不停地恳求和怒吼。

“唔，好吧，”有天早晨他笑着说，同时把那根窄窄的白色横杆挪高一些。“你要是掉下来，可别哭鼻子骂我呀！”

“妈!”邦妮抬起头来朝思嘉尖叫着。“妈！快看呀！爹爹说我能跳啦!”

思嘉正在梳头,听见女儿喊叫便走到窗口,微笑着俯视这个兴奋的小家伙,她穿着那件沾满了尘土的天蓝色骑马服,模样可真怪。

“我真的得给她另做一件了,”她心里想。“虽然天知道我怎样才能说服她丢掉这件脏的啊。”

“妈,你看!”

“我在看着呢,亲爱的。”思嘉微笑着说。

瑞德将孩子举起来,让她骑在小马上,这时思嘉瞧着她那挺直的腰背和昂起的头,顿时从心底涌起一股强烈的自豪感,不禁大声喊道:

“你亮丽极了,我的宝贝儿!”

“你也一样呢。”邦妮慷慨地回赞她一句,一面用脚跟在“巴特勒先生”的肋上狠狠一蹬,便向凉亭那边冲过去了。

“妈,你瞧我这一下吧!”她大喊一声,一面抽着鞭子。

瞧我这一下吧!

这句话在思嘉心灵的深处隐隐发出回响,似乎带有不祥的意味。那是什么呀？难道她记不起来了？她俯视着她的小女儿那么轻盈地坐在飞奔的小马上,这时一丝凄冷陡然掠过她的胸坎。邦妮猛冲过来,她那波翻浪涌般的鬈发在头上飘动着,天蓝色的眼睛闪闪发亮。

“这像爸的眼睛,爱尔兰人的蓝眼睛,”思嘉心想,“并且她不论哪个方面都像他呢。”

她一想起杰拉尔德,那正在苦苦搜索的记忆便令人心悸地像夏日闪电般霍然出现,把一整幅乡村景色照得雪亮了。她听见一个爱尔兰嗓音在歌唱,听见从塔拉草坡上疾驰而来的马蹄声,听见一个跟她的孩子很相像的鲁莽的呼喊声:“爱伦,瞧我这一下吧!”

“不!”她大声喊道:“不！唔,邦妮,你别跳了!”

正当她探身窗口时，一种可怕的木杆折裂声，瑞德的狂吼声，以及一堆轻盈美丽的蓝丝绒和飞奔的马蹄猝然坍倒在地上的声响，便同时传进她的耳朵。然后，“巴特勒先生”挣扎着爬起来，驮着一个空马鞍迅速地跑开了。

邦妮死后第三个晚上，嬷嬷蹒跚着慢慢走上媚兰家厨房的台阶。她全身穿黑，那双模糊的老眼里布满了血丝，眼圈也红了，整个笨重的身躯上无处不流露出痛苦的神情。

不一会儿，媚兰来到了厨房里，她手里还拿着餐巾，满脸焦急的神色。

“思嘉小姐不是——”

“思嘉小姐倒是平静了，跟平常一样。”嬷嬷沮丧地说。“俺本来不想打搅你吃晚饭，媚兰小姐。可是俺等不及了，俺要把心里的话跟你说说呢。”

“晚饭可以等一会儿再吃嘛，”媚兰说。“嬷嬷，跟我来吧。”

嬷嬷蹒跚着跟在她后面。这时艾希礼已端坐在餐桌上首，小博在他旁边，思嘉的两个孩子也坐在桌上，他们正把汤匙弄得叮叮当当乱响。饭厅里充满着韦德和爱拉的欢快的声音，媚兰姑姑一向很和气，现在尤其是这样。小妹妹的死对他们似乎没有什么影响。邦妮从她的小马上摔下来，母亲哭了很久，媚兰姑姑就把她们带回家来，跟小博一起在后院玩耍，想吃时便一起吃茶点饼干。

媚兰领着嬷嬷走进那间四壁全是书籍的起居室，关好门。

“我准备吃过晚饭就过去的，”她说。“既然巴特勒船长的母亲已经来了，我想明天早晨就会下葬了吧。”

“下葬吗，正是这个问题呀，”嬷嬷说。“媚兰小姐，我们都没办法了，俺来就是求你帮忙呢。”

“思嘉小姐病倒了吗？”媚兰焦急地问。“自从邦妮——以来，我就很少看见她呢，她整天关在房子里。而巴特勒船长却出门去——”

泪水突然从嬷嬷那张黑脸上滚滚而下。

“你一定得去帮帮我们呀，媚兰小姐。俺已经尽了最大力气了，可没有用。”

“思嘉小姐——”

嬷嬷挺直了腰板。

“媚兰小姐,你和俺一样了解思嘉小姐嘛。那孩子到了只得忍住的时候,她总是能忍住的,这件事伤透了她的心,可她经得住。俺可是为了瑞德先生才来的呀。”

“我每次到那里,都很想见到他,可他要么进城去了,要么就锁在自己房里,快告诉我,嬷嬷,你知道,只要我做得到,我什么都会做的。”

嬷嬷用手背擦了擦鼻子。

“俺说思嘉小姐不论碰到什么事都经得住,因为她经受得多了。可是瑞德先生呢,媚兰小姐,就是为了他,俺才来找你。”

“不过——”

“媚兰小姐,今儿晚上你一定得跟我一起回去呀。”嬷嬷的口气十分迫切。“瑞德先生会听你的话呢。他一向是尊重你的意见的。”

“唔,嬷嬷,到底是怎么回事呀?你指的是什么呢?”

嬷嬷挺起胸来。

“媚兰小姐,瑞德先生已经——已经疯了。他不让我们把小姑娘抬走呢。”

“疯了?啊,嬷嬷,不会的!”

“俺没有撒谎,千真万确。他不会让我们埋那孩子。他刚才亲口对俺说的,还没超过一个钟头呢。”

“可是他不能——他不是——”

“因此俺才说他疯了嘛。”

“但是为什么——”

“媚兰小姐,俺把一切都告诉你。俺不该告诉任何人,不过俺把一切都告诉你吧。你知道他十分疼爱那个孩子。俺从没见过有谁像他这样喜爱孩子的。

米德大夫一说她的脖子摔断了，他就吓得完全疯了。他随即拿起枪跑出去，把那可怜的小马驹给毙了。老天爷，俺还以为他要自杀呢！那时思嘉小姐晕过去了。瑞德先生始终痴呆地紧抱着那孩子，甚至不让俺去洗那小脸上的血污。后来思嘉小姐醒过来了，俺才，谢天谢地，放心了！俺想，他们俩会互相安慰了吧。”

嬷嬷又开始在流泪。

“可是她醒过来后，到那房里一看，发现他抱着邦妮坐在那里，便说：‘还我的女儿，她是你害死的！’”

“啊，不！她不能这样说啊！”

“是呀，小姐，她就是那样说的。她说：‘是你害死了她。’俺真替瑞德先生难过，俺也哭了，因为他那模样实在可怜。俺说：‘把那孩子交给她嬷嬷吧。俺不忍心让俺的小小姐再这样下去呀。’俺把孩子从他怀里抱过来，将她放到她自己房里，给她洗脸。这时俺听见他们在说话，那些话叫俺听了，血都凉了。思嘉小姐骂他是杀人犯，因为他让孩子去跳那么高的栏给摔死了，而他说思嘉小姐从来不关心邦妮小姐和她的另外两个孩子……”

“别说了，嬷嬷！什么也别说了。你不该给我讲这些事的！”媚兰喊道。嬷嬷描绘的那幅情景，叫她害怕得心直发紧。

“后来瑞德先生亲自把孩子弄到了殡葬处，随即又带回来放在他房里她自己的床上。等到思嘉小姐说最好装殓起来停在客厅里时，我看瑞德先生简直要揍她了。他说：‘她应该留在我房里。’同时他回过头来吩咐俺：‘嬷嬷，你留在这里看着她，等我回来。’接着他就骑马出门了，傍晚时候才回来，他喝得醉醺醺的，不过还像平常那样勉强支持着。他一进门，对思嘉小姐和皮蒂小姐以及在场的太太们一句话也没说，就飞块地奔上楼去，打开他的房门，然后大声叫俺。俺也飞快跑到楼上，只见他正站在床边，但因为屋里太黑，百叶窗也关了，俺几乎看不清楚。”

“这时他气冲冲地说：‘把百叶窗打开，这里太黑了。’俺马上打开窗子，发现他正瞧着俺，而且，天哪，媚兰小姐，他那模样多可怕呀，吓得俺都打战了。接着他说：‘拿灯来，多拿些灯来！把它们全都点上。难道你不知道邦妮小姐怕黑吗？’”

媚兰那双惊恐的眼睛跟嬷嬷的眼睛相互看了看，嬷嬷不祥地点点头。

“他就是这样说的。‘邦妮小姐怕黑’。”

嬷嬷又哆嗦起来了。

“我给他拿来一打蜡烛，他说了一声：‘出去！’然后他把门反锁起来，坐在里面陪着小小姐，连思嘉小姐来敲门叫他，他也不开。就这样过了两天。他根本不提下葬的事，从早晨锁好门骑马进城去，到傍晚才喝醉酒回来，又把自己关在房里，不吃也不睡。现在他母亲老巴特勒夫人从查尔斯顿赶到这里参加葬礼来了，苏伦小姐和威尔先生也从塔拉赶来了，可是瑞德先生对他们一声不吭。唔，媚兰小姐，这真可怕呀！并且越来越糟，别人也会说闲话呢！

“这样，到今天傍晚，”嬷嬷说着又停顿一下，用手擦了擦鼻子。“今天傍晚，他进来时，思嘉小姐对他说：‘葬礼定在明天上午举行。’他说：‘你要敢这样，我就宰了你。’”

“啊，他一定是疯了！”

“是的，小姐。接着他们谈话的声音低了些，我没有全听清楚，只听见他又在说邦妮小姐怕黑，而坟墓里黑极了。过了一会儿，思嘉小姐说，‘你倒好，把孩子害死了，倒装起好心来了。’他说：‘你真的不能宽恕我吗？’她说：‘不能。全城的人都在唾骂你。你整天酗酒，而且，你要是以为我不知道你在哪里鬼混，那你就太愚蠢了。你又到那个贱货家去了，到贝尔沃特琳那里去了。’”

“啊，嬷嬷，不会的！”

“可这是真的，小姐。她就是这样说的。而且，媚兰小姐，是真的。并且他也并不否认。他说：‘是呀，太太，我正是去那儿了，你也用不着伤心，因为你无所谓嘛。走出这个地狱般的家,那个下流地方就是避难的天堂呢。何况贝尔是世界上心肠最好的人,她可不会指责我说我害死了自己的孩子呢。'"

"啊,"媚兰伤心得喊了一声。

她自己的生活是那么愉快,那么安宁,周围的人都相互爱护,充满着彼此间的亲切关怀,所以她对嬷嬷所说的一切难以理解,也无法相信。不过她心里隐隐记得一桩事情,就是瑞德把头伏在她膝上哭泣那天谈起过贝尔·沃特琳。可是他爱思嘉,她敢肯定。并且当然,思嘉也是爱他的。他们之间发生了什么事呢?夫妻之间怎么能这样毫不留情地相互残杀呢?

嬷嬷继续伤心地说下去。

"过了一会,思嘉小姐从房里出来,她的脸色煞白,她看见俺站在那里,便说:'嬷嬷,葬礼明天举行。'说罢就像个幽灵似的走了。可是俺心里怦怦直跳,因为思嘉小姐是说到做到的。可瑞德先生也是说一不二的呀,并且他说过她要是那样干,他就要宰了她呢。俺再也忍不住了,媚兰小姐,有件事是俺错了,是俺让小小姐在黑暗中受了惊呢。"

"唔,嬷嬷,可是这不要紧——现在不要紧了。"

"要紧着呢,小姐。麻烦就在这儿这里呀。俺想最好还是坦白告诉瑞德先生,哪怕他把俺杀了。俺良心上过不去呀!因此俺哆哆嗦嗦对他说:'瑞德先生,俺有件事要承认。'他像个疯子似的猛地转过身来大叫:'出去!'天哪,俺还从来没这样怕过呢!不过俺还是说:'求求您了,瑞德先生,请允许我告诉您。俺这个该死的老东西。是俺让小小姐在黑暗中受惊了呢。'他一声不吭,然后俺又说:'俺不是存心的。不过,瑞德先生,那孩子很不小心,她什么也不怕。她经常等别人睡着了溜下床来,光着脚在屋里到处走动。这叫俺很着急,生怕她不小心害了自己,因此俺对她说黑暗里有鬼和妖怪呢。'

"他听我说完,倒显得很和气,走过来把手放在俺的臂膀上,说:'她真勇敢,你说是吗?除在黑暗,她什么也不怕。'这时俺哭了起来,他便说:'好了,嬷嬷,'他用手拍着俺。'好了,嬷嬷,别哭了。我很高兴你告诉了我。我知道你爱邦妮小姐,既然你爱她,就不要紧了。最重要的是一个人的心啊。'好了,他这样和气,俺就胆大了,鼓起勇气说:'瑞德先生,安葬的事怎么样呢?'那时他像个野人一样瞪大眼睛望着俺说:'我的天,你也不懂啊!既然我的孩子那么害怕黑暗,我还会把她送到黑暗里去吗?现在我就听得见她平常在黑暗中醒来时大哭的声音呢。我不会让她受惊的。'媚兰小姐,那时俺就明白他是疯了。他真是疯了。他就那样把俺推出门外,嘴里嚷着:'给我滚吧!'

"俺下楼来,一路想着他说的不要安葬,可思嘉小姐说明天上午举行葬礼,他又说要毙了她的。这样俺就想到了你,媚兰小姐。你一定得去帮帮我们。"

"唔!嬷嬷,我不能冒冒失失闯去呀!"

"要是你不能,有谁还能有办法呢?"

"可是我有什么办法呢,嬷嬷?"

"媚兰小姐,俺也说不明白。不过只有你能帮上忙了。你可以跟瑞德先生谈谈,兴许他会听你的话。他很敬重你呢,媚兰小姐,俺听他说过不止一次两次,说你是他所认识的最伟大的女性呢。"

"可是—"

媚兰站起来,不知怎么办好,一想到要面对瑞德心里就发怵。一想到要跟一个悲痛得发疯的男人去商量问题,她浑身都凉了。一想到要进入那间照得通亮、里面躺着一个她那么喜爱的小姑娘的房子,她悲痛极了。她怎么办呢?她能向瑞德说些什么呢?她犹豫不决地站在那里,忽然从关着的门里传来她的孩子的欢笑声,她猛地像一把刀子扎进心坎似的想起他如果死了呢。要是她的小博躺在楼上,小小的身躯凉了,僵了,他的笑声突然停止了呢?

"啊,"她惊恐地大叫一声,在心里把孩子紧紧抱住。她一下子懂得瑞德的感情了。如果小博死了,她怎能把他抛开,让他孤零零地沦落在黑暗中,任凭风吹雨打啊!

“啊,可怜的、可怜的巴特勒船长啊!”她喊道。“我现在就去看他,马上就去。”

她急忙回到饭厅,对艾希礼轻轻说了几句,然后紧紧搂了孩子一下,激动地吻了吻他的金色鬈发,这把孩子吓了一跳。

她帽子也没戴,餐巾还拿在手里,便走出家门。

媚兰放慢步子来到瑞德的门前站住了。她犹豫了半晌,似乎想逃走似的。然后她鼓起勇气,像个初次上阵的小兵,在门上敲了敲,并轻轻叫道:“请开门,巴特勒船长,我是威尔克斯太太。我要看看邦妮。”

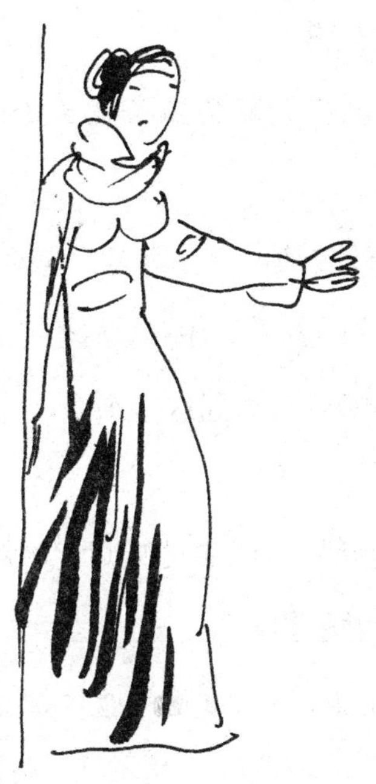

门很快开了,嬷嬷畏缩着退到后面,同时看见瑞德那衬托在明亮的烛光背景中的巨大黑影。他摇摇晃晃地站在那里,喷出来一股威士忌酒气。他低头看了看媚兰,挽起她的胳臂把她带进屋里,然后把门关上了。

嬷嬷侧着身子偷偷挪动到门旁一把椅子跟前,费劲地将自己那胖身子塞在里面。她静静地坐着,默默地哭泣和祈祷着,不时撩起衣襟来擦眼泪。她竭力侧耳细听,但听不清,只听到一些低低的断断续续的嗡嗡声。

过了相当长一个时候，房门嘎的一声开了，媚兰那苍白而紧张的脸探了出来。

“请给我拿壶咖啡来，快一点，还要些三明治。”

一旦形势紧迫，嬷嬷就像个十六岁的活泼黑人那样敏捷的。媚兰把门开了一道缝，将盘子接过去了。于是，嬷嬷又侧耳细听了很久，但除了银餐具碰着瓷器的声音以及媚兰那模模糊糊的轻柔语调外，仍然什么也听不清楚。后来她听见床架嘎吱一声响，显然是瑞德沉重的身躯倒在床上了，接着是靴子掉在地板上的声音。又过了一会，媚兰才出现在门口。媚兰显得很疲倦，眼睫毛上还闪着莹莹的泪光，不过脸色已平静了。

“快去告诉思嘉小姐，巴特勒船长愿意明天上午举行邦妮的葬礼。”她低声说。

“谢天谢地！”嬷嬷兴奋地喊道。“你究竟是怎么—”

“别这么大声说，他快要睡着了。还有，嬷嬷，告诉思嘉小姐，今晚我要整夜守在这里。你再给我去拿些咖啡，拿到这里来。”

“送到这房里来？”

“是的，我答应了巴特勒船长，他要是睡觉，我就整夜陪在那孩子身边。现在去告诉思嘉小姐吧，省得她再担心了。”

嬷嬷动身向穿堂那头走去，那笨重的身躯震撼着地板，但她心里轻松得唱起歌来了。

“媚兰小姐是怎样把事情办成的呢？俺看天使们都站在她那一边了。俺要告诉思嘉小姐明天办葬礼的事，可俺想想最好把媚兰小姐守着小小姐过夜的事先瞒着。思嘉小姐不会喜欢她这样做呢。”

第六十章

这世界似乎有一片阴沉可怕的迷雾弥漫于一切事物之中,也偷偷地把思嘉包围起来。邦妮死后初期的悲痛现在已渐渐减轻,那个惨重的损失她可以默默地忍受了。可是目前这种对于未来灾难的恐惧感却持续着,压得她透不过气来。

她从未经历过类似的恐惧。目前困扰她的恐惧不是属于痛苦、饥饿或失去爱情。那些恐惧从来没有像这次非同寻常的感觉一样,使她无力支撑——这种折磨人的恐惧跟她从前在恶梦中的感觉,是极为相似的。

她回想起瑞德以前经常用笑声把她从恐惧中解脱出来。她回想起他那宽阔的褐色胸膛和强壮的臂膀曾给过她多少安慰。她向他投去祈求的眼光,而这是她几个星期以来她头一次真正看见了他。她发现了他身上的变化,不觉大吃一惊。他现在不笑了,也不会来安慰她了。

邦妮死后,有个时候她对他过于恼怒,沉浸在自己的悲痛中,所以很少意识到他也在痛苦地追忆,甚至比她更痛苦得多呢。在整个这段时期,他们只不过客客气气地见面和交谈,就像两个陌生人在一家饭店里相遇,住在同一幢房子里,在同一张餐桌上吃饭,但是从来没有谈过什么。

现在她感到害怕和孤单了,可是她发现他对她保持着一定的距离,似乎不愿意同她深谈。现在她的怒气已渐渐平息,她想告诉他,她并不把邦妮的死归罪于他。她想伏在他怀里痛哭,告诉他她也曾将孩子的马术引为骄傲,并对她过分溺爱了。现在她愿意老老实实地承认，她那样残酷地谴责他，只是由于自己心里难受，想用刺伤他的办法来减轻自己的痛苦。然而，他那双黑眼睛总是茫然地望着她，不给她以开口的机会。而表示道歉的行动一旦拖下来，便越拖越难办，最后简直不可能了。

她不明白怎么会这样。瑞德是她丈夫，他俩之间就是密不可分的，他们同床共枕，生了一个共同钟爱的孩子，并且很快又一起将这个孩子埋葬了。只有在那个孩子的父亲的怀中，在记忆和悲哀的相互交替中，她才能找到安慰，虽然这悲哀起初可能伤人，但毕竟有助于创伤的愈合啊！可是现在，从他们之间的情况来看，她宁愿投入一个陌生人的怀抱中去呢。

他很少待在家里。当他们坐下一起吃晚饭时，他经常是先从外面喝醉酒回来的。他喝酒时不再像以前那样越喝越文雅，酒兴上来了便爱开玩笑，说些逗趣而刻薄的话，使她听得忘神，哈哈大笑。如今他忧郁地喝闷酒，等到夜色深沉便突然酩酊大醉了。有时候，一大早她就听见他骑马跑进后院，去敲仆人住房的门，好让波克把他弄到床上去。把他弄到床上去呢！以前瑞德总是不动声色地将别人灌醉，让他们喝得昏天黑地，然后把他们弄上床去的呀！

他从前穿戴那么讲究，可现在显得邋遢起来了。连波克要他在晚餐前换件衬衫，也得大吵半天。

他时常干脆不回家，或者公然捎来一句话说要在外面过夜。当然，他可能是喝醉了，在某家酒馆的楼上躺着打鼾呢，但是在这种情况下，思嘉总认为他是在贝尔·沃特琳那里。有一次，她在一家商店里看见了贝尔，她已经是个又粗又胖的女人了，以前那些优美的风姿已无影无踪。不过，虽然她涂了那么多脂粉，穿着俗丽的衣裳，她还是显得胸乳丰满，几乎有母亲般的风度。贝尔并不像别的轻浮女人那样在上等妇女面前就低眉俯首或怒目敌视，她却跟思嘉相对凝望，用一种关心和近乎怜悯的眼光打量她，使得思嘉脸都红了。

可是她现在既不能骂他，不能向他发火，不能要求他忠诚或出他的丑，同时她也不能因为曾经为邦妮的死谴责过他而向他道歉。现在她心头只是一种莫名其妙的冷漠和难以排遣的忧郁,这种忧郁之深沉是她以前从没有体会过的。她感到孤单,前所未有的孤单。她觉得又孤单又害怕,并且除了媚兰以外,没有一个人是她可以去求援的。因为现在连嬷嬷也回塔拉去了,她永远不会回来了。

嬷嬷走前没有做任何解释,她向思嘉要路费时只瞪着一双疲惫衰老的眼睛伤心地瞧着她。思嘉流着眼泪恳求她留下来,她回答说:"俺似乎听到爱伦小姐在对俺说:'嬷嬷,回来吧。你的事已经做完了。'因此俺要回去。"

瑞德听见了那次谈话,他给了嬷嬷路费,并拍了拍她的臂膀。

"你是对的,嬷嬷。爱伦小姐是对的。你在这里的事已经做完了。回去吧。你需要什么随时告诉我。"看见思嘉又想来插嘴时,他便呵斥说:"别说了,你这笨蛋!让她走!现在,人家为什么还要留在这里呢?"

他说这话时,眼睛里迸发着凶悍的光芒,吓得思嘉不敢作声了。

她后来怀着孤立无助的心情跑去找米德大夫,问道:"大夫,你看他可不可能是发疯了?"

"不是,"大夫说,"不过他喝酒太多,再这样下去会害死他自己的。思嘉,他爱那孩子呢,他喝酒就是为了要忘记她。现在,小姐,我给你的忠告是尽快跟他再生一个孩子。"

"哼!"思嘉怨愤地想。说说容易,做起来可难哪!她倒是很乐意再生一个孩子,生几个孩子,只要他们能够把瑞德眼睛里那种恐怖的神色消除掉,把她心中那个痛苦的空隙填补起来。一个像瑞德那样黝黑英俊的男孩,或者再来个小女孩,都行呀。唔,再来个女孩吧,一个亮丽、活泼、任性、爱笑的小女孩,多好啊!可是瑞德似乎并不想再要孩子了。至少他从不到她卧室里来,虽然现在她已不再锁门,并且经常把门半开着。他似乎没有任何兴趣。除了威士忌和那个红头发的女人以外,他对什么都不感兴趣了。

他原来是那么聪明,令人高兴的,可现在变得严酷了;原来他说话是犀利中带点幽默的,可现在只剩下残忍了。自从邦妮死后,许多曾经因他跟女儿在一起时那么彬彬有礼而深受感动、并转而尊重他的妇女,都很愿意安慰安慰他。她们在街上叫住他,对他表示同情或是隔着篱栏跟他说话,说她们很理解他的心情。可现在既然邦妮死了,那个让他讲究礼貌的原因就不存在了,他的礼貌也就消失了。他简慢而粗暴地对待那些太太们,并毫不客气地打断她们的善意慰问。

奇怪的是太太们并不所以生他的气。她们很理解。每到黄昏时分他骑马回家时,他醉得快要坐不稳了,这时太太们就说"真可怜呀!"而且对他表示亲切和关怀。她们很替他难过,因为他伤心地回到家里,却只能受到思嘉那样冷漠无情的接待。

大家都知道思嘉为人多么冷酷,多么无情。大家看见她轻轻松松就从丧失邦妮的悲痛中恢复过来了,都极为惊骇。他们从不了解,也不想去了解,她那平静外表背后那番痛苦的挣扎。瑞德受到全城人的深切同情,而他对此既不明白也不在乎。思嘉为全城人所厌恶,但她却生平第一次感到需要老朋友们的关切了。

如今,除了皮蒂姑妈、媚兰和艾希礼外,她的老朋友们谁也不理睬她。只有那些新朋友才坐着锃亮的马车来拜访她,急切地向她表示同情,热烈地谈论其他新朋友的事来排遣她的忧愁。但她对后者根本不感兴趣。这些人都是陌生人,没有一个例外!她们不了解她。她们永远也不会了解她。她们对于她以前的艰苦生活,可以说一无所知。这些天知道从哪里冒出来的人,她们好像永远生活在表面,没有关于战争、饥饿和打仗的共同记忆,没有扎进同样的红土地中的共同根基。

现在她觉得孤单了,甚至很想跟梅贝尔或范妮,埃尔辛太太或惠廷太太,甚至那位可畏的老斗士梅里韦瑟太太,在一起聊天。因为她们了解她。她们了解战争、恐怖和焚城的大火，见过亲人过早地死去，挨过饿，受过冻，后来她们从废墟中建造了自己的幸福生活。

是的，那会叫人高兴的。现在她明白了，为什么两个为联盟打过仗的人碰到一起，会谈得那样津津有味，那样自豪，那样对过去怀念不已，饱含深情。那些日子是考验人们思想感情的日子，可他们熬过来了。啊，她多么希望同那些跟她自己一样的人在一起啊——那些跟她经历过同样苦难的人，他们知道这历程有多么艰苦，可是它却成了你的一个伟大部分啊！

但是，不知怎的，这些人都离开了她。她明白这是她自己的过错。她从来没有关心过她们，直到现在才想起——直到邦妮已经死了，她自己觉得又孤单又害怕，抬头只看见雪亮的餐桌对面那个黝黑的神情恍惚的陌生人，他在她的眼光下开始崩溃了。

第六十一章

思嘉是在马里塔时收到瑞德的加急电报的。她搭上了去亚特兰大的火车,除了一个手提网兜没带任何行李,把韦德和爱拉留在旅馆里由普里茜照看着。

亚特兰大离马里塔只有二十英里,可是火车在多雨的初秋缓慢地爬行着。思嘉被瑞德的电报吓慌了。

瑞德的电报是这样的:

"威尔克斯太太病重速归。"

火车驶进亚特兰大时,暮色已浓,加上一片蒙蒙细雨,城市显得朦胧而哀伤。瑞德带着一辆马车在车站等候她。她一看他的脸色,更惊慌了。

"她没有——"她惊叫道。

"没有。她还活着。"瑞德搀扶着她上了马车。"去威尔克斯太太家,越快越好,"他这样吩咐车夫。

"她怎么了?我没听说她生病嘛。上星期还好好的。她遇到什么意外了吗?唔,瑞德,没有那么严重吧?"

"她快死了,"瑞德说,声音也毫无感情:"她要见你。"

"媚兰不会的!啊,媚兰不会的!她究竟怎么了呀?"

"她小产了。"

"小一产,可是,瑞德,她——"思嘉给吓得说不出话。这个消息,使她连气都喘不过来了。

“你不知道她怀孕了吗?”

她还来不及摇头。

“哎,是的。我看你不会知道。她不会告诉任何人的。她要叫人家大吃一惊呢。不过我知道。”

“你知道?她绝不会告诉你的!”

“她没有必要告诉我。不过我猜出来了。最近两个月来她显得特别高兴,我就猜这不可能是别的缘故。”

“可是瑞德,大夫曾说过,如果再生孩子就要她的命了!”

“现在就要她的命了。”瑞德说。

“不过,瑞德,她不见得会死的!我——我都没有——”

“她的抵抗力不如你,她一向是没有什么抵抗力的。除了一颗好心以外,她什么也没有。”

马车在小小的平房前嘎的一声停住,瑞德扶她下了车。她胆战心惊,一种突如其来的可怕的孤独感袭上心头,她紧紧抓住瑞德的臂膀。

“你也进去吧,瑞德?”

“不,”他说了一声便回到马车里去了。

她奔上屋前的台阶,穿过走廊,把门推开。艾希礼、皮蒂姑妈和英迪亚坐在昏黄的灯光下。思嘉心想:“英迪亚在这里干什么呢?媚兰说过永远也不见她嘛。”那三个人一见到她便站起身来,皮蒂姑妈紧紧咬着嘴唇不让它们颤抖;英迪亚瞪大眼睛注视着她,因为悲伤而不是恨。艾希礼目光呆滞,像个梦游人似的向她走来,伸出一只手握住她的胳臂,又像个梦游人似的对她说话。

“她要见你,”他说,“她要见你。”

“我现在就去看她可以吗?”她回头看看媚兰的卧室,卧室门是关着的。

“不。米德大夫在里面。我很高兴你回来了,思嘉。”

“我是尽快赶回来的。”思嘉将帽子和外衣脱了。“火车——她不是真的——告诉我,她好些了,是不是?艾希礼?你说呀!别愣着嘛!她不见得真的——"

"她一直要见你呢。"艾希礼说,凝视着她的眼睛。思嘉从他的眼神里找到了答案。顿时间,她的心停止了跳动,接着是一种古怪的恐惧,比焦急和悲哀更强大的恐惧,弥漫了她的全身。这不可能是真的,她热切地想,试着把恐惧挡回去。大夫有时也会做出错误的诊断呢。我不相信这是真的。

"我决不相信!"她大声喊道,一面注视着面前那三张悲哀的面孔,"并且媚兰为什么没告诉我呢?如果我已经知道,就不会到马里塔去了。"

艾希礼的眼神似乎忽然清醒过来,感到很痛苦似的。

"她没有告诉任何人,思嘉,特别是没有告诉你。她怕你会责备她。她要等三个月——要到她认为已经安稳和有把握了的时候才说出来,叫大家全都大吃一惊。并且她是十分高兴的。你知道她对婴儿的那种态度——她多么希望有个小女孩。何况一切都很顺利,直到——后来,无缘无故地——"

媚兰的房门悄悄地开了,米德大夫从里面静静地走出来,随手把门带上。他在那里站立了一会,那把灰色胡子垂在胸前,眼睛望着那四个吓呆了的人。他的眼光最后落到思嘉身上,他眼中充满了悲伤,同时也有厌恶和轻蔑之情,这使她惊慌的心里顿时涌起满怀内疚。

"你毕竟还是来了。"他说。

她还没来得及回答,艾希礼便要向那关着的门走去。

"你先等会儿,"大夫说。"她要跟思嘉说话呢。"

"大夫,让我进去看她一眼吧。"英迪亚拉着他的衣袖说。她的声音虽然听起来很平淡,但那么诚恳。"我今天一早就来了,一直等着,哪怕一分钟也行。"

"等会儿吧,英迪亚小姐,"他简单地说。

皮蒂也怯生生地开口了:"我请你,米德大夫——"

"皮蒂小姐,你明白你又会尖叫的,会晕过去的。"

皮蒂挺了挺她那胖胖的小个儿，向大夫瞥了一眼。她的眼睛是干的，但充满了庄严的神色。

“好吧，亲爱的，都请稍等一等，”大夫显得和气些了。“来吧，思嘉。”

他们轻轻地走过穿堂，向那关着的门走去，一路上大夫的手紧紧抓住思嘉的肩膀。

“我说，小姐，”他低声说，“不要激动，也不要作临终时的忏悔，否则，凭上帝起誓，我会扭断你的脖子！你不要这样呆呆地望着我。你懂得我的意思，我要让媚兰小姐平平静静地死去，你不能只顾减轻自己良心上的负担，告诉她关于艾希礼的什么事。我从没伤害过一个女人，可是如果你此刻说了些什么——那后果就得由你自己负了。”

他没等她回答就把门打开，将她推进屋里，然后又关上门。那个小小的房间里陈设着简陋的黑胡桃木家具，灯上罩着报纸，处于一种半明半暗的状态。它狭小而整洁，像间女学生的宿舍，里面摆着一张低背的小床，一顶朴实的网帐高高卷起，地板上铺着的那条破地毯早已褪色，但却刷得干干净净。这一切，跟思嘉卧室里的奢侈装饰，是多么不一样啊！

媚兰躺在床上，被子底下单薄的形体就像是个小女孩似的。两条黑黑的发辫垂在面颊两旁，阖着的眼睛深陷在一对紫色的圆圈里。思嘉见她这模样，倚着门框呆呆地站在那里，动弹不了了。虽然屋里阴暗，她还是看得清媚兰那张蜡黄的脸，她的脸干枯得没有一点血色，鼻子周围全皱缩了。在此以前，思嘉还一直希望是米德大夫诊断错了呢。可现在她明白了，她曾在医院里见过那么多这样的面孔，她当然知道这预示着什么了。

媚兰快要死了，可是思嘉心里拒不承认。媚兰是不会死的。死？怎么可能？当思嘉正需要她、那么需要她的时候，她怎么能死呢？以前她从没想到自己会那么需要媚兰呢。现在她才清醒地明白，她一向依靠媚兰，哪怕就在她依靠自己的时候，但是她以前并不清楚。现在媚兰快死了，思嘉才知道，没有她，自己是过不下去的。现在,她踮着脚尖向那个静静的身影走去,内心惶恐万状,她才知道媚兰一向是她的慰藉和力量啊!

“我要留住她!我决不让她走!”她一面想,一面提着裙子在床边颓然坐下,她立即抓起媚兰一只搁在床单上的软弱的手,发觉它已经冰凉,便又吓住了。

“我来了,媚兰。”她说。

媚兰的眼睛睁开一条缝,接着,似乎发现真是思嘉而感到很满意似的,又阖上眼,停了一会,她微弱地吸了一口气轻轻地说:

“答应我吗?”

“啊,什么都答应!”

“小博——照顾他。”

思嘉点点头,感到喉咙被堵住了,同时紧紧捏了一下握着的那只手表示同意。

“我把他交给你了。”她脸上流露出一丝微微的笑容。“我从前已经把他交给过你一次——记得吗?——那时他还没出生。”

她记不记得?她难道会忘记那个时候?她记得那样清清楚楚,她像那可怕的一天又回来了。她能感到那九月中午的闷热,感到对北方佬的恐惧,听得见部队撤退时的沉重脚步声,记起了媚兰恳求她带走婴儿时的声音——还记得那天她恨透了媚兰,希望她死掉呢。

“是我害死了她。”她怀着一种迷信的恐惧这样想。“我以前时常巴望她死,上帝都听见了,所以现在要惩罚我了。”

“啊,媚兰,别这样说了!你知道你是会闯过这一——”

“不。请答应我。”

思嘉忍不住要哽咽了。

“你知道我答应了。我会待他当作自己的孩子一样看待。”

“上大学?”媚兰用微弱的声音说。

“唔,是的!上大学,到哈佛去,到欧洲去,只要他愿意,什么都行——还有——还有一匹小马驹——学音乐——唔,媚兰,你试试看!你使一把劲呀!”

又没声息了,媚兰正在挣扎着竭力往下说。

“艾希礼,”她说,“艾希礼和你——”她的声音颤抖着,说不出来了。

听到艾希礼的名字,思嘉的心突然停止跳动,僵冷得像岩石似的。原来媚兰一向就知道啊。思嘉把头伏在床单上,一阵被抑制的抽泣狠狠扼住她的喉咙。媚兰知道的。思嘉用不着害羞了。她没有任何别的感觉,只觉得万分痛恨,恨自己多年来始终在伤害这个最和善的女人。媚兰早已知道——可是,她仍然继续做她的忠实朋友。唔,要是她能够把那些生活重新过一遍,她就决不做那种事,对艾希礼连看都不会看一眼的!

“上帝啊,”她心里急忙祈祷,“求求你了,让她活下去吧!我一定要报答她。我要对她很好,很好。我这一辈子决不再跟艾希礼说一句话了,只要你让她好好活下去啊!”

“艾希礼,”媚兰气息奄奄地说,一面将手指伸到思嘉的头上。她像个婴儿似的拉了拉思嘉的头发。思嘉懂得这是什么意思,知道媚兰是要她抬起头来,但是她不能,她无法面对媚兰的眼睛,并从中看出她知道了那件事。

“艾希礼,”媚兰又一次低声说,思嘉极力克制着自己。她此刻的心情难过到了极点,她的灵魂在颤抖,但她终于抬起头来了。

她看见的仍是那一双熟悉的黑黑的亲切的眼睛,虽然因虚弱已经深陷而模糊了,还有那张在痛苦中无力地挣扎着要说话的温柔的嘴。没有责备,也没有指责和恐惧的意思——只有焦急,恨自己没有力气说话了。

思嘉一时间惊惶失措,接着,当她把媚兰的手握得更紧时,一阵对上帝的感激之情涌上心头,她第一次在心中谦卑而无私地祈祷起来。

“感谢上帝。我知道我是不配的,但我还是要感激您没有让她知道啊!”

"关于艾希礼有什么要说的吗,媚兰?"

"你会——照顾他吗?"

"唔,会的。"

"他感冒——很容易感冒。"

又停了一会。

"照顾——他的事业——明白吗?"

"唔,明白。我会的。"

她做出一次很大的努力。

"艾希礼不——不能干。"

只有死亡才迫使媚兰说出了一句对他的批评。

"照顾他,思嘉——不过——千万别让他知道。"

"我会照顾他和他的事业,也决不让他知道。我只用适当的方式向他建议。"

媚兰尽力露出一丝隐隐的微笑,这是欣慰的微笑,这时她的目光和思嘉的目光又一次相遇了。她们彼此交换的这一瞥眼光便完成了任务的交接,那就是说,保护艾希礼不被这过于残酷的世界伤害的义务从一个女人转移到另一女人身上了。同时,为了维护艾希礼的男性自尊心,保证决不让他知道这件事。

现在媚兰脸上已没有那种痛苦挣扎的神色了,似乎在得到思嘉的许诺之后她又恢复了平静。

"你真聪明能干——真勇敢——一向待我那么好——"

思嘉听了这些话,觉得喉咙里一阵堵得慌,忍不住要哽咽了,于是她用手拼命捂住自己的嘴。她几乎要像孩子似的大喊大叫,痛痛快快地说:"我是个魔鬼!我一向是伤害你的!我从没替你做过什么事情!那都是为了艾希礼呀!"

她陡地站起身来,使劲咬住自己的大拇指,想控制住自己。这时瑞德的话又回响在耳边:"她是爱你的。让这成为你良心上的一个十字架吧。"如今这十字架沉重得令她无力背负了。她曾经千方百计想把艾希礼从媚兰身边夺走。现在,终生盲目信任她的媚兰又在临终前把同样的爱和信任寄托到她身上,这更加深了她的罪孽。不,她不能说。她必须让她平平静静地死去,没有挣扎,没有眼泪,也没有悔憾。

门稍稍开了,米德大夫站在门口急迫地招呼她。思嘉朝床头俯下身去,强忍着眼泪,把媚兰的手拿起来轻轻贴在自己的面颊上。

"晚安。"她说,那声音比她自己所担心的要坚定些。

"答应我——"媚兰低声说,声音更加柔和了。

"我什么都答应,亲爱的。"

"巴特勒船长——要好好待他。他——那样爱你。"

"瑞德?"思嘉迷惑莫解,觉得这句话对她毫无意义。

"是的,是这样,"她机械地说,又轻轻吻了吻那只手,然后把它放在床单上。

"叫小姐太太们赶快进来吧,"思嘉跨出门槛时米德大夫低声说。

艾希礼不知到哪里去了。思嘉将头无力地靠在墙壁上,像个躲在角落里的顽皮孩子。

在关着的门里,媚兰快要去世了,连同她一起消失的还有多年以来思嘉没有意识到的她一直依靠着的那个力量。为什么,啊,为什么她以前没有明白她是多么喜爱和多么需要媚兰呢?可是谁会想到这个又瘦小又平凡的媚兰竟是一座坚强的高塔啊?媚兰,她在陌生人面前羞怯得不敢大声说话,她害怕老太太们的非难;媚兰,她连赶走一只鹅都不敢呢!可是——

思嘉回想起许多年前塔拉那个寂静而炎热的中午,那时一个穿蓝衣的北军的尸体侧躺在楼道底下,缕缕灰色的烟还在他头上缭绕,媚兰站在楼梯顶上,手里拿着查尔斯的军刀。思嘉记得那时候她曾想过:"多没用!媚兰连那刀子也举不起来呢!"可是现在她懂了,如果必要,媚兰会奔下楼梯把那个北方佬杀掉——或者自己被杀死。

是的,那天媚兰站在那里,小手里拿着一把军刀,准备为她而厮杀。而现在,当她悲痛地回顾过去时,她发现原来媚兰时常手持利剑站在她身边,不声不响像她的卫士一样,爱护她,以盲目而热烈的忠诚为她战斗,与北方佬、战火、饥饿、贫困、舆论乃至自己的亲人战斗。

思嘉明白那把宝剑,那把曾经寒光闪闪地保护她不受世人欺凌的宝剑,如今已永远入鞘。

"媚兰是我有过的唯一女友,"她绝望地想,"除了母亲以外,她是唯一真正爱我的女人。她也像母亲那样。凡是认识她的人都跟她亲近。"

突然,她觉得那关着的门里躺着的似乎就是她母亲,她是第二次在告别这个世界。她知道失去了那个软弱、文雅而善良的人的非凡力量,她是那么难以勇敢地面对生活的。

她站在穿堂里,又犹豫又害怕。屋里静极了,这寂静像一阵凄冷的细雨渗透她的全身。艾希礼!艾希礼到哪里去了?

她跑到起居室去找他,但是他不在那里。他一定得找到他。她发现了媚兰的力量和她自己对这个力量的强烈依赖,不过艾希礼还在呢。艾希礼,这个强壮聪明而且善安慰人的人,他还在呢。艾希礼和他的爱能给她以力量,她可以用来弥补自己的软弱,他有胆量,可以驱除她的恐惧,他有安闲自在的态度,可以冲淡她的忧愁。

她想,"他一定在他自己房里,"于是她踮着脚尖走过去,轻轻敲他的门。里面没有声息,她便把门推开了。艾希礼站在梳妆台前面,对着一双媚兰修补过的手套出神。他先拿起一只,深深地注视着它。然后他把手套那么轻轻地放下,好像它是玻璃做的,随即把另一只拿起来。

她用颤抖的声音喊道:"艾希礼!"他慢慢地转过身来看着她。他那灰色的眼睛睁得大大的，显得毫无遮掩。那里面的恐惧与思嘉的不相上下，并且更加孤弱无助，还有一种深沉得她从没见过的惶惑与迷惘之感。她看到他的脸，浑身感到的那种恐怖反而加深了。她向他走去。

“我害怕，”她说。“唔，艾希礼，请扶住我，我害怕极了！”

他一动不动，只注视着，双手紧紧地抓着那只手套。她将一只手放在他胳臂上，低声说：“那是什么？”

他的眼睛仔细地打量着她，似乎拼命要从她身上搜索出什么东西似的。最后他开口说话，但声音似乎不是他自己的了。

“我正需要你，”他说。“我正要去寻找你——像个需要安慰的孩子一样——可是我找到的是个孩子，他比我更害怕，并且急着找我来了。”

“你不可能害怕，”她喊道。“你从来没有害怕过。可是我——你一向那么坚强。”

“如果说我一向很坚强，那是因为有媚兰在背后支持我，”他说，声音有点哑了，一面俯视手套，“并且——并且——我本有的力量也全要跟她一起消失了。”

他那低沉的声音中有那么一种痛感绝望的语调，使得她不觉倒退了两步。他们两人都不说话，这时她才觉得有生以来头一次真正了解他了。

“怎么——”她慢吞吞地说，“怎么，艾希礼，你爱她，是不是？”

他似乎费了很大力气才说出话来。

“她是我曾经有过的唯一的梦想，唯一活着、呼吸着、在现实面前没有消失过的梦想。”

“全是梦想！”她心里暗忖着，那种容易恼怒的脾气又要发作了。“他念念不忘的就是梦，从来不谈实际！”

她沉重而痛苦地说：“你这个傻瓜，艾希礼。你怎么看不出她比我要好上一百万倍呢?”

“思嘉,求求你了!只要你知道我忍受了多少痛苦,自从大夫——”

“忍受了多少痛苦!难道你不认为——唔,艾希礼,你许多年前就应当知道你爱的是她而不是我!你怎么不知道呢?要是知道了,一切就会完全不一样了,你早就应当明白,不要用你那些关于名誉和牺牲一类的话来敷衍我,让我一直迷恋你而不知悔改。你要是早就告诉了我,我就会——虽然我会十分伤心,但我还是能挺得住的。可是你一直等到现在,等到媚兰快死的时候,才发现这个事实,可现在已经晚了,什么办法也没有了。唔,艾希礼,男人应当是懂的——但是女人不懂啊!你早该看得清清楚楚,你始终在爱她,而我呢,你要我只不过像——像瑞德要沃特琳那个女人一样!”

艾希礼听了她这几句话,不由得浑身颤抖起来,但是他直视着她,祈求她不要再说下去,给他一点安慰。他脸上的每一丝表情都承认她的话是真的,连他那两个肩膀往下耷拉的沮丧模样也表现出他的自责比思嘉的任何批评都要严厉得多。他默默地站在她面前,手里仍然抓着那只手套,似乎那是一只温柔的手似的,而思嘉也沉默了,她的怒气已经平息,只剩下一种略带轻视的怜悯。她的良心在责备她,她是在踢一个被打垮了的毫无防卫能力的人呢——并且她刚答应媚兰要照顾他啊!

“我刚刚答应过媚兰,就立即对他说这些刺伤人的话,而这是没有必要说的。他已经明白了,而且很难过。”思嘉凄凉地思忖着。“他是个还没长大的孩子。他简直就是个孩子,正为失去她而非常痛苦,非常害怕。媚兰知道事情会怎么样的——媚兰对他的了解比我深得多,因此她才同时要求我照顾他和小博呢。艾希礼怎么能经受得住啊?我倒是经得住。我什么都经受得住。我还得经受许多许多呢。可是他不行——他没有她就什么都经受不住了。”

“饶恕我吧,亲爱的,”她亲切地说,一面伸出她的两臂。“我明白你忍受着巨大的痛苦。但是请记住，她什么也不知道——她甚至从来不曾起过疑心——上帝对我们真好啊。”

他迅速走过来，张开两臂盲目地把她抱住。她踮起脚尖将自己暖烘烘的面颊温存地贴在他脸上，同时用一只手温柔地抚摩他的头发。

“别哭，亲爱的。她希望你勇敢些。她希望马上看到你，你得坚强一点才好，决不能让她看出你哭过，那会使她难过的。”

他紧紧抱住她，使她呼吸都困难了，同时他哽咽着在她耳边絮语。

“我怎么办啊？没有她，我可活不成了！”

“我也活不成呢。”她心里想，这时她似乎看见了后半生没有媚兰的情景，便陡地打了一个寒噤。但是她牢牢地克制住自己。艾希礼依靠她，媚兰也依靠她。记得有一次，在塔拉的月光下，她喝醉了，已非常疲惫，那时她想过：“担子要是由肩强膀壮的人去挑的。”好吧，她的肩膀是强壮的，而艾希礼的却不是。她挺起胸膛，准备义不容辞地挑起这副重担，同时以一种异常的镇静吻了吻艾希礼泪湿的脸颊，这次的吻已经没有狂热，也没有渴望和激情，而只有凉凉的温柔罢了。

“我们总会有办法的，”她说。

媚兰的房门猛地打开了，米德大夫急切地喊道：

“艾希礼！快！”

“我的上帝！她完了！”思嘉心想。“但愿艾希礼来得及啊！不过也许——”

“快！”她高声喊道，一面推了他一把，因为他依旧呆呆地站着不动。“快！”

她拉开门，把他推出门去。艾希礼被她的话猛然惊醒，手里还紧抓着那只手套。她听见他急促的脚步一路响去，接着是隐约的关门声。

她又喊了一声“我的上帝！”一面慢慢向床边走去，坐在床上，然后低下头来，用两只手捧住头。她突然感到疲倦，一种无以复加的疲倦。她觉得自己已筋疲力尽，感情枯竭，没有悲伤和悔恨，没有恐惧和惊异了。她疲倦，她的心迟钝而机械地跳动着，就像壁炉架上那座时钟似的。

从那感觉迟钝近乎麻木的状态中，她渐渐明晰了，艾希礼并不爱她，从来没有真心爱过她，但认识到这一点她并不感到痛苦。这本来应该是十分痛苦的，她本该感到凄凉，伤心，发出绝望的号叫，因为她长期幻想着他的爱在生活，它支持着她闯过无数艰难险阻。不过，事实就在眼前，他不爱她，而她也并不在乎。她不在乎，因为她已经不爱他了。她不爱他，因此不论他怎么样，都不会使她伤心了。

她在床上躺下来，脑袋疲惫地搁在枕头上。

“除了在我的想象中，他从来就没有真实地存在过，”她疲惫地想。“我爱的是一个我自己想象的东西，那个东西就像媚兰一样死了。我缝制了一套美丽的衣服，深深地爱上了它。后来艾希礼骑着马跑来，他显得那么亮丽，那么与众不同，我便把那套衣服给他穿上，也不管是否合适，我不想看清楚他究竟怎么样。我一直爱着那套美丽的衣服——而根本不是他这个人。”

现在她可以追忆到许多年前，看见她自己穿一件绿底白花的细布衣裳站在塔拉的阳光下，被那位骑在马上的金发闪闪的青年吸引住了。如今她能清楚地看出，他只不过是她自己心中的一个幻影，并不比她从杰拉尔德手里骗到的那副海蓝宝石耳坠更珍贵。那副耳坠她也曾热烈地向往过，可是一得到，它们就没什么可贵的了。艾希礼也是这样，假使她在那些遥远的日子里最初就拒绝跟他结婚而满足了自己的虚荣心，他早就没有什么价值了。假如她曾经征服了他，看见过他也像别的男孩子那样热恋着她，那么，她那一度狂热的迷恋也就会消失，就好比一片迷雾在太阳出现和轻风吹来时很快飘散一样。

“我以前多傻啊！”她懊恼地想。“如今就得付出代价了。我以前常常盼望的事现在已经发生。我盼望媚兰早死,让我有机会得到他。现在媚兰果真死了,我可以得到他了,可是我也不想要他了。跟他结婚!哪怕把他放在银盘子里送过来,我也不要呢!不过,下半辈子我得把他这个负担挑到底了。只要我还活着,我就得照顾他,不让他饿肚子,也不让别人伤害他的感情。他会像我的另一个孩子似的,整天牵着我的裙子转。我失掉了爱侣,却新添了个孩子。而且,要不是我答应了媚兰,我就——即使今后再也看不见他,我也无所谓呢。”

第六十二章

思嘉听见外面有低语声，只见几个吓怕了的黑人站在后面穿堂里，迪尔茜吃力地抱着沉甸甸的睡着了的小博，彼得大叔在痛哭，厨娘在用围裙擦她那宽阔的泪淋淋的脸。三个人一齐瞧着她，默默地询问他们该做些什么。她抬头向穿堂那边的起居室望去，只见英迪亚和皮蒂姑妈一声不响地站在那里，两人手拉着手，也跟那些黑人一样似乎在恳求她，期待她发布指示。

“唔，思嘉——”皮蒂姑妈开口说，她那丰满的娃娃嘴颤抖着。

“别说话，否则我会尖叫起来。”思嘉说。她由于神经过度紧张，声音已变得尖利，同时把两只手狠狠地叉在腰上。“我叫你们谁也不要吭声。”

听了她话里的命令语气，那些人不由得倒退了一步，脸上流露出无可奈何的尴尬神色。“我可决不能在她们面前哭呀。”她心里想。“我不能哭，否则她们也要哭了，那时黑人们也会尖叫，就乱成一团了。我必须尽力克制自己，还有许多事要做呢。艾希礼不会做这些事情，皮蒂和英迪亚也不行。我必须去做。啊，多繁重的担子！怎么我老是碰到这种事，并且都是别人的事呀！”

她看看英迪亚和皮蒂的尴尬脸色，感到十分痛悔。媚兰是不会喜欢她这样粗暴地对待那些爱她的人的。

“我很抱歉刚才发火了，”她有点勉强地说。“这就是说，我——我刚才态度不好，很抱歉，姑妈。我要到外面走廊上去一会儿。我得一个人想想。等我回来后我们再——”

她拍拍皮蒂姑妈便向前门走去，因为知道如果再留在这间屋里她就克制不住自己。她必须单独待一会儿。她得哭一场,否则心就要炸了。

她来到黑暗的走廊,并随手把门关上。清凉而潮湿的晚风吹拂着她的面孔。整个世界都寂静无声。除了偶尔有檐头滴水的声音。

她将头靠在一根廊柱上,想痛哭一场,但是没有眼泪。这场灾难实在太深重,不是眼泪所能表现的了,她的身子在颤抖。

"我现在无法回到屋里去同他们谈话。"她想。"今晚我无法面对艾希礼并安慰他了。今晚不行!明天早晨我将一早过来安排这里的事。但是今天晚上不行。我没有办法。我得回家了。"

她家离这里只有五个街区。她迅速走下屋前黑暗的台阶,没穿外衣,没戴帽子,就进入夜雾中去了。她绕过拐弯处,向通往桃树街的一片小丘走去。天湿地滑,一片静悄悄,连她的脚步也悄无声息,像在梦中一样。

她爬上山坡时,眼泪严严实实地堵住胸口,可是流不出来,同时一种虚幻的感觉袭上心头,她觉得曾经到过这黑暗凄凉的地方,——并且不止一次,是许多次。"这是多么可笑的事啊。"她不安地想,一面加快脚步。她的神经在跟她开玩呢。可是这种感觉延续着,并且悄悄地扩展到她的整个意识之中。她疑惑不解地望望周围,这种感觉更强了,显得又古怪又熟悉,于是她机警地抬起头来,"是我太疲乏的缘故吧。"她宽慰自己。"夜是这么怪诞,雾气迷蒙。我以前从没见过这样浓密的雾,除非——除非!"

突然她明白了,顿时害怕起来。她明白了。在无数次的噩梦中,她就是在这样的雾里逃跑,穿过一个鬼魂出没的茫茫无边的地域,那里大雾弥漫,聚居着一群幽灵和鬼影。现在她是不是又在做梦了,还是那个梦变成了现实呢?

有一会儿,她离开了现实,完全迷失了。她似乎坠入了那个噩梦中,比以前哪一次都可怕,她的心也开始奔突起来。她又站在死亡与寂静当中,就像她有一次在塔拉那样。世界上的一切都消失了,生活成了一片废墟,她心里一片惶恐,好比一股冷风扫过似的。迷雾中的恐怖和迷雾本身把她抓住了,于是她开始逃跑。犹如以前无数次在梦中跑过一样,她如今被一种无名的恐惧追逐着,盲目地向不知什么地方飞跑，在灰蒙蒙的雾中寻找那个不知在哪儿的安全地方。

她沿着那条阴暗的大街一路跑去，低着头，心怦怦直跳，迎着湿冷的夜风，顶着狰狞的树影。在哪儿呢？在这又静又湿的荒地里，一定有个避难所！她气喘吁吁地跑上那一片小丘。

接着，她眼前出现了灯光，一长列灯光，它们尽管只隐隐约约地闪烁，但是真实的。她的噩梦里可从来没有过灯光，只有灰蒙蒙的迷雾。于是她的心全寄托在那些灯光上了。灯光意味着安全、人和现实。她突然站住脚，握紧拳头，奋力把自己从惊惶中拖出来，同时仔细凝望着那些灯，它们分明告诉她这是亚特兰大的桃树街，而不是睡梦中那个鬼魂出没的阴暗世界。

“跑呀，跑呀，就像发疯了！”她心里暗想，吓得发抖的身子略略镇定了一些，但心脏还在怦怦地跳，很不好受。“可是我在向哪里跑呀？”

现在她的呼吸渐渐缓缓和下来，她一手撑着腰，一边顺着桃树街向前眺望。那边山顶上就是她自己的家了。那里似乎每个窗口都亮着灯似的，灯光在向浓雾挑战，不让迷雾淹没它们的光辉呢。家啊！这是真的！她感激地、向往地望着远处那幢房子模糊而庞大的姿影，心情显得略略镇静了。

家啊！这就是她要去的地方，就是她一路奔跑着寻找的地方。回到瑞德身边去呀！

明白了这一点，她就好比摆脱掉了身上的锁链，以及常常在梦中碰到的那种恐惧。那天晚上，当她疲惫不堪地抵达塔拉时，她发现安全没有了，所有的力量，所有的智慧，所有的亲爱温柔之情，所有的理解——所有体现在爱伦身上、曾经是她童年时代的堡垒的东西，都一下子全没有了。从那天晚上以后，尽管已经安全了，但她在梦中仍是一个受惊的孩子，仍常常在寻找那个失去了的世界中的失去的安全。

如今她认识了她在梦中寻找的那个避难所，那个常常在雾中隐藏着的温暖安全的地方。那不是艾希礼——唔，从来不是艾希礼！他身上的温暖太少了，他那里的安全太弱了。那是瑞德——瑞德有强壮的臂膀可以拥抱她，有宽阔的胸膛给她疲倦的脑袋当枕头，有嘲讽的笑声使她正视事物。并且还有全面的理解力，因为他跟她一样，讲求实际，不会被不切实际的观念如荣誉、牺牲或对人性的过分信任所蒙蔽。并且他爱她呢！她怎么没有了解到，虽然他经常嘲骂她，但却是爱她的呀？媚兰看到了这一点，临死时还说过："要好好待瑞德。"

许多年来，她一直倚靠在瑞德的爱这堵坚实的石壁上，而且把这看作是理所当然的，就像对媚兰的爱那样。同时还洋洋得意地认为完全是凭借自己的力量呢。而且，就像当天下午她明白了媚兰始终站在她身边，此刻她懂得瑞德也悄悄地站在背后，爱着她，理解着她，随时帮助她。在那次义卖会上，瑞德看出了她不甘寂寞的心情，把她领出来跳苏格兰舞；瑞德帮助她摆脱了服丧的束缚，瑞德在亚特兰大陷落那天晚上护送她逃出炮火连天的困境，瑞德借给她钱让她重新起家，瑞德听见她从那个噩梦中吓得哭醒时给她以安慰——怎么，一个男人要不是对一个女人爱得发疯，他能够做出这样的事来吗？

树上的雨水落在她身上，但她一点也不觉得。雾气在她周围缭绕，她也毫不注意。因为她在想瑞德，想象他那张黝黑的脸，他那雪白的牙齿和机警的眼睛，兴奋得浑身哆嗦呢。

"我爱他。"她思忖着，毫不迟疑地承认这个事实，就像小孩接受一件礼品似的:“我不知道我爱他有多久了,但这是真的。并且要不是艾希礼,我早就明白这一点了。由于艾希礼遮住了视线,我一直没能看清这个世界呢。”

她爱他,爱这个流氓,爱这个无赖,没有犹豫,也不顾名声——至少是艾希礼所信奉的那种名声。“让艾希礼的名声见鬼去吧!”她心里想。“从一开始,当他不断跑来看我的时候,虽然那时他已经知道他家里准备让他娶媚兰了。瑞德却一直在支持着我,即使在媚兰举行招待会那个可怕的晚上,那时他本该把我掐死的。即使在亚特兰大陷落那天晚上他中途丢下我的时候,那是因为他知道我已经安全了,他知道我总会闯出去的。即使在北方佬营地里当我向他借钱时,他似乎要我用身子做担保似的,其实他只是逗着我玩罢了。他一直在爱着我,可是我却待他那么坏。我屡次伤害他的感情,而他又那样自尊,从不表现出来,后来邦妮死了——唔,我怎么能那样呀?”

她挺身站起来,深情地望着山冈上的那幢房子。半个钟头以前她还想过,除了金钱以外,她已经丧失了世界上的一切,那些使她希望活下去的一切,包括爱伦、杰拉尔德、邦妮、嬷嬷、媚兰和艾希礼。她终于在失掉了他们大家之后,才明白过来她是爱瑞德的——爱他,因为他坚强,无所顾忌,热情而粗俗,跟她自己一样。

“我要把一切毫无保留地都告诉他。”她心里想。“他会理解的。他总是理解的。我要告诉他我以前多么愚蠢,现在又多么爱他,而且要报答他的一切。”

她突然觉得又坚强又愉快了。她不害怕周围的黑暗和浓雾了,并且她在心里歌唱着,相信自己从今以后再也不会害怕它们了。今后,不论有什么样的浓雾在她周围缭绕,她都能找到自己的避难所了。她把裙子提到膝盖上,开始飞快地奔跑起来,不过这一次不是因恐惧而奔跑,而是因为前面有瑞德张开双臂站在那里呢。

第六十三章

前门微微开着,思嘉气喘吁吁快步走进房子,在枝形吊灯的彩色灯管下伫立了一会。虽然那么明亮,屋子里还是静悄悄的。这不是人们睡后那种安适的宁静,而是那种惊醒而又疲乏了的带有不祥之兆的沉默。她一眼就看出瑞德不在客厅里,也不在藏书室,不禁心里一沉。也许他出门去了——跟贝尔在一起,或者在他每次没回家吃晚饭时常去的某个地方?这倒是她不曾预料到的。

她正要上楼去找他,这时发现饭厅的门关了。她一看见这扇关着的门便觉得羞愧,心都有点发紧了,因为记起这年夏天有许多晚上瑞德一个人坐在里面喝酒,一直要喝得烂醉才由波克进来强迫他上楼去睡。这是她的过错,但她会彻底改的。

她把饭厅的门轻轻打开一道缝,向里面望去。他果然坐在桌旁,歪在他的椅子里,面前放着一满瓶酒,瓶塞还没打开。感谢上帝,他清醒着呢!她拉开门,努力克制自己才没有立即向他奔过去。

他严肃地看着她,那双黑眼睛显得很疲倦,平常那种活泼的光芒已经消失了。虽然她这时头发蓬乱地披散着,由于气喘吁吁,胸脯在紧张地起伏,并且裙子从膝部以下沾满了泥污,神情非常狼狈,可是他一点也不惊异,也不问她什么,更不像往常那样咧开嘴角嘲笑她。他歪着身子坐在椅子里,衣服被那粗壮的腰身撑着,显得又皱又邋遢,他那美好的体态已经被糟蹋,一张刚健的脸变粗糙了。饮酒和放荡影响了他那英俊的外貌。他抬头望着她站在那里,一只手放在胸口上，显得非常平静，几乎是一种客气的态度，而这是使她害怕的。

“进来坐下，”他说。“她死了吗？”

她点点头，犹豫地向他走去，心里有点惊疑莫定。他没有起身，只用脚将一把椅子往后挪了挪，她便机械地在那里坐下。她很希望他不要这么快就谈起媚兰。现在，她已迫不及待地渴望喊出“我爱你”这几个字，似乎只剩下今天晚上，只剩下这个时刻，让她来向瑞德表白自己的心事了。然而，他脸上却露出那样一种表情，它阻止她，叫她突然不好意思启口，在媚兰尸骨未寒的时候便谈起爱来。

“好吧，愿上帝让她安息。”他沉痛地说。“她是我所认识的唯一完美的好人。”

“啊，瑞德！”她痛心地喊道，因为他的话使她立即记起媚兰替她做过的每一件事。“你为什么不跟我一起进去呢？那情景真可怕——我真需要你啊！”

“我也会受不了的。”他简单地说了一句，随即便沉默了。过了一会，他才勉强轻轻地说：“一个十分伟大的女性！”

他那忧郁的目光越过她向前凝望，眼睛里流露的神情，跟亚特兰大陷落那天晚上她在火光中看见的完全一样，那时他告诉她，他要跟那些部队一起走了——这是一个彻底了解自己的人出其不意的举动。他突然从他自己身上发现以为自己不具备的忠诚和激情，并对这一发现微微自嘲。

他那双忧郁的眼睛越过她的肩头看着前方，似乎看见媚兰默默地穿过房间向门口走去。他的表情中没有悲哀，没有痛苦，只有一种对于自己的沉思和惊异，只有一种从童年时代便死去了的激情的喷发。这时他又说了一遍：“一个十分伟大的女性！”

思嘉浑身颤抖，心里那股热情，那种暖洋洋的感觉，以及鼓舞着她飞跑的那个美丽的设想，都顿时消失了。她只能大致体会到瑞德在心中给世界上他唯一佩服的媚兰送别时的感情，所以她又产生了一种可怕的丧亡之感，心中仍倍觉凄凉。她不能完全理解或分析瑞德的感情,不过她自己也似乎能感觉到。她从瑞德眼里看到的不是一个女人的死亡,而是一篇伟人传的结束——它记载着那些温雅谦让然而刚强正直的女人,她们是战时南方的基石,而战败以后她们又张开骄傲和温暖的双臂欢迎南方的归来。

他的眼睛回过来看着她,他的声音也变得轻松而冷静了。

“那么她死了。这样一来,你倒是好办了,不是吗?”

“唔,你怎么能说这种话。”她大声说,显然被刺痛了,眼泪马上就要流出来了。“你知道我多么爱她呀!”

“不,我不能说我知道,这太出人意料,当然你还是值得称赞的,因为你一向喜爱那些坏白人,不过最后终于认识她的好处了。”

“你怎么能这样刻薄地说我呢?我当然以前就尊重她!你却不是这样。你以前不像我这样理解她呀!你这种人是不会理解她的——她有多好——”

“真的吗?不见得吧。”

“她关心所有的人,除了她自己——噢,她最后的一句话是说的你呢。”

他回头看着她,眼睛里闪着真诚的光辉。

“她说什么?”

“唔,现在先不谈吧,瑞德。”

“告诉我。”

他的声音比较冷静,但是他狠狠抓住她的手腕,叫她痛极了。他的手捏得实在太紧了。

“她说——她说——‘要好好待巴特勒船长——他那么爱你。’”

他注视着她,一面放下她的手腕。他的眼皮沉重地垂下来,脸上只剩下一片黝黑了。接着他猛地站起来,走到窗前,把帘子拉起来,默默地向外面凝望,似乎外面除了浓雾之外还有迷人的幻景。

“她还说了别的吗?”他头也不回地问。

"她要求我照顾小博,我说我会的,像照顾自己的孩子一样。"

"还有呢?"

"她说——艾希礼——她要求我也照顾艾希礼。"

他沉默了一会,然后轻轻地笑了。

"得到了前妻的允许,这就很方便了,不是吗?"

"你这是什么意思?"

他转过身来,这时她尽管惶惑不安,但他脸上并没有嘲笑的神色,他脸上同样也没有一点感兴趣的样子,就像人们最后看完一个无趣味的喜剧时那样。

"我想我的意思已经够明白了。媚兰小姐死了。你一定有了充分的理由跟我离婚,而这样做对你来说对名誉也没有多大损害。你已经没有剩下多少信仰和道德良心。那么——艾希礼和你的那些梦想,都随着媚兰小姐的祝福而成为现实了。"

"离婚,"她喊道。"不!不!"她一时不知怎么说好,便跳起来跑去抓住他的胳臂。"唔,你完全弄错了,大错特错了!我根本不想离婚——我——"她找不出别的话来说,便只得打住了。

他伸手托起她的下巴,轻轻地把她的脸抬起来对着灯光,然后认真地盯着她的眼睛看了一会。她仰望着他,似乎全部感情都灌注在眼睛里,嘴唇哆嗦着说不出话来。她也真不知怎么说才好。她也正从他脸上寻找一种激情和希望与喜悦的光辉。现在,他必然知道她爱他了嘛!但是她焦急搜索的眼睛所找到的仍是那张使她失望的毫无表情的面孔。他将她的下巴放下来,然后转身回到他的椅子旁,又瘫软地坐在里面,茫然若失地仰望着她。

她跟着走回到他的椅子旁,绞扭着两只手站在他面前。

"你想错了。"她又开始说,一面思量着该怎么说。"瑞德,今晚我一明白过来,便一路跑回来告诉你。唔,亲爱的,我——"

"你累了,"他说,仍然打量着她。"你最好还是去睡吧。"

“可是我得告诉你呀!”

“思嘉,”他沉重而缓慢地说,“我不想听你——什么也不想听。”

“可是你还不知道我要说什么呢。”

“我的宝贝儿,那不明明摆在你脸上吗?大概有什么事,什么人,让你懂得了,那位不幸的威尔克斯先生是个死海里的果子,太大了,连你也啃不动呢。这么一来,我就在你面前就显得新鲜可爱起来,似乎有点味道了。”他轻轻叹了一口气。“你讲这些是没什么用的。”

她惊诧得倒抽了一口冷气。的确,他经常很容易就看透了她。原先她是很恼火这一点的,不过这一回,经过最初的震惊以后,她反而感到高兴和放心了。当然,他会为她的长期冷淡感到痛心的,他对她这个突然的转变会怀疑的。她还得亲切地讨他的欢心,热烈地爱他,才能使他相信,并且这样做也会很有乐趣呢!

“亲爱的,我要把一切都告诉你。”她说,一面把两只手放在他那椅子的扶手上,俯身凑近他。“我以前全错了,真是个大傻瓜——”

“思嘉,别这样了。别对我这样低声下气。我受不了。最好我们相互都留下一点尊严,一点沉默的思索,作为我们这几年结婚生活的纪念。免了我们这最后一幕吧。”

她猛地挺起身来。免了我们这最后一幕?他这“最后一幕”是什么意思?最后?这是他们的头一幕,是他们的开端呢。

“不过我要告诉你。”她赶忙追着说,似乎生怕他用手捂住她的嘴不让她说下去似的。“唔,瑞德,我多么爱你,亲爱的!我本来应当多年以来一直爱你的,可我是这样一个傻瓜,以前不懂得这一点。瑞德,你必须相信我呀!”

他瞧着面前的她,过了好一会儿,一直把她的心看透了。她发现他的眼神里有了相信的意思,但似乎没有多少兴趣。哦,他是不是又要折磨她,要用她自己的罪孽来报复她?

"唔,我相信你。"他终于这样说。"但是艾希礼·威尔克斯先生怎么办?"

"艾希礼!"她说,同时做了个不耐烦的手势。"我——我并不相信这么多年来我对他有过什么兴趣。那是——唔,那是我从小沾染上的一种癖性。瑞德,要是我知道了他实际上是这样的人,我就连想都不会想到要爱上他了。他是这么一个毫无作为的精神苍白的人,虽然他常常喋喋不休地谈什么真理、名誉和——"

"不,"瑞德说。"如果你真想看清他实际上是怎样一个人,你就得老老实实去看。他是个上等人,只不过被他所不能适应的这个世界欺骗了,可是他还按照过去那个世界的规律在徒劳地挣扎呢。"

"唔,瑞德,我们不要谈他了吧!现在他还有什么意思呢?你难道不乐意想知道——我是说,我现在——"

他那疲倦的眼睛看了她一眼,这使她像个初恋的姑娘似的觉得很难为情,便没有往下说了。要是他让她感到轻松一些,那该多好啊!他要是伸出双臂,让她能倒进他的怀里,将头靠在他的胸脯上,该多好啊!要是她的嘴唇能贴在他的嘴唇上,就用不着这些吞吞吐吐的话了。但是她看着他时才明白,他并不是在故意回避她,他似乎精力和感情都已枯竭,似乎她所说的话对他已毫无意义了。

"乐意?"他说。"要是从前我听到你说这些话,我是会感谢上帝的。可时到如今,这已无关紧要了。"

"无关紧要吗?你这是说的什么?当然,这无关紧要吗?瑞德,你是关心我的,不是吗?你一定关心。媚兰说过你是关心的呢。"

"嗯,就她所知道的来说,她是对的。不过,思嘉,你想过没有,即使一种最坚贞不渝的爱也会被消磨掉的。"

她看着他,小嘴张得圆圆的,无言以对。

"我的爱已经消磨尽了。"他继续说,"被艾希礼·威尔克斯和你那股疯狂的固执劲儿消磨尽了。你固执得像只牛头犬，抓住你自己想要的东西不放……我的爱就这样年复一年地被消磨尽了。”

“可爱情是消磨不了的呀！”

“你对艾希礼的爱才是这样。”

“可是我从没真正爱过艾希礼呢！”

“那么，你真是扮演得太像了——一直到今天晚上为止。思嘉，我并不是责备你，谴责你。现在已经用不着那样做了。因此请不要在我面前为自己辩护和表白。如果你能静听我讲几分钟，不来打断，我愿意作些解释。不过，天知道，我看已经没有解释的必要了。事情不是明摆着的嘛。”

她坐下来，刺目的煤气灯光照在她那苍白惶惑的脸上。她注视着那双她非常熟悉但又从不理解的眼睛，静听他用平静的声调说些她起初听不懂的话。他用这种态度对她说话还是头一次。

“你有没有想过，我是怀着一个男人对一个女人的爱所能达到的最高程度在爱你的，爱了那么多年才最后得到你。战争期间我曾准备离开，想忘掉你，可是我做不到，只好常常回来。战争结束后，我冒着被捕的危险就是为了回来找你。我对弗兰克·肯尼迪那么忌恨，要不是他后来死了，我想我很可能会把他杀掉。我爱你，但是我又不能让你知道。思嘉，你对那些爱你的人总是很残忍的。你接受他们的爱，把这份爱作为鞭子举在他们头上。”

但是所有这些话中，对她有意义的只有他爱她这一点。她从他的口气中隐约感受到了一点热情，便又觉得欢喜和兴奋了。她屏息静气地坐在那里倾听着，等待着。

“我跟你结婚时知道你并不爱我。我了解艾希礼的事，这一点你也清楚。不过我那时很傻，满以为能叫你爱我呢。你就笑吧，如果高兴的话，可那时我真想照顾你，宠爱你，凡你想要的东西都给你。我要跟你结婚，保护你，让你随心所欲，就像我对邦妮那样。思嘉，你也的确奋斗了一番。我比谁都清楚你经历了哪些艰难,所以我要让你休息一下,让我来为你奋斗。我要你去玩,像个孩子似的——何况你本来就是个孩子,一个勇敢的、时常担惊受怕的、倔强的孩子。我想你至今还是个孩子。只有一个孩子才会这样顽固。这样感觉迟钝。"

他的声音平静而疲倦,她曾经有一次听见过这样一种声音,那是在她生活中另一个危机的时刻。可是在什么地方呢?

是艾希礼,在塔拉农场寒风凛冽的果园里,用一种疲倦而冷静的声音谈论人生,那最后的口气比绝望的痛苦还要严重呢。正像那时艾希礼的声音曾使她对一些无法理解的事物害怕得不寒而栗那样,现在瑞德的声音使她的心直往下沉。他的声音,他的态度,比他所说的话本身更令她不安。她感到事情有些不妙,十分不妙。那究竟是什么问题,她还不清楚,只得绝望地听着,凝望着他黝黑的面孔。

"事情很明显,我们俩是天生的一对。我明明是你的朋友中唯一既了解你的底细又还能爱你的人——我知道你为人冷酷、贪婪和无所顾忌,跟我一样。我爱你,我决定冒这个险。我想艾希礼会从你心中渐渐消失的。可是,"他耸了耸肩膀,"我用尽了一切办法都毫无结果。而我还是很爱你,思嘉。只要你给我机会,我就会像一个男人爱一个女人时能尽量做到的那样,亲切而温柔地爱你。但是我不能让你知道这一点,因为你知道了便会认为我软弱可欺,用我的爱来折磨我。而且,艾希礼又始终在那里。这逼得我快要发疯了。我不能每天晚上跟你面对面坐着吃饭,因为知道你心里希望坐在我这个座位上的是艾希礼。同样,在晚上我也无法抱着你睡觉——不过,现在已经没有关系了。现在我才觉得奇怪,干吗要那样自讨苦吃呢。总之,那么一来,我就只好到贝尔那里去了。在那里可以得到某种卑下的安慰,因为总算是跟一个女人在一起,而她又那样衷心地爱你,尊敬你,把你当作一个很好的上等人——尽管她是个没有文化的妓女。这使我的虚荣心得到宽慰。而你却从来不会安慰人呢,亲爱的。"

"唔,瑞德……"思嘉一听到贝尔的名字便恼火了,忍不住要插嘴,但瑞德摆摆手制止了她，自己继续说下去。

“然后，到那天晚上，我把你抱上楼去——当时我想——我希望——我怀着那么大的希望，以致第二天早晨我连见都不敢见你，生怕你实际上并不爱我。我十分担心你会嘲笑我，因此跑到外面喝醉了。我回来时还浑身哆嗦呢，那时只要你哪怕出来迎接我一下，给我一点点表示，我想我是会跪下去吻你的脚的，可是你并没有那样做。”

“唔，不过瑞德，那时我的确很想要你，可是你却那么执拗！我真想要你啊！我想——是的，当我一明白自己爱你时，就应当是那样的呀。至于艾希礼——从那以后我就再没有对艾希礼感到有什么乐趣了。可是那时你真拗，因此我——”

“唔，好了。”瑞德说。“看来我们是抱着彼此相反的看法了，是不是？不过现在已经没有关系。我只是告诉你，免得你老是纳闷，不知是怎么一回事。你那次害病，完全怪我，我站在你的房门口，希望你叫我，可是你却没有叫，于是我觉得自己太傻了，反正一切都完了。”

他停了停，眼睛越过她看着更远的地方，就像艾希礼时常做的那样。而她只能默默无言地看着他那张沉思的脸。

“不过，那时候邦妮还在，我觉得事情毕竟还有希望。我喜欢把邦妮当作你，似乎你又成了一个没有被战争和贫困折磨的小姑娘。她真像你，那么任性，那么勇敢快乐，兴致勃勃，我可以宠爱她，娇惯她——就像我宠爱你一样。可是她有一点跟你不同——她爱我。于是我很庆幸能够把你所不要的爱拿来给她……等到她一走，就把一切都带走了。”

思嘉突然觉得很为他难过，难过得连她自己的悲伤，恐惧，全都忘了。这是她有生以来第一次替别人感到难过而不轻视这个人，因为这是她第一次真正了解另一个人呢。她能够了解他的精明狡诈——跟她自己的那么相像，以及他因为害怕拒绝而不肯承认自己的爱那样一种顽固的自尊心。

"哎,亲爱的,"她走上前说,希望他会伸出双臂把她拉过去抱在膝上。"亲爱的,我实在对不起你,但是我会全部补偿你的!我们会过得很愉快,因为我们已经彼此了解,并且——瑞德——看着我,瑞德!我们还可以——还可以再要孩子——不像邦妮,而是——"

"不,谢谢你了。"瑞德说,"我不想拿自己的心去作第三次冒险了。"

"瑞德,别说这样的话嘛!唔,我怎么说才能让你了解呢?我已经告诉你我多么对不起——"

"亲爱的,你真是个孩子。你以为只要说一声'对不起',多年来的过错和伤害就能弥补,就能从心上抹掉,毒液就能从创口排除干净……把我这块手帕拿去,思嘉。在你一生不论哪个危急关头,我从没见过你有一条手帕呢。"

她接过手帕。一切都很明显,他是不会拥抱她的。她开始清楚地意识到,他所说的关于爱她的话,实际上毫无意义,已经是陈年的故事了。他用一种近乎亲切的态度看着她,眼里流露出沉思的神色。

"你多大年纪了,亲爱的?你从来不肯告诉我。"

"二十八,"她阴沉地回答,因手帕捂在嘴上显得闷声闷气的。

"这年纪不算大嘛。你得到整个世界却丢掉了灵魂时,还很年轻呢,是不是。自从我认识你以来,你一直想要的是两样东西。一是要艾希礼,二是钱,好任意践踏这个世界。好,你现在已经够富裕了,可以对这个世界呼来唤去,并且也得到了艾希礼,如果你还要他的话。可是如今看来,似乎这一切还不够吧。"

她觉得害怕,她在想:"我的灵魂其实就是瑞德,可是我快要失掉他了。而一旦失掉他,别的东西就无关紧要了。不,不论是朋友或金钱——或任何东西,都无关紧要。只要有他,我哪怕受穷也可以。不,我不在乎再一次挨冻,挨饿,但是,他不可能真是那个意思——啊,他绝不可能!"

于是,她擦擦眼睛,万分着急地说:

"瑞德,既然你曾经那样爱过我,你总该给我留下点什么吧?"

“还有两样东西留下来,那是你最憎恨的两样东西——怜悯和一种奇怪的慈悲心。”

怜悯!慈悲!“啊,我的天哪,”她绝望地想,什么都行,除了怜悯和慈悲。每当她对别人怀有这两种感情时,必然有轻视相随。难道他也轻视她了?只要不是这样,什么都心甘情愿呢。哪怕是战争时期那种冷冷的嘲讽,哪怕是促使他那天夜里抱她上楼的疯狂劲儿,抓伤她身体的那些粗暴的手指,或者,她现在才明白是掩藏着热爱的那种拖长声调的带刺的话——不论什么都比轻视好多了。什么都行,就是不能有这种慈悲心,可是它明明在他脸上流露出来!

“那么——那么你的意思是我已经彻底把它毁了——你再也不爱我了?”

“是这样。”

“可是——可是我爱你呢,”她执拗地说,似乎是个孩子,她仍然觉得只要说出自己的希望就能实现似的。

“那就是你的不幸了。”

她连忙抬起头来,看看这句冷酷无情的话有没有玩笑的意味,但是没有。他是在简单地说明一个事实。不过这个事实她还是不愿意相信——不能相信。她用那双翘翘的眼睛望着他,眼里燃烧着绝望而固执的神情,同时她那柔润的脸颊忽然板起来,使得一个像杰拉尔德那样顽强的下颚格外突出了。

“别犯傻了,瑞德!我能使——”

他扬起一只手装出惊吓的样子,两道黑眉也耸成新月形,完全是过去那个讽刺人的模样。

“别显得这样坚决吧,思嘉!你会吓着我的。我看你是在盘算着把你对艾希礼的狂热感情转移到我身上来,而我害怕丧失我的意志自由和平静呢。不,思嘉,我不愿意像倒霉的艾希礼那样。况且,我马上就要走了。”

她的下颚在颤抖了,她赶忙咬紧牙关让它镇定下来。要走?不,不论如何不能走!没有他生活怎么过呢?他不能走。可是,怎样才能把他拦住呢?她无力改变他那颗冰凉的心,也驳不回那些冷漠无情的话呀!

"我就要走了。你从马里塔回来的时候我就打算告诉你的。"

"你要遗弃我?"

"用不着装扮成一副弃妇的模样嘛,思嘉。这角色对你很不合适。那么我看,你是不想离婚甚至分居了?好吧,那我就尽可能多回来走走,省得别人说闲话。"

"什么闲话!"她恶狠狠地说。"我要的是你。要走就带我一起走!"

"不行。"他说,口气非常坚决,似乎毫无商量的余地。霎时间她几乎要像个孩子似的号啕大哭了。她几乎要倒在地上,蹬着脚跟叫骂起来了。好在她毕竟还有一点自尊心和常识,才总算克制住自己。她想,如果我那样做,他只会嘲笑,或者干脆袖手旁观。我决不能哭闹;我也决不乞求。我决不做任何叫他轻视的事,他得尊重我,即使——即使他不爱我。

她抬起下巴,强作镇静地问:

"你要到哪里去?"

他回答时眼中隐隐流露出赞许的光彩。

"也许去英国——或者巴黎。但也可能先到查尔斯顿,想办法同我家里的人和解一下。"

"可是你恨他们呢!我听你时常嘲笑他们,而且——"

他耸耸肩膀。

"我还在嘲笑——不过我已经流浪得够了,思嘉。我都四十五岁了——一个人到了这个年龄,就会开始珍惜他年轻时轻易抛弃的那些东西。如家庭的团结,名誉和安定,我并不是在改悔,我对于自己做过的事从不悔恨。我已经好好享受过一阵子——那么美好的日子,现在已有点厌烦,想改变一下了。不,我从没打算要改变自己身上的瑕疵以外的东西。不过,我也想学学那些烦琐但在社会上普遍受尊敬的东西——不过我的宝贝儿,那就是绅士们生活中那种安逸尊严的风度，以及旧时代温文尔雅的美德。我以前过日子的时候，并不懂得这些东西中潜在的魅力呢——”

思嘉再一次回想塔垃农场果园里的情景，那天艾希礼眼中的神色跟现在瑞德眼中的完全一样。艾希礼说的那些话如今清清楚楚就在她耳边。她记起了艾希礼话中的只言片语，便引用道：“它富有魅力——像古希腊艺术那样，是圆满的、完整的和匀称的。”

瑞德尖利地问她：“你怎么说这个？这正是我的意思呢。”

“这是——这是艾希礼从前谈到旧时代的时候说过的。”

他耸了耸肩，眼睛里的光辉消失了。

“总是艾希礼，”他说完沉默了片刻，然后才接下去。

“思嘉，等到你四十五岁的时候，你也许会懂得我这些话的意思。不过我还有点怀疑，我想你是会永远只注意外表不重视实质的。反正我活不到那个时候，看不见你究竟怎样了。而且，我也不想等那么久呢。我要到旧的城镇和乡村里去寻找，那里一定还残留着旧时代的某些风貌。我现在颇有这种怀旧的伤感情绪。亚特兰大对我来说实在太生涩太新颖了。”

“你别说了，”思嘉突然喊道。他说的那些话她几乎没有听见。

他只好打住，困惑不解地望着她。

“那么，你懂得我的意思了，是吗？”他边问边站起身来。

她把两只手伸到他面前，手心朝上，这是一个古老的祈求姿势，同时她的满腔感情也完全流露在她脸上了。

“不，”她喊道。“我唯一懂得的是你不爱我，而且你要走！唔，亲爱的，你要是走了，我怎么办呢？”

他犹豫了一会，似乎在琢磨究竟一个善意的谎言是不是终久比说实话更合乎人情。然后他耸了耸肩膀。

“思嘉，我从来不是那样的人，不能耐心地拾起一些碎片，把它们黏合在一起,然后对自己说这个东西跟新的完全一样。一样东西破碎了就是破碎了——我宁愿记住它最好时的模样,而不想努力去修补,然后终生看着那些破碎了的地方。也许,假使我还年轻一点——”他叹了一口气。“可是我已经这么大年纪了,不能相信那种纯属感情的说法,说一切可以从头开始。我这么大年纪了,不能终生背着谎言的负担在貌似体面的幻灭中过日子。我不能跟你生活在一起同时又对你撒谎,并且我决不能欺骗自己。就是现在,我也不能对你说假话啊!我是很想关心你今后的情况的,可是我不能那样做。”

他暗暗抽了一口气,然后轻快而温柔地说:

“亲爱的,我一切都不管了。”

她默默地望着他上楼,感到喉咙里痛得厉害,似乎要窒息死了。他的脚步声渐渐消失,她觉得这世界上对她关系重大的最后一个人也不复存在了。她现在才明白,任何力量都已无法使那个冷酷的头脑改变了。她现在才明白,他的每一句话都是极其认真的,虽然有些话说得那么轻松。她清楚这些,是因为她感受到了他身上那种坚贞不屈、立场坚定的品质——所有这些品质她都从艾希礼身上努力寻找过,但一无所获。

她对她所爱过的两个男人没有一丝了解,因此到头来和两个男人失之交臂。此刻她才模糊认清了,假使她原来了解艾希礼,她肯定不会爱他的;而假使她了解了瑞德,她就不管怎样都不会失掉他了。她陷入了没有希望的迷惘之中,不知道这世界上到底有没有一个人是她真正了解的而又真正倾心爱的。

现在她心里是一片模模糊糊的麻木,这种麻木会马上变为伤痛,就如同肌肉被外科医生的手术刀猛然切开时,最开始一瞬间是没有感觉的,接着才开始感到剧痛。

“我现在忽视它的存在。”她暗自琢磨,准备使用那个老法宝。“眼下我要是去想,那就会伤心得要死呢。还是明天再琢磨吧。”

“可是,”她的心在喊叫,它丢开那个法宝,开始痛起来了,“我绝不能叫他走！肯定会有法子的！”

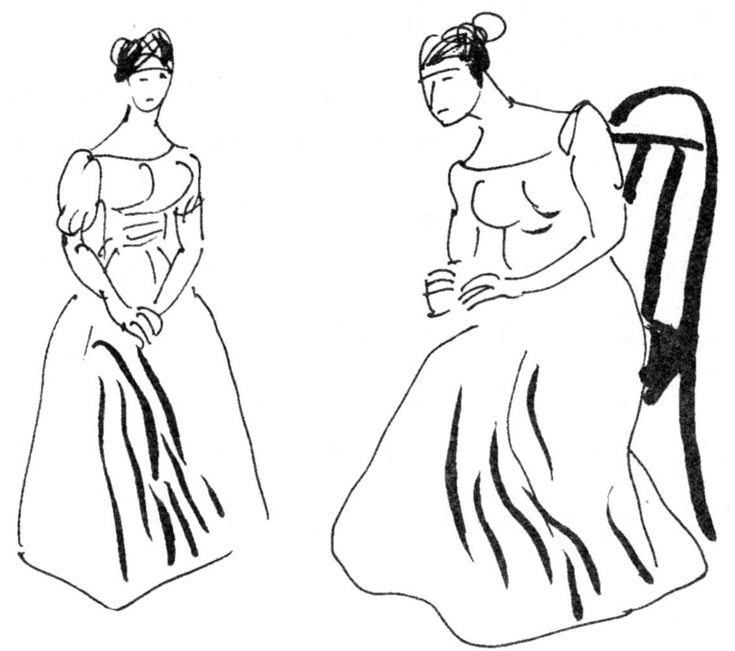

“我现在不去想他，”她接着说，说得非常响，尝试把痛苦推往脑后，或找个什么东西来把它挡住。“我要——怎么，我要回塔拉去，明天就走。”这样，她的精神又微微振作起来了。

她原来怀着害怕失败的心情回到塔拉去过，在它的保护下恢复了，又信心十足地武装起来，重新投入战斗。只要她以前做过的，无论如何——请上帝保佑，她有能力再来一次！至于怎么做，她还不明白。她现在不打算琢磨这些。她唯一需要的是有个温暖的空间来恢复痛苦的伤口，有个安静的地方来舔她的伤口，有个避难所来准备承受下一个战役。她一想起塔拉就好像有一只轻柔而冷静的手在缓缓抚摩她的心一样。她看见那幢雪白发亮的房子在秋天转红的树叶掩映中向她招手欢迎，她感觉得到乡下黄昏时的宁静气氛笼罩在她四周，感觉到落在广袤的绿白相映的棉花田里的露水，看得见连绵起伏的丘陵上那些光秃秃的红土地和生机勃勃的松林。

她从这幅图景中感到了鼓舞，内心感到宽慰，因此心头的伤痛和悔恨也相应减轻了一些。她站了一会，追忆着一些微小的东西，如通向塔拉的那条苍翠的林荫路，那一排排与白粉墙相衬映的茉莉花丛，还有在窗口飘拂着的帘帷。嬷嬷肯定在那里。她急切地想见嬷嬷了，就好比她不大的时候需要她一般，需要她那宽阔的胸膛，让她好把自己的头伏在上面，需要她那粗糙的大手来抚摩她的头发。嬷嬷，这个与旧时代连接的最后一个链环啊！

思嘉具有她的家族那种锲而不舍的精神，即便失败就摆在眼前。现在就凭这种精神，她把下巴高高翘起。她可以让瑞德回来，她明白她能做到。世界上没有哪个男人她束手无策，只要她下定决心就可以了。

“我明天回到塔拉再去想吧。那时我就经受得住了。明天，我会有一个计划把他弄回来。至少，明天又是崭新的一天！”